HEYNE <

Das Buch

Seit erstmals Schiffe den gewaltigen Ozean überquerten, spricht ganz Corbane von der Sturmwelt: Ein Reich inmitten der Weltmeere, dessen Schätze, Magie und Gefahren einzigartig sind. Als der junge Adelige Jaquento auf einem Schiff anheuert, um die alte Welt hinter sich zu lassen, kennt er deshalb nur ein Ziel: Er will das legendäre Inselreich entdecken. Doch kaum dort angekommen, gerät Jaquento auf das Piratenschiff *Todsünde*, dessen charismatischer Kapitän Deguay ihn in eine ebenso faszinierende wie undurchsichtige Welt entführt.

Zur gleichen Zeit nimmt auch das Kriegsschiff *Mantikor* Kurs auf Sturmwelt-Gewässer. Für die junge Roxane ist es ihr erster Einsatz als Offizierin. Doch schon bald wird die Fahrt von den düsteren Launen des Kapitäns überschattet, der alles daransetzt, ein mysteriöses schwarzes Schiff zu kapern.

Als schließlich sowohl die Freibeuter als auch die Marine vor der Küste der Sklaveninsel *Hequia* auf ihre Beute treffen, muss Jaquento eine Entscheidung treffen, von der nicht nur das Schicksal der Inseln abhängt ...

»Sturmwelten« ist der furiose Auftakt zur neuen atemberaubenden Fantasy-Trilogie von Bestsellerautor Christoph Hardebusch.

Der Auor

Christoph Hardebusch, geboren 1974 in Lüdenscheid, studierte Anglistik und Medienwissenschaft und arbeitete anschließend als Texter bei einer Werbeagentur. Sein Interesse an Fantasy und Geschichte führte ihn schließlich zum Schreiben. Seit dem großen Erfolg seiner Romane *Die Trolle* – ausgezeichnet mit dem deutschen Phantastik-Preis 2007 für das beste deutschsprachige Roman-Debüt – und *Die Schlacht der Trolle* ist er als freischaffender Autor tätig. Er lebt und arbeitet in Heidelberg.

Mehr zu Autor und Werk unter:
www.hardebusch.net

CHRISTOPH HARDEBUSCH

STURMWELTEN

Roman

Originalausgabe

WILHELM HEYNE VERLAG
MÜNCHEN

FSC
Mix
Produktgruppe aus vorbildlich
bewirtschafteten Wäldern und
anderen kontrollierten Herkünften

Zert.-Nr. SGS-COC-1940
www.fsc.org

Verlagsgruppe Random House FSC-DEU-0100
Das für dieses Buch verwendete
FSC-zertifizierte Papier *München Super*
liefert Mochenwangen Papier.

Originalausgabe 04/2008
Redaktion: Uta Dahnke

Printed in Germany 2008
Umschlagillustration: Thomas von Kummant
Umschlaggestaltung: Nele Schütz Design, München
Karten: Andreas Hancock
Satz: Leingärtner, Nabburg
Druck und Bindung: GGP Media GmbH, Pößneck
ISBN: 978-3-453-52385-2

www.heyne.de

Für meine Liebe, die jeden Ort zu meinem Heimathafen macht.

Die Süd-Östliche Sturmwelt
Adlerkopf
Horendann
Lessan
Ost-Passage
N
Portosa
Der Kleine Bogen
Der Große Bogen
Querigue
Brebant
Die Finger
Wyrden
Hequia / Amara
Hancock

CORBANE
N
REIDREN
LOIDIN
THAYNRIC
HEYMOSS
DLEIGH
MAILLOT
BRIZHAY
GÉRONAY
CABANY
PADUNY
CÉRVENNES
CÉRVENNES
GAVERE
TORDEN
FAVARE
BALCERA
HISCADI
BATUTZI
NÁLAVA
CARLES
SENGIER
MAURESKEN STÄDTE

»19. Sollte eine Person in der Flotte, oder die der Flotte zugehörig ist, eine Versammlung zum Zweck der Meuterei aus egal welchem Vorwand abhalten oder anstreben, wird jede Person, die einen Verstoß dieser Art begeht, und die vom Kriegsgericht für jenes verurteilt wird, dem Tode überantwortet werden.«

Die Kriegsartikel der Thaynrischen Marine

»1. Jede Person hat eine Stimme in allen Abstimmungen; hat gleiches Recht auf einen Anteil der frischen Vorräte oder starken Schnäpse, sowie sie erbeutet werden, und darf diese nach Wunsch nutzen, ausgenommen dass eine Knappheit es für das Wohl aller nötig macht, über eine Einschränkung abzustimmen.«

Der Kodex der Piraten

DRAMATIS PERSONAE

Personen in Corbane

Cidoq	Theaterkritiker
Esterge	Hauptmann
Franigo	Hiscadischer Dichter
Gasparde, Princiess von Gureman	Mäzen
Genaro	Dichter
Heberd, Sohn des Vichess von Paduny	Junger Adliger und Offizier
Imerol Alazraqui i Urnera	Hiscadischer Glücksritter
Marschall Bouflon	Marschall von Géronay
Morwey	Königin von Thaynric
Sugérand XV.	König von Géronay
Tareisa	Maestra
Urzangín	Hiscadischer Adliger
Yuone	Schauspielerin

Personen in der Sturmwelt

Admiral Holt	Kommandeur der Sturmwelt-Flotte
Amredo	Wirt
Aymero	Sklave
Bara	Sklave

Bebe	Sklave
Brizula	Sklavin
Dagüey	Sklave
Hayuya	Sklave
Jaquento	Hiscadi
Kalan	Sklave
Loress	Kapitän der *Wyrdem*
Majagua	Sklave
Serelle	Hure
Sinao	Sklavin
Tangye	Aufseher
Wicfred Cann	Kapitän der Korvette *Luchs*

Besatzung der *Mantikor*

Aella Hugham	Leutnant, Zweite Offizierin
Cearl Frewelling	Leutnant, Erster Offizier
Coenrad Groferton	Maestre
Galfrid Sellisher	Caserdote, Schiffskaplan
Heric Cudden	Leutnant der Marinesoldaten
Hoare	Matrose
Imrin	Fähnrich
Mathel	Matrose
Oric Harfell	Kapitän
Pead	Schiffsjunge
Roxane Hedyn	Leutnant, Dritte Offizierin
Saefled Tabard	Schiffsärztin
Tola Levman	Fähnrich

Besatzung der *Todsünde*

Ayvon	Maestre
Bihrâd	Maureske, Arzt
Eaga	Matrosin
Erry	Matrose

Hilrica	Navigatorin
Jani	Schiffsjunge
Manoel, gennat Mano	Maestre
Neria	Schiffszimmerer
Overo	Matrose
Pertiz	Offizier
Quibon	Offizier
Rahel	Offizierin
Rénand Deguay	Kapitän
Scet	Matrose
Thryd	Matrose

Historische Personen

Corban	Prophet
Endemus	Philosoph von Carles
Leofwyn	Königin von Thaynric
Pastridge	Admiral und Autor
Pertiz Sucrof	Legendärer Korsar aus Maillot

PROLOG

Ein einzelner Schrei, lang gezogen und so von Einsamkeit erfüllt, dass die Frau unwillkürlich erzitterte, erfüllte die laue Nacht. Für einen Moment verstummte das Konzert der Vögel, erst als der Schrei verklang, ertönte wieder ihr ewiges Lied vom Streben gegen das Vergehen.

Sie konnte nur hoffen, dass keine neugierigen Augen ihr Zaudern bemerkt hatten, und so schritt sie selbstbewusst und forsch weiter, vorbei an umgestürzten Säulen, kopflosen Statuen, deren Farben längst verblichen waren, und überwachsenen Brunnen, die schon lange kein Wasser mehr führten. Einst mochte dies ein prächtiger Garten gewesen sein, dessen Schönheit die Menschen innehalten ließ, doch dieser vergangene Glanz ließ sich nur noch erahnen. Jetzt war die Anlage wenig mehr als ein Mahnmal der Vergänglichkeit. Irgendwer hatte einige der Büsten wieder aufgestellt, dort, wo sie nicht von Pflanzen überwuchert wurden. Bleiche Imperatoren, Kaiser, deren Wort einst ganze Völker bewegt hatte, starrten mit leeren Marmoraugen auf die Besucherin.

Sie jedoch beachtete ihre Umgebung nicht, sondern folgte dem einzigen Weg, dessen Steinpflaster noch erhalten war, zum Zentrum der Anlage. Das Mausoleum, einst ein Gebäude von filigraner Schönheit, war halb eingestürzt, seine verzierten Bögen unter dem eigenen Gewicht zerborsten, als die Magie aus ihnen schwand.

Die Frau folgte nun unbeirrt dem Pfad, schritt über einige Trümmer hinweg und durch den Türsturz und trat hinter den Sarkophag, dessen einst lebensechtes Abbild der Toten nun unter zentnerschweren Blöcken begraben war.

Eine Treppe führte in die Dunkelheit hinab. Einen Moment lang sammelte die Frau sich, öffnete die Pforte in ihrer Seele, konzentrierte sich auf die machtvollen Energien um sich herum. Die Veränderung war gering; immer noch war es dunkel, doch die Schatten boten ihren Augen nun keinen Widerstand mehr. Sicheren Schrittes stieg sie hinab und erreichte bald das Portal aus schwarzem Eisen. Ihre Finger glitten über die Runen, entließen winzige Spuren Vigoris in der vorgesehenen Reihenfolge, bis die schwere Tür sich öffnete, mit einem Geräusch, das wie eine flüsternde Totenklage klang.

Der Gang hinter dem Portal stand in absolutem Gegensatz zu dem Verfall über ihr. Magische Lichter, genährt von der Energie der Vigoris, spendeten ein warmes, beinahe anheimelndes Licht. Uralte Mosaike zeigten die wechselvolle Geschichte des Imperiums, den Aufstieg der Nigromantenkaiser, die Eroberung der gesamten bekannten Welt.

Doch auch für diese Wunder hatte die Frau keinen Blick übrig. Sie schritt über kunstvoll verzierte Bodenplatten, ignorierte die schwebenden Lichter und den angenehmen Geruch nach frischem Flieder. Ihre Stiefel hallten auf dem Steinboden, als sie sicher ihren Weg fand, an Abzweigungen vorbei, über Kreuzungen hinweg, Treppe um Treppe tiefer stieg. Sie sah schon lange nicht mehr die Schönheit und Mysterien dieses Ortes, die andere ihres Atems beraubt hätten.

Schließlich öffnete sich vor ihr eine Halle, deren Wände, Boden und Decke mit Lichtern bedeckt waren, die hell wie die

Sonne strahlten. Ruhig ging sie weiter, bis sich in dem Lichtermeer vor ihr eine dunkle Pforte öffnete.

Der Raum war klein und seine Wände kahl. Nach der unbegreiflichen Pracht der großen Kaverne wirkte er geradezu grotesk natürlich. Den größten Teil des Bodens nahm ein Becken ein, das mit brackigem, stinkendem Wasser gefüllt war. Inmitten des Beckens trieb eine Gestalt, deren Anblick selbst die Frau erstaunte, deren Augen schon so viel Absonderliches erblickt hatten. Ein dünner, geschlechtsloser Körper, überzogen mit einer weißen, durchscheinenden Haut, unter der man blau die Venen sehen konnte, lag halb versunken im Wasser. Langes, weißes Haar trieb träge in dem Bassin, und das Gesicht des Wesens war gerade so menschenähnlich, dass es dadurch umso grauenhafter wirkte. Die Haut der Lider war durchscheinend, sodass die dunklen Augäpfel, die ruhelos umherzuckten, darunter zu sehen waren, obwohl die Augen geschlossen waren.

Es wehte ein leichter Luftzug, der durch ein schmales Loch in der Decke hinabzog und kühl über die Haut der Frau strich. Ihr Frösteln war indes nicht dem Hauch geschuldet, sondern dem verabscheuungswürdigen und bemitleidenswerten Wesen vor ihr, das einst ein Mensch gewesen sein mochte, jetzt jedoch nur noch ein namenloses Geschöpf war.

Unvermittelt öffnete es die Augen, die durch Fels und Stein hindurchblickten und nichts in der Welt wahrnahmen, die sie umgab.

»Sie zerreißen ihren Leib! Sie reißen den Schatz heraus, sie zerstören, hacken, töten!«, schrie es und öffnete seinen zahnlosen Mund zu einem Seufzen, dessen Schmerz die Frau wie ein Mantel einhüllte. Das Wesen erbebte wie unter Krämpfen, und kleine Wellen brachen sich am Rand des Beckens im Rhythmus seiner Bewegungen.

»Sprich«, befahl die Besucherin leise, die merkte, wie sich eine Woge von Übelkeit in ihr ausbreitete.

»Wo die Sonne sich über das Rund erhebt. Schmutzige Hände stehlen ihren Schatz. Blutige Hände.«

»Mehr!«

Doch die Kreatur schwieg. Es war sinnlos, zu befehlen, und die Frau wusste das. Schon schloss das Geschöpf die Augen, und der Leib versank weiter im Wasser.

Die Frau wandte sich schließlich ab und versuchte augenblicklich, den beunruhigenden Anblick in die hintersten Winkel ihres Geistes zu verbannen. Die Worte waren rätselhaft gewesen wie stets, denn das Wesen hatte Visionen, die es selbst weder steuern noch kontrollieren konnte. Doch der alte Mann würde sie deuten können.

Die Schreie und das Seufzen hatten die Frau aufgeschreckt; für gewöhnlich flüsterte das Wesen nur. Einen Moment noch fragte sie sich, was dies zu bedeuten habe, doch dann verließ sie die Kammer und kehrte zurück in das unmögliche Licht der Kaverne. Vielleicht war dies der Moment, auf den der alte Mann so lange gewartet hatte.

Der Schatten der Besucherin blieb zurück, denn in der Kaverne konnte es keine Schatten geben, und er schien ihre Furcht bei sich behalten zu haben. In dem Bassin öffnete das Wesen erneut die Augen. *Tanára. Das war mein Name. Einst.* Ihr irrender Blick fiel auf den Schatten, und das Echo eines hohlen Lachens füllte die Kammer.

JAQUENTO

Die Hitze lag noch über dem kleinen Städtchen, obwohl die Sonne schon lange untergegangen war. In den Gassen stand die schwüle Luft und trieb Jaquento den Schweiß auf die Haut. Auf See hatte es einen stetigen, kühlenden Wind gegeben, nur an Land schien dieser unvermittelt abzuflauen, selbst in einer Küstenstadt wie Portosa.

Einer der häufigen Regenschauer hatte die festgetretene Erde der Wege aufgeweicht und überall auf dem Boden kleine Bäche entstehen lassen; in den Rinnsalen schwamm allerlei Unrat mit, der sich in den Gassen angesammelt hatte. Die Frische des Schauers war längst verschwunden, dafür hing der süße Duft der vielen Blüten in der Luft, in dem eine Note von Verfall und Fäulnis mitschwang.

Hier und da lagen menschliche Gestalten auf dem Boden, manche unter schmalen Vordächern, andere einfach zwischen den geduckt wirkenden Holzhäusern. Kaum ein Gebäude hatte mehr als ein Stockwerk, überall blätterte die bunte Farbe ab, und das darunterliegende Holz quoll durch die ewige Feuchtigkeit auf. So wirkte das Städtchen wie eine in die Jahre gekommene Schauspielerin, deren Schminke längst verlaufen war und die dennoch im Abglanz besserer Zeiten schwelgte.

Am Hafen zeugten noch einige alte Prachtbauten vom vergangenen Ruhm der Stadt, doch auch diese waren mittlerweile schutzlos der Witterung ausgesetzt und moderten vor sich hin. Was hier eine Hauptstadt genannt wurde, wäre in Jaquentos Heimat nicht mehr gewesen als ein kaum beachtetes Fischerdorf. Um diese späte Stunde waren die Straßen – oder das, wann man hierzulande dafür hielt – nahezu verwaist. Lediglich einige einheimische Nachtschwärmer und Matrosen auf Landgang kreuzten seinen Weg.

Vorsichtig ging Jaquento weiter, sorgsam darauf bedacht, dem gröbsten Schmutz auszuweichen. Sein Blick wanderte umher, suchte in der ungewohnten Gegend nach Vertrautem. Ein nagendes Gefühl der Unsicherheit begleitete ihn, seit er Portosa betreten hatte. Er schob es auf das fehlende Schaukeln des Bodens; an Bord hatte er sich an die stetige Bewegung der See gewöhnt. Doch das Schiff war ohnehin nur kurz Heimstatt gewesen, nicht Ziel, sondern Übergang, und nun musste er sich fragen, wohin sein weiterer Weg ihn bringen sollte.

Endlich erreichte er ein niedriges Haus mit breiter Front, hinter dessen milchigen Fensterscheiben noch Lichter brannten. Gemurmel drang aus dem Gebäude, übertönte fast die Geräusche des nahen Urwalds, in dem zu dieser nächtlichen Stunde allerlei fremdartiges Getier rief, schrie und kreischte. Ein Schrei war noch durchdringender als der Rest des Konzertes, hielt lange an und ließ Jaquento aufblicken. Er fragte sich unwillkürlich, ob die Geschichten über Feuerechsen und fliegende Schlangen, die man ihm auf der Reise erzählt hatte und die er stets lediglich als geschickt gesponnenes Garn abgetan hatte, doch wahr sein mochten, bevor er sich wieder dem Gebäude zuwandte. Ein grobes Holzschild mit zwei daraufgenagelten Affenpfoten hing über der Eingangstür, deren alte Bretter schief und verzogen waren.

Auf dem Boden neben der Tür lag ein verendetes Tier, von Regen und Aasfressern dermaßen zugerichtet, dass man nicht mehr erkennen konnte, von welcher Art es wohl gewesen sein mochte. Zwei große, schwarze Vögel balgten sich um den Kadaver; Raben, wie Jaquento mit Verwunderung feststellte. *Haben die Schiffe sie mitgebracht, oder waren sie schon immer hier heimisch?* Als die Tiere ihn bemerkten, stoben sie flügelschlagend auf und ließen sich auf den umliegenden Dächern nieder. Misstrauisch legten sie die Köpfe schief und beobachteten den Mann, der kurz zögerte, bevor er mit entschlossenen Schritten die Taverne betrat, wobei er sich ducken musste, da der Türsturz offenkundig nicht für einen Mann von seiner Größe gedacht war. Hinter ihm glitten die Raben lautlos zu ihrer Beute zurück.

Im Inneren des Gasthauses erschien es ihm noch heißer zu sein, sofern dies überhaupt möglich war. Die stickige Luft schlug Jaquento entgegen und ließ ihn blinzeln. In einigen Nischen standen Talglampen, deren rußiger Rauch sich unter der Decke in dicken Schwaden sammelte. Es roch nach Schweiß, nach gebratenem Fleisch, nach scharfem Alkohol und nach Urin, eine Mischung, die Jaquento an die Zeit erinnerte, die er während der Überfahrt gezwungenermaßen unter Deck verbracht hatte. Inzwischen hatte seine Nase sich an diese Ausdünstungen menschlicher Existenz auf engstem Raum gewöhnt. Die Wände waren mit allerlei Strandgut geschmückt, kleineren Wrackteilen von Schiffen, löchrigen Fischernetzen, einigen handtellergroßen Schildkrötenschuppen, alles Fundstücke, die die Wellen hier angespült haben mochten. Treibgut, das es in diese Kaschemme am Ende der Welt verschlagen hatte, ebenso wie Jaquento. *Die Winde haben mich hierhergeweht,* dachte der junge Mann, aber er wollte den Gedanken nicht weiter denken, wollte sich nicht eingestehen, was ein Teil von ihm längst wusste: Er hatte alles verloren – seine Heimat, seine Freunde, ja sogar seinen Namen, ohne die Möglichkeit, zu seinem früheren Leben je wieder zurückzukehren. *Und ohne Wurzeln kann man dem Wind nichts entgegensetzen.*

Sein Eintreten blieb fast unbemerkt. Hier und da musterten ihn Augenpaare, doch die Mienen blieben unbeteiligt. Fremde waren kein seltener Anblick. Einheimische mit goldbrauner Hautfarbe und rot verbrannte Seeleute saßen Seite an Seite, tranken, lachten und spielten. Eine Frau mit langem schwarzem Haar und einem auffälligen Goldschmuck, der Ohr und Nase verband, tanzte zu den Trommelschlägen eines kräftigen Mannes, dessen unbewegtes Gesicht mit den schräg stehenden Augen und den hohen Wangenknochen eher einer goldenen Maske glich.

Die Taverne »*Zwei Hände*« war Jaquento vor allem als billig empfohlen worden, und auch die anderen Gäste schienen vorrangig diese Qualität zu schätzen. Zu dieser Stunde waren nur noch Halsabschneider und sonstiges lichtscheues Gesindel unterwegs; dazu die Matrosen, die jeden Augenblick an Land so gut wie möglich auszukosten versuchten.

Unbewusst ballte Jaquento die Fäuste, während seine Züge keine Regung verrieten. Betont lässig schritt er zu der Theke, die lediglich aus zwei Bohlen bestand, die man auf drei Fässer genagelt hatte. Der Wirt, offenbar ein Mischling beider Welten, blickte nicht einmal auf, bis Jaquento sich räusperte und ihn ansprach: »Wein. Roten, Mesér, wenn es beliebt.«

Der alte Mann hob eine Augenbraue, drehte sich wortlos um und stellte einen Tonkrug auf den Tresen.

»Ein Silber.« Die Stimme des Mannes war hell, ein seltsamer Widerspruch zu seinem gegerbten Gesicht und den Narben, die seinen kahlen Schädel zierten. Ohne zu feilschen, griff Jaquento in die speckige Koppeltasche, in der seine Finger seinen deprimierend mageren Geldbeutel fanden. Er legte einen Silberlunar auf die Theke, hielt jedoch die Hand darauf, als der Wirt gierig danach griff.

»Ich suche eine Unterkunft, Mesér. Man hat mir gesagt, dass Euer Etablissement auch Zimmer bietet.«

Einen Moment lang musterte der Alte sein Gegenüber abschätzig. Sein Gesichtsausdruck machte deutlich, dass ihm nicht gefiel, was er sah; dennoch wies er mit dem Kopf hinter sich.

»Zwei Silber jeden Tag. Im Voraus. Kein Essen, kein Wasser.«

Wieder feilschte Jaquento nicht, obwohl der Rest seiner Reisekasse ihn nicht mehr lange ernähren würde. Er nickte dem Wirt zu und legte zwei weitere Münzen auf den Tresen, bevor er seinen Krug nahm und sich auf den Weg zu einem freien Platz machte. Gerade wollte er die Sitzenden fragen, ob er sich zu ihnen gesellen dürfe, da stieß ihm jemand kräftig in den Rücken. Wein schwappte aus dem Tonkrug, als Jaquento sich am Tisch festhielt, um nicht zu stürzen. Der Krug entglitt seinen Fingern und zerschellte am Boden. Fluchend sprangen alle auf, während sich Jaquento aufrichtete. Seine Stiefel, die schon vorher schmutzig gewesen waren, färbten sich vom Wein dunkel. Rasch drehte er sich um und sah einen großen, bärtigen Mann, der ihn frech angrinste. Die Zahnreihen des Mannes wiesen Lücken auf, und seine dunklen Haare waren wild und ungekämmt.

»Ihr schuldet mir Abbitte, Mesér«, erklärte Jaquento ruhig, aber mit lauter Stimme. »Und einen Krug Wein.«

Unvermittelt wurde es still in der Taverne, als sich alle Augen auf das Geschehen richteten. Ohne Hast ließ Jaquento seinen Blick wandern und versuchte, den Fremden einzuschätzen. Obwohl der Mann von beachtlicher Leibesfülle war, bewegte er sich weder unbeholfen noch langsam. An seinem Waffengürtel hing ein schwerer Säbel, dessen Handschutz Scharten und Kratzer aufwies; eine Waffe, deren Träger sicherlich im Umgang mit ihr geübt war. Noch immer hatte der Bärtige nicht geantwortet, also trat Jaquento einen Schritt vor. Locker ließ er seine Hand auf den Knauf seiner eigenen Klinge fallen, eines einfachen Degens bar jeden Schmucks. Fragend legte er den Kopf zur Seite.

»Es tut mir leid«, antwortete der Fremde langsam, nur um dann noch breiter zu grinsen. »Es tut mir leid, dass du so'n Ungeschickter bist. Jetzt lass mich in Ruhe, sonst schneid' ich dein' Wanst auf un' Amredo muss mehr als nur Wein vom Boden wischen!«

»Ihr weigert Euch also, mir den Verlust zu ersetzen, Mesér? Geschweige denn, Euch für Euer rüpelhaftes Verhalten zu entschuldigen?«

»Biste taub, Bursche? Und was red'ste für'ne gestelzte Sülze?«

Der Mann lachte laut auf, und viele stimmten ein. Auch wenn sich Jaquento nicht davon beirren ließ, sah er die Hände, die hier und dort zu den Waffen glitten. Der Bärtige wollte sich abwenden, aber mit einem Schritt war Jaquento bei ihm und packte ihn mit der Linken an der Schulter, während er sich bereit machte, seine Waffe zu ziehen.

»Dann werden wir uns wohl schlagen müssen«, erläuterte er mit einem Seufzen. »Wollen wir dazu hinausgehen?«

Einen Herzschlag lang standen beide Männer still, dann drehte der Fremde sich mit einem Ruck aus dem Griff. Bevor Jaquento seinen Degen auch nur halb gezogen hatte, blickte er in die Mündung einer kleinen, bösartigen Pistole, die der Bärtige aus seinem Wams gezogen hatte. Mit einer fließenden Bewegung spannte der Fremde den Hahn. Betont langsam ließ Jaquento den Degen zurück in die Scheide gleiten und hob die Hand. Eine geladene Waffe bei sich zu tragen zeugte entweder von Tollkühnheit oder Dummheit; wahrscheinlich war es eine Mischung von beidem.

»Ich denk' nich', dass wir uns schlagen müssen, Bursche«, zischte sein Gegenüber. Im Schloss der Pistole konnte Jaquento das Zündhütchen sehen; die Waffe war zweifellos geladen und schussbereit.

»Du kleiner Bastard woll'st dich echt mit mir anlegen, was? Dacht'st wohl, dass ich so'n dummer Inselaffe bin? Was sag'ste jetzt, hm?«

»Mesér, es handelt sich um einen Ehrenhandel. Die Klinge sollte dies entscheiden.« Auch wenn Jaquentos Stimme kurz stockte, waren seine Worte deutlich und klar.

»Darauf scheiß' ich!«

»Offensichtlich.«

»Du bist so'n Bursche ausser Alten Welt, was? Ehre, pah!«, ereiferte sich der Bärtige und spie auf den Boden. Die Bedrohung ließ vor Jaquentos Augen alles klar und deutlich werden: Der Rauch in der Luft lichtete sich, und die Details seiner Umgebung traten geradezu schmerzhaft deutlich hervor. Die Kratzer im Metall der Pistole, die dichten Bartstoppeln des Mannes, der Tropfen Schweiß, der seine Schläfe hinablief. Die Gesichter der anderen Gäste, in Erwartung des Blutvergießens auf das Paar gerichtet. Jaquento hatte das Gefühl, durch die Augen der anderen direkt in ihren Geist blicken zu können. Er sah Freude, Belustigung, Mitgefühl und Desinteresse; er sah jegliche menschliche Regung, alles versammelt in diesem kleinen Raum. In diesem Raum, in dem er sterben würde, wie die gnadenlosen Augen des Bärtigen ihm versprachen. Das Herz in Jaquentos Brust verlangsamte seinen Schlag, das Kribbeln der Angst in Händen und Füßen verschwand. *Wer hätte gedacht, dass ich so enden würde?*, fragte sich der junge Mann kalt, fast so, als ob es gar nicht er selbst sei, über dessen Tod er nachdachte. *Aber wer kann sich das schon aussuchen?*

»Mach deinen Frieden«, zischte der Bärtige, eine Aufforderung, die Jaquento unwillkürlich finster grinsen ließ. Ein lauter Knall ertönte, und beißender Pulverdampf stieg auf.

Einige Momente dauerte es, bis Jaquento an sich herabblickte und begriff, dass er nicht getroffen worden war. Verwirrt tastete er über seinen Körper, doch er blutete nicht und spürte keinen Schmerz. Stattdessen sah er den Bärtigen vor sich auf dem Boden liegen, in einer sich langsam ausbreitenden Lache von Blut, das Gesicht schmerzverzerrt. Sehr langsam ließ das sirrende Geräusch in Jaquentos Ohren nach, und er hörte eine tiefe, raue Stimme: »Der Käpt'n ist nicht zufrieden mit dir, Beil. Und wir sind es auch nicht.«

Durch den Rauch trat ein hünenhafter Mann mit dunkler Haut. Auf den nackten Armen waren zahlreiche Tätowierungen zu sehen, die unter einem ganzen Netz von Narben lagen. In der einen Faust hielt der Mann eine Pistole, deren Mündung qualmte. In der anderen hatte er ein langes Messer, das er dem Getroffenen an die Kehle hielt, als er neben ihm niederkniete.

»Scheiß auf'n Käpt'n«, keuchte der Bärtige und spuckte blutig aus.

»Sollen das deine letzten Worte sein, Freund Beil?«

Die Stimmte des Dunkelhäutigen klang freundlich, beinahe zärtlich, als er die Klinge mit einem Ruck über den Hals des Mannes zog. Umsichtig wischte er das Messer am Wams des Getöteten ab, während dieser sich aufbäumte. Dann richtete der Tätowierte sich wieder auf. Zu seinen Füßen erstarb das letzte Zucken des Bärtigen, doch er schritt, ohne darauf zu achten, über den Toten hinweg.

Immer noch war Jaquento nicht wieder Herr seiner selbst; seine Augen folgten den Ereignissen zwar, aber sein Geist hatte Mühe, zu begreifen, was geschah. Die Klarheit war verschwunden und hatte eine dumpfe Verwirrung zurückgelassen, aus der sich nur ein Gedanke deutlich hervorhob: *Ich lebe noch.*

Um sich herum sah er Männer und Frauen, die sich von ihren Bänken erhoben hatten. Die Menge wirkte bedrohlich, Gewalt lag beinahe greifbar in der Luft. Der Dunkelhäutige war zu einer kleinen Gruppe zurückgekehrt, die beim Tresen stand. Eine seiner Begleiterinnen wies mit dem Finger auf die Leiche, blickte in die Runde und erklärte mit fester Stimme: »Er hat zwei seiner Waffenbrüder verraten! Er war ein Lump, aber das wäre kein Problem gewesen. Nein, er war dazu ein Verräter, dem seine eigene Haut wichtiger war als seine Brüder und Schwestern!«

Ein Murmeln ging durch den Raum. Jaquento hörte ein geflüstertes Wort, das von Mund zu Mund ging: *Todsünde*. Langsam verschwanden die Waffen wieder unter Wämsern, in Stiefeln, und die Leute setzten sich bedächtig zurück auf ihre Plätze. Er sah hass- und auch angsterfüllte Blicke, aber niemand widersprach der Frau.

Mit einem »Das ist für die Schweinerei« legte sie einige Münzen auf den Tisch, die der Wirt gierig einsteckte. Sie trug Waffen an der Hüfte, zwei Pistolen und einen Säbel, was Jaquento kaum merklich den Kopf schütteln ließ. Ihr dunkles Haar war mit einem Band zurückgebunden, und sie war in eine einfache, helle Leinenhose samt dazu passendem Hemd gekleidet. Die Hand an seiner Waffe, trat Jaquento zu der Gruppe. Bevor er etwas sagen konnte, hob die Frau die Rechte und grinste breit: »Keine Sorge, du musst dich nicht bedanken. Wir waren auf der Suche nach dem alten Beil. Er hat nicht nur mit dir Streit gewollt.«

Höflich neigte Jaquento das Haupt, doch seine Stimme war kalt: »Der Bärtige und ich hatten einen Ehrenhandel, Meséra. Es war nicht richtig, dass Ihr Euch eingemischt habt!«

Erstaunt öffnete die Frau den Mund, doch anstatt etwas zu sagen, brach sie in schallendes Gelächter aus, das Jaquento härter traf, als es eine Kugel aus ihren Pistolen hätte tun können. Der Dunkelhäutige trat unvermittelt vor, das Messer wieder in der Hand: »Suchst du ebenfalls Ärger, Freund?«

Wieder war seine Stimme täuschend sanft. Doch die Frau legte ihm die Hand auf den Arm.

»Lass ihn, Quibon«, befahl sie ruhig, bevor sie sich wieder an Jaquento wandte: »Es gibt hier keine Ehrenhändel. Und wenn, dann war unser Recht ein älteres, denn Beil hat unsere Leute verraten, lange bevor du deinen Fuß auf die Insel gesetzt hast.«

Zustimmend neigte Jaquento das Haupt und gestand: »Das ist gut möglich. Dennoch ...«

»Wenn du wirklich Ärger suchst, wird Quibon dir gerne zu Diensten sein«, unterbrach ihn die Frau mit einem Lächeln, das ihre Augen nicht erreichte. Dann wandte sie sich an einen ihrer Begleiter: »Stell sicher, dass er tot bleibt, Bihrâd.«

»Nein. Der Tod ist Eure Aufgabe. Die meine ist es, den Tod zu verhindern.«

Der Sprecher war eine Handspanne kleiner als Jaquento. Sein Gesicht lag im Schatten einer Kapuze verborgen, und seine langen, fließenden Gewänder wirkten selbst an diesem Ort exotisch auf Jaquento. Die Züge der Frau verfinsterten sich, doch bevor sie antworten konnte, zog Quibon seufzend eine Machete.

»He! Mach das gefälligst draußen!«, rief der Wirt. »Ihr habt hier genug Blut vergossen!«

Mit zwei seiner Gefährten schleppte der Dunkelhäutige den Toten durch eine Hintertür in die schwüle Nacht.

»Was ...«, begann Jaquento, aber die Frau fuhr sich einfach nur mit der Handkante über die Kehle, was den jungen Mann verstummen ließ. *Sie trennen den Kopf ab*!, dachte er.

»Schau nicht so«, sagte die Frau mit einem Lachen. »In der Sturmwelt zählt ein Menschenleben wenig. Und Beil war ganz besonders wertlos.«

»Das bezweifle ich nicht, Meséra. Ich hätte ihn selbst getötet, wenn ich die Gelegenheit dazu erhalten hätte.«

»Du gefällst mir«, erklärte die Schwarzhaarige trocken. »Wie heißt du?«

»Man nennt mich Jaquento.«

»Ah. Keine Lüge, aber auch nicht die Wahrheit.« Überrascht blickte Jaquento sie an, aber sie winkte nur ab: »Keine Sorge, hier fragt niemand danach, welchen Dreck du am Stecken hast. Es ist egal, wo du herkommst, was du getan hast und wo du hinwillst. Nebenbei: Wo willst du hin?«

Verblüfft schwieg Jaquento. Jetzt, da er an seinem Ziel angekommen war, wusste er darauf keine Antwort. Sein einziger Wunsch war es gewesen, fliehend die Sturmwelt zu erreichen; über die weitere Zukunft hatte er kaum nachgedacht. Auf dem Schiff hatte er sich die Überfahrt verdienen müssen. Die harte Arbeit hatte ihm wenig Zeit gelassen, Pläne zu schmieden.

»Du bist ein Gestrandeter. Deinem Akzent nach aus Hiscadi«, stellte sein Gegenüber nicht unfreundlich fest. »Kannst du mit dem Stück Metall an deiner Seite da umgehen?«

Bestätigend nickte Jaquento.

»Dann findest du auch Arbeit. Mit einigen Spannen Stahl lässt sich hier immer Geld verdienen.«

»Ich bin kein Söldner. Meine Klinge kann man nicht mieten.«

»Natürlich nicht«, antwortete die Frau mit einem Lachen, das sich so rau wie Segeltuch auf bloßer Haut anfühlte.

»Ihr verspottet mich. Dabei weiß ich nicht einmal Euren Namen!«

»Man nennt mich Rahel.«

Höflich verneigte sich Jaquento. »Es ist mir eine Ehre, Meséra.«

»Trinkst du einen Wein mit uns, Jaquento?«

Also gesellte er sich zu der kleinen Gruppe um Rahel, während der Rest der Gäste immer noch Abstand hielt, was Jaquento nach der blutigen Auseinandersetzung nicht weiter verwunderte.

Während Jaquento und Rahel am Kopfende eines Tisches Platz nahmen, setzten sich Rahels Begleiter an das andere Ende und begannen laut mit einem Würfelspiel, das schon bald ihre ganze Aufmerksamkeit beanspruchte. Lediglich der Mann, den sie Bihrâd genannt hatten, spielte nicht mit, sondern ließ seinen Blick wachsam durch die Taverne wandern. Inzwischen hatte er die Kapuze zurückgeschlagen, und Jaquento konnte erkennen, dass er aus dem tiefen Süden stammen musste, vielleicht aus den Mauresken Städten. Seine Haut war dunkel und sein Haar schwarz wie Pech. Hohe Wangenknochen und eine kräftige Nase verstärkten den fremdländischen Eindruck. Besonders eindrucksvoll waren jedoch die Tätowierungen in seinem Gesicht, kleine Reihen von Punkten und Linien auf den Wangen, die in seinem sorgfältig gestutzten Bart verschwanden und den Mann wie aus einer anderen Welt wirken ließen. Als der Fremde Jaquentos Blick bemerkte, runzelte er die dichten Brauen.

»Was willst du?«, fragte er mit seinem fließenden Akzent, der aus der einfachen Frage beinahe eine Liedzeile machte.

»Ich wollte nicht unhöflich sein«, entschuldigte sich Jaquento und wandte den Blick ab. Neben ihm lachte Rahel erneut auf eine Art, die Jaquento unsäglich arrogant erschien.

»Kümmer dich nicht um Bihrâd. Er ist immer so ein Griesgram. Ich glaube, ich habe ihn noch niemals lächeln sehen!«

»Die Zunge ist die Übersetzerin des Herzens. Ein Lachen, das nicht von Herzen kommt, ist wenig wert. Und welches Herz kann in dieser Welt schon lachen?«

»Er redet dauernd in solchen Rätseln«, fuhr Rahel fort und drückte sanft Jaquentos Kinn herum, sodass er sie ansah.

Ihre Augen waren blau, jedoch nicht von einem hellen Blau, wie man es im Norden fand, sondern blau wie die See, dort wo sie unendlich tief ist und alle Geheimnisse der Welt in sich birgt. Ebenso wie das Meer wirkten auch Rahels Augen kühl und undurchdringlich, unbegreiflich, doch dabei nur allzu nah an der Grenze des Verstehens, als ob man nur zugreifen müsse, um alle Rätsel zu entwirren. Sie war vermutlich ein wenig älter als er selbst und hatte vielleicht dreißig Winter gesehen, obwohl er es schwer fand, ihre Jahre zu schätzen.

»Du gefällst mir, Jaquento«, wiederholte sie leise, »auch wenn ich nicht sagen kann, warum. Von deiner Sorte haben wir hier mehr als genug: abgebrannt, hager, mit mehr Stolz als Verstand und ihrer Ehre als Letztem, was ihnen geblieben ist. Früher oder später findet man die meisten mit dem Bauch nach oben im Hafen treibend, mit einem hübschen Grinsen auf der Kehle.«

Gebannt lauschte Jaquento ihren Worten. Sein Blick wanderte über die winzige Narbe an ihrem linken Mudwinkel, die ihr den Ausdruck eines ständigen Lächelns bescherte, über die gebräunte Haut und wurde doch immer wieder von ihren Augen gefangen. Ein Schauder durchlief seinen Leib, als er erkannte, wie gut ihre Worte auf ihn zutrafen. *Als wisse sie alles über mich.*

»Ich weiß wirklich nicht, warum, aber ich möchte dir ein Angebot machen. Heuer bei uns an. In unserer Mannschaft ist noch Platz für zwei Hände, die zupacken können. Seemann mag nicht das beste Los sein, aber es ist besser, als hier am Ende der Welt in diesem schmutzigen Loch zu verfaulen.«

»Anheuern? Auf Eurem Schiff?«, fragte Jaquento ungläubig.

»Natürlich! Wo denn sonst?« Wieder dieses Lachen, das Jaquento bereits jetzt mehr störte, als er sich selbst eingestehen mochte.

»Ich bin kein Seemann, Meséra«, protestierte der junge Mann, nur um einzuräumen: »Mag sein, dass ich mir die Überfahrt als solcher verdient habe, aber ...«

»Nichts aber«, unterbrach ihn Rahel rüde. »Ich kann den Lockruf der See schon hören, kann sehen, wie er seine Widerhaken in deine Seele geschlagen hat. Das Meer ist deine Bestimmung, Jaquento. Und das ist gut so, denn hier gibt es nichts anderes. Du kannst in der ewigen Hitze und Schwüle der Inseln verschimmeln, oder du fährst zur See!«

»Ich danke Euch für dieses Angebot«, erwiderte Jaquento steif und erhob sich, »aber ich fürchte, ich kann es nicht annehmen. Ich danke Euch für den Wein und bitte Euch, mich jetzt zu entschuldigen.«

Seine Verbeugung war förmlich und distanziert. Für einen Moment wirkte Rahel zornig, doch der Augenblick verging wie eine Wolke, die kurz die Sonne verdeckt hatte und dem Schein nun nicht mehr im Wege war. Mit einer einladenden Geste wies sie auf den Schemel: »Es war nur ein Angebot, Freund Jaquento. Man kann niemanden zu seinem Glück zwingen. Aber deswegen musst du uns nicht gleich verlassen! Setz dich, trink noch einen Wein. Vielleicht magst du eine Runde oder zwei mitspielen?«

Unsicher blickte Jaquento sie an, doch er konnte in ihrem Gesicht kein Arg erkennen. Langsam setzte er sich wieder.

»Ich wollte keinesfalls unhöflich sein«, begann er, doch Rahel winkte ab: »Keine Sorge; es gibt keinerlei Grund, sich zu entschuldigen.«

Mit einer Handbewegung bestellte sie mehr Wein und begann von einer ihrer Reisen zu berichten, deren Erlebnisse so unglaublich erschienen, dass Jaquento annahm, dass es sich um reinstes Seemannsgarn handelte.

»... und dann, mein Freund aus der Alten Welt, erschien ganz plötzlich der Schamane der Paranao und mit ihm alle

Geister seiner Ahnen. Wir haben alles stehen und liegen gelassen und sind gerannt wie die Hasen. Und das ganze schöne Gold liegt noch immer in der Flussmündung und wartet darauf, abgeholt zu werden. Wenn es die Geister nicht mitgenommen haben, wer weiß?«

Jaquento musste grinsen; der schwere Rote stieg ihm allmählich zu Kopf, und Rahel hatte ein Talent dafür, Geschichten zu erzählen, das musste man ihr lassen. Einen Moment lang überlegte er, ob ihr wohl daran gelegen wäre, heute Nacht sein Lager zu teilen, aber ein Blick auf die Waffen an ihrer Seite verhinderte, dass er eine derartige Frage stellte.

Erst als er mit schwerem Kopf und noch schwereren Beinen in sein Zimmer torkelte, wurde ihm bewusst, wie viel Wein sie getrunken hatten. Da Rahel mit ihren Begleitern die Taverne verließ, spürte Jaquento einen kurzen Stich des Bedauerns, denn er war sich sicher, dass er sie niemals wiedersehen würde. Vielleicht hätte er doch fragen sollen?

Dann stürzte er auf seine mit Stroh gefüllte Schlafstatt und kämpfte einige Momente gegen das Schlingern der Welt, bevor die Müdigkeit ihn übermannte. Draußen wurde der anbrechende Tag bereits von einer Vielzahl von Vogelstimmen begrüßt, während Jaquento in einen traumlosen Schlaf glitt.

ROXANE

Selbst in der geschützten Meerenge des Sanlet war das Meer vom Wind aufgewühlt. Solange die Brise aus dem Südwesten kam, wehte sie die schmale Wasserstraße entlang, die sonst von Insel und Land gemeinsam geschützt wurde.

Auf den grauen Wellen tanzten Schaumkronen, die vom Regen aufgelöst wurden, sich neu bildeten und so den Eindruck von endloser Unruhe verstärkten. Im Grau konnte man im Süden die Insel Dleigh erkennen, die ein dunkler Schemen in den Regenschwallen blieb. Roxane blickte nicht hinter sich, wo sie die Küste von Reidren wusste, der größten Insel des Staates Thaynric. Die beiden Ruderinnen saßen der jungen Frau gegenüber, blickten aber stur an ihr vorbei, während sie sich in die Riemen legten. Der Seegang warf das kleine Dingi immer wieder umher, was Roxanes Magen rebellieren ließ. Innerlich verfluchte sie ihre Konstitution, während sie die Zähne zusammenbiss und sich um ein ausdrucksloses Gesicht bemühte. Statt auf das Schwanken zu achten, fixierte sie das Schiff, das vor ihnen lag.

Die *Mantikor* war eine schon etwas in die Jahre gekommene Fregatte, die dennoch, oder vielleicht gerade deswegen, über einen ausgezeichneten Ruf verfügte. Dem Aussehen nach war sie in bester Verfassung, frisch gestrichen mit dem typischen Weiß-Schwarz-Muster der einzelnen Decks. Rahgetakelt, aber selbstverständlich alle Segel gerefft. Nur das obere Deck war mit Kanonen bestückt; die sechsundzwanzig Achtzehnpfünder waren natürlich altmodisch im Vergleich zu den neueren Vierundzwanzigpfündern, die auf vielen der modernen, größeren Fregatten zum Einsatz kamen, aber die *Mantikor* hatte den Ruf, jedem besser bewaffneten Schiff einfach davonsegeln zu können.

Angestrengt versuchte Roxane, sich an die vielen Erfolgsmeldungen des Schiffes im »Thaynric Chronist«, der größten Zeitung des Landes, zu erinnern. Selbst eine dröge Abfolge von Prisen war besser als der Tumult in ihrem Leib, der sich ihr immer wieder unangenehm in Erinnerung brachte.

Endlich drehten die Ruderfrauen bei und hoben die Riemen. An Bord der *Mantikor* musste man die Offiziersuniform oder zumindest den Zweispitz bemerkt haben, denn Roxane hörte das geschäftige Schrillen der Pfeifen. Die Signale waren ihr vertraut – *Offizier kommt an Bord.*

Während sie die beiden Ruderfrauen bezahlte, waren ihre ärgerlichen Magenkrämpfe für einen Moment vergessen, doch als sie an der hastig herabgelassenen Strickleiter hing, die von den Bewegungen des Schiffs von links nach rechts und wieder zurück geworfen wurde, meldete sich ihre Seekrankheit mit voller Stärke zurück. Mühsam kämpfte sie sich Stück für Stück, Sprosse für Sprosse empor, bis sie erleichtert ihre Beine über die Deckskante schwang und versuchte, sich so würdevoll wie möglich aufzurichten.

Auch an Deck war das Schiff tadellos hergerichtet. Schon auf den ersten Blick erkannte Roxane, dass alles sorgfältig an seinem Platz war; kein Tau, kein Fass wich von der vorgeschriebenen Position ab. Es bedurfte eines großen Kapitäns, um auch in den Zeiten des Nichtstuns, während die Fregatte in sicheren Heimatgewässern lag, dieses hohe Niveau von Disziplin zu halten. Bevor sie sich jedoch genauer umsehen konnte, trat ein Mann auf sie zu, den sie trotz seiner wettergegerbten Haut auf Mitte zwanzig schätzte. Seine Uniform mit dem schwarzen Rock und der weißen Hose wies ihn als Offizier aus, ein Leutnant, wie ihr Blick auf den Zweispitz und die Goldlitzen, Knöpfe und Epauletten am Uniformrock bestätigte. Über die Uniform hatte er einen dunklen Mantel geworfen, der ebenso wie Roxanes gewalkter Mantel die Nässe und Kälte mehr schlecht als recht abhalten würde.

Sein breites Grinsen war ein wenig zu persönlich für Roxanes Geschmack, doch er grüßte sie mit einem akkuraten Salut.

»Willkommen an Bord der *Mantikor,* Thay. Mein Name ist Cearl Frewelling. Ich bin der Erste Offizier des Schiffes.«

»Hoch… erfreut«, erwiderte Roxane und unterdrückte das Bedürfnis, sich zu räuspern oder gar zu würgen. »Leutnant Roxane Hedyn meldet sich wie befohlen zum Dienst, Thay.«

Die Worte kamen keinesfalls so zackig heraus, wie sie es sich gewünscht hätte. Vorsichtig griff Roxanne nach einem Tau der Wanten und hielt sich fest, den Blick starr auf den Horizont gerichtet. Sie konnte den Schweiß spüren, der ihr auf die Stirn trat, die feuchten Innenflächen ihrer Hände. Zum Glück würde der Regen jegliche Spur ihres Unwohlseins verwischen, wenn sie sich nur beherrschen konnte.

»Roxane«, erwiderte Leutnant Frewelling aufgeräumt, »das ist aber ein ungewöhnlicher Name, nicht wahr? Aus dem Süden?«

»Mein … mein Vater hat die südlichen Kolonien und die Mauresken Städte bereist. Er ist Arzt und hat eine Vorliebe für die dortige Kultur.«

»Der Name stammt von dort?«

Misstrauisch blickte Roxane den Offizier an, doch sie sah nur ehrliches Interesse in seinen Augen.

»Ja. Eine mythische Königin, die unter einem der gewaltigen Bauwerke dort schlafen soll, nur um in Zeiten der Not wiederaufzuerstehen und dem Land zu helfen. Mein Vater war von der Geschichte sehr angetan«, erläuterte sie und fügte etwas zu spät ein »Thay« hinzu. Lächelnd nickte ihr Frewelling zu und wandte sich dann an die Seeleute, die gerade eben Roxanes Gepäck an Bord gehievt hatten.

»Schafft das in die zweite Kammer. Vorsichtig, Mann!«, herrschte er einen der Seemänner an, der sich allzu ungeschickt anstellte und die Kiste über die Reling schaben ließ.

In diesem Augenblick öffnete sich die Tür zum Niedergang, und der Kapitän betrat das Deck. Sofort nahm jede Frau und jeder Mann in Sichtweite Haltung an, und auch Roxane straffte die Schultern. Kapitän Harfell war eine Legende unter den ohnehin berühmten Fregattenkapitänen. Seine Reputation war tadellos, seine Erfolge mit der *Mantikor* allein während ihrer letzten Reise bereits Legende. Roxane schluckte, als sie den Blick des grauhaarigen Mannes auf sich spürte. Seine hellen Augen musterten sie, doch sein Antlitz gab nicht preis, zu welchem Ergebnis er gekommen war.

»Leutnant Hedyn? Das wurde aber auch verdammt noch einmal Zeit«, polterte der Kapitän.

»Ich bin sofort nach Erhalt meiner Order abgereist, Thay«, protestierte Roxane schwach.

»Ach, Sie meine ich nicht. Diese verfluchten Affen von der Verwaltung haben mir schnellen Ersatz für Leutnant Porde zugesagt, und wie lange musste ich warten? Drei Wochen!«

»Tut mir leid, Thay.«

Doch der Kapitän schien sie gar nicht zu beachten, sondern warf einen Blick über die Reling, dann verfinsterte sich sein Gesicht: »Schafft dieses Boot von meinem Schiff weg! Dieses Pack, das einem ehrlichen Seefahrer noch den letzten Sechsling aus der Tasche zieht!«

Mit einer Zornesfalte zwischen den Brauen beobachtete der Kapitän, wie die Ruderinnen ablegten und sich vom Schiff entfernten. Verwirrt blickte Roxane zu Leutnant Frewelling, der seinerseits mit unbeteiligter Miene in die Ferne blickte.

»Das nächste Mal signalisieren Sie vom Ufer, Leutnant, dann senden wir Ihnen die Pinasse. Diese Blutegel dulde ich nicht in der Nähe meines Schiffes!«

»Aye, aye, Thay!«, erwiderte Roxane pflichtbewusst. Unvermittelt löste sich der Zorn aus Harfells Zügen, und er verschränkte die Arme hinter dem Rücken.

»Sie haben in der Schlacht vom Delta des Tarnt auf der *Königin Leofwyn* gedient, nicht wahr?«

»Korrekt, Thay.«

»Ein großer Sieg. Ich habe gehört, dass Sie verwundet wurden, ebenso wie der Admiral. Er soll Sie selbst für das Offizierspatent vorgeschlagen haben.«

»Mir wurde diese Ehre zuteil, Thay«, bestätigte Roxane.

»Dann schweigen Sie nicht, Leutnant, erstatten Sie uns Bericht!«

»Thay?« Roxane sah ihren Kapitän fragend an, der auffordernd mit dem Kopf nickte: »Die Details der Schlacht. Wir alten Kanalheringe sind an solch prestigeträchtigen Kämpfen gewöhnlich nicht beteiligt.«

»Nun, Thay, der Admiral hatte Bericht erhalten, dass die vereinte géronaische und hiscadische Flotte im Delta vor Anker lag. Sie fühlten sich anscheinend im flachen Wasser unter dem Schutz der Festungen von Sengier sicher. Wir sind mit der Dämmerung in die Bucht eingelaufen; zehn Linienschiffe und zwei Briggs gegen vierzehn Linienschiffe und drei der großen géronaischen Fregatten. Sie waren wie an einer Perlenschnur aufgereiht, parallel zur Küste. Sie dachten wohl, dass zwischen ihnen und dem Land kein Platz zum Manövrieren mehr wäre. Sie hatten die Schiffe noch nicht einmal gefechtsbereit gemacht, als wir in die Bucht einliefen, obwohl man uns lange vorher gesichtet haben musste.«

Alle hingen wie gebannt an Roxanes Lippen, die ihre Hände benutzte, um die Aufteilung der Schlachtreihen anzuzeigen. Selbst die bislang wenig aufmerksamen Seeleute kamen herbei und scharten sich um die kleine Gruppe von Offizieren.

»Wir kamen mit dem Wind, genau entlang der feindlichen Linie. Kapitän Folste scherte mit der *König Jocerad* aus und setzte sich zwischen die feindliche Linie und die Küste. Er hatte freie Hand vom Admiral bekommen. Einige andere folgten. Plötzlich waren die feindlichen Schiffe am Anfang ihrer Linie von zwei Seiten unter Beschuss. Die Küstenbatterien feuerten, aber sie mussten Angst haben, ihre eigenen Schiffe zu treffen, so blieb ihr Feuer ungerichtet und wenig wirksam. Unsere Magier durchbrachen den hastig errichteten Schutz schnell, während unsere eigenen Caserdote bestens vorbereitet waren. Wir haben sie zerschmettert, eines nach dem anderen.«

Ihre Erinnerungen hielten Roxane gefangen. Der Geruch von Pulver, von Blut, von Exkrementen stieg ihr wieder in die Nase. Das ohrenbetäubende Donnern der Kanonen, die unisono abgefeuert jedes andere Geräusch vernichteten. Nur das schrille Kreischen der Magie, die sich über ihr entlud, über mystische Barrieren kratzte, abprallte, brüllend Meerwasser emporstieben ließ, war über den Kanonendonner zu hören, als würde es direkt im Kopf ertönen. Die gebückte Haltung, die das Kanonendeck der *Königin Leofwyn* selbst Roxannes nicht besonders großer Gestalt abverlangte, und all die anderen gebeugten Schemen, die mit großer Präzision die Geschütze bedienten. Im Nebel des Kanonenfeuers sah man kaum die Hand vor Augen, während die Pulverläufer, die Pulveräffchen immer neue Kartuschenbeutel zu den Kanonieren brachten. Sie sah sich selbst inmitten des Chaos, des entfesselten Sturms der Vernichtung, wie sie als Fähnrich eine Einheit von Kanonen des unteren Geschützdecks befehligte.

Selbst das spärliche Gegenfeuer der Feinde hatte Lücken in die Bordwand gerissen, tonnenschwere Geschütze aus den Verankerungen geschleudert und wie Spielzeuge durch die Luft geworfen. Hier und da riss Magie, die den Schutz der Caserdote durchbrach, fürchterliche Wunden in das Schiff. Leutnant Thalms war bereits in den ersten Minuten des Gefechts gefallen, niedergestreckt von einem armlangen Stück Balken, das ihn vom Bauch bis zum Hals aufgeschlitzt hatte. Ohne wirklich zu wissen, wie ihr geschah, war Roxane eingesprungen, hatte die nötigen Kommandos gebrüllt, die Ordnung bewahrt, während vor den Stückpforten die géronaische Flotte vorbeiglitt und Schiff für Schiff zu Wracks geschossen wurde.

Wann die Kugel sie traf, konnte sie später nicht genau sagen. Zunächst hatte sie keinen Schmerz gespürt. Erst als das Schiff aus der Schlachtlinie geglitten war, die Kanonen verstummt waren und nur die Schreie der Verwundeten und Sterbenden zurückblieben, hatten die Beine unter ihr nachgegeben.

Unwillkürlich tastete Roxane nach ihrer Schulter, wo die Narben noch deutlich zu spüren waren. Aber sie hatte vergleichsweise Glück gehabt.

»Der Admiral ist wieder auf dem Wege der Besserung, habe ich gehört«, sagte Kapitän Harfell. Er schien ihre Gedanken lesen zu können. »Eine Schande, dass er den Arm verloren hat. Aber er muss große Stücke auf Sie halten, Leutnant, wenn er sich für Sie eingesetzt hat.«

Stumm nickte Roxane.

»Wie alt sind Sie, Leutnant?«

»Neunzehn, Thay«, antwortete Roxane sofort.

»Achtzehn, als Sie Leutnant wurden«, sinnierte der Kapitän. »Ziemlich jung für eine Beförderung. Sie sind ein verdammtes Wunderkind, Leutnant.«

Bevor Roxane widersprechen konnte, wandte Harfell sich schon ab. »Heute Abend Besprechung in meiner Kajüte. Vor Beginn der Hundewache. Machen Sie das Schiff seefertig, Leutnant Frewelling. Wir laufen morgen früh aus. Ein Gutes hatte die verfluchte Warterei ja: Unsere Vorräte sind aufgefüllt und die Mannschaft hungrig auf ein wenig Leibesertüchtigung.«

»Aye, aye, Thay«, erwiderte Frewelling, während der Kapitän sich an Deck umsah. Als er weitersprach, waren seine Worte an alle gerichtet: »Ihr habt es gehört: Es geht wieder los! Machen wir den géronaischen Sumpfmücken Feuer unter ihren kleinen Ärschen! Fette Prisen und fette Beute erwarten uns!«

Ohne auf den Jubel seiner Besatzung zu achten, ging der Kapitän wieder unter Deck und ließ Roxane mit ihren Gedanken und der wiederkehrenden Übelkeit zurück.

»Ich zeige Ihnen Ihr Quartier, Leutnant«, schlug Frewelling vor. »Und dann werde ich mich darum kümmern, dass wir endlich von der Küste fortkommen.«

Während sie in den Achteraufbau stiegen, flüsterte Leutnant Frewelling: »So ist er immer. Die Besatzung liebt ihn.«

»Ich empfand es als ... als befremdlich, vor den gemeinen Seeleuten die Einzelheiten meiner Karriere berichten zu müssen«, erwiderte Roxane, die sich mit einer Hand an der Wand abstützte, um nicht von den ungewohnten Bewegungen des Schiffs umgeworfen zu werden. Frewelling schien damit keine Probleme zu haben, sondern ging zielstrebig nach hinten. Er warf Roxane einen warnenden Blick über die Schulter zu, als sie die Offiziersmesse betraten, die jedoch leer war. Vor einer schmalen Tür blieb er stehen: »Das ist Ihre Kammer, Leutnant. Ich habe sie nach Leutnant Pordes Ableben räumen und säubern lassen. Wenn Sie Hilfe benötigen, kann ich Ihnen noch jemanden schicken …«

Die Frage hing unausgesprochen in der Luft, aber Roxane schüttelte den Kopf: »Nein. Ich komme allein zurecht, Thay. Vielen Dank.«

»Bald stechen wir in See, dann verschwindet der Geist der Untätigkeit von diesem Schiff. Ein wenig Bewegung ist immer gut für ein Schiff. Mehr Disziplin, weniger Krankheiten.«

»Natürlich. Ich freue mich, wieder auf See zu sein, Thay.«

Leutnant Frewelling nickte. Bevor er sich entfernte, sagte er noch: »Ich schicke einen Fähnrich, um Sie zur Besprechung mit dem Kapitän holen zu lassen. Sie haben genug Zeit, Leutnant Hedyn.«

»Ich danke Ihnen, Thay.«

Die Kammer war klein, aber weitaus geräumiger als das Quartier, das sie sich auf der *Königin Leofwyn* mit den anderen Fähnrichen hatte teilen müssen. Eine Koje hing von der Decke, es gab einen einfachen Tisch und zwei Stühle. Vor allem jedoch gab es eines, was auf einem Kriegsschiff unendlich selten und damit kostbar war – Privatsphäre. Dankbar, endlich allein zu sein, lehnte sich die junge Frau an die Wand, warf den schweren Mantel über einen Stuhl, lockerte ihr Halstuch und öffnete die Weste. Gierig atmete sie tief ein und versuchte die Übelkeit, die ihr in den Hals stieg, zu unterdrücken. *Noch ein paar Tage*, versuchte sie sich selbst zu beruhigen, *dann ist es vorüber*. Sie verfluchte die Seekrankheit, die sie immer wieder überfiel, wenn sie zu lange an Land gewesen war, egal wie lange sie nun schon zur See fuhr. Die Erfahrung lehrte sie, dass die Übelkeit vorüberging, doch so lange musste sie das ständige flaue Gefühl in ihrem Leib überstehen, ohne vor den Seeleuten das Gesicht und damit das Ansehen und den Respekt zu verlieren. Hier unter Deck, ohne den Horizont und die frische Luft, war es noch schlimmer. Aber dafür war sie nicht den Blicken der Mannschaft ausgesetzt und konnte, zumindest für den Augenblick, die Disziplin hinter sich lassen. Sie goss Wasser aus einer Karaffe in die bereitstehende Schüssel und feuchtete ihre Schläfen an. Dann atmete sie einige Male tief ein und aus, um den Würgereiz zu unterdrücken. Mit einer Hand löste sie das Band aus ihrem Zopf und strich sich mit nassen Fingern durch die blonden Locken, bevor sie das feuchte Haar wieder streng zurückband. Sie genoss die Ruhe einer eigenen Kammer.

Bis es an ihre Tür klopfte. Sofort zog Roxane ihr Halstuch fest und begann hektisch, die Knöpfe ihrer Uniform zu schließen. Erst als sie ihr Aussehen für halbwegs präsentabel hielt, öffnete sie die Tür.

»Darf ich Sie an Bord der *Mantikor* willkommen heißen, Leutnant? Mein Name ist Galfrid Sellisher, ich habe die Ehre, der Kaplan dieses feinen Schiffes zu sein.«

Der Sprecher war gut einen Kopf größer als Roxane, die selbst eher von durchschnittlicher Größe war. Er trug eine recht schmucklose Uniform ohne Degen an der Seite und auch keine Kopfbedeckung. Seine Haltung war gebeugt, als ob eine Last ihn nach unten zöge, aber obwohl er bereits einige Jahre gesehen haben musste, wie die grauen Strähnen in seinem braunen Haar zeigten, war er nicht sehr alt. *Vielleicht Mitte vierzig*, schätzte Roxane für sich, während sie antwortete: »Es ist mir eine Freude, Sie kennenzulernen, Thay. Leutnant Roxane Hedyn, zu Ihren Diensten.«

»Die Freude liegt ganz bei mir. Darf ich …?«

»Aber natürlich. Kommen Sie bitte herein. Sie müssen entschuldigen, ich hatte noch keine Zeit, meine Kammer einzurichten.«

»Verständlich, Leutnant. Dies war Leutnant Pordes Kammer. Sein Verlust hat uns alle schwer getroffen. Solch ein sinnloser Tod.«

»Es war ein Unfall, wie ich hörte?«, hakte Roxane nach, die bislang nur wenige Informationen und Gerüchte über ihren Vorgänger und dessen Ableben in Erfahrung hatte bringen können.

»Beim Aufnehmen einiger Fässer hat sich ein Tau gelöst«, erzählte der Kaplan. »Es war keine Schlamperei seitens der Mannschaft, einfach nur ein Unglück. Jedenfalls konnten wir nichts mehr für den Leutnant tun.«

»Das tut mir sehr leid«, erwiderte Roxane ehrlich. Insgeheim beobachtete sie den Mann. Er trug sein Haar entgegen der aktuellen Mode kurz, nach imperialem Stil. Er hatte große, knochige Hände, die aussahen, als wäre er das Zupacken gewöhnt, und sein Antlitz war von Wind und Sonne gezeichnet. Seine Augen erstaunten Roxane, denn sie waren hell, fast gänzlich weiß. *Blind*, erkannte sie schlagartig, *er ist blind*! Stumm starrte sie ihn an, da ihr buchstäblich die Worte fehlten.

»Darf ich?«, fragte Sellisher und deutete auf einen Krug mit Wasser, der auf dem Tisch stand. Verwirrt brummte Roxane zustimmend und sah überrascht, wie der Kaplan mit sicherem Schritt zum Tisch ging und den Holzkrug aufnahm, um daraus einen Schluck zu trinken. Seine Augen blickten jedoch starr geradeaus.

»Verzeiht meine Anmaßung«, begann Roxane und versuchte, ihre Frage im Geiste höflich zu formulieren. Bevor sie jedoch zu einem Ergebnis kam, lächelte Sellisher und strich mit dem Zeigefinger über seine Augenbraue.

»Meine Augen?«

»Ähem … ja«, gestand die junge Frau.

»Das Augenlicht fehlt mir, solange ich mich zurückerinnern kann. Vielleicht wurde ich schon so geboren. Doch der Wille der Einheit ist unergründlich, und so empfing ich als junger Mann ihren Ruf. Meine Augen können nicht sehen, aber mein Geist nimmt die Kraft der Einheit wahr.«

»Ich ... ich hätte gedacht, dass Sie als Kaplan der Magie abhold wären?«, warf Roxane neugierig ein.

»Natürlich, Leutnant, natürlich. Wie bei allen Caserdote kann Magie mich nicht berühren. Aber ich nehme die Kraft wohl wahr, die uns umgibt. Ich kann nur annehmen, dass es eine völlig andere Wahrnehmung als Ihre Sicht ist; immerhin fehlt mir jeglicher Vergleich. Aber ich kann Objekte erkennen, ob nun beseelt oder nicht.«

»Mir war nicht bewusst, dass so etwas möglich ist«, gestand die junge Frau stirnrunzelnd. Natürlich kannte sie die von der Einheit gesegneten Caserdote und wusste um deren Fähigkeit, den Fluss magischer Kräfte zu hemmen oder sogar ganz zu unterbinden. Aber dass sie auch eine Sinneswahrnehmung der Magie hatten, war eine neue Erkenntnis.

»Es ist nicht leicht zu erlernen. Ich nehme an, dass nur wenige meinen, nun ja, Ehrgeiz dabei entwickeln. Die Einheit nahm mir das Augenlicht, schenkte mir dafür aber diese Sicht. Es ist nicht an mir, an ihren Entscheidungen oder Weisungen zu zweifeln.«

»Natürlich nicht, Thay.«

»Die Einheit ist es, die uns alles gibt, Leutnant. Manchen die Kraft der Magie, anderen die Fähigkeit, diese zu unterbinden. Verstand und Körper, Geist und Materie, Himmel und Erde, Nacht und Tag, Gutes wie Böses ... doch ich beginne bereits zu predigen«, schloss der Kaplan mit einem kurzen Lachen.

»Keineswegs«, widersprach Roxane, die ebenfalls lächeln musste, aber Sellisher schüttelte den Kopf: »Wenn Sie mit mir beten wollen: Ich halte jeden Morgen und jeden Abend eine kleine Andacht auf dem Achterdeck, wozu ein jeder herzlich eingeladen ist. Und einmal in der Woche begehe ich eine Messe; diese ist natürlich Pflicht für jedes Mitglied der Besatzung. Ich würde mich dennoch freuen, Sie auch bei den Andachten begrüßen zu dürfen.«

»Sie können mit mir rechnen, Thay, wenn es mein Dienstplan erlaubt«, versicherte Roxane.

»Natürlich stehe ich Ihnen auch sonst jederzeit zur Verfügung, wenn Sie meine Hilfe benötigen. Ich bin nur ein einfacher Diener der Einheit, aber manchmal reicht schon ein so gewöhnlicher Rücken wie der meine, um Sorgen darauf abladen zu können.«

»Ich werde daran denken«, versprach die junge Frau, obgleich sie sicher war, dass sie auf dieses Angebot kaum eingehen würde. Auch wenn ihre Familie streng gläubig war, so hatte ihr Vater stets betont, dass die Einheit jedem die Möglichkeiten gegeben hatte, das eigene Leben zu meistern. *Der Acker taugt nur so viel wie der Mensch, der ihn bearbeitet,* ertönte die Stimme Doktor Hedyns in ihrem Kopf, und sie sah sein ernstes Gesicht vor sich.

»Dann verabschiede ich mich, Leutnant, und wünsche Ihnen auf jeden Fall alles Gute.«

»Ihnen auch, Thay«, erwiderte Roxane freundlich.

»Und keine Sorge: Die Übelkeit geht bald vorbei«, flüsterte der Kaplan verschwörerisch und zwinkerte Roxane zu, bevor er die Kammer verließ. Verblüfft blieb die junge Offizierin allein zurück. Während des Gesprächs hatte sie ihre Beschwerden fast vergessen, doch mit der Erwähnung kehrten sie unbarmherzig zurück. Diesmal blieb sie jedoch nicht in der Enge ihrer Kammer, sondern lief hastig an Deck, wo sie gemessenen Schrittes auf und ab ging, den Blick fest auf die Küstenlinien gerichtet, die sich an beiden Flanken des Schiffes im Grau abzeichneten. Sie würde später ausreichend Gelegenheit haben, die Habseligkeiten aus ihrer Truhe zu räumen.

Im Osten lag der Kanal, und jenseits der Wasser lag das Festland, ein ganzer Kontinent voller Feinde, nur von der Macht der Königlich-Thaynrischen Marine in Schach gehalten. Morgen würde die *Mantikor* auslaufen, mit einem Roxane noch unbekannten Ziel, um die Feinde ihrer Heimat daran zu hindern, diese zu erobern und zu unterwerfen. Grübelnd zog die junge Offizierin ihre Bahnen auf Deck, die Hände auf dem Rücken, und versuchte sich wieder an den Aufenthalt an Bord eines Kriegsschiffes zu gewöhnen, an seine Enge, die eingespielten Abläufe, das Gefühl, nie allein, sondern stets Teil eines Ganzen zu sein. Hin und wieder sah sie Frewelling, doch der Leutnant war zu sehr damit beschäftigt, die Fregatte zum Auslaufen klarzumachen. Und der Rest der Mannschaft ignorierte sie fürs Erste; bis sie sich in die Gemeinschaft eingefügt hatte, würde man sie mit Distanz behandeln. Und selbst dann würde sie als Offizierin kein Teil der gemeinen Matrosen sein, sondern eine Autoritätsperson mit der Macht über Leben und Tod.

Um fünf Uhr läutete der Wachhabende die erste Hundewache an. Da Roxane noch nicht in die Wachen integriert war, hatte sie den Tag relativ ungestört verbringen können. Während des Wachwechsels kam ein jugendliches Mädchen zu ihr gelaufen und salutierte atemlos: »Leutnant Frewelling schickt mich, Thay. Der Kapitän ruft zur Besprechung.«

»Danke, Fähnrich …«

»Levman, Thay, Tola Levman.«

»Levman", wiederholte Roxane und nickte kurz. Dann ging sie hinab unter Deck. Über ihr begann die erste Hundewache, so genannt, weil es eine der beiden kurzen Wachen war, die allein den Zweck hatten, das Wachsystem so anzugleichen, dass eine Wachmannschaft nicht jeden Tag zur gleichen Zeit Wache hatte. Die erste Hundewache war nur eine

Stunde lang, daran schloss die zweite Hundewache mit zwei Stunden an, bevor das rotierende Wachsystem um acht Uhr abends mit der ersten Wache wieder begann. Schon bald würde die junge Offizierin einer Wache zugeteilt werden und als Wachhabende vom Dienst in dieser Zeit Verantwortung für das gesamte Schiff übernehmen. Eine Aussicht, die sowohl verführerisch als auch Angst einflößend war, wie Roxane nun überrascht feststellte. Bislang hatte sie es kaum erwarten können, ihren Dienst anzutreten und endlich als Leutnant zu fahren. Doch nun fragte sie sich plötzlich, ob sie den Anforderungen gewachsen war. *Ein verdammtes Wunderkind*, gingen ihr die Worte von Kapitän Harfell durch den Kopf. *Stimmt das? Oder bin ich noch nicht reif für das Offizierspatent?*

Doch für derlei Selbstzweifel war es nun zu spät. Sie stand vor der Tür, die zur Kapitänskajüte führte. Der Seesoldat auf Wache in seiner scharlachroten Uniform blickte starr an ihr vorbei. Roxane nahm sich ein Beispiel an ihm. Das Reglement der Marine und die Kriegsartikel ließen keinen Platz für Zweifel, also hob sie die Hand und klopfte an.

»Herein«, bellte es aus dem Inneren, und sie öffnete die Tür und trat ein. Obwohl das Linienschiff *Königin Leofwyn* ungleich größer als die Fregatte *Mantikor* war, hatte der Umstand, dass neben dem Kapitän und seinen Offizieren auch noch der Admiral samt Stab unterzubringen war, für kaum größere Kajüten und Kammern als hier an Bord gesorgt. Anders als in der Offiziersmesse, die ein Deck darunter lag, musste der Kapitän jedoch hinnehmen, dass zwei Achtzehnpfünder in seiner Kajüte standen, deren Pforten sich nach achtern öffneten. Zum Ausgleich gab es hier richtige Fenster und sogar zwei kleine Heckgalerien. In dem Raum befanden sich bereits der Kapitän und Leutnant Frewelling, dazu noch eine unbekannte junge Frau, die ebenfalls die Uniform eines Leutnants trug.

»Das ist Leutnant Hedyn«, stellte der Kapitän kurz angebunden vor. »Leutnant Frewelling kennen Sie ja bereits. Dies ist Leutnant Hugham, meine Zweite Offizierin.«

Während Frewelling rasch grinste, nickte die Frau, deren blondes Haar einen Stich ins Rötliche hatte, und tippte sich seitlich mit zwei Fingern an die Stirn. Roxane tat es ihr gleich, schwieg jedoch, da der Kapitän sich offensichtlich auf seine Ansprache vorbereitete. Zwei weibliche Offiziere auf einem Schiff dieser Größe waren selten. Trotz der Tatsache, dass Frauen nun schon etliche Jahrzehnte lang in Armee und Marine dienten, blieb gerade unter den Offizieren das Heft fest in der Hand der Männer; Roxane konnte die Frauen im Admiralsrang an einer Hand abzählen, während es allein sechzig Admirale gab, von den Konter- und Vizeadmiralen ganz zu schweigen. Doch der Kapitän schien keine der weit verbreiteten Vorurteile gegen das Dekret von Ihrer Majestät, Königin Leofwyn zu haben, das es vor über fünfzig Jahren zum ersten Mal erlaubt hatte, dass auch Frauen für die Verteidigung ihrer Heimat kämpfen und sterben durften. *Und die ausgebluteten Ränge des Militärs auffüllen, die ein endloser Krieg geleert hatte,* dachte Roxane, doch das waren die Gedanken ihres Vaters gewesen, die man besser nicht laut aussprach.

Neugierig wanderten Roxanes Blicke über die Einrichtung der Kajüte. An den Wänden hingen einige sicherlich teure Gemälde von Kriegsschiffen. Auf dem Tisch waren Karten ausgebreitet, auf denen nautische Geräte lagen; Roxane erkannte Sextant und Kompass sowie Lineal, Zirkel und eine Schachtel mit Stiften. Abgesehen von den Gemälden gab es kaum Schmuck und keine persönlichen Gegenstände.

»Wie ich bereits angekündigt habe, laufen wir morgen aus. Wir werden einen östlichen Kurs einschlagen und den Sanlet hinter uns lassen.«

»Östlich, Thay?«, fragte Frewelling überrascht, was ihm einen unwirschen Blick des Kapitäns einbrachte.

»Jawohl, Leutnant, östlich. Unsere Order lautet, umgehend den Ozean zu überqueren und die Basis auf der Insel Lessan anzusteuern. Meine Damen und Herren, es geht in die Sturmwelt!«

Verblüfft starrte Roxane den Kapitän an. Ihr Unwohlsein war vergessen, und sie hörte nur mit halbem Ohr hin, während der Kapitän den genauen Kurs erläuterte. *Die Sturmwelt!*

MAJAGUA

Der erste Schlag traf ihn in den Nacken. Der flexible Stock peitsche auf seine ungeschützte Haut und hinterließ eine glühende Spur der Schmerzen. Ein Tritt in seine Kniekehle ließ sein Bein einknicken, doch er fing sich ab, die Schultern hochgezogen, die Zähne zusammengebissen.

»Auf die Knie!«, brüllte eine Stimme hinter ihm.

»Mach schon«, ertönte ein leises Flüstern zu seiner Rechten. Eine unbändige Wut stieg in ihm auf, doch die Hand des älteren Mannes legte sich beruhigend auf seine Schulter. Majagua gab dem sanften Druck nach und sank auf die Knie nieder. Noch einmal peitsche die Knute auf seinen Rücken, aber diesmal war der Schlag schwach, fast versöhnlich.

»Geht doch«, erklärte der Schläger selbstzufrieden, dann erklang seine Stimme ganz nah: »Ich dulde keine Unruhestifter! Wenn ich sage *geh*, dann gehst du!«

Im Atem des Mannes schwang Rum mit, er streifte unwillkommen warm über den Nacken des Knienden, fachte die Schmerzen des Striemens weiter an.

»Du tust, was man dir sagt. Immer. Ungehorsam wird bestraft. Tu nicht so, als wüsstest du nicht, was ich sage. Ich weiß, dass du mich verstehst. Wenn du mir Schwierigkeiten machst, werde ich dich brechen. Frag den Alten, er wird es dir bestätigen.« Der Mann unterbrach sich kurz und schnaufte voller Genugtuung. Mit einem Stoß beförderte er Majagua nach vorn. »Los, hoch mit dir! Und vergiss nicht: Ich habe ein Auge auf dich!«

Schritte entfernten sich, schwere, gestiefelte Schritte, die über die Holzbohlen polterten. Die Pein in Nacken und Rücken wurde von einem flammenden Inferno zu einer Glut, die im Rhythmus seines Herzens pulsierte. Die Strahlen der im Zenit stehenden Sonne brannten auf der verletzten Haut. Erst als Majagua sich der Kontrolle über seine Gesichtszüge sicher war, richtete er sich auf, steif zwar, aber den Kopf hoch erhoben. Neben ihm stand einer der Träger, ein alter Mann aus Majaguas Volk, Gesicht und Körper von harter Arbeit gezeichnet.

»Leg dich nicht mit Tangye an, Freund. Ich habe gesehen, wie er Männer mit seiner Peitsche besinnungslos geprügelt hat. Siehst du die Balken da oben am Fort?«, fragte der Alte und wies zu den grauen Mauern der Befestigung, die sich über der Bucht auf einer Klippe erhob. Aus der gemauerten Wand ragten unterhalb der Zinnen in regelmäßigen Abständen mächtige Holzbohlen.

»Ja.«

»Dort knüpft er unsere Leute auf. Wer nicht arbeiten kann oder nicht gehorcht. Egal, ob Männer oder Frauen, Alte oder Kinder.«

Einige Herzschläge lang schwiegen beide, während sie zu dem Fort hinüberschauten, dessen Kanonenmündungen wie schwarze Augen auf die Bucht gerichtet waren.

»Du gehörst jetzt ihnen«, fuhr der Alte leise fort. »Vergiss das niemals.«

»Ich gehöre niemandem! Ich bin Majagua, der Sohn des Cacique von Guanquen!«, brauste er auf.

»Hier bist du niemand, Junge«, erwiderte sein Gegenüber ruhig. »Kein Häuptlingssohn, kein Mann, niemand. Nur ein Sklave.«

»Es gibt keine Sklaven mehr«, widersprach Majagua heftig. »Die *Ari'* wurden verjagt, und die Blassnasen haben es verboten!«

»Egal, welche Fremden du kennst: Hier herrscht die Compagnie, Majagua. Hier gibt es kein Recht. Willkommen in der Finsterwelt.«

Mit diesen Worten hob der Alte seine Last vom Boden auf und ging den mit verrottenden Bohlen belegten Weg hinab zum Steg. Unsicher blickte Majagua zurück zu dem Schiff, das ihn zu dieser Insel gebracht hatte und das nun von einer schier endlosen Kette von halb nackten Männern und Frauen, in die sich der Alte wieder einreihte, beladen wurde, während es seine bisherige menschliche Fracht ausspie.

Abgerissene Gestalten, wie Majagua in Fetzen gekleidet, ausgemergelt, dürr; Haut, die sich über Knochen spannte. Verfilzte Haare, schmutzige Leiber. Leere Augen, nur auf den Fußbreit Boden gerichtet, der den nächsten Schritt ausmacht. Viele waren Paranao, von Majaguas eigenem Volk, aber er sah auch bleiche Menschen, mit ebenso sterbenden Gesichtern. Im gleißenden Sonnenlicht trat jedes Detail dieses verlorenen Zuges von Menschen grausam deutlich hervor. *Der Alte spricht wahr,* dachte Majagua entsetzt, *dies sind Tote, auch wenn sie noch umherwandeln, und das Schiff hat uns alle in die Finsterwelt gebracht!*

Das Lager lag unterhalb des Forts, im trostlosen, trockenen Gebiet zwischen Küste und Bergen, zwischen Klippen und Wald. Beinahe wirkte es wie eines der Dörfer der Paranao, viele einfache Hütten, umrundet von einer hölzernen Palisade. Doch die Hütten waren anders als in Majaguas Heimat, und die Palisade sollte die Menschen nicht schützen, sondern einsperren. Die Hütten waren grob zusammengezimmert, mit keiner Öffnung außer der Tür und einem flachen, hölzernen

Dach, durch das die Hitze nicht entweichen konnte. Drinnen war es beinahe unerträglich heiß, was die auf dem nackten Boden liegenden Decken, die als Schlafstatt dienen sollten, zu einem Hohn machte.

Es stank nach ungewaschenen Menschen, nach Schmutz und Angst und Krankheit. Bevor sich Majagua jedoch orientieren konnte, ertönten draußen laute Rufe. Harte Befehle, teils in der Zunge der Fremden, teils in Majaguas eigener Sprache, trieben die Neuankömmlinge aus den Hütten, auf den kleinen Platz im Zentrum des Lagers. Dort standen Soldaten mit langen Musketen und strahlend blauen Uniformen. Der Mann, den der Alte Tangye genannt hatte, stand inmitten der Soldaten. Er war groß, größer als Majagua, und hatte die dicke, unbequem aussehende Kleidung der Fremden an, die sie selbst mitten in der Sonne nicht ablegten. Ein breitkrempiger Hut schützte sein Gesicht vor der Sonne, und er trug Lederstiefel, die ihm bis über die Knie reichten. Gelassen wartete er, bis sich alle neuen Bewohner der Hütten versammelt hatten. Schon auf dem Schiff hatte man den Gefangenen deutlich gemacht, dass es nicht ratsam war, sich den Befehlen zu widersetzen, die die Aufseher erteilten, und bei den meisten von ihnen war die Lektion angekommen.

Als sich die Gefangenen zu einer ängstlichen Gruppe zusammengefunden hatten, trat einer der Soldaten, dessen Rock mit viel roter Stickerei verziert war, vor und brüllte: »Ruhe!«

Einige von Majaguas Volk schrien, wie man es eben tat, wenn man Angst hatte, woraufhin der Soldat einen Befehl bellte. Eine Handvoll Bewaffneter stürmte vor und begann mit den Kolben der Gewehre auf die Menschen einzuprügeln. Alle Muskeln in Majaguas Leib spannten sich an, er richtete sich auf. Er wollte die Soldaten anspringen, sie für all die Demütigungen bestrafen, die sie ihnen antaten, aber er sah die restlichen Soldaten mit ihren Musketen, sah Tangyes höhnisches Grinsen. Ein Zittern lief durch Majaguas Körper, als er seine Hilflosigkeit erkannte. Um ihn herum riefen die Menschen, die nicht verstanden, was vor sich ging, die Ahnen um Hilfe an, während die Soldaten immer weiter auf sie einschlugen. Sein Volk, seine Leute wurden von diesen Fremden blutig geschlagen, und jeder Widerstand hätte den sicheren Tod bedeutet. Er ballte die Fäuste, seine Zähne knirschten. Sein Geist bereitete sich auf das Ende vor, auf die Schmerzen, den Tod. *Besser jetzt,* versuchte er sich einzureden, *besser so.*

So abrupt, wie der Übergriff begonnen hatte, endete er auch. Die Soldaten traten zurück, die Gruppe stets im Blickfeld, die Musketen vor die Brust gehoben. Wieder brüllte der Anführer: »Ruhe!«

Diesmal versuchten diejenigen, die verstanden, die anderen zum Schweigen zu bringen. Flüsternde, beruhigende Worte ertönten in Majaguas Rücken. Die Schreie verstummten, stattdessen ertönte Schluchzen. Der Anführer der Soldaten blickte zu Tangye, der leicht mit dem Kopf schüttelte und dann vortrat. Seine Hände waren in die Hüften gestemmt. Majagua konnte den Schatten des Bartes auf seinem Gesicht sehen, das kantige Kinn, die tief liegenden dunklen Augen, die direkt auf ihn gerichtet zu sein schienen.

»Ich weiß, dass einige von euch mich verstehen und andere nicht. Erklärt den anderen, was ich sage«, begann er seine Rede in so freundlichem Tonfall, als spräche er zu einer Gruppe freiwilliger Zuhörer.

»Willkommen in eurer neuen Heimat. Mein Name ist Mister Tangye. Ab jetzt sorgen wir für euch. Wir geben euch Essen und Kleidung. Wir werden gut zu euch sein. Aber dafür erwarte ich, dass ihr gehorsam seid. Befolgt Befehle, und es wird euch nicht schlecht gehen. Respektiert mich, und ich werde euch Respekt entgegenbringen. Solltet ihr allerdings aufsässig sein«, fuhr er fort, wobei seine Stimme dunkel wurde. Sein Blick ruhte nun fest auf Majagua. »Seid ihr aufsässig, dann werde ich euch bestrafen, so wie ihr es verdient. Auf dieser Insel herrscht Disziplin und Ordnung!«

Die Gruppe der Neuankömmlinge wusste zum größten Teil gar nicht, was mit ihnen geschah. Majagua konnte es in ihren Blicken sehen. Viele hatten noch nicht begriffen, welches Schicksal ihnen bevorstand. Einige lächelten sogar, nickten dem Aufseher zu, versuchten, freundlich zu sein. Ohnmächtig vor Wut schloss Majagua die Augen. Er wollte sie anschreien, sie zwingen, sich zu wehren, ihnen ihren Stolz wiedergeben. Aber die Waffen der Fremden waren zu mächtig, es waren zu viele, und die Neuankömmlinge waren eingeschüchtert von den Schlägen und verwirrt von den Worten.

»Ab morgen werdet ihr arbeiten, jeden Tag, von Sonnenauf- bis Sonnenuntergang. Ich sage es noch einmal: Erfüllt eure Pflichten, und es wird euch gut gehen!« Tangyes Blick löste sich von Majaguas Gesicht und strich über die Gruppe. »Die anderen Arbeiter werden euch sagen, wann es Essen gibt und welche Arbeit ihr verrichten müsst.«

Dann wandte Tangye sich ab und schritt, gefolgt von den Soldaten, aus dem Lager. Zurück blieb ein Haufen verängstigter Menschen, die sich Schutz suchend umeinander scharten. Und Majagua, dessen Hilflosigkeit ihm die Tränen auf die Wangen trieb.

Als die Sonne ihren Zenith überschritten hatte und sich langsam zum Horizont hinabsenkte, öffneten die Soldaten das Tor des Lagers und ließen einen Trupp Menschen herein, die zwei große Kessel und mehrere Körbe mit sich brachten. Majagua saß im Schatten einer Hütte, da er es nicht über sich bringen konnte, sich in das stickige Innere zu begeben. Neugierig blickte der junge Paranao zu den Neuankömmlingen hinüber, ließ sich sein Interesse jedoch ansonsten nicht anmerken.

Einige alte Männer stellten die Kessel in der Mitte des Dorfes ab und rollten ein paar Decken auf dem Boden aus, auf die sie die Körbe stellten. Noch während sie damit beschäftigt waren, trat eine junge, dunkelhaarige Frau vor und legte die Hände an den Mund: »Wer hier versteht mich?«

Manche der Sklaven traten vorsichtig näher, ein älterer Mann schlug sich mit der flachen Hand auf die Brust. Auch Majagua erhob sich und gesellte sich zu der kleinen Gruppe, achtete jedoch darauf, im Hintergrund zu bleiben.

»Gut. Sag ihnen bitte, was ich dir jetzt erkläre«, erwiderte die Frau. Ihre Haut hatte die Farbe von Mahagoni und war damit kaum heller als Majaguas eigene. Sie sprach in der Zunge der Blassnasen, doch ihre Worte waren fließender als bei den Weißen und rollten ihr geschmeidig von den Lippen. »Wir bringen euch Essen«, sagte sie ruhig und wies mit einer Hand auf die Körbe und Kessel. »Jeder bekommt eine Schale. Achtet gut auf diese Schale, ihr bekommt ab jetzt nur etwas zu essen, wenn ihr eure Schale habt. Wir kommen jeden Morgen und jeden Abend hier herunter und verteilen das Essen. Es gibt Eintopf und Brot, und jeder bekommt gleich viel. Hast du das verstanden?«

Der Mann nickte und fing an, hektisch in Majaguas Sprache zu erklären, während die Frau sich abwandte und begann, grobe hölzerne Schalen aus einem Korb auf der rauen Decke zu stapeln. *Vielleicht ist sie Tangyes Weib*, dachte Majagua verächtlich. *Mögen die Ahnen ihre Träume stehlen und ihren Geist krank machen!*

Doch nach außen ließ er sich diese Gedanken nicht anmerken, sondern beobachtete stumm das Treiben. Die Frau war jung, vielleicht sogar jünger als Majagua selbst. Sie trug ein einfaches, buntes Kleid mit einer Schürze und hatte ihre langen, dunklen Locken mit einem Tuch nach oben gebunden. Besonders fielen dem jungen Paranao jedoch ihre

Augen auf, die schmal waren, geformt wie Mandeln, anders als die muskatnussförmigen Augen der Blassnasen, aber auch anders als die Augen der Paranao. *Sie ist von gemischtem Herzen,* erkannte Majagua. In seinem Dorf hatte es eine Handvoll gegeben, deren Väter Blassnasen gewesen waren. Manche waren in die großen Dörfer der Hellhäutigen gegangen, aber es hieß, sie seien dort nicht willkommen, und so blieben viele bei den Paranao. Die Gemeinschaft gab ihnen Hütten und ließ sie in ihrer Mitte wohnen, doch sie waren unbeliebt, und Majagua war es gewöhnt, auf sie herabzublicken.

Zornig riss er sich aus seinen Erinnerungen. Hier, an diesem finsteren Ort, konnten die Halbherzen ihm Befehle geben, waren es welche wie sie, die auf ihn herabblickten. Hier konnten die Mischlinge, die von den Blassnasen manchmal Criolos genannt wurden, offensichtlich frei leben und die Paranao versklaven. Eine Welle der Wut spülte über Majagua hinweg, doch er beherrschte sich, auch wenn in seinem Herzen ein großes Feuer tobte, das seine Gedanken zu verschlingen drohte. *Ich werde heimkehren!*

»Du! Deine Schale!«

Die Stimme der jungen Frau war laut, und ihre Finger deuteten auf den Stapel zu ihren Füßen. Mürrisch bückte sich Majagua, nahm eine der Schalen in die Hand und streckte sie vor. Ein kränklich aussehender Mann mit schütterem Haar hob eine Kelle aus dem Kessel und klatschte einen grünbraunen Brei in die Schale, woraufhin ein weiterer Mann ein Stück dunkles Brot darauflegte.

»Kannst du mich verstehen?«, fragte die Frau langsam, als spreche sie mit einem, den die Ahnen mit einem lahmen Geist gestraft hatten. Wütend starrte Majagua sie an. »Gibt es welche, die zu schwach sind, um sich Essen zu holen?«, fragte sie leise. »Dann nimm noch eine Schale mit.«

Noch bevor Majagua antworten konnte, wurde er in den Rücken gestoßen. Hastig griff er nach einem weiteren Napf, ließ ihn sich füllen und ging einige Schritte weiter. Er zog die Schultern hoch und kehrte zurück in den Schatten vor der Hütte, wo er die zweite Schale abstellte und den mageren Inhalt seines Napfes inspizierte. Es waren gekochte Maniokwurzeln und ein grünes Gemüse, das er nicht kannte. Ein Stück Kochfleisch trieb in der breiigen Masse, mehr Sehne und Knorpel als Fleisch. Das Brot war hart, aus kaum gemahlenen Samen, und zu seinem Entsetzen sah er darin eine kleine Bewegung – eine Made! Angewidert ließ er das Brot zu Boden fallen und konnte es auch nicht über sich bringen, von dem sogenannten Eintopf zu kosten. Ein Mann mit müdem Gesichtsausdruck, kaum älter als er selbst, und doch von seinen Bewegungen her schon ein Greis, schlurfte an ihm vorbei. Wortlos gab er ihm die verbliebene Schale und wandte beschämt den Blick ab, als der andere ihm danken wollte.

Dann lehnte er sich zurück und beobachtete die Wachen und die Essensverteiler. Er prägte sich ihre Gesichter ein, ihre Kleidung, ihr Verhalten. Und er schwor sich im Stillen, sie zu töten. Sie alle.

Mit dem letzten Licht der Sonne kehrten die Arbeiter in das Lager zurück. Sie schlurften langsam, als seien ihre Füße zu schwer, um sie über den Boden zu heben. Inmitten der leeren Gesichter sah Majagua den Alten wieder und lief zu ihm.

»Ich kenne und ehre meinen Großvater«, begrüßte er ihn mit der traditionellen Formel ihres Volkes, was den Alten schmunzeln ließ, als er ebenso antwortete.

»Wie heißt du, alter Mann?«

»Dagüey, Junge.«

»Wo sind wir hier? Wie heißt diese Insel? Was ist die Compagnie?«

Die Fragen sprudelten nur so aus Majagua heraus, wie Obstsaft, den man in einer Kürbisflasche gären ließ. Den ganzen Nachmittag über waren sie in seinem Kopf umhergewandert, hatten sich vermengt, nach Antwort gesucht und keine gefunden. Die Reise zu diesem Eiland hatte Majagua im Bauch des riesigen Holzschiffes verbracht; er konnte nicht einmal sagen, wie viele Tage vergangen waren, geschweige denn, wie weit sie von seiner Heimat entfernt waren.

Ihn schauderte, als er an die Zeit dachte, die er eingepfercht zwischen all den anderen schwitzenden, stinkenden Leibern verbracht hatte. Sie waren an Bohlen gefesselt worden und lagen so eng beieinander, dass Haut auf Haut gepresst wurde. Niemand konnte sich rühren, und so hatten sie ihre Notdurft einfach dort verrichten müssen, wo sie lagen. Der Gestank war erbärmlich gewesen, doch die Scham, das Tabu zu brechen und in seinem eigenen Kot schlafen zu müssen, war noch schlimmer. Erst kurz vor ihrer Ankunft hatten die Männer des Schiffs sie mit Wasser abgespritzt, wie Vieh, das zum Markt in die großen Dörfer der Blassnasen geführt wird.

Majagua hatte überlebt, doch andere hatten sich nicht mehr erhoben, als ihre Fesseln gelöst wurden. Er wusste nicht, was mit den Toten geschehen war, doch er fragte sich bereits jetzt, ob sie nicht das bessere Los gezogen hatten.

»Es heißt Compagnie, Junge. Die Thaynrisch-Koloniale Handelscompagnie. Denen gehört die Insel hier, das Fort, die Soldaten, die Schiffe. Und wir«, unterbrach Dagüey Majaguas Gedanken düster.

»Aber die Blassnasen, ich meine die Männer der Cacique von Thaynric sagten meinem Vater, dass es keine Sklaven mehr gibt! Dass sie jeden verfolgen und töten werden, der Sklaven verkauft. Selbst wenn es gute Gefangene sind.«

»Mag sein, mag sein. Aber hier herrscht die Compagnie. Sie hat ihre eigenen Soldaten. Hier gelten ihre Gesetze«, erwiderte der Alte und zuckte mit den Schultern.

»Aber es sind Blassnasen!«

Darauf antwortete Dagüey nicht.

Ratlos blickte Majagua den älteren Mann an. Er versuchte zu verstehen, was dessen Worte bedeuteten. Er wusste, dass es neben den Blassnasen noch andere gab, die von dort über das Meer gekommen waren, wo die Sonne aufging. Als Majaguas Großvater noch Cacique gewesen war, hatten sie riesige Dörfer auf den Inseln gebaut und die Paranao als Sklaven genommen, wann immer sie wollten. Die Ari' wurden sie genannt, die Eroberer, in ihren silbernen Panzern und mit ihren lauten Feuerwaffen, die einen Krieger auf zwanzig Schritt töten konnten. Doch die Schiffe der Blassnasen, ihre Soldaten und die Gewehre und Kanonen hatten die alten Herren vertrieben und den Paranao neue Gesetze gebracht. Die Gesetze der Cacique von Thaynric, die irgendwo jenseits des Meeres hauste und der alle Blassnasen dienten. Majagua hatte sie sich immer als eine mächtige Hexe vorgestellt, deren Magie selbst bis über die Weiten des Ozeans reichte.

Und die Blassnasen hier waren auch Diener der Cacique von Thaynric, das konnte Majagua an ihrer Sprache hören, die so fremd und harsch war.

»Denk nicht darüber nach. Es ist der Wille der Ahnen«, sagte Dagüey sanft. »Die Worte der Blassnasen sind oft falsch. Sie sagen eines und tun anderes. So sind sie. Vielleicht gibt es keine Sklaven mehr, dort, wo du herkommst. Hier aber schon.«

Durch das Rauschen seiner Gedanken hörte Majagua den Alten; er versuchte, seinen wirren Geist zu bändigen, und fragte nach: »Wo sind wir?«

»Die Insel heißt Hequia, aber die Blassnasen nennen sie alle nur *Die Herrin*. Als ich hier ankam, gab es noch einige vom alten Volk, die den Namen kannten. Aber die sind alle tot.«

»Hequia«, murmelte Majagua, doch er kannte den Namen nicht. Er ließ das Wort einige Male über seine Zunge rollen, in der Hoffnung, dass er es noch erkennen würde.

»Und Tangye? Ist er der Cacique von Hequia? Und ist das Halbherz sein Weib?«

»Mister Tangye ist kein Cacique, Sohn, und doch ist er mehr als das. Er ist der Herr über Leben und Tod auf dieser Insel. Und welches Halbherz meinst du?«

»Die uns das Essen gebracht hat und so gut ihre Sprache spricht.«

»Sinao?« Der Alte schüttelte den Kopf. »Die Blassnasen nehmen keine Paranao zum Weib. Ihre rechtmäßigen Kinder sollen so weiß sein wie sie.«

Majagua schnaubte. »Ich habe gesehen, wie sie mit ihnen fortgegangen ist.« Doch Dagüey sagte nichts weiter dazu.

Dann fragte er den Alten: »Kennst du Guanquen? Weißt du, wo sie liegt?«

Doch Dagüey schüttelte nur bedauernd den Kopf.

»Wie soll ich dann zurückfinden, wenn ich nicht einmal weiß, wo ich bin?«

»Das sind die falschen Worte«, erwiderte der Alte kopfschüttelnd. »Niemand findet zurück. Niemand verlässt die Insel wieder. Wer es versucht, endet an den Mauern dort oben.«

Sein Blick wies hinauf zum Fort, über dem eine weiße Fahne mit blauen Streifen wehte.

»Du sprichst ihre Sprache auch«, stellte der alte Mann fest. »Auf Guanquen gibt es ein Dorf von ihnen. Auch so ein Fort und viele Soldaten. Aber auf der anderen Seite der Insel in einer Bucht. Sie kommen nicht oft zu uns, aber einer von ihnen lebt bei uns. Ein heiliger Mann ihrer Einheit, der will, dass alle Menschen seinen Göttern folgen. Von ihm habe ich

Lesen und Schreiben gelernt. Er hat mir von der Einheit erzählt, die über alle wacht. Er sagt, Anui sei der Himmelsvater der Blassnasen und wir würden die Einheit schon ehren.«

»Ein Missionar?«

»Er hat eine Schule aufgemacht. In seiner Hütte. Alle Kinder konnten zu ihm kommen, und er hat aus seinen Büchern gelesen und uns die Buchstaben gezeigt. Einige im Dorf glauben nun auch an die Einheit, aber die meisten verehren die Ahnen, die in den Bäumen hausen, so wie es richtig ist.«

»Dann war euer Missionar ein guter Mann. Der Caserdote der Compagnie hier lässt uns alle zusammentreiben und predigt dann. Jeder muss mit ihm beten, sonst kommen die Soldaten und schlagen uns.«

»Wie viele Soldaten gibt es?«, fragte Majagua leise und sah sich argwöhnisch um.

»Einige Hände voll. Sie haben Musketen und Kanonen und Schwerter aus Metall.«

»Warst du schon einmal im Fort?«

Der Alte schüttelte den Kopf. »Nein. Sie lassen uns nicht dort hinauf. Aber warum willst du das wissen? Denkst du an Flucht? An Kampf? Morgen schon wirst du arbeiten, vom ersten Licht des Tages bis zum letzten. Anui wird auf dich herabbrennen, während du dir den Rücken krumm schuftest, außer du musst in die Schächte, wo es so staubig und stickig ist, dass es ist, als würdest du Feuer atmen. Kaum Essen, wenig Wasser, viel Arbeit. Am Abend wirst du ins Lager kommen und nur noch schlafen wollen. Und so wird es jeden Tag sein, und du wirst nicht mehr fortlaufen wollen oder an Kampf denken. Du wirst gar nichts mehr denken können, nicht mehr glauben, nicht mehr hoffen.«

»Die Ahnen …«, warf Majagua ein, aber Dagüey spuckte zischend aus: »Die Ahnen haben uns verlassen. Hier gibt es keine Ahnen, nur die Einheit der Blassnasen. Du wirst hier verrotten, wie wir alle.«

Damit wandte er sich ab und schlurfte zu einer der Hütten. Wütend starrte Majagua auf den vernarbten Rücken der dürren Gestalt. *Ich bin nicht schwach wie du, feiger Denge,* dachte er verächtlich, *ich bin jung und stark. Ich bin ein Jäger und der Sohn des Cacique von Guanquen! Ich werde einen Weg finden, mich zu rächen und diese Insel zu verlassen.*

FRANIGO

Das leise Murmeln im Saal wurde zur Mitte hin immer leiser. Niemand wagte es, in direkter Nähe des Herrschers störend aufzufallen. Nur diejenigen Drohnen des Hofes, die weit entfernt vom Zentrum der Macht standen, drehten sich im langsamen, ewigen Tanz um den Thron, stets darauf bedacht, die Gunst des Herrschers zu erlangen und näher an die Mitte zu rücken. Ihr Gemurmel, während sie ihre Intrigen mit- und gegeneinander sponnen, erfüllte die Luft wie das Summen unzähliger Insekten. Hier eine stichelnde Bemerkung, dort ein Kompliment, Gefälligkeiten ausgetauscht und eingefordert; alles, um in den Glanz der unbedingten Autorität des Königs zu gelangen.

Obwohl er sich als ein Mann des Wortes betrachtete, beteiligte sich Franigo nicht an den Gesprächen. Seine ganze Aufmerksamkeit galt der Gruppe, die sich um den Herrscher versammelt hatte. Der König stand scheinbar ungezwungen in der Menge und plauderte mit seinen Höflingen. Er war ein Mann mittleren Alters und weder von Antlitz noch von Statur auffallend. Doch nicht nur sein goldbesticktes Gewand und die kunstvoll aufgesteckte, gepuderte Perücke hoben ihn aus der Menge heraus; auch seine Worte und Gesten taten dies. Hier ehrte er den einen mit einem freundlichen Wort, dort zeigte er seine Verärgerung, indem er eine Marchessa sanft in ihrer Rede unterbrach. Eigentlich sollten die Audienzen allen Untertanen offenstehen, doch nur selten gelangte ein Außenstehender hier ins Allerheiligste der Macht, wo der Herr eines ganzen Erdreiches seinen Untertanen Gefallen erwies oder verwehrte.

Zwischen den Säulen standen die Leibwachen, immer drei zusammen, ein Musketier, ein Maestre und ein Caserdote, bereit, jeden Angriff, sei er weltlicher oder mystischer Natur, auf die heilige Person des Königs zu verhindern.

Ein zu lautes Lachen ließ Franigo aufblicken, und er sah Genaro, den Ersten Poeten des Hofes, Obersten Dichter der Nation und Träger zahlreicher weiterer Würden, der gerade schmunzelnd eine gezierte Verbeugung andeutete, während ihm der König spielerisch mit dem Finger drohte. Natürlich konnte Franigo nicht hören, was gesprochen wurde, zu weit war er von dem engsten Kreis des Herrschers entfernt. Doch er wusste, dass sich dies in naher Zukunft ändern würde. Bei der Aufführung seines letzten Stückes hatten sich die Vorhänge der königlichen Loge bewegt – ein sicheres Zeichen, dass ein Mitglied der Herrscherfamilie unter den Zuschauern gewesen war. Schon bald würde die Kunde vom Genie des Dramatikers und Poeten des Königs Ohr erreichen, und Franigo würde unweigerlich Zutritt zu den innersten Zirkeln des Hofes erhalten. Seine Worte würden von jenen zitiert werden, die nun Genaro lauschten.

Lach nur, du aufgeblasener Popanz, dachte Franigo finster, während er zu Genaro hinüberblickte und unwillkürlich die Fäuste ballte, *deine Stunden verrinnen bereits. Dein Licht wird durch ein weit größeres ersetzt werden.*

»Franigo!«, rief eine Stimme hinter ihm, genau die eine Spur zu laut, sodass der Ausruf aufdringlich klang und einige Blicke auf sich zog. Peinlich berührt drehte sich der Poet um und musterte den Neuankömmling. Es war Urzangín, ebenso wie Franigo ein hiscadischer Exilant, der nervös seine Brille zurechtrückte, da er die belustigten Blicke der Höflinge bemerkte. Der gewaltige Knebelbart des Mannes zuckte, als er nach Worten suchte, aber Franigo trat einen Schritt an ihn heran und sprach leise: »Welch eine Freude, Mesér.«

»Ganz meinerseits, Mesér, ganz meinerseits. Ersucht Ihr um eine Audienz?«

Der Mann war gut zwei Köpfe kleiner als Franigo und dabei spindeldürr. Seine Kleidung hatte ebenso wie die des Poeten bereits bessere Tage gesehen, doch versuchte er im Gegensatz zu Franigo vergeblich, sich den hiesigen Moden anzupassen, was ihn ein wenig jämmerlich, wie einen Ritter von trauriger Gestalt wirken ließ. Lediglich sein gewichster Bart war pompös, und er trug ihn wie einen Schild vor sich her.

Natürlich war Franigo im weitesten Sinne wegen einer Audienz hier, doch er war sich bewusst, dass seine Chancen nicht gut standen, und hatte sich mit diesem Umstand abgefunden. Es war vielmehr die Atmosphäre des Saals, das Spiel der Macht, das er sich ansehen wollte. Ohne Unterstützer gleich zum Höchsten vorzudringen, war kaum mehr als ein Wunschtraum, doch einige Sprossen tiefer auf der Leiter mochten die Ohren offener und die Menschen weniger entrückt sein. Dennoch nickte er mit einem, wie er hoffte, freundlichen Lächeln. Sie kannten sich noch aus ihrer gemeinsamen Heimat, bevor sie sich unabhängig voneinander auf den Weg in die Fremde gemacht hatten, nur um hier in Cabany, der größten und prachtvollsten Stadt der Welt, anzukommen. *Irgendwann kommt jeder nach Cabany*, erinnerte sich Franigo an die Redensart.

»Ich auch«, gestand Urzangín bedrückt. »In der Heimat steht uns das Wasser buchstäblich bis zum Hals, und ich habe einen Plan für viel Geld ausarbeiten lassen, den ich dem

König vorlegen will, nachdem der Minister mich an den hohen Herrn selbst verwiesen hat.«

»Einen Plan?«, fragte Franigo abgelenkt. Er hatte sich schon längst wieder auf die Mitte des Saals konzentriert.

»Zum Trockenlegen des Sumpfes. Die Dämpfe machen alle krank, verursachen Fieber. Viele unserer Landsleute sterben gar daran.«

»Ah ja.«

»Es ist eine Schande. Vier Monate habe ich benötigt, um eine Audienz beim Minister zu erhalten, nur damit er mir sagt, dass er nichts tun kann.«

»Ja, das ist eine Schande.«

»Dabei ist der Plan wirklich einfach, und die Kosten sind nur ein Fliegendreck für die Krone!«

Wieder hatte der Mann seine Stimme erhoben, sodass die Umstehenden zu ihnen blickten. Peinlich berührt warf Franigo ihm einen Seitenblick zu, der ihn verstummen ließ. Es war eine Sache, in Tavernen das Elend der Welt anzuprangern und anklagende Worte gegen die Mächtigen, die es verursachten, zu äußern. Etwas ganz anderes war es, seinem Unmut mitten während der königlichen Audienz freien Lauf zu lassen. Der Poet zweifelte weder an der Ernsthaftigkeit des Anliegens noch am guten Willen Urzangíns. Doch mittels solcher Methoden würde er niemals in die Nähe des Königs gelangen; im Gegenteil, er verdammte sich so selbst zu einer Existenz am Rande des Spiels, unter all den anderen Verzweifelten und Verbitterten, die sich gegenseitig von ihren gerechten Gesuchen berichteten und stets den Spott und Hohn aller anderen auf sich zogen. Diese Leute der Lächerlichkeit preiszugeben war bei Hofe eine Art Wettstreit, und je öffentlicher man sie bloßstellte, desto besser.

»Leise«, zischte Franigo also, da er nicht, allein weil er eine solche kannte, zu jenen verlorenen Seelen gerechnet werden wollte, die ihr eigenes Versagen nicht akzeptieren wollten. Schon blickte er die Umstehenden kühl an, forderte sie heraus, das Wort zu erheben. Er beteiligte sich noch nicht an dem Spiel, aber er beherrschte es wie kaum ein anderer. Ein schlechter Poet wäre er wohl gewesen, wenn er sich nicht mit Worten zu verteidigen gewusst hätte. Und Urzangín würde in den Genuss seiner Hilfe kommen, Unbeholfenheit hin oder her. In diesem Augenblick waren sie beide Hiscadi, mitten in der Höhle des Löwen von Géronay. Doch keiner machte einen Scherz, nach und nach blickten alle wieder weg.

»Verzeihung«, murmelte der kleine Mann und hob den Arm, unter dem er eine Mappe mit Papieren trug. »Ich werde sehen, wer mir Gehör schenken wird.«

»Ich hoffe inbrünstig, dass Ihr der richtigen Person begegnet«, erklärte Franigo ehrlich, um seinem Landsmann in der Fremde zumindest mit guten Wünschen beizustehen, wenn er ihm schon nicht mit Worten oder gar Taten helfen konnte. Doch die schlechte Position des hiscadischen Adligen war nur allzu offensichtlich, und der Poet fürchtete, dass dessen Sache schon längst verloren war. Für einen Herzschlag fragte er sich, ob es ihm ähnlich ergehen würde. *Ist mein Ansinnen töricht, und bin ich nur noch Ziel für das Gespött der Erfolgreichen?* Schnell verwarf er diesen Gedanken, denn so konnte es einfach nicht sein.

Es dauerte einige Momente, bis Franigo bemerkte, dass das unablässige Getuschel in der Halle verstummt war. Verwundert blickte er sich um und sah sofort den Grund für die einsetzende Stille. Durch eine der doppelflügligen Türen war Tareisa in den großen Saal gekommen. Obwohl sie keine offizielle Position am Hofe innehatte, wusste ein jeder, wie nahe sie dem König stand. Gerüchte gab es zahllose: sie sei seine Mätresse, seine geheime Schwester, sie habe ihn bezaubert, betört, seine Seele geraubt; eine Daemonin nannten sie manche, Hexe wieder andere. Sie sei mit Magie dem Untergang des Imperiums entkommen und durch die Jahrhunderte gereist, sie sei eine Gesandte unbekannter, fremder Mächte jenseits des Weltenrunds.

Franigo konnte all dieses Gerede in den Augen der Höflinge gespiegelt sehen, auch wenn deren Gesichter geradezu angestrengt neutral blieben. Angst, Hass, Gier. Denn Tareisa besaß etwas, wonach es alle verlangte: das Vertrauen des Königs.

Sie scherte sich nicht um die Aufmerksamkeit, die auf sie gerichtet war. Die Menge teilte sich vor ihr, wich sich verneigend zurück. Die höflichen, ja untertänigen Begrüßungen wurden von ihr ignoriert; Tareisas Blick war fest auf den König gerichtet. Der ganze Saal war verstummt, nur das laute Klacken ihrer Stiefelabsätze auf dem Steinboden war noch zu hören. Inmitten der bunten Höflinge, die alle nach neuester Mode gewandet waren, fiel ihr schlichtes schwarzes Kleid weitaus mehr auf, als es eine farbenfrohe Robe gekonnt hätte.

Die Kleidung einer Trauernden. Oder einer Büßenden, dachte Franigo, während seine Hand unbewusst über sein ebenso schwarzes Wams strich. Seine Finger berührten die mit rotem Faden aufgestickte Rose, Zeichen seiner Mitgliedschaft im ältesten und angesehensten Orden seiner fernen Heimat. Erstaunt erkannte er, dass Tareisa und er die einzigen beiden in Schwarz gewandeten Personen im ganzen Saal waren. Ein unerklärliches Gefühl der Verbundenheit ergriff ihn, als sie an den König herantrat und ebenso schlicht wie stolz das Haupt neigte.

Eine Handbewegung des Herrschers genügte, und alle traten zurück, schufen einen offenen Kreis um das ungleiche Paar. Sie allein stand im Sanktum seiner Gnade. Ihre Lippen bewegten sich sachte, als sie etwas in sein Ohr flüsterte. Seine Miene blieb unbewegt, nicht ein Zeichen ließ erkennen, welcher Art ihre Worte sein mochten. Fasziniert betrachtete Franigo dieses Schauspiel. Der König in seiner ganzen, oft porträtierten und besungenen Pracht, mächtigster Mann des gesamten Kontinents, Eroberer von mehr als einem Dutzend Staaten, Herr über die größte und stolzeste Armee der bekannten Welt, unbesiegt in Dutzenden von Schlachten, ein genialer Taktiker und unvergleichlicher Stratege; und Tareisa, die Magierin, von der niemand sagen konnte, woher sie stammte oder worauf ihre Macht beruhte.

Ihre Züge waren von klassischer Schönheit, wie Franigo bewundernd feststellte. Ein Abbild der Büsten aus alten Zeiten, als alle Menschen im legendären Reich der Nigromantenkaiser lebten und es ihnen an nichts mangelte, außer an Glauben. Eine Frau mit einem solchen Gesicht würde jede Bühne der Welt beherrschen; ihr Anblick allein würde Heerscharen in die Theater treiben. Für einen Moment bedauerte Franigo, dass sie keine Schauspielerin war.

Dann endete die Unterhaltung offenbar, und Tareisa trat zurück, während sich der König aufrichtete und die Stimme gerade so weit erhob, dass er alle Gespräche übertönte: »Die Audienz ist beendet.«

Ein Raunen ging durch den Saal, aber der Herrscher hatte sich bereits abgewandt und schritt durch eine Tür hinaus, gefolgt nur von Tareisa und seinen Leibwachen. Zurück blieb ein erstaunter Hof, dessen Mitglieder sich sofort in Spekulationen über das Vorgefallene ergingen, und ein fast mittelloser Dichter, dem Worte zur Anbetung einer wunderschönen Frau auf der Seele brannten.

JAQUENTO

Zwischen Wachen und Träumen trieb Jaquento in einem Niemandsland, in dem die Welt um ihn her zu schwanken schien; vielleicht eine Nachwirkung der langen Seereise. Sein Geist war gefangen von Erinnerungen, die sich mit seinen Sorgen um die Zukunft vermischten.

In seinem Dämmerzustand erschien es ihm, als ob er durch enge Gassen liefe, getrieben von den Soldaten des Königs. Seine Hände ergriffen blindlings die hölzernen Sprossen einer Leiter, er zog sich empor, kletterte hinauf, immer höher und höher, obwohl er nicht sehen konnte, wohin ihn die Leiter führen würde. Sein Verfolger war nicht länger ein Mensch, sondern ein Schatten, ein Teil der Dunkelheit. Unsagbare Furcht ergriff Jaquento, zwang ihn weiter. Schließlich zog er seinen Körper auf ein flaches Dach. Eine wundervolle Ruhe umgab ihn hier, eine friedliche Stille. Endlich konnte er ausruhen.

Doch dann spürte er, mehr als dass er es sah, dass der Schatten noch immer hinter ihm war, dass er noch immer gejagt wurde. Er zwang sich, aufzustehen und über die Dächer weiterzuhasten. Kein Mond stand am Himmel, und dennoch war die Nacht nicht dunkel. Er rannte und rannte, strengte sich mehr an, als jemals zuvor in seinem Leben, doch trotz aller Anstrengung kam er nicht voran, und der namenlose

Schatten kam immer näher. Als er auf seine Füße blickte, sah er, dass sie über die Planken eines Schiffes liefen, ohne sich wirklich vom Fleck zu bewegen. Der Schatten hatte ihn fast erreicht. Noch einmal versuchte Jaquento mit letzter Kraft, seine Beine zu bewegen. Da endlich lösten sich seine Füße von den Planken, und er machte einen Schritt vorwärts. Zu spät erkannte er, dass vor ihm kein Boden und kein Halt mehr war. Mit den Armen rudernd, stürzte er in die Tiefe.

Im gleichen Augenblick wurde er zum Schatten, schälte sich sein Körper aus den Umrissen des namenlosen Verfolgers. Vorsichtig trat er an den Rand des Daches und spähte hinunter. Weit unter ihm lag der zerschmetterte Körper eines Mannes. Sein Kopf hing seltsam verdreht auf den Schultern. Jaquento betrachtete den Toten und sah entsetzt in sein eigenes Gesicht.

Verschwitzt und mit rasendem Herzen tauchte er aus dem Meer des Halbschlafs auf. Er versuchte sich an zwei, drei ruhigen Atemzügen und stöhnte, da die Kopfschmerzen gnadenlos ihre Krallen in seinen Geist schlugen. Als er die Augen öffnete, fachte grelles Licht die Qualen weiter an, sodass er matt die Hand vor das Gesicht hielt. Ein säuerlicher Geruch hing in der Luft, und noch immer bewegte sich die Welt unter ihm. *Wein,* schoss es ihm durch den Kopf, dann wurde ihm auch schon schlecht. Welle um Welle von Übelkeit strömte durch seinen Körper, bis er sich auf die Seite rollte und sich würgend übergab.

Trotz des ekelerregenden Geschmacks im Mund stieg Erleichterung in ihm auf. Müde drehte er sich auf den Rücken zurück, sein Leib entspannte sich, auch wenn das Schwanken unaufhörlich weiterging.

»Trink«, sagte eine ruhige Stimme, und kühle Flüssigkeit rieselte über seine Lippen. Gierig spülte Jaquento das Brennen aus seiner Kehle, registrierte den Geschmack des Wassers, das erfrischende Klarheit mit sich brachte. Abrupt richtete er sich auf: »Wer …? Wie …?«

Doch die Bewegung trieb ihm rot glühende Lanzen durch die Stirn, sodass er erst einmal zusammenzuckte. Selbst vor seinen geschlossenen Augen tanzten bunte Schemen, die ihn zu verhöhnen schienen, während er vorsichtig die Muskeln in seinem Nacken anspannte und beide Hände gegen die Schläfen presste. Langsam und sehr vorsichtig öffnete er die Augen, als die Schmerzen verebbten.

Um ihn herum herrschte Dämmerlicht. Nur wenige Sonnenstrahlen, in denen Staub tanzte, fielen in den Raum. In einem dieser Strahlen saß ein Mann, dessen Gesicht im Schatten einer Kapuze verborgen war.

»Ich kenne dich«, flüsterte Jaquento mit rauer Stimme. »Du gehörst zu Rahel … aber was tust du in meinem Zimmer?«

»Alkohol bringt auch den weisen Mann dazu, einen Pakt mit den Fünfzehn Höllen zu schließen«, erwiderte Bihrâd mysteriös. Indes er sich erhob, fügte er schmunzelnd hinzu: »Und er bringt die Daemonen des Schmerzes gleich mit.«

»Was?«

Aber der Angesprochene antwortete nicht, sondern drehte sich um und ging fort. *Wenn wenigstens dieses infernalische Schaukeln aufhören würde,* schoss es Jaquento durch den Kopf. Das Knarren, das Rauschen des Wassers, die Schreie der Möwen – das alles verhinderte, dass er sich auf seine Situation besinnen konnte. *Schaukeln. Wasser. Knarren.* Sein Geist war unstet, doch ein Gedanke schälte sich aus dem Chaos wie Klippen aus dem Nebel: *Ein Schiff! Ich bin auf einem Schiff*!

Hastig sprang Jaquento auf, biss die Zähne zusammen, weil sein Schädel darauf mit neuen Hammerschlägen antwortete, und taumelte hinter Bihrâd her. Undeutlich nahm er Kisten und Fässer wahr, Ballen von Stoffen und Taurollen. Ein kleiner Schatten huschte vor ihm davon: eine Ratte. Der Geruch von Holz und Teer stieg ihm in die Nase.

Bihrâd achtete nicht auf ihn, sondern stieg eine steile Treppe empor. Die Gestalt des Fremden zeichnete sich vor dem hellen Rechteck einer Luke ab. Immer noch ohne zu begreifen, folgte Jaquento dem Schweigenden weiter.

Sie stiegen durch ein niedriges Deck. Im Dämmerlicht erkannte Jaquento die Umrisse von Kanonen, die festgezurrt hinter geschlossenen Stückpforten standen. Die Eindrücke überfielen Jaquento, ließen ihm keine Zeit zum Atemholen, geschweige denn zum Nachdenken. Er versuchte, aus den Bruchstücken seiner Erinnerungen eine Geschichte zu zimmern, ein Floß, das ihn sicher tragen konnte. Doch dann stand er im gleißenden Sonnenlicht, mitten auf dem Achterdeck eines, wie es auf den ersten Blick schien, Dreimasters. Ungläubig blinzelte der junge Mann, bis seine Augen sich an das intensive Licht gewöhnt hatten. Um ihn herum herrschte das geschäftige Treiben einer Schiffsmannschaft; Männer und Frauen gingen ihrer Arbeit nach, ohne sich um den Fremden zu kümmern, der fassungslos in ihrer Mitte stand.

Jaquento sah Menschen aller möglichen Nationalitäten, die gemeinsam an Tauen zogen oder hoch oben in den Masten weitere Segel setzten. Befehle wurden gebrüllt, das Schiff pflügte rauschend durch die See, Holz knarrte, ein noch nicht komplett gesetztes Segel knatterte im Wind. Die frische Brise vertrieb den Dunst aus Jaquentos Kopf, ein unnachahmlicher Geruch stieg ihm in die Nase, eine Mischung aus Salz, Wasser und dem Ruf des endlosen Meeres: Seeluft.

»Ah!«, erklang es vom Poopdeck über ihm. Langsam drehte er sich um und sah Rahel, die sich an die Reling lehnte und ihn breit angrinste. Ihr Haar war mit einem Band nach hinten gebunden, aber ansonsten trug sie die gleiche einfache Kleidung wie am Abend zuvor.

»Was soll das?«, zischte Jaquento. Es dauerte einige Momente, bis er ein ruhigeres »Meséra« anfügte.

»Erinnerst du dich noch daran, dass ich dir versichert habe, man könne dich nicht zwingen, mein Angebot anzunehmen? Nun, ich habe gelogen ...«

»Ihr habt mich entführt«, stellte Jaquento ungläubig fest. Obwohl er sie ausgesprochen hatte, erschienen ihm seine eigenen Worte unverständlich und fern seiner Vorstellungskraft. Das Stampfen und Krängen des Schiffes war nicht gerade dazu angetan, ihm ein Gefühl der Sicherheit zu geben. Es war, als hätte nicht nur seine innere, sondern auch seine äußere Welt jeglichen Halt, jeglichen Fixpunkt verloren.

»Entführt ist ein unschönes Wort«, erwiderte Rahel mit einem spöttischen Lachen. »Ich bevorzuge: gepresst.«

Jaquento wollte protestieren, wollte sie beschimpfen, wollte schreien, doch er erkannte, dass dies alles sinnlos gewesen wäre. Er blickte sich um, sah, dass Gesichter auf sie beide gerichtet waren. Harte Mienen, kalte Augen. Hier und da konnte er Belustigung erkennen, nirgends Hilfe. Lediglich Bihrâd wirkte freundlich, doch er schüttelte langsam den Kopf.

»Ich bin keine Frau, zu der man leichtfertig Nein sagt«, erklärte Rahel.

Unwillkürlich fasste Jaquento an seine Seite, doch sein Degen war verschwunden. Rahels Miene verfinsterte sich augenblicklich. Dennoch hob sie die Arme und deutete mit verschwenderischer Geste um sich: »Willkommen auf der *Todsünde*, Jaquento! Sie ist nun dein Heim und dein Schicksal!«

»Nein!«, schleuderte der junge Mann ihr entgegen und ballte die Fäuste. Seine Zähne knirschten, und er bebte am ganzen Leib; seine Verwirrung wich einem heißen Zorn.

»Du bist nicht besonders schnell von Begriff, hm?«, fragte Rahel kalt und blickte zu einigen Seeleuten, die sich dem

Schauspiel genähert hatten. Gehetzt blickte Jaquento sich um. Niemand war ernsthaft bewaffnet, doch der hünenhafte Quibon trat an die Reling und zog einen Belegnagel aus der Halterung. Die Muskeln des Dunkelhäutigen spielten unter seiner Haut, als er das Holz bedeutungsschwer in seine Handfläche klatschen ließ. Jaquento richtete seinen Blick auf den Mann, der langsam näher trat. Sein ganzer Körper spannte sich an, er war bereit, loszuschlagen.

»Was geht hier vor?«

Die Frage donnerte über das Deck; die Stimme riss die Köpfe herum, zwang sie, sich dem Sprecher zuzuwenden. Aus der Türe trat ein großer Mann in einem leuchtend grünen Uniformrock, auf dessen dunklem Haar ein etwas altmodischer Dreispitz saß. Eine dunkle Feder wogte auf dem Hut im Wind. Das Erscheinen des Mannes ließ die Seeleute zurückweichen, ehrerbietig, beinahe ehrfürchtig machten sie ihm Platz.

»Der Neue, Käpt'n«, erklärte Quibon, der beinahe so etwas wie Haltung angenommen hatte. »Er macht Ärger.«

Der so Angesprochene hob eine Augenbraue und studierte Jaquento eindringlich. Ohne den Blick abzuwenden, fragte er: »Ist das korrekt, Rahel?«

»Ja.«

Auch Jaquento ließ den Mann nicht aus den Augen. Plötzlich lächelte der Kapitän und schüttelte belustigt den Kopf.

»Nun, kein Wunder, nicht wahr? Unser Gast kennt weder unsere Gepflogenheiten, noch hatte er Zeit, sich an diese zu gewöhnen.«

Verwundert sah Jaquento sich um; die Seeleute wirkten nicht mehr bedrohlich, die Aura der Gewalt war verschwunden. Alle blickten zum Kapitän, der eine höfliche Verbeugung andeutete und den Hut hob.

»Mein Name ist Rénand Deguay. Ich bin der Kapitän der *Todsünde*. Ihr seid …?«

»Jaquento«, antwortete der junge Mann nach kurzem Zögern.

»Jaquento. Betan! Willkommen an Bord. Seid unser Gast, Jaquento, bis Ihr Euch entschieden habt.«

»Entschieden?«

»Wenn Ihr bei uns bleiben wollt, dann seid Ihr uns willkommen. Wollt Ihr uns aber verlassen, so steht Euch auch dies frei. So lange seid Ihr mein Gast«, erläuterte Rénand liebenswürdig, dann wandte er sich an Rahel. Diesmal klang seine Stimme scharf: »Besorg Jaquento einen Schlafplatz. Und Kleidung.«

»Sofort!«

»Ihr müsst Rahel verzeihen«, bat der Kapitän, »sie meinte es sicherlich nur gut. Sie würde keine Landratte mit an Bord bringen. Sie glaubt, dass Eure Bestimmung die See ist.«

»Bestimmung? Mir erschien es eher so, als ob sie es so bestimmt habe«, erwiderte Jaquento, der das Gefühl hatte, sein Leib wäre aus Luft gemacht und könne jeden Moment vom Wind davongeweht werden. Auch sein Kopf war leicht, die Schmerzen für den Augenblick vergessen.

»Oh ja.« Das Lachen des Kapitäns klang aufrichtig. »Sie hat einen dicken Schädel! Aber jetzt werdet Ihr Euch frisch machen wollen, nehme ich an. Wir können später noch reden, wenn Ihr an meiner Tafel speist. Betan?«

Damit ließ er den ratlosen Jaquento allein auf dem Achterdeck zurück. Alle anderen hatten sich wieder an ihre Arbeit gemacht. Nur Bihrâd kam zu Jaquento und deutete auf die Einstiegsluke: »Hier entlang.«

Ohne Widerspruch folgte der junge Mann dem Fremden in die Dunkelheit des Schiffsinneren.

Die Nacht kam schnell in der Sturmwelt. Man konnte der Sonne dabei zusehen, wie sie hinter dem Horizont versank.

Dort, in der Ferne, wo sich jenseits der Hunderte oder gar Tausende bekannter Inseln noch das Unentdeckte verbarg. Die Seewüste, in der einzelne Fleckchen Land Oasen gleich aus dem Meer ragten.

Seit seiner Ankunft in der Sturmwelt hatte Jaquento so oft wie möglich den Sonnenuntergang beobachtet, doch niemals hatte er den legendären *Grünen Blitz* gesehen, der im letzten Augenblick des Sonnenlichtes den Himmel grün erstrahlen lassen sollte. Auch jetzt wieder ging die Sonne einfach unter, bot für einige Augenblicke ein farbenprächtiges Schauspiel, nahm dann den Tag mit und ließ Dämmerlicht zurück, das nur kurze Zeit währen würde, bevor es der Dunkelheit weichen musste. Für einen Moment starrte Jaquento weiter auf die See. Er hatte sich einen ruhigen Ort am Bug auf dem Backdeck gesucht, was nicht allzu schwer gewesen war. Die Mannschaft hatte wenig Arbeit zu verrichten. Die Segel waren gesetzt, der Wind kam beständig von achtern, der Kurs wurde gehalten. Einige saßen auf Deck, erzählten Geschichten oder spielten mit Würfeln. Jaquento hielt sich abseits, stand an der Reling und genoss den frischen Wind.

»Der Kapitän bittet zu Tisch«, rief ein Junge vom Achteraufbau her und winkte Jaquento zu. Unwillig ließ dieser die dicke Leine los, an der er sich festgehalten hatte, und ging über das Deck zurück. Seine Beine hatten sich erstaunlich schnell wieder an die Bewegungen des Schiffs gewöhnt. Die Seeleute schenkten ihm nur wenig Beachtung, ließen sich nicht beim Spiel stören.

Der Durchgang war von einer kleinen Laterne erhellt, und Jaquento musste sich bücken, als er hindurchlief. Die Enge des Schiffes störte ihn weniger als die Tatsache, dass er seinen Degen nicht wiederbekommen hatte. Immer wieder wanderte seine Hand zu seiner Hüfte, nur um innezuhalten. Es war ein unbestimmtes Gefühl von Unsicherheit, das weit schlimmer wog als der erzwungene Aufenthalt an Bord. Aus diesem Grund zögerte er kurz, bevor er an die Tür der Kapitänskajüte klopfte. *Narr,* schalt er sich selbst, *wenn sie dir Übles wollen, wird dir kein Degen der Welt helfen, und sei er aus Batutzi.*

Entschlossen hob er die Hand und klopfte energisch an. Sofort öffnete die Tür sich, und der Junge mit dem weißblonden Haar, der ihn gerufen hatte, trat lächelnd heraus. Er mochte zwölf oder dreizehn sein, doch er trug ein Messer an der Seite, das in der richtigen Situation gut und gern als Entersäbel durchgehen mochte.

»Lasst Euch von Jani nicht stören, Jaquento«, rief der Kapitän, der sich von einer reich gedeckten Tafel erhob und mit einem Taschentuch winkte. Angesichts der kulinarischen Fülle auf dem Tisch war Jaquento einen Moment lang abgelenkt. Seine eigenen Mahlzeiten waren in letzter Zeit eher schlicht gewesen. Neben noch dampfendem Brot gab es zwei silberne Teller mit in Scheiben geschnittenem Fleisch, das köstlich duftete. Dazu eine mit Schnitzereien verzierte Schale mit Obst aus der Sturmwelt, dessen exotische Formen und Farben den jungen Mann erstaunten. Zwei Karaffen Wein standen neben einer Holzplatte, auf der eine ganze Kollektion verschiedener Käsesorten angerichtet war. Allein der Anblick ließ Jaquento das Wasser im Munde zusammenlaufen, und der würzige Geruch war herrlich. Erst das Lachen des Kapitäns ließ ihn aufblicken.

»Bitte denkt nicht, dass wir jeden Tag so speisen. Wir sind einfache Seeleute. Aber wir haben so selten Gäste, dass ich meinem Koch für heute Abend freie Hand gegeben habe. Wie Ihr seht, hat er sich selbst übertroffen!«

»Ja«, flüsterte Jaquento und schluckte. Die letzte Mahlzeit lag lange zurück, und seit er auf dem Schiff aufgewacht war, hatte er bis auf einige Schluck Wasser nichts zu sich genommen.

»Setzt Euch, setzt Euch«, bat Rénand und wies mit beinahe höfisch anmutender Zier auf einen Stuhl. Der Kapitän trug noch den auffälligen Uniformrock, den Jaquento schon zuvor gesehen hatte. Das leuchtende Grün war mit goldenen Fäden abgesetzt. Gemeinsam mit den ebenfalls goldenen Knöpfen und Litzen wirkte der Rock prunkvoll, ein Eindruck, der noch durch das weiße Spitzenhalstuch verstärkt wurde. Dazu trug Rénand eine dunkelgrüne Kniebundhose mit makellos weißen Strümpfen und Schuhe, in deren Schnallen Jaquento sich gewiss hätte spiegeln können. Beeindruckender als seine Kleidung waren aber Haltung und Antlitz des Kapitäns. Ein kräftiges Kinn und eine gerade Nase gaben ihm ein markantes Aussehen, das von den dunklen Augenbrauen unterstrichen wurde. Doch es waren die Augen, die Jaquento gefangen hielten; grüngrau und von einer nahezu unerträglichen Schärfe. Der Blick des Kapitäns schien durch nichts aufzuhalten zu sein, weder Stoff noch Haut, und direkt in den Geist zu sehen. Hastig strich sich Jaquento eine Strähne seines Haares aus dem Gesicht und wandte sich ab.

»Ich würde Euch bitten, noch ein wenig zu warten, bis Jani den Rest zusammengerufen hat«, fuhr der Kapitän fort und setzte sich ebenfalls. »Auch wenn es mir schwerfällt, angesichts dieser Köstlichkeiten.«

»Natürlich«, erwiderte Jaquento und hob den Kopf. Seine Augen trafen die des Kapitäns, und ein Schauer lief über seinen Rücken. Sein Gegenüber lächelte milde.

»Rahel hat recht, wisst Ihr? Man kann die See in Euch sehen. Vielleicht wisst Ihr es selbst noch nicht, aber es ist so. Ihr seid ihr verfallen.«

Sofort versteifte sich Jaquento. Seine Augen verengten sich, als er fragte: »Wollt Ihr sagen, dass mein Aufenthalt auf diesem Schiff nun doch erzwungen werden wird, Mesér?«

Abwehrend hob der Kapitän die Hände: »Oh nein. Ihr seid

so frei wie jeder andere hier an Bord. Ich habe lediglich eine Feststellung getroffen. Ich denke, Ihr tätet gut daran, bei uns zu bleiben, aber die letztendliche Entscheidung liegt bei Euch.«

»Gut.«

»Ihr glaubt mir nicht«, stellte Rénand nüchtern fest.

»Vielleicht fiele es mir leichter, Euch zu glauben, wenn man mir meine Waffen wiedergeben würde. Diese ganze Situation ist nicht dazu angetan, mein Vertrauen in Eure Worte zu stärken.«

»Ah, Eure Waffen. Natürlich!«

Mit einem Ruck stand Rénand auf und ging zu einem ausladenden Sekretär, der besser in ein Schloss denn in eine Kajüte gepasst hätte. Schwungvoll drehte der Kapitän sich um und zog Jaquentos Degen aus der Scheide, die auf dem Sekretär gelegen hatte. Bewundernd glitt der Blick des Mannes über die Klinge, deren dunkler Stahl das Licht kaum reflektierte.

»Eine wundervolle Waffe!«

»Mein Degen? Ein schmuckloses Stück Metall …«, begann Jaquento, doch Rénand hob die Hand und schüttelte den Kopf.

»Schmuck ist Tand. Dieser Degen ist für den Kampf bestimmt, für die edelste aller Tugenden: Mut! Nur jene, die nicht vorhaben, ihre Waffen zu ziehen, schmücken sie. Diese Waffe ist gut geschmiedet, aus teurem Stahl, und sie trägt die Insignie eines Meisterschmiedes. Eine Waffe für den Krieg, für Kampf, eine Waffe, um Tod zu bringen. Wer auch immer sie führt, kämpft, um zu siegen!«

Gebannt blickte Jaquento auf den Kapitän, dessen Finger beinahe zärtlich über die Klinge glitten. Er war offensichtlich daran gewöhnt, eine Waffe in der Hand zu haben. Seine Bewegungen waren flüssig, sein Griff fest. Unvermittelt ließ er die Klinge durch die Luft zischen, eine Hand auf dem Rücken, die Füße in traditioneller Stellung. Ein Ausfall gegen einen imaginären Gegner brachte ihn zum Tisch, seine Augen fixierten Jaquento. Die Spitze richtete sich auf den jungen Mann; einige Herzschläge lang schwiegen beide. Dann legte der Kapitän den Kopf schief und grinste breit.

»Eine gute Klinge.«

Mit diesen Worten drehte er sie herum und reichte sie Jaquento mit einer eleganten Bewegung mit dem Griff voran. Langsam nahm dieser die Waffe, spürte das beruhigende Gewicht des Hefts in seiner Hand. Der Kapitän hatte recht – es war eine gute Klinge, von einem Meister seiner Kunst gefertigt.

Es klopfte, und auf die zustimmende Antwort des Kapitäns hin führte Jani eine kleine Gruppe von Personen in den Raum. Vorne ging Rahel, breitbeinig, selbstbewusst, die Hände im schweren Waffengurt verschränkt. Dahinter kam Bihrâd mit unbeteiligter Miene, gefolgt von Quibon, der Jaquento einen finsteren Blick zuwarf. Es folgten zwei Weitere, ein Mann und eine Frau, die Jaquento bislang nicht gesehen hatte. Sofort erhob Jaquento sich.

»Das ist Ayvon«, erklärte der Kapitän und legte den Arm um die Schulter eines jungen Mannes, der sein langes, gelocktes braunes Haar zu einem Pferdeschwanz gebunden hatte. Die Kleidung des Mannes war unauffällig: ein braunes Lederwams mit einem Bandolier samt Degen darüber. Einzig die hohen, mit Bronzenieten verzierten Stiefel stachen heraus.

»Seid vorsichtig in seiner Nähe: Er ist Magier«, fügte Rénand mit einem Zwinkern hinzu, doch Ayvon winkte ab und widersprach mit fester Stimme: »Ich übe mich ein wenig in kleinen Spielereien. Magier würde mir als Bezeichnung zu weit gehen.«

»Ayvon ist unser Gast, ebenso wie Ihr, Jaquento. Er begleitet uns, bis wir sein Schiff wiedertreffen. Seine Hilfe bei der Suche nach Beil war unersetzlich.«

»Verrat kann nicht geduldet werden«, erklärte Ayvon gewichtig. »Und so unschön es sein mag, ein Exempel musste statuiert werden.«

»Ganz zu schweigen von der Strafe für die feige Sau«, warf die blonde Frau ein, deren nordische Abstammung nicht nur von ihrem Aussehen, sondern auch von ihrem rauen Akzent her offensichtlich war.

»Das ist Hilrica, unsere Navigatorin«, stellte der Kapitän die Frau vor, die sich grüßend an die Stirn tippte. »Quibon, meinen Zweiten Offizier, und Rahel, meine Nummer eins kennt Ihr ja bereits. Und das ist Bihrâd, der ebenso geschickte wie schweigsame Doktor unserer kleinen, verschworenen Gemeinschaft. Man könnte sagen, dass dies die Offiziere der *Todsünde* sind.«

»Ich fühle mich geehrt«, gab Jaquento zu und verneigte sich.

»Ein Festmahl!«, rief Rahel. »Genug des Redens. Das will alles gegessen werden!«

»Setzt euch, greift zu«, befahl der Kapitän. »Es ist genug für alle da. Selbst für Quibon!«

»Abwarten«, knurrte der große Mann und nahm gemeinsam mit den anderen Platz an der Tafel. Endlich durfte Jaquento zugreifen, und das ließ er sich nicht zweimal sagen. Er stapelte Brot und geräuchertes Fleisch vor sich auf, nahm Käse und eine seltsam raue, tiefrote Frucht, die verführerisch duftete. Nur den Wein lehnte er ab und begnügte sich mit Wasser, was die anderen zu Sticheleien reizte. Im Übrigen drehten sich die Gespräche um das Meer und die einträglichsten Routen, um Handelsplätze, Häfen, Seeungeheuer und die beste Art, Frischwasser an unbekannten Küsten aufzuspüren und aufzunehmen, und keiner schien sich an dem Fremden am Tisch zu stören; lediglich Bihrâd warf Jaquento hin und wieder Blicke zu, die für den jungen Hiscadi schwer zu deuten waren. *Er mag mich nicht,* dachte Jaquento, wurde aber von einer zotigen Geschichte aus Hilricas reichhaltigem Schatz deftiger Erzählungen abgelenkt.

Während der junge Mann mit der einen Hand die Gabel führte, um sich ein neues Stück Schweinefleisch aufzulegen, blickte er Kapitän Rénand an: »Dies ist doch kein gewöhnliches Handelsschiff?«

»Wie kommt Ihr darauf?«, fragte der Kapitän mit unbeteiligter Miene.

»Ihr habt mehr Geschütze an Bord, als es für einen Händler vorstellbar ist. Fast zwei komplette Decks, alles schweres Gerät, dazu die Schwenklafetten mit den, was mögen es sein, Einpfündern?«

Jaquento sah fragend in die Runde. Alle schwiegen, alle Augen waren auf ihn gerichtet. Verwirrt ließ er die Gabel sinken.

»Ihr wisst zu viel, Jaquento«, flüsterte der Kapitän bedrohlich. »Viel zu viel! Das ist Euer Ende!«

»Was?«, erwiderte der junge Mann und packte seinen Degen. Er saß eingeklemmt zwischen Tisch und Bordwand; ein unmöglicher Ort, um zu kämpfen.

Da brach der Kapitän in Gelächter aus, in das alle Anwesenden, mit Ausnahme Bihrâds, einstimmten.

»Sein Gesicht!«, rief Rahel und nahm einen tiefen Schluck Wein.

»Ihr habt recht, Jaquento«, gestand der Kapitän. »Dies ist kein einfacher Händler. Wenn es die Umstände erlauben oder wenn die Geschäfte schlecht laufen, geht die *Todsünde* auf Kaperfahrt. Wir sind Freibeuter, ausgestattet mit Kaperbriefen und dem Siegel der Krone.«

»Freibeuter.« Jaquento ließ sich die Erklärung auf der Zunge zergehen.

»Ja«, sagte Rénand leise. »Freibeuter. Wie das Wort schon sagt: Freie Männer und Frauen, die ihr eigenes Schicksal bestimmen. Deshalb denke ich, dass du an Bord bleiben wirst, Jaquento. Weil wir sind, was du suchst.«

Die Runde blickte den jungen Mann gespannt an. Die Leckerbissen vor ihm waren vergessen, selbst die Umstände seines Aufenthalts. Draußen schrien die Möwen, die sich um die Kombüsenabfälle balgten, während Jaquento ein Kribbeln in den Fingern verspürte, eine Hoffnung, wie er sie seit vielen Tagen nicht gehabt hatte.

ROXANE

Der Wind kam steif vom Nordosten, wie Roxane zufrieden feststellte, als sie das Achterdeck betrat. Die See war immer noch leidlich rau, aber in den letzten Tagen hatte sich ihr Körper an den Seegang gewöhnt. Mit einem Schaudern dachte sie an die albtraumhaften Tage zwischen Wachen und Schlafen zurück, die sie zwischen ihren Wachdiensten in der stickigen Enge ihrer Kammer verbracht hatte, während ihr Magen gegen jede Art von Nahrung rebelliert hatte. Letzte Nacht hatte sie zum ersten Mal, seit sie an Bord gekommen war, einige Stunden durchschlafen können.

Jetzt wehte der kühle Wind ihr die letzten Spinnweben des Schlafs aus dem Geist. Ihr Blick wanderte über die See, die tiefblau, fast schwarz, von schäumenden Wellen gekrönt war. Die Sonne war gerade erst aufgegangen, und die Welt war noch in ein dunstiges Zwielicht gehüllt, das schon bald weichen würde. *Eine lebhafte See, aufgewühlt, aber nicht wütend. Die Wellen sehen eher aus, als ob sie mit unserem Schiff spielen wollten.* Während Roxane grüßend die Finger an den Zweispitz hob, musste sie ein Schmunzeln über ihre Gedanken unterdrücken.

»Wind konstant von Nord-Ost, Leutnant Hedyn, Kurs wird laut Anweisung des Kapitäns beibehalten. Der Wachhabende soll regelmäßig die Abdrift überprüfen.«

»Aye, aye, Leutnant Frewelling«, erwiderte Roxane und nickte kurz. Ein Blick zu den Masten bestätigte ihr, dass der Kapitän die Segel eher konservativ gesetzt hatte.

»Sie liegt gut vor dem Wind«, erklärte Frewelling und lächelte, was ihn nicht nur verschmitzt, sondern auch deutlich jünger aussehen ließ, wie Roxane fand. »Sie macht fast zwölf Knoten. Aber ich kenne die *Mantiko*r: Wenn es noch weiter auffrischt, wird sie unruhig werden.«

»Die Mantikor-Klasse wird leegierig, habe ich gehört?«

»Das stimmt. Sie dreht nach Lee ab, wenn bei hartem Wind zu viel Segel gesetzt sind.« Der junge Offizier zögerte einen Moment, dann fuhr er fort: »Der Kapitän wünscht übrigens stets über jede Änderung der Besegelung vorab informiert zu werden.«

Skeptisch blickte Roxane an den Masten hoch. Das Segeltuch war prall gespannt, die Segel akkurat ausgerichtet. Kein verdächtiges Knattern war zu hören, kein Flattern zu sehen.

»Wenn der Wind hält, wird das kaum nötig sein«, stellte sie fest, und Frewelling nickte zustimmend. Schweigend standen die beiden nebeneinander und blickten über das Meer, das im Licht der aufgehenden Sonne mehr und mehr an Farbe gewann.

»Mantikor ist ein Name aus dem Süden. Wie der Ihre, nicht wahr?«, fragte der Leutnant schließlich.

»In der Tat«, gestand Roxane. Sie suchte nach Anzeichen von Belustigung in Frewellings offenem Gesicht, fand jedoch nur echtes Interesse. »Mein Vater hat von diesen mythischen Kreaturen auf seinen Reisen durchaus gehört. Wobei er in seinen Berichten über den Süden weniger von Mantikoren als vielmehr von den zahllosen Stechmücken des Mündungsdeltas des Tarnts gesprochen hat.«

»Dann sind Sie mit der Flotte sozusagen auf den Spuren Ihres Vaters gefahren?«

»Nein«, antwortete sie rasch, um dann freundlicher hinzuzufügen: »Wir haben zwar den Fluss gesehen, aber das Land nicht betreten. Die Flotte hat sich gleich wieder auf den Rückweg gemacht.«

»Verstehe«, erwiderte der Leutnant und blickte wieder hinaus auf die See. Auch Roxane schwieg. Sie genoss den aufziehenden Morgen und fand Frewellings Gesellschaft dabei angenehm. Gerade auf einem Schiff, wo es kaum Möglichkeiten gab, jemandem aus dem Weg zu gehen, war es wichtig, Mannschaftskameraden zu finden, deren Gesellschaft man schätzte.

»Sie fahren schon lange mit Kapitän Harfell?«, erkundigte sie sich.

»Ich habe bislang zwei Fahrten mit ihm gemacht. Allerdings beide nur im Kanal. Trotzdem haben wir einiges zusammen erlebt und auch Prisen aufgebracht. Die Mannschaft liebt den Kapitän; seine Spürnase für fette Beute lässt ihre Börsen aufblühen.«

»Er ist ein guter Kapitän, nicht wahr?«

Frewelling schwieg für einige Momente. Dann antwortete er langsam: »Ich habe selten einen Seefahrer getroffen, der ihm ebenbürtig wäre. Und er ist auch ein hervorragender Soldat, ein wahrhaft *kämpfender Kapitän*.«

Verwirrt blickte Roxane den Leutnant an, dessen Stimme eigenartig tonlos klang, als ob er einen auswendig gelernten Vers rezitierte. Die Antwort war seltsam ausweichend und passte offenkundig nicht zu dem ansonsten so offenen Wesen des Offiziers. Bevor sie jedoch nachfragen konnte, lächelte Frewelling wieder und strich sich mit einer Hand die Haare aus dem Gesicht. Der Wind hatte einige Strähnen aus seinem Zopf gelöst und sie ihm in die Stirn geweht.

»Und Sie? Frisch befördert? Schmeckt die Seeluft als Leutnant noch ebenso wie als Fähnrich?«

In Frewellings Augen blitzt der Schalk auf. Jetzt musste auch Roxane lächeln

»Es werden nicht gerade weniger Pflichten, Thay. Aber es war immer mein Traum, Offizierin zu werden. Vielleicht irgendwann ein eigenes Kommando zu haben. Und bis es so weit ist, kann ich von Vorgesetzten wie Kapitän Harfell viel lernen.«

Wieder wurden die Züge des Leutnants reglos und undeutbar, und der Geist, der eben noch in den braunen Augen gefunkelt hatte, zog sich zurück, sodass Roxane nicht einmal mehr ahnen konnte, was er dachte.

»Sprechen Sie von mir, Leutnant?«, ertönte unvermittelt die schnarrende Stimme des Kapitäns hinter den beiden Offizieren. Erschrocken fuhr Roxane herum und nahm Haltung an. *Wieso habe ich ihn nicht heraufkommen hören? Er hat sich so leise bewegt, als hätte er sich angeschlichen*, dachte Roxane, während sie salutierte.

»Ja, Thay. Ich sagte, dass ich mich darauf freue, mir auf dieser Fahrt einiges von Ihnen abzuschauen, Thay!«

»So.« Das Wort hing in der Luft. Erst nachdem einige Sekunden verstrichen waren, wandte sich Harfell an Frewelling: »Stimmt das, Leutnant?«

»Ja, Thay«, erwiderte dieser knapp. Sein Blick war starr geradeaus auf den Horizont gerichtet, seine Haltung tadellos.

»Sehr gut.« Der Kapitän wirkte zufrieden. »Sie wollen also einiges von mir lernen, Leutnant, nicht wahr?«

»Ihr Ruf ist beinahe schon legendär, Thay.«

»Reputation mag in den Salons zählen, Leutnant, wo Offiziere sich bei einem Brandy gegenseitig belügen, dass sich die Balken biegen. Hier auf See zählen nur Erfahrung, Mut und Loyalität!«

»Ja, Thay!«

»Habe ich Ihre Loyalität, Leutnant? Unabdingbar, ohne Zweifel oder Zögern?«

»Natürlich, Thay!«

Die seltsamen Fragen des Kapitäns ließen Roxane aufhorchen, doch er schien dies nicht zu bemerken. Stattdessen lächelte er und nickte zufrieden. »Gut so. Wie viel Knoten machen wir, Leutnant Frewelling? Zwölf?«

»Ja, Thay.«

»Meine Order bleibt unverändert. Wenn das Wetter anhält, sollten wir in spätestens zehn Tagen die Windinseln passieren. Seien Sie dankbar, die Einheit ist mit uns.«

Damit drehte der Kapitän sich um und stieg die steile Leiter hinab unter Deck.

»Ich übergebe jetzt die Wache an Sie, Leutnant Hedyn«, erklärte Frewelling steif und folgte Harfell, scheinbar ohne auf ihr hastig gemurmeltes »Aye, aye, Thay« zu achten. *Zwischen den beiden gibt es Spannungen,* dachte Roxane bei sich, während sie vom Fähnrich die Zeit abfragte. *Keine gute Situation an Bord eines Schiffes, das möglicherweise viele Tage auf See sein wird.* Doch sie konnte an den Umständen nichts ändern, und so machte sie sich daran, die Eigenschaften und Eigenarten der *Mantikor* kennenzulernen, die auf unbestimmte Zeit ihre Heimat sein würde.

Obwohl das Schiff älterer Bauart war, lief die *Mantikor* gut vor dem Wind. Tatsächlich war sie nach dem Stapellauf so erfolgreich gewesen, dass ihr eine ganze Klasse von Fregatten gefolgt war, die alle nach mythischen Kreaturen benannt worden waren. Während Roxane so in Gedanken auf dem Achterdeck auf und ab ging, betrat eine schmächtige Gestalt das Deck und hustete vernehmlich. Ohne die Wachhabende zu beachten, trat sie an die Reling und schimpfte leise vor sich hin: »Verfluchter Wind. Wie ich die Gischt hasse!«

Verwundert betrachtete die junge Offizierin den Mann, der kaum älter als sie sein konnte. Obwohl der Tag versprach, recht angenehm zu werden, hatte er sich in einen dicken grauen Mantel gehüllt und dazu hellgraue Wollfäustlinge angezogen. Wieder hustete der Mann und strich sich irritiert eine blonde Strähne aus dem Gesicht.

»Thay?«, fragte Roxane höflich.

»Was? Oh.« Der Mann wandte sich Roxane zu und musterte sie unverhohlen. Seine Augenbrauen hoben sich, während seine Augen die Erscheinung der jungen Offizierin förmlich aufzusaugen schienen.

»Ich bin Leutnant Hedyn, Thay. Ich glaube nicht, dass wir schon die Ehre hatten.«

»Natürlich sind Sie das! Eine neue Offizierin an Bord des Schiffes – da muss man keinen Traumstaub nehmen, um zu ahnen, dass Sie Leutnant Hedyn sind. Halten Sie mich für zurückgeblieben?«

Ohne sich von dem aggressiven Ton einschüchtern zu lassen, beugte sich Roxane leicht vor und blickte dem Mann in das bleiche Gesicht: »Bislang hatte ich ja noch keine Gelegenheit, mir über Sie eine Meinung zu bilden, Thay. Mit wem habe ich denn die Ehre?«

»Groferton, Coenrad Groferton. Maestre im Dienste Ihrer Majestät auf dem sicherlich schneidigen Schiff *Mantikor*. Und von den Unbilden dieses furchtbaren Wetters gebeutelt!«

Seine Verbeugung war wenig mehr als ein Kopfnicken. Dafür war die Bewegung, mit der er scheinbar die gesamte See und den Himmel erfassen wollte, umso ausladender. Verwirrt blickte Roxane sich um. Die Sonne stand inzwischen gut eine Handbreit über dem Horizont; die Sicht war klar, am Himmel zogen nur einige weit entfernte Wolken entlang. Der Magier runzelte die Stirn, als er Roxanes erhobene Braue bemerkte.

»Halten Sie mich nicht für verschroben, Leutnant! Aber dieses Wetter macht mir ungemein zu schaffen. Die Seeluft schadet meinen Lungen; das ständige Salz zerfrisst sie. Ich bin für den Dienst an Bord nicht geschaffen.«

Darauf wusste Roxane erst einmal nichts zu sagen. Die Vehemenz seiner Rede überraschte sie. Seine Hände fuhren zur Unterstreichung seiner Worte durch die Luft, sein ganzes Wesen strahlte eine Abneigung gegen seinen gegenwärtigen Aufenthaltsort aus, die keinen Widerspruch duldete. Für einige laute Herzschläge standen sie sich sprachlos gegenüber, dann sackten die Schultern des Maestre herab.

»Verzeihung, Leutnant«, erklärte er resigniert und schlug die Augen nieder. »Dies ist weder der Ort noch die Zeit, um von meinen Unpässlichkeiten zu berichten. Ich kann die Frage in Ihren Augen sehen …«

»Frage?«, wiederholte Roxane.

»Wenn ich die See so hasse, warum tue ich dann Dienst auf einem Kriegsschiff? Das denken Sie doch, nicht wahr?«

»Nein, Thay, ich … nun ja, doch, das denke ich.«

»Ich will meinem Land und meiner Königin dienen, und die Marine ist die beste Möglichkeit, dies zu tun«, erklärte Groferton mit einem gewissen Stolz in der Stimme. »Wenn dies bedeutet, dass ich persönliches Ungemach auf mich nehmen muss, dann soll es so sein.«

Er straffte seine schmächtigen Schultern und schob angriffslustig das Kinn vor. Doch Roxane tat ihm nicht den Gefallen, ihm zu widersprechen: »Wir alle müssen Opfer bringen, Thay. Für Königin und Vaterland!«

Groferton verzog die Lippen, als ob ihm ihre kampflose Zustimmung missfalle, ehe er sagte: »Ich würde mich ja mittels des Arsanums vor so mancher Widrigkeit schützen, aber Caserdote Sellisher hat beim Kapitän erwirkt, dass ich die Vigoris nur nutzen darf, wenn es eine allgemeine Gefahrensituation gebietet.«

Die Stimme des Maestre troff vor Missachtung, als er fortfuhr: »Und wegen der religiösen Bedenken des Caserdote muss ich spüren, wie meine Lungen sich langsam in Salzlake verwandeln, obschon eine simple und vollkommen ungefährliche Anwendung meiner Talente mich schützen könnte.«

»Das ist ... bedauerlich«, erwiderte Roxane und versuchte ihre Züge möglichst unbeteiligt zu halten.

»Bedauerlich ist ein rechter Euphemismus in meiner Lage, Leutnant«, ereiferte sich der Maestre, nur um durch seine Aufregung einen weiteren Hustenanfall zu erleiden. »Als wenn mein Siechtum und schleichender Tod wenig mehr als eine Unpässlichkeit wären!«

»Das würde ich nie ...«

»Die Einheit hat uns mit der Gabe der Magie gesegnet! Gesegnet, sage ich! Es ist Unrecht, diese Gabe auf's Hinterhältigste zu unterdrücken.«

»Ich bin sicher, der Caserdote hat seine Gründe, warum ...«, begann Roxane, doch ein lautes »Ha!« des Maestre unterbrach sie. Unwillig schüttelte der kleine Mann den Kopf.

»Sicherlich hat er Gründe. Nur sind diese ohne Substanz, hohl, von abergläubischer Natur und gegen die Schriften Corbans.«

Diesmal schwieg Roxane wohlweislich, während Groferton von einem erneuten Hustenanfall geschüttelt wurde. Als er sich schließlich mit einem Taschentuch über den Mund wischte, warf er Roxane einen Blick aus den Augenwinkeln zu.

»Wie dem auch sei. Es war mir eine Freude, Sie kennenzulernen, Leutnant Hedyn.«

Die überraschende Milde in seiner Stimme ließ Roxane stutzen, aber während er sich abwandte, hörte sie ihn schon wieder bitter murmeln: »Jetzt tritt der Maestre ab, aber wenn sie ihn brauchen, dann muss er seine Kunststückchen machen. Wie ein Hund!«

»Es war mir ebenfalls eine Freude, Thay«, rief die junge Offizierin dem Magier hinterher, doch dieser gab nicht zu erkennen, ob er sie noch gehört hatte, bevor er gebückt unter Deck verschwand. Verstohlen blickte Roxane sich um, doch sowohl die Ruderwache als auch der Fähnrich am Stundenglas starrten starr geradeaus. Schnell legte Roxane die Hände auf den Rücken, hob das Kinn und blickte unbeteiligt zum Bug. Obwohl ihr die Begegnung mit dem Bordmagier weiterhin im Kopf umherging, erhellte sich ihr Gemüt ebenso, wie sich die See unter den Strahlen der aufgehenden Sonne erhellte.

Obgleich sie Schiff, Mannschaft und Kurs stets im Auge behielt, gab es auf ihrer Wache nur wenig zu tun. Die Männer und Frauen der *Mantikor* dienten schon lange gemeinsam auf dem Schiff; für Roxanes geübtes Auge war das, was auf einen Landmenschen wie ein kaum überschaubares Chaos wirken musste, ein perfekt orchestrierter Ablauf, eine geölte Maschine, in der jedes Teilchen seinen Platz und seine Bestimmung hatte. Hin und wieder korrigierte sie leicht den Kurs, wenn der Wind die Fregatte zu weit abgetrieben hatte, aber ansonsten schritt sie lediglich über das Deck und hatte ein Auge darauf, dass alles den gewohnten Gang ging.

Inzwischen war sie in diesen Momenten ruhiger. Sie hatte sich an die Last der Verantwortung auf ihren Schultern gewöhnt, auch wenn sie den Druck immer noch spürte. *Ist es bei Kapitän Harfell ebenso?*, fragte sie sich insgeheim. *Oder verschwindet die Angst vor dem eigenen Versagen mit der Zeit? Stellt er seine Entscheidungen stets infrage, oder denkt man nicht mehr so, wenn man die Verantwortung schon so lange trägt?*

Als hätte jemand ihre Gedanken gelesen, kam Fähnrich Tola den Niedergang hinaufgestürmt und salutierte vor Roxane, die den Gruß ruhig erwiderte.

»Der Kapitän wünscht alle Offiziere in seiner Kajüte zu sehen, Thay.«

»Jetzt?«, erwiderte Roxane verdutzt.

»Ja, Thay. Ich habe so lange das Kommando an Deck.«

Roxane zwang sich zu einem ermunternden Lächeln und nickte, bevor sie erneut salutierte: »Aye, aye, Fähnrich. Hiermit übergebe ich Ihnen das Kommando. Wind konstant aus Nord-Ost. Kurs wird gehalten.«

Das blonde Mädchen schluckte nervös und sah sich hastig um. Roxane versuchte ihr Alter zu schätzen, doch sie war darin nie sehr gut gewesen. *Dreizehn oder vierzehn Jahre vielleicht. Jünger als ich, als ich zum ersten Mal meinen Seesack gepackt habe.*

»Keine Sorge: Sie läuft stabil«, flüsterte die junge Offizierin noch und zwinkerte dem Mädchen zu, als sie an Tola vorbeiging und hinab in das Zwielicht des Niedergangs stieg.

Zu ihrer Überraschung waren bereits alle Offiziere versammelt, inklusive Caserdote Sellisher und Maestre Groferton. Bedächtig salutierte sie und reihte sich in die Riege der Leutnants ein, die um den Tisch des Kapitäns versammelt waren.

»Dann sind wir vollständig«, begann Harfell die Besprechung. »Machen wir es kurz, damit Leutnant Hedyn wieder auf ihren Posten zurückkehren kann.«

Mit einem ungeduldigen Tappen wies der Kapitän auf seine Karte. Roxane musste sich etwas vorbeugen, um die kleine Inselgruppe um Lessan zu erkennen, die in den letzten Jahrzehnten zur wichtigsten Basis der Marine in der Sturmwelt ausgebaut worden war. Dort versammelten sich regelmäßig Handelsschiffe zu großen Konvois, die von ganzen Geschwadern zurück nach Thaynric eskortiert wurden. Jeder dieser Konvois führte unermessliche Schätze mit sich, vor allem aber lieferten sie dringend benötigte Rohstoffe. Die junge Offizierin versuchte sich die exotischen Handelswaren vorzustellen, die ihren Weg in die Heimat fanden, doch Harfell unterbrach ihre Gedanken: »Das ist, wie Sie bereits wissen, unser Ziel. Wir werden der Sturmwelt-Flotte unterstellt, die unter Admiral Holts Flagge fährt.«

Roxane konnte sehen, wie sich in den Gesichtern der anderen Offiziere Enttäuschung abzeichnete. Konvois bedeuteten viel Arbeit, wenig Ruhm und noch weniger Hoffnung auf fette Prisen. Ihr selbst lag der Gedanke an Prisengeld gerade fern; vielmehr beschäftigte sie die Vorfreude auf die Sturmwelt, jene unzähligen Inseln, deren exotische Landschaften und Bewohner immer wieder in Zeitungen, Liedern und Gedichten beschrieben wurden. Sie brannte darauf, all diese Wunder mit eigenen Augen zu sehen.

»Gibt es Nachricht von der Admiralität?«, wandte sich der Kapitän an den Maestre, der geistesabwesend auf die Karte blickte.

»Was? Äh, nein ... Thay. Ich bezweifle allerdings, dass irgendwer sich die Mühe machen würde, einer Fregatte Nachrichten zu senden. Wissen Sie, wie viel Aufwand und Kraft dafür benötigt wird? Ein halbes Dutzend der besten ...«

»Ja, ja, schon gut. Melden Sie mir einfach, wenn es etwas Neues gibt. Haben Sie sonst noch etwas zu berichten, Groferton?«

Falls der Maestre die gezielte Unhöflichkeit des Kapitäns, ihn beim Nachnamen zu nennen, bemerkte, ließ er es sich nicht anmerken.

»Nein, Thay. Aber da mir die Anwendung meiner Begabung ohnehin untersagt ist, wüsste ich auch nicht, was ich sonst berichten sollte ... Thay.«

»Wir werden die Windinseln passieren, ohne vor Anker zu gehen. Wir haben wichtige Dokumente an Bord, die nur für Admiral Holt bestimmt sind. Und Sie können die sauertöpfischen Mienen wieder absetzen«, fuhr der Kapitän ungerührt fort und blickte dabei in die Runde seiner Offiziere, »man hat mir zu verstehen gegeben, dass wir nicht in die Konvois eingebunden werden. Vermutlich werden wir eine Fahrt die Handelsrouten entlang machen, um Piraten und ähnliches Gesocks zu jagen. Und den einen oder anderen fetten géronaischen Frachter aufzubringen!«

»Ich habe gehört, dass die Piraten zwischen den Inseln immer frecher werden«, warf Leutnant Hugham ein. »Angeblich ...«

Weiter kam sie nicht, denn Harfell brach in ein lautes Gelächter aus. Irritiert blickte Hugham sich um, doch keiner der anderen verzog das Gesicht.

»Piraten«, stieß Harfell aus. »Woher wollen Sie etwas von Piraten wissen, Hugham?«

»Thay?«

»Tavernengeschichten? Seemannsgarn gar? Sie haben doch die Küstengewässer niemals verlassen.«

»Thay, ich habe mit einem Sekretär der Admiralität gesprochen, der ...«

Wieder unterbrach sie der Kapitän, diesmal jedoch funkelte er sie finster an: »Gespräche mit der Admiralität, Leutnant? Hinter dem Rücken Ihres Käpt'ns?«

»Nein, ich ... ein Bekannter, Thay. Wir haben zusammen auf der *Zerstörerin* gedient. Er verlor sein Bein ... kann nur noch in der Verwaltung ... ein Zufall ...«, stotterte Hugham, wobei ihre Worte immer leiser wurden. Schließlich verstummte sie unter dem eisigen Blick des Kapitäns. Obwohl die Kajüte des Kapitäns der geräumigste Raum auf dem ganzen Schiff war, erschien er Roxane plötzlich eng und stickig. Unsicher sah sie Frewelling an, der seinerseits unbewegt auf die Wand blickte und sie nicht zu beachten schien.

»Darüber reden wir noch, Leutnant. Und machen Sie sich wegen der Piraten keine Sorgen: Mit deren Einmastern werden wir gerade noch fertig!«

Unvermittelt grinste Harfell wieder und zwinkerte Roxane zu: »Piraten! Ha! Noch keine Woche auf See, und schon wird das Wasser zu tief für Leutnant Hugham!«

Sorgsam darauf bedacht, ihre Miene ebenso ausdruckslos zu halten wie Frewelling, blickte Roxane auf die Karte hinab. Dennoch sah sie aus dem Augenwinkel, wie die gedemütigte Offizierin tief Luft holte und den Mund öffnete. Aber bevor sie etwas sagen konnte, legte ihr Leutnant Frewelling die Hand auf den Arm, schüttelte kaum merklich den Kopf und fragte: »Wäre das alles, Thay?«

»Ja. Gehen Sie zurück auf Ihre Posten.«

Gemeinsam mit den anderen verließ Roxane die Kajüte des Kapitäns. Nur der Caserdote blieb, und sie konnte ihn leise auf Harfell einreden hören. Während sie gemeinsam mit Hugham, Frewelling und dem Maestre hinauf an Deck stieg, sprach niemand ein Wort, und sie trennten sich am Ende des Niedergangs grußlos.

Der Wind hatte etwas aufgefrischt, und die See war in der kurzen Zeit rauer geworden. Mit entschlossenen Schritten kehrte die junge Offizierin auf ihren Posten zurück, verschränkte die Arme hinter dem Rücken und sagte: »Ich übernehme das Kommando wieder, Fähnrich.«

»Aye, aye, Thay!« Die Erleichterung war dem Mädchen anzusehen, doch sie bemühte sich, ihren Bericht so gut abzuliefern, wie es ihr möglich war. Während Tola die wenigen Minuten zusammenfasste, die die Offiziere unter Deck verbracht hatten, wanderten Roxanes Gedanken wieder zu der seltsamen Szene in der Kapitänskajüte zurück. Sie konnte sich keinen Reim auf das Verhalten ihres Vorgesetzten machen – er schien eine persönliche Abneigung gegen Leutnant

Hugham zu hegen, die ihn sogar gegen die Konventionen der Höflichkeit verstoßen ließ.

Als Tola ihren Bericht beendete, nickte ihr Roxane zu und ließ sie abtreten. Es war nicht ihre Aufgabe, das Verhältnis zwischen Hugham und Harfell zu analysieren. Sie musste alles dafür tun, dass dieses Schiff gut geführt wurde, und dazu musste sie zuallererst den Befehlen des Kapitäns gehorchen.

Doch eine unbestimmte Sorge ließ sie nicht los und verfolgte sie die ganze Wache lang.

JAQUENTO

»Ich sagte doch: Ich bin keine Frau, zu der man einfach Nein sagt.«

Ihre Stimme war spöttisch, doch sie lächelte sanft, während ihre Finger spielerisch über seine Brust glitten. Zwar war ihre Koje schmal und schaukelte, aber zumindest hatte sie eine eigene Kammer.

»Es gibt aber einen deutlichen Unterschied zwischen einer Entführung und einer Liaison«, erwiderte Jaquento und griff nach dem Wasserkrug.

»Einer was?«

»Einer Liebschaft, *Quéri.*«

Als er das Kosewort verwandte, beäugte Rahel ihn misstrauisch. »Das ist alles eine Frage des Blickwinkels. Gib mir auch.«

Das Wasser war erstaunlich kühl, oder vielleicht war Jaquento auch noch zu erhitzt. Einige Tropfen rannen aus dem Krug und liefen seinen Hals hinab.

»Ich will auch«, wiederholte Rahel und packte den tönernen Krug. Während sie gierig trank, genoss Jaquento den Anblick ihres nackten und verschwitzten Körpers. Tatsächlich hatte es nicht sehr lange gedauert, bis er ihren Reizen erlegen war. *Ob ein Krug mit Wasser oder ein Mann, sie bekommt tatsächlich, was sie will,* dachte er. *Nicht dass ich ihr großen Widerstand geleistet hätte. Sie ist eine schöne Frau.*

»Hast du mich deshalb auf das Schiff verschleppt?«, fragte er leichthin.

»Nein. Obwohl ich gestehen muss, dass das bestimmt auch eine Rolle gespielt hat«, erklärte sie ernst, um dann zu grinsen. »Ohne uns wärst du längst Treibgut im Hafen. Ich hatte also keine Wahl.«

»Bist du dir so sicher, dass ich mich nicht hätte allein durchschlagen können?«

Sie schwieg einige Momente, sodass Jaquento eine Augenbraue hob. Ihre Augen blickten zu der niedrigen Decke empor.

»Ich habe dich nicht getäuscht. Ich spüre die See in dir, Jaquento. Es ist wie das Rauschen einer Muschel. Der Käpt'n denkt das ebenfalls.«

»Der Kapitän ... ihr haltet alle sehr viel von ihm, nicht wahr?«

»Wir sind keine Marineaffen, die unter der Knute leben und jeden Tag Angst vor der Neunschwänzigen haben müssen. Wir sind freie Männer und Frauen, ein jeder an Bord. Und wir haben ihn aus unserer Mitte gewählt. Das sollte dir alles sagen, was du wissen musst.«

»Eine schöne Rede«, erwiderte Jaquento spöttisch, »wenn man bedenkt, dass die Hälfte eurer Leute einen Stockfisch zum Kapitän wählen würden, wenn er ihnen bloß einen Becher Rum verspricht.« Aber er wurde ernst, als er ihren finsteren Gesichtsausdruck sah. »In meiner Heimat gab es Zeiten, lange vor den Königen aus Géronay, da war es ähnlich, weißt du?«

»Tatsächlich?«

»Ja. Damals wurden die Anführer aus der Mitte meines Volkes gewählt. Die Landbesitzer stellten ihre Favoriten, und dann ...«

Er sah, wie sich ihre Augen zu schmalen Schlitzen verengten, und unterbrach sich: »Was ist?«

»Was ihr Hiscadi früher gemacht habt, interessiert mich nicht. Vielleicht konntest du früher einmal die Damen deiner Heimat damit beeindrucken, dass du so schlau bist, aber mich nicht.«

»Verzeihung, ich wollte nicht ... überheblich wirken«, entgegnete Jaquento verblüfft. *Was hat sie nur?,* fragte er sich. Doch Rahel hatte sich halb erhoben und lachte bereits wieder.

»Ich glaube dir nicht, dass es dir leidtut! Beweise es!«

»Du kleines ...«

In gespielter Wut bäumte der junge Mann sich auf, hatte jedoch nicht die Lage der Koje bedacht, die unter den plötzlichen Bewegungen zu schwanken begann. Immer noch lachend, warf sich Rahel auf ihn und drückte ihn zurück in die Hängematte.

»Ruhig, sonst landen wir noch auf dem Boden«, befahl sie grinsend und schob ihre Hand langsam seinen Bauch hinab. »Ganz ruhig. Einfach ... nicht bewegen.«

Ihre Stimme war kaum mehr als ein kehliges Flüstern, und sie beugte sich zu ihm hinab, bis ihr Haar über sein Gesicht fiel und ihre küssenden Lippen wie hinter einem Vorhang verbarg. Sofort spürte Jaquento die Reaktion seines Körpers auf ihre Berührung, er stemmte sich gegen ihren Druck, spürte ihre Haut auf der seinen.

»Land ho!«, erklang unvermittelt ein lauter Ruf über ihnen. »Steuerbord voraus!«

Sofort richtete sich Rahel auf und sprang mit einer flinken Bewegung aus der Koje. Ihre Bewegung ließ die Koje schaukeln, sodass Jaquento sich festhalten musste.

»Land«, wiederholte sie unnötigerweise. »Wir werden gebraucht, Seemann. Wir müssen Frischwasser an Bord nehmen, also zieh deine Hose an und mach dich bereit, einige schwere Fässer zu schleppen.«

»Haben wir nicht noch ein wenig Zeit?«, erkundigte sich Jaquento seufzend und ließ sein Haar ins Gesicht fallen. Er lächelte und sah Rahel einladend an, die sich zu ihm hinabbeugte, um ihn zu küssen. Mit einem Ruck richtete sie sich wieder auf und gab der Koje einen Stoß, der Jaquento dazu zwang, sich auf dem Boden abzurollen.

»Später«, versprach sie grinsend, während er sich aufrappelte. »Jetzt gibt es erst einmal Arbeit.«

»Ich nehme Euch beim Wort, Meséra«, erwiderte Jaquento feierlich und knöpfte sein Hemd zu. Doch Rahel verließ bereits die Kammer und lief an Deck hinauf. Kopfschüttelnd nahm Jaquento den Krug und goss sich einen Schwall Wasser über den Kopf, bevor er seine Haare nach hinten band. Er wusste die Kühle auf seiner Haut zu schätzen, als er hinaufstieg und sich in die Mannschaft einreihte, die sich an Steuerbord versammelt hatte.

Immer noch verwundert, betrachtete er die vielen unterschiedlichen Menschen, die sich an Bord der *Todsünde* eingefunden hatten. Dunkle Haut fand sich ebenso wie weiße, helle Haare ebenso wie dunkle und alle Schattierungen dazwischen, die je eine Laune der Natur möglich gemacht hatte. Er sah Tätowierungen und bizarren Körperschmuck, Männer und Frauen aus allen Ecken der Welt.

»Ich kenne die Insel. Ein paar hundert Meter landeinwärts gibt es eine Quelle«, murmelte ein hünenhafter Blonder, dessen Haut von der Sonne gebräunt und von einem Muster aus Narben überzogen war. Immer vier schnitten sich und bildeten so kleine Kreuze auf jedem Flecken Haut, sogar im Gesicht.

»Gibt's Eingeborene?«, fragte eine dunkelhäutige Frau, die Jaquento selbst für indigen gehalten hätte.

»Nein. Aber letztes Mal gab es noch wilde Schweine. Wir haben zwei geschossen und hatten am Abend einen fetten Braten!«

Während die Mannschaft begann, sich voller Vorfreude über Schweinebraten zu unterhalten, wanderte Jaquentos Blick zu der Insel, die sich langsam deutlicher am diesigen Horizont abzeichnete. Sie war flach, und ihr dunkles Grün stand in hartem Kontrast zum funkelnden Blau des Meeres. Da seine eigene Heimat eher von Fels, Gestein und niedrigen Büschen geprägt war, faszinierte Jaquento die überbordende Vegetation der Sturmwelt. Auch diese Insel war von einem Wald bedeckt, der dichter war als alles, was der junge Mann zuvor gesehen hatte.

Je näher die *Todsünde* der Insel kam, desto mehr Details konnte er ausmachen. Linkerhand brachen sich die Wellen abseits vom Land; ein Zeichen für Riffe, wie er von Rahel erfahren hatte. Das Meer schlug immer wieder gegen den hellen Strand, und es erschien Jaquento wie ein Wunder, dass es nicht schon längst die gesamte Insel abgetragen hatte. In der Luft drehten einige große Vögel ihre Kreise; langsam und unbeirrbar zogen sie ihre Bahnen, unberührt von der Welt unter ihnen. Vermutlich lebten sie in den Kronen des Waldes, in diesem Gewirr von Pflanzen, von denen jede mit Macht um Aufmerksamkeit buhlte, als wolle jede Blüte alle anderen ausstechen und an Schönheit übertrumpfen. In seiner Heimat musste man dem Boden ein karges Mahl abringen – hier hingegen schienen jedem Menschen die Leckerbissen direkt in den Mund zu wachsen, bettelte jede Frucht geradezu darum, gegessen zu werden.

Sie passierten die Insel in wenigen hundert Metern Entfernung, und im Windschatten des Landes ließ der Kapitän in einer kleinen, länglichen Bucht beidrehen und den Anker werfen. Sofort wurden unter viel Geschrei die drei Boote zu Wasser gelassen und per Seilzug mit den leeren Wasserfässern beladen. Auch Jaquento arbeitete an den Seilen mit, während Rahel lauthals Befehle brüllte und die gesamte Aktion koordinierte. Als die Boote im Wasser in der sanften Dünung schaukelten, wandte sich Deguay an seine Mannschaft: »Rahel wird den Landtrupp einteilen. Und freut euch nicht zu früh: Wer an Land geht, muss ordentlich anpacken. Das ist kein Spaziergang!«

Um sich herum konnte Jaquento eine gespannte Aufmerksamkeit spüren; er sah die Gesichter der Seeleute, die alle dem Kapitän zugewandt waren, als wären sie Blumen und er ihre Sonne. Der Kapitän schwieg einige Sekunden lang, bis er fragend die Hände hob: »Was?«

Keiner sprach, bis er seufzte: »Wir bleiben bis morgen früh vor Anker. Rahel wird ein paar Musketen mitnehmen und jagen. Heute Abend gibt es Rum und Fleisch!«

Jubel brandete auf, und auch Jaquento brachte die Aussicht zum Grinsen. Geschwind sprangen die ersten über die Reling, klammerten sich an die Seile und glitten hinab in die Boote. Belustigt lehnte sich Jaquento an die Reling und sah zu, wie gestandene Männer und Frauen sich gegenseitig mit Wasser bespritzen und einen der ihren sogar über Bord warfen, sodass er prustend und platschend in der hellblauen See auftauchte.

»Was stehst du hier so faul rum, Schiffskamerad?«, ertönte hinter ihm Rahels Stimme. »Auf ins Boot, oder willst du auch lieber schwimmen?«

Sie schien zu lächeln, doch durch ihre Narbe war sich Jaquento dessen plötzlich nicht mehr sicher.

»Mir war nicht bewusst, dass ich zur Landtruppe gehöre.«

Sie beugte sich vor und flüsterte: »Du gehörst zu mir.«

»Aye, aye, Meséra.«

Der Abstieg über die schaukelnden Seile in die nicht minder schaukelnden Boote war nicht einfach, und beinahe wäre der junge Mann ins Wasser gestürzt, doch der Steuermann des Bootes fing ihn auf und zog ihn über die Bordwand ins Trockene.

»Vorsicht, Freund, hier soll es Haie so groß wie drei Mann geben«, warnte der hochgewachsene Mann und klopfte Jaquento auf die Schulter. »Die reißen einen mit einem Biss in zwei Teile.«

»Danke«, murmelte Jaquento und setzte sich auf.

»Ich schätze, du bist noch ein wenig erschöpft von der schweren Arbeit ... in der Kammer!«

Die Ruderer brachen in Gelächter aus, und Jaquentos Gesicht wurde heiß. Seine Lippen wurden schmal, als er den Mann fixierte.

»Wollt Ihr mich beleidigen, Mesér?«

Ohne auf das Lachen der anderen zu achten, ließ Jaquento den Steuermann nicht aus den Augen. Über der Insel ertönte der Ruf eines der Vögel, lang und klagend, wie ein Trauerlied. Der Steuermann sah auf Jaquento hinab, die Hand am Ruder, immer noch grinsend.

»Nein, Freund. Du bist ein Glückspilz. Uns anderen bleibt nur harmloser Spott. Daran wirst du dich an Bord eines Schiffes gewöhnen müssen.«

Noch hielt der Zorn Jaquento gepackt, ohne dass er wusste, was er darauf erwidern sollte. Da streckte ihm der Mann die Hand entgegen und sagte: »Ich bin Pertiz, einer der Offiziere dieses schmucken Schiffes.«

Mürrisch blickte Jaquento an dem Mann vorbei zu Rahel, die elegant vom Seil in ein anderes Boot sprang. Dann ergriff er die Hand und ließ sich aufhelfen.

»Nimm es nicht tragisch. Morgen muss ein anderer den Spott ertragen.«

Die Stimme des Mannes war weich und sehr dunkel, mit einem kaum wahrnehmbaren Akzent, den Jaquento für géronaisch hielt. Wie alle an Bord benutzte er die Sprache der

Thayns. Als Konzession an die Hitze trug Pertiz nicht mehr als eine dünne Stoffhose und ein offenes Hemd, doch er hatte zwei schwere Ledergürtel mit zwei Pistolen, einem Entermesser und einem Parierdolch um die Hüften geschlungen.

»Ihr wart nicht beim Essen des Kapitäns vor einigen Tagen«, stellte Jaquento misstrauisch fest.

»Nein, ich hatte Wache. Und danach hat man deine Nase nicht sehr häufig an Deck gesehen.«

Das Zwinkern und das breite, ehrliche Lächeln nahmen den Worten ihre Spitze, aber hinter Jaquento rief ein dürrer Mann: »Rahel mag keine halben Arbeiten. Ganz oder gar nicht, sagt sie immer, ganz oder gar nicht!«

Wieder lachten alle, aber bevor Jaquento etwas sagen konnte, erwiderte Rahel laut: »Und deshalb lasse ich dich nur noch das Deck schrubben, Erry. Überall sonst schaffst du ja nicht einmal die Hälfte der Hälfte der Arbeit!«

Dies ließ die Seeleute noch lauter lachen und Obszönitäten brüllen, was Rahel mit einer kleinen Verbeugung quittierte. Sie hatte einen Fuß gegen die Bordwand gestemmt, die Hände in die Hüften, und der Seewind trieb ihr das Haar um die Schultern. Auch sie lachte, und Jaquento glaubte, das Funkeln in ihren Augen sehen zu können.

»Ich könnte dir zeigen, was ich sonst noch alles kann – vielleicht sogar besser als dein *Grabado*«, rief Erry zurück.

»Was sollte das denn sein, Mesér?«, fragte Jaquento ruhig. »Habt Ihr eine neue Methode entwickelt, den Wischer zu schwingen? In diesen Dingen habe ich keinen großen Ehrgeiz, müsst Ihr wissen.«

»Genug geredet!«, fuhr Rahel dazwischen und blinzelte Jaquento verschwörerisch zu. »Ablegen!«

Nach und nach erstarb das Lachen, als die Seeleute sich in die Riemen legten. Jaquento fand seinen Platz im Heck des Bootes, zu Füßen von Pertiz, der ruhig Kommandos gab. Es dauerte einige Schläge, bis Jaquento den Rhythmus seiner Bootsgefährten fand, aber dann fühlte er, wie sich ihre Kraft vereinte und das große Boot durch die Wellen trieb. Das Rudern war anstrengend. Schon bald spürte der junge Mann die Muskeln in Schultern und Armen, und sein Atem ging stoßweise.

»Schneller«, trieb Pertiz sie an, »oder wollt ihr, dass wir als Letzte am Strand sind?«

Mehr und mehr Kraft legte Jaquento in die Züge, bis ihm der Schweiß in der prallen Sonne über die Haut lief. Auch die anderen ruderten entschlossener, und Jaquento stellte mit großer Zufriedenheit fest, dass sie eines der anderen Boote hinter sich ließen. Er konnte sehen, wie sie sich ebenfalls härter in die Riemen legten, doch es gelang ihnen nicht mehr, aufzuschließen. Da er mit dem Rücken zum Bug saß, konnte Jaquento nicht sehen, wie weit sie noch vom Land weg waren, lediglich der Entfernung zur *Todsünde* war er gewahr. Früher als er erwartet hatte, gab Pertiz den Befehl, die Riemen einzuholen, und kurz darauf knirschte Sand unter ihrem Kiel. Die Ruderer sprangen in das kniehohe Wasser und begannen, das Boot an Land zu schleppen.

Das Wasser war angenehm, nicht sehr kühl, sondern fast schon warm, und der feine Sand umspielte seine nackten Füße bei jedem Schritt. Gemeinsam mit den erfahrenen Seeleuten zog er die Boote auf den Strand und lud die Fässer aus.

»Wir gehen erst einmal die Quelle suchen«, befand Rahel, die sich gerade ein Tuch um den Kopf band. »Der Rest bleibt hier und kann sich ausruhen.«

Schnell war ein kleiner Trupp ausgewählt, zu dem auch Jaquento gehörte. Mit einem Dutzend Begleitern ließ er den sonnenüberfluteten Strand hinter sich und trat in den grünen Wald. Das Blätterwerk war so dicht, dass nur wenige Sonnenstrahlen wie lange Finger zu Boden reichten; ansonsten war es schattig. Und schwül, wie Jaquento feststellte, dem sogleich der Schweiß wieder ausbrach. Es war heiß und feucht, er konnte die Feuchtigkeit fast in der Luft schmecken. Nach den Tagen auf See, dem salzigen, unverkennbaren Geruch, der alles andere überdeckte, reizten die Noten von Pflanzen, Verfall und Leben seine Nase. Tiere riefen, Insekten schwirrten lautstark um sie herum, und immer wieder raschelte es im dichten Unterholz.

Vor ihnen hatte Pertiz sein Entermesser gezogen und begann, ihnen eine Schneise in das Gehölz zu schlagen.

»Vorsichtig«, flüsterte Rahel an seiner Seite, »in manchen dieser Wälder gibt es giftiges Getier – Schlangen und Spinnen und so.«

Aufmerksam blickte Jaquento sich um, konnte jedoch nichts erkennen. Hier und da gab es farbenprächtige Blüten, manchmal ganze Stauden, doch hauptsächlich waren sie von Grün umgeben, Grün in allen Schattierungen; so viel Grün, dass Jaquentos Augen schier davon betäubt waren und seine Umgebung kaum auseinanderhalten konnten. Zusammen mit der schweren Luft nahmen ihm seine Sinneseindrücke fast den Atem, und er folgte Rahel mit unsicheren Schritten. Die anderen Seeleute wirkten ebenfalls angespannt, ihre Scherze waren verklungen, und niemand sprach, während sie alle in das grüne Zwielicht starrten. Aber schon nach kaum zweihundert Schritt erreichten sie eine Öffnung im Blätterdach, wo ein kleiner See zwischen bemoosten Felsen lag. Die Sonne spiegelte sich auf dem klaren Wasser, das glatt und still war. Über der Oberfläche schwebten Libellen und andere Insekten, und Jaquento konnte die Kontur eines dunklen Fisches erkennen, der blitzartig verschwand, als sich die schweren Schritte der Menschen näherten.

»Wir bleiben hier«, erklärte Rahel und wies auf Jaquento und zwei weitere Männer. »Pertiz, hol die anderen mit den Fässern.«

Der Angesprochene nickte und verschwand mit dem Rest zwischen den dicken Blättern eines Farns. Nach wenigen Metern hatte der Wald sie verschluckt. Nun waren die vier allein. Der Wald drückte auf Jaquentos Gemüt, die schwüle Luft, die fremden Geräusche. Also ging er zu dem See und rutschte einen Felsen hinab bis zum Wasser, das überraschend kühl war. Aus einer Laune heraus stieß er sich ab und sprang einfach hinein. Als das Wasser über ihm zusammenschlug, war der Wald fern. Selbst als er grinsend wieder auftauchte, schien es, als hätten die Bäume sich zurückgezogen, und er schwamm unter dem blauen Himmel hinaus auf den See.

»Mach das Wasser nicht schmutzig«, rief ihm Rahel hinterher. »Das müssen wir noch trinken!«

»Keine Sorge«, erwiderte er lachend, doch er konnte spüren, wie das Wasser Schweiß und Schmutz von seiner Haut spülte. Mit geübten Schwimmzügen durchquerte er die schmale, kaum fünfzig Meter lange Seite des Sees. Die Kühle vertrieb die Hitze aus seinem Leib, und als er sich am gegenüberliegenden Ufer aus dem Wasser zog, wirkte der Wald weit weniger bedrohlich. Um ihn herum ertönten Vogelstimmen, und hier und da konnte Jaquento ihr buntes Gefieder inmitten der Blätter ausmachen.

Die grüne Wand wurde zu einzelnen Sträuchern, Farnen, Bäumen, die sich in fantastischen Formen der Sonne entgegenreckten, während Jaquento sie ausgiebig betrachtete. Neugierig trat er näher, begab sich vom Ufer des Sees in die ersten Auswüchse des Unterholzes. Die dicken Wedel eines Farns streiften seine Arme, und unter seinen Füßen spürte er weichen, feuchten Boden. Ein mächtiger Käfer brummte an seinem Ohr vorbei, die Flügel schillerten goldgelb im Sonnenlicht. Langsam schob er den Farn zur Seite und trat tiefer in das Dickicht hinein. Innerhalb von zwei Schritten verschlangen ihn die Schatten. Es war wie der Gang in eine andere, eine urtümliche Welt, in der Menschen Eindringlinge waren, fremd und unwillkommen. Dennoch ging er vorsichtig weiter und versuchte diesmal, alles in sich aufzunehmen, was er sah.

Erst ein leises Zischen neben seinem Fuß ließ ihn innehalten. Langsam und vorsichtig drehte er den Kopf zur Seite und sah einen Reptilienkopf, der sich direkt neben seinem Bein auf einem langen Leib unter den Blättern hervorwand. Die Kreatur war dunkelbraun, ihre Augen deutlich heller, fast golden. Sein Atem wurde flach, und Schweiß trat ihm auf die Stirn, obwohl ihm unvermittelt kalt wurde. Das Tier hielt in seiner Bewegung inne, aber Jaquento konnte seine Aufmerksamkeit geradezu spüren.

»Ich sagte doch, dass es hier Schlangen gibt«, erklang Rahels flüsternde Stimme plötzlich hinter ihm. »Nicht bewegen!«

»Sehr lustig; dachtest du, ich wollte eine Tereda tanzen?«

»Vielleicht würde sie das ablenken«, stellte Rahel fest, dann hörte Jaquento erleichtert das Knacken eines Pistolenschlosses. Sofort fuhr der Kopf der Schlange herum, als wüsste sie, was dieses Geräusch zu bedeuten habe.

Jaquento griff in einer fließenden Bewegung nach unten, packte das Tier direkt hinter dem Kopf und drückte es zu Boden. Seine Erleichterung machte sich in einem tiefen Seufzer Luft.

»Mach Platz, ich knall' sie ab«, forderte Rahel ihn auf, doch Jaquento wurde plötzlich bewusst, dass seine Hand direkt am Kopf der Schlange war und er keine Ahnung hatte, ob sie eine gute Schützin war.

»Nein, warte, ich erledige das mit meinem Messer.«

Unvermittelt wechselte die Farbe der Schlange, von einem Herzschlag zum nächsten war sie grün wie der Boden.

»Was beim ...«

Weiter kam er nicht, denn wieder ging eine wundersame Veränderung durch den Reptilienkörper, und aus dem hellen Grün wurde ein dunkles Rot, das wild pulsierte.

»Das ist keine Schlange«, rief Rahel und sprang an seine Seite. Vorsichtig hob Jaquento das Wesen hoch und zog es aus dem Strauch. Als er sah, was er in der Hand hielt, keuchte er verblüfft – was er für den Körper gehalten hatte, war lediglich ein beweglicher Hals, an den sich der eigentliche, gedrungene Leib mit vier kurzen, klauenbewehrten Beinen anschloss. Der Rücken war mit Zacken bewehrt. Dazu hatte das Tier einen langen, gedrehten Schwanz, der sich um Jaquentos Unterarm wand, während die Kreatur wütend zischte. Immer noch liefen helle und dunkle rote Muster über ihre geschuppte Haut, und als er sie hochhob, spreizte sich so überraschend ein kleiner, ledriger, feuerroter Kragen hinter dem Kopf ab, dass er seine Beute beinahe fallen gelassen hätte.

»Was, bei allen Geistern der Tiefe, ist das?«, flüsterte Rahel, die unverwandt ihre Pistole auf das Tier gerichtet hielt. »Irgendeine Echse?«

»Ich weiß es nicht, aber ich traue mich nicht, es loszulassen.«

Mit einem Ruck zog die Kreatur ihren Leib mit dem Schwanz an Jaquentos Arm fest und schlug ihre kleinen Krallen in sein Hemd und seine Haut.

»Verflucht!«

Mit der Linken versuchte Jaquento die Klauen zu lösen, während Rahel neben ihm stand und unvermittelt zu lachen begann, als jeder Versuch damit endete, dass die Kreatur sich nur noch mehr festkrallte.

»Hör auf zu lachen und hilf mir gefälligst«, befahl der junge Mann, aber Rahel sicherte nur ihre Waffe und steckte sie wieder in den Gürtel.

»Noch heute Morgen erschien es mir, als ob du nichts dagegen hast, wenn man dich ein wenig kratzt!«

»Lass den Unfug! Warum bist du mir eigentlich gefolgt?«

»Ich dachte, du würdest mich auf einen Waldspaziergang einladen, damit wir uns ein wenig die Zeit vertreiben, während wir warten«, antwortete Rahel zuckersüß, ohne auch nur einen Finger zu rühren, um ihm zu helfen. Schnell ließ er die Kreatur los und streckte den Arm aus, damit das Wesen einfach hinabspringen konnte, doch es machte keine Anstalten, ihn wieder loszulassen.

In Ermangelung einer besseren Alternative stellte Jaquento seine Befreiungsversuche ein und begann leise beruhigende Geräusche zu machen, so als ob er eine Katze auf dem Arm habe. Seine geflüsterten Worte schienen Wirkung zu zeigen, denn langsam nahm die Intensität der Farbe ab, bis von dem vorher pulsierenden Rot nur ein rostfarbenes Rotbraun zurückblieb, das Jaquento unangenehm an getrocknetes Blut erinnerte. Ganz langsam lösten sich die Krallen aus seiner Haut, auch wenn das Wesen auf seinem Arm sitzen blieb, sich sogar noch ein wenig bewegte, um es sich gemütlicher zu machen. Schließlich sah Jaquento Rahel an. »Was sollen wir jetzt tun? Es will nicht verschwinden.«

»Nimm es mit, heute Abend gibt es Echseneintopf«, schlug die Seefahrerin vor. Beim Klang ihrer Stimme reckte das Wesen seinen Kopf vor und zischte bedrohlich. Erst als Jaquento wieder leise Unsinn redete, senkte es den Kopf und schloss die Augen.

Hinter ihnen knackten Äste, und die beiden Matrosen brachen mit gezogenen Waffen durch das Unterholz. Als sie Jaquento mit seinem Begleiter auf dem Arm sahen, blieben sie mit großen Augen stehen.

»Was wollt ihr hier?«, fauchte Rahel wütend und stemmte

die Hände in die Seite. »Ich habe befohlen, dass ihr auf der anderen Seite bleiben sollt!«

Der eine, ein junger Kerl mit wilden, roten Haaren und vielen Sommersprossen, hob entschuldigend die Hände: »Wir haben Schreie gehört.«

»Das nächste Mal gehorcht ihr lieber«, erwiderte Rahel deutlich freundlicher und warf einen schelmischen Seitenblick auf Jaquento. »Egal, ob jemand schreit.«

Gerade wollte sie sich abwenden, als der andere Seemann auf die Kreatur deutete. Er war offensichtlich ein Kind beider Welten, mit brauner, aber nicht dunkler Haut und schmalen Augen, und noch sehr jung.

»Ich kenne das! Meine Mutter nannte sie immer *Majana*.«

»Und wie bekommt man es von meinem Arm herunter?«

»Ich weiß nicht«, erwiderte der Jüngling. »Majana bedeutet so viel wie Große-Schlangen-Echse. Sie sind sehr selten, und es heißt, dass sie Glück bringen. Meine Mutter hat sie mit Milch angelockt und gefüttert, damit sie uns wohlgesonnen sind.«

»Glück?«, wiederholte Jaquento zweifelnd und sah zu dem Wesen hinab, das sich wieder an seinen Arm schmiegte und die Augen geschlossen hielt. Seine Farbe war nun ein zufriedenes Braun.

»Und die Händler der Blassnasen zahlen gutes Gold dafür«, fuhr der Junge fort. »Meine Mutter hat gesagt, dass sie die Majana über das große Meer bringen und an die Caciques in den Ländern hinter dem Wasser verkaufen.«

»Sprich vernünftig, Overo, nicht dieses Kauderwelsch«, fuhr Rahel ihn an, sodass er zusammenzuckte.

»Die Händler kaufen sie und verkaufen sie an die Reichen weiter«, erwiderte der Junge eingeschüchtert.

»Dieses Vieh ist also etwas wert? Vielleicht landet es dann doch nicht im Kessel«, erklärte Rahel und musterte die Echse eingehend, dann blickte sie auf. »Los jetzt, wir müssen zurück. Es gilt, die Fässer zu befüllen und das Schiff wieder klarzumachen. Außerdem müssen wir noch jagen. Jaquentos neuer Freund hier hätte ohnehin nicht für eine Mahlzeit für alle gelangt.«

Jaquento hob den Kopf der Echse an, die ihn träge anblinzelte. »Na los, hoch mit dir«, meinte er auffordernd und schob das Tier ein Stück weiter seine Schulter hinauf, sodass er beide Arme frei hatte. »Wenn du schon mitkommen willst, kannst du es uns beiden wenigstens bequem machen.« Die Echse streckte sich auf ihrem neuen Platz, behielt aber ihr Muster auf den Schuppen bei.

Jaquento blickte sich nach Rahel um, die bereits zwischen den Bäumen verschwand. Wenn er ihr folgen wollte, musste er sich beeilen.

SINAO

Innerhalb der Festung war es immer kühl. Die dicken Wände hatten nur wenige schmale Öffnungen, durch welche die heiße Luft kaum hereindringen konnte. Dazu lagen viele der Gänge und Treppen in einer allgegenwärtigen Düsternis. An manchen Stellen war es so dunkel, dass sogar am Tag Lampen aufgestellt werden mussten.

Gemeinsam mit ihren Begleitern eilte Sinao durch die schattigen Korridore. Auch wenn sie nicht beobachtet wurden, beeilten sie sich stets, wenn sie sich durch die Gänge bewegten, denn die Strafe für Faulheit waren Hiebe mit den Peitschen und Stöcken der Aufseher. Wenn sie erst einmal in den Küchenräumen tief in den Eingeweiden des Forts waren, wären sie vor Nachstellungen sicher. Kaum jemals verirrte sich einer der Herren in die verrauchten, engen Küchen.

»Schneller«, trieb Sinao die kleine Gruppe an. Obwohl sie die Jüngste war, gehorchten ihr die anderen widerspruchslos und beschleunigten ihre Schritte. Endlich erreichten sie die Treppe, die hinab zu den Lager- und Küchenräumen führte. Leichtfüßig sprang Sinao von einer schiefen, ausgetretenen Stufe zur nächsten und zählte sie leise vor sich hin; sie war diesen Weg bereits unzählige Male gegangen und hätte die Treppe mit geschlossenen Augen hinabrennen können. Jede dieser Stufen hatte ihre eigene Zahl und damit ihren eigenen Namen, der sie unverwechselbar machte.

In der Küche war es wärmer als in den Gängen und Fluren, da die beiden großen, gusseisernen Öfen immer Wärme abgaben, selbst wenn sie gerade nicht befeuert wurden. Sie kühlten nie ganz ab, da eigentlich den ganzen Tag über gekocht wurde, um alle Bewohner der Festung und des Lagers zu versorgen. Zum Glück lagen die Lagerräume noch eine Etage tiefer, sodass ihre Kühle dafür sorgte, dass es nicht unerträglich heiß in der Küche wurde. Sinaos Begleiter begannen damit, die Kessel zu reinigen und das Abendessen für die Aufseher vorzubereiten, während das Mädchen die Körbe einsammelte und die Krümel daraus in einen Topf kippte.

Hinter sich konnte sie die leisen Stimmen der anderen Sklaven hören, doch sie zwang sich, nicht auf die Worte zu achten. Sie wusste ohnehin, worüber sie sprachen: die Neuankömmlinge, deren bevorstehendes Schicksal ihnen sattsam bekannt war. Es gab immer einige, die sich mit ihrer Situation nicht abfinden wollten, die sich gegen Tangye auflehnten. Und jedes Mal endete dieses Aufbegehren gleich. Einige wurden durch Peitsche und Stock gebrochen, andere durch Hunger und Durst, bis sie auf Knien um Gnade bettelten. Andere wurden getötet, von Soldaten mit ihren langen Musketen erschossen oder an den Balken des Forts aufgehängt.

Einmal hatte Tangye einen Mann zu Tode gepeitscht, mitten im Lager, zwischen all den Sklaven, bis man kaum noch erkennen konnte, dass er einst ein Mensch gewesen war. *Einer zu Tode gepeitscht, fünf erschossen, zweiundzwanzig Gehenkte,* zählte Sinao im Geiste auf. *Vierundneunzig durch Krankheit, Hunger und Erschöpfung gestorben, verscharrt in sieben großen Gräbern hinter der Festung. Vier neue Schiffe, seit ich hier bin, mit zweihundertdreiunddreißig neuen Sklaven. Von diesem Schiff werden sie ein oder zwei erschießen, fünf oder sechs werden hängen, und drei- oder vierundzwanzig werden in den nächsten Wochen einfach so sterben.* Sie wollte nicht daran denken, doch die Zahlen rasten durch ihren Geist.

»Hast du den Jungen gesehen, Sinao? Der Mister Tangye direkt angeschaut hat, als wolle er ihn beißen?«, fragte der alte Bebe, dessen schlurfenden Schritt sie über ihren Gedanken nicht gehört hatte.

»Den mit den finsteren Augen?«

»Ja. Brizula wettet eine Ration, dass sie ihn als Ersten hängen. Willst du mit…«

»Das ist widerlich«, unterbrach ihn Sinao und verzog den Mund vor Abscheu. »Er ist ein Mensch, genau wie du!«

»Ist er nicht! Er ist irgendein ungewaschener Affe! Er wird in die Minen geschickt. Ich bin hier in der Festung! Kein Minensklave!«

In seinem Gesicht zeigte sich Befriedigung darüber, ein selbstgefälliges Grinsen, das Sinao den Magen umdrehte. Sie ballte die Fäuste und hätte ihn am liebsten geschlagen. Natürlich war ihr Los besser als das der Arbeitssklaven, auch wenn sie direkt unter den Augen der Soldaten schuften mussten, doch Sinao war sich dennoch stets bewusst, dass sie eine Sklavin war. Keinen Moment des Tages, keine Sekunde konnte sie das vergessen. In ihrem Hals steckten finstere Worte, die hinausgeschrien werden wollten, aber sie schluckte sie hinunter und schüttelte den Kopf. »Ich wette nicht, Bebe.«

Langsam wandte sie sich ab und ging auf die Kellerluke zu. Ihr Zorn verflog so schnell, wie er gekommen war, und ließ nur dunkle Leere zurück, ein Gefühl des Verlusts, das sie sich nicht erklären konnte.

»Räum die Körbe weg«, befahl sie matt. »Ich bereite das Brot für abends vor.«

Damit öffnete sie die Luke, nahm eine der kleinen Talglampen und stieg hinab in die ewig kühlen Lagerräume.

Die Festung war auf den Felsen der Klippe erbaut worden, und die Männer aus den fernen Ländern jenseits des Ozeans hatten gewaltige Kavernen mit ihrem Schießpulver in den Stein gesprengt. In einigen davon lagerten die Vorräte der Soldaten: große Mengen von Pulver und Munition. Sinao war einmal heimlich dort gewesen und hatte die Stapel von dunklen Kanonenkugeln gesehen, die wie aufgetürmte Pyramiden in die Höhe ragten.

In diesen Kellern unter der Küche indes waren die kompletten Nahrungsvorräte gelagert. Es gab mehrere große Höhlen, die durch die Fässer, Ballen und Kisten zu einem wahren Labyrinth wurden. Eigentlich war es die Pflicht der Aufseher, sich um diese Vorräte zu kümmern, doch sie hatten diese Aufgabe längst an Sinao abgegeben. Niemand konnte so gut mit Zahlen umgehen wie sie. Obwohl ihre Lampe nur ein schwaches Licht warf, das nur wenige Schritt weit reichte, wusste Sinao genau, wie viele Laibe Brot, wie viele Fässer mit Öl, wie viele Kisten Schildkrötenfleisch sich in allen Kellern befanden. Sie wusste, wo jede Kiste stand und was sie enthielt. Sie vergaß niemals eine Zahl, die sie sich einmal eingeprägt hatte.

Deswegen musste sie auch nicht lange suchen und hatte ihre Arbeit schnell getan, schneller, als die anderen es gemeinsam gekonnt hätten. Als die Kisten mit dem getrockneten Brot nahe der breiten Treppe standen, blickte sie hinauf. Kein Licht zeichnete sich ab, die Luke blieb verschlossen. Schnell lief sie nach hinten, vorbei an den Vorräten, bis sie hinter Fässern mit wässrigem Bier eine kleine Ecke erreichte. Noch einmal blickte sie sich um, und als sie kein Licht sah und nichts hörte, außer ihrem eigenen Atem und dem Rascheln und Kratzen der Ratten, kniete sie nieder und tastete im Zwielicht, bis sie den losen Felsbrocken spürte und zur Seite schob. Ehrfürchtig griff sie in das dunkle Loch und zog das kleine Bildnis heraus.

Es war eine einfache Arbeit; ein flacher Granitstein mit drei Spitzen, in den das Gesicht von Anui, dem ältesten der Ahnen, dem ersten Paranao und Herrn über die glühende Sonne, eingeritzt war. Sinao wusste, dass eine Spitze zum Himmel zeigte, während die anderen beiden zu den Ländern der Lebenden und der Toten wiesen. Ihre Mutter hatte diesen Stein besessen und ihr gegeben, als man sie fortgeholt hatte. Sie hatte ihn *Zemi* genannt, wie die mächtigsten der Ahnen hießen, und Sinao hatte ihn in all den Jahren seit ihrer Trennung mit sich geschmuggelt und versteckt.

Die Sklaven durften nichts besitzen, nicht einmal Kleidung, alles gehörte der Compagnie, aber Sinao wusste, dass jeder von ihnen seine Habe hatte, irgendwo verborgen, so wenig und doch so wichtig. Wenn die Soldaten oder, schlimmer noch, der Caserdote von diesem Götzenbild, wie sie es nennen würden, erführen, dann drohten Sinao Prügel oder andere Bestrafungen. Vielleicht würde man sie sogar an einen der Festungsbalken hängen, bis ihr Gesicht ganz blau geworden war und sie nicht mehr strampelte.

Ungeachtet dieser Gefahr nahm sie das Bildnis in die Hand und drückte es gegen ihre Stirn. Die Zemi waren in diesen Steinen. Wortlos bewegten sich ihre Lippen, als sie im Geist ein Gebet formte. *Erstens: Lass uns den Knuten unserer Aufseher entgehen, mächtiger Anui. Zweitens: Hilf den Neuangekommenen, damit sie nicht erschossen werden oder totgepeitscht oder aufgehängt. Drittens: Strafe Bebe für seine dummen Worte und auch Brizula. Viertens …*

»Sinao?«, unterbrach sie ein Ruf. Ihre Hand umklammerte den Zemi so fest, dass ihre Knöchel im flackernden Licht weiß hervortraten.

»Ja?«

Ihre Stimme war zittrig; sie selbst konnte die Schuld darin hören. Jeder andere musste wissen, dass sie etwas Verbotenes tat. Gleich würden die Rufe ertönen, die Schritte schwerer Stiefel auf den harten Boden knallen, man würde sie packen und fortschleifen.

»Der Herr will dich sehen«, rief Brizula mit ihrer dunklen Stimme, und Sinao hätte vor Erleichterung beinahe geweint.

»Ich komme.«

Hastig legte sie den Zemi-Stein wieder in sein Versteck, nahm die Lampe und kehrte zur Treppe zurück. Sie nutzte die zwölf Stufen, um sich zu beruhigen, auch wenn sie sicher war, dass man ihr den Schreck noch ansehen konnte. Brizula hatte »der Herr« gesagt, und das konnte nur eines bedeuten: Mister Tangye, der oberste der Aufseher. Tatsächlich stand er in der Küche und klopfte ungeduldig mit der Hand auf einen Tisch, während die Sklaven wie Perlen auf einer Schnur aufgereiht an der Wand standen. Sofort senkte Sinao den Blick, denn der Mister wurde wütend, wenn ihn ein Sklave direkt ansah. Und es war nicht gut, Mister Tangye zu erzürnen.

»Da bist du ja endlich, Sin! Ich will etwas über das Schiff wissen, das heute gekommen ist. Hast du die Vorräte gezählt und verstaut?«

»Ja, Herr«, antwortete sie und hielt ihre Stimme flach und ausdruckslos.

»Gut. Schreib mir eine Liste und vergleich sie mit den Frachtpapieren«, befahl der Aufseher und kratzte sich am Bart. »Die gebe ich dir noch.«

»Ja, Herr.«

Einige Momente schwieg er, nur das Geräusch seiner Finger auf seinen Bartstoppeln war zu hören.

»Wenn ich noch einmal auf dich warten muss, dann gebe ich dich für eine Nacht in die Männerbaracken«, erklärte er ruhig.

Diesmal nickte Sinao nur. Aber Brizula flüsterte: »Der Caserdote sagt …«

Sofort fuhr Tangye herum und schlug mit der Faust auf den Tisch. »Schnauze! Was der Caserdote quatscht, interessiert mich nicht! Hier gibt es nur einen Gott: mich!«

Brizula war zusammengezuckt, ihre Hände kneteten ihre Schürze, und sie flüsterte: »Ja, Herr.«

»Vielleicht sollte ich dich gleich mitnehmen? Für eine Nacht in den Baracken oder für ein paar Tage am Seil?«

Die ältere Frau schüttelte nur benommen den Kopf, während ihr Tränen über das Gesicht liefen. *Nimm mein Gebet nicht ernst, Anui, bitte nicht,* flehte Sinao in Gedanken. *Bestraf sie nicht so.* Ihr wurde kalt, sie konnte die Gänsehaut auf ihrem Rücken spüren.

»Soll ich auch aufschreiben, für wie viele Wochen die Vorräte reichen, Herr?«, fragte sie in die sich ausbreitende, tödliche Stille hinein. Insgeheim zählte sie die Sekunden, die schmerzhaft präzise vorüberzogen.

»Du bist eh zu alt«, stellte Tangye endlich lächelnd fest, während er Brizula geringschätzig musterte. Dann nickte er Sinao zu. »Mach das.«

»Ja, Herr.«

Die Augen zu Boden geschlagen, wartete Sinao, bis Tangye an der Tür war, doch er drehte sich überraschend noch einmal um und ließ seinen Blick über die Küchensklaven schweifen.

»Sin hier ist für euch verantwortlich. Ihr habt viele Freiheiten – vielleicht wisst ihr das gar nicht mehr zu schätzen. Sollte noch einmal jemand von euch ungehorsam sein, dann werde ich Sin dafür zur Verantwortung ziehen.«

Niemand wagte, etwas zu sagen. Sinao fühlte sich auf einmal ganz leicht, als sie seine Worte hörte. Die Leichtigkeit stieg auf, bis sie auch in ihrem Kopf war und jeden Gedanken einfach mit sich zum Himmel hob, während Sinao leer zurückblieb.

»Habt ihr mich verstanden?«

»Ja, Herr«, erwiderten sie wie mit einer Stimme, sogar Sinao, deren Mund diese Worte formte, die sie gar nicht begriff. Endlich lief Tangye die Treppe empor, und Brizula sackte zu Boden, schluchzend, von Weinkrämpfen geschüttelt. Sinao indes stand einfach nur ruhig da, während die anderen die alte Frau in die Arme nahmen und trösteten. Niemand kam zu ihr. Lediglich Bebe warf ihr finstere Blicke zu, als sei alles ihre Schuld. *Fünfhundertneunundvierzig Tage bin ich nun auf dieser Insel. Wie lange werde ich noch bleiben müssen?*

Wie immer, wenn Sinao die Gänge der Festung verließ, umklammerte sie die schwüle Hitze mit festem Griff und nahm ihr für einen Moment den Atem. Selbst jetzt am Abend, kurz vor Sonnenuntergang, war die Luft schwer und feucht. Auf der Klippe wehte wenigstens ein leichter Wind von See, auch wenn dieser warm war, doch unten im Lager musste es zwischen den Hütten schier unerträglich sein.

»He«, murmelte der Soldat, der sie heute begleitete, »nicht so langsam.«

Seine Stimme klang müde, und er hatte dunkle Ringe unter den Augen, aber Sinao war nicht so dumm, auf seine Erschöpfung zu vertrauen, sondern beeilte sich, seinem Befehl nachzukommen.

Die Männer und Frauen der Compagnie hatten einen breiten Pfad angelegt, der zu einer in den Fels geschlagenen Treppe führte. Ab- und Aufstieg waren immer mühselig, doch dafür lag das Fort perfekt oberhalb des Hafens und konnte mit seinen schweren Kanonen die Einfahrt in die Bucht kontrollieren. Gefolgt von den Küchensklaven und dem Soldaten, ging Sinao hinab zu der Anlegestelle und von dort den Weg hinauf zum Lager. Hinter ihr schnauften Bebe und Kalan, die den schweren Kessel an zwei langen Stöcken zwischen sich trugen. Wie immer öffneten die Wachen das Tor bereits, bevor sie dort angekommen waren, sodass die kleine Gruppe einfach in das Lager hineingehen konnte – bis auf den Soldaten, der bei seinen Kameraden am Tor blieb und sich auf seine Muskete stützte.

Der Geruch des Lagers legte sich schwer auf Sinaos Geist, eine trübe Mischung aus Schweiß und Abfällen, mit einem stechenden Unterton von Urin. *Riecht so Hoffnungslosigkeit?* Einige der Bewohner kamen sofort angelaufen, ihre Holzschalen wie Trophäen vor sich her tragend. Andere kamen langsamer, erschöpft vom Tagewerk oder auch einfach nur krank vor Furcht, Heimweh und Schmerz. Manche rührten sich kaum, blickten nur auf, um den Kopf matt wieder sinken zu lassen. Sinao senkte den Blick und zwang sich, nicht auf die Gesichter der Sklaven zu achten. Sie wusste, dass sie dort nur Leid finden würde. Früher hatte sie gelächelt, mit den Neuankömmlingen gesprochen, Namen erfahren und Freundschaften geschlossen – aber das tat sie nicht mehr. Zu viele waren eines Tages nicht zum Essensappell erschienen, zu oft war sie hinausgerufen worden, um einer weiteren Hinrichtung beizuwohnen. Sie wollte die Namen derjenigen, die oben an den Festungsmauern im Wind schaukelten, nicht mehr wissen. Sie wollte nichts von ihren Familien hören, von ihren Ängsten und Hoffnungen. Ihre Gebete waren ohnehin erfüllt von den Toten und ihre Nächte finster genug.

»Wir fangen an«, befahl sie monoton und breitete die Decke auf dem Boden aus. Während Brizula in jeden Napf eine Kelle des zähflüssigen Eintopfs füllte, legte Sinao jedem anschließend ein Stück Brot darauf. Sie hielt den Blick fest auf ihre Hände gerichtet. Manchmal bedankte sich einer der Sklaven, dann nickte sie, sah jedoch nicht auf. In Gedanken zählte sie die verteilten Brote; am Ende des Abends würde sie wissen, wie viele Sklaven es im Lager gab. Es würden mehr als gestern sein, dank der Neuankömmlinge, aber ab morgen würden es mit jedem Tag wieder weniger werden, bis das nächste Schiff voller Unglücklicher in die Bucht einlief. Und so immer weiter, bis Sinao gar nichts mehr fühlen würde, weder Freude noch Leid. *Wenn Tangye mich nicht vorher an einen der Balken hängt. Oder mich in die Minen schickt. Oder in die Baracken.* Da sie darüber nachdachte, wusste sie nicht, was schlimmer wäre.

»Perka!«

Überrascht und ohne es zu wollen, sah sie auf. Obwohl sie die Sprache der früheren Herren nicht sprach, kannte sie das Schimpfwort, das Wort für *Hure*. Es war leise gezischt worden, nur für ihre Ohren bestimmt, und nun sah sie in die funkelnden Augen desjenigen, der es ausgesprochen hatte. Sie gehörten dem jungen Paranao, von dem Bebe behauptet hatte, dass er als Erster hängen würde. Stolz stand er da, hoch aufgerichtet, obgleich sein schlanker, kräftiger Körper schon die ersten Striemen trug. Sein Blick war von so viel Hass erfüllt, dass Sinao wieder zu Boden schaute. *Wenn du dich nicht beugst, werden sie dich brechen.*

Über ihren Rücken liefen kalte Schauer, während ihr gleichzeitig die Hitze ins Gesicht stieg. Zitternd griff sie nach einem Stück Brot und wollte es auf den Napf legen, doch der junge Paranao schleuderte seine Schale zornig auf sie. Mit einem Schrei sprang sie nach hinten, stolperte und stürzte zu Boden. Sie prallte mit der Hüfte auf den festgestampften Lehm, und einige Steine bohrten sich schmerzhaft durch den dünnen Stoff ihres Kleides in ihre Haut. Wütend fuhr sie herum. Durch ihre Haare sah sie sein selbstzufriedenes Grinsen und die vor der Brust verschränkten Arme. *Brizula wird die Wette gewinnen*, dachte sie noch, dann schrie eine wohlbekannte Stimme: »Was geht hier vor?«

Alle Sklaven kannten Tangyes Stimme, und sofort zogen sie ihre Köpfe ein. Wie eine Welle entfernten sie sich von Sinao und dem neuen Paranao und bildeten eine Gasse für Tangye, der mit wütenden Schritten auf sie zu stürmte. Eigentlich sollte der Mister gar nicht im Lager sein; die Aufseher kehrten abends zurück in das Fort und aßen dort. Aber das hatte man Sinao schon an ihrem ersten Tag erzählt: Tangye konnte Ärger riechen, und er spürte es, wenn er belogen wurde. Jetzt blieb er mit rotem Kopf vor dem Paranao-Jungen stehen und brüllte diesen an.

»Was geht hier vor? Antworte, du Kakerlake!«

Der Junge hielt immer noch die Arme vor der Brust gekreuzt und sagte kein Wort. Seine mandelförmigen, schwarzen Augen waren unverwandt auf das Gesicht des Aufsehers gerichtet. Mit einem weit ausholenden Rückhandschlag schleuderte Tangye ihn zu Boden, dann zog der Aufseher seine gefürchtete Lederpeitsche aus dem Gürtel. Unvermittelt wurde seine Stimme leiser, fast freundschaftlich: »Ich wusste, dass du Unruhe stiften würdest, Kakerlak – ich kenne deine Art. Ich fürchte, für dich gibt es nur eine Lösung.« Er ließ die Peitsche auf die Gestalt des jungen Mannes sausen, der reflexartig einen Arm nach oben riss, um sein Gesicht vor der Wucht des Schlags zu schützen. Das Leder hinterließ eine blutige Spur auf dem Arm des Paranao.

Während der ganzen Zeit war Sinao am Boden geblieben und wagte es nicht, aufzusehen oder sich gar zu erheben. Der Junge würde sterben, ob hier zu Tode gepeitscht oder an die Mauer gehängt, das spielte keine Rolle mehr.

»Es war nicht seine Schuld, Herr. Ich habe mich vor einer Spinne erschreckt.«

Die Worte kamen wie von selbst aus ihrem Mund, flossen über ihre Lippen, ohne dass sie es gewollt hätte. »Was?« Unwillig ließ Tangye die Peitsche sinken, löste seinen Blick von dem Jungen und sah zu Sinao herüber.

»Du?«

Sie nickte stumm. Der Aufseher kam näher, sie konnte seinen Schatten auf sich spüren, sah seine staubigen Stiefel vor sich. *Beim letzten Mal hat er zweihundertzwölfmal zugeschlagen, bevor der Sklave tot war,* erinnerte sich Sinao. *Anui, was habe ich getan?*

»Lügst du mich an, Sin? Du würdest mich nicht anlügen, nicht wahr? Du *willst* mich nicht anlügen.«

»Nein, Herr«, antworte Sinao. Sie musste wieder daran denken, was die Sklaven über Tangye sagten – er spürt, wenn man lügt –, und schluckte. »Warum sollte ich lügen, Herr? Sie werden mich für meine Ungeschicklichkeit bestrafen. Und wenn er daran schuld wäre, warum sollte ich für ihn lügen?«

Zu ihrem eigenen Erstaunen war ihre Stimme fest, bis auf genau jenen Hauch von zittriger Angst, der darin liegen musste, um Tangye zu überzeugen. Sie hätte schreien mögen, vor Furcht aufheulen, doch sie hielt still. Jeden Augenblick rechnete sie mit dem Geräusch der Peitsche. Die Schmerzen kamen erst später, das wusste sie. Zuerst hörte man nur den Schlag, spürte den Druck, bevor die Pein sich wie Feuer durch die Haut fraß. *So wie bei dem Jungen gerade.* Über ihr schwieg Tangye, und sie konnte hören, wie er sich den Bart rieb. Die Sekunden verstrichen und wurden zu Ewigkeiten, geprägt von Todesangst.

»Sin, du bist heute sehr täppisch«, erklärte der Aufseher schließlich. »Aber niemand soll sagen, dass ich nicht gerecht wäre. Du bekommst heute keine Ration, weil du seine verschüttet hast. Pass demnächst besser auf!«

Das Geräusch seiner Stiefel entfernte sich, zwanzig Schritt, einundzwanzig, zweiundzwanzig. Sinao sog Luft in ihre Lungen. Unbewusst hatte sie kaum geatmet, und nun keuchte sie, während ihr Tränen in die Augen stiegen. *Der Tod ist wieder an mir vorübergegangen.* Unsicher stand sie auf und klopfte sich den Staub von der Kleidung. Strähnen ihres Haars hatten sich gelöst und hingen ihr ins Gesicht. Plötzlich voller Wut, packte sie ihre widerspenstigen Locken und band sie mit Gewalt nach hinten, bis ihre Kopfhaut schmerzte. Ihr Blick fiel auf den Jungen, der sie wie betäubt anstarrte. *Wie die Schafe, wenn ihnen die Soldaten die Kehlen durchschneiden, um sie zu schlachten,* dachte sie und musste lachen. *Schafsjunge! Mäh!*

Als Tangye aus dem Tor schritt, kam Bewegung in die Sklaven. Mit wehendem Rock rannte Brizula zu Sinao und nahm sie in ihre kräftigen Arme.

»Du dummer, böser *Gabu*«, fauchte sie den Paranao an, der nun ebenfalls stand und sich immer noch unsicher umschaute, während er den verletzten Arm vor die Brust presste. »Tangye hätte dich töten sollen!«

»Lass gut sein, Brizula«, flüsterte Sinao und löste sich aus ihrer Umarmung. »Wir verteilen weiter das Essen.«

Die ältere Frau nickte, obwohl sie dem Jungen nach wie vor giftige Blicke zuwarf. Ein letztes Mal strich Sinao sich über ihren Rock, dann kehrte sie zurück zum Brotkorb. Aus dem Augenwinkel sah sie den Jungen stocksteif dastehen, und sie winkte ihm zu. Ungelenk näherte er sich, und sie sah die Furcht in seinen Augen, als hätte sie Macht über ihn.

»Deine Schale.« Sie wies auf den im Staub liegenden Napf. »Hol sie.«

Ohne Widerworte bückte er sich und kam mit seiner Holzschale wieder.

»Sin, nein«, flüsterte Brizula, aber Sinao sah sie scharf an: »Gib ihm seine Ration, Brizula.«

Als sie jedoch den fragenden Blick der Älteren wahrnahm, fügte sie sanft hinzu: »Bitte.«

Widerwillig hob Brizula die Kelle empor und füllte den Napf. Sinao hatte das Haupt hoch erhoben und sah dem Jungen in die Augen, als sie ihm sein Brot gab. Dann wurde er von den anderen, hungrigen Sklaven beiseitegeschoben. Den Rest der Essensausgabe erlebte Sinao wie im Traum. Ihre Gedanken waren zu schnell, als dass sie einen Sinn in ihnen hätte erkennen können. Die Zahlen waren das einzig Klare in ihrem Kopf, und sie zählte jeden Sklaven, jedes Stück Brot.

Der Paranao schien verschwunden zu sein, doch als sie mit den anderen Küchensklaven ihre Sachen zusammenpackte, kam er zu ihr.

»Warum hast du das getan?«, flüsterte er. Immer noch sah Sinao Furcht in seinen Augen, und sie hörte das Flehen in seiner Stimme.

»Damit Brizula ihre Wette nicht gewinnt.«

Sie konnte sehen, dass ihn diese unverständliche Antwort erstaunte, aber dann lief sie schon mit den anderen aus dem Lager, und die Soldaten schlossen das Tor hinter ihnen.

Obwohl sie eine Ration weniger erhielten, musste Sinao nicht hungern. Natürlich hätte sie einfach von den Vorräten stehlen können, denn nur sie allein wusste, wie viel es in den Kellern gab, aber das musste sie gar nicht. Alle in der Küche gaben ihr von ihrem eigenen Essen, sogar Bebe, auch wenn der Alte kein Wort sagte, als er sein Brot brach, um es mit ihr zu teilen.

ROXANE

Obwohl ihre Finger vom unablässigen Regen so kalt waren, dass sie schmerzten, wagte Roxane es nicht, sie von dem Tau zu lösen. *Eine Hand für dich, eine Hand für das Schiff,* wiederholte sie im Geist immer wieder, so lange, bis die Worte keine Bedeutung mehr zu haben schienen. Die Müdigkeit steckte ihr tief in den Knochen, und wenn sie unter Deck war, konnte sie die gleiche Erschöpfung in den Augen ihrer Schiffskameraden sehen.

Das Flackern eines Blitzes irgendwo in den schwarzen Wolken über ihr ließ sie aufblicken. Dann rollte der Donner über das Schiff und übertönte sogar das Heulen des Windes. Obwohl es erst kurz nach dem Mittagsglasen war, herrschte eine Dunkelheit, die nur von den Blitzen erhellt wurde. Und Roxanes Stimmung war so finster wie das Firmament. In den letzten Tagen hatte sie sich eingestehen müssen, dass die Atmosphäre an Bord hoffnungslos vergiftet war. Was zunächst einfach wie eine gegenseitige Abneigung zwischen dem Kapitän und Leutnant Hugham erschienen war, hatte sich als ein Wechselspiel von Misstrauen und Argwohn herausgestellt, wie es Roxane noch nicht erlebt hatte.

Wieder blitzte es hoch über ihr. Der dicke, gewachste Mantel hatte den Abwehrkampf gegen die Feuchtigkeit verloren, und Roxane war bis auf die Haut durchnässt. Schwere Tropfen fielen von ihrem Zweispitz, kaltes Wasser lief aus ihren Haaren den Hals hinab. Doch sie zog es selbst in diesem höllischen Wetter vor, hier an Deck zu sein, anstatt in der Offiziersmesse.

Bei dem Gedanken entfuhr ihr ein Seufzer. *So habe ich mir meine erste Fahrt als Leutnant sicher nicht vorgestellt. Vielleicht wird es in der Sturmwelt besser, wenn es gilt, Piraten zu jagen und die Handelsrouten zu sichern.* Der Gedanke war hoffnungsvoll, aber Roxane gelang es nicht, sich davon zu überzeugen. Zu sehr lasteten die schweigsamen Mahlzeiten der letzten Zeit auf ihrer Erinnerung, die knappen, mürrischen Grüße, das endlose Schweigen unter den Offizieren. Während Hugham allezeit reizbarer wurde, zog sich Frewelling immer weiter zurück und ließ sich außerhalb seiner Wachen kaum noch sehen. Und jetzt zwang der Sturm alle unter Deck, in die vollgestopften Quartiere, wo sie auf engstem Raum miteinander auskommen mussten. *Nein, die Wachen sind quasi eine Erholung!*

Ein Blitzschlag direkt über ihr ließ Roxane zusammenzucken, und als der Donner das Schiff buchstäblich erzittern ließ, war sie gewillt, ihre Meinung langsam zu ändern. Für einen Moment horchte sie auf den Wind, dessen Kraft noch weiter zunahm. Schon spürte sie, wie die *Mantikor* sich stärker zur Seite neigte, als die bereits geringe Segelfläche von neuen Böen erfasst wurde. Hinter ihr knarrte der Besanmast bedrohlich, und Roxane erkannte, dass es an der Zeit war, auch die letzte Besegelung einzuholen und den Sturm ganz vor einem Treibanker abzureiten. Erneut kam eine Bö, diesmal von Steuerbord, und die Offizierin musste sich mit beiden Händen an das Seil klammern, um nicht zu Boden zu stürzen. Innerhalb weniger Herzschläge hatte die Gewalt des Sturms sich schier verdoppelt. *Selbst mit dem bisschen Leinwand zerschlägt es uns die Masten,* dachte Roxane, *oder wir kentern. Wir haben keine Zeit zu verlieren!* Mit dem Arm hakte sie sich in das Seil ein und hielt die Hände wie einen Trichter vor den Mund, um sich über dem Sturm Gehör zu verschaffen: »Die Wache an Deck! Alle Segel einholen! Treibanker klarmachen!«

Die Pfeifen der Bootsmaate ertönten, und nach wenigen Momenten rannte die Wachmannschaft aus den Luken nach oben. Während dieses Wetters war nur an Deck, wer es unbedingt sein musste, während die Wache unter Deck auf Befehle wartete. Jetzt stürzten die Männer und Frauen über das regennasse Deck und stiegen in die Wanten. Auf dem Hauptdeck wurden die Befehle gebrüllt und weitergeleitet, aber Roxane konnte wenig mehr als einige Fetzen verstehen. Von tropischen Taifunen hatte sie bislang nur gehört, und eigentlich sollten sie noch außerhalb der üblichen Bahnen dieser zerstörerischen Urgewalten sein, doch daran konnte sie jetzt keinen Gedanken verschwenden. Ihre erste Sorge galt der Sicherheit des Schiffs.

In einem solchen Sturm aufzuentern erforderte Mut und Geschick. Als Fähnrich war Roxane einige Male bei schwächeren Unwettern in die Wanten geklettert, und sie konnte sich noch gut an die schlingernden Bewegungen, die nassen Taue, das glitschige Holz und das vom Wasser schwere Segeltuch erinnern, das ihr mehr als einmal einen ordentlichen Schreck eingejagt hatte, wenn sie glaubte, den Halt zu verlieren. Ihre Lippen wurden schmal, als sie die Seeleute beobachtete, die inzwischen in die Rahen stiegen und sich nur auf den Seilen stehend vorarbeiteten. Zu ihrer Erleichterung sah sie, wie die ersten Segel gestrichen wurden. Ohne auf den weiteren Fortgang zu achten, wandte sie sich an den Bootsmaat: »Lassen Sie den Treibanker an Backbord über Bord gehen. Wir drehen bei.«

Sie wartete keine Antwort ab, sondern blickte wieder zu den Matrosen empor. Selbst die Toppsgasten am Großmast hatten bereits ihre Arbeit verrichtet, das Segel gerefft und gesichert, und stiegen nun wieder herab. Ohne den Druck der Segel richtete sich die *Mantikor* wieder auf und schwang langsam an der Ankerkette hin und her. Einige laute Herzschläge lang war das Schiff querab zu den Wellen, die immer wieder über das Deck brachen, dann hatte es sich in den Wind gedreht und ertrug die mehrere Fuß hohen Wellen stoisch. Für den Moment war das Schiff aus akuter Gefahr, und Roxane fuhr sich mit der Hand über das Gesicht und wischte sich den Regen aus den Augen.

»Was geht hier vor?«

Das Brüllen war lauter als der Sturm, und als Roxane sich dem Kapitän zuwandte, schien sein Zorn auch größer als die Naturgewalten zu sein. Er hatte sich keinen Mantel übergezogen, sondern stand einfach in seiner Uniform, die binnen Sekunden vom Regen durchnässt wurde, vor ihr.

»Thay, ich habe alles Zeug reffen und beidrehen lassen. Der Wind hat ...«

»Sie haben *was*? Meine ständigen Befehle sind Ihnen doch wohl bekannt, Leutnant, oder nicht?«

»Ja, Thay, aber der Wind frischte zu schnell auf.« Während der Kapitän keine Mühe zu haben schien, sich über den Wind verständlich zu machen, musste Roxane brüllen, da ihre Worte sonst verschluckt worden wären. »Ich hielt es für meine erste Pflicht, für die Sicherheit des Schiffes zu sorgen.«

»Meine Order war deutlich. Ihre Pflicht wäre es gewesen, sich an diese zu halten. Sie machen einen Narren aus mir, indem Sie vor der ganzen Mannschaft meine Befehle missachten. Dafür werden Sie sich verantworten müssen, Leutnant.«

»Aye, aye, Thay«, erwiderte Roxane, die wie vor den Kopf geschlagen war. Die Kälte des Sturms hatte nun ihr Innerstes erreicht und lähmte sie. Ihr Vorgesetzter stand ihr gegenüber, hielt sich an einem Tau fest und funkelte sie voller Wut an. Unfähig, den Blick von ihm zu lösen, blieb Roxane stehen, bis er sich abwandte und zurück unter Deck kletterte. Vorsichtig blickte Roxane sich um, doch die wenigen Seeleute an Deck schienen den Wortwechsel nicht mitbekommen zu haben. Glücklicherweise gab es für sie jetzt nichts mehr zu tun, denn ihre Konzentration war gebrochen, und ihre Gedanken kreisten nur noch darum, was sie falsch gemacht hatte. *Hätte ich den Kapitän tatsächlich noch vor dem Manöver informieren können? Hatte ich tatsächlich keine Zeit, oder habe ich seine Autorität untergraben? Ich war mir sicher, dass ich das Richtige tue.* So sehr sie auch grübelte, sie musste immer wieder an seinen Blick denken, der derart hasserfüllt gewesen war.

Die Nässe war auch unter Deck allgegenwärtig, und der Versuch, die Uniform bis zur nächsten Wache zu trocknen, war zum Scheitern verurteilt. Das Schiff stampfte und wehrte sich gegen den Zug des Ankers, doch die mächtige Kette hielt, und so wies der Bug in den Wind. Roxane lag in der schwankenden Koje unter all ihren Decken und dem Ersatzmantel und zitterte erbärmlich. Sie spürte die Schläge der Wellen gegen den Rumpf und konnte jede Bö fühlen, die das Schiff krängen ließ. Die Intensität des Sturms war ihr unbegreiflich; selbst ohne Segelzeug und mit Treibanker fürchtete sie noch, dass die *Mantikor* einfach von der Gewalt des Meeres zerschlagen würde. Der Caserdote hatte in den Mannschaftsräumen zur Messe gerufen und betete mit den Gläubigen. Auf ihrem Weg unter Deck hatte Roxane in den grimmigen Gesichtern ihrer Schiffskameraden genau dieselbe Sorge um das Schiff gesehen, die auch sie umtrieb. *Wenn der Sturm noch stärker wird, dann wird mein Fehlverhalten bedeutungslos. Tote kommen nicht vors Kriegsgericht.*

In diesem Moment klopfte es an die Tür, und eine Stimme rief: »Leutnant Hedyn? Der Kapitän wünscht Sie zu sprechen.«

»Einen Augenblick, ich komme«, antwortete sie matt und schälte sich aus ihrer Koje. Mit ungeschickten Fingern knöpfte sie ihre letzte noch trockene Uniformjacke zu und band sich das Haar zurück. Erst als sie mit ihrem Aussehen zufrieden war, öffnete sie die Tür. Sie würde auf keinen Fall schlampig gekleidet vor den ohnehin schon erzürnten Kapitän treten.

Vor der Tür stand ein junger Marinesoldat, dessen graues Gesicht in hartem Kontrast zu seinem scharlachroten Uniformrock stand. Ohne ein Wort drehte er sich um und führte sie nach achtern zur Kajüte des Kapitäns, deren Tür offen stand. Als Roxane eintrat, sah sie zu ihrem Erstaunen, dass sowohl der Maestre als auch der Caserdote und Leutnant Hugham anwesend waren. Mit unbewegtem Gesicht grüßte sie den Kapitän, der unwirsch mit einer Hand neben Hugham deutete: »Ihr Platz ist dort, Leutnant.«

Schweigend setzte Roxane sich. Offensichtlich hatte der Kapitän Zeugen gerufen, die ihrer Bestrafung beiwohnen sollten. Vielleicht würde er es bei einem Tadel bewenden lassen, aber selbst das würde ihrer Karriere schweren Schaden zufügen. Kein Kapitän würde aufsässige Offiziere an Bord nehmen.

»Ich habe sie alle hier zusammengerufen«, begann Harfell seine Ansprache, »um über einige äußerst beunruhigende Entwicklungen zu sprechen.«

Noch während er dies sagte, versuchte Roxane sich innerlich zu stählen; sie wollte keinesfalls, dass sich ihre Gedanken auf ihrem Gesicht zeigten, wollte wenigstens einen letzten Rest Würde bewahren.

»Berichten Sie ihnen, was Sie mir berichtet haben, Maestre«, befahl der Kapitän, und entgegen ihrem Willen blickte Roxane ihn erstaunt an. Während sie noch versuchte, sich zu fangen, hüstelte Groferton und holte tief Luft.

»Dies ist kein gewöhnlicher Sturm. Trotz des Verbotes, meine Kräfte hier an Bord einzusetzen«, erklärte der Maestre mit einem finsteren Seitenblick auf den Caserdote, der jedoch ungerührt schien, »komme ich nicht umhin, dies zu bemerken. Es ist, als ob sich gewaltige Energien entladen, und zwar reinste Vigoris, in einer Machtfülle, die ich noch nicht erlebt habe. Und von der, meines Wissens nach, auch bislang keine Aufzeichnungen existieren.«

Erwartungsvoll blickte der kleine Mann in die Runde, doch als alle schwiegen, verzog er mürrisch das Gesicht.

»Gut, dann will ich es noch einmal ... einfacher erklären. Dies ist ein neues Phänomen. Und zwar eine gewaltige Entladung ungeformter Magie, um es mit den Worten eines Laien zu sagen.«

»Eine Waffe unserer Feinde?«, fragte Hugham mit einem vorsichtigen Blick auf den Kapitän.

»Unwahrscheinlich, Leutnant«, erwiderte Groferton aufgeräumt. »Sehen Sie, erstens ist diese Entladung weitaus größer, als ein Maestre sie erzeugen könnte. Sie übersteigt die Macht einer ganzen Kabale von Magiern; Hunderte würden nicht ausreichen, um so viel Vigoris freizusetzen. Zweitens handelt es sich um eine rohe, ungeformte, urtümliche Kraft. Man könnte, in einem sehr viel kleineren Rahmen, sicherlich etwas Derartiges bewerkstelligen, aber in diesem Maßstab? Das würde die Beteiligten zerreißen – ungeformt ist Vigoris unberechenbar. Nicht umsonst ist die Ausbildung zum Maestre hart und lang, und nur die wenigsten schaffen sie. Nur wer den höchsten Ansprüchen genügt, kann ...«

»Danke, Maestre«, unterbrach ihn der Kapitän. »Was Sie uns sagen wollen, ist, dass es sich um eine natürliche, wenn auch außergewöhnliche Erscheinung handelt? Sind Sie ganz sicher? Es wäre eine potente Waffe, um die *Mantikor* außer Gefecht zu setzen, nicht wahr?«

»Das wäre sehr unwahrscheinlich. Ein solcher Aufwand für eine simple Fregatte?«

»Unterschätzen Sie niemals die Heimtücke des Feindes, Maestre! Das sind Hunde, ihre Spione sind überall, sie wollen uns alle vernichten!«

»Ja, Thay.« Der Maestre blickte den Kapitän nicht an, sondern hustete nervös in ein Taschentuch.

»Können Sie etwas dagegen unternehmen?«, wandte Harfell sich ruhiger an Caserdote Sellisher. »Die Energie neutralisieren vielleicht?«

Nachdenklich kratzte der Caserdote sich am Kopf, bevor er diesen schüttelte.

»Nein. Wie Maestre Groferton schon sagte, die Vigoris ist unglaublich stark. Zudem scheint sie sich über das gesamte Gebiet des Sturms zu verteilen. Vielleicht könnte ich in unmittelbarer Nähe des Schiffs einen Teil der Macht ablenken, aber der Sturm entsteht nicht hier.«

»Wo dann?«

»Überall? Ich kann nicht sagen, ob es ein Zentrum gibt.«

»Was ist mit Ihnen, Groferton?«

»Ich habe bereits alles gesagt, was ich weiß, Thay.«

»Traumstaub?«

Auf Grofertons Gesicht spiegelte sich Entsetzen wider, und er hob abwehrend die Hände. »Nein, Thay. Wer weiß, welchen Dingen ich mich öffnen würde! Ich wäre den Elementen vollkommen schutzlos ausgeliefert.«

»Das bedeutet, wir stehen etwas Unbekanntem gegenüber und können nichts tun?«

Sowohl der Maestre als auch der Caserdote nickten in seltener Einmütigkeit.

Wütend schlug Harfell mit der Faust auf den Tisch. »Das ist völlig inakzeptabel! Sie beide werden sich zusammensetzen und einen Weg finden!«

»Habe ich die Erlaubnis, Arsanum anzuwenden, Thay?«, erwiderte der Maestre trocken.

»Wenn es nötig ist, haben Sie auch die Erlaubnis, dazu noch ein ganzes Fass Rum zu trinken. Aber bringen Sie mir, verflucht noch mal, Ergebnisse!«

»Thay«, erwiderte Sellisher steif und schritt gemeinsam mit dem Maestre aus der Kajüte. Auch Hugham verließ den Raum, während Roxane weiter still dasaß. Der raue Stoff ihrer Uniform kratzte über ihre Haut, und sie erwartete jeden Moment einen Ausbruch des Kapitäns, der jedoch nur gedankenverloren auf die Karte blickte. Erst nach einer ganzen Weile blickte er auf und schien erstaunt zu sein, Roxane zu sehen.

»Was denn noch, Leutnant?«

»Wollen Sie mich nicht sprechen, Thay?«

»Was? Nein! Auf Ihren Posten!«

Diesmal salutierte die Offizierin zackig und entfernte sich. Doch ihre Unruhe war nur weiter gewachsen; je länger sich ihre Bestrafung hinauszögerte, desto schlimmer wurde die Sorge. *Ich muss mich auf meine Pflichten konzentrieren und meinen Dienst tun,* herrschte sich Roxane in Gedanken an. *Alles andere liegt so weit außer meiner Kontrolle wie dieser Sturm!*

Das Mahl war karg und noch dazu kalt. Das Schiff stampfte und krängte zu sehr, um den Herd sicher betreiben zu können, und so gab es nur Schiffszwieback und Trockenfleisch, was sich nur mit viel verdünntem Bier herunterspülen ließ. Inzwischen hatte Roxane sich daran gewöhnt, ihre Mahlzeiten allein in der Messe einzunehmen. Von Groferton und Sellisher war während der letzten Wachen nichts zu sehen oder zu hören gewesen, während die anderen Leutnants nur zum Dienst aus ihren Kammern kamen. Umso erstaunter war sie, als unvermittelt Leutnant Frewelling eintrat und sich an den Tisch setzte. Seine Erscheinung war wie immer tadellos, aber seine Finger spielten mit den Knöpfen seines Uniformrocks und zerstörten so das Bild des perfekten Offiziers.

Nach einigen Minuten des Schweigens schob Roxane ihre Schüssel mit dem halb gegessenen kalten Mahl fort und sah Frewelling fragend an. Seine Augen wanderten kurz über ihr Gesicht, dann blickte er wieder auf den Tisch, so angestrengt, als gelte es, in der Maserung des Holzes die Zukunft zu lesen.

»Kann ich Ihnen irgendwie helfen, Leutnant?«, fragte Roxane schließlich.

»Nein. Ich ... ich wollte Ihnen nur sagen, dass ich Ihre Handlungsweise für korrekt halte.«

Verwirrt blickte sie ihn an. Er warf nervös einen Blick über die Schulter, als erwarte er, jeden Augenblick géronaische Soldaten durch die Luke stürmen zu sehen. Natürlich wusste er von ihrem Zusammenstoß mit Harfell; ihre Hoffnung, dass der Sturm den Wutausbruch des Kapitäns verborgen hatte, war naiv gewesen. Auf einem Schiff mit fast dreihundert Seelen blieb nichts ein Geheimnis.

»Meine Handlungsweise? Sie meinen meine Anordnung, die Segel zu reffen?«

»Ja.«

»Ich hatte meine Befehle. Vermutlich hätte uns die kurze Verzögerung nicht geschadet. Ich habe eine ständige Order missachtet. Es ist das Recht und die Pflicht des Kapitäns, mich dafür zu bestrafen.«

Die Worte klangen hart, selbst in Roxanes Ohren, doch dies war die einzig mögliche Schlussfolgerung. Sie hatte ihre Pflicht nicht erfüllt und würde sich den Konsequenzen stellen.

»Vermutlich«, murmelte Frewelling so leise, dass Roxane nachfragte: »Bitte?«

»Sie sagten *vermutlich*, Leutnant. *Vermutlich* hätte es das Schiff nicht in Gefahr gebracht. Aber vielleicht doch. Es ist die oberste Pflicht eines jeden Besatzungsmitglieds, die Sicherheit des Schiffes zu gewährleisten.«

Er schien seine Fassung mit jedem Wort ein bisschen mehr wiederzugewinnen. Mit fester Stimme fuhr er fort: »Sie hatten Wache, und es lag in Ihrem Ermessen, ob der Sturm zu stark für die Betakelung war. Außerdem teile ich Ihre Einschätzung – es hätte nicht viel gefehlt.«

»Das sagen Sie mir jetzt?«

Ein Knoten löste sich in Roxanes Brust. Mehr und mehr war sie von ihrer eigenen Schuld überzeugt gewesen, bis sie ihre eigenen Entscheidungen nicht mehr verstand. Inzwischen war sie zu der Überzeugung gelangt, dass es ihr Fehler gewesen war. Doch jetzt kam Frewelling und stellte ihre Meinung wieder auf den Kopf.

Der Leutnant starrte sie verwirrt an. »Ich verstehe nicht ...«

»Wieso haben Sie mir das nicht früher gesagt?«

»Ich war mir nicht sicher, dass Sie meine Gedanken überhaupt interessieren. Selbst wenn ich Ihnen recht gebe – das letzte Wort hat schließlich der Kapitän.«

»Wollen Sie damit andeuten, dass der Kapitän im Unrecht ist?«, fragte Roxane leise. Wieder blickte sich Frewelling um, bevor er antwortete: »Ich deute gar nichts an. Ich sage Ihnen lediglich, dass ich an Ihrer Stelle ebenso gehandelt hätte.«

Obwohl sie noch immer verwirrt war, taten ihr seine Worte gut. Sie beruhigte sich. Schlagartig wurde ihr die Ungerechtigkeit bewusst, mit der sie behandelt worden war, die haltlose Beschuldigung und die Tatsache, dass der Kapitän eher das Schiff in Gefahr gebracht hätte, als seinen Offizieren Handlungsspielraum zuzugestehen.

»Auch ein Kapitän macht Fehler, Frewelling. Und Harfell kann ziemlich ... unberechenbar sein, oder irre ich mich da?«

Frewelling neigte bestätigend den Kopf. Dann entgegnete er

leise: »Manchmal denke ich sogar, dass er ... nicht mehr fähig ist, ein Schiff zu führen.«

Sie schwieg, denn der Gedanke war zu ungeheuerlich, als dass sie sofort hätte antworten können. *Manchmal denke ich, dass er dienstunfähig ist.* Noch hatte es nur ihr Gegenüber gesagt. Noch hatte sie durch nichts zu verstehen gegeben, was sie von dieser Ansicht hielt. Ihr Blick fiel auf Frewelling, der bleich geworden war.

»Das ist gefährliches Gerede, Leutnant. Das wissen Sie ebenso gut wie ich.«

»Ich muss zurück. In meine Kammer«, erwiderte der junge Mann und erhob sich steif.

Roxane ließ ihn gehen und blieb, in ihre eigenen Gedanken versunken, sitzen. Eine solche Anschuldigung bedeutete Kriegsgericht, ob nun begründet oder nicht. Ein Kapitän wurde durch die Admiralität eingesetzt, die von der Königin selbst dazu ermächtigt war; an seiner Autorität zu zweifeln hieß, an der Autorität der Königin zu zweifeln. Das war ein so ungeheuerlicher Gedanke, dass jede Faser von Roxanes Wesen dagegen rebellierte. Dennoch trieben die Fragen durch ihren Geist, trügerisch leicht, doch schwerwiegend. *Was, wenn Frewelling recht hat? Wenn der Kapitän nicht mehr fähig ist, in all seinem Hass dieses Schiff zu führen? Wenn er uns im nächsten Sturm wieder alle in Gefahr bringt, nur weil er sich davor fürchtet, dass seine Autorität untergraben wird?* Einmal ausgesprochen, mochten diese Gedanken ein Todesurteil darstellen, und es gelang ihr nicht, sie völlig zu vertreiben.

Ihr Blick fiel auf die Reste ihres Essens, doch der Appetit war ihr längst vergangen.

FRANIGO

Es war ein schwerer Gang. Selbst zu seinen besten Zeiten war das Viertel von Rendont ein unangenehmer Ort. Hier waren einst die Handwerke angesiedelt worden, deren Ausübung die braven Bürger in ihrer Lebensfreude beeinträchtigen mochten. Natürlich hatten die alten Zünfte und Gilden sich ausgebreitet, waren in andere Viertel gezogen, hatten Manufakturen vor den Toren von Cabany eröffnet, und ihre Besitzer speisten nun von silbernen Tellern. Aber der schlechte Ruf des Viertels blieb, und so waren seine Mieten ebenso niedrig wie die Gebäude, und es zog jenen Teil der Gesellschaft an, der von der Unvorsichtigkeit und Leichtgläubigkeit der anderen Teile profitierte.

Ein übel beleumundetes Viertel, das von ehrbaren Bürgern gemieden wurde und wo man nachts schnell die Börse oder Wertvolleres verlieren konnte. Ein Degen mit einem fähigen Arm kostete hier weniger als anderswo ein gutes Essen, und auch Gewissen ließen sich mit Gold kaufen und zum Schweigen bringen. Der rechte Ort also für ein Gefängnis; vor allem, wenn in diesem Gefängnis hauptsächlich Schuldner einsaßen.

Aber Franigo hätte sich selbst des Nachts in das Viertel getraut. Niemand würde ihn überfallen, und keinem wäre er auch nur den halben Lunar wert, einen gedungenen Mörder zu bezahlen. Die Kleidung, die er nun trug, war abgewetzt und hatte bereits bessere Zeiten gesehen. Der Degen an seiner Seite bedeutete jedem, dass es sich bei ihm um einen Mann handelte, der sich seiner Haut zu erwehren wusste. Und das lange geübte Lächeln unter dem säuberlich gestutzten Schnurrbart drückte einen Hochmut aus, den Franigo zwar nicht empfand, der aber die Schakale des Viertels abhalten würde.

Bleiben nur noch die Wölfe, dachte der Poet, *aber Wölfe reißen nur angemessene Beute.* Für einen Moment ging ihm ein Vers, oder besser der Beginn eines Verses im Geist herum, eine kleine Spitzfindigkeit über Schakale und Wölfe, doch bevor sie endgültig Kontur annahm, bog er um eine Ecke; vor ihm erhob sich das Gefängnis von Rendont, im Volksmund *Bettlerpalast* genannt. Jetzt war sein Grinsen nicht mehr aufgesetzt, denn als er kurz innehielt, schoss ihm ein Gedanke durch den Kopf: *Und hier kommt der König der Bettler, um Einlass zu verlangen und Hof zu halten. Er ist der ärmste aller Bettler, denn nicht einmal das wertloseste und kostbarste Gut von allen gewähren sie ihm: Aufmerksamkeit.*

Er verachtete sich sogleich für sein Selbstmitleid, doch er behielt die Worte im Hinterkopf, denn sie schienen sich gut für ein Stück zu eignen. Stolz reckte er das Haupt und trat über den menschenleeren Platz. Sorgsam wich der Poet den Pfützen aus, den letzten Zeugnissen der wolkenbruchartigen Regenfälle der letzten Tage.

Die Pforte war groß und dunkel, und über seinem Kopf hockten steinerne Wasserspeier, Gargylen nachgeahmt, die ihn misstrauisch anzustarren schienen. Ihre Fratzen blickten blind herab. Einige Historiker behaupteten, dass die Gargylen mehr gewesen seien als animierter Stein. Dass sie Lebewesen gewesen seien, die nur von der Magie der Nigromantenkaiser versklavt worden waren. Wie dem auch sein mochte, im Bildersturm nach Corbanes Tod waren wohl alle noch existierenden Gargylen vom aufgebrachten Volk vernichtet worden. Selbst die steinernen Wasserspeier, die den Kreaturen nachgebildet waren, waren der Zerstörungswut zu weiten Teilen anheimgefallen. Umso unheimlicher wirkten diese hier.

Der ganze Bau war altmodisch, ein Relikt aus vergangenen Zeiten, düster, mit dicken, grauen Mauern, an denen Efeu emporwuchs. Einst war es eine Festung gewesen, doch das Wachstum der Stadt und die neuen Waffen dieser Zeiten hatten sie ihrer Nützlichkeit beraubt. Nun diente sie zu anderen Zwecken, was Franigo kurz zögern ließ. *Vielleicht behalten sie mich gleich da. Lange kann es nicht mehr dauern, bis mein letztes Silber ausgegeben ist, und ich will verdammt sein, wenn mein Verleger mir noch einen Vorschuss gewährt!*

Trotz dieser Gedankengänge klopfte er an. Es stand einem Hiscadi nicht gut zu Gesicht, Gefahren nicht offenen Auges entgegenzutreten, seien sie nun Konstrukte der eigenen Einbildung oder nicht. Es dauerte eine ganze Weile, bis endlich ein kleines Guckloch geöffnet wurde und eine schnarrende Stimme »Ja?« rief.

»Ich bin hier, um einen Freund zu besuchen. Mein Name ist Franigo …«

Bevor er den ganzen stolzen Namen seiner Familie aufsagen konnte, wurde das Guckloch wieder geschlossen. Verdutzt blinzelte Franigo, da öffnete sich die Pforte mit einem schabenden Geräusch.

»Kommt rein«, sagte der ältere Mann mit den schlohweißen Haaren, die ihm wirr über die Schulter hingen. Seine Stimme war rau, und er unterschlug die Pausen zwischen den Worten, wie es so viele Géronaee taten, als achteten sie ihre eigene Sprache nicht. Betont höflich verneigte sich Franigo: »Ich bin Euch zu Dank verpflichtet, Mesér.«

»Das kostet einen Lunar«, erwiderte der Wärter brüsk. Vorsichtig kramte Franigo in seiner Börse. Es tat nicht Not, dem Mann die Schlaffheit der Geldkatze zu zeigen, doch sich selbst konnte der Poet nicht betrügen; ein Silberlunar stellte inzwischen einen beträchtlichen Teil seines verbliebenen Vermögens dar, wenn man einige wenige Münzen denn überhaupt hochtrabend als Vermögen bezeichnen wollte.

Die Übergabe der Münze war für den Alten ein freudiges, für Franigo ein trauriges Erlebnis, doch er lächelte weiterhin und blickte den Wärter auffordernd an.

»Wen denn?«

»Imerol Alazraqui i Urnera.«

»Imi? Kauft Ihr ihn frei?«, fragte der Alte, fügte dann aber mit einem demütigend abschätzigen Blick auf Franigos Kleidung hinzu: »Wohl nicht.«

»Nein, Mesér, wie Ihr bereits mit Eurem messerscharfen Verstand erkannt habt, ist dies nur ein Besuch unter Freunden. Hättet Ihr nun also die Güte, dem Wiedersehen zweier alter Kampfgefährten zu einem glücklichen Höhepunkt zu verhelfen?«

Verständnislos blickte der Alte Franigo an, der eine einladende Geste den Gang hinab machte: »Nun führt mich hin!«

Grummelnd schritt der alte Mann voran, und Franigo folgte seinem weißen Schopf, wie Corban einst dem Flug des weißen Vogels gefolgt sein mochte, der ihn in das Herz des Imperiums und damit in das Zentrum von Dekadenz, Korruption und Häresie geleitet hatte. Auch im Bettlerpalast saßen Sünder, da war sich der Poet sicher. Innen war das Gebäude nicht weniger dunkel, als es von außen wirkte. Die wenigen Öffnungen waren schmale, hoch über dem Boden liegende Schießscharten, vor denen schmiedeeiserne Gitter angebracht worden waren, auf deren Wartung die Wächter peinlich genau achteten. Denn sonst hätte ein Insasse von außen Essen oder Geld zugeworfen bekommen können, wo doch der offizielle Weg nur durch die Hände der Wärter führte, die für ihre tiefen Taschen berühmt waren.

Weiter oben im Gebäude saßen die reicheren Gefangenen ein, oder zumindest jene mit einflussreichen und auch großzügigen Freunden. Dort gab es mehr Licht, frische Luft und zusätzliche Räume für die Dienerschaft. Aber hier unten waren die Schuldner, die per definitionem kein Silber und erst recht kein Gold besaßen, und um jene kümmerte die Krone sich nicht. Sie waren nutzlose Esser, wie Imerol, der in einem großen Raum in der Ecke an einem Tisch saß und mit einigen finsteren Gesellen Karten spielte. Was die Einsätze waren, konnte Franigo nur raten, und eigentlich wollte er selbst das nicht. Die Lust am Spiel hatte Imerol erst in diese bedauernswerte Lage gebracht. *Und ich muss nicht einmal spielen. Mir gelingt dies auch so.*

»Franigo!«, brüllte der stämmige Hiscadi. »Da brat mir einer einen Storch!«

»Mir auch«, warf einer seiner Kumpane ein. »Mit Rosmarin und …«

»Nicht über Essen reden«, mahnte Imerol und rieb sich bedauernd seinen Bauch, der tatsächlich einiges an Umfang verloren hatte. Franigo erinnerte sich wieder, dass der Söldling nicht nur dem Spiel, sondern überhaupt allen Lastern zugetan gewesen war, mit besonderer Vorliebe jedoch dem Trunk und der Völlerei gefrönt hatte.

Der mächtige Knebelbart und das Haar des Mannes wurden langsam grau, aber seine Haut war noch gebräunt und seine Bewegungen voller Schwung wie die eines Jugendlichen. Er trug ein einfaches Tuch auf dem Kopf, mit dem er seine Haare nach hinten gebunden hatte, wie viele Hiscadi es unter den Hüten trugen. Auch Franigo hatte ein solches Tuch um den Kopf gebunden, denn man wusste nie, wann man seinen Degen ziehen musste – und im Kampf waren die schulterlangen Haare eher hinderlich.

»Das ist mein Freund, Franigo«, stellte Imerol ihn vor. Gerade wollte der Poet dazu anheben, seinen vollen Namen zu sagen, da schüttelte Imerol den Kopf und legte den Arm um seine Schulter: »Vergiss es. Diese halb zivilisierten Géronaee wissen einen wahren Namen gar nicht zu schätzen.«

Er führte den Poeten etwas abseits und musterte ihn eindringlich.

»Wie ist es dir ergangen? Erzähl!«

»Nun, mein Glück hat sich noch nicht gänzlich zum Guten gewendet«, log Franigo. »Aber die Zeichen stehen günstig. Mein letztes Stück – eine Komödie – wurde gut aufgenommen, auch wenn mein Forte ja nun die tragischen Stoffe sind. Ich habe eine Audienz erhalten, und ich denke, dass ich bald Beachtung finden werde.«

»Das erfreut mein altes Herz. Wie du dir denken kannst, sieht es bei mir weniger rosig aus. Sonst wären wir ja nicht hier.«

Es tat Franigo gut, in der Sprache seiner Heimat mit jemand zu sprechen, den er schon länger kannte, als seine Anwesenheit in Géronay dauerte. Auch wenn Imerol ein rauer Bursche war, der sie in ihrer gemeinsamen Zeit bei den Regimentern immer erst in Schwierigkeiten und dann wieder aus ihnen herausgebracht hatte, war er doch ein vertrautes Gesicht in der Fremde.

»Hier«, erklärte er mit belegter Stimme und reichte Imerol drei seiner letzten fünf Silberlunare. »Kauf dir was Gutes zu Essen und etwas Wein.«

»Wein? Was sie hier Wein nennen, ist wenig mehr als Rattenpisse!«

Franigo lächelte mitfühlend. »Es ist eine Schande. Wie steht es um deine Soldforderung? Du hast doch für deinen Heldenmut vor Gavere einen Zuschlag erhalten? Sollte das nicht genügen, um deine Schulden zu begleichen?«

»Der wurde gestrichen, weil ich mich in Torden besoffen habe und den Hauptmann einen Hund nannte.«

»Du hast gedient. Dein Blut für den fremden König vergossen! Und wie wird es uns gedankt? Der Prätendent wird als Geisel genommen, und ein neuer, géronaischer König, Verzeihung, Kronverweser, über unsere Heimat eingesetzt. Hiscadi kämpfen auf dem ganzen Kontinent und in allen Kolonien, doch ihre Worte werden von niemandem gehört.«

Ängstlich blickte sich Imerol um und wedelte dabei mit der Hand: »Sei leise! Wenn jemand das hört! Dann knüpfen sie uns beide auf.«

»Wer die Wahrheit sagt, muss sich fürchten. Stimmen aus Hiscadi sind wertlos, aber unser Gold nimmt man gerne«, entgegnete Franigo zornig, doch seine Stimme war nun deutlich leiser.

»Danke für das Geld, Franigo. Auf echte Freunde kann man sich eben verlassen. Nicht wie die Bastarde hier. Die würden mich wie einen Hund vor Hunger krepieren lassen, wenn ich nicht zahle. Damit komme ich ein wenig länger über die Runden.«

Verlegen nickte der hiscadische Poet. Es schmerzte ihn, seinen alten Weggefährten an diesem Ort zu sehen, doch seine eigenen Optionen waren begrenzt; weder konnte er Imerol freikaufen, noch ein geneigtes Ohr finden, dessen Besitzer genügend Einfluss besaß. *Wenn das so weitergeht, werde ich dem Drängen meines Verlegers nachkommen und obszöne Büchlein schreiben müssen, um nicht selbst so zu enden. Ich bin dazu auserkoren, den Himmel selbst mit meinen Versen zum Weinen zu bringen, nicht dazu, ordinären Schmutz für den Pöbel zu verfassen!*

»Ich muss mich wieder auf den Weg machen, Imerol. Pass auf dich auf.«

»Natürlich, natürlich. Wir sehen uns sicherlich bald wieder«, erwiderte der Söldner, und beide nickten in der Gewissheit, wie unwahrscheinlich das war. Mit einem letzten Tippen an die Krempe seines Huts verabschiedete sich Franigo und eilte durch die Gänge hinaus.

So sehr war er in Gedanken versunken, dass er eine Abzweigung verpasst haben musste, denn unvermittelt fand er sich in einem feuchten, kühlen Gang wieder, den er auf dem Hinweg nicht bemerkt hatte. Ein Blick zurück zeigte zahlreiche Abbiegungen und Kreuzungen, und so beschloss er, einfach weiterzugehen, bis er einen Wärter traf, der ihn – vermutlich gegen glänzendes Silber – hinausführen konnte. Stattdessen jedoch endete der Gang vor einer scheinbar uralten Eichentür, die mit dunklem Eisen beschlagen war. Vorsichtig drückte der Poet gegen die Tür, die sich zu seinem Erstaunen beinahe lautlos öffnen ließ. Dahinter lag ein weitläufiger Raum, der von luftiger Helligkeit durchströmt wurde.

Sonnenstrahlen fielen durch Fenster in der hohen Decke, und in ihnen tanzte Staub. Seile waren quer durch den Saal geführt worden, und an diesen Seilen waren Tücher aufgespannt, wie die Segel prächtiger Schiffe. Ein leises Murmeln lag in der Luft, ein dissonantes Flüstern aus vielen Kehlen, und die unwirkliche Atmosphäre weckte sogleich Franigos Neugier. Leise, beinahe schon schleichend, betrat er den Saal und schob sanft eines der schweren Tücher beiseite.

Vor ihm stand ein Bett, eine simple Konstruktion, deren einzige Auffälligkeit die dicken Lederriemen waren, die quer über die Bettdecke verliefen. Auf solche Weise ans Bett gefesselt war eine bleiche Frau, deren helles rotes Haar wie eine Aura um ihren Kopf lag. Sie war jung, und Sommersprossen bedeckten ihre Wangen wie Blüten eine Frühlingswiese. Ihr

Kopf flog unstet von links nach rechts, und sie murmelte unaufhörlich vor sich hin, mit geschlossenen Augen, während sich ihr Leib unter der Decke wand. Entsetzt starrte Franigo sie an. Plötzlich zuckte ihr Kopf herum, und sie öffnete die Augen, die so blau waren, dass sie nahezu zu funkeln schienen. Ihr Blick fing Franigo ein. Der Dichter wollte etwas sagen, doch sein Mund stand offen, ohne Worte zu formulieren.

»Feuer vom Himmel. Gifthauch aus der Erde. Schreien wird die Hure.« So erschreckend ihre Worte auch klangen, ihre Stimme war so eintönig, als spreche sie über Alltäglichkeiten. Obwohl Franigo wegschauen wollte, konnte er es nicht.

»Gold auf deinem Rock. Gold in deinen Taschen. Gold in deinem Herzen.«

War dies nur das Gebrabbel einer Wahnsinnigen, oder sah sie auf den tiefsten Grund seiner Seele hinab? Franigo wusste es nicht, wie gelähmt stand er vor ihr. Schweiß trat ihr auf die Stirn, dann lachte sie, laut, verzweifelt, hohl.

»Kind, was ist mit dir?«, ertönte die Stimme einer Frau, dann flatterten die Tücher, und die Sprecherin trat an das Bett. Verwundert sah Franigo eine ältere, beleibte Frau in einem schlichten grauen Kleid, deren Haare bis auf die Kopfhaut abrasiert waren. Sie warf dem Poeten einen finsteren Blick zu, dann nahm sie den Kopf der Rothaarigen und schmiegte sich an die Gefesselte.

»Ruhig, ganz ruhig, Kind«, murmelte sie zärtlich, und tatsächlich erschlafften die Bewegungen der Rothaarigen, bis ihre Lider sich wieder schlossen. Wie tot lag sie da, kaum ein Hauch ging über ihre blutleeren Lippen.

Da packte die Frau Franigo am Arm und zog ihn von dem Bett fort. Zwischen den Tüchern war ein Gang, und wie betäubt sah der Poet mehr von diesen Betten, auf denen jeweils eine Person gefesselt lag; Alte und Junge, Männer, Frauen und

Kinder. Erschüttert riss er sich los und umfasste den Griff seines Degens.

»Meséra, was geht hier vor?«, verlangte er zu wissen.

»Das sollte ich dich fragen. Dies ist kein Ort für dich!«

»Ihr haltet diese Menschen gefangen!«

»Wir beschützen sie.«

»Beschützen? Aber wie ... warum?«

»Komm mit«, befahl sie in einem Ton, der keinen Widerspruch duldete. Um ihn herum war das Murmeln wie ein Rauschen, das ihn verfolgte, und so sehr er sich auch bemühte, er konnte keine Worte ausmachen. Vielleicht war es besser so.

Endlich traten sie durch eine kleine, niedrige Tür und standen in einem sonnendurchfluteten Innenhof.

»Mein Junge«, begann die Frau und ignorierte beflissentlich Franigos Stirnrunzeln. »Wir kümmern uns um jene, die ihren Verstand verloren haben, jedoch zu gefährlich sind, als dass man sie in einer Anstalt belassen könnte.«

»Das verstehe ich nicht«, gestand Franigo.

»Maestre, des Zauberns Kundige, verlorene Seelen. Die Einheit hat uns in ihrer Weisheit die Möglichkeit gegeben, diese zu pflegen und zu behüten.«

Langsam wurde dem Poeten klar, wovon die alte Frau sprach, und er senkte beschämt das Haupt.

»Verzeiht mir, Meséra, das war mir nicht bewusst.«

»Wir bewachen und beschützen sie gleichzeitig. Einige haben eigene Zimmer, oben. Aber manche sind zu stark, oder ihr Geist ist zu weit entfernt, und jene liegen dort in dem Saal. Wir geben ihnen ein wenig Traumstaub, um sie zu beruhigen, wir nehmen ihnen die Schmerzen.«

»Dann seid Ihr ...?«

»Die Einheit sah es als gut an, mir den Körper einer Frau, doch die Fähigkeiten eines Caserdote zu geben«, bejahte sie.

»Meine Schwestern und ich versorgen die Leidenden, denn wir können ihnen ihre Kraft nehmen und damit auch die Gefahr, die von ihnen ausgeht. Und was uns nicht gelingt, bleibt dem Traumstaub überlassen.«

»Ihr müsst sehr großzügig sein.«

»Wir haben Gönner. Die Akademien überlassen uns den Traumstaub und fördern diese Einrichtung.«

Ihre Worte leuchteten Franigo ein. Die magischen Akademien würden nicht wollen, dass einer der ihren, krank oder nicht, den Aberglauben in der Bevölkerung weiter schürte.

Nun erschien es dem Hiscadi geradezu lächerlich, wie er auf die junge Frau reagiert hatte. Die Sonne schien auf den Hof, Bienen summten um sie herum, und er hätte beinahe laut aufgelacht. *Wie leicht habe ich mich ins Bockshorn jagen lassen!*

»Ich wusste nichts davon«, erklärte er. »Ich habe bloß jemanden im Bettler... ich meine, im Gefängnis, besucht und verlief mich auf dem Rückweg.«

»Man hat uns diesen Flügel hier zur Verfügung gestellt. Das Gefängnis steht weitab aller neugieriger Augen, und kaum jemand verirrt sich hierher.«

Eine Frage lastete noch auf der Seele des Poeten, und er konnte sich nicht verabschieden, ohne sie gestellt zu haben. »Die Worte der Frau ... der Traumstaub ... hat sie wahr gesprochen?«

Die Frau schüttelte den Kopf und lächelte nachsichtig: »Die Menschen hier sind krank. Für sie besteht kein Unterschied zwischen Wahr und Falsch. Die Medizin lindert ihr Leiden, aber sie lässt sie nicht in die Zukunft sehen.«

»Ich hoffe, dass Ihr mein rüdes Auftreten verzeiht. Ich bewundere Euch und Eure Schwestern für die Arbeit, die Ihr leistet.«

Sie nickte und wies dann über den Hof: »Du musst jetzt gehen, mein Junge. Dies ist kein guter Ort für einen wie dich.«

Bevor er fragen konnte, wie sie das meinte, hatte sie ihn schon durch eine Tür bugsiert, die auf die Straße hinter dem Bettlerpalast führte.

Kopfschüttelnd ging Franigo durch die Gassen zurück zu seiner Unterkunft. Trotz der Beteuerung der Pflegerin blieben seine Gedanken bei den Worten der Rothaarigen.

Er sah die blauen Augen vor sich, spürte den intensiven Blick in seinem Geist. *Sie sprach von Gold. Ob nun prophetisch oder nicht, ich nehme das als gutes Zeichen!*

JAQUENTO

Als der Jagdtrupp mit zwei erlegten wilden Schweinen aus dem Dschungel wiederkehrte, war die tropische Nacht bereits hereingebrochen, mit einer Schnelligkeit, an die sich Jaquento noch immer nicht gewöhnt hatte. Der Jubel unter der Mannschaft angesichts der fetten Beute war groß, und rasch wurden am Strand drei Feuer entzündet. Im hellen Feuerschein zeichneten sich die Umrisse der Palmen so scharf wie Scherenschnitte gegen den Nachthimmel ab.

Die Arbeit ging der Besatzung der *Todsünde* leicht von der Hand; die Aussicht auf einen vollen Magen und genügend Rum löste die Zungen und versetzte die Männer und Frauen in Hochstimmung.

Auch Jaquento schloss sich der kleinen Prozession an. Obwohl Overo allen Schiffskameraden versichert hatte, dass Jaquentos neuer Begleiter harmlos war, hielten die meisten Abstand von der Echse, die nach wie vor auf seiner Schulter saß. Sie ihrerseits ließ sich von den vielen Menschen nicht einschüchtern, sondern machte es sich gemütlich und betrachtete das Geschehen um sich herum neugierig. Ihre Farbe hatte sich mittlerweile zu einem satten Grüngelb entwickelt, das in einem komplizierten Muster auf ihren Schuppen angeordnet war.

Inzwischen hatte Jaquento sich sogar an den erdigen Geruch des Tieres gewöhnt und spürte die kleinen Krallen auf seiner Haut kaum noch. Dafür faszinierten ihn die Farbwechsel und die Nickhäute, die sich gelegentlich träge über ihre Augen legten, umso mehr. In Anbetracht seiner neuen Funktion als Echsenwächter hatte Rahel Jaquento nicht mit auf die Jagd genommen, sondern nur dunkle Andeutungen darüber gemacht, dass »dieses Vieh nicht mit in die Koje kommt«. Jetzt kümmerte sie sich um die Zubereitung der Braten und hatte für Jaquento nur ein kurzes Zwinkern übrig.

Während die Sonne sich dem Horizont näherte, ruderten die Boote zurück und holten den Rest der Besatzung. Auch der Kapitän kam an Land, zur großen Freude aller mit drei Fässern Rum und mehreren Weinschläuchen beladen. Mit großer Geste sprang er in das seichte Wasser und riss den Hut vom Kopf: »Lasst uns beten, Freunde!«

Überrascht blickte Jaquento sich um. Bislang war ihm außer Bihrâd kaum jemand an Bord religiös erschienen; und dass der Kapitän für den schweigsamen Mauresken beten wollte, erschien Jaquento unwahrscheinlich. Der Kapitän hielt den federgeschmückten Hut vor die Brust und schloss die Augen.

»Beten wir für die armen Seelen«, fuhr Deguay mit geneigtem Haupt fort, »die an Bord des Schiffes Wache haben, während wir fressen und saufen!«

Auch Jaquento fiel in den Jubel ein, der schnell das ganze Lager erfasste. Der Kapitän kam grinsend an Land und setzte seinen Hut wieder auf. Als er an Jaquento vorbeiging, deutete er auf die Echse, die zischend den Kopf erhob.

»Ah! Das muss diese gefährliche Kreatur sein, von der mir berichtet wurde. Ich hörte, dass sie zwei Mann mit einem Schwanzschlag vertrieben hat.« Deguay lachte auf, musterte das Tier dann aber eindringlich. »Dieses Biest wird in der Zivilisation gut und gerne zwanzig Solar bringen. Ihr habt ein glückliches Händchen, Jaquento.«

Die Echse starrte Deguay unverwandt an und folgte jeder seiner Bewegungen mit ihrem langen Hals.

Vorsichtig krempelte der junge Mann seinen Ärmel hoch und zeigte dem Kapitän die Vielzahl von kleinen Kratzwunden, die inzwischen von dunkler Kruste überzogen waren: »Sieht sogar nach einem ganzen Arm voll Glück aus, Käpt'n.«

Gut gelaunt schlug Deguay ihm auf die Schulter und ging zu den Feuern. Während Jaquento ihm hinterhersah, gesellte sich Pertiz zu ihm: »Er mag dich, Kamerad.«

»Ist das so?«

»Ja. Er kann sehr einnehmend sein, wenn er will. Freundlich, zuvorkommend, verständnisvoll.«

Die Echse, deren Augen nicht vom Kapitän gewichen waren, schmiegte den Kopf vertrauensvoll an Jaquentos Hals und öffnete das Maul, als würde sie gähnen. Eine kleine, rosa Zunge war zu sehen; zu Jaquentos Enttäuschung war sie allerdings nicht gespalten. Dann schloss die Echse Mund und Augen und schien einfach einzuschlafen.

»Das ist ein seltsames Viech«, stellte Pertiz trocken fest, und Jaquento blieb wenig übrig, außer zu nicken.

»Wenn ich sie von meiner Schulter nehmen will, dann faucht und kratzt sie. Es ist, als ob sie sich mir ... verbunden fühlt.«

Jetzt musste Pertiz lachen. »Was für eine reizende Vorstellung.« Amüsiert schüttelte der Offizier den Kopf.

»Als Ihr sagtet, dass der Käpt'n sehr einnehmend sein kann – wie habt Ihr das gemeint?«, fragte Jaquento, dem die Formulierung nicht aus dem Kopf ging.

»Er weiß, wie er Menschen für sich gewinnen kann. Aber was immer er dir auch sagt, du solltest daran denken, dass es einen Grund gibt, warum er Kapitän der *Todsünde* ist.«

»Und der wäre?«

»Keiner findet so gut Beute, und keiner ist so gnadenlos darin wie er, sie aufzubringen. Seine Klinge ist gefürchtet, und das nicht nur bei unseren Feinden.«

Unsicher blickte Jaquento zu der kleinen Traube, die sich um den Kapitän und die Rumfässer gebildet hatte. Mit einem Stemmeisen hebelte Deguay die Deckel von den Fässern und tauchte den ersten Becher in den Rum. Dann riss er den Metallbecher über den Kopf und rief: »Auf uns!«

Die Seeleute stürmten zu den Fässern und nahmen Jaquento die Sicht. Als er sich wieder Pertiz zuwenden wollte, war dieser verschwunden. Stattdessen kam Rahel mit zwei leeren Zinnbechern und einem undeutbaren Lächeln auf den Lippen auf ihn zu: »Komm! Lass uns mit der Mannschaft feiern.«

»Was gibt es denn zu feiern?«, fragte der junge Mann, als er ihr zu den Fässern folgte.

»Wir leben noch, wir haben Rum und Fleisch. Wie viele Gründe willst du mehr?«

Diesmal war es an Jaquento, lachend den Kopf zu schütteln, während sie sich in das Getümmel stürzten.

Die Nacht war sternklar, und ein beinahe voller Mond stand tief am Himmel und warf sein Licht auf die ausgelassene Gesellschaft am Strand.

Anstatt wie Rahel dem Rum zuzusprechen, hatte Jaquento sich am Wein gütlich getan. Da fast alle Seeleute dem Rum den Vorzug gaben, war mehr als genug des trockenen Weißen vorhanden, der Jaquento an die herben Weine seiner Heimat erinnerte. Die kleine Echse hatte sich schließlich doch widerstandslos von der Schulter nehmen lassen und schlief nun friedlich in einem der Boote in einer kleinen Höhle aus Segeltuch.

Überall im weichen Sand des Strandes lagen und saßen Seeleute, tranken, aßen, lachten, sangen, und einige tanzten sogar zu der Musik einer spontan zusammengestellten Truppe, die ganz passabel spielte. Je mehr Wein Jaquento trank, desto mehr Gefallen fand er an der Musik. Gemeinsam mit Rahel saß er zwischen den Feuern und unterhielt sich prächtig. Obwohl er ihre Geschichten vom einäugigen Kraken, der sogar gewaltige Schildkröten und ganze Kriegsschiffe verschlang, für reinstes Seemannsgarn hielt, musste er immer wieder über Rahels ausladende Gesten lachen.

»... nein, nein – er hat wirklich das komplette Schiff gefressen. Mit der ganzen Ladung Branntwein! Ich habe einen Schildkrötenjäger im Norden gesprochen, der sagte, dass man noch zwei Tage später gewaltige Rülpser gehört hat. Jetzt hör schon auf zu lachen, das ist wahr!«

Auch wenn sie über seine Lachanfälle empört zu sein schien, konnte Jaquento nicht an sich halten.

»Es tut mir leid, Meséra, aber ich ... ich habe Sand in den Stiefeln, und das juckt!«

»Natürlich«, schnurrte sie. »Da müssen wir die Stiefel wohl ausziehen!«

Mit vom Rum ungeschickten Fingern packte sie den Absatz seiner Stiefel und zerrte unbeholfen daran. Mit einem Aufschrei rutschte sie ab und fiel hintenüber in den Sand, während Jaquento so lachen musste, dass ihm die Tränen in die Augen stiegen.

»Trinkt nur Wein, is' aber besoffen wie tausend Mann«, dröhnte eine Stimme vom Feuer her, die Jaquento sofort beunruhigte. Vor den meterhohen Flammen waren die Seeleute nur Schemen, doch dann trat Quibon vor und lachte abfällig. »Landratte!«

Obwohl er den Wein in den Knochen spürte, sprang Jaquento auf und fixierte den dunkelhäutigen Mann. Um sie verstummten die Gespräche und die Musik, und alle Augen waren auf die beiden gerichtet.

»Lass ihn in Ruhe, Quibon«, zischte Rahel, die unsicher aufstand und die Hand an die Stirn presste.

»Ja, *Fora*, versteck dich hinter ihr!«, spie Quibon verächtlich aus.

»Ich verstecke mich vor niemanden, Mesér. Wenn Ihr jetzt so freundlich wäret, Eure Worte zu wiederholen. Obwohl ich hier tatsächlich ein Fremder bin, deucht mir, Ihr wolltet mich beleidigen«, erwiderte Jaquento mit kalter Höflichkeit und legte die Hand an den Griff des Degens.

»Ihm deucht!«, brüllte Quibon und lachte wiehernd. »Deucht! Da deucht dir richtig, Landratte. Du säufst unseren Wein, ohne was dafür geleistet zu haben! Das ist unsere Ladung!«

»Quibon«, flüsterte Rahel, doch unvermittelt trat Deguay in den Feuerschein und schüttelte den Kopf: »Rahel, komm her. Wir müssen etwas bereden.«

Einen Moment lang zögerte sie, dann schlug sie die Augen nieder und ging zum Kapitän, der Jaquento einen langen, undeutbaren Blick zuwarf.

»Ich bin gerudert, und ich habe Fässer geschleppt, wie jeder andere auch. Ich denke, ich habe mir den Wein verdient.«

»Du bist keiner von uns. Du bist nichts als eine schäbige, dreckige Landratte!«

Der Hüne trat vor. Obgleich Jaquento groß war, überragte ihn Quibon noch um ein ganzes Stück. Im flackernden Licht der Feuer warfen die wulstigen Narben auf seinen Armen und in seinem Gesicht sich bewegende Schatten, die Quibon mehr wie einen Daemon denn wie einen Menschen wirken ließen.

»Dann müssen wir uns wohl schlagen«, antwortete Jaquento leise und drehte sich um. Lauter fuhr er fort: »Jetzt und hier, Mesér?«

»Ja, Landratte. Im Kreis!«

Sofort wurden die Worte aufgegriffen, die Seeleute rappelten sich auf, riefen: »Kreis! Ein Kreis!«, und scharten sich um das ungleiche Paar. Brüllend riss Quibon die Arme hoch und schlug sich auf die Brust, während Jaquento sorgfältig sein Haar nach hinten band.

»Er ist schneller, als er aussieht«, flüsterte Pertiz, der plötzlich an Jaquentos Seite auftauchte. »Und er ist stark wie ein Ochse. Ich habe einmal gesehen, wie er einem Mann mit dem Entermesser den Arm direkt an der Schulter abgetrennt hat.«

»Sehr beruhigend«, erwiderte Jaquento und ließ die Schultern kreisen.

»Quibon ist einer der gefährlichsten Kämpfer, die ich kenne. Es ist keine Schande, im Kreis gegen ihn aufzugeben.«

»Der Kreis? Ist das ein Ritual oder so etwas?«

»Ja. Darin werden Streitigkeiten gelöst. Wenn jemand Groll hegt oder es Zwist gibt und niemand schlichten kann.«

»Wie weit geht ein Kampf im Kreis?«

»Das hängt davon ab. Manchmal bis zum Tod«, erklärte Pertiz locker, zwinkerte Jaquento dann aber zu. »Allerdings nur, wenn niemand nachgibt. Heute wird es wohl lediglich so lange gehen, bis einer die Waffe streckt. Doch Quibon wird dich ein wenig aufschneiden, wenn du ihn lässt.«

»Keine Sorge, Mesér, das ist nicht meine Absicht«, antwortete Jaquento förmlich und nickte Pertiz dankend zu. Inzwischen hatte sich um sie herum ein großer Kreis aus Menschen gebildet. Bis auf die wenigen, die bereits zu betrunken waren, um im Kreis zu stehen, hatten sich wohl alle eingefunden; einige hatten brennende Äste aus den Feuern genommen, andere hielten Waffen in den Händen. Der riesige Quibon zog ein langes, schweres Entermesser und machte wilde Grimassen, die von den Seeleuten mit Jubel beantwortet wurden. Sorgfältig studierte Jaquento seinen Gegner. Hinter dem

Schauspiel, dem Gebrüll und den Fratzen sah er den geübten Kämpfer Quibon, der ihn keine Sekunde aus den Augen ließ.

Für einen Augenblick senkte der junge Mann die Lider, ließ das Geschrei und den Tumult über sich hinwegbranden, dann schlossen sich seine Finger um den Griff seines Degens, und die Welt um ihn herum verblasste – bis auf seinen Gegner, der mit gehobener Klinge auf ihn zugestürmt kam. Mit einer fließenden Bewegung zog Jaquento seine eigene, vertraute Klinge und lenkte den ersten Angriff ins Leere, während er mit einem Seitenschritt auswich. Quibon brüllte wütend auf und schlug wieder zu. Pertiz hatte recht gehabt, wie Jaquento erkannte: Der Hüne war schneller, als man es ihm zutraute, und schier übermenschlich kräftig. Für den Moment konnte Jaquento wenig mehr tun, als die harten Schläge zu den Seiten abgleiten zu lassen und langsam vor dem wilden Angriff zurückzuweichen. Fast von allein fanden seine Füße die richtige Stellung, eingeübt in Stunden und Stunden, die er in der Fechtschule unter der Anleitung seines Meisters verbracht hatte, und seine antrainierten Reflexe parierten jeden Hieb.

Auch wenn die Schläge mit gewaltiger Kraft geführt wurden, gab sich Quibon kaum eine Blöße. Undeutlich war sich Jaquento der grölenden Zuschauer bewusst, doch er scherte sich nicht darum, sondern konzentrierte sich einzig und allein auf seinen Feind. Sein Becken zuckte nach links und rechts, sein Körper wand sich immer wieder aus den Bögen des Entermessers. Er kämpfte im Stil seiner hiscadischen Heimat, geschmeidig und beweglich, so ganz anders als die steifen Thaynrics. Seine Bewegungen waren instinktiv, nicht vom Verstand gesteuert, lediglich von Jahren des Übens geformt.

Quibons Schläge kamen jetzt hektischer, ungenauer, und Jaquento sah seine Chance. Wieder ließ er einen Überkopfhieb an seiner Verteidigung abgleiten, doch diesmal schlug er in einer Rückhandriposte nach oben, die Quibon zu einem

Sprung zurück zwang. Sofort setzte Jaquento nach, zwei schnelle Stöße trieben den Hünen weiter, ein Schlag von der Seite fand nacktes Fleisch und zog einen blutigen Striemen über Quibons Arm. Das wütende Brüllen seines Gegners riss Jaquento kurz aus der Konzentration, sodass er seinen Vorteil nicht nutzen konnte. Bevor er Quibon erneut bedrängen konnte, schlug dieser wieder zu.

Diesmal fielen die Hiebe so dicht wie ein Regenschauer, nur waren sie schwer wie Kanonenkugeln. Wieder wurde Jaquento in die Defensive gedrängt. Simple Paraden waren unmöglich, Quibon hätte ihm die Waffe wohl einfach aus der Hand geschlagen. Stattdessen setzte sich der junge Mann mit schnellen Ausweichschritten und fließenden Kreisen des Degens zur Wehr. Die Wut seines Gegners hielt nicht lange vor, dann ließ die Wucht seines Sturmes nach. Langsam, Stück für Stück erzwang sich Jaquento die Offensive, bis er den großen Mann vor sich hertrieb und die wenigen, schwachen Konter verächtlich zur Seite schlug. Sein Gegner holte zu weit aus, Jaquento sah seine Chance und stach zu – nur um Quibon einen Ausfallschritt machen zu sehen. Dann traf die Faust des Hünen ihn auf der Brust und drückte ihm die Luft aus den Lungen. Undeutlich sah er einen Überkopfhieb kommen und warf sich nach links, rollte hustend durch den Sand.

Bastard, fluchte Jaquento innerlich, da spürte er einen heißen Schmerz. Ein langer Striemen der Pein zog sich über seinen Rücken, und er konnte spüren, wie sein Blut sich mit seinem Schweiß vermischte und über seine Haut lief. Doch er hatte keine Zeit, über die Schwere der Wunde nachzudenken, denn Quibon ließ nicht von ihm ab. Mühsam zwang sich Jaquento auf die Füße und wich aus, während jede Bewegung Wellen von Schmerz durch seinen Leib sandte. In Quibons Gesicht konnte er im Flackerlicht der Feuer Triumph erkennen.

Als der große Mann erneut auf ihn eindrang, duckte sich Jaquento einfach zur Seite weg, tat einen leichtfüßigen Schritt, als wolle er das Ende einer Tereda tanzen, und warf sich herum. Seine Klinge fand die Lücke, zerschnitt Haut und Fleisch und drang eine Spanne weit in Quibons Brust ein. Von einem Moment zum anderen sackte der große Mann zu Boden, während sich Jaquento langsam aufrichtete.

Die Spitze seiner Klinge drückte in die Kuhle an Quibons Hals, und für einen Moment spürte er den Drang, einfach zuzustoßen. Eine plötzliche Bö fegte über den Strand, wirbelte Sand auf, zerrte an Jaquentos zerfetztem Hemd, löste einige Strähnen seines Haars. Quibon öffnete den Mund, als wolle er sprechen, doch seine Zähne waren rot vor Blut, und nur ein Keuchen entrang sich seiner Kehle. Mit einer Grimasse spuckte der Hüne blutigen Speichel neben sich in den hellen Sand. Jaquentos Finger schlossen sich fester um den Griff seines Degens.

»Bravo!«, rief Deguay und trat in den Kreis. »Was für ein Schauspiel!«

»Bihrâd!«, brüllte jemand, doch Jaquento konnte die Stimme kaum verstehen. Sein Blut rauschte in seinen Ohren, Schmerz pulsierte in seinen Adern, dann gaben seine Beine nach. Von irgendwo ertönte der klagende Schrei eines Vogels. Das Letzte, was er hörte, bevor die Schwärze seine Gedanken verschluckte, war die leise Stimme des Kapitäns: »Ich sagte es doch: eine gute Waffe, für Kampf und Tod geschmiedet.«

MAJAGUA

In einem hatte der Alte recht gehabt: Am Ende des Tages war Majagua so erschöpft, dass er kaum noch einen klaren Gedanken fassen konnte. Anders als Dagüey es für ihn vorhergesehen hatte, musste er jedoch nicht in den Minen arbeiten, sondern wurde auf den Feldern im Inneren der Insel eingesetzt, wo weite Teile des Urwalds gerodet worden waren.

Doch auch hier musste er von Sonnenaufgang bis Sonnenuntergang schuften. Als er abends in das Lager zurückschlurfte, schmerzten alle Muskeln seines Körpers, von den Armen bis zu den Beinen. Die pralle Sonne hatte den ganzen Tag auf ihn herabgebrannt, und es gab nur wenig Wasser. Sein Kopf war leicht, aber seine Beine waren schwer.

Bis auf wenige Ausnahmen waren alle Sklaven zum Arbeiten aus dem Lager geführt worden, begleitet von Aufsehern mit Knuten und Soldaten mit Musketen. Ein großer Teil wurde in die Minen gebracht, der kleinere auf die Felder. Aufmerksam hatte Majagua sich umgesehen, jedes Detail seiner Umgebung wie ein Schwamm aufgesogen. Doch mehr und mehr wurde ihm deutlich, dass Dagüey die Wahrheit gesagt hatte, und seine Verzweiflung wuchs. Es gab kein Entkommen. Die Wachen waren aufmerksam, und es waren zu viele, um sie einfach zu überwältigen. Die Insel war nicht groß genug, um sich dauerhaft auf ihr zu verstecken, und es war kaum möglich, schnell genug ein Kanu zu bauen. Zudem gab es zwei kleinere Segelschiffe der Blassnasen im Hafen, die sicherlich jeden Fliehenden einholen konnten.

Und schon bald hatte er keine Möglichkeit mehr gehabt, eine Flucht zu planen, denn er musste ohne Unterlass arbeiten, bis er nicht mehr denken konnte. Mit Schaufeln lockerten sie das wurzeldurchzogene Erdreich auf, damit dort neue Pflanzungen entstehen konnten, wo vorher die Bäume des Urwalds gestanden hatten. Majagua wusste, dass die Pflanzen schnell aus dem Erdreich sprießen würden. Auf den Inseln wuchs alles, worauf Anui sein Licht scheinen ließ, rasch und gut.

Bei der Rückkehr stellte er fest, dass die Minensklaven bereits vor ihnen eingetroffen waren. Zwar stiegen von den Hügeln, wie schon den ganzen Tag, noch Rauchfahnen auf, doch die Sklaven waren bereits im Lager. Sofern dies überhaupt möglich war, sahen sie noch erschöpfter als die Feldsklaven aus. Heller Staub bedeckte ihre Leiber; Staub, in den der Schweiß dunkle Bahnen gegraben hatte. Viele husteten und keuchten, und der Staub gab ihren Gesichtern eine unheimliche Farbe, sodass sie wie bereits tot wirkten. Als er sich zu seiner Hütte schleppte, sah Majagua Dagüey, der unter einem Hustenanfall erbebte. Der alte Mann wischte sich blutigen Speichel von den Lippen, dann sah er den jungen Paranao und lächelte: »Ich kenne und ehre meinen Großvater.«

Leise antwortete Majagua ebenso und ließ sich neben der Tür zu Boden fallen. Er streckte seine müden Beine aus und lockerte die verkrampften Muskeln. Im Schatten begann er sich besser zu fühlen, aber seine Lebensgeister kehrten nur langsam zurück.

»Du hast Glück. Die Arbeit auf den Feldern ist besser als die in den Minen.«

»Es ist heiß«, erwiderte Majagua matt und ohne aufzusehen.

»Das ist es in den Minen auch. Aber dort gibt es keinen Schatten. Nur Schmutz und Hitze und graue Luft, bis du denkst, du müsstest ersticken.«

»Es ist nicht richtig, dass wir hier sind.«

Darauf antwortete Dagüey nicht, aber Majagua konnte an seinem Gesicht sehen, dass ihn der alte Mann bemitleidete. Wütend sprang er auf und wischte sich den Schweiß von der Stirn.

»Es ist nicht richtig«, flüsterte er erneut und beugte sich vor. »Und wir werden nicht hierbleiben. Wir werden fliehen.«

»Für solches Gerede wird man einfach aufgeknüpft.«

Diesmal musste Majagua lachen, obwohl Dagüey ihn finster anblickte.

»Als ob die Blassnasen unsere Sprache verstehen würden!«

»Nein. Aber ...«

»Aber was?«

»Es gibt Belohnungen, wenn jemand einen anderen Sklaven verrät. Weniger Arbeit, mehr Rationen«, erklärte Dagüey mit einem Blick zum Fort. »Vielleicht bekommt man sogar eine Arbeit dort oben, wo das Leben leichter ist.«

»So etwas würde niemand tun!«, stellte Majagua im Brustton der Überzeugung fest. »Kein Paranao verrät einen anderen!«

Der alte Mann schüttelte resigniert den Kopf.

»Du musst noch viel lernen, Sohn des Cacique von Guanquen. Ich habe bereits oft genug gesehen, wie jemand verraten wurde, der nicht einmal etwas Verbotenes getan hatte, nur weil der Verräter auf eine Belohnung aus war. Achte auf deine Worte; lass sie nur die Zemi hören. Alles andere bringt dich an die Balken.«

Noch stand die Sonne am Horizont und erhellte das Lager mit ihrer Wärme, doch Majagua fröstelte, denn seine Welt war unvermittelt noch finsterer geworden.

»Vertraue niemandem. Denke dir, dass sie alle *Anki* sind«, zischte der Alte eindringlich, dann wandte er sich ab und ging mit gebeugtem Rücken davon. Noch bevor er hinter der nächsten Hütte verschwand, quälte er sich wieder durch einen rasselnden Hustenanfall.

Langsam kehrte die Wärme zurück, und Majagua setzte sich wieder hin. Diesmal beobachtete er das Tor und die Festung. *Nein, nicht alle sind böse Menschen. So werde ich nicht enden,* schwor er sich im Stillen. *Bei Anuis Licht, ich komme von dieser Insel herunter!*

Als die Sonne kaum mehr über das Meer lugte und die Schatten schon lang geworden waren, wurde das Essen ins Lager gebracht. Wieder war es die gleiche kleine Gruppe, die Kessel und Brot vor sich abstellte. Die Sklaven benötigten keine Einladung, der Hunger war ihnen genug Antrieb. Sie liefen mit ihren Schalen eilig nach vorne, blieben jedoch darauf bedacht, nicht zu drängeln. Denn dann kamen die Soldaten und schufen mit den Kolben ihrer Musketen Platz. Das Brot wurde wieder von dem Mädchen verteilt, das Majagua gestern beigestanden hatte. Er musste schlucken, als er sie sah, dabei wusste er nicht einmal, warum. Mit schwerer Hand nahm er seine Schale und schlich zu der großen Gruppe.

Unsicher hielt er sich am Ende der Schlange und schlug die Augen nieder. Schließlich gelangte er zu den Essensausteilern und streckte seine Schale vor. Er wagte nicht, dabei aufzusehen. Erst als niemand seine Schale füllte, blickte er hoch. Die rundliche, alte Frau schaute ihn finster an, hob demonstrativ langsam ihre Kelle und kippte den zähflüssigen Brei in seine Holzschale. Neben ihr stand das Mädchen, sah ihn jedoch nicht an. Sie legte ein Stück Brot auf seinen Eintopf. Gerade als er sich abwenden wollte, flüsterte er: »Danke.«

Das Wort kam ungewollt über seine Lippen und erschrak ihn selbst. Jetzt hob sie ihren Blick, und er konnte ihre dunklen Augen sehen, die im letzten Licht der Sonne funkelten.

»Was?«

»Danke. Du hast mich gerettet, obwohl ich Schuld hatte.«

»Du bist ein dummer Schafsjunge. Sie hätten dich an die Balken gehängt. Oder Tangye hätte dich totgeschlagen, und das wollte ich nicht sehen«, erklärte sie. Überrascht stellte er fest, dass sie nun in seiner Zunge sprach, obwohl sie am ersten Tag in der Sprache der Fremden geredet hatte.

»Schafsjunge?«

»Vergiss es. Du musst mir nicht danken. Wenn sie dich aufgehängt hätten, dann hätten wir alle zusehen müssen. Ich habe Besseres zu tun«, erwiderte sie kühl.

»Du bist auch eine Sklavin«, stellte Majagua fest. Inzwischen fragte er sich, wie er das nicht hatte sehen können. *Wollte ich es nicht sehen?*

»Natürlich. Was dachtest du denn? Dass ich den ganzen Tag in der heißen Küche stehe und das Essen koche, weil mir die Arbeit so viel Freude macht?«

Ihr Spott kratzte über Majaguas Seele, ließ Zorn in ihm frei. Er wollte ihr wehtun, sie beschimpfen, doch bevor er die richtigen Worte fand, erkannte er den Grund seiner Wut. *Ich. Mein Gewissen.*

Anstatt sie zu verhöhnen, sagte er leise: »Du wurdest bestraft. Das tut mir leid. Ich wünschte, ich könnte es wiedergutmachen.«

Der Blick in ihren Augen war für den jungen Paranao unergründlich dunkel, und die Gefühle lagen dahinter wie unter einem Nebelschleier verborgen.

»Tut dein Arm noch weh?«, fragte sie schließlich. Majagua strich sich vorsichtig über den verkrusteten Striemen. Stolz ließ ihn den Kopf schütteln, und sie lächelte, als würde sie verstehen, dass er es nicht zugeben konnte. Einige Herzschläge lang schwiegen beide, dann unterbrach sie die alte Frau: »Wir müssen zurück, Sinao.«

Das Mädchen nickte langsam, bückte sich und hob ihren Korb auf. Unbeholfen stand Majagua da und wusste nicht, was er sagen oder tun sollte. Die Festungssklaven gingen fort und ließen ihn mit seiner Essensschale allein zurück.

Doch nach wenigen Schritten drehte sich Sinao noch einmal um. »Wie heißt du?«

»Majagua.«

Wieder blickte sie ihn an, dann wandte sie sich endgültig ab und folgte den anderen Sklaven aus dem Lager hinaus.

Lange lag Majagua noch wach in seiner Hütte und dachte über den Tag nach, während er den Atemzügen und dem Husten der Schläfer lauschte. Die einzige Hoffnung auf Flucht lag auf dem Meer, und selbst dieser Weg war schmal und gefährlich. Es musste ihm gelingen, ein Kanu zu bauen und mit diesem den Schiffen der Blassnasen zu entkommen.

Sein Volk lebte schon immer auf den Inseln, seit Anui am Anbeginn der Welt aus der Höhle auf der mythischen Insel Cashina getreten war. Der Sonnenhüter selbst hatte das erste Kanu erbaut und sein Volk in der Kunst der Seefahrt unterwiesen. So hatte Majagua das Schwimmen noch vor dem Laufen gelernt, und er war ein ausdauernder und schneller Ruderer. Aber ein Kanu mit einer Axt und den heißen Steinen zu bauen war laut, und man konnte den Rauch des Feuers weit sehen. *Und es würden nur wenige hineinpassen. Soll ich allein fliehen? Es wird schwer werden, auch nur ein Kanu zu bauen; wie soll ich genug für alle schaffen?*

Nicht weit von ihm entfernt weinte ein Junge, der noch jünger als er selbst war. Immer wieder rief er nach seiner Mutter und seinem Vater. Doch natürlich antwortete niemand.

Der Junge war auch ein Paranao, aber von einer anderen Insel, wie Majagua an seiner lang gezogenen Aussprache merkte. Statt sich auf seine Probleme zu konzentrieren, kehrten Majaguas Gedanken immer wieder zu dem Jungen zurück. *Ich müsste ihn hierlassen. Aber wenn er wirklich stark wäre, dann würde er selbst fliehen.*

Obwohl Majagua wusste, dass es nur vernünftig wäre, allein zu fliehen, spürte er einen eiskalten Knoten in seiner Brust, als er darüber nachdachte. *Ich könnte zurückkehren. Oder die Blassnasen der Cacique von Thaynric holen, die keine Sklaverei mehr erlauben. Das würde nicht lange dauern,* versuchte er sich einzureden. *Ich bin nicht ihr Cacique! Sie müssen für sich selbst sorgen!*

Das Weinen war zu einem leisen, andauernden Schluchzen geworden. Vorsichtig richtete Majagua sich auf. Er wollte die anderen nicht aufwecken, damit er ihnen nicht ihren kostbaren Schlaf raubte. Auf allen vieren kroch er durch die Hütte und hockte sich neben den Jungen. Als dieser ihn bemerkte, schniefte er und versuchte, sein Weinen zu verbergen.

»Wie heißt du?«, fragte Majagua leise.

»Aymero.«

»Aymero. Hat man dir jemals die Geschichte erzählt, wie die Nacht zu uns Paranao gekommen ist?«

Der Junge schüttelte den Kopf. Im schwachen Licht des Mondes, das durch die schmale Tür in die Hütte fiel, konnte Majagua die Tränenspuren auf seinem Gesicht sehen, das rundlich und weich war. Das Gesicht eines Kindes, nicht das eines Mannes, der selbst fliehen konnte. *Ich lasse dich nicht zurück,* versprach er in Gedanken. Laut fuhr er fort: »Als Anui die Sonne hütete, da gab es keine Nacht für uns Paranao, nur Licht und Tag. Aber die Paranao waren müde, und sie wollten sich ausruhen. Also gingen sie zu der Maus und fragten sie nach ihrer Nacht. Die Maus lieh ihnen ihre Nacht aus, aber die Nacht der Maus war kurz und reichte gerade so, um einen Happen zu essen und ein paar Züge aus der Pfeife am Feuer zu nehmen, bevor sie zu Ende ging, und kaum einer hatte die Augen geschlossen, ehe der Morgen kam. Also gingen sie zum Tapir und fragten den. Die Nacht des Tapirs war viel länger, und die Paranao aßen und rauchten und schliefen lange. Aber die Nacht des Tapirs war so lang, dass zu viel Zeit verging. Der Wald war vorgedrungen, und das Unterholz war ins Dorf gewachsen und hatte die Hütten zerstört. Sie suchten sehr lange nach einem weiteren Tier, und schließlich fanden sie das Gürteltier und liehen sich dessen Nacht. Die war genau richtig, und sie konnten essen und rauchen und schlafen und gaben sie nie mehr zurück. Deshalb schläft das Gürteltier am Tag, weil es keine Nacht mehr hat.«

Zufrieden sah Majagua die großen Augen des Jungen, der ihm gespannt zuhörte. Vorsichtig legte er sich neben ihn und nahm ihn in den Arm, wie er es zu Hause mit seinem jüngeren Bruder getan hatte.

»Deshalb musst du in der Nacht schlafen, Aymero, damit du wach bist, wenn Anui am Himmel über uns wacht. Denn du bist ja kein Gürteltier, das bei Tag schläft, oder? Schlaf, kleiner Bruder. Schlaf.«

Seine gemurmelten Worte schienen den Jungen zu beruhigen, und schon bald hörte Majagua die regelmäßigen Atemzüge Aymeros. Er selbst jedoch lag noch lange wach und starrte in die Dunkelheit, in der Anui dieser Insel noch ferner war als am Tage. Er dachte an seine Familie, an seine Geschwister, über die er sich lustig gemacht hatte, wenn sie sich im Dunkeln fürchteten, und die dennoch bei ihm Schutz gesucht hatten.

Mit dem Sonnenaufgang kam ein großes Schiff mit vielen weißen Segeln in die Bucht und warf dort Anker. Zuerst vermutete Majagua, dass es ein Sklavenschiff sei, das eine Ladung weiterer Halbtoter und ganz Toter brachte, doch Dagüey klärte ihn auf: »Das Schiff, das euch hierher gebracht hat, hat nicht alles mitgenommen. Heute müssen wir nicht auf die Felder oder in die Minen, sondern beladen dieses Schiff hier.«

»Das Schiff ist groß«, stellte Majagua beeindruckt fest. »Auf so ein Schiff müssen viele Menschen passen.«

Von seinem Dorf aus hatte er schon früher die Schiffe der Blassnasen gesehen, doch diese waren immer weit entfernt vorbeigesegelt, um zu dem Dorf der Cacique von Thaynric zu gelangen. Als man ihn auf das Sklavenschiff getrieben hatte, war es das erste Mal gewesen, dass er diese gewaltigen Holzschiffe aus der Nähe sah.

»Kommen oft Schiffe?«, fragte er den Alten, der nickte: »Manche bringen Vorräte und holen andere Dinge ab. Manchmal bringen sie auch neue Soldaten oder nehmen welche mit. Dann gibt es die schweren Schiffe mit den neuen Sklaven. Zuweilen kommen auch kleine Schiffe, aber das ist selten, und die Leute darauf dürfen auch nicht an Land.«

Hinten an dem Schiff hing eine weiße Fahne mit blauen Streifen schlaff herab. Selbst vom Lager aus konnte Majagua die Kanonen sehen, die auf dem Schiff standen. Winzig kleine Gestalten bewegten sich über das Deck, und ein Ruderboot wurde zu Wasser gelassen und näherte sich dem Steg.

»Die großen Boote kommen nie bis an Land. Da muss man immer die Ruderschiffe beladen. Das ist gut, weil es viele Pausen gibt. Manchmal dauert es mehr als einen Tag. Du wirst dich schon bald freuen, immer, wenn du ein großes Schiff in der Bucht siehst«, prophezeite Dagüey und grinste.

Nachdenklich blickte Majagua in die Bucht hinab, wo sich Anui im hellen Wasser spiegelte und Licht auf allen Wellen tanzte. Das Schiff wirkte wie ein Fremdkörper, ein dunkles Ding vor all dem Licht.

Aber bevor der junge Paranao mehr darüber nachdenken konnte, öffneten sich die Tore, und einige Aufseher betraten das Lager. Mit Rufen und Schlägen trieben sie alle Sklaven zusammen und hinaus. Majagua ging den Weg hinauf in die Hügel zum ersten Mal mit. Als er die Kuppe des ersten Hügels überquerte, stockte ihm der Atem. Das Tal unter ihm war eine schlammige, dreckige Ebene, ohne Baum oder Strauch, auf der überall Gerümpel lag. Es gab einige einfache Hütten und eine lange Reihe von Holzbrettern, die zu einer seltsamen Form verbunden waren. Auf der gegenüberliegenden Hügelseite gab es zwei größere Gebäude, aus denen schwarzer Rauch aufstieg. Bevor der junge Paranao mehr erkennen konnte, traf ihn eine Knute in den Rücken und trieb ihn voran.

»Was ist das alles?«, flüsterte er Dagüey verwirrt zu, als der Aufseher mit finsteren Blicken weitergegangen war.

»Die Minen, Junge. Über die Holzbahn leiten sie den Fluss um. Da unten waschen einige von uns jeden Tag den Schlamm aus und suchen nach Steinen. Der Schlamm fließt in das Tal hinab. Man muss sehr aufpassen, wenn man dort arbeitet, weil man an einigen Stellen einsinkt. Angeblich kann man sogar ganz vom Schlamm verschluckt werden.«

»Und was brennt in den Häusern? Wird dort das Essen gekocht?«

Der Alte lachte so laut, dass sich Majagua ängstlich nach den Aufsehern umblickte. Doch niemand sonst schien den Heiterkeitsausbruch zu bemerken.

»Nein, Junge. Darin wird der Stein geschmolzen, und dann kommt flüssiges Metall heraus. Aber ich war noch nie bei den Öfen. Nur wenige Sklaven dürfen dort hinein.«

Von den Aufsehern angetrieben, erreichte die Sklavenkolonne das Tal und wurde über einen breiten Pfad zu den großen Hütten geführt. Dort baute sich Tangye vor ihnen auf und deutete über die Schulter.

»Ihr werdet die Kisten tragen. Jeweils zwei von euch eine Kiste. Ihr tragt sie bis zum Steg, und dort werden euch die Aufseher sagen, wie ihr sie in die Boote legen sollt. Übersetzt das!«

Hastig begannen einige, die seine Worte verstanden hatten, den anderen die Arbeit zu erklären. Die Aufseher suchten immer zwei Sklaven aus und wiesen sie an, zu den Kisten zu gehen, bis sich eine lange Schlange von Kistenträgern wieder den Pfad hinaufwand.

»Was mag da drin sein?«, fragte Majagua leise, und Dagüey antwortete ebenso leise: »Metall. Es ist immer Metall. Es gibt fast nichts, was die Blassnasen höher schätzen.«

Dann waren sie an der Reihe, und Majagua wurde mit einem anderen Sklaven, den er nicht kannte, zu einem der Behältnisse geschickt. Die Kiste war schwer, und die Kanten ihres rauen Holzes drückten sich schmerzhaft in Majaguas Fleisch. Schon nach wenigen Schritten begann er, schwer zu atmen, und konnte sich nur noch darauf konzentrieren, einen Fuß vor den anderen zu setzen und nicht unter seiner Last zu stolpern. Auch sein Partner keuchte hinter ihm, während sie mit kleinen Schritten den anderen Sklaven folgten. *Der Alte ist verrückt! Die Ahnen haben ihm den Verstand genommen, wenn er das für eine gute Arbeit hält*, dachte der junge Paranao erzürnt.

Die Strecke zog sich schier ewig hin, doch schließlich erreichten sie den Steg. Und jetzt bewahrheiteten sich Dagüeys Worte. Es dauerte lange, die Kisten in die Boote zu laden, und die Boote fuhren eine weite Strecke zum Schiff, wo die Kisten mit vielen Seilen an Bord gehievt wurden. Die Sklaven versammelten sich im dürren Schatten einiger Palmen, die in der Nähe des Steges wuchsen; einige legten sich in den Sand, andere unterhielten sich leise. Die Aufseher kümmerte es wohl nicht, denn sie saßen auf einigen der Kisten und würfelten unter viel Geschrei um ein paar Münzen. Selbst Tangye beachtete die Sklaven nicht, sondern unterhielt sich angeregt mit einem der Männer, der von dem Schiff gekommen war.

Immer wieder wanderten Majaguas Blicke zu dem mächtigen Gefährt. Die Segel waren hochgezogen und festgebunden worden, und es sah gar nicht so schwierig aus, sie wieder herabzulassen. Dann würde der Wind das Schiff vor sich her treiben, wie eins der großen Bund-Baum-Schiffe der Paranao, mit denen man auch zu weit entfernten Inseln fahren konnte. *Wie viele Menschen mögen auf so ein Schiff passen?*, überlegte Majagua. *Ein ganzes Dorf? Oder ... ein ganzes Lager?* Der Gedanke durchfuhr ihn wie ein Fieberstoß, und sofort begann er, im Geist Pläne zu schmieden, während sein Körper reglos unter der Palme lag.

JAQUENTO

Langsam trieb der junge Mann dahin, umflutet von Wellen, die ihn spielerisch hin und her schaukelten. Langsam, gemächlich, wiegte er sich in der Dunkelheit. Er hatte keine Angst. Die Schwärze der tiefen See empfing ihn liebevoll, umfloss seinen Leib und kühlte ihn. Er musste nicht atmen, nicht denken oder fühlen, war eins mit sich. Weit über ihm mochte die Welt toben, doch Jaquento war ihr fern, lag still in den Armen des Meeres.

Unvermittelt tauchte er wieder auf, das grelle Licht kam näher und näher, bis er schließlich durch die Oberfläche brach. Ein dumpfer Geruch, das Heulen von Wind, ein Druck auf der Brust. Er verspürte das plötzliche, schmerzliche Bedürfnis zu atmen, das sich keuchend Bahn brach. Jaquento holte tief Luft und hustete dann. Schmerzen brannten in seinem Rücken, und es dauerte einige Sekunden, bis er seine Umgebung deutlicher wahrnahm.

»Du bist zurück«, stellte eine dunkle, angenehme Stimme fest. Der Schatten eines Kopfes schob sich vor das schwankende Licht. Verwirrt sah Jaquento auf und erkannte Bihrâd, der sich über seine Koje beugte. *Schiff. Ich bin auf einem Schiff. Die Todsünde.*

»Bleib ruhig liegen. Du hast lange geschlafen und musst erst langsam aufwachen.«

Erschöpft gehorchte der junge Mann. Auf seiner Brust sah er die kleine Echse eingerollt liegen, den Kopf an den grüngoldenen Leib geschmiegt. Er wollte fragen, wie lange er geschlafen hatte, doch seine Kehle war trocken, und er brachte kaum mehr als ein Krächzen heraus. Als ihm der Maureske einen Krug mit Wasser an die Lippen hielt, trank er dankbar. Schließlich hatte er wieder genug Kontrolle über seine Stimme, um seine Frage zu stellen.

»Einige Tage. Eine eurer Wochen.«

»Eine Woche? Ich habe eine Woche geschlafen? Was ... wie?«

»Ich habe dir Kräuter gegeben. Und Ayvon hat seine Magie gewirkt, damit deine Wunde verheilt. Die Kräuter haben dich schlafen lassen; Ayvon sagte, es sei besser so«, erklärte Bihrâd ruhig.

»Eine Woche!«

»Sei froh. Es war eine schlimme Woche«, erwiderte der Schiffsarzt, ohne seine Worte näher zu erklären, und reichte Jaquento einen kleinen Tonbecher. »Trink das. Es wird die Nachwirkungen des Schlafs vertreiben und dir die Schmerzen im Rücken nehmen.«

Vorsichtig kostete Jaquento von dem Getränk, das zu seiner Überraschung einen angenehmen, süßlichen Geschmack hatte. Ganz langsam setzte er sich ein wenig auf und musterte die Kammer. Das Schiff schwankte beträchtlich; es musste schwere See sein. Auch das Heulen des Windes und das Knarren des Holzes deuteten darauf hin, dass sich das Wetter verschlechtert hatte.

»Das ist Rahels Kammer. Wo ist sie?«

»Sie ist an Deck. Der Sturm hat unsere Masten und Rahen beschädigt, und sie kümmert sich um die Reparaturen.«

»Welcher Sturm?«

»Du hast ein übles Unwetter verschlafen. Ich weiß nicht,

was schlimmer war: das Toben des Orkans oder die magischen Entladungen, die in der Luft knisterten. Wir haben den Sturm in der Bucht überstanden. Wer weiß, was geschehen wäre, wenn wir auf See gewesen wären. So etwas habe ich noch nicht erlebt, und ich fahre schon lange zur See. Es war, als würde der Zorn der Fünfzehn Höllen über uns hereinbrechen.«

Obwohl Bihrâds Worte ernst klangen, musste Jaquento grinsen. »Vielleicht war es gar nicht so schlecht, sich für eine Woche aufs Ohr zu legen. Wie geht es Quibon?«

»Du hast seine Lunge getroffen. Es war sicherlich sehr schmerzhaft für ihn, aber ich habe seine Wunden versorgt und eine Entzündung verhindert. Er hätte dir am liebsten den Schädel eingeschlagen, doch der Kapitän hat ihn daran gehindert.«

Schweigend nickte der junge Mann. *So wie er Rahel daran gehindert hat, in das Duell einzugreifen.*

»Jedenfalls hoffe ich, dass es mir keine Gewohnheit wird, an Bord zu erwachen und Eure Hilfe zu benötigen, Mesér«, erklärte Jaquento und lachte, zuckte jedoch zusammen, als Schmerzen durch seinen Leib fuhren.

Der sonst so stoische Maureske wirkte belustigt. »Besser nicht, Freund Jarkin ... Jarquin ... Jaq...«

»Jaq gefällt mir«, ertönte es von der schmalen Tür her.

Der Klang von Rahels Stimme ließ den Kopf der Echse hochfahren. Zuerst dachte Jaquento, dass sie wieder zischen würde, doch dann öffnete sich ihr Maul zu einem gewaltigen Gähnen. Von Rahels Mantel tropfte Wasser auf den Boden, und ihr Haar wurde von einem vollkommen durchnässten Tuch zurückgehalten.

»Das Viech war treuer als ich und ist nicht von deiner Seite gewichen«, erklärte Rahel, betrat den Raum und warf ihren Mantel auf den Boden. Auf ihrer Kleidung waren große, dunkle Wasserflecken zu sehen, wo der Regen durch den Mantel geschlagen war. »Dafür habe ich dir meine Koje überlassen und selbst bei der Mannschaft geschlafen.«

»Ich weiß nicht, wem ich dankbarer bin«, murmelte Jaquento und legte die Hand auf den warmen Körper der Echse, die sich unter der Berührung wieder einrollte. Ohne ein weiteres Wort nickte Bihrâd Jaquento zu und zwängte sich an Rahel vorbei aus der Kammer hinaus.

»Mir natürlich ... Jaq!«

»Mein Name ist nicht Jaq, sondern Jaquento«, stellte der Hiscadi ruhig fest.

»Natürlich. Aber findest du nicht, dass dein neues Leben auch einen neuen Namen braucht? Und Jaq klingt zumindest nach einem von uns!«

»Aber *Jaq* klingt auch nach einem dahergelaufenen Schurken mit einer Augenklappe und zwanzig möglichen Vätern«, warf Jaquento ein. »Irgendwie ... hart.«

Daraufhin lachte Rahel und kniete sich neben die Koje. Ihre Finger wanderten über Jaquentos Schulter zu seinem Bauch, wo sie sanft über die Schuppen der Echse strichen.

»Hart bist du doch«, erklärte sie, aber als sie seinen empörten Blick sah, fuhr sie mit einem anzüglichen Lächeln fort: »Ich meine, du hast Quibon besiegt. Ich hätte keinen Sechsling auf dich gewettet; Quibon ist im Kampf kein Mensch. Aber du hattest ihn am Boden, mit deiner Klinge am Hals.«

»Er hat mir den Rücken vom Hintern bis zur Schulter aufgeschlitzt. Ich würde es kaum als Sieg bezeichnen, wenn man mich nachher aus dem Kreis tragen muss!«

»Aber du hättest ihn töten können. Sein Leben lag in deiner Hand, nicht umgekehrt«, flüsterte Rahel, und Jaquento sah einen Ausdruck in ihren Augen, den er nicht deuten konnte. »Der Kapitän hat es auch gesehen. Er wusste wohl, dass du es schaffen kannst.«

Und wenn der allwissende Kapitän das wusste, Meséra ..., dachte Jaquento, aber er sagte nichts.

Einige Herzschläge lang sah sie ihn an, und Jaquento verlor sich in der Intensität ihres Blickes. Dann erhob sie sich grinsend. »Natürlich wird Quibon dich jetzt hassen. Er hat noch nie zuvor verloren.«

»Dann war es eine gute Lektion für ihn; kein Mann ist unbesiegbar«, erklärte Jaquento leichthin.

»Trotzdem solltest du öfter über die Schulter schauen; er wird dir kaum dankbar für diese Lehre sein.«

»Ein Feind ist genau das, was ich am dringendsten benötigte«, erwiderte Jaquento mit einem Seufzen. »Jetzt habe ich dich, eine Echse und einen Todfeind.«

»Und du überlegst, wer von uns dreien schlimmer ist?«

»Natürlich würde ich niemals ...«

»Ich bin am schlimmsten, Jaq; Quibon und das kleine Schuppenvieh sind nichts gegen meinen Zorn.«

Ihre Stimme war ausdruckslos, und zunächst lächelte Jaquento, doch er sah, dass sie es nicht erwiderte. Skeptisch blickte er sie an, bis sie ihm zuzwinkerte.

»Kannst du aufstehen?«

»Das werden wir gleich sehen, Meséra«, antwortete Jaquento und schwang steif die Beine aus der Koje. Die Echse zischte unwillig, als sie in ihrer Ruhe gestört wurde, wand sich jedoch erstaunlich schnell über seine Brust auf seine Schulter, wo sich ihre kleinen Krallen sacht in Jaquentos Haut bohrten. Mit jeder Bewegung verlagerte das Wesen sein Gewicht ein wenig, dabei wirkte es so unbeweglich, als sei es aus Gold gegossen.

Der Holzboden unter Jaquentos nackten Füßen schwankte gewaltig, und seine Knie fühlten sich schwach und zittrig an. Dennoch stand er mit einem Ruck auf und ging sofort einige Schritte. Schnell kehrte das Gefühl in seine Gliedmaßen zurück, auch wenn sein Rücken immer noch dumpf schmerzte. Beinahe von allein federte er die Bewegungen des Schiffs mit den Beinen ab und richtete sich auf. *Gut, dass mich zumindest die Seekrankheit verschont.*

»Bravo! Das geht ja besser, als ich gedacht hätte. Dann wird es nicht mehr lange dauern, bis du wieder einsatzbereit bist«, erklärte Rahel und zog eine Augenbraue hoch. »Es gibt an Bord viel zu tun.«

Jaquento blickte an sich herunter. Die vergangenen Tage, die er im Schlaf verbracht hatte, waren nicht spurlos an ihm vorübergegangen. Seine Rippen zeichneten sich unter der Haut ab, und er spürte ein flaues Gefühl im Magen.

»Das glaube ich gern«, entgegnete er, »aber zuerst hätte ich gerne etwas zu essen. Und vielleicht auch etwas für die Echse. Was frisst sie eigentlich?«

»Wir haben ihr alles Mögliche angeboten – Obst, Brot und Fleisch, und sie hat auch alles davon gefressen. Sie ist ganz schön gierig.«

»Das bin ich auch.«

»Ich werde euch etwas holen. Leider haben wir nichts Warmes da; es ist zu gefährlich, die Öfen bei dem Wetter zu befeuern.«

Bevor sie jedoch ihren Worten Taten folgen lassen konnte, klopfte es an die Tür. Als Rahel sie öffnete, betrat Deguay die Kammer und breitete die Arme aus. »Jaquento! Welche Freude, Euch wieder gesund und munter zu sehen.«

Die Echse hob den Kopf und fixierte den Kapitän, aber bevor sie zischen konnte, legte Jaquento ihr die Hand auf den Hals, bis sie sich wieder an ihn schmiegte. Er machte einen Schritt auf den Kapitän zu, da erfasste ihn ein Schwindel, der ihn mehr taumeln als gehen ließ. Deguay streckte die Hand aus und umklammerte Jaquentos Ellbogen, um ihn zu stützen.

Entschuldigend hob der Hiscadi die Hand. »Ich bin noch ein wenig unsicher auf den Beinen, Kapitän«, murmelte er, zornig auf sich selbst und die Schwäche seines Körpers, aber Deguay machte eine abwehrende Geste.

»Wohl kaum! Ihr steht hier bei schwerem Seegang wie an den Boden genagelt!«

»Ich hole etwas zu essen«, befand Rahel und verließ die Kammer.

»Euer Kampf mit Quibon war sehr beeindruckend. Seit ich Eure Klinge in der Hand gehalten hatte, hoffte ich, sie irgendwann in einem Kampf zu sehen.«

»Habt Ihr deshalb nichts getan, um diesen Streit zu schlichten, Mesér?«, fragte Jaquento kühl. Aber der Kapitän schüttelte nur mit einem schwer deutbaren Lächeln den Kopf.

»Ihr seid noch zu neu auf meinem Schiff, Jaquento. Ihr versteht noch nicht, dass jeder sich beweisen muss, der in unsere kleine, verschworene Gemeinschaft aufgenommen werden will. Wie kann man jemandem trauen, den man niemals hat kämpfen sehen? Der nicht bereit ist, sein Wort mit der Waffe zu verteidigen?«

»Leicht hätte einer von uns diesen Beweis mit seinem Tod erbringen müssen; ein hoher Preis für Vertrauen, oder nicht?«

»Im Gegenteil. Ohne Vertrauen ist das Leben es ohnehin nicht wert, gelebt zu werden. Unser Leben ist hart, Freund Jaquento, der Tod lauert jederzeit hinter dem Horizont. Vertrauen ist alles, was wir haben.«

»Nun, ich vertraue meiner Klinge.«

»Und das ist gut!«, erwiderte Deguay mit einer kleinen Verbeugung. »Außerdem vertraut Ihr Rahel, vielleicht Bihrâd und sicherlich dem guten Pertiz. Mit der Zeit werdet Ihr Euer Vertrauen auch mir schenken. Und jetzt wissen alle an Bord, dass Ihr mit Eurer Waffe umzugehen wisst und dass Ihr keine Furcht kennt. Vielleicht vertrauen sie Euch noch nicht, aber sie respektieren Euch. Und aus Respekt erwächst Vertrauen.«

In den Augen des Kapitäns funkelte Belustigung, auch wenn seine Worte mit einer Leidenschaft vorgetragen wurden, die es Jaquento schwer machte, sich ihnen zu entziehen.

»Ich hoffe, dass der nächste Schritt in dieser kleinen, verschworenen Gemeinschaft weniger schmerzhaft sein wird«, stellte er fest und seufzte. »Quibon ist ein gefährlicher Mann.«

»Oh ja, das ist er. Aber er ist auch ein großartiger Offizier, wenn auch manchmal zu hitzköpfig. Keine Sorge, sein Groll verfliegt so schnell, wie er ihn überkommt. Er ist ein echter Seeteufel. In ein paar Monaten werdet Ihr mit ihm bei einem Becher Rum über diese Geschichte lachen.«

Obwohl Jaquento nickte, musste er an den Blick in Quibons Augen denken, als er diesem die Spitze des Degens auf den Hals gesetzt hatte. *Er wird diesen Moment niemals vergessen. Kein Mann vergisst seine erste Niederlage.*

Just in diesem Augenblick kehrte Rahel mit einer Schüssel mit Zwieback und Obst und einem Becher Wein wieder. Der Kapitän verneigte sich ein zweites Mal: »Ich überlasse Euch nun Eurer Stärkung. Rahel, wir müssen reden, sobald du Zeit hast. Der Sturm hatte auch sein Gutes: Wir werden die Takelage und auch die Verzierungen etwas ändern. Ich habe vor, Lessan direkt anzusteuern, um Ayvon abzusetzen. Er sagt, dass er die Magie noch immer in seinen Fingerspitzen kribbeln fühlt, der Bastard.«

»Lessan, Käpt'n?«

»Ja, der freie Händler *Iguado* muss nach dem Sturm neue Vorräte an Bord nehmen.«

Damit ließ der Kapitän die beiden allein. Fragend blickte Jaquento Rahel an.

»Was bedeutet das?«

»Das bedeutet, dass wir direkt unter den Augen des Löwen in seine Höhle marschieren, sein Porzellan neu sortieren und wieder verschwinden«, erklärte Rahel grüblerisch.

»Wo du gerade Löwen erwähnst«, erwiderte Jaquento, »ich habe einen Löwenhunger.« Die Echse schien sich seinen Worten anschließen zu wollen, denn sie schaukelte auf seiner Schulter nach vorn und beäugte neugierig die Schüssel, die Rahel vor ihm abgesetzt hatte.

Und so machten sie sich über das Essen her.

Noch immer war die See rau, auch wenn der Wind deutlich nachgelassen hatte. Die schwarzen Wolken waren heller geworden, und hier und da schien sogar der blaue Himmel durch. Über der bewaldeten Insel an Backbord kreisten einige Vögel, doch das schmale Eiland an Steuerbord schien aus wenig mehr als Fels und Sand zu bestehen. An Deck herrschte Ruhe, obwohl der größte Teil der Besatzung an der Reling stand und ins Wasser starrte.

Unbewusst kratzte sich Jaquento an der Schulter, auf der diesmal keine Echse saß. Die hatte sich in Rahels Koje eine kleine Höhle aus der Decke gebaut und schlief friedlich. Vom Bug her waren Rufe zu hören, die von anderen weitergeleitet wurden: »Mark zwei!«

Neben Jaquento flüsterte Rahel: »Da soll mich ein Langhornfisch fressen! Zwei Faden! Wir sollten längst auf Grund gelaufen sein.«

»Auf Grund?«

»Die *Todsünde* braucht drei Faden Wasser unter dem Kiel, alles darunter ist gefährlich.«

»Sie schafft zwei Faden, wenn sie so wie jetzt kaum Ladung hat«, warf Deguay ein. »Ich kenne die Passage.«

»Natürlich, Käpt'n.«

»Niemand rechnet an dieser Stelle mit einem bewaffneten Schiff. Die vielen Riffe und Sandbänke sind viel zu gefährlich. Die Händler umfahren *Seranos Felsen* im Norden. Bei den vorherrschenden Winden müssen sie etwas kreuzen. Wenn man aber diese Passage nutzt, kommt man nicht nur schneller ans Ziel ...«

»... man erwischt vielleicht auch einen Händler und hat ihn an Lee«, beendete Rahel den Satz. »Sie rechnen nicht damit, dass ein Dreimaster hinter den Inseln auftaucht.«

»Korrekt.«

»Und man erwischt sie mit heruntergelassenen Hosen«, warf Jaquento ein, was Deguay zu einem Lachen reizte: »Auch korrekt. Wobei mir heruntergelassene Flaggen im Zweifelsfall lieber sind, aber wir werden sehen. Der Sturm dürfte einige Schiffe vom Kurs abgebracht haben, andere werden sich in Häfen versteckt haben. Wir bräuchten schon viel Glück, um überhaupt jemanden zu erwischen.«

»Was ist mit den Thaynrics? Patrouillieren sie nicht die Handelsrouten?«, fragte Jaquento.

»Oh, die Sturmwelt ist groß, und es gibt viele Routen. Bald beginnt die Konvoi-Saison, dann werden die Schiffe der Compagnie zurück nach Corbane eskortiert. Aber es gibt nie genug Kriegsschiffe, um ehrliche Händler wie uns zu beschützen.«

»Und wenn doch«, warf Rahel gelassen ein, »dann suchen wir uns eine Passage wie diese hier: flaches, gefährliches Gewässer. Kein Schiff, das es mit uns aufnehmen kann, folgt uns hierher. Und mit allen anderen werden wir fertig.«

Während Jaquento den beiden zuhörte, drängte sich ihm eine Frage auf. »Ihr sagtet, Ihr habet einen Kaperbrief, Kapitän?«

»Im Augenblick nicht, nein«, erwiderte Deguay, dessen

Augen den Horizont absuchten. »Die Thayns geben gerade keine Briefe aus, und wir hatten zu lange keinen Kontakt mit den offiziellen Vertretern der Géronay. Seit die Thayns Querique erobert haben, gibt es hier keinen Vizekönig mehr, der Kaperbriefe ausstellen könnte.«

»Also betreibt ihr schlichte Piraterie«, sagte Jaquento leise. Es war keine Frage, sondern eine Feststellung. In die folgende Stille hinein rief der Lotse: »Drei Faden!«

»Ja«, antwortete Deguay nüchtern und drehte sich um. Seine hellen Augen fixierten Jaquento mit einem eigenartig forschenden Blick »Piraterie. Wenn es uns möglich ist. Hast du irgendwelche Einwände dagegen?«

Jaquento schluckte. Hier stand er nun und sah sich endlich mit der Wahrheit konfrontiert. »Und was bedeutet das für mich, Méser?«, fragte er, seine Worte mit Bedacht wählend.

»Ich fürchte, du bist uns nun auf Gedeih und Verderb ausgeliefert: Jede Marine macht mit Piraten kurzen Prozess. *Mitgefangen, mitgehangen,* das ist die Losung. Aber das wusstest du doch schon längst, nicht wahr?«

Dem jungen Hiscadi fiel auf, dass der Kapitän ihn nicht länger mit der Höflichkeit eines Adeligen anredete; vielmehr sprach er nun mit ihm wie mit jedem anderen Mitglied der Mannschaft. Er schaute Rahel an, die seinen Blick mit unbewegter Miene erwiderte. Über der Insel schrien die Möwen ein Klagelied. Jaquento wollte etwas sagen, ihnen seine Geringschätzung deutlich machen. *Nun zeigt ihr also euer wahres Gesicht. Der Halsabschneider und die Hafendirne. Was für ein umwerfendes Paar habe ich mir zur Gesellschaft gesucht.* Aber Deguays Worte drehten sich in seinem Kopf beständig im Kreis: »Das wusstest du doch.« *Die Kanonen, die Mannschaft, all die Waffen. Wenn ich vorher blind war, dann wollte ich es sein.*

»Du hast noch die Wahl«, flüsterte Rahel. »Wir legen in Lessan an, dann kannst du friedlich von Bord gehen.«

Doch der Kapitän schüttelte den Kopf: »Du hast dein Blut im Kreis vergossen. Du trägst die See in dir. Wie könntest du uns jetzt noch verlassen wollen?«

»Ich bin kein Pirat!«, entgegnete Jaquento. In seiner Heimat spuckte man aus, wenn man vom Abschaum der Meere sprach.

»Noch nicht. Aber du bist in die Sturmwelten gekommen, weil du etwas suchst. Ich weiß nicht, vor wem oder was du auf der Flucht bist, *Méser*, aber du sehnst dich nach Freiheit, deshalb bist du überhaupt hierhergekommen. Wir sind die einzig wirklich freien Männer und Frauen. Du hast davon gekostet, nun willst du nichts anderes mehr.«

Jaquento blickte den Kapitän an, in dessen Stimme eine Eindringlichkeit mitschwang, die ihm einen Schauder über den Rücken jagte. *Vielleicht hat er ja recht. Ein Flüchtling kann sich nicht aussuchen, in welcher Gesellschaft er reisen möchte. Und was macht es schon noch aus? Piraterie wäre wohl kaum die schlimmste Sünde, die ich begangen habe.*

Rahel guckte ihn von der Seite an. Ob in ihrem Blick tatsächlich eine Bitte lag oder ob er sich diesen Ausdruck nur einbildete, vermochte er nicht zu sagen.

»Vier Faden!«

»Freies Wasser«, stellte Deguay zufrieden fest, dann rief er laut: »Setzt das Kreuzsegel und das Vorbramsegel! Genug am Lot!«

Mit der Rechten deutete er zum Bug, wo sich zwischen den beiden Inseln die offene See abzeichnete.

»Das ist unsere Bestimmung, Jaquento. Der Horizont! Und verflucht noch mal, wir müssen auch leben.«

Zweifelnd blickte Jaquento zu dem schmalen Band, wo das

dunkle Blau des Meeres an das unruhige Grau der Wolken stieß.

»Segel steuerbord voraus«, brüllte der Ausguck und riss den jungen Mann aus seinen Gedanken. *So viel zu der Hoffnung, dass wir keinem Schiff begegnen.*

»Setzt die Bramsegel!«, befahl Deguay und hob sein Fernrohr ans Auge. »Dann wollen wir mal sehen, wer uns da ins Netz gegangen ist.«

SINAO

Eins, zwei, drei, zählte Sinao in Gedanken. Dann verschwand der Umriss des Soldaten hinter der Brüstung, und sie schlich leise die Treppe hinab. Im Kopf zählte sie weiter, und bei zwölf bog sie um die Ecke, lange bevor die Wache wieder einen Blick auf die Treppe haben würde. *Warum tue ich das?*, fragte sie sich zum wiederholten Male. *Wenn man mich entdeckt, ist mir ein Hanfseil sicher.* Sie wusste keine Antwort auf diese Frage. Natürlich war es ihnen verboten, ihre Räume ohne Grund zu verlassen, und eigentlich sollte sie jetzt mit den anderen in ihrer Kammer sein. Stattdessen lief sie im Schatten der Mauer über den Hof und schlüpfte durch das Tor hinaus. Das Herz schlug ihr wie wild in der Brust, aber sie zwang sich, langsam zu gehen und die Klippe hinabzusteigen, als wäre es ihr erlaubt. Die kleinen Härchen in ihrem Nacken stellten sich auf, als sie sich die Blicke der Soldaten auf den Türmen des Forts vorstellte, doch es ertönte kein Ruf, kein Alarm, und sie erreichte den Fuß der Klippen.

Das mächtige Schiff lag noch in der Bucht. Sie konnte die Männer und Frauen darauf arbeiten sehen, und hin und wieder trug der Wind Fetzen von Befehlen und Gesang herüber. *Wohin fährt dieses Schiff wohl?* Tief in sich spürte Sinao einen Stich. Neid? Fernweh? Sie konnte es nicht sagen. Dieses Schiff würde die glücklichen Menschen, die darauf waren, forttragen, zu unbekannten Inseln, vielleicht in die Heimat der Blassnasen. *Sie sind frei. Niemand schlägt sie, niemand schreit sie an, niemand hält sie fest.*

Anders als die Sklaven, die noch immer in einer langen Prozession Körbe zum Strand trugen. Nachdem sie die schweren Holzkisten mit dem Metall verladen hatten, waren nun Maniokwurzeln an der Reihe. Mit gesenktem Blick ging Sinao schnell an den Klippen entlang und schlug den Weg zum Lager ein. Die Aufseher waren zum Glück damit beschäftigt, die Träger anzutreiben, und niemand beachtete sie. Wie ein Geist passierte sie die lange Kolonne; die Sklaven schauten auf den Boden, die Aufseher ignorierten sie. *Ich bin unscheinbar, unwichtig, unsichtbar!* Wenn man sich einmal weit genug vom Fort entfernt hatte, dann fragte niemand mehr nach. *Das ist nur Sin, die gute Sin. Die führt nur irgendeinen Auftrag aus. Sin ist brav, sie widerspricht nie, sie ist eine gute Sklavin!*

Es überraschte sie, wie viele Körbe die Sklaven trugen. Die Ernte musste ertragreich gewesen sein. Gut genug, um Maniokwurzeln für das Fort und das Lager zu haben und noch dazu viele Körbe von hier fortzubringen. Neununddreißig Körbe waren es, die unten am Strand in die Säcke des Schiffs geleert werden würden.

Dann war Sinao an der Reihe der Sklaven vorbei und ging weiter. Vor dem Lager bog sie ab, vor neugierigen Augen durch einige Palmen verborgen, und lief auf das Feld, das vor Jahren mit Feuer gerodet worden, jetzt jedoch wieder von dichtem Gebüsch bewachsen war. Ihre Füße trommelten über den Boden, sie konnte nur das Geräusch ihres eigenen Atems hören. Grün und Braun raste an ihr vorbei, sie spürte die staubige Erde unter ihren Füßen.

Keine Wände, keine Knuten, keine Arbeit, keine Sklavin. Einen enthusiastischen, unaufhaltsamen Lauf lang war sie frei. Dann stach es in ihrer Seite, und sie kam keuchend und schwitzend zum Stehen. *Warum tue ich das? Warum schleiche ich mich immer wieder fort? Warum fordere ich das Hanfseil heraus? Will ich die Ki', die Geister der Erde, erfreuen? Ihnen von meinem Schweiß opfern? Oder von meinem Blut?*

Gierig saugte sie die warme Luft ein. Das Rauschen des Meeres und das Geschrei der Vögel kehrten zurück, die Sonne brannte auf sie herab, und Schweiß lief ihr über den Rücken. Die Büsche um sie herum hatten einen scharfen, stechenden Geruch, und einige Äste hatten ihr die Beine zerkratzt. *Warum?*

Langsamer kehrte sie zurück. Obwohl sie sich selbst Vorwürfe machte, war sie ruhig. Die Klammer in ihrem Leib, die vorher ihr Herz so unbarmherzig umschlungen gehalten hatte, war verschwunden. Vielleicht war sie ihr davongelaufen. Vielleicht hatte die Erschöpfung sie vertrieben. Gleichzeitig legte sich ihre Angst. Niemand würde eine Sklavin befragen, die in die Küche zurückkehrte. Sklaven liefen davon, sie kamen nicht zurück. Es fiel ihr überraschend schwer, das Haupt zu senken und wieder Sklavin zu sein, als sie hinab zum Strand ging.

Die Träger hatten es sich an der Anlegestelle im kargen Schatten einiger Palmen bequem gemacht, während die Seeleute ihre Boote beluden. Die Sklaven durften nie in die Nähe der Boote, weshalb die Männer und Frauen vom Schiff nun selbst in der heißen Sonne arbeiteten mussten. *Vielleicht denken sie, dass einer sich als Maniok verkleidet und sich im Korb versteckt!* Der Gedanke war so erheiternd, dass sie beinahe laut aufgelacht hätte. Doch ihr Lächeln erstarb, als sie eine kleine Gruppe die Stufen in den Klippen hinabsteigen sah. Erneut schlug ihr Herz so laut, dass sie es schmerzhaft in der Kehle spürte. *Sie haben mein Verschwinden bemerkt, und das sind die Jäger!* Hektisch blickte sie sich um. Zum Feld waren es einige hundert Schritt, der Wald lag noch weiter entfernt. Wenn sie jetzt loslief, würde man sie bemerken. Und selbst wenn sie sich verstecken konnte, was sollte sie tun? Die Insel war klein, und man würde sie früher oder später finden. *Und hängen oder totpeitschen.* Wenn sie jetzt zurückging, würde man sie vielleicht nur bestrafen, schlimm bestrafen, aber nicht töten.

Sie setzte einen Fuß vor den anderen. Es kostete mehr Überwindung, diesen Schritt zu tun, als alles andere in ihrem bisherigen Leben. Ein zweiter Schritt, und sie wollte schreien. Tränen drangen ihr in die Augen, doch sie ging weiter, den Kopf gesenkt. *Vier, fünf, sechs, sieben, acht ... noch zweihundertachtzehn Schritte, und ich bin am Strand. Wie viele sind es bis zu den Balken?*

Sie sah nicht auf. Sie hielt den Kopf gesenkt. Sie war eine gute Sklavin. Niemand bestrafte eine gute Sklavin. Erst als sie Schritte hörte, hob sie den Blick etwas. Brizula kam auf sie zu, die Augen weit aufgerissen. Als die Alte dicht heran war, flüsterte sie: »Wo warst du? Wir sollen den Sklaven Wasser bringen!«

In einem einzigen, kurzen Schluchzen entlud sich Sinaos ganze Anspannung. Stumm nickte sie und reihte sich in die Gruppe der Küchensklaven ein. Vorsichtig riskierte sie einige Blicke; doch sie entdeckte keine Aufseher, keine Soldaten.

»Weiß jemand, dass ich weg war?«, fragte sie leise. Beide wussten, dass *jemand* nur Tangye sein konnte. Sie spürte Brizulas Kopfschütteln mehr, als dass sie es sah. *Warum tue ich das? Warum, warum, warum?*

Als sie die Gruppe der Sklaven erreichten und Sinao mit Krug und Kelle umherging und jedem zu trinken gab, war ihre Stimme fest und ruhig, so anders als der Sturm in ihrem Herzen.

»Wohin bist du gelaufen?«, fragte unvermittelt eine leise Stimme neben ihr. Es war Majagua, der sie unverwandt aus seinen dunklen Augen anstarrte.

»Ein Auftrag«, murmelte Sinao. »Ich musste schauen ...«

»Kommen oft Schiffe? Also so große?«, erkundigte er sich eifrig und wies hinaus in die Bucht. Mit einem Nicken sah Sinao zu den Seeleuten hinüber, die mit einem Boot voll Säcken zum Schiff ruderten. Seine Augen wanderten sehnsüchtig zum Wasser, und er kehrte ihr die Seite zu. *Schön ist er, der Schafsjunge,* dachte Sinao. *Mit seinem schmalen Gesicht und den dunklen Augen. Und der goldenen Haut, die bald vom Staub und der Arbeit grau werden wird, faltig, als wäre sie zu groß für seinen Leib.*

Er drehte sich ihr zu, blickte sie unverwandt an, und sie erschrak, beinahe so, als würde sie glauben, dass er ihre Gedanken gelesen hatte. *Närrin,* schalt sie sich selbst.

»Weiß einer von euch, wo wir hier sind? Wo diese Insel liegt?«

Verwirrt blickte Sinao den jungen Paranao an. »Was meinst du?«

»Die Namen anderer Inseln. Ob sie bei der aufgehenden Sonne liegen oder bei der untergehenden. Vielleicht den Namen eines Cacique. Kannst du mir irgendetwas darüber sagen?«

»Warum willst du das wissen?«

Diesmal schwieg Majagua und zog trotzig die Schultern hoch. Wieder wanderte sein Blick zu dem Schiff, und Sinao verstand.

»Du willst fliehen! Denk nicht daran, Majagua! Jeden, der wegläuft, finden sie. Und sie töten sie alle. Tangye selbst knotet ihnen das Seil um den Hals. Und dann werden sie hochgezogen.« Sie schaute ihn beschwörend an. »Es dauert lange, und sie zappeln, und ihre Gesichter werden rot und die Augen groß ...«

Ihre Stimme versagte. »Ich … ich träume davon. Von den Augen. Man kann es sehen, den Moment, wenn sie zu den Ahnen gehen. In den Augen.«

Um sie herum war es still. Die anderen Sklaven guckten nicht zu ihnen hinüber. Majagua kaute auf seiner Unterlippe, seine Augen wanderten hierhin und dorthin. Als habe er einen Entschluss gefasst, hob er plötzlich den Kopf und sah sie fest an.

»Soll ich einfach nur abwarten? Mich mit meinem Schicksal abfinden, wie ihr alle hier? Jeden Tag arbeiten, bis mein Haar weiß wird? Bis ich tot umfalle? Bis ich huste und Blut spucke? Jeden Tag nichts als Angst, Schmerz und Hunger spüren? *Ja, Mister Tangye, nein, Mister Tangye*«, höhnisch ahmte er die ängstlichen Worte Sinaos nach. »Zu den Ahnen gehen wir alle, aber ich will meinen Kopf hochhalten, wenn ich gehe, ich will ihnen in die Augen sehen können!«

»Dann bist du bereits tot, Majagua«, erwiderte Sinao leise und wandte sich ab. Es war besser, jetzt zu gehen, ihn jetzt zu vergessen, als den Schmerz zu spüren, wenn sie seinen Tod sah. *Ich hätte gegen dich wetten sollen, Schafsjunge. Mein Herz hart machen, so wie die anderen es getan haben.* Sie konnte seinen Blick spüren. Die Verachtung, die er für sie empfand, brannte heiß in ihr, doch es war besser so. Er würde sterben, und sie würde leben.

In dieser Nacht war es dunkler als sonst. Um Sinao herum schien die Finsternis zu atmen, und immer, wenn die Sklavin die Augen schloss, tanzten Schemen hinter ihren Lidern. Schlaf wollte sich nicht einstellen, nur schweißtreibender, lähmender Halbschlaf, der quälende, zu echt wirkende Träume mit sich brachte.

Im Wind drehten sich die Erhängten an ihren Seilen, eine endlose Reihe von Toten, mit aufgequollenen Gesichtern und dunklen Lippen. Sinao sah all die Toten, die dort schon geendet waren, aber auch Brizula hing dort, Bebe und der Schafsjunge. Die Seile knarzten, und an einem hing Sinao selbst. Erschreckt riss sie die Augen auf. Es dauerte mehrere Herzschläge lang, bis die Beklemmung in ihrer Brust nachließ, bis sie frei atmen konnte und nicht mehr das raue Seil um ihren Hals spürte. Als sie sich beruhigte, hörte sie Brizulas vertrautes Atmen neben sich, und irgendwo im Dunkeln hustete Bebe. Erschöpft strich sie sich einige Haare aus dem Gesicht und wischte sich den Schweiß von der Stirn. Ihr Körper flehte um Ruhe, doch als sie die Augen wieder schloss, sah sie wieder die Gehenkten und fuhr auf.

»Was'n?«, knurrte Brizula. Für einen Augenblick überlegte Sinao, der Älteren von ihren Träumen zu erzählen, doch dann sagte sie: »Ich muss mal.«

Vorsichtig erhob sie sich und ging mit tastenden Schritten durch den Raum. Sie brauchte nichts zu sehen, um ihren Weg zu finden. Nach sieben Schritten erreichte sie die Tür und schlüpfte hindurch. Im Treppenhaus war es etwas weniger stickig, und sie atmete erleichtert auf. Ohne Eile schritt sie die Treppe empor. Es gab einen Aborterker ein Stück in den Gang hinein, doch sie blieb in dem kleinen Raum am Absatz der Treppe stehen.

Hier gab es eine Schießscharte, und sie kam manchmal nachts hierher, um hinauszublicken. Über ihr würden die Soldaten ihre Runden ziehen; zuweilen konnte man ihre Stimmen hören oder einen schwachen Lichtschein sehen. Die Scharte führte hinaus auf die Bucht, aber wenn man den Kopf hindurchsteckte, konnte man auch einen kleinen Teil der Insel sehen. Der Himmel war dunkel, doch Myriaden von Sternen blickten auf Sinao herab. All die Ahnen, denen von Anui ein kleiner Teil seines Sonnenlichts auch für die Nacht gegeben worden war. Der einzige Lichtschein sonst waren zwei Laternen an dem großen Schiff, das immer noch in der Bucht lag. Ihr Licht spiegelte sich in der glatten See, deren leises Rauschen beruhigend an Sinaos Ohren drang.

Weiter oben auf der Insel konnte sie den dunklen Fleck des Lagers zwischen den helleren Flächen des gerodeten Waldes erkennen. Im Lager gab es kein Licht, und Sinao konnte nur raten, wie viele der Sklaven dort wohl ebenso wie sie nicht schlafen konnten. *Wer wird sich morgen nicht mehr erheben? Wie viele Leben wird die Nacht kosten?*

Unsicher wanderte ihr Blick zurück zu dem Schiff. Während das Lager bedrohlich wirkte, wie ein menschenfressendes Ungetüm, das im Schatten auf seine Beute lauerte, sah das Schiff friedlich aus, wie es still dalag. Auch dort schliefen Menschen. Sie waren nicht dem Tode geweiht. *Majagua hat recht: das Schiff ist groß.* Sinao wollte den Gedanken nicht zu Ende denken, doch er schlich sich ungebeten in ihren Geist. *Dort ist Platz für viele Menschen.*

Obwohl sie selbst niemals frei gewesen war, wusste sie von ihrer Mutter, dass die Paranao ein Volk von Seefahrern waren. Überall zwischen den Inseln der Welt fuhren ihre Kanus, von den kleinen bis zu denen, die viele Schritt lang waren. Zwischen allen Inseln, auf denen die Paranao und ihre Nachbarn lebten, war gehandelt und Krieg geführt worden, bis die hellen Menschen aus Corbane kamen, mit ihren gewaltigen Schiffen, den Kanonen und Musketen und ihrem Stahl. Die Neuankömmlinge führten ihre eigenen Kriege, und sie nahmen jede Insel in Besitz, wie und wann sie wollten. *Und jeden Paranao, so wie meine Mutter. So wie mich. Wie Majagua.*

Ohne ihr Zutun kehrten ihre Gedanken zu dem jungen Paranao zurück. Er war um so vieles lebendiger als die meisten anderen hier, die schon Geister waren, ohne es zu wissen.

Sein Geist war nicht gebrochen, sein Körper zeigte noch den Stolz eines Paranao, der frei geboren worden war. Wenn sie ihn ansah, spürte sie eine seltsame Sehnsucht. Den Wunsch, ihn zu berühren, heimlich seine Haut anzufassen, so leicht, dass er es gar nicht merken würde. Und die Sehnsucht, ebenso stolz zu sein wie er. Ebenso frei, und wäre es nur für einen Augenblick. *Das ist gefährlich, Sin. Schon der Wunsch ist gefährlich. Du weißt, wie er enden wird. Grau und gebrochen wie sie alle. Oder tot an den Mauern. Es gibt keine Freiheit auf der Insel, nicht für einen, dessen Haut nicht blass und teigig ist.*

Sie richtete ihren Blick wieder auf die Bucht. Das Segelschiff würde morgen verschwinden und vielleicht niemals wiederkehren. Aber andere würden kommen, ebenso groß und ebenso schön. Auch diese würden eine Zeit in der Bucht liegen, bis sie beladen waren. Einige Tage, bevor sie wieder hinter dem Horizont verschwanden und in andere Welten fuhren.

Zweifelnd sah Sinao zu dem Schiff. Überall waren Taue, die Masten waren wie von Spinnweben umgeben. Immer wenn die Schiffe ablegten, rannten die Seeleute umher und taten viele unverständliche Dinge. Dieses Schiff war kein Kanu, man konnte es nicht einfach stehlen und davonsegeln. Es zu steuern war kompliziert, und Sinao wusste, dass es nur zu bestimmten Zeiten auslaufen konnte. Zudem lag es direkt unterhalb der Festung. Die mächtigen Mündungen der Kanonen wiesen auf die Bucht hinaus und konnten Feuer und Flammen auf das Schiff speien.

Nein, es ist hoffnungslos, erkannte sie und schalt sich selbst für ihre dummen Gedanken. *Wenn ich anfange, daran zu glauben, dass ich eines Tages auf einem großen Schiff davonsegle, werde ich ebenso sterben wie der Schafsjunge. Niemand entkommt von hier; außer man geht zu den Ahnen.*

Mit einem Seufzen wandte sie sich von der Schießscharte ab und ging die Treppe hinab. Die Kühle der Nacht wurde mit jedem Schritt von der stickigen Wärme der Küche weiter vertrieben. Ihr war egal, ob die anderen sie hörten, und als sie sich auf ihre Schlafstatt legte, wurde ihr bewusst, wie wütend sie war. Doch sie konnte nicht sagen, auf wen oder worauf.

JAQUENTO

Der beständige Wind trieb sie langsam, aber sicher aus der engen Passage. Ihr Kurs führte sie nah der Insel an Steuerbord vorbei, und Jaquento konnte die klagenden Rufe der Möwen hören, die elegant im Wind schwebten. Für den Moment war die Sicht auf das andere Schiff durch die namenlose Insel verdeckt, aber dann glitten sie um eine Landzunge herum, und jetzt konnte der junge Mann ihre Beute sehen.

Das Schiff war kleiner als die *Todsünde*, mit nur zwei Masten, aber es war schnittig gebaut. Der Rumpf war in Ockergelb gestrichen, das der Länge nach von einem dunkelbraunen Streifen unterbrochen wurde. Etwa in der Mitte war eine dicke Holzplatte eingezogen, die Vorder- und Hinterschiff trennte. Die Masten waren rahgetakelt, und über dem Achterdeck war ein großes Sonnensegel gespannt. Zunächst konnte Jaquento keine Flagge erkennen, doch dann wurde ein Stück Stoff am Großmast emporgezogen.

»Géronay«, flüsterte Rahel und deutete auf die Flagge.

»Sehr gut. Setzt die Farben von Géronay«, befahl Deguay leise. »Und die Mannschaft soll erst einmal unter Deck bleiben. Kanonen laden, aber nicht ausfahren!«

Kurz darauf zogen zwei Seeleute eine Flagge am Flaggenmast auf. Im Wind entfaltete sie sich und zeigte die gekreuzten weißen und roten Streifen auf blauem Grund, mit der weißen géronaischen Königsrose im Vordergrund. Die Flagge, die auch vor allen offiziellen Gebäuden in Jaquentos Heimat hing, seit Hiscadi seinem mächtigen Nachbarn Tribut schuldete.

Entweder waren die Seemänner auf dem Händler ziemlich abgebrüht, oder sie ließen sich täuschen, denn das Handelsschiff änderte seinen Kurs nicht, selbst als die *Todsünde* beidrehte und sich langsam näherte.

»Unter falscher Flagge?«, fragte Jaquento Rahel, die mit den Schultern zuckte.

»Wenn wir sie erschrecken, fliehen sie, und je näher wir dann heran sind, desto schneller ist es für alle vorbei.«

Jaquento wollte ihr widersprechen, doch der Kapitän deutete mit dem Fernrohr auf das andere Schiff.

»Die Herren machen es sich unter der Persenning gemütlich. Man sollte nicht denken, dass ihre Fracht gleichzeitig im Laderaum elendig verreckt.«

»Ihre Fracht?«

»Sklaven, Freund Jaquento«, erklärte Deguay. »Siehst du den Schutz in der Mitte? Dahinter verstecken sich die edlen Händler, falls ihre Ladung sich befreien kann. Dieses Schiff hat zwei Teile: einen für Freie und einen für Unfreie!«

Jaquento runzelte die Stirn. »Haben die Thayns nicht die Sklaverei in ihren Kolonien verboten? Wer sollte hier Sklavenhandel betreiben?«

Der Kapitän schnaubte verächtlich. »Und du meinst, das Verbot würde die Händler kümmern? Wenn du eine begehrte Ware verbietest, was bekommst du dann? Genau, Schmuggler! In der Sturmwelt gibt es Sklaven, seit Männer aus Corbane den Fuß auf die Inseln gesetzt haben. Denkst du, ein Gesetz ändert das so schnell?«, erwiderte der Kapitän. »Und seit die Thayns ihn verboten haben, ist der Handel mit Sklaven noch lukrativer. Wenn man denn mit seiner Fracht durchkommt.«

Unsicher blickte Jaquento zu dem Schiff. Tatsächlich wirkte die Holzplatte wie eine Art Brüstung, über die man vom erhöhten Achterdeck auf das Hauptdeck feuern konnte. Es sah so aus, als ob sich die Platte durch den ganzen Rumpf hinabzog und das Schiff buchstäblich in zwei Teile teilte.

»Ich wusste, dass die Mauresken noch mit Sklaven handeln, aber ich habe nicht darüber nachgedacht, ob es in der Sturmwelt noch Sklaven gibt«, murmelte Jaquento und fühlte sich seltsam ertappt.

»Es gibt noch genug Kolonien von Géronay und Hiscadi und zudem die freien Inseln, wie den Viererbund. Überall dort sind Sklaven legal. Außerdem interessiert es niemanden, was hier mit Eingeborenen passiert. Und zur Not werden sie zu den Städten der Mauresken gebracht; es heißt, dass sie gut für Sturmwelten-Sklaven bezahlen.«

»Das wusste ich nicht«, erklärte Jaquento. »Ich habe immer gedacht, dass es inzwischen nur noch Leibeigene gibt. Als es hieß, die Thayns haben die Sklaverei in den Kolonien verboten, nahm ich an, dass es überall so sei.«

»Du dachtest, die Hiscadi hätten keine Sklaven mehr?«, warf Rahel ein und lachte boshaft. »Die haben am lautesten geschrien, als ihre Sklavenschiffe von den Thayns aufgebracht wurden! Und glaubst du wirklich, dass es den Leibeigenen viel besser ergeht als den Sklaven?«

»Ein guter Lehnsherr beschützt seine Bauern«, erklärte Jaquento hitziger, als er es eigentlich vorgehabt hatte. »Und er ist nicht Herr über Leben und Tod, wie es die Sklavenhändler sind.«

»Wie dem auch sei«, erklärte Deguay. »Dieses Sklavenschiff ist unsere Beute. Ich will dafür Ruhe an Deck, klar?«

Beinahe gemächlich näherten die beiden Schiffe sich einander, und Jaquento rechnete jeden Moment mit einem Alarmschrei an Bord des Händlers, doch nichts dergleichen geschah. Er konnte nur wenige Gestalten an Deck erkennen, hauptsächlich auf dem geschützten Achterdeck.

»Ein schönes Schiff«, flüsterte Rahel. »Auf Geschwindigkeit gebaut.«

»Kein Wunder«, erwiderte Deguay. »Jeden Tag stirbt ein Teil der wertvollen Fracht. Je schneller man am Ziel ist, desto höher der Gewinn.«

»Wieso bemerken sie nichts?«, wunderte sich der junge Hiscadi.

»Die *Todsünde* ist von géronaischer Bauart. Und sie war mal ein Sturmweltenschiff, bevor wir sie für unsere Zwecke ... übernommen und ausgestattet haben. Wir sind unauffällig, Freund Jaquento, ein einfacher Händler, so wie das Sklavenschiff dort.«

Abgesehen von einigen Drehbassen konnte Jaquento keinerlei Bewaffnung erkennen. Die kleinen, schwenkbaren Geschütze waren allesamt so montiert, dass sie über die Brüstung auf das darunterliegende Deck feuern konnten. *Wenn sich dort halb nackte, ausgemergelte Sklaven versammeln, um das Achterdeck zu stürmen, kann man die Revolte mit den Drehbassen beenden, ohne das eigene Schiff zu gefährden,* dachte Jaquento bitter. Er wollte sich nicht vorstellen, welch blutige Wirkung Schrotladungen auf diese Distanz wohl hätten. Kanonen mochte das Sklavenschiff nur wenige haben, doch sie besaß eine stattliche Anzahl der kleinen Geschütze, die besonders gegen Menschen effektiv waren.

Inzwischen waren sie auf Rufweite herangekommen, und auf dem Achterdeck des Sklavenhändlers tauchte eine Gestalt auf, die ihre Hände an den Mund legte: »Ahoy!«

Mit einer ausladenden Verbeugung hob Deguay seinen federgeschmückten Hut.

»Handelsschiff *Wyrdem,* Capitane Loress«, rief der Mann auf Géronaisch und lüftete ebenfalls seine Kappe.

»Wyrdem? Wie der Hafen?«, fragte Rahel verwundert.

»Wie der größte Sklavenumschlagplatz in der ganzen Sturmwelt«, erwiderte Deguay mit Kälte in der Stimme, behielt jedoch das breite Lächeln bei. Mit donnernder Stimme antwortete er ebenfalls auf Géronaisch: »Die *Todsünde* hier, Capitane Deguay. Wir müssen Euch bitten, Capitane, Eure Farben zu senken und uns Euch und Euer Schiff zu übergeben!«

Die Botschaft schien nicht anzukommen, denn sekundenlang geschah einfach nichts. In die Stille hinein brüllte Deguay: »Hisst unsere Flagge! Kanonen klar zum Feuern!«

Innerhalb weniger Augenblicke senkte sich die géronaische Flagge am Heck und wurde von einem schwarzen Tuch ersetzt, das im Wind flatterte. Ein weißer Totenkopf im Profil, unter dem gekreuzte Säbel zu sehen waren, ließ keinen Zweifel an den Absichten des Schiffes, das unter dieser Flagge segelte. Der Totenschädel trug eine Augenbinde, die über die Stirn geschoben war.

Von der *Wyrdem* hörte man Befehle, die Schiffsglocke wurde geläutet, und unvermittelt fiel der Sklavenhändler ab, doch er strich seine Flagge nicht. Auf der *Todsünde* öffneten sich die Geschützluken, und die Kanonen wurden rumpelnd ausgefahren.

»Schießt auf die Takelage! Feuer frei!«, ertönten die Befehle des Kapitäns, und die Kanonen brüllten ihre feurige Antwort hinaus. Eine Wolke aus Qualm verdeckte Jaquento kurz die Sicht, dann sah er die *Wyrdem* wieder. Löcher klafften im Segeltuch, doch Masten und Rahen schienen unbeschädigt. Der Anblick des getroffenen Sklavenhändlers ließ ihn kurz die Faust vor grimmiger Freude ballen, und dann blickte er beinahe verwundert an sich herab; seine Rechte lag auf dem Griff seines Degens, und er wollte die Waffe ziehen und über die géronaischen Sklavenhändler herfallen. Das Verlangen, seinen Zorn an ihnen auszulassen, war überwältigend, und er spürte, wie sich Hass aus alten Wunden wie giftiger Eiter in seine Seele ergoss.

»Die verfluchten Bastarde wollen davonsegeln!«

Tatsächlich kletterten Seeleute in die Wanten und begannen, mehr Segel zu setzen. Sofort rief Deguay weitere Befehle, und die *Todsünde* legte sich zur Seite, als sie sich ebenfalls besser in den Wind drehte. Die Mannschaft der *Todsünde* hatte sich inzwischen fast komplett an Deck versammelt und drängte sich an die Reling. Waffen wurden geschwenkt, und einige riefen den Fliehenden Beleidigungen hinterher.

»Buggeschütze klar! Feuer frei!«

Sofort rannten Seeleute zu den beiden langen Geschützen rechts und links des Bugspriets. Hastig begannen die Kanonenmannschaften damit, sie zu laden und auszufahren. Sie benutzten dafür Kettengeschosse als Munition, zwei durch Ketten miteinander verbundene Kugeln. Die Geschützführer zielten über die Läufe gebeugt; erst donnerte die Linke, dann die Rechte. Der Rauch trieb nach achtern, reizte Jaquentos Augen, doch der Jubel der Mannschaft zeigte ihm einen Treffer an. Tatsächlich hing eine Rahe des Großmasts schief herunter, und das Segel der *Wyrdem* bewegte sich nur noch schlaff im Wind.

»Heute Abend trinken wir auf die Kanoniere da vorn«, brüllte der Kapitän erfreut. »Hoffen wir, dass die fette Prise einen guten Tropfen an Bord hat!«

»Trinkt lieber auf Leute, die es auch verdient haben, Käpt'n!«, erklang plötzlich Ayvons Stimme. »Oder glaubt ihr tatsächlich, dass es *Zufall* war, dass dieser miserabel gezielte Schuss trotzdem ins Schwarze getroffen hat?«

Gelächter antwortete den Worten des hochgewachsenen Magiers, der lässig mit den Fingern schnippte, und eine seltsame Ausgelassenheit erfüllte das Schiff, obwohl die Mannschaft schon bald in einen Kampf geraten mochte. Alle Augen hingen wie gebannt an der Flagge der *Wyrdem*. Sein Verstand sagte Jaquento, dass die Sklavenhändler sich ergeben sollten, doch in ihm erwachte brüllend ein Tier, das sich damit nicht zufriedengeben wollte. Er wollte die Géronaee bluten sehen, ihre Flagge in den Schmutz treten und ihnen das Schiff nehmen.

Die Flagge senkte sich nicht, auch wenn der Sklavenhändler deutlich an Fahrt verlor. Wie ein Raubtier glitt die *Todsünde* von achtern heran, bereit zum Sprung.

»Ladet Kartätschen!«, befahl Deguay und zischte leiser: »Wir werden ihnen den Trotz schon austreiben.«

Bald trennten nur noch zwei Dutzend Meter die beiden Schiffe. Auf dem Achterdeck der *Wyrdem* sah Jaquento hektische Aktivität, als Seeleute die Drehbassen nach achtern brachten und luden.

»Feuer!«

Die beiden Buggeschütze spien Feuer und einen Geschosshagel auf den Gegner. Die Schrotladung schlug in die Achteraufbauten ein, zerfetzte die Reling, zerschlug die Scheiben und riss Menschen um. Schmerzensschreie ertönten, die mit höhnischem Gelächter von der *Todsünde* quittiert wurden. Auf einen Wink des Kapitäns hin wurde der Kurs leicht geändert, und das Piratenschiff ging längsseits.

Innerhalb weniger Herzschläge wurde die Welt von Chaos erfasst. Die Einpfünder auf der Schanz der *Todsünde* feuerten, die Piraten brüllten, Seile wurden geworfen, mit langen Stangen wurde das gegnerische Schiff herangezogen.

Auf dem Achterdeck der *Wyrdem* waren die Drehbassen wieder feuerbereit. Jaquento sah die dunklen Mündungen über sich hinweggleiten, konnte fast die tödliche Fracht im Inneren der Eisenrohre sehen. Unbewegt blieb er stehen, auch wenn er jeden Augenblick mit dem Gefühl des Aufschlags rechnete. Der Tod lauerte in jenen dunklen Öffnungen. Explosionen ertönten, Schreie von Getroffenen, um den jungen Mann herum hagelten die Geschosse nieder, bohrten sich in Holz und Fleisch, doch er duckte sich nicht. Undeutlich bemerkte er neben sich einen dunkelhäutigen Mann, dessen Seite von Kugeln und Holzsplittern aufgerissen worden war. Er packte die Schultern des Mannes und zerrte ihn in den Niedergang, wo Bihrâd ihm den Verwundeten abnahm. Blut troff auf den Boden, tropfte trügerisch langsam von Jaquentos Händen. Die dunklen Augen des Mauresken waren ausdruckslos, doch sein Kiefer mahlte.

»Holt sie ran! Klarmachen zum Entern!«

Der Befehl trieb Jaquento zurück an Deck. Mit einem dumpfen Knirschen schabten die Planken der beiden Schiffe gegeneinander. Johlend schwangen sich die ersten Piraten hinüber. Gerade als der Hiscadi die Treppe wieder hinaufstürmte, feuerten die Drehbassen erneut, rissen Schneisen in die Angreifer, nahmen dem Sturm den Schwung und zwangen viele Piraten in Deckung.

»Macht sie fertig!«, brüllte Deguay und sprang mit überraschender Behändigkeit auf das etwas tiefer liegende Achterdeck der *Wyrdem*. Ohne nachzudenken, folgte ihm Jaquento, den Degen in der Hand. Die feindlichen Seemänner verschanzten sich auf dem Achterdeck, während der Großteil der Angreifer sich auf das Hauptdeck ergoss. Die Drehbassen feuerten unablässig. Einige Piraten versuchten, die Holzbrüstung zu erklimmen, wurden jedoch mit Hellebarden und Entermessern zurückgetrieben, und der Hagel der Geschütze forderte einen hohen Blutzoll.

Lediglich eine Handvoll Männer und Frauen waren dem Kapitän auf das Achterdeck gefolgt und bedrängten nun die géronaischen Sklavenhändler. Zu Jaquentos Linken focht Rahel mit Säbel und Dolch, trieb einen Seemann vor sich her, der ihren Schlägen ungeschickt auswich. Deguay stürzte sich auf eine dicht stehende Gruppe, die ihn jedoch mit Hellebarden in Schach hielt. Mit gezogener Klinge sprang Jaquento dem Kapitän zur Seite, duckte sich unter dem Schaft einer Hellebarde weg, ging tief in die Knie und führte mit einem langen Ausfallschritt einen Stoß aus, der einem Feind die Spitze des Degens in den Arm bohrte. Sein Geist war leer, er hatte keinen anderen Gedanken außer dem Kampf um sich her. Er spürte keine Angst, und auch die Schmerzen seiner nicht gänzlich verheilten Wunde waren weit entfernt, als beträfen sie einen anderen Mann.

Ein Entermesser raste herab, doch Jaquento war schon in der Seitwärtsbewegung, parierte mit der Klinge und trat dem Géronay die Beine weg. Eine Pistole wurde auf ihn gerichtet, er ließ sich fallen, und der Schuss donnerte über ihn hinweg. Bevor er sich aufrappeln konnte, drang eine Hellebarde auf ihn ein, die er nur notdürftig ablenken konnte. Ein Haken grub sich in seine Haut, riss ihn zurück, dann war Rahel da und schlug dem Feind die Waffe aus der Hand. Die Verletzung ignorierend, sprang Jaquento auf.

Eine Bewegung zu seiner Rechten ließ ihn herumfahren, und er blickte in die gewaltige Mündung einer Drehbasse. Bevor der Seemann jedoch feuern konnte, raste ein roter Schemen über die Reling auf ihn zu, sprang und schlug ihm zischend die Klauen ins Gesicht. Noch während der Schütze versuchte, die Echse von seinem Kopf zu zerren, trieb ihm Jaquento zwei Spannen Stahl in die Brust. Wild blickte er um sich, doch der Widerstand erlosch bereits; die Géronaee streckten ihre Waffen, einige hoben die Hände.

Die Geräusche der Scharmützel verstummten. Weit entfernt hörte Jaquento Jubel, in seinen Ohren allerdings dröhnte nur der Schlag seines eigenen Herzens. Er spürte, wie Blut aus der Wunde an seiner Schulter lief und seine Brust benetzte. Kühler Wind strich dort über seine schweißbedeckte Haut, wo das Hemd zerrissen war. Schon vertraut, spürte er die Klauen der Echse, die geschwind an ihm emporkletterte und es sich auf seiner Schulter bequem machte.

»Es ist vorbei«, rief Deguay laut und wiederholte leiser, fast enttäuscht: »Es ist vorbei.«

Der Lärm und die Bewegung kehrten in Jaquentos Welt zurück, und er zuckte zusammen, als die Wunde schmerzhaft pochte. *Wenn ich noch länger mit der* Todsünde *segele, werde ich bald aussehen wie ein verdammter Flickenteppich,* dachte er.

Er warf einen Seitenblick auf seine Schulter, wo die Schuppen der Echse erst braun, dann orange wurden und schließlich ein sattes Gelb annahmen, während das Tier mit vorgestrecktem Kopf wie gebannt auf die Gefangenen starrte. »Nachher bekommst du einen Fingerhut voll Rum, du verrücktes Vieh!«, murmelte er dankbar und kraulte die Echse mit der Spitze seines Zeigefingers unter dem Kinn.

»Das Schiff gehört uns!«, erklärte der Kapitän. »Holt die verfluchte Flagge herunter!«

»Schafft die Verwundeten zu Bihrâd«, befahl Rahel. Steif schritt Jaquento zu ihr, und mit einem Blick auf sein blutgetränktes Hemd fragte sie: »Ist mit dir alles in Ordnung?«

»Es geht schon. Ich gehe gleich zu Bihrâd. Lass erst einmal die vor, die es übler erwischt hat.«

Stumm nickte sie und machte sich daran, die Gefangenen zu einem Pulk zusammenzutreiben. Einige bewaffnete Piraten kamen ihr zu Hilfe, und schon bald hatten sie alle géronaischen Seeleute auf dem Achterdeck versammelt.

»Was ist mit den Sklaven?«, erkundigte sich Jaquento.

Anstelle von Rahel antwortete ihm Deguay, der sich zu ihnen gesellte: »Wir lassen sie aus dem Loch da unten, und dann sehen wir weiter.«

»Das ist ein schönes Schiff, Käpt'n«, warf Pertiz ein, der einen Verband um das Bein trug. »Wenn man diese Holzwand hier rausreißt, einige Schotten entfernt, die Decks verstärkt und Luken in die Bordwand schlägt, hat man einen ordentlichen Zweimaster.«

»Der Großmast könnte noch ein wenig geneigt werden«, erwiderte Deguay mit einem Blick auf die zerschossene Rahe. »Aber sie ist schnell. Und es passen genug ehrbare Seeleute darauf.«

»Unter den Sklaven lassen sich bestimmt einige Freiwillige finden.«

Zweifelnd ließ der Kapitän seinen Blick umherwandern. Dann nickte er.

»Aye. Man bräuchte einige Kanonen, um die *Wyrdem* zu bestücken, aber das ließe sich sicherlich machen. Und falls sie nicht hält, was ihr Anblick verspricht, können wir sie immer noch als Prise verschachern.«

Gebannt folgte Jaquento dem Gespräch. Die *Wyrdem* war kleiner als die *Todsünde*, doch ebenso schnittig gebaut. Mit den besprochenen Veränderungen würde sie ein noch schnellerer Segler werden, der gut zu bewaffnen war. Erst die Schmerzen in seiner Schulter zogen seine Gedanken zurück zu ihm selbst. Langsam bückte er sich und wischte die Klinge seines Degens am Hemd eines Gefallenen sauber, bevor er die Waffe in die Scheide schob.

»Du bist ein mutiger Mann, Freund Jaquento. Sich so auf eine Gruppe von Feinden zu stürzen erfordert einige Kaltblütigkeit.«

Die Stimme des Kapitäns war leise, und er lächelte, doch in seinen Augen sah Jaquento den Ernst, der der Situation entsprach.

»Sie oder wir«, antwortete er tonlos. Das Fieber der Jagd war verflogen, und der Tod der géronaischen Seeleute hatte die Leere in ihm nicht gefüllt. »Wenn man seine Waffe zieht, sollte man bereit sein, sie auch einzusetzen.«

»Natürlich. Zudem haben wir uns nichts vorzuwerfen; immerhin werden wir die Sklaven befreien, was sogar rechtmäßig ist: Die Thayns haben Sklaverei verboten und gestatten es, Sklavenschiffe aufzubringen.«

»Was geschieht mit den Sklaven?«

»Wir werden ihnen anbieten, sie auf einer Insel abzusetzen. Auf unserem Weg liegen genügend große Eilande. Wer aber will, kann an Bord bleiben. Ich neige dazu, Pertiz recht zu geben: die *Wyrdem* lässt sich umrüsten und wird ein schmuckes Schiff werden. Also müssten wir, um sie zu halten, die Mannschaft ohnehin aufstocken.«

»Werden die Freigelassenen nicht lange brauchen, um wirkliche Seeleute zu werden, Capitane?«

»Ach«, erwiderte Deguay und machte eine wegwerfende Handbewegung. »Sie müssen lernen zu kämpfen. Alles andere können sie sich abschauen. Viel Arbeit an Bord besteht schließlich einfach darin, an Tauen zu ziehen, das begreift man ziemlich schnell. Du würdest staunen, wie rasch man aus einer Landratte eine Wasserratte machen kann.«

Das Grinsen des Kapitäns wurde breiter, und er blickte Jaquento herausfordernd an. Die Echse zischte leise, und der junge Mann legte ihr beruhigend die Hand auf den Rücken.

»Ich hoffe, dass es so einfach ist, Capitane«, erwiderte er ernsthaft.

»Wenn man es will, ist alles einfach«, erklärte Deguay rätselhaft. Dann nickte er in Richtung Jaquentos Schulter. »Lasst das von unserem schweigsamen, aber nichtsdestotrotz gelehrten Arzt versorgen, Freund Jaquento. Es tut keine Not, dass Ihr Wundbrand riskiert.«

Dem jungen Hiscadi entging nicht, dass der Kapitän ihm nun wieder die Ehre erwies, ihn höflich anzusprechen.

Jaquento blickte dem Mann nach, der sich zu Rahel gesellte und mit ihr über die Übernahme des Schiffes sprach.

Den Kopf voller Fragen über die Absichten Deguays, kletterte Jaquento zurück auf die *Todsünde*, um sich in Bihrâds Obhut zu begeben.

FRANIGO

Anders als die Géronaee, wissen wir Hiscadi auch in der Fremde das Leben zu genießen, dachte Franigo, während er einen Schluck des köstlichen Roten trank, von dem er ein Viertel geordert hatte.

Natürlich galt géronaische Lebenskunst in allen Ecken und Enden der Welt als exquisit, aber Franigo konnte darüber nur lachen. Von den Géronay wurde das Leben zumeist in ein Korsett von Regeln gesteckt, das so eng geschnürt war, dass die reine Freude zu ersticken drohte. An diesem Ort hingegen herrschte hiscadische Lebensart vor, die man durchaus als grob oder sogar grobschlächtig bezeichnen konnte, wenn man ihre Feinheiten nicht verstand. Vielleicht lag es auch einfach daran, dass sich in dieser Taverne vor allem jene Exilanten trafen, denen das Schicksal nicht besonders gnädig gewesen war – die Mittellosen und jene, die Franigo gern als die in ihren Mitteln Eingeschränkten bezeichnete. Noch zählte er sich selbst zu den Letzteren, doch das tägliche Leben und die Notwendigkeit, zu repräsentieren, fraßen seine letzte Habe auf.

Also saß er an seinem Tisch, vor sich ein Blatt des billigsten Papiers, das er hatte auftreiben können, und schrieb. Er setzte die Zeilen so eng wie möglich, denn auch billiges Papier war teuer. Seine Umgebung war trotz der Lautstärke geradezu perfekt für sein Vorhaben, da er plante, mit einigen anzüglichen Zeilen etwas Handgeld zu verdienen. Zwar hatte man sein letztes Stück aufgeführt, doch nur in wenigen Vorstellungen, und der Besitzer des Theaters weigerte sich standhaft, seinen monetären Verpflichtungen nachzukommen. Angeblich waren die Vorstellungen so schlecht besucht gewesen, dass nicht einmal die Kosten gedeckt waren. Der Poet misstraute diesen Behauptungen, denn als er im Theater gewesen war, hatte die Truppe vor ausverkauftem Saal gespielt. Vielleicht war der Besitzer des Theaters deshalb so unerschütterlich in seinen Behauptungen, weil er wusste, dass Franigo kein Geld für einen Advokaten, geschweige denn für einen Prozess hatte. Außerdem würde ein géronaischer Richter im Zweifel stets seinem Landsmann mehr Gehör schenken als einem hiscadischen Poeten; ein bedauerlicher, aber auch unabänderlicher Umstand. In pekuniären Angelegenheiten hielten die Géronaee noch fester zusammen als Pech und Schwefel.

Blieb also nur das geforderte Bändchen mit anzüglichen Reimen. Eigentlich eine Arbeit, die Franigo aus dem Handgelenk schütteln konnte, nur sein Stolz ließ nicht zu, dass er weniger als die bestmöglichen Verse abgab. Selbst wenn sie nur in den Bordellen und Boudoirs der Damen von zweifelhaftem Ruf geflüstert werden würden, hinter vorgehaltener Hand und mit mutwilligem Kichern, blieben es doch seine Worte, und dementsprechend gewaltig mussten sie sein. Ein paar mokante Reime aufs Papier schmieren konnte jeder géronaische Satzverdreher, aber selbst in diesen Niederungen Kunst zu finden, das war nur für einen hiscadischen Dichter von Franigos Format erreichbar.

Während er nachdenklich an dem schweren Wein seiner Heimat nippte, suchte er nach den richtigen Formulierungen. So vertieft war er in seine Arbeit, dass er nichts mehr um sich herum wahrnahm und erst überrascht aufsah, als eine Hand auf seinem Tisch auftauchte. Verwirrt folgte sein Blick dem schmutzigen Hemdsärmel hinauf, und schließlich sah Franigo einen untersetzten, unrasierten Mann, der ihn mit alkoholgetrübten Augen unsicher anstarrte.

»Ich hab dein Stück gesehen«, erklärte der Fremde mit dem feierlichen Ernst eines Betrunkenen.

»Erfreulich, Mesér«, erwiderte Franigo knapp und widmete sich wieder seiner Arbeit.

»Ne, eben nicht. Dein Stück war überhaupt nicht lustig!«

Nicht nur ließ die Aussage es an Respekt mangeln, auch die Anrede war beleidigend persönlich. Seufzend senkte Franigo die Schreibfeder – ein altertümliches Relikt in Anbetracht moderner Schreibutensilien, doch er schätzte den Charme der Tradition in gewissen Dingen sehr – und schüttelte betrübt den Kopf.

»Mesér, auch wenn ich Offenheit durchaus für eine lobenswerte Eigenschaft halte, muss ich Euch dennoch für die Form und den Inhalt Eurer Worte tadeln.«

»Hä?«

»Aus meinen Augen, bitte, Mesér. Ich habe zu tun.«

»Mit deinem Gekritzel machst du den Ruf von uns allen kaputt. Alle denken, wir Hiscadi wären nur stinkende Ziegenhirten!«

Natürlich hatte der Betrunkene seine Stimme erhoben, und ebenso natürlich war nun die ganze Aufmerksamkeit der Anwesenden auf ihre Unterhaltung gerichtet. *Es ist der Fluch des Genius, dass es immer weniger begabte Menschen gibt, die sich solcherart an ihm vergreifen,* dachte Franigo und lächelte finster.

»Hör zu, mein betrunkener Freund: Ich bin Franigo ...«

»Jaja, ich weiß, wer du bist!«

»Offensichtlich nicht. Nimmst du deine sicherlich hastig und womöglich gar unüberlegt ausgestoßenen Worte zurück?«, fragte der Poet und ermahnte sich sogleich im Geiste, das Bonmot der »ausgestoßenen Worte« nicht zu vergessen.

»Ne.«

»Dann«, erklärte Franigo gewichtig und erhob sich, »müssen wir uns wohl schlagen.«

Seine eine Hand ruhte auf dem Griff seines Degens, die Finger der anderen strichen über den Schnauz- und Kinnbart, der gerade ebenso wie in Géronay auch in Hiscadi Mode war.

»Allerdings bist du betrunken, also wäre es vielleicht angebracht, ein wenig zu warten, bis deine Sinne nicht mehr getrübt sind.«

»Er hat Angst!«, brüllte der Mann und wandte sich an die anderen Gäste. »Beleidigt mit seinem Gekritzel unser ganzes Volk, aber wagt es nicht, guten Stahl in die Hand zu nehmen!«

»Keineswegs«, setzte Franigo zu einer Erwiderung an, aber der Betrunkene lärmte weiter: »Jetzt wissen wir, dass die Feder wohl kaum mächtiger als das Schwert ist!«

»Vor die Tür«, befahl der Poet, dessen Blut zu kochen begann. Seinen persönlichen Wagemut derart infrage zu stellen mochte noch angehen, doch seine Profession in den Schmutz gezogen, mit Füßen getreten und herabgewürdigt zu sehen, kostete ihn jegliche Selbstbeherrschung, derer er noch fähig war.

Die Augen der Gäste folgten ihnen, aber keiner erhob sich. Es schickte sich nicht, bei einem Duell wie ein Gaffer Maulaffen feilzuhalten. Zwei gingen hinaus, einer würde zurückkehren, das war alles, was die übrigen Anwesenden wissen mussten.

Vor der Taverne mit ihrer rauchigen Luft atmete Franigo erst einmal tief durch. Die Nacht war mild, und auch wenn dünne Wolken den Himmel verschleierten, spendete der volle

Mond mehr als genug Licht. Schweigend gingen sie nebeneinander in die Gasse hinter dem Wirtshaus.

Seit es offiziell verboten war, sich zu duellieren, war es ratsam, weniger öffentliche Orte für diesen Zeitvertreib zu wählen, sonst waren schnell einige Wachen zur Stelle, um die Ehrenhändel zu unterbinden. Zum Glück gab es hinter der Taverne einen kleinen, halb verborgenen Hof, dessen ebener Grund inmitten mit Ranken überwucherter Mauern ein ideales Gelände für einen Klingentanz abgab.

Die Aussicht auf das Duell beschwingte Franigos Schritte. Natürlich war er ein Mann der Worte, aber seine Klinge war in seiner Heimatstadt durchaus gefürchtet gewesen. *Und ein passabler Liebhaber bin ich auch, wie man sagt,* gestatte sich Franigo in Gedanken eine kleine Eitelkeit.

»Du bist sicher, dass du nicht warten willst? Es täte deiner Ehre keinen Abbruch, und mir würde es nichts ausmachen. Ich habe nicht die Gewohnheit, mich meinen Verpflichtungen zu entziehen.«

»Zieh lieber deinen rostigen Degen, du Wortverdreher!«

Franigo tat, wie ihm geheißen, warf seinen Hut in die Ecke und ging in Position.

»Ich hoffe, dass deine Klinge zielsicherer als dein Mundwerk ist, sonst wird das ein sehr kurzer Kampf«, stichelte er und zog den Mantel von den Schultern. Mit einer schnellen Drehung der Hand wickelte er ihn um den Unterarm, denn der Betrunkene hatte zusätzlich einen kurzen Dolch gezogen, dessen breite Parierstange und bauchiger Handschutz ihn als Linkhand kennzeichneten.

Plötzlich sprang der Fremde vor, und sein Stoß zielte auf Franigos Herz. Nur mit Mühe konnte Franigo zur Seite treten und den Angriff abwehren. Die Bewegungen seines Gegners waren präzise, und von Trunkenheit war nichts mehr zu erkennen. *Er hat das Duell gesucht,* erkannte der

Poet, *und er ist nicht betrunkener als ein Caserdote in der Fastenzeit.*

Er parierte einen Hieb, drehte sich weg und stach selbst zu, wurde jedoch vom Parierdolch aufgehalten. Seine Befürchtungen bestätigten sich, als eine weitere Gestalt über eine der Mauern sprang und mit gezogenem Rapier auf ihn eindrang. Zwei geübte Gegner würden keine Probleme haben, ihn zu überwältigen, wenn er ihnen die Zeit dazu ließ, dessen war Franigo sich sicher. Schon drängten sie ihn in Richtung Mauer zurück. *Wen habe ich verärgert?*, fragte er sich. *Mein Stück war harmlos. Die Marchessa? Oder ihren Mann?* Mehr Muße zum Nachdenken blieb ihm nicht. Sein Fuß knickte scheinbar um, und dies reizte den Neuankömmling zu einer unbeherrschten Attacke, die Franigo mit Leichtigkeit mit dem Mantel auffing, nur um dem Angreifer selbst zwei Spannen Stahl in die Brust zu treiben. Das Büffellederkoller milderte den Stoß nicht, und Blut floss in Strömen. Geschickt bewegte er sich um den Getroffenen herum, sodass dieser zwischen ihm und dem angeblich Betrunkenen zu Boden stürzte.

»Zu selbstsicher«, murmelte Franigo. »So wie du auch.«

Jetzt tanzten sie wirklich, schritten langsam im Kreis, beobachteten die Bewegungen ihres Gegenübers, den Blick immer auf die Klingen gerichtet.

»Halt dein Maul«, fauchte der gedungene Mörder und machte einen Ausfallschritt, der Franigo zurücktrieb.

»Wer hat dich bezahlt?«

»Schnauze!«

»War es wenigstens gutes Gold? Damit du seine Beerdigung bezahlen kannst?«

»Halt dein Maul!«

»Huh, viele Worte kennst du aber nicht, mein Freund, hm?«

Ihre Klingen trafen einander, doch diesmal führte Franigo die Attacke. Er war nun in seinem Element, hätte beinah laut aufgelacht. Man wollte ihn tot sehen, und das ließ ihn sich lebendiger fühlen als seit Tagen. *Ein Mann, der Freunde hat, mag wohlhabend sein, doch ein Mann, der Feinde hat, ist reich!*, sagte nicht von ungefähr ein hiscadisches Sprichwort.

»Wie viel bin ich wert? War es genug?«

»Halt dein ...« Weiter kam der Mann nicht, denn für den letzten Stoß war er zu langsam gewesen. Sein Dolch hatte die Klinge hinabgedrückt, doch nun fuhr sie ihm in den Leib, anstatt sein Herz zu treffen. Seine Augen wurden groß, sein Mund war aufgerissen, und er seufzte entsetzt, da ihm die Waffen aus den kraftlosen Fingern glitten. Er fiel nicht, sondern er sank zur Erde. Sein Fuß kratzte über den Boden, und sein Arm zuckte.

Mit einem Tritt beförderte Franigo erst den Degen zur Seite, bevor er den Parierdolch aufhob und an seinem Rücken in den Gürtel schob. Den Mantel warf er sich wieder um die Schultern, hob seinen Hut auf, klopfte gewissenhaft den Staub von ihm ab und setzte ihn auf. Sorgfältig wischte er die Klinge seines Degens am Wams des Gestürzten sauber, bevor er sich neben ihn kniete und die Wunde begutachtete.

»Das sieht nicht so gut aus«, stellte er nüchtern fest. »Aber besser als bei deinem Messergesellen.«

Mit der Rechten zog er den Umhang des Verletzten heran und schnitt mit dem Dolch ein Stück heraus.

»Bring es zu Ende«, flüsterte der Mann keuchend, aber Franigo beachtete seine Worte nicht.

»Hier, press das auf die Wunde. Ich schicke jemanden, der dich wieder zunäht. Du solltest dennoch beten, Freund, für deinen Kumpan, aber auch für dich. Bei Bauchwunden weiß man nie.«

Ohne sich weiter um den Mann zu kümmern, schnitt er ihm den Beutel vom Gürtel, ging dann zu dem Toten und nahm auch diesem sein Geld. Kein Arzt der Stadt würde ohne vorherige Bezahlung mitten in der Nacht hierherkommen, und Franigo sah nicht ein, dass er auch noch selbst für den auf ihn angesetzten Degenhelden in die Tasche greifen sollte. Zudem würden ihm die kleinen, dafür aber prall gefüllten Beutel einen Aufschub bei seinen Gläubigern ermöglichen, vielleicht sogar neue Kleider, um bei Hof besser aufzutreten.

Ein leises Lied summend, wollte er schon den Hof verlassen, als eine Gestalt um die Mauer bog und ihm den Weg versperrte. Argwöhnisch legte der Poet die Hand auf den Griff des Degens. Der Neuankömmling wirkte nicht wie ein Wächter, doch angeblich gab es inzwischen sogar Ordnungshüter, die sich als einfache Bürger tarnten, und in Géronay konnte man ohnehin niemandem trauen.

»Seid Ihr der Schreiber Franigo?«

»Schreiber ist wohl kaum der passende Ausdruck. Das klingt nach einem Notar oder nach einem Mann, der für einen Achtellunar schwülstige Liebesbriefe und dergleichen verfasst. Ich bin Poet, Dramatiker und Schriftsteller, Mesér, doch Ihr habt recht: Mein Name ist Franigo ...«

Bevor er sich jedoch ganz vorstellen konnte, ertönte in der Nacht ein Ruf, und der Fremde winkte ihn heran. Von Nahem sah der Mann weitaus weniger bedrohlich aus. Er trug eine rote Livree mit goldenen Litzen und eine teuer gefertigte, gepuderte Perücke.

»Mein Herr hat Euer Stück gesehen und war davon angetan. Sehr angetan. Er möchte bei Euch ein weiteres Stück in Auftrag geben. Vielleicht sollten wir diesen Ort verlassen?«, schlug der Diener mit einem Blick auf die beiden Opfer von Franigos Fechtkunst vor.

»Sicherlich, Mesér«, erwiderte dieser und hoffte, dass man im Schatten seines Hutes das breite Grinsen nicht sehen würde. Über die Schulter rief er spöttisch zurück: »Meine Schreibkunst hat nun, wie erwartet, ihre Bewunderer gefunden.«

Mit einer Verbeugung wies der Livrierte ihm den Weg, und der Poet verließ den Hof.

»Da fällt mir ein«, erklärte er aufgeräumt, »einer der Männer dort benötigt einen Arzt.«

»Ich werde mich darum kümmern und das Nötige veranlassen. Sobald ich Euch zum Anwesen meines Herrn gebracht habe.«

»Natürlich. Ich hole nur meine Sachen aus meiner Unterkunft.«

»Eure Besitztümer sind bereits auf dem Weg.«

Obwohl die Nacht dunkel war, schien durch die Worte der Morgen nicht mehr fern, und er versprach im Licht der Sonne golden zu glänzen. Die Zukunft, bislang ein finsteres Tal voller Dornengesträuch und wilder Bestien, war nun eine grüne Aue.

Selbstverständlich hatte Franigo nie gezweifelt, dass dieser Moment kommen würde, dennoch fühlte er sich befreit und auch ein wenig erleichtert. Sein Talent war entdeckt worden; nun war es lediglich eine Frage der Zeit, bis sein Name unsterblich sein würde.

ROXANE

Das Schiff lag ruhig vor den beständigen Winden, welche die Überfahrt in die Sturmwelt begünstigten.

Der Kapitän war zwar schweigsam, doch seine Befehle verständlich, und er kommandierte das Schiff tadellos.

Roxane fühlte sich ebenso ruhig; seit Tagen hatte es keinen Zusammenstoß mehr an Bord gegeben, und die Offiziere aßen wieder gemeinsam am Tisch. Wie es ihr Recht war, gesellten sich der Maestre und der Caserdote oft zu ihnen, ebenso wie der kommandierende Offizier der Marinesoldaten, Leutnant Heric Cudden, dessen schweigsames Auftreten ihn unauffällig wirken ließ, obwohl er, wie Roxane wusste, eine wichtige Stellung an Bord innehatte. Der Leutnant, der seine rote Uniformjacke scheinbar nie ablegte, hatte sich ihr kurz angebunden vorgestellt, um danach kaum ein Wort mit ihr oder den anderen Offizieren zu wechseln. Hin und wieder warf sie beim Essen einen verstohlenen Seitenblick auf sein breites, vernarbtes Gesicht, er indes schien lediglich am Inhalt seines Tellers interessiert zu sein.

Selbst Leutnant Hugham schien über die ihr angetane Schmach hinweggekommen zu sein und beteiligte sich nun wieder häufiger an den Gesprächen.

»Sehr schade, dass Sie nicht etwas früher an Bord gekommen sind«, erklärte sie Roxane eines Abends und wies auf ihren Teller. »Wir hätten von Ihrem Anteil mehr davon kaufen können.«

Mittlerweile waren die letzten frischen Stücke Fleisch aufgebraucht, und für den Rest der Fahrt würde Pökelfleisch auf dem Speiseplan stehen.

»Sobald wir im nächsten Hafen einlaufen, mache ich meine Runde«, versprach Frewelling. »Jeder gibt seinen Teil, und ich werde sehen, was es in der Sturmwelt für Köstlichkeiten gibt. Bis dahin seien Sie doch froh, dass es überhaupt Fleisch gibt. Als ich noch ein Fähnrich war, da mussten wir ...«

»Oh! Seemannsgarn!«, unterbrach ihn Groferton. »Entschuldigen Sie mich bitte, Thay: Mein Magen ist schwach, und diese Geschichten tun das ihrige, um es so bleiben zu lassen.«

Mit einer Verbeugung erhob sich der Maestre, lächelte aber, als er salutierte und dann die Messe verließ. Achselzuckend fuhr Frewelling fort: »Als ich noch Fähnrich war, aber schon auf der dritten oder vierten Fahrt, da hat uns das Amt für Viktualien Fässer mit Pökelfleisch von einem bis dato unbekannten Lieferanten zugeteilt. Als wir schon auf hoher See waren, stellten wir fest, dass die Salzlake aus den Fässern ausgelaufen war.«

»Bei der Einheit! Aus allen?«

»Aus fast allen. Haben Sie schon einmal Pökelfleisch gesehen, dass nicht eingelegt ist? Manche behaupten, es wird hart, doch ich weiß es besser: Es verrottet einfach. In einigen Fässern war nichts übrig als ein schlammiger Brei.«

»Halbe Rationen?«, fragte Roxane den Leutnant.

»Halbe Rationen, wie wahr«, bestätigte dieser. »Unglücklicherweise waren wir weit von freundlichen Häfen entfernt. Und schon bald litten wir alle Hunger. Und als der Schiffszimmermann uns Fähnrichen zwei Ratten anbot, die er gefangen hatte ...«

Triumphierend blickte sich Frewelling um. Alle hingen an seinen Lippen, für den Moment war das Essen vergessen. *Was vielleicht auch besser so ist,* dachte Roxane bei sich.

»... da haben wir sie gekocht und verputzt!«

Ein allgemeines Stöhnen ließ den Leutnant grinsen. Er hatte ein breites, sympathisches Lächeln, selbst jetzt, da er sich am Ekel der anderen erfreute.

»Sie lachen, aber wir Fähnriche haben einen Sechsling pro Stück bezahlt. So schlimm ist es auch gar nicht – ein bisschen Meerrettich, und das Fleisch schmeckt fast wie Hühnchen«, schloss Frewelling seine Geschichte. Auffordernd blickte er in die Runde: »Ich bin doch nicht der Einzige hier, der schon einmal Ratte gegessen hat? Also bitte, wir sind Mitglieder der Königlichen Marine von Thaynric! Offiziere gar!«

»Doch, sind Sie«, erwiderte Roxane, aber dann schüttelte sie den Kopf. »Jedenfalls fast. Auf meiner ersten Fahrt haben wir Fähnriche, wie es üblich ist, Geld zusammengelegt und uns davon Proviant gekauft, darunter ein kleines Butterfässchen. Die Butter war nicht sehr gut, schon ein bisschen ranzig, und wir fanden immer wieder ein paar kurze Haare darin. Aber nichts, was man nicht ignorieren konnte, wenn der Hunger groß genug war.«

»Haare?«

»Haare. Kurze, graue Haare. Wir machten Witze über den alten Mann in den Lagerhallen, der in unserer Vorstellung mit jedem Fässchen Butter, das er ausgegeben hatte, immer kahler geworden sein musste. Aber es wurden mehr und mehr Haare, je tiefer wir in das Fässchen vordrangen. Inzwischen mussten wir die Haare mit den Fingern aus der Butter kratzen, aber noch immer machten wir Witze ... bis wir den Boden des Fässchens erreichten.«

Jetzt war es an Roxane, ihren Blick über die anderen Offiziere wandern zu lassen. Sie kostete ihre Aufmerksamkeit und ihre gespannten Mienen noch einen Moment aus, bevor sie fortfuhr: »Dort fanden wir eine nackte, tote Maus. Sehr haarlos und sehr tot.«

»Bei der Einheit«, hauchte Hugham. »Ich habe schon Eimerreiter mitgegessen, aber Ratten und Mäuse? Sie haben die Butter danach weggeworfen, nicht wahr?«

Entschuldigend hob Roxane die Hände und schüttelte langsam den Kopf. »Wir tauften die Maus Reodney und übergaben sie in einer feierlichen Zeremonie der See. Aber die Butter ... nun ja, es war sehr teure Butter, und wir waren arme Fähnriche. Die Butter haben wir bis zum letzten Rest aus dem Fässchen gekratzt.«

»Ich glaube, mir ist der Appetit vergangen«, erklärte Hugham und schob ihren Teller von sich. Im Gegensatz dazu lachte Frewelling laut auf.

»Für Königin und Vaterland«, presste er zwischen zwei Lachanfällen hervor und stand auf. »Ich werde mich jetzt an die frische Luft begeben. Wird mich jemand begleiten?«

Roxane nickte, Hugham und Sellisher schüttelten die Köpfe.

»Nein, danke«, erklärte der Caserdote. »Ich werde mich zurückziehen und Corbans Schriften studieren. Auch wenn wir keine Erkenntnis über diesen Sturm gewinnen konnten, muss er eine Bedeutung haben.«

Gemeinsam mit Frewelling betrat Roxane das Deck. Sie salutierten vor dem Kapitän, der neben dem Steuermann stand, und schritten hinab auf das Hauptdeck. Die Besatzung hatte bereits gegessen, und ein Teil der Freiwache hielt sich an Deck auf, genoss die Sonnenstrahlen und faulenzte, während ihre Kameraden von der Wache arbeiteten. Natürlich machten die Männer und Frauen ihnen unaufgefordert Platz, und Roxane nickte dem einen oder anderen aus ihrer Wache zu.

»Mathel, geht es deinem Zeh besser?«, fragte sie, als sie den erfahren Toppsgasten erkannte, der sich vor einigen Tagen den Fuß gequetscht hatte, als sich eine Befestigung im Laderaum gelöst hatte.

»Aye, Thay«, erwiderte der Mann und salutierte hastig. »Is' nur noch blau wie 'n Matrose auf Landgang!«

»Sehr gut, Mathel, achte weiterhin darauf. Es tut nicht Not, unvorsichtig zu sein, nicht wahr?«

»Nein, Thay! Die Bastarde werd'n schon früh genug versuch'n, ihn mir abzuschneid'n!«

Mit einem Nicken wandte Roxane sich um, ohne zu fragen, welche Bastarde genau gemeint waren. Ob es nun um die Feinde Thaynrics ging oder um die Schiffsärzte der Marine, war einerlei; für die einfachen Seeleute waren beide Parteien Grund genug zur Furcht. Sie gesellte sich zu Frewelling an die Reling, der mit nachdenklicher Miene die sonnenbeschienene See betrachtete. Als er sie sah, lächelte er, und ihr fielen die Grübchen auf, die sich dabei in seinem Gesicht bildeten. Unwillkürlich musste sie ebenfalls lächeln, ehe sie schnell zum Horizont sah.

»Ein wunderbarer Tag. Wie von der Einheit für dieses Schiff geschaffen«, erklärte der Leutnant. »Eine guter Wind und dabei eine relativ glatte See. Nichts und niemand könnte die *Mantikor* heute einholen!«

Sein Enthusiasmus wirkte ansteckend, da fiel Roxanes Blick auf einen dunklen Schemen, der sich vielleicht einen zwanzig Faden von ihnen entfernt unter der Wasseroberfläche abzeichnete. Für einen Moment kniff sie die Augen zusammen, dann grinste sie breit.

»Tatsächlich? Nichts und niemand? Dort ist aber jemand anderer Meinung.«

Genau in diesem Augenblick, als hätte sie Roxanes Worte gehört, hob die mächtige Meeresschildkröte ihren Kopf aus dem Wasser. Einige Seeleute fuhren auf, und schon bald kamen viele an die Schanz gelaufen.

Obwohl die riesige Schildkröte schneller schwamm, als das Schiff segelte, wirkte sie ruhig, geradezu besonnen auf Roxane. Ihr Kopf war von einem dunklen Grün, und ihre Augen waren gewaltige, schwarze Seen. Sie schien der jungen Offizierin direkt in die Seele zu schauen. Der Panzer allein mochte dreißig Fuß Durchmesser haben. Wie groß das Tier insgesamt war, konnte Roxane lediglich raten, da es sich nur undeutlich unter der Wasseroberfläche abzeichnete. Schuppen, so groß wie Kanonenkugeln, bedeckten den Kopf und den kurzen Hals, und hin und wieder tauchte eine der mächtigen Flossen aus dem Wasser auf. Das Meer brach sich an dem braungrünen Panzer, der stromlinienförmig wie ein Schiffsrumpf war.

»Das ist ein kleines Exemplar«, erklärte Frewelling. »So weit im Osten sieht man sie selten. Es heißt, dass sie wärmere Gewässer bevorzugen.«

»Das is' 'ne kleene?«, rief eine Matrosin und rieb sich verdutzt die Stirn. »Wie groß is' dann 'ne große?«

»Angeblich hören sie niemals auf zu wachsen, und sie sind unsterblich. Es soll welche geben, die ganze Inseln auf dem Rücken tragen. Die größte, die ich jemals gesehen habe, maß hundertfünfzig Schritt vom Kopf bis zum Schwanz!«

»Ich hab eine gesehen, die war doppelt so lang«, erwiderte ein Seemann, aber Frewelling reagierte nicht darauf.

»Das Fleisch ist sehr schmackhaft. Haben Sie es schon einmal gekostet, Thay?«

»Nur gepökelt, Leutnant. Wir hatten einige Fässer auf der *Königin Leofwyn*.«

»Als Pökelfleisch ist es akzeptabel, aber wirklich gut wird es nur, wenn man es frisch kocht. Wenn wir in Lessan einlaufen, werde ich sehen, ob ich für uns einen Vorrat kaufen kann. Sie werden sehen, Leutnant, es schmeckt vorzüglich.«

»Mit Meerrettich?«, fragte Roxane grinsend.

»Damit auch. Warum ... Die Ratten!«, erkannte Frewelling und schüttelte belustigt den Kopf. »Das werden Sie nicht vergessen, nicht wahr?«

»Nein, Thay.«

»Und das von einer Frau, die gebutterte Mäuse gegessen hat!«

»Ich habe niemals ...«, wollte Roxane protestieren, da lenkte ein Ruf ihre Aufmerksamkeit zurück zu der Riesenschildkröte, die für kurze Zeit ihren Weg geteilt hatte. Überraschend schnell verschwand das Tier unter der Wasseroberfläche. Ein letztes Mal brachen sich Wellen am Panzer, tauchte eine der hinteren Flossen auf, dann war sie nur noch ein dunkler Schatten und schließlich nicht einmal mehr das.

»Genug des Gaffens«, dröhnte es von achtern, und alle Gesichter wandten sich dem Kapitän zu. »Zurück an die Arbeit!«

Die Mannschaft verteilte sich wieder über das Schiff, während Roxane und Frewelling langsam zum Achteraufbau gingen. Kurz bevor sie hinaufsteigen konnte, sprintete Fähnrich Levman an ihnen vorbei, kletterte wie ein Äffchen empor und rannte zur Schiffsglocke. Hell ertönten die Glockenschläge, ein wenig hastig zwar, aber noch gut zu erkennen – *Zehn Uhr,* zählte Roxane in Gedanken mit. Tola hatte sich in den letzten Tagen als gelehrige und eifrige Schülerin erwiesen, die ihre Pflichten ernst nahm. Umso überraschter war Roxane, als Harfell unvermittelt lospolterte: »Was soll das, Fähnrich?«

»Thay?«

»Sie waren zu spät, junge Dame. Die Sanduhr war bereits durchgelaufen!«

»Thay, ich ... ich war ausgetreten, und dann war da die Schildkröte, Thay.«

Besorgt trat Roxane näher, Frewelling indes blieb zurück. Sie sah, wie Harfell sich vorbeugte: »Sie wollen Anarchie verbreiten, was? Ungehorsam, meine Autorität untergraben!«

Die Stimme des Kapitäns war gefährlich leise, in seinem Gesicht zeigte sich ungezügelte Wut.

»Nicht mit mir, Fähnrich, nicht mit mir! Leutnant!«

»Thay«, erwiderte Roxane und nahm Haltung an.

»Holen Sie den Maat! Fähnrich Levman muss bestraft werden!«

»Aye, aye, Thay.«

Steif drehte die junge Offizierin sich um. Sie spürte Tolas Blicke in ihrem Rücken, das Hilfe suchende Flehen, doch sie schritt steif davon. In Frewellings Gesicht arbeitete es, doch auch der Erste Leutnant schwieg.

Schnell hatte Roxane den Maat gefunden und kehrte mit ihm zurück. Die einzige Bestrafung, zu welcher der Maat geholt werden musste, war die Knute. Aus ihrer eigenen Zeit als Fähnrich erinnerte sich Roxane gut an die Schläge auf das bloße Gesäß, die brennenden Schmerzen, die Angst und die Scham. Aber wenn es stimmte, dass Tola die Zeit zu spät geschlagen hatte, dann waren ein halbes Dutzend Hiebe eine sicherlich harte, aber durchaus noch angemessene Strafe, obwohl Roxane gewiss eine andere Strafe gewählt hätte.

»Kommen Sie mit«, befahl der Kapitän knapp und schritt hinab. Anders als bei der Bestrafung eines Matrosen, würde hierzu nicht die ganze Besatzung zusammengerufen werden. Ein kleiner Trost, denn die Kunde würde sich auf dem Schiff innerhalb von Minuten verbreiten. Schon jetzt sah Roxane die Gesichter der Mannschaft auf sich gerichtet, also hielt sie ihre Miene unbewegt und den Kopf erhoben, während sie mit dem Kapitän, dem Maat und Tola unter Deck ging. Mit einem Wink bedeutete Harfell der Wache vor seiner Kajüte, ihnen zu folgen.

Im dämmrigen Licht des Geschützdecks konnte die junge Offizierin die schreckensgeweiteten Augen Tolas sehen, doch sie schwieg weiterhin. Der Kapitän führte sie nach achtern, bis er vor einem der sicher vertäuten Achtzehnpfündern stehen blieb.

»Entkleiden und über das Geschütz beugen.«

Seine Stimme troff vor Bösartigkeit, aber Tola gehorchte seinem Befehl mit kreideweißem Gesicht.

»Leutnant, halten Sie sie fest.«

Roxane ging auf ein Knie hinab und packte die Handgelenke des Mädchens, das ein Schluchzen kaum unterdrücken konnte.

»Zwei Dutzend Hiebe!«

Sofort sprang Roxane auf.

»Thay! Ist das angemessen?«

Erstaunlich behände sprang Harfell vor und fixierte die junge Offizierin. Sein Atem streifte ihre Wange, seine Augen waren Löcher direkt in die Hölle.

»Sie wagen es? Stecken Sie mit der Missetäterin unter einer Decke? Glauben Sie nicht, dass Ihre Vergehen vergessen sind!«

Die Worte schossen so schnell aus seinem Mund, dass Roxane Mühe hatte, ihnen zu folgen. Wie betäubt schüttelte sie langsam den Kopf. »Nein, Thay, ich dachte nur ...«

»Schweigen Sie! Denken Sie, ich weiß nicht, was auf meinem Schiff vorgeht? Das Getuschel, die heimlichen Treffen, Ihre Kamarilla von Verschwörern!«

»Thay, ich versichere Ihnen, ich habe keine Ahnung von diesen Dingen«, widersprach Roxane heftig. In ihrer Brust war ihr Herz ein einziger Knoten der Angst. *Was hat er gehört? Wer hat ihm so etwas erzählt?*

»Ist das so?«, fragte Harfell gehässig und deutete auf Tola, die sich nicht gerührt hatte. »Dann halten Sie den Fähnrich fest. Oder muss ich einen Soldaten kommen lassen, der Sie in die Brig wirft?«

»Nein, Thay«, entgegnete Roxane förmlich und kniete wieder nieder. Sie konnte Tola nicht in die Augen sehen. Nicht einmal, als der erste Schlag klatschend auf die Haut traf. Die Fingernägel des Mädchens gruben sich in Roxanes Haut, und sie stieß einen unterdrückten Schrei aus. Zwischen jedem einzelnen Schlag lag eine Ewigkeit, die an Roxanes Nerven zerrte, als wäre sie selbst Opfer der Bestrafung. Doch nicht sie musste leiden, sondern Fähnrich Tola Levman. *Sie war nachlässig,* versuchte Roxane sich einzureden, *eine Strafe ist angemessen.* Ein weiterer Schlag klatschte auf Tolas blanke Haut, und diesmal konnte das Mädchen nicht mehr an sich halten und schrie den Schmerz hinaus. *Aber nicht diese!*

Endlich, nach über zwanzig Schlägen, endete die Tortur. Der Fähnrich blieb weinend über die Kanone gebeugt liegen, während sich Roxane langsam aufrichtete. Ihr Körper fühlte sich fremd an, als wäre es nicht ihr eigener, sondern eine Marionette, die sich nach einem fremden Willen bewegte. Steif nahm sie Haltung an und sah Harfell ins Gesicht, wo sie nichts als einen widerwärtigen Ausdruck des Triumphs fand.

»Sorgen Sie dafür, dass Fähnrich Levman versorgt wird«, befahl der Kapitän. Sein Blick glitt über Roxanes Züge. In seiner Miene spiegelte sich eine Erwartung wider, als wünsche er Widerworte von der jungen Offizierin, doch Roxane salutierte: »Aye, aye, Thay!«

»Lassen Sie sich das eine Lehre sein«, erklärte Harfell, ohne den Blick von Roxane zu nehmen. »Aufsässigkeit und mangelnde Disziplin werden an Bord meines Schiffes immer angemessen bestraft … Fähnrich.«

Auch Roxane wandte sich nicht ab. In ihr vermischten sich Wut und Verzweiflung, geboren aus Hilflosigkeit, zu einem grausamen Tanz. *Er muss es in meinen Zügen sehen. Er muss es spüren!* Doch Harfell nickte nur, ganz so, als ob er mit sich selbst zufrieden sei. Schließlich drehte er sich um und lief das Geschützdeck entlang, gefolgt von seiner Wache.

»Helfen Sie mir«, befahl Roxane dem Maat und beugte sich zu Tola hinab.

»Ganz ruhig. Wir bringen Sie ins Schiffslazarett. Man wird sich um Sie kümmern. Ganz ruhig, alles ist vorbei«, versuchte sie das Mädchen zu beruhigen, ohne an die eigenen Worte zu glauben. Sehr sanft nahm sie den Arm und half dem Fähnrich auf. Der Maat hakte sich auf der anderen Seite unter, und gemeinsam trugen sie das Mädchen eher, als dass sie ging. Sie mussten quer durch das Geschützdeck bis zum Bug, vorbei an den vielen Augen der Seeleute, die es sich in ihren Freiwachen in den Hängematten bequem gemacht hatten. Sich mit Würde an der Mannschaft vorbeizuarbeiten war unmöglich, doch Tola musste in das Lazarett. Also ignorierte Roxane die Blicke, das Grinsen und die geflüsterten Worte, auch wenn sie ihr in der Seele wehtaten.

Das Mädchen indes schien ohnehin nahe daran zu sein, das Bewusstsein zu verlieren, und ihre Augen waren glasig und unfokussiert.

Endlich erreichten sie die Tür zum Lazarett und trugen den Fähnrich hinein. Vorsichtig ließ Roxane das Mädchen in eine Hängematte gleiten, sorgsam darauf bedacht, das rote, blutige Fleisch nicht mit dem rauen Stoff in Verbindung zu bringen.

»Holen Sie die Ärztin«, befahl sie dem Maat, der froh zu sein schien, der ganzen Angelegenheit zu entkommen. Mit ihren widerstreitenden Gefühlen hadernd, kniete sich Roxane neben die Hängematte und hielt Tolas Hand. Die Haut des Mädchens war grau, und ihr stand der Schweiß im Gesicht. Sie wirkte wie eine Sterbende, und Roxane fürchtete plötzlich, an ihrem Tod schuld zu sein.

Just in diesem Moment wurde die Tür geöffnet, und Saefled Tabard, die Schiffsärztin der *Mantikor,* trat ein. »Eine harte Bestrafung?«, fragte sie, noch bevor sie Roxane begrüßt hatte.

»Zwei Dutzend Hiebe, Thay.«

»Meine Güte, was hat sie getan? Den Kompass über Bord geworfen?«

»Nein, Thay. Sie hat …«

»Ich will es nicht wissen«, unterbrach sie die Ärztin. »Reichen Sie mir bitte den Kasten dort.«

Mit ungeschickten Fingern tat Roxane, wie ihr geheißen. Sie sah zu, wie Tabard den Kasten aufklappte und ihm ein kleines Fläschchen entnahm.

»Sie sind hier keine Hilfe, Leutnant, im Gegenteil. Schicken Sie mir den Maestre her.«

»Der Kapitän hat die Order gegeben, dass der Maestre an Bord …«

»Keine Vorträge darüber, bitte«, knurrte die Ärztin, dann sah sie Roxane eindringlich an, bevor sie freundlicher fortfuhr: »Das werde ich mir noch oft genug von Groferton anhören müssen auf dieser Reise. Ich übernehme jede Verantwortung; die Behandlung von Verwundeten liegt allein in meiner Hand. Schicken Sie mir den Maestre. Bitte.«

»Sofort, Thay«, erwiderte Roxane und verließ das Lazarett. Ein letzter Blick zurück zeigte ihr, dass Tola wohl endgültig das Bewusstsein verloren hatte.

Ohne weiter auf die Seeleute zu achten, ging sie so schnell sie konnte, ohne jedoch zu rennen, das Geschützdeck entlang. Ihre Stiefel schlugen auf den Holzboden, alle Gespräche waren verstummt, es war das einzige Geräusch. Keiner grinste mehr. Endlich erreichte sie die Messe und die Quartiere der Offiziere.

»Maestre?«, rief sie und schlug mit der Faust gegen seine Tür.

»Ja?«

»Melden Sie sich im Lazarett, Thay«, befahl sie. Kurz darauf öffnete sich die Tür, und ein zerzauster Groferton trat heraus. Ohne ein weiteres Wort zwängte er sich an Roxane vorbei, die einen Moment wie betäubt dastand, ehe sie die Messe aufsuchte. Blind fanden ihre Hände den Tisch, und sie ließ sich auf eine der Bänke fallen. So sehr war sie in Gedanken versunken, dass sie Frewelling erst bemerkte, als er sich räusperte.

»Wie, äh, wie geht es ihr?«

»Sie ist im Lazarett. Die Ärztin hat den Maestre holen lassen«, erklärte Roxane mit dumpfer Stimme. »Der Fähnrich wird es überleben.«

Mit seinem Zweispitz in der Hand setzte sich Frewelling ihr gegenüber hin. Seine Finger spielten nervös mit dem Rand des Hutes.

»Zwei Dutzend?«

»Es macht also schon die Runde«, stellte Roxane fest.

»Natürlich.«

»Zwei Dutzend Hiebe. Ich habe protestiert, aber ...«

Ihre Stimme wurde leise, denn sie wusste nicht, was sie sagen sollte.

»Es war nicht Ihre Schuld, Leutnant«, befand Frewelling eindringlich. »Sie haben getan, was Sie konnten.«

»Habe ich das?« In Roxanes Ohren echote noch das erstickte Keuchen des Mädchens, als die Knute wieder und wieder niederfuhr. An ihren Handgelenkten pochten die Kratzer von Tolas Fingernägeln im Einklang mit der Scham, die Roxane die Röte ins Gesicht trieb. Wütend wandte sie sich um und starrte Frewelling an: »Habe ich das? Zwei verdammte Dutzend! Für eine Nachlässigkeit!«

»Sie konnten ihn nicht aufhalten! In seinem Zustand hätte er Sie womöglich gleich mit auspeitschen lassen!«

»Und hätten dann auch alle zugesehen, wie beim Fähnrich?«

Das brachte ihn zum Schweigen, was Roxane eine grimmige Befriedigung verschaffte, die jedoch in ihrer Hohlheit schnell verflog.

»Verzeihen Sie mir«, bat sie, als sie die Verzweiflung in seiner Miene sah. »Ich wollte ihn aufhalten, aber ... ich konnte nicht.«

»Nein, Sie konnten nicht. Aber wir dürfen nicht zulassen, dass er uns gegeneinander aufbringt. Seine Stimmungsschwankungen sind ... gefährlich. Es kann jeden treffen. Denken Sie an Aella!«

»Der Leutnant wurde bloßgestellt, nicht blutig geschlagen«, erinnerte ihn Roxane. *Er nennt sie beim Vornamen. Wie nahe stehen sie sich eigentlich?*

»Sicherlich. Aber ich fürchte, es ist nur eine Frage der Zeit. Wir müssen ... etwas tun«, endete er lahm.

»Was sollen wir tun? Und wogegen? Dass er einen Fähnrich für einen Fehler prügeln ließ? Meine Güte, Frewelling, die Hälfte aller Kapitäne der Flotte würden Sie auf der Stelle für verrückt erklären, wenn Sie sich darüber beschweren! Fähnriche bekommen nun einmal Prügel, nur so lernen sie ihr Handwerk!«

»Aber zwei Dutzend Hiebe? Das ist unangemessen!«

Die junge Offizierin schüttelte den Kopf. »Auch da wird man Ihnen widersprechen. Doch selbst wenn, eine harte Strafe ist kein Vergehen gegen irgendein Gesetz, das auf einem Schiff Gültigkeit hätte. Dieses Gerede hier aber sehr wohl! Würde uns jemand hören, stünden wir vor einem Kriegsgericht, bevor wir auch nur zu Ende gesprochen hätten. Außerdem ...«

Ein Gedanke ging ihr durch den Kopf, der nicht einfach zu fassen war. Der Leutnant sah sie fragend an, aber sie brauchte einen Moment, um die richtigen Worte zu finden.

»Außerdem liebt die Mannschaft den Kapitän. Sie hätten die Blicke sehen sollen, als ich Tola halb bewusstlos ins Lazarett geschafft habe. Sie haben gefeixt, manche offen gespottet. Der Kapitän bringt ihnen Geld, er gibt ihnen Rum, er demütigt Offiziere vor ihnen. Vielleicht würden wir es nicht einmal bis zu einem Kriegsgericht schaffen.«

»Was sollen wir tun?«, flüsterte Frewelling. Sie konnte in seinen Augen lesen, dass er ihr recht gab. Für den Moment waren sie allein, jeglicher Versuch des Widerstands würde in einer Katastrophe enden.

»Auf den Schiffen Ihrer Majestät gehorchen die Männer und Frauen dem Kapitän und achten die Einheit. Wir müssen dies weiterhin tun, Leutnant. Wir haben keine andere Wahl. Uns sind die Hände gebunden, so sehr diese Fesseln uns auch schmerzen mögen.«

»Es ist nicht richtig.«

»Das ist die Wahrheit, Frewelling.« Ihre Stimme hatte einen flehenden Unterton angenommen. Sie spürte, dass ihm die erzwungene Untätigkeit zuwider war, dass er handeln wollte; er hatte zu lange geschwiegen und zugesehen. Doch eine überstürzte Aktion würde unausweichlich das Ende seiner Karriere bedeuten. *Und das Ende seines Lebens wohl gleich mit. Sowie meines Lebens, denn wenn er handelt, werde ich mich nicht gegen ihn stellen. Ich werde an seiner Seite sein,* erkannte Roxane überrascht.

»Sie haben recht. Wir müssen abwarten«, stimmte Frewelling ihr schließlich zu, was sie vor Erleichterung die Augen schließen ließ. Der Zorn war verraucht, das nagende Gefühl der Hilflosigkeit blieb. Aber jetzt hatte sie einen Verbündeten. Vielleicht war ihre Position schwächer als die des Kapitäns, vielleicht war er übermächtig, doch zumindest stand sie jetzt nicht mehr allein.

»Nennen Sie mich Roxane«, bat sie und streckte ihre zitternde Hand vor. Einen Moment lang zögerte der Leutnant, dann nahm er ihr Angebot an: »Cearl.«

Die Berührung seiner warmen, rauen Hand beruhigte Roxane, gab ihr einen Fixpunkt, einen Fels, auf dem sie Sicherheit fand. Sein Lächeln machte ihr Mut, und sie erwiderte es. *Nicht mehr allein.*

JAQUENTO

»Nur eine Fleischwunde«, erklärte Bihrâd und setzte die Nadel ab. Das gebogene Instrument erschien harmlos genug in den dunklen Händen des Mauresken, und doch beäugte Jaquento sie misstrauisch. Nachdem Bihrâd die Wunde mit einer trüben Flüssigkeit, die einerseits kühlte, andererseits einen feurigen Schmerz verursachte, gereinigt hatte, war die Nadel von ihm ein halbes Dutzend Mal durch die Wundränder gestochen worden, um diese zu verschließen. Die Nadel mochte klein sein, doch sie hatte Jaquento exquisite Schmerzen beschert, die auch ein Schluck Rum nicht wirklich unterdrücken konnte. *Nur eine Fleischwunde, nur eine Nadel.* Nur *ist ein verdammt dehnbarer Begriff.*

Dennoch wusste der junge Hiscadi, dass er sich glücklich schätzen konnte, denn in dem hastig zu einem Lazarett umfunktionierten Raum lagen andere, die weitaus schlimmere Wunden davongetragen hatten als er. Die Luft war erfüllt von ihrem Stöhnen.

Die Echse hatte von Jaquentos Schulter aus die Behandlung aufmerksam verfolgt und schien sich von den Geräuschen und Gerüchen der Verwundeten nicht beeindrucken zu lassen.

»Danke«, sagte Jaquento aufrichtig, als Bihrâd die Nadel in eine kleine Metallschale fallen ließ, die an einem Dreifuß über einer Kerze hing. »Du verstehst dein Handwerk sehr gut.«

»In meiner Heimat gibt es Schulen, wo diese Kunst gelehrt wird. Die Prinzipalen haben den menschlichen Körper genau studiert und erkundet, wie seine vielen Bestandteile zusammen funktionieren. Verglichen mit den Meistern dort ist mein Wissen gering, mein Können winzig.«

»Für mich reicht es«, erwiderte der junge Mann lachend und zog sein zerrissenes Hemd vorsichtig über die Schulter. »Du solltest dein Licht nicht so unter den Scheffel stellen, Freund. Einige verdanken dir heute ihr Leben.«

»Um an einem anderen Tag zu sterben«, antwortete Bihrâd ungerührt. »Die Fünfzehn Höllen holen jeden, früher oder später. Bei manchen wäre es besser, wenn es früher wäre.«

»So ist es wohl« bekräftigte Jaquento und stand langsam auf. Unsicher blickte er Bihrâd an, der fragend den Kopf zur Seite legte.

»Die Sklaven«, begann Jaquento vorsichtig. »In deiner Heimat gibt es Sklaverei?«

»Ja.«

Beide schwiegen, dann seufzte der Maureske.

»Ich kenne die Geschichten. Männer und Frauen aus Corbane, gefangen bei ungläubigen Potentaten, zu unaussprechlichen Akten gezwungen. Das ist unwahr, Jaq, nur Geschichten, um reiche Damen zu erschrecken und ihnen einen wohligen Schauer über den Rücken zu jagen. Sklaven sind wertvoll. Man behandelt sie gut. Niemand würde sie behandeln wie die Leute auf dem Schiff dort draußen. Das tun nur Corbaner. Manche verkaufen sich in die Sklaverei, denn man erhält Essen und wird versorgt, und die Familie bekommt das Geld.«

»In meiner Heimat gibt es keine Sklaven. Aber in den Kolonien gibt es sie. Ich … ich habe darüber nie nachgedacht.«

»Ja.«

Immer noch verunsichert, schwieg Jaquento. Er reichte dem Mauresken zum Dank für seine Hilfe die Hand und entfernte sich dann.

Als er an Deck ankam, stellte er fest, dass die beiden Schiffe inzwischen fest miteinander vertäut waren. Die géronaischen Sklavenhändler kauerten gefesselt auf dem Achterdeck der *Wyrdem*, während die Piraten ihr Schiff plünderten. Deguay stand beim Steuerrad und unterhielt sich leise mit Pertiz. Langsam schritt Jaquento zur Reling hinüber und legte seine Hand dabei sanft auf den Rücken der Echse.

»Du bist ein ganz schöner Kämpfer, hm?«, murmelte er vor sich hin, während er das Treiben auf dem Sklavenschiff beobachtete. Momentan konzentrierten die Piraten sich auf das Heck und schafften alles, was nicht niet- und nagelfest war, aus dem Achteraufbau an Deck, wo sie bereits einen großen Haufen Beute aufgetürmt hatten.

Obwohl einige Planken zwischen den Schiffen verlegt worden waren, tat sich Jaquento mit seiner Verletzung beim Überstieg schwer, ließ sich dies jedoch nicht anmerken.

»Er ist ein guter Doktor«, begrüßte ihn Rahel, »seine Medizin schmeckt süß, und für jeden Nadelstich bekommt man einen Schluck Rum.« Sie hob die Augenbrauen, als sie die Echse sah. »Ihr beiden werdet noch unzertrennlich. Vergiss nicht, dass dieses Vieh Gold wert ist!«

Ihre Stimme ließ die Echse unruhig werden, doch Jaquento streichelte sie wieder, bis sie zufrieden die Augen schloss.

»Vielleicht sollte ich ihr einen Namen geben? Heute hat sie mich immerhin gerettet.«

»Gerettet! Willst du mich auf den Arm nehmen, Jaq?«

»Nein«, beteuerte Jaquento ernsthaft. Als er ihren ungläubigen Gesichtsausdruck sah, erklärte er: »Sie hat für mich gekämpft. Nun ja, damit meine ich natürlich nicht, dass sie für mich mit dem Degen gefochten hat. Eher in dem Sinn, wie ein Hund seinen Herrn verteidigen würde.«

»Ihr solltet in einem Wanderzirkus auftreten. Jaquento und sein kleiner Freund ... wie willst du sie nennen?«

»Ich weiß noch nicht«, entgegnete der Hiscadi unwirsch. »Aber es erscheint mir eigentlich sinnlos, sie zu verkaufen.«

Rahel antwortete mit einem Schulterzucken. Als Deguay ihnen zuwinkte, gesellten sie sich zu ihm und Pertiz. Überall an Deck konnte man die Spuren des Kampfes sehen. Einige Planken waren mit Blut getränkt. Geschosse hatten das Holz zerfetzt, und überall lagen Splitter und verkohlte Überreste der Geschützladungen. Mit gerunzelter Stirn wies Jaquento auf die Plünderer: »Was ist mit den Sklaven?«

»Ich habe einige Leute in den Laderaum geschickt, die sich mit ihnen verständigen können«, erklärte der Kapitän. »Ich will keine Horde von rachsüchtigen Ex-Sklaven, die nicht zwischen uns und denen da unterscheiden können.«

»Außerdem werden sie Wasser und Nahrung brauchen. Wir schaffen gerade Fässer aus den Vorratsräumen in den Laderaum.« Pertiz wirkte grimmig. »Sie geben ihrer Fracht immer nur gerade so viel, um sie am Leben zu halten. Hält die Kosten niedrig.«

»Diese Sklavenhändler sind wirklich Bastarde«, murmelte Deguay und warf einen finsteren Blick auf die Gefangenen. Die Seeleute wirkten ängstlich. Eine kleine Gruppe hatte sich etwas abgesondert. Ihre Kleidung war teurer und wies sie als Offiziere aus. Einer von ihnen musste der Kapitän sein, doch obwohl dieser ja vor Beginn des Kampfes gerufen hatte, konnte Jaquento ihn nicht erkennen.

Ein Lärm auf dem Hauptdeck ließ ihn herumfahren. Aus der Ladeluke kletterten die ersten ausgemergelten Gestalten. Ihre dunkle Haut zeichnete sie als Einwohner der Sturmwelt aus, aber ihr auffälligstes Merkmal waren die Angst und die

Orientierungslosigkeit, die ihnen in Gesicht und Haltung geschrieben standen. Ihre nackten Füße klatschen auf die Planken, als sie das Deck betraten. Manche sahen sich verstört um, andere rissen, geblendet vom plötzlichen Licht, die Arme hoch und heulten laut. Mit ihnen kamen einige der dunkelhäutigen Piraten aus dem Laderaum empor und redeten auf die Freigelassenen ein. Ihre Stimmen klangen eindringlich, beruhigend, auch wenn Jaquento kein Wort der fremden Sprache verstand.

Der Hiscadi betrachtete die Menschen, die mühselig an Deck kletterten, und ihr Zustand ließ einen kalten Schauer über seinen Rücken laufen. *Es gibt einen verdammten Unterschied zwischen Sklaven und Leibeigenen,* dachte er. *Die Untergebenen meines Vaters mögen nicht frei sein, aber niemand hat das Recht, ihnen so etwas anzutun.*

»Es wird Zeit, die Sache zu regeln, damit wir von hier verschwinden können«, unterbrach Deguay seine Gedanken. »Wir liegen hier mitten in einer Handelsroute. Wer weiß, ob nicht schon ein ganzes Geschwader Thayns hinter dem Horizont lauert!«

Mit diesen Worten wandte sich der Kapitän an die Gefangen und sprach sie auf Géronaisch an: »Capitane? Wer ist der Capitane?«

Ein älterer Mann mit sorgfältig gestutztem, grauem Bart und einem Barett erhob sich schwerfällig. Jaquento sah Blut auf seinem Wams, doch der Géronay richtete sich stolz auf: »Capitane Loress, zu Ihren Diensten.«

»Kommen Sie, Capitane«, bat Deguay freundlich und legte seinen Arm um die Schulter des Mannes. Gemeinsam traten sie an die Brüstung und sahen hinab auf das Hauptdeck, wo die ehemaligen Sklaven sich versammelten.

»Overo!«, brüllte Deguay und winkte. »Übersetz ihnen, was ich sage!«

»Aye, Käpt'n!«

»Meine Freunde«, begann der Kapitän, und seine Stimme ließ alle zu ihm aufschauen. Er hatte die Arme ausgebreitet und lächelte einnehmend. Neben ihm wirkte der Kapitän der *Wyrdem* alt, klein und schmutzig. *Er kann ein verdammt überzeugender Mistkerl sein,* gestand Jaquento sich ein. Alle Augen waren auf Deguay gerichtet, sogar die Echse hatte ihren Kopf erhoben, als wolle sie seinen Worten aufmerksam lauschen.

»Ihr seid frei. Vom heutigen Tage an, von der jetzigen Stunde an seid ihr keine Sklaven mehr!« Der Kapitän machte eine kunstvolle Pause, damit die befreiten Gefangenen Zeit hatten, den Sinn seiner Worte zu erfassen. Dann fuhr er fort: »Aber ihr seid auch – zu meinem Bedauern – fern eurer Heimat. Unglücklicherweise können wir euch nicht nach Hause zurückbringen.«

Als die ehemaligen Sklaven die Worte hörten, die von Overo und anderen übersetzt wurden, setzte großes Durcheinander ein. Freude, ja Triumph, zeigte sich auf einigen Gesichtern, und mancher konnte nur mühsam davon abgehalten werden, die géronaischen Seeleute zu bespucken oder zu schlagen. Andere jammerten jedoch laut, als Deguay auf die See zeigte, um ihnen klarzumachen, wie weit sie von ihrer Heimat entfernt waren. Einige fielen auf die Knie und zerrten an ihren Haaren, doch als der Kapitän weitersprach, kehrte wieder Stille ein.

»Wartet! Wir können euch Boote geben oder euch auf einer Insel, die wir passieren, an Land setzen. Ihr könnt aber auch an Bord dieses Schiffes bleiben und bis zum nächsten Hafen mitfahren. Dies alles könnt ihr tun, und wir werden euch Nahrung und Vorräte mitgeben und euch helfen, so gut wir können.«

Es fiel Jaquento schwer, sich der Eindringlichkeit in Deguays Stimme zu entziehen. Für einen Moment hatte der junge

Hiscadi das Bild Corbans vor Augen, der durch das zerfallende, dekadente Reich seiner Feinde reiste und seine Getreuen allein mit der Kraft des Wortes um sich versammelte, bis er eine Armee hatte, die sogar nach seinem Tode seine Botschaft in alle Himmelsrichtungen trug.

Wieder machte Deguay eine Pause. Er schaute in die Runde, ließ seinen Blick schweifen, sah den Männern und Frauen, die sie soeben vor einem grauenvollen Los bewahrt hatten, fest in die Augen.

»Oder ihr könnt bei uns bleiben«, sagte er langsam und gewichtig. »Wir werden dieses Schiff übernehmen, und dafür können wir freie Leute gebrauchen, die sich uns anschließen und mit uns fahren wollen! Bei uns gibt es keine Sklaven! Wir beugen vor niemandem das Knie! Und wir töten Sklavenhändler, wo wir sie finden. Schließt euch uns an, und ihr könnt Rache nehmen.«

Während er noch sprach, packte er den Kapitän am Kragen und riss ihn mit einem Schwung nach vorn. Entsetzt schrie der Mann auf, als er die knapp drei Meter hinabstürzte und mit dem Kopf voran auf dem Deck aufschlug.

»Das ist der Mann, der euch verkaufen wollte! Er gehört euch! Tut mit ihm, was ihr für richtig haltet!«

Zufrieden lächelnd, wandte sich Deguay ab. Jaquento war wie erstarrt und blickte ungläubig hinab auf das Hauptdeck, wo Capitane Loress stöhnend seinen blutenden Schädel hielt. Rasch bildete sich ein Kreis um ihn, der zunächst Abstand hielt, doch dann kamen die ehemaligen Sklaven immer näher. In ihren Mienen zeigte sich die Angst, die ihnen dieser Mann eingeflößt hatte, aber der Ausdruck wandelte sich schnell zu blankem Hass. Und dann sprang der erste Mann vor und packte den Hals des Géronay. Andere folgten ihm, und schon bald konnte Jaquento nichts mehr außer wogenden Leibern erkennen, unter denen der Capitane begraben wurde.

Es gab keinen Schrei, nur dieses furchtbare Wogen. Irgendwann ließen sie endlich von dem geschundenen Leib ab, der in einer sich langsam ausbreitenden Blutlache dalag, den Kopf unnatürlich verrenkt, die Augen blicklos in den Himmel gerichtet.

»Das sollte uns ein paar neue Rekruten beschert haben«, erklärte Deguay Jaquento gleichmütig. Dann hob er die Stimme: »Schmeißt den Kadaver über Bord.«

Mit einem höflichen Lächeln wandte er sich wieder an die Besatzung der *Wyrdem*. »Und ihr?«

Unter seinem Blick kauerten sich die Gefangenen noch enger zusammen. Deguay schwieg lange, während er sie musterte. Keiner wagte zu sprechen, bis er über die Schulter wies.

»Mach ein Boot klar, Pertiz. Wir setzen sie auf der Insel aus.«

»Aye. Was sollen wir ihnen mitgeben?«

Die Frage schien den Kapitän zu erstaunen, und er schüttelte den Kopf. »Mitgeben? Die können froh sein, dass sie ihre Haut behalten dürfen. Sie nehmen mit, was sie am Leib tragen, mehr nicht.«

»Aye«, erwiderte Pertiz leise und rief einige der Piraten zu sich. Als Deguay Jaquentos Gesichtsausdruck sah, wies er auf das Hauptdeck: »Das sind Sklavenhändler, Freund Jaquento. Ließen wir sie an Bord, würden die Sklaven ihre Peiniger umbringen. Und der Capitane ... nun, irgendetwas mussten wir den Sklaven geben.«

»Man könnte ihnen dennoch ein paar Vorräte mitgeben oder ein Boot dalassen.«

»Wir brauchen alle Boote. Und wir werden selbst nicht genug zu beißen haben, wenn die Sklaven volle Rationen bekommen sollen. Wer soll hungern, Jaquento? Wir oder die?«

Darauf wusste der Hiscadi keine Antwort, oder zumindest keine Antwort, die ihm selbst gefiel.

»Keine Sorge«, erklärte Deguay in versöhnlicherem Tonfall. »Die Inseln liegen an einer Handelsroute. Hier kommen oft Schiffe vorbei – Frachter der Compagnie, der Thayns, Schiffe der ganzen verfluchten Marine. Und es gibt auf dem Eiland genug Nahrung, Früchte, Fische, was auch immer. Eigentlich tun wir ihnen einen Gefallen.«

Das Lachen des Kapitäns klang echt, doch in Jaquentos Ohren schien es ihn zu verhöhnen. *Aber was habe ich eigentlich erwartet? Immerhin bringt er sie nicht einfach um, so wie ihren Kapitän.*

»Beeil dich, Pertiz«, rief Deguay seinem Offizier hinterher, bevor er sich an Rahel wandte: »Teil die Mannschaft auf, und schau, wer von den Befreiten bei uns bleiben will. Verteil sie vernünftig auf beide Schiffe, und sorg dafür, dass wir bald klar zum Ablegen sind. Wir kümmern uns später darum, die *Wyrdem* für unsere Zwecke tauglich zu machen. Jetzt gilt es erst einmal, weniger befahrene Gewässer zu erreichen.«

»Aye, Käpt'n«, erwiderte die dunkelhaarige Frau und rief Jaquento zu sich. »Wir haben Arbeit, Jaq.«

Die Sonne versank schon am Horizont, als die beiden Schiffe sich scheinbar widerstrebend voneinander lösten und gemeinsam Kurs hinaus auf die offene See nahmen. Es hatte einer gewaltigen Anstrengung bedurft, um die Ladung und Vorräte der Schiffe geschickt zu verteilen; dabei hatte Jaquento erfahren, wie wichtig es war, dass die Stauräume richtig beladen wurden, damit die Schiffe nicht in Gefahr gerieten, bei ungünstigen Winden zu kentern, und dennoch gut vor dem Wind lagen.

Inzwischen waren die géronaischen Sklavenhändler mit wenig mehr als ihrer Kleidung auf der Insel ausgesetzt worden, während viele Sklaven sich bereit machten, mit zwei der größeren Boote ihr Glück zu versuchen. Erschöpft lehnte sich

Jaquento an die Reling und sah ihnen dabei zu, wie sie Nahrung und Wasserfässer verstauten.

»Die Boote werden sehr voll sein«, erklärte Pertiz, der sich zu Jaquento gesellte. »Aber einige von ihnen kennen sich mit Kanus aus und wissen, wie man die Vorräte ordentlich lädt.«

»Ich hätte nicht gedacht, dass so viele sich diesen Nussschalen anvertrauen. Das erscheint mir irrwitzig.«

»Auf offener See wäre es das vielleicht, aber hier können sie von Insel zu Insel fahren. Richtung Süden werden sie kaum zwei oder drei Tage auf See verbringen müssen, bevor sie wieder ein Eiland finden. Die Riffketten vor den Inseln halten normalerweise die schlimmste See ab und bieten Schutz vor Unwettern. Sie haben erfahrene Kanuten, die kennen Wind und Wetter hier wie kaum ein anderer. Sie passieren die Handelsroute in der Dunkelheit, und schon morgen früh befinden sie sich im Gewirr der Inseln. Ihr Vorhaben wirkt nur auf eine Landratte irrwitzig; eigentlich ist es ganz vernünftig.«

Irritiert sah Jaquento den Mann an, doch dessen Lächeln nahm der Spitze den Stich. Er deutete wieder zu den Booten: »Früher oder später finden sie vielleicht ihre Heimat oder einen Stamm, der sie aufnimmt. Ich kann sie gut verstehen; was sollten sie in Lessan oder sonst einer Kolonie?«

»Vielleicht würden die Thayns ihnen helfen?«, erwiderte Jaquento, doch er ahnte bereits, wie die Antwort seines Gegenübers ausfallen würde.

»Die Thayns würden sie eher als billige Arbeitskräfte benutzen. Niemand ist wirklich daran interessiert, den Paranao zu helfen. Wenn man von einigen Missionaren mal absieht, aber die haben ihre eigenen Gründe dafür. Nein, die See wird ihnen mehr Gnade erweisen als jede Blassnase.«

»Blassnase?«

»So nennen sie die Thayns. Oder auch alle Corbaner, je nachdem. Aber genug davon. Reden wir von dir.«

»Von mir?«, fragte der junge Mann mit einem Hauch von Misstrauen in der Stimme. »Was gibt es da zu reden?«

»Du hast heute die zivilisierte Welt hinter dir gelassen und dich der Sturmwelt mit Haut und Haaren verschrieben«, erklärte Pertiz ernst und sah Jaquento in die Augen.

»Ich bezweifle, dass ein einzelner Degenstreich mich zum Ausgestoßenen macht«, konterte der Hiscadi, »es ist nicht der erste und wohl nicht der letzte, den ich geführt habe.« Doch in Pertiz' Worten lag so viel Nachdruck, dass es ihn nachdenklich stimmte.

»Glaub mir, Freund Jaq, dieser Schritt führt nur in eine Richtung, und keiner kehrt auf diesem Weg jemals um.«

»Ist das eine Prophezeiung? Oder eine Drohung? Solche Orakelsprüche scheinen gar nicht zu dir zu passen, Freund Pertiz. Hat Deguay dich gesandt, um mit mir zu sprechen?«

»So wie Quibon? Nein«, erwiderte Pertiz lachend und schüttelte den Kopf.

Jaquento schwieg. Sein heimlicher Verdacht hatte sich soeben bestätigt.

Gerade war der letzte Rand der Sonne noch über dem Horizont zu sehen gewesen, dann verschwand sie endgültig. In diesem Moment erhellte ein kurzes, grünes Aufflackern den Himmel, als würde eine hellgrüne Flamme über ihn hinwegrasen. Neben Jaquento atmete Rahel scharf ein und fragte: »Hast du das gesehen?«

»Das grüne Leuchten? In den alten Ländern erzählt man sich viele Geschichten darüber. Seit ich in der Sturmwelt bin, wollte ich es sehen.«

»Wir nennen es *Grüner Blitz*. Ich habe mal einen alten Matrosen getroffen, der hat behauptet, dass es ein Omen ist.«

»Ein Omen wofür?«

»Für eine große Veränderung. Er war ein seltsamer alter Kauz. Aber magisch ist es ganz sicher, das sagt auch Ayvon. Er glaubt daran, dass mächtiges Mojo am Werk ist, wenn sich der Grüne Blitz am Himmel zeigt.«

Unsicher blickte Jaquento zum Horizont. *Ist das ein Zufall? Ein simples Naturschauspiel? Oder ein magisches Zeichen, eine Botschaft, ein Hinweis?* Aber so sehr er auch überlegte, er konnte diese Fragen nicht beantworten. Obwohl Rahel bei ihm stand, fühlte er sich an Bord der *Todsünde* einsam; so allein, wie er sich nicht mehr gefühlt hatte, seit er seine Heimat verlassen hatte.

Er beachtete kaum, wie die beiden großen Boote unter viel Geschrei ablegten, wie die Abschiedsrufe über das Wasser hallten, während sich die ehemaligen Sklaven in die Ruder legten. Die Nacht kam schnell, wie stets in den Sturmwelten, und Jaquento stand noch kurze Zeit an der Reling, während die Schatten jede Erinnerung des Himmels an das grüne Leuchten tilgten, zur allumfassenden Dunkelheit wurden und den Horizont schließlich verschluckten.

MAJAGUA

Gemeinsam mit den winzigen Segeln, die hinter dem Horizont verschwanden, sank auch Majaguas Hoffnung. Das Schiff war nun unerreichbar, an eine Flucht nicht mehr zu denken.

Nein!, schalt er sich selbst. *Es werden mehr Schiffe kommen. Und eins davon wird uns von hier fortbringen!*

Doch in der Hitze der Mittagssonne auf den Feldern, den Rücken gebeugt, die harschen Befehle der Aufseher in den Ohren, fiel es dem jungen Paranao schwer, seinen eigenen Gedanken Glauben zu schenken. Nachdem sie in den letzten Tagen die Wurzeln geerntet hatten, mussten sie nun wieder Setzlinge einpflanzen. In einem Leinensack an seiner Seite trug Majagua die jungen Pflanzen, die er in das Erdreich eingraben musste. Natürlich gab es nur wenige Pausen in der monotonen Arbeit, und wer in den Reihen hinter den anderen Sklaven zurückfiel, wurde mit der Knute angetrieben.

Der Schweiß lief Majagua über die Haut, und seine Finger schmerzten vom Scharren in der Erde, aber es ging ihm besser als manch anderem hier. Er war jung und stark, und das Feuer in seiner Brust hielt ihn am Leben. Andere schleppten sich mühsam von einem Loch zum nächsten, die Qual in ihrem Gesicht nur noch übertroffen von ihrer Hoffnungslosigkeit. *Haltet aus*, flehte der junge Paranao wortlos, *wir werden von hier fliehen.*

In der nächsten Reihe schuftete ein älterer Mann, dessen Name Majagua nicht einmal kannte, obwohl sie in der gleichen Hütte schliefen. Seine Augen waren glasig, und sein Atem ging stoßweise. Er musste diese Arbeit schon oft ausgeführt haben, denn seine Bewegungen waren schnell und präzise, selbst wenn er nicht auf den Boden schaute. Es schien für ihn kein anderes Ziel als das nächste Loch zu geben, den nächsten Setzling, den nächsten Schritt. Zwei Reihen weiter auf der anderen Seite arbeitete Aymero. Aus dem Augenwinkel sah Majagua, wie sich der Junge etwas in den Mund steckte und verstohlen zu kauen begann.

»He«, zischte Majagua gerade so laut, wie er sich traute, ohne unliebsame Aufmerksamkeit zu erregen. Ein Blick über die Schulter zeigte ihm, dass keiner der Aufseher in der Nähe war. Die älteren Sklaven um ihn herum beachteten ihn nicht, sondern sahen starr auf ihre arbeitenden Hände. Nur Aymero blickte auf.

»Was machst du da?«

»Ich habe Hunger«, erklärte der Junge mit schluchzender Stimme. »Es tut weh im Bauch!«

»Sei leise«, erwiderte Majagua warnend. »Was isst du da?«

»Wurzel.«

Auch Majagua hatte hier und da auf dem Feld noch einige Wurzeln gefunden, die er allerdings, wie befohlen, in seinen Sack gesteckt hatte. Er schüttelte zornig den Kopf: »*Ocama* – hör mir zu: Das darfst du nicht!«

»Aber ich habe Hunger«, greinte Aymero und rieb sich den Leib. Der Junge war schon bei seiner Ankunft schmal gewesen, und inzwischen sah Majagua seine Rippen einzeln hervorstehen, denn das Essen im Lager war immer zu knapp und eine Schüssel davon längst nicht genug für einen Jungen, der noch wachsen musste.

»Man darf die Wurzeln nicht so essen. Das ist tabu!«

Anstatt zu antworten, begann Aymero nur, leise zu weinen. Im Schatten einer Palme, vielleicht drei oder vier Dutzend Schritt entfernt, unterhielten sich zwei der Aufseher, während sie eine rauchende Pfeife hin und her reichten. Noch sahen sie nicht herüber, aber irgendwann würden ihnen Sklaven, die nicht weiterarbeiteten, gewiss auffallen.

»Iss die Wurzel nicht«, befahl Majagua leise. »Ich gebe dir heute Abend etwas von meinem Eintopf. Anui straft dich sonst und nimmt dir die Kraft deiner Beine und deiner Augen!«

Widerwillig nickte Aymero und schniefte noch einmal, bevor er sich wieder hinabbeugte und weitermachte.

Auch Majagua beeilte sich, den Rücken wieder zu krümmen, um nicht aufzufallen. *Schon aufrecht zu stehen ist gefährlich.* Auch wenn seine Worte gegenüber dem Jungen hart gewesen sein mochten, waren sie wahr. Wer die Maniokwurzel nicht richtig zubereitete, den bestraften die Ahnen mit Lähmungen, häufig in den Beinen, und mit Blindheit. Einst hatten die Paranao die Gesetze der Ahnen gewissenhaft befolgt, doch mit den blasshäutigen Menschen kamen die neuen Götter, und die kannten die Regeln und Gesetze für das Leben auf den Inseln nicht. So hatte Majagua schon so manchen gesehen, dessen Beine taub und lahm waren, weil er die Ahnen erzürnt hatte, indem er frische Maniokwurzeln aß.

Der Zorn der Ahnen traf auch jene, die von ihren Tabus nichts wussten, ein Zeichen ihrer Macht und Weisheit, die viel größer als die der Einheit waren. Verächtlich blickte Majagua zu den Aufsehern hinüber. *Wir sollten euch den Maniok geben, damit die Ahnen euch strafen. Ich glaube Dagüey nicht, dass unsere Ahnen diese Insel verlassen haben. Anui brennt auf uns herab, Yuara fließt um uns herum, und Maniok gedeiht nur dort, wo ihr Sohn ist. Die Ahnen sind hier!*

Diese Gedanken machten ihm die Arbeit ein wenig leichter. Kaum hörbar summte er ein altes Loblied auf Anui und Yuara, die den Paranao am Morgen der Zeit die Inseln gezeigt hatten, damit ihr Leben gut war. Erst als neben ihm ein Schlag ertönte und jemand schrie, wurde er aus seinen Träumereien gerissen.

Der alte Mann, dessen Name Majagua nicht kannte, lag neben ihm am Boden, die Hände schützend vor das Gesicht gepresst, während ein Aufseher mit der Knute auf ihn einschlug. Die anderen Sklaven wichen zurück, duckten sich, während die Peitsche wieder und wieder klatschend die nackte Haut traf.

»Du verfluchter Dieb!«, brüllte der Aufseher mit von Zorn erfüllter Stimme. Sein Gesicht war rot, ob vor Wut oder Hitze, konnte Majagua nicht sagen. An seiner Schläfe pochte eine Ader, so fest schlug er auf den Mann am Boden ein. Aufgebracht blickte der junge Paranao sich um, doch die Soldaten und Aufseher standen um sie herum, mit Musketen und Knuten in den Händen, und beobachteten aufmerksam die Sklaven. Allein ihre Anwesenheit brach den Willen der meisten Arbeiter. Niemand half dem Alten, und niemand würde Majagua beistehen, wenn er die Hand gegen den Aufseher erhob.

»Was ist hier los?«, donnerte eine Stimme über das Feld. Mit langen Schritten kam Tangye heran, den Hut tief ins Gesicht gezogen, die Peitsche in der Hand.

»Er hat gestohlen, Thay. Er frisst unsere Ernte auf, das alte Schwein!«

»So?«

Die Stimme des obersten Aufsehers war kalt. Er beugte sich neben dem Geschlagenen nieder, der immer noch die Hände vors Gesicht hielt. Mit rauer Gewalt riss Tangye ihm die Arme herunter und zwängte seine Finger in den Mund des Sklaven. Der Alte drehte den Kopf weg, wollte sich wehren, doch er war zu schwach, um sich dem Aufseher zu widersetzen. Er wollte etwas sagen, aber seine Worte waren unverständlich. Schließlich hob Tangye seine Hand hoch und zeigte dem anderen Aufseher ein Stück feuchte Maniokwurzel.

»Meinst du das?«

Der andere nickte bestätigend, woraufhin sich Tangye schwerfällig erhob. Er sah sich um, ließ seinen Blick über die versammelten Sklaven und Aufseher gleiten. *Anui, hilf uns. Blende diesen räudigen Hund mit deinem Licht.* Doch das Licht der Sonne brannte einfach nur weiter mitleidslos herab.

»Zurück an die Arbeit, verflucht noch mal!«, brüllte der Aufseher, und alle Sklaven, selbst diejenigen, die nicht in seiner Zunge sprechen konnten, verstanden ihn und beugten sich wieder hinab. Auch Majagua folgte dem Befehl, schaute allerdings immer wieder vorsichtig über die Schulter.

»Schaff dieses Stück Dreck ins Fort. Und sag in der Mine Bescheid, dass sie die Arbeiter heute früher zurückschaffen sollen. Wir bringen sie vor Sonnenuntergang zum Fort, damit alle Zeuge seiner Bestrafung werden.«

»Ja, Thay.«

Der Aufseher gehorchte, packte den alten Mann und zerrte ihn vom Feld. Majagua tat, als ob ihn das nicht berühre, denn er sah, wie wachsam die Soldaten waren, nun, da sie den Blick ihres Herrn auf sich spürten.

Aber die eintönige Arbeit konnte ihn nicht ablenken, und er fragte sich den ganzen Tag, was wohl mit dem Alten passieren würde. Einmal sah er Aymeros Augen, in denen eine Mischung aus Dankbarkeit und Angst lag. Doch er beachtete den Jungen nicht weiter, denn seine eigenen Gedanken bereiteten ihm genug Sorgen. Obwohl er es gar nicht wissen wollte, kehrten sie immer wieder zurück zu der Bestrafung, deren Zeuge er am Abend werden würde. *Es dauert lange, und sie zappeln, und ihre Gesichter werden rot und die Augen groß.* Das hatte Sinao gesagt, und ihre Worte ließen ihn nun nicht mehr los. Ebenso wie ihr letzter Satz zu ihm, bevor sie ihn verlassen hatte: *dann bist du bereits tot.* Er wollte ihren Worten nicht glauben, er wollte etwas tun, alles in ihm drängte ihn dazu, zu handeln, doch er richtete sich nicht auf. Er stand nicht aufrecht, und er griff auch keinen der Aufseher an. *Ich, Majagua, Sohn des Cacique von Guanquen, stecke lediglich einen Setzling nach dem anderen in die Erde. Wenn ich so weitermache, dann werden sie auch mich bald in die Erde stecken,* dachte er finster.

Seine Schritte waren schwer, als man sie hinauf zum Fort führte. Die Minenarbeiter waren schon dort, ebenso die Sklaven aus der Festung. Die Soldaten hatten ihre Uniformen an, trugen ihre Musketen, und von den Mauern des Forts wiesen drei Kanonenmündungen auf die versammelte Schar Sklaven. Sie wurden ein Stück weit von der Mauer aufgestellt, eingekreist von den Soldaten und Aufsehern. Zwei von ihnen hatten den alten Mann in ihre Mitte genommen, dem sie nicht einmal seine spärliche Kleidung gelassen hatten. Auf seiner Haut zeichneten sich die Peitschenschläge als blutige Striemen ab, und seine Augen waren groß und geweitet, wie weiße Löcher in seinem dunklen Gesicht.

»Dieser Mann hier hat gestohlen. Er hat die Compagnie bestohlen. Er hat euch bestohlen. Er hat euer Essen genommen und für sich allein behalten wollen. Er ist die niederste aller Kreaturen: ein Dieb!«, rief Tangye, der seinen Hut in den Nacken geschoben hatte, mit durchdringender Stimme. *Du bist die niederste aller Kreaturen,* dachte Majagua voller Abscheu, während einige Paranao die Rede übersetzten. Majaguas Augen suchten das Mädchen, Sinao, und er fand sie bei den Arbeitern, die aus der Festung gekommen waren. Als sie ihn bemerkte, stellte sie sich unauffällig neben Majagua. Ihre schwarzen Augen waren voller Trauer.

»Für sein schändliches Verbrechen wird er gehängt werden!«, verkündete Tangye soeben.

Der Alte zuckte zusammen, öffnete den Mund, doch bevor er etwas sagen konnte, schlug ihn einer der Aufseher mit dem Handrücken. Von den Zinnen des Forts wurde ein Seil hinabgeworfen, erst ein Ende, dann eine Schlaufe am anderen, sodass es über einem der Balken hing. Mit geübten Handgriffen legte Tangye selbst dem Alten die Schlinge um den Hals und ergriff dann das andere Ende.

Alles in Majaguas Geist schrie vor Entsetzen. Er wollte etwas tun, dem Alten helfen, Tangye schlagen – doch sein Körper war wie gelähmt; er konnte nur hilflos zusehen, wie zwei Aufseher Tangye halfen, das Seil packten und daran zogen. Der alte Paranao wurde emporgehoben, seine Füße wirbelten kurz Staub auf, dann hing er in der Luft. Er zuckte, seine nackten Beine schlugen gegen die Mauer. Die Spannung löste sich aus Majaguas Körper, wich in einem Atemzug. *Dann bin ich eben schon tot.*

Der junge Paranao beugte sich nach vorn, wollte loslaufen und Tangye anspringen. Nichts hielt ihn mehr, weder Angst noch Fragen, weder Trauer noch Zorn – er war frei. Doch da spürte er eine leichte Berührung an seinem Arm. Verwirrt schaute er hinab und sah Sinaos schmale Hand, die ihn umfasste.

»Nicht«, flüsterte sie. »Bitte nicht.«

Ihre Stimme übertönte kaum das Schlagen seines Herzens und das Rauschen in seinen Ohren, doch ihr Flehen riss ihn aus seiner Trance. Alle Gefühle strömten in ihn zurück, spülten seine überirdische Ruhe fort, schlugen mit unwiderstehlicher Macht über ihm zusammen. Er hob den Blick und sah den Alten um sein Leben kämpfen, um Atem ringen, den er nie wieder bekommen würde. In den Zügen des Erhängten standen so viel Angst und Verzweiflung, dass es Majagua

Tränen in die Augen trieb. Aber er konnte sich auch nicht abwenden, so wenig wie Sinao, deren Finger sich nun in seine Haut bohrten. Er sah nur undeutlich, wie die Bewegungen des Mannes erlahmten und schließlich ganz aufhörten.

Ein endloser Schmerz ergriff von ihm Besitz, obwohl er nicht einmal den Namen des Sterbenden kannte. Er wollte beten, die Ahnen um die freundliche Aufnahme des Reisenden bitten, aber die Worte hatten seinen Geist verlassen, und was blieb, war nur Gestammel ohne Sinn.

»Dies ist die Strafe für Diebstahl«, brüllte Tangye befriedigt, als der Körper leblos von der Mauer hing und alle Zuschauer ihn schweigend betrachteten. Er wies nach oben und ließ seinen Blick über die Sklaven schweifen. »Er wird hier hängen bleiben, als Warnung für alle, die euch künftig berauben wollen!«

Niemand wagte es, dem Aufseher ins Gesicht zu sehen, als er mit langsamen Schritten vor den Sklaven entlangging und sie eindringlich musterte. Auch Majagua senkte den Kopf, doch nicht aus Angst; er wollte nicht, dass Tangye die Tränen in seinen Augen sah.

»Sein Name war Hayuya«, flüsterte Sinao ihm zu. »Er war schon lange hier, zweihundertachtundsiebzig Tage. Er war immer sehr freundlich und höflich bei der Essensausgabe.«

Der junge Paranao war einen Moment lang erstaunt, wie gut ihr Gedächtnis für diese Einzelheiten war. Zugleich ließen ihre Worte auch wieder Wut in ihm aufsteigen. Er wusste kaum, wie ihm war, so schnell kam der Zorn über ihn und vertrieb die Trauer. Heiß kochte er in seinem Herzen und ließ ihn mit den Zähnen knirschen.

»Warum hast du mich aufgehalten?«

»Weil du sonst auch tot wärst«, war ihre schlichte Antwort. Ungläubig schüttelte Majagua den Kopf. Sie musste wissen, dass er nicht zu siegen gehofft hatte. Oder sie dachte wirklich, dass er ein Schafsjunge war, den sie herumkommandieren konnte, wie sie wollte.

»Ich bin tot«, antwortete Majagua mit einer Kälte, die er nicht empfand. »Wir alle sind es. Nenn du sie Hequia, die Herrin, aber ich sage, wir leben auf *Oubao-moin*, auf der Blut-Insel! Sie haben heute ein wenig von uns getötet und werden es morgen wieder tun. Und ich bin lieber ganz tot als nur halb!«

»Aber du musst leben«, widersprach sie ihm.

»Warum?«

Ihre nächsten Worte waren von solcher Ruhe erfüllt, dass sie dem jungen Paranao seinen ganzen Zorn nahmen: »Weil du uns aus dieser Finsterwelt führen musst, Majagua.«

FRANIGO

Andere mochten über die Thayns und ihre angeblich so langweilige Mode, die von den Marotten ihrer exzentrischen Monarchin bestimmt wurde, amüsiert den Kopf schütteln, aber Franigo fand seit jeher, dass Schlichtheit ihre ganz eigene Faszination und auch Schönheit entwickeln konnte. Zudem stach man in einem schwarzen Gehrock allein schon wegen der Farbe aus der Masse jener hervor, die sich geradezu verzweifelt in so farbenreiche Gewänder hüllten, dass sich selbst Regenbögen beschämt abwendeten.

Der Inhalt der Börse, die man dem Poeten überlassen hatte, war von ihm gleich bei einem Schneider angelegt worden. Denn nur weil ein Gewand farblich schlicht war, wollte Franigo nicht auf die besten Stoffe und einen angenehmen, seine Konturen ins rechte Licht rückenden Schnitt verzichten. *Das muss man den Géronaee lassen: Die Kenntnisse ihrer Schneider sind anderen Völkern weit überlegen.*

Doch schon regte sich wieder Ungeduld in ihm. Zwar lebte er gut im Gästehaus des Anwesens, und um alle seine Sorgen wurde sich aufmerksam, schnell und diskret gekümmert, doch er wollte endlich seinen Mäzen kennenlernen.

Geschrieben hatte er natürlich nichts von Bedeutung; die anzüglichen Verse hatte er abgesagt, und für ein neues Stück fehlte ihm das Wissen um den Geschmack seines Gönners.

Eine Handvoll Liebesgedichte hatte er halbherzig verfasst; einfach, weil er es konnte und es ihm nicht gut tat, diesen Teil seines Talents zu vernachlässigen. Selbstverständlich waren sie ausgezeichnet, aber sie lösten nicht die errötende Atemlosigkeit bei ihren Empfängerinnen aus, die er stets anstrebte. Seit dem unglücklichen Ende seiner Affäre mit der Marchessa mangelte es ihm an echter Inspiration.

Seine langen Finger trommelten auf das edle, dunkle Holz des Schreibtisches. Schließlich fasste er einen Entschluss, erhob sich und warf den Mantel über die Schulter. Vor einem der teuren, großen Spiegel setzte er seinen Hut im genau richtigen, leicht verwegen wirkenden Winkel auf und musterte seine Erscheinung. Ein schneidiger Dichter lächelte zurück, und er strich zufrieden über seinen sorgfältig gestutzten Bart. Die rote Rose des Ordens auf seiner Brust war absolut der richtige Akzent für die schwarze Kleidung, sie unterstrich und erhöhte die würdevolle Erscheinung. Selbstbewusst verließ er das Gästehaus und überquerte den Hof, dessen Kies unter seinen hohen Stiefeln knirschte.

»He da, guter Mann«, rief er der uniformierten Wache zu, die vor dem Eingang zum Hauptgebäude des Palasts stand. »Ich begehre Einlass.«

Anstatt zu antworten, brummte der Mann nur und schüttelte den Kopf.

»Mein Name ist Franigo ...«

»Kein Einlass heute, meine Anweisungen sind deutlich«, unterbrach ihn der Soldat abweisend. *Impertinenter Hund,* wollte Franigo rufen, *weißt du denn nicht, wer ich bin?* Stattdessen hob er eine Braue: »Dann melde deinem Herrn mein Anliegen.«

Schritte ließen den Poeten über seine Schulter blicken. Einer der Diener näherte sich und vollführte eine Armeslänge von Franigo entfernt eine Verbeugung. »Das wird nicht nötig sein. Würdet Ihr mir bitte folgen?«

Mit einem letzten, abschätzigen Blick auf die ungerührte Wache kam Franigo der Aufforderung nach. Er wurde hinter den Palast gebracht, wo ein schmaler Weg durch den Park führte. Dort stand eine prunkvolle Kutsche, vor die zwei der prächtigsten Pferde gespannt waren, die Franigo jemals gesehen hatte. Sein Land war für seine Pferdezuchten berühmt, und jene beiden Rappen hätte jeder Züchter dort sofort erworben.

Mit geübten Bewegungen klappte der Diener eine kleine Treppe herab und öffnete die Tür der Kutsche. Jetzt war sich der Poet sicher: Es war jener Livrierte, der ihn vor einigen Nächten abgeholt hatte. Im hellen Tageslicht war er besser zu erkennen, und sowohl die Livree als auch die gepuderte Perücke verbargen nicht, dass er mehr war als ein gewöhnlicher Bediensteter. Der Stoff spannte sich über seiner breiten Brust, und an seinen Händen konnte der Dichter kleine Narben erkennen; Zeugen von Kämpfen, wie Franigo annahm. Mit einem Nicken stieg er in die Kutsche, wo bereits drei Personen saßen, die ihn neugierig betrachteten.

»Ah, mein schreibender Freund«, erklärte der Mann, der in Fahrtrichtung saß, und wies auf den letzten freien Platz auf der gegenüberliegenden Sitzbank. Entschuldigungen murmelnd, stieg Franigo mühsam über die Beine der anderen hinweg, während sich der Mann, der ihn angesprochen hatte, offensichtlich sein Gastgeber, allein auf seiner Bank fläzte. Das Gefährt schaukelte unter Franigos Bemühungen, und er spürte Scham über sein Ungeschick in sich aufsteigen, da er sich, entgegen seiner sonstigen Gewohnheit, unbeholfen fühlte.

»Euer Exzellenz«, sagte der Poet schließlich, als er sich niedergelassen hatte, und neigte das Haupt.

»Das sind mein Maestre und der Caserdote meiner Kapelle«, stellte der Princiess seine Begleiter unhöflich knapp vor. Dann klopfte er mit einem kurzen Stab an die mit Seide bespannte Decke der Kutsche. »Verzeiht den Umstand, aber wir fahren lieber durch das Seitentor. Am Haupttor lungert ständig diese Bettlermenge. Ein Affront für die Augen, das könnt Ihr mir glauben. Ich wünschte, der König würde sich endlich dieser armen Seelen annehmen und ihnen Arbeit geben. Wir führen wahrlich genug Kriege. Sollen sie doch zu Felde ihrem Land dienen!«

Ruckelnd setzte sich die Kutsche in Bewegung. Ihre Fenster waren mit Vorhängen ausgestattet, und in ihrem Inneren herrschte Zwielicht. Unauffällig musterte Franigo den Mann, der als Minister bei Hofe große Macht angesammelt hatte. In vielen Geschäften ließ der König ihm freie Hand, vor allem bei der bürokratischen Zentralverwaltung, die sich von Géronay aus wie ein Krake über alle eroberten Ländereien gelegt hatte.

Obwohl er stämmig war, wirkte sein Leib eher kräftig denn fett – wie der eines Mannes, der einst athletisch gewesen war, aber im Laufe der Zeit an zu vielen guten Banketten teilgenommen hatte. Das deckte sich mit dem wenigen, das Franigo über Gasparde von Gureman, Princiess des Reiches, geheimer Minister und Liebhaber der schönen Künste, gehört hatte: In seiner Jugend hatte der Princiess selbst in den zahlreichen Kriegen seines Lehnsherrn gekämpft und so dessen Vertrauen erlangt. Seine Kleidung entsprach natürlich der allerneuesten Mode, reichhaltig verziert und mit kostbaren Steinen bestickt. Anerkennend bemerkte Franigo, dass der Adlige jedoch auf allzu auffällige Farben verzichtet und ein beinahe schon zurückhaltend zu nennendes dunkelblaues Wams gewählt hatte, das dezent sein Wappen trug.

Plötzlich fielen dem Poeten die Stille und der fordernde Blick seines Gegenübers auf, also murmelte er verlegen: »Natürlich, Euer Exzellenz.«

»Meine Dienerschaft wird später die Reste meines Frühstücks an die wirklich Armen verteilen.«

»Sehr großzügig, Euer Exzellenz«, versicherte Franigo hastig und dachte an Imerol, der für das Land gefochten hatte, dennoch arm war und in absehbarer Zeit kein ordentliches Frühstück erhalten würde.

»Ihr habt also dieses famose Stück verfasst? Wie heißt es noch gleich, guter Mann?«

»*Das verwerfliche Leben des Radon oder Aus dem Leben eines Erzgauners*, Euer Exzellenz.«

»Ein ganz vortreffliches Werk. Der König war so gütig, mir seine Loge zur Verfügung zu stellen, und ich habe mich fabelhaft amüsiert.«

»Zu viel der Ehre, Euer Exzellenz«, erwiderte Franigo, konnte sich jedoch ein freudiges Lächeln nicht verkneifen.

»Ich beauftrage Euch, etwas in dieser Art zu schreiben. Dafür stelle ich Euch Kost und Logis zur Verfügung und werde Euch natürlich auch finanziell entlohnen. Es soll diesen rauen Charme Eurer Heimat haben, wie auch das *Leben des Erzschurken*. Also, wie die Amme den lüsternen Alten gezüchtigt hat – wahrhaft köstlich!«

Eigentlich wollte Franigo erwidern, dass Tragödien im Grunde seine Stärke waren und dass die Moral der letzten Komödie doch eher zweifelhafter Natur war, doch Guremans offensichtliche Erheiterung ließ ihn schweigen. Auch der falsche Titel nagte an seiner Künstlerseele, aber schlimmer als missverstandene Kunst war immer noch die brotlose, wie er sich insgeheim sagte.

»Eine Komödie, natürlich, Euer Exzellenz.«

»Schreibt sie mir gut, und ich sorge dafür, dass sie bei Hofe gespielt wird. Nach all den blutleeren Ermahnungen und moralinsauren Dramen verknöcherter alter Schreiberlinge bringt ein Mann wie Ihr frischen Wind auf die Bühnen! Schreibt Ihr auch Episteln?«

»Euer Exzellenz?«

»Gedichte«, begann der Princiess und kicherte vergnügt, »satirischen Inhalts? Oder gar erotische Gedichte?«

»Hin und wieder, wenn mich die Muse küsst, Euer Exzellenz«, erklärte Franigo und behielt sein Lächeln bei. *Immerhin werden sie diesmal besser bezahlt, wenn der Herr einer Kokotte schmeicheln möchte,* dachte er spöttisch. *Noch nie habe ich erlebt, dass ein Adeliger seinem eigenen Weib gekaufte Verse zugedacht hätte. Ich sollte mir wohl selbst eine neue Geliebte suchen, der Anschauung wegen.*

»Vortrefflich!«

Das schien der Lieblingsausdruck des Mannes zu sein. Er wirkte vordergründig wie ein gütiger, wenn auch verschrobener älterer Herr, doch Franigo fiel keinen Moment auf diese Fassade herein. Der Princiess hatte einen der wichtigsten Posten innerhalb eines Weltreichs inne, und es hieß, dass seine Gegner oft unauffindbar verschwanden.

Skrupellos war noch das angenehmste aller Adjektive, mit denen er bedacht wurde, und er hatte seine einst unbedeutende Linie von Landadligen bis in das Zentrum der Macht geführt, von den moskitoverseuchten Sümpfen des Marais in die Paläste der Hauptstadt. Sein Reichtum war beträchtlich und bewundernswert, vor allem, wenn man seine eher bescheidenen Wurzeln kannte. Als Gouverneur hatte er in der Sturmwelt die Kolonien ausgepresst, als Minister füllte er sein Säckel mit den Geschenken jener, die seine Gunst suchten. *Nein,* schwor sich Franigo, *ich werde ihn niemals unterschätzen.*

»Es liegt mir fern, mich in Eure Arbeit einzumischen, aber mir kam eben eine amüsante Idee: Könntet Ihr nicht eine lustige Figur einbauen, einen aufgeblasenen Popanz namens Bouflé, einen leidigen, alten Soldaten, dessen Kapriolen und Possen die Leute zum Lachen reizen?«

»Ein hervorragender Einfall. Eure Exzellenz hat offenbar großes musisches Talent«, erwiderte Franigo, immer noch lächelnd. Seine Gedanken wanderten zu Marschall Bouflon, dessen militärische Siege im Osten einen raschen Aufstieg begünstigt hatten. Als Minister und Berater des Königs war Marschall Bouflon ein wichtiger Mann und galt als aufgehender Stern bei Hofe. *Oh, um der Einheit willen, soll ich die Gunst eines mächtigen Mannes nur über den Zorn eines anderen erlangen?*

Sanft kam die Kutsche zum Stehen.

»Ah, wir sind da. Ich kann auf Euch zählen?«

»Selbstverständlich, Euer Exzellenz.«

Die Tür wurde geöffnet, und sowohl der Caserdote als auch der Maestre stiegen schleunigst aus und sahen sich aufmerksam um. Der Princiess folgte ihnen langsamer und klopfte Franigo väterlich auf die Schulter.

»Sehr gut. Leider könnt Ihr uns nicht begleiten«, erklärte der Mann gewichtig. Ein rascher Blick durch die offene Tür zeigte dem Poeten, dass er mit seiner Vermutung recht behalten hatte – sie standen im Hof des königlichen Palasts. Sie hatten unterwegs nicht angehalten, waren nicht angerufen worden, hatten sich nicht erklären müssen. *Das ist wahre Macht. In den Palast kommen und gehen, wie es beliebt. Wie der Oberste der Hofmaler. Oder der Erste der Poeten.*

Während der Princiess würdevoll an der Spitze seiner Gefolgsleute die Stufen zum Palast emporstieg, genoss Franigo allein schon die Nähe zum Zentrum der Welt. Seine Sinne waren von der wunderbaren Architektur des Schlosses geradezu benebelt, von den akkurat gestutzten Büschen und Hecken, dem berühmten Springbrunnen mit den Delphinen und Nymphen und den beiden letzten belebten Statuen. Einst hatten diese – nackten Kriegern der Vorzeit mit Helm, Speer und Schild nachempfundenen – Kolosse die Paläste der Nigromantenkaiser bewacht, bis Corban ihnen, als sie ihn zerquetschen sollten, mit einer Handbewegung die Vigoris und damit das Leben nahm. Nur wenige Figuren waren den Wirren des Bürgerkrieges nach Corbans Tod entgangen, und sie waren unschätzbar wertvoll.

Überall wurden die Trümmer der alten Wächter feilgeboten, denn angeblich hatte Corban sie selbst berührt und sie so zu heiligen Reliquien werden lassen. Man sagte ihnen Heilkräfte nach und dass sie angeblich Schutz vor Daemonen und finsterer Magie boten.

Im Laufe seiner Reisen und seines Diensts in der Armee hatte Franigo wohl genug Steinsplitter und Brocken gesehen, um daraus ein ganzes Heer von Standbildern errichten zu können. Auch Imerol hatte einen kleinen Splitter an einer Lederschnur um den Hals getragen. *Immerhin, krank ist er nie geworden,* dachte Franigo, *nur die Daemonen der Spielsucht haben ihre Fänge in seinen Leib geschlagen.*

Diese beiden Statuen hier waren jedenfalls echt, Überbleibsel einer legendären Zeit, als das Arsanum alles beherrschte und die Ersten seiner Anwender Götter auf Erden waren. Hin und wieder bewegten sie sich, blickten umher, wechselten das Gewicht von einem Fuß auf den anderen, als gälte es, ihre steinernen Muskeln zu entlasten.

Dann wurde die Tür geschlossen, und die Kutsche fuhr wieder los. Trunken vor Glück, lehnte sich der Poet zurück, genoss die weichen Polster der Bank, den Funken Macht und Einfluss, der auf ihn übergesprungen war.

Und natürlich würden seine neuen Aufträge Geld mit sich bringen, vermutlich Gold, mit dem er endlich einen angemessenen Lebensstil pflegen konnte. *Und wenn der einzige Preis dafür der Zorn eines alten Kämpen ist, der vermutlich niemals ein Theater aufsucht, dann will ich ihn willig entrichten.* Ruhm und Ehre waren nun aus ihren himmlischen Sphären auf die schnöde Welt herabgestiegen und saßen zu seiner Linken und Rechten.

Derart beschwingt und von kommenden glanzvollen Tagen fabulierend, musste Franigo kurz an die Worte der kranken Frau im Bettlerpalast denken. *Hat sie womöglich tatsächlich wahr gesprochen, angeregt durch den Traumstaub und mein günstiges Schicksal?*

Seine Gedanken verweilten nicht lange in der Vergangenheit, sondern rasten in die Zukunft, die um so vieles besser zu werden schien.

JAQUENTO

An einem der unzähligen, namenlosen Eilande gingen die *Wyrdem* und die *Todsünde* vor Anker, vor Wind und Strömung geschützt. Die beiden Schiffe lagen in Rufweite voneinander, und Jaquento konnte die Aufregung, die in der Luft lag, beinahe mit Händen greifen.

Die bevorstehenden Ereignisse beschäftigten die Mannschaft; es bildeten sich Grüppchen, in denen heftig gestikuliert und debattiert wurde, und einige der Seeleute hatten offensichtlich ihre besten Sachen inklusive aller Waffen angelegt, auch wenn das bei manchen eher eine kuriose Wirkung hatte.

Mit einem Becher verdünntem Wein lehnte Jaquento an der Schanz und sah hinüber zur *Wyrdem*, wo die Besatzung fast vollständig an Deck war und die Boote klarmachte. Hellwach und aufmerksam saß die Echse auf seiner Schulter.

»Ich sollte dir wirklich einen Namen geben. Aber das wird kein Kosename«, murmelte der junge Hiscadi und hob drohend den Zeigefinger. »Vor allem nach den Scherereien, die du mir gestern Nacht gemacht hast!«

Die Echse starrte den Finger unbekümmert an und leckte dann blitzschnell mit ihrer langen Zunge darüber, als erwarte sie eine Leckerei. Als sie jedoch nichts schmeckte, legte sie den Kopf enttäuscht auf Jaquentos Brust.

»Du hast dir nichts verdient. Rahel hätte dir beinahe den Kopf abgerissen!«, erklärte der junge Hiscadi streng. Dann blickte er sich vorsichtig um. »Ich sollte vielleicht aufhören, mit dir zu reden, was? Sonst halten mich noch alle für verrückt.«

Natürlich antwortete die Echse nicht, auch wenn sie ihn jetzt musterte. Ihr intensiver Blick ließ Jaquento schmunzeln. Doch da sah er Rahel quer über das Deck auf ihn zustapfen, und er verkniff sich sein Grinsen.

»Schaff das Vieh weg!«

»Du weißt doch selbst, dass das nicht so einfach ist«, erwiderte der junge Hiscadi ruhig.

Wütend funkelte sie zuerst ihn und dann die Echse an. »Wenn man dich nicht für sich allein haben kann, ohne dass dieses Biest sich aufführt wie ein liebestoller Kater, sollten wir doch eine Suppe aus ihm machen!«

Als er Rahels grimmigen Gesichtsausdruck sah, bemühte sich Jaquento, eiligst das Thema zu wechseln. »Was geschieht heute eigentlich genau?«, fragte er, um Rahel auf andere Gedanken zu bringen. Ihr Zorn schwand wie Nebel an einem Sommertag, und jetzt war es an ihr, breit zu grinsen.

»Heute wirst du erleben, was *Freiheit* für uns bedeutet. Und vielleicht geht das dann endlich auch in deinen dicken Schädel hinein!«

»Das klingt … faszinierend. Willst du es mir genauer erklären?«

Mit einem finsteren Blick auf die Echse schüttelte Rahel ihre dunklen Locken.

»Lass dich überraschen. Oder sollte ich besser sagen: Lasst euch überraschen? Dein Vieh wird ja wohl auch dabei sein.«

Damit wandte sie sich ab. Obwohl ihre letzten Worte düster geklungen hatten, vermutete Jaquento, dass ihre schlechte Laune aufgesetzt war, denn ihr Schritt war federnd, und er konnte eine gewisse Vorfreude in ihr spüren.

Von der *Wyrdem* legten nun beide Boote ab und ruderten über die türkisfarbene Bucht. Weit über ihnen kreiste ein großer, dunkler Vogel. *Meine Vorfahren haben an das Prophetische des Vogelflugs geglaubt. Bist du ein Omen, Freund Vogel? Wenn ja, beanspruche ich dich für mich, als gutes Omen.* Jaquento warf einen letzten Blick auf die sich nähernden Boote, die mit den ersten Rufen begrüßt wurden, und beschloss aus einer Laune heraus, ebenfalls seine besten Kleider anzuziehen. Was immer auch geschehen mochte, er würde gewappnet sein. Und es wäre eine Wohltat, Stoff auf der Haut zu spüren, der noch nicht völlig mit Salz verkrustet war.

Unter Deck war es stiller; die Rufe und Gespräche von oben drangen nur gedämpft herab. Einige der Geschützpforten waren geöffnet, um Luft und Licht hereinzulassen, doch ungeachtet dessen herrschte Zwielicht. Zwischen den Kanonen waren die Tische herabgelassen worden, und hier und da saßen noch einige Mannschaftsmitglieder daran und würfelten oder spielten Karten. Geld kam jedoch nicht zum Einsatz, denn dies war an Bord verboten, wie Jaquento zu seiner Überraschung erfahren hatte. Mit einem kleinen Satz sprang die Echse von seiner Schulter und verschwand unter einer Kanone.

Es dauerte nicht lange, bis der junge Hiscadi seine wenigen Habseligkeiten eingesammelt und angelegt hatte; er besaß ja kaum mehr als die Kleidung und seinen Degen. Mit einem Lächeln zog er die weiße Spitze an den Aufschlägen seiner Ärmel zurecht. *Falls es heute einen Preis für die geschmackvollste Kleidung gibt, sollte ich ihn ohne Schwierigkeiten gewinnen.*

Als er wieder an Deck kam, blendete ihn die grelle Sonne kurz, doch er erkannte schnell, dass beinahe alle Mitglieder der Mannschaft versammelt waren. Neugierig blickte er sich um und gesellte sich zu Rahel, die inmitten der Seeleute stand. Die Gespräche waren wie ein beständiges Rauschen, das verstummte, als der Kapitän auf dem Achterdeck erschien. Sein Gehrock leuchtete grün in der Sonne, und mit dem breitkrempigen Hut und den goldenen Litzen wirkte er sehr beeindruckend. *Oder ob ich nur den zweiten Platz belege?*, frage sich Jaquento, der sich selbst seine ausgelassene Stimmung nicht ganz erklären konnte. *Vielleicht hat mich Rahels Gerede von Freiheit doch angesteckt.*

Für einige Momente blickte der Kapitän auf die Mannschaft hinab, dann erhob er die Stimme: »Schiffskameraden! Es stehen Veränderungen an!«

Die Worte erinnerten Jaquento frappierend an Rahels Deutung des Grünes Blitzes, und er suchte ihren Blick, doch sie starrte nach oben zu Deguay.

»Wir haben uns hier versammelt, wie es Brauch ist. Weil es gilt, Entscheidungen zu treffen«, fuhr der Kapitän leiser fort. Er musste nicht rufen, denn es war an Deck still geworden, und alle Augen waren gespannt auf ihn gerichtet.

»Wir haben nach hartem Kampf dieses feine Schiff dort drüben gekapert. Noch heißt es *Wyrdem*, doch es wird wohl bald seinen Namen ändern. Schließlich sind wir viele, und wir können zwei Schiffe bemannen – wenn wir es nur wollen.«

Der Kapitän ließ seinen Blick schweifen und zögerte seine Worte hinaus, bis er brüllte: »Wollen wir?«

Ein ohrenbetäubender Jubel antwortete ihm, Säbel, Entermesser und Beile wurden geschwenkt, nackte Füße stampften auf die Planken.

»Ich nehme das als Ja«, erklärte Deguay grinsend, als die Mannschaft sich langsam beruhigte. »Das bedeutet, wir werden eine Wahl abhalten müssen.«

Wieder brandete Jubel auf, und Jaquento wurde von der Freude angesteckt und mitgerissen. Wie die anderen schwenkte er seinen Hut über dem Kopf. Die Seeleute riefen wie aus einer Kehle, und er fühlte sich zu ihnen gehörig, als ein Teil von etwas Größerem, einer Macht, die sich jedem und allem widersetzen konnte.

»Einige werden sagen, wir müssen aus unserer Mitte nur den Kapitän wählen, der mit der *Wyrdem* aufbricht, um Reichtum und Ruhm zu erobern und gewiss auch die Syphilis?« Das brachte die Piraten zum Lachen, und einige riefen derbe Zoten und wüste Anspielungen, bis der Kapitän fortfuhr: »Aber ich denke, es ist an der Zeit, auch für dieses gute Schiff hier erneut zu wählen. Einen Kapitän für die *Todsünde*.«

Diesmal schwiegen alle bestürzt. Jaquento sah die fragenden Blicke, die Verwirrung angesichts der unerwarteten Worte.

»Natürlich stelle ich mich zur Wahl«, erklärte Deguay. »Aber ich will euch nur anführen, wenn ihr mir vertraut. Ich will, dass ihr mir freiwillig folgt. Ich will einer aus eurer Mitte bleiben!«

Die Jubelrufe zeigten Jaquento deutlich, dass es keine Frage sein würde, wen die Mannschaft zum Kapitän der *Todsünde* wählen würde. *Was für ein cleverer Hurensohn.*

»Mein Vorschlag ist es, die beiden Schiffe gemeinsam fahren zu lassen. Beide zusammen können größere Beute ins Auge fassen als eines allein. Die *Todsünde* wäre sozusagen das Flagschiff und ihr Kapitän im Zweifelsfall der Kommandeur unserer gesamten Flotte. Hat jemand einen anderen Vorschlag?«

Schweigen antwortete Deguay, und er nickte zufrieden.

»Wir haben einige Neuzugänge an Bord, darum sollte ich wohl erklären, wie wir vorgehen. Jeder Mann und jede Frau hat eine Stimme. Wir sind keine Stiefellecker und Lakaien wie die Thayns und Géronaee und wie sie alle heißen! Es werden Vorschläge gemacht, und jeder Kandidat wird angehört. Danach stimmen wir ab, offen und ehrlich, und jeder akzeptiert die Wahl! Der neue Kapitän wählt seine Offiziere aus unserer Mitte. Der Schiffsführer bekommt zwei Anteile der Beute, jeder Offizier anderthalb, Zimmermann, Maate, Kanoniere und der Doktor je eineinviertel! Verstanden?«

Einige nickten mit den Köpfen, doch die meisten schwiegen einfach, da ihnen die Prozedur wohlbekannt war.

»Nun denn, Vorschläge für die Wahl zum Kapitän der *Todsünde*. Nicht so schüchtern, Kameraden!«

»Deguay«, rief jemand, und etliche Hochrufe folgten.

»Rénand wird Käpt'n bleiben«, flüsterte Rahel und zwinkerte Jaquento zu.

Wie auch nicht, direkt nach einer fetten Prise?, überlegte er und sah Rahel an. *Sieht sie nicht, dass er mit ihnen spielt?*

Und tatsächlich fand sich niemand, der sich neben Deguay zur Wahl stellen wollte, und so wurde Deguays Macht über das Schiff und die Besatzung rasch bestätigt. Auch Jaquento erhob seine Stimme, um für Deguay zu rufen, wenn auch nicht mit derselben Inbrunst wie Rahel.

»Ich danke euch allen für euer Vertrauen und werde es nicht enttäuschen«, rief Deguay und hielt in gespielter Demut die Hände vor die Brust. »Aber genug von mir – schließlich wollen wir heute auch noch trinken, und nicht nur reden. Ich brauche also Vorschläge für die Wahl zum Kapitän der *Wyrdem*. Aber denkt daran, Leute, das ist eine wichtige Entscheidung: Der Kapitän wird das Schiff umbenennen, und ihr wollt sicher nicht auf einem Kahn schippern, den Erry *Pisspott* genannt hat!«

Das brachte viele zum Lachen, und selbst Erry lächelte breit und entblößte einige Zahnlücken.

»Rahel«, rief Overo und zeigte auf sie. Doch sie schüttelte den Kopf und winkte ab.

»Nein, danke. Mein Platz ist auf der *Todsünde*. Und glaub nicht, dass du mir schmeicheln kannst, Kleiner; du schrubbst weiterhin das Deck, brav wie alle anderen. Aber ich schlage Quibon vor!«, rief sie zur Antwort. Überrascht blickte Jaquento zu ihr und sah, dass sie Deguay zunickte, der zur Antwort kaum merklich lächelte.

»Pertiz. Ich bin für Pertiz«, rief eine blonde, vierschrötige Frau.

»Das wissen wir, Eaga«, antwortete Deguay, und zu Jaquentos Erstaunen errötete die Frau tatsächlich. »Sonst noch wer? Bleibt es bei Quibon und Pertiz?«

Niemand trug einen weiteren Vorschlag vor, auch nicht, als Deguay noch einmal fragte. Schwungvoll wies Deguay hinab auf die beiden Kandidaten: »Gute Vorschläge, sehr gute Vorschläge. Hören wir zuerst Quibons Worte!«

Der Angesprochene trat vor, bedächtig und mit steifen Bewegungen, denn anscheinend schmerzten ihn seine Wunden noch immer. Verwundert streckte Jaquento seinen Rücken, doch außer einem unangenehmen Ziehen konnte er nichts spüren. *Habe ich ihn tatsächlich so viel schlimmer zugerichtet als er mich?* Etwas abseits der Menge stand Bihrâd, und Jaquento sah den Mauresken fragend an, doch dessen Miene blieb unbewegt.

»Ihr alle kennt mich«, erklärte Quibon schlicht. »Ich denke, ich wäre ein guter Käpt'n.«

Ein leises Gemurmel ging durch die Menge, als sich der Hüne wieder einreihte, wobei er Jaquento einen finsteren Blick zuwarf. Ungerührt ließ der junge Hiscadi seine Hand auf den Knauf seines Degens fallen und nickte Quibon zu. Ihre Blicke kreuzten sich wie Klingen, hakten sich ineinander, und keiner wandte sich ab, bis Pertiz in die Mitte trat und die Hände hob.

»Ich bin nicht so wortgewandt wie mein Vorredner«, begann er und erntete damit vereinzeltes Gelächter, »aber auch ich wäre ein guter Kapitän. Ich denke, aus der Verbindung dieser beiden Schiffe kann etwas Großes erwachsen, und ich würde Leib und Seele dafür geben – wenn ich denn noch eine Seele hätte! Deshalb bleibt es wohl bei meinem Leben, das ich als Pfand einsetze.«

Diesmal lachten mehr Seeleute, und Pertiz verneigte sich mit einiger Anmut.

»Dann stimmen wir jetzt ab. Bei zwei Kandidaten ist es einfach: Quibon kommt zu mir, zum Achterdeck, Pertiz geht zum Bug. Wir stimmen mit den Füßen ab, jeder soll zu seiner Wahl gehen.«

Die beiden Kontrahenten gingen auf ihre Positionen. Als Quibon an Jaquento vorbeischritt, knurrte er leise: »Du kannst dich nicht ewig hinter Rahel verstecken.«

»Ich habe Euch einmal aufgeschlitzt, ich kann es gerne wieder tun, Mesér«, erwiderte Jaquento kühl. »Wann immer es Euch beliebt.«

Ohne darauf zu antworten, ging Quibon weiter und stellte sich unterhalb des Kapitäns auf. In der grellen Sonne wirkte seine dunkle Haut eher grau als braun. Als er die mächtigen Fäuste in die Hüften stemmte, öffnete sich sein Hemd, und Jaquento sah den Verband, der um seine Brust geschlungen war; er sah auch die rostroten Flecken, dort, wo die Wunde sein musste.

»Wer nun für Pertiz ist, der geht zu ihm. Die anderen kommen zu mir und Quibon«, erklärte Deguay, was Jaquento aufhorchen ließ. Misstrauisch schielte er zu Rahel, die sofort zu Quibon schritt und sich demonstrativ neben den Hünen stellte. Es war still an Deck, nur der Ruf eines Vogels war zu hören. Bevor er genau wusste, was er tat, sprang Jaquento einen Schritt vor und hob die Hände: »Moment!«

Deguay quittierte seinen Ruf mit einem Stirnrunzeln, Rahel

funkelte ihn finster an, und Quibon schien jeden Moment auf ihn losgehen zu wollen.

»Was ist denn, Freund Jaquento? Wir haben eine Wahl durchzuführen«, rief der Kapitän.

Es dauerte einige Atemzüge, bis der junge Hiscadi sich gesammelt hatte, denn erneut war seine Zunge schneller als sein Geist gewesen; eine Besonderheit, die ihn schon so manches Mal in Schwierigkeiten gebracht hatte. Doch dann klärte sich sein Geist, und er sagte mit Bedacht: »Mir erscheint es, als wäre Quibon noch nicht von seinen Wunden genesen. Stimmt das, Bihrâd?«

Obwohl Quibon dem Arzt einen mörderischen Blick zuwarf, nickte dieser gleichmütig und erklärte: »Die Wunde verheilt leider nur langsam, obwohl ich mein Bestes tue.«

»Und?«, fragte Deguay scheinbar freundlich.

»Diese beiden Schiffe sollten bald wieder auf Kaperfahrt gehen. Der Kapitän eines jeden sollte auf der Höhe seiner Kräfte sein – so wie Ihr, Käpt'n. Ist es nicht so, dass eine Wahl zu jedem gewünschten Zeitpunkt abgehalten werden kann?«

»Sicher. Wir sind freie Männer und Frauen«, erwiderte Deguay, doch seine Stimme klang, als hätte er eine Gallone ungesüßten Zitronensaft trinken müssen. *So frei, dass sie dir in allem folgen, wie eine Herde seefahrender Hammel,* dachte Jaquento, aber laut sagte er: »Dann sollten wir damit warten, bis Quibon genesen ist und keine Nachteile mehr durch seine Wunde hat. Niemand würde doch einen Verletzten zum Kapitän wählen! Damit muss diese Wahl für ihn schlecht ausgehen, obwohl er eine faire Abstimmung verdient hätte!«

Zustimmendes Gemurmel ertönte, viele sahen unsicher zu dem Hünen, dessen Kiefer vor Wut mahlten.

»Da hat er recht« stimmte Ayvon zu, der nachlässig damit

begonnen hatte, mit einigen Früchten zu jonglieren. Als er aufblickte, blieben sie in der Luft hängen, indes seine Hände sich nicht mehr rührten. »Wenn ich Quibon wäre, würde ich auch wollen, dass erst gewählt wird, wenn ich wieder ein Fass Rum stemmen kann, ohne zu jammern.«

»Was schlägst du also vor?«, fragte Deguay, an dessen Miene sich nicht ablesen ließ, was er über die Unterbrechung dachte.

»Die Wahl für den Kapitän der *Wyrdem* wird abgehalten, wenn Quibons Wunden verheilt sind. Solange muss jemand die Aufgaben des Kapitäns kommissarisch übernehmen. Pertiz würde sich anbieten, da ansonsten niemand vorgeschlagen wurde.«

»Ein kommissarischer Kapitän ... das klingt verdammt nach der Marine und ihrer Knute«, erwiderte Deguay, aber Jaquento spürte, dass seine Worte ihr Ziel in den Herzen der Mannschaft gefunden hatten. Selbst Deguays Einspruch zeigte wenig Wirkung, und der Kapitän nickte dem jungen Hiscadi schließlich spöttisch zu.

»Nun gut, stimmen wir darüber ab. Wer für eine Verschiebung der Wahl ist, geht zu Pertiz, die anderen kommen hierher.«

Bevor Jaquento sich abwandte, um zu Pertiz zu gehen, guckte er noch einmal zu Rahel und Quibon, die Seite an Seite standen. Dem Hünen war sein Zorn ins Gesicht geschrieben, er ballte die Fäuste, und in seinen Augen loderte ein finsteres Versprechen an Jaquento. Rahel hingegen blickte zu Boden, als sei sie betrübt. Als der junge Hiscadi sich zu Pertiz stellte, schüttelte dieser ungläubig den Kopf. Seine Stimme war leise, kaum zu verstehen, doch Jaquento spürte den eindringlichen Ton in ihr: »Ich weiß nicht, ob du todesmutig oder ein Einfaltspinsel bist. Du hast dir innerhalb weniger Herzschläge mächtige Feinde gemacht.«

»Die Wahl war nicht gerecht. Der Kapitän hat versucht, sie zu beeinflussen«, erwiderte der junge Hiscadi hitzig. »Wenn ihr schon so großen Wert auf eure Freiheit legt, solltet ihr sie besser auch nutzen.«

»Was interessiert dich das? Rénand herrscht über dieses Schiff und diese Menschen, und er wollte Quibon als Kapitän. Jetzt ist nicht einmal mehr sicher, ob es überhaupt eine Wahl geben wird.«

»Du hast dich doch auch gegen seinen Favoriten gestellt. Machst du dir damit keine Feinde?«

Jetzt lächelte Pertiz, wurde dann aber schnell wieder ernst. »Ich wurde vorgeschlagen und habe akzeptiert; das ist kaum ein Verbrechen. Außerdem habe ich genug Freunde auf diesem Schiff, nicht nur eine Freundin.«

»Ich hätte gedacht, dass ich mehr als diese Freundin habe, Mesér.«

Pertiz verzog das Gesicht. »Da hast du recht, du sturer hiscadischer Ehrenmann. Aber nicht genug Freunde, nein, nicht genug.«

Inzwischen hatte sich ein Großteil der Seeleute entschieden, und um Quibon und Pertiz hatte sich jeweils eine große Gruppe gebildet. Obwohl er keinen genauen Überblick hatte, schätzte Jaquento, dass mehr Piraten zu Pertiz gekommen waren. Und auch Deguays Miene bestätigte diesen Eindruck, denn der Kapitän lächelte immer noch leicht spöttisch, als hätte er mit den Geschehnissen nichts zu schaffen.

»Quibon kämpft mit allen Mitteln«, erklärte Pertiz unnötigerweise, doch bevor Jaquento antworten konnte, rief Deguay: »Es ist entschieden: Wir vertagen die Wahl; solange wird Pertiz die *Wyrdem* übernehmen. Akzeptierst du das Kommando?«

»Nur unter der Bedingung, dass wir eine neue Wahl abhalten, wenn alle Kandidaten unter gleichen Vorausetzungen antreten können. Wenn dies von allen geschworen wird, akzeptiere ich«, erklärte Pertiz. Die lauten, zustimmenden Rufe ließen ihn das Haupt neigen, bis Deguay zur Ruhe rief.

»Und nachdem das nun vorbei ist, können wir jetzt endlich die Rumfässer an Deck holen!«

Im allgemeinen Jubel gingen seine nächsten Worte unter, aber Jaquento spürte seinen Blick auf sich lasten. Einige Seeleute drängelten sich zu Pertiz, schlugen ihm auf den Rücken und gratulierten ihm. Jaquento wurde abgedrängt und von der Menge verschluckt.

Die Feier war wie erwartet ausschweifend, und den meisten Seeleuten schien es völlig egal zu sein, ob sie nun die Wahl eines neuen Kapitäns oder eines kommissarischen Schiffsführers begossen.

Der Geruch nach Alkohol und Schweiß ließ Jaquento zurückweichen, bis er endlich aus der Traube trat und sich an den Bug stellte. Einige Momente lang war er allein und genoss den kühlenden Wind. Dann spürte er einen vertrauten Zug an seiner Kleidung, und die Echse kletterte geschwind an ihm hoch, bis sie an ihrer gewohnten Stelle auf seiner Schulter saß.

»Du hast einiges verpasst. Wo bist du gewesen?«, fragte Jaquento, doch als er ihr weißes, mit Mehl verschmiertes Mäulchen sah, über das ihre lange Zunge leckte, fügte er hinzu: »Schon gut, ich will es gar nicht wissen.«

Hinter ihm wurde das Fest immer ausgelassener, denn obwohl die Sonne ihren Zenit gerade erst erreicht hatte, wurden Fässer mit Rum, Wein und Bier an Deck gehievt und dort geöffnet, sodass jeder trinken konnte, was und so viel er wollte. Trinksprüche wurden ausgebracht, es wurde gejubelt, gelacht, geschrien und gesungen.

Als er sich umblickte, sah Jaquento jedoch weder Deguay noch Rahel oder Quibon. Selbst Pertiz schien verschwunden zu sein. Seufzend stieß sich Jaquento von der Reling ab. Früher oder später würde er mit Rahel reden müssen, auch wenn ihn die Vorfreude darauf nicht gerade übermannte. Sie war in das Spiel des Kapitäns verwickelt, und seine Handlungen hatten dessen Pläne durchkreuzt.

Also schlängelte er sich durch die Feiernden, ignorierte den Schwall Bier, den er im Gedrängel über den Rücken geschüttet bekam, und stieg hinab unter Deck. Seine Rechte lag auf seinem Degen, und er spähte kampfbereit einen Moment in das Zwielicht, ohne etwas Verdächtiges zu entdecken. Aufmerksam ging er nach achtern. Erst als er Rahels Tür erreichte, hörte er Stimmen, die ihn innehalten ließen.

»... sturer Dummkopf«, sagte Rahel wütend, und instinktiv bezog Jaquento ihre Worte auf sich.

»Mag sein«, erwiderte eine Stimme, deren leicht géronaischer Akzent den Sprecher als Pertiz identifizierte. »Aber geschehen ist geschehen. Jetzt gilt es, nach vorn zu schauen. Komm mit mir auf die *Wyrdem*, und ich mache dich zu meiner rechten Hand.«

»Mein Platz ist hier. Daran hat sich nichts geändert. Du weißt, was ich dem Käpt'n schulde.«

»Dann gib mir Jaquento mit.«

Überrascht ließ der junge Hiscadi die Hand wieder sinken, statt anzuklopfen. Sein Herz schlug laut, und er verfluchte sich in Gedanken dafür, doch seine Neugier war geweckt.

»Jaq? Er sollte hierbleiben.«

»Er sollte bei dir bleiben, meinst du wohl. Aber das ist keine gute Idee. Quibon ist hier, und Rénand ...«

»Der Käpt'n mag Jaq«, unterbrach ihn Rahel kurz angebunden.

»Du hast Quibon vorgeschlagen, weil Rénand dich darum gebeten hat«, vermutete Pertiz, woraufhin Rahel kurz schwieg, bevor sie antwortete: »Ja. Er sagte, es wäre am besten, wenn

Quibon von Bord geht. Er hat seine Niederlage nicht gut weggesteckt.«

»Ich dachte schon, Jaq hätte den miesen Bastard erwischt. Verdient gehabt hätte er es. Aber es sollte nicht sein, und Quibon wird Rache suchen. Sobald es ihm besser geht, wird er seine Leute um sich scharen und Jaquento angehen.«

»Das wird der Käpt'n nicht zulassen«, erklärte Rahel, doch ihre Stimme klang unsicher.

»Nach dem heutigen Tag? Jaquento hat sich ihm in den Weg gestellt, und du kennst Rénand so gut wie ich.«

»Ich muss darüber nachdenken.«

»Tu das, aber nicht zu lange. Wir werden schon bald wieder die Segel setzen, und dann ist es zu spät. Vertrau mir, Rahel. Du weißt, dass Jaquento den Ruf des Meeres gehört hat; er hat das Zeug dazu, ein ausgezeichneter Seemann zu werden, mehr als die meisten. Unter meinem Kommando wird ihm das gelingen.«

Ohne auf das Argument einzugehen, wiederholte Rahel fest: »Ich denke darüber nach.«

Mit einigen schnellen Schritten lief Jaquento zum Niedergang und drehte sich gerade rechtzeitig um, bevor Pertiz aus Rahels Tür trat.

»Ah, Jaquento, schon genug gefeiert? Oder beginnt eure private Feier erst jetzt?«, fragte Pertiz mit einem Zwinkern und lief an dem jungen Hiscadi vorbei zur Treppe. Ohne zu antworten, ging Jaquento weiter und atmete dabei tief aus. Er betrat die Kammer und sah Rahel, die sich gegen die Bordwand lehnte.

»Du hast das Viech dabei?«, fragte sie anklagend, aber ihre Stimme klang müde, und Jaquento hob entschuldigend die Hände.

»Ich muss dich um Verzeihung bitten. Ich habe mich gegen dich gestellt.«

»Halt den Mund. Wir sind frei hier, schon vergessen? Jeder trifft seine eigenen Entscheidungen und lebt dann mit ihnen. Jeden Tag. Also steh zu dem, was du getan hast.«

»Du wirkst aufgebracht. Hat das mit Pertiz zu tun?«

»Nein, eher mit Quibon. Aber ich will nicht darüber reden. Hol uns lieber was zum Trinken, denn heute wird gefeiert.«

Obwohl ihr Gesichtsausdruck alles andere als fröhlich war, folgte Jaquento ihren Worten. Aber auch seine Gedanken waren nicht bei der Sache, und so amüsierten sie sich wenig.

SINAO

Eine grimmige Entschlossenheit hatte von Sinao Besitz ergriffen. Äußerlich ließ sie sich nichts anmerken, sondern arbeitete genauso hart wie zuvor. Sie war still, unterwürfig und ruhig. In ihrem Herzen hingegen brodelte es.

Ihre Mutter hatte ihr erzählt, dass Anui den Menschen das Feuer seiner Sonne gegeben hatte, nicht nur wegen der Wärme und zum Kochen, sondern er hatte es auch in ihre Herzen gelegt, damit es dort brenne und ihnen Liebe schenke. Doch wie so viele Geschenke der Ahnen, hatte auch dieses zwei Gesichter, und mit der Liebe kam der Zorn. Sowohl Liebe als auch Zorn konnten heiß brennen oder auch glühen, aber sie sollten nicht lodern und vergehen, sondern für alle Zeiten im Herzen sein.

Erst jetzt verstand Sinao die Worte ihrer Mutter, denn sie spürte die Wut in sich, aber diese Wut machte sie stark und ließ sie schweigen, wenn sie schreien wollte. All ihre Gedanken waren nun auf ein Ziel gerichtet, und ihre Ängste waren zu Rauch geworden und davongeweht. *Der Schafsjunge hat die Wahrheit gesprochen: Wir sind bereits alle tot. Wenn wir auf Hequia bleiben, wird jeder Einzelne von uns in einem der namenlosen Gräber enden, ohne dass unsere Nachfahren zu uns kommen, mit unseren Geistern sprechen und uns ehren. Wir werden keine Kinder haben, und wenn, dann werden sie ein so elendes Leben führen wie wir auch, und sie werden uns dafür hassen, dass wir es ihnen geschenkt haben. Er hat die Insel Oubao-moin genannt, die Blut-Insel, und er hat recht!*

Wir sind tot, aber Tote haben keine Furcht. Das ist unser Vorteil.

Andere Vorteile hatten sie nicht, das wusste sie nur zu genau. Alle Macht lag in den Händen der Soldaten und Aufseher. Wenn sie tatsächlich ihrem Dasein als Sklaven entfliehen wollten, dann mussten sie sich ihre Vorteile selbst schaffen. *Eines ist jedenfalls sicher,* dachte Sinao, während sie einen großen Klumpen Teig für neues Brot knetete, *Gewalt wird uns nicht helfen.* Als sie mit der Konsistenz des Teigs zufrieden war, füllte sie ihn in die eingefetteten Formen und presste das Siegel darauf. Brot für die Corbaner, heller und aus gutem Mehl gemacht. Brizula machte den Teig für das Sklavenbrot. Dunkler, wie die meisten Sklaven selbst. Nur in den Ofen wurden die Formen gemeinsam geschoben.

Erschöpft wischte sich Sinao über die Stirn. Ihre Finger hinterließen einen Streifen Mehl auf ihrer Haut, doch sie kümmerte das nicht. Während das Brot buk, würden sie die Küche putzen und sich waschen, und Bebe würde die Netze mit dem Fleisch in den großen Wassertopf des Ofens hängen. Bis zur Essensausgabe danach gab es wenig zu tun, außer sich zu unterhalten und hin und wieder nach dem Brot zu schauen. Anders als sonst sehnte sich Sinao nach der Essenszeit. Die erzwungene Warterei zerrte an ihren Nerven, und so schrubbte sie energisch die Küche und sogar die beiden Treppen.

Brizula hatte ihr einmal erklärt, dass die Zeit schneller vergehe, wenn man sich beschäftigte, doch für Sinao veränderte sich die Zeit nicht, egal, wie viel sie auch arbeitete. Jeder Moment verging so langsam wie der vorherige, aber wenigstens war die Küche so sauber wie schon lange nicht mehr.

Schließlich zeigte ihr ein Blick in den Ofen, dass die Hefe in den Broten aufgegangen war, und die Laibe hatten nun eine schöne Kruste und dufteten gut. Sinao packte gemeinsam mit den anderen die Körbe und den Kessel. Während vier Soldaten kamen, um die Rationen für die Garnison abzuholen, senkte Sinao den Blick, aber sie merkte sich jedes ihrer Worte und jede ihrer Bewegungen. Die Blassnasen fürchteten die Sklaven nicht; sie hatten ihre Musketen nicht dabei, kaum einer trug mehr als eines der langen Messer am Gürtel. Sie lachten und scherzten in ihrer Sprache und achteten nicht auf die Küchensklaven. Es waren junge Corbaner, drei Männer und eine Frau, deren helle Haut von der Sonne gebräunt worden war.

Ihre unbekümmerten Worte erschienen Sinao nicht schlimmer als die der Sklaven, und dennoch schlugen und töteten sie auf Befehl. *Für sie sind wir nicht gefährlich. Sie ahnen nichts.* Diese Erkenntnis freute Sinao. Sie fühlte sich weniger hilflos als noch Augenblicke zuvor. Ihre Geheimnisse stärkten sie, gaben ihr einen Ort, den keine Blassnase erreichen konnte. Einen Ort der Macht, wie sie nun verstand, denn solange die Soldaten ahnungslos waren, hatten sie doch einen Vorteil.

Beschwingt von diesem Wissen, ging sie mit den anderen hinaus aus dem Fort. Sie blickte fest entschlossen auf ihre Füße, sah nicht auf zu den Balken, wo Hayuyas Leichnam sich noch im Wind bewegen würde. Tangye hatte Seile um den Leib und die Gliedmaßen schlingen und die Haut mit Pech einreiben lassen, damit es lange dauerte, bis seine Warnung hinabfiel. Jeder würde den Toten sehen, vom Lager aus war er gut zu erkennen. Sein Anblick allein würde den Willen mancher brechen und ihnen allen Mut aus den Herzen saugen. Aber nicht aus Sinaos Herz, auch wenn es Trauer um Hayuya in sich trug; Sinaos Herz war stark.

Die Wachen am Tor des Lagers waren ebenso gelangweilt wie jeden Tag. Auch sie beachteten die Küchensklaven kaum. Sinao nahm jedes Detail in sich auf. Die Musketen, die langen Dolche mit den seltsamen Griffen am Gürtel, die zurückgekämmten Haare, die hohen Stiefel. Dann wurde ihnen das Tor geöffnet, und sie betraten das Lager. Nach zweiunddreißig Schritt kamen sie exakt in der Mitte des Lagers an, und Sinao stellte den Korb ab und breitete die Decken aus. Neben ihr schlug Brizula mit der Kelle gegen den Kessel, doch die Arbeitssklaven brauchten keinen besonderen Ruf, um sich für ihr Essen zu versammeln. Einer nach dem anderen trat vor, hielt seine Schüssel hoch, bekam Eintopf und Brot und ging vorbei.

Mitten in der Gruppe stand Majagua, das Haupt hoch erhoben, und sah Sinao unverwandt an. Obwohl ihr Herz so heftig schlug, dass sie es bis in den Bauch hinab spürte, erwiderte sie seinen Blick scheinbar gelassen. Als er vor ihr stand, legte sie ihm sein Brot auf die Schale. Sie konnte das Feuer in ihrem Herzen auch in seinen Augen lodern sehen.

»Bebe, verteil bitte kurz für mich weiter«, bat sie leise und warf einen Blick über die Schulter zum Tor. Niemand beobachtete sie, und das Lagertor war verschlossen. Mit einem Nicken wandte sie sich ab und schritt hinter eine der Hütten, wo sie vor neugierigen Augen verborgen sein würden. Majagua folgte ihr, die Schale mit seinem Essen in der Hand. Als sie ihm gegenüberstand, wusste sie nichts zu sagen; all die sorgfältig überlegten Worte kamen ihr entweder hohl vor oder waren verschwunden, und so musterte sie ihn schweigend. Zwanzig, fünfundzwanzig Herzschläge lang standen sie sich so gegenüber, dann fragte er endlich: »Was hast du gemeint, gestern, als sie den alten Mann aufgehängt haben? Du hast gesagt, dass ich uns von hier fortbringen muss?«

»Ich habe das gemeint, was ich gesagt habe. Ich weiß, dass du über Flucht nachdenkst.«

»Ja.«

»Du hattest recht und ich unrecht«, erklärte Sinao leise. »Mir ist klar geworden, dass wir alle auf der Insel sterben werden, wenn wir nicht fliehen. Alle Sklaven hier sind Tote, alles ist Schmerz und Dunkelheit. Nichts kann schlimmer sein als dieses Schicksal.«

»Warum redest du jetzt so? Vorher hast du mir widersprochen und mich Schafsjunge genannt.«

Seine Miene war fragend, und sie sah Misstrauen in seinem Blick. Sie hatte ihn verspottet, hatte ihn vielleicht damit verletzt. Aber sie hatte das Feuer nicht gelöscht.

»Ich ...« Sie rang um Worte. »Tangye hat uns allen den Mut genommen. Jeder sieht nur nach sich selbst. Die Küchensklaven lachen über die Arbeitssklaven, und ihr Feldsklaven lacht über die Minensklaven, und wer weiß, wer dort über wen lacht.«

»Ich lache nicht«, warf Majagua ernst ein.

»Nein. Du nicht. Vielleicht habe ich deshalb meine Meinung geändert.«

Er ballte die Hände zu Fäusten. Seine schlanken, schmutzigen Finger verkrampften sich so sehr, dass die Knöchel weiß hervortraten. »Ja. Wir werden fliehen. Es muss eine Möglichkeit geben«, erklärte er schließlich mit rauer Stimme. »Es muss einfach!«

»Wir müssen danach Ausschau halten. Die Schiffe sind groß genug für uns alle.«

»Sie böten genug Platz. Aber können wir so ein Schiff auch fahren? Das sind keine Kanus.«

»Frag im Lager«, bat Sinao. »Vielleicht gibt es welche, die solche Schiffe kennen, die schon auf ihnen gesegelt sind. Sonst müssen wir die Blassnasen dazu bringen, das Schiff zu fahren.«

»Gegen die Soldaten kann niemand kämpfen. Es sind viele, und sie haben Musketen und Säbel und Kanonen. Sie können uns vom Fort aus einfach töten.«

»Zum Kampf darf es nicht kommen«, pflichtete ihm Sinao bei. »Aber die Blassnasen auf den Schiffen haben keine Waffen. Oder nur wenige. Vielleicht kann man sie überwältigen.«

»Wie viele mögen es wohl sein?«, sinnierte Majagua, und Sinao erwiderte: »Auf dem letzten Schiff waren es einunddreißig.«

Verwundert blickte ihr Gegenüber sie an. »Hast du sie gezählt?«

»Nein. Aber ich habe einunddreißig Blassnasen gesehen.«

»Das sind viel weniger als die Soldaten«, überlegte Majagua.

»Es sind siebenundvierzig Soldaten im Fort.«

Lachend schüttelte er den Kopf: »Du musst wachsame Augen haben. Es ist gut, dass du sie gezählt hast. Kannst du noch mehr herausfinden?«

Eigentlich wollte Sinao ihm widersprechen und ihm sagen, dass sie niemanden gezählt hatte, aber sie wusste, dass er sie nicht verstehen würde, wenn sie ihm sagte, dass sie ihre Zahlen kannte, wenn sie die Blassnasen nur ansah. Darin war Majagua wie alle anderen. Er würde nicht begreifen, dass sich die Zahlen ganz von allein in ihrem Kopf sammelten. Deshalb nickte sie nur.

»Wir müssen alles über die Soldaten und Aufseher wissen«, erklärte Majagua eifrig. »Was sie tun, wie sie es tun. Wann sie wo sind. Alles. Ich habe beobachtet, wie sie uns bewachen, wenn ein Schiff vor Anker liegt.«

»Finde heraus, ob jemand sich mit diesen Schiffen auskennt. Ich werde meine Augen und Ohren im Fort offen halten.«

»Gut.« Majagua zögerte einen Moment. »Es ist ein Glück, dass wir uns jeden Tag treffen«, fuhr er dann fort und schaute sie eindringlich an. »Ich bin froh, dass du zu mir gekommen bist. Wir können gemeinsam planen. Vielleicht haben die Ahnen dich gesandt, Sinao, damit wir uns gegenseitig helfen.«

»Vielleicht«, räumte Sinao ein. Vorsichtig streckte sie die Hand aus, als würde sie sich an seiner Haut verbrennen, doch als er sanft ihre Finger nahm, war es kein Schmerz, sondern Erleichterung, die durch sie hindurchfuhr. Sie war nicht mehr allein. Sie hatten sich gefunden, und gemeinsam würden sie ihr Los besser ertragen. Vielleicht konnten sie fliehen, vielleicht auch nicht, aber sie würden gemeinsam auf die Pfade treten, die vor ihnen lagen, und sie sah, dass er gleich empfand, denn er lächelte, als hätte seine Hoffnung endlich die Oberhand gewonnen.

JAQUENTO

Obwohl es auf dem Schiff ruhig war, verspürte Jaquento eine innere Unruhe, die ihn an Deck auf und ab laufen ließ. Es drängte ihn, Rahel zur Rede zu stellen, doch er konnte die richtigen Worte nicht über die Lippen bringen. Zu groß war seine Scham darüber, dass er das Gespräch zwischen ihr und Kapitän Pertiz belauscht hatte. In seiner Heimat galt Ansehen alles, und die Verfehlungen mochten noch so groß sein, solange sie nicht offen ausgesprochen wurden, galten sie nichts. Aber sie trieben ihn dennoch am Morgen an Deck, während die aufgehende Sonne wenig mehr als ein heller Streifen am Horizont war, vor dem die Masten der *Wyrdem* als schwarzer Umriss zu erkennen waren.

Heute würden die Anker gelichtet werden, und Jaquento fragte sich, auf welchem Schiff und an welchem Spill er wohl arbeiten würde, hier oder auf dem ehemaligen Sklavenschiff.

Die Echse bewegte sich schläfrig auf seiner Schulter. Seit dem Gefecht um die *Wyrdem* wich sie kaum noch von seiner Seite, als wolle sie ihn wie ein kleiner, geschuppter Leibwächter beschützen. Mit geschlossenen Augen rieb sie ihre Wange an Jaquentos Schulter und gähnte anschließend mit weit geöffnetem Maul.

»Kein Wunder, dass du die ganze Zeit frisst, bei so einem

Mäulchen«, frotzelte Jaquento. »Pass auf, dass du nicht zu schwer für meine Schulter wirst, Kleiner. Oder Kleine?«

Beim Klang seiner Stimme öffnete sie ein Auge, starrte ihn kurz an, lehnte den Kopf dann aber wieder an.

»Du brauchst einen Namen. Aber ich weiß nicht einmal, ob du ein Er oder eine Sie bist. Oder wie man das bei deinesgleichen herausfindet.«

Diesmal reagierte die Echse gar nicht, sondern schlief einfach weiter. Oder sie ignorierte ihn geflissentlich.

In der Sturmwelt ging die Sonne ebenso schnell auf, wie sie verschwand, und innerhalb kürzester Zeit stand der Horizont in Flammen. Während ein leuchtendes Rot den Himmel erfüllte, erstrahlten die wenigen Wolken in einem glühenden Gelb. Unter dem Farbenspiel der Natur war Jaquento einsam, obwohl mehr als zweihundert Seelen auf dem Schiff waren. Irgendwo dort im Osten, viele tausend Seemeilen entfernt, lag seine Heimat. Noch vor wenigen Monaten hätte er sich nicht träumen lassen, sie jemals zu verlassen. Doch jetzt war er hier, an Bord eines Piratenschiffes, mit noch mehr Blut an den Händen und einem ungewissen Schicksal vor sich.

Der junge Hiscadi hörte Schritte hinter sich, und er wusste, dass es Rahel war, ohne sich umsehen zu müssen.

»Beeindruckend«, flüsterte sie und stellte sich neben ihn. Er nickte und guckte zu ihr hinüber, doch sie sah ihn nicht an. Der Sonnenaufgang tauchte ihr Antlitz in ein helles Rot. Er wandte sein Gesicht ebenfalls wieder dem Naturschauspiel zu.

»Ich weiß es bereits«, erklärte Jaquento ruhig.

»Gut«, erwiderte sie. Halb befürchtete der junge Hiscadi, dass sie fragen würde, woher er sein Wissen hatte, doch sie schwieg.

»Mir wäre es lieber, du würdest etwas sagen.«

»Du gehst auf die *Wyrdem*, oder wie immer Pertiz das Schiff auch taufen wird.«

»Und du?«

»Ich bleibe an Bord der *Todsünde.*«

»Ist das so einfach?«

Jetzt blickte sie ihn an und zog wütend die Augenbrauen zusammen. Schatten fielen auf ihr Gesicht, und in ihren Augen entdeckte Jaquento keine Zuneigung mehr.

»Einfach? Hättest du den Dingen ihren Lauf gelassen, wäre es so, Jaq. Jetzt hingegen ist alles kompliziert.«

»Ich fürchte Quibon nicht«, erwiderte er hitzig. Ein brennendes Gefühl lief durch seine Adern und brachte sein Blut in Wallung. Er trug keine Schuld an der Situation, doch ihre Vorwürfe trafen ihn tief.

»Das ist eines deiner Probleme, du verdammter Bastard! Wenn ihr auf demselben Schiff bleibt, dann wird Blut fließen!«

»Warum sollte dein teurer Käpt'n zulassen, dass Quibon wieder auf mich losgeht?«

Das brachte sie zum Schweigen. Ihre Augen verengten sich, und ihre Lippen wurden schmal. In die Farben der Sonne getaucht, mit offenem Haar und voller Zorn wirkte sie wie eine Daemonin der Legenden aus den alten Zeiten der Nigromantenkaiser.

»Weil es eine Sache zwischen Quibon und dir ist, verflucht noch einmal. Freie Männer und Frauen, schon vergessen?«

»Und deshalb soll ich auf die *Wyrdem* gehen?«

»Du sollst auf die *Wyrdem,* weil du mit deinen Spielchen ja verhindert hast, dass Quibon dort sein wird. Es gab einen guten Grund, warum ich ihn vorgeschlagen habe ...«

»Die ganze Wahl war abgekartet«, sagte Jaquento. »Du hast das mit Deguay ausgecheckt!«

»Ja. Er hat es vorgeschlagen, und es erschien mir wie ein guter Weg, euch zu trennen. Quibon bekommt das Schiff und hat Zeit, sein Mütchen zu kühlen. Du bleibst hier und wirst Teil der Mannschaft.«

»Freie Männer und Frauen, dass ich nicht lache«, spottete Jaquento.

»Es war ein guter Vorschlag, und es wäre gut ausgegangen«, widersprach Rahel. »Aber du musstest ja unbedingt den Anwalt der Gerechtigkeit spielen. Sind eigentlich alle Hiscadi so verbohrt, oder bist nur du das?«

»Manche sollen recht vernünftig sein, habe ich mir sagen lassen«, erwiderte Jaquento kühl. Sein Zorn klang ab, doch er war nicht gewillt, ihr nachzugeben.

Sie fluchte leise und wandte sich wieder ab.

»Was ist mit uns? Was ist, wenn ich mich weigere?«

»Wir sind auf zwei Schiffen, Jaq. Es gibt kein *uns*. Und wenn du dich weigerst, dann setzen wir dich hier auf der verdammten Insel aus. Man gehorcht dem Käpt'n, den man gewählt hat, oder man bleibt zurück.«

Er nickte bloß, und obgleich er es nicht wollte, sah sie wohl die Herablassung in seinem Blick, denn sie antwortete nicht, sondern drehte sich um und ging davon. Plötzlich doch müde, schloss Jaquento die Augen und ließ den Kopf hängen.

»Und nimm dieses Drecksvieh mit«, rief Rahel noch, bevor sie laut fluchend unter Deck verschwand.

»Das Vieh heißt Sinosh«, erwiderte Jaquento leise und blickte hinab auf die Echse, deren nun goldgrüner Leib im Sonnenlicht schimmerte. Unvermittelt schlug sie die Augen auf, deren Goldton den jungen Hiscadi immer wieder faszinierte.

»Sinosh«, wiederholte er und strich mit den Fingerkuppen vorsichtig über den Rücken der Echse, die sich ihm wohlig entgegenreckte.

Mit einem Mal verschwand seine Wut, und er konnte nicht sagen, ob er auf Rahel oder auf sich selbst wütend gewesen war.

Mit aller Kraft legte Jaquento sich in die Riemen, wollte sich nur auf das Rudern konzentrieren, doch seine Blicke wanderten stets zurück zur *Todsünde*. An der Reling standen zahlreiche Seeleute, riefen ihnen Anfeuerungen zu oder verhöhnten sie; allein Rahel konnte der junge Hiscadi nicht entdecken. Sie hatten seit dem Morgen kein Wort mehr gewechselt, und nun würden sie einander erst wieder treffen, wenn sich die Schiffe wieder begegneten.

Am Heck des langen Bootes stand Pertiz, und Jaquento sah den Stolz in dessen aufrechter Haltung. Sobald er einen Fuß an Deck der *Wyrdem* setzen würde, wäre er endgültig Kapitän. Deguay hatte knapp hundert Seeleute auf das Sklavenschiff geschickt, genug Piraten, um es mit den meisten Handelsschiffen aufzunehmen. Zudem hatten sie ein Dutzend der größeren Kanonen nach und nach mit Booten von der *Todsünde* zu der *Wyrdem* gebracht, eine mühselige und selbst im ruhigen Wasser der Bucht gefährliche Arbeit.

Nun war das ehemalige Sklavenschiff anständig bewaffnet, und der Zimmermann würde in nächster Zeit die unnötigen Schotten im Laderaum entfernen, um ein durchgehendes Kanonendeck zu schaffen, und dazu Geschützpforten anbringen. Die ungewöhnliche Brustwehr würde noch einige Zeit bleiben, bis die *Wyrdem* generalüberholt werden konnte. Doch schon jetzt machten die schlanke Form und die schnellen Linien das Schiff zu einem exzellenten Segler, und der geringe Tiefgang würde sich zwischen den unzähligen Inseln gewiss noch als nützlich erweisen.

»Ruder hoch!«, befahl Pertiz und lenkte das Boot mit dem letzten Schwung längsseits zum Schiff. Wie eine Bande Affen kletterten die Seeleute das Netz empor an Deck, und auch Jaquento folgte ihnen.

»Macht das Schiff klar«, rief der Kapitän. »Und meldet mir, wenn es so weit ist.«

Gerade als Jaquento sich abwenden wollte, hielt ihn Pertiz an der Schulter fest. »Du nicht. Komm mit!«

Überrascht folgte der junge Hiscadi seinem neuen Kapitän unter Deck, wo dieser seine Kajüte aufsuchte. In der – für ein Schiff geräumigen – Kajüte sah es aus wie auf einem Schlachtfeld. Bei ihrer Suche nach Kostbarkeiten hatten die Piraten die Möbel zerschlagen, die Koje aufgeschnitten und sogar zwei der Fenster eingeschlagen. Lächelnd hob Pertiz die Arme: »Willkommen in meinem Reich!«

Ebenfalls grinsend, tippte sich Jaquento an die Stirn.

»Ich würde dir einen Stuhl und etwas Wein anbieten, aber ich fürchte, ich habe weder das eine noch das andere.«

»Ich bin sicher, dass der Zimmermann Euch aus den Schotten einen Tisch und einen Stuhl zimmern kann.«

»Der Zimmermann ist eine Frau – Neria, und sie schätzt es, wenn man sie Schiffszimmerer nennt. Außerdem hat sie mehrere große Hämmer und Zangen, was ihren Wünschen erheblich Gewicht verleiht.«

»Aber Ihr habt mich sicher nicht hierhergebeten, um Euch meine Vorschläge für die Einrichtung Eurer Kajüte anzuhören, oder?«

»Nein«, räumte Pertiz ein. »Ich wollte einige Dinge mit dir bereden.«

Neugierig schwieg Jaquento. Unbewusst streichelte seine Hand Sinosh, der es sich wie stets auf seiner Schulter bequem gemacht hatte.

»Dieses Wesen ...«, begann Pertiz, und der junge Hiscadi unterbrach ihn: »Es heißt Sinosh.«

»Sinosh, nun gut. Die Mannschaft denkt, dass es ein Glücksbringer ist, seit das Gerücht geht, die Echse habe dich im Kampf gerettet. Vielleicht sollten wir es erst einmal behalten.«

Jaquento nickte zustimmend. Insgeheim freute er sich darüber, denn er hatte sich in letzter Zeit an die Echse gewöhnt und konnte sich nur noch schwerlich vorstellen, sie wie ein Stück Rinderbraten zu verkaufen.

»Du wirst keiner der Wachen zugeteilt werden«, fuhr Pertiz fort.

»Warum nicht? Ich kann genauso gut arbeiten wie jeder andere auch.«

»Das ist mir bewusst. Aber du sollst mir zur Hand gehen. Mir persönlich untergeben sein.«

Einen Augenblick lang sah Jaquento den neuen Kapitän aus zusammengekniffenen Augen an, doch dieser scherzte nicht. »Ich bin doch kein Diener!«, brauste er dann auf, und Sinosh zischte laut.

Pertiz, der von der heftigen Reaktion überrascht zu sein schien, hob abwehrend die Hände. »Halt Sinosh zurück; ich habe gesehen, was er im Gefecht angerichtet hat.«

Jaquento berührte sanft den Rücken der Echse, deren Haut nun von einem hellen Rot war. Die geschuppte Oberfläche des Tieres war trocken und kühl und fühlte sich ein wenig wie Pergament an.

»Lass mich ausreden, bitte.«

»Ja«, erwiderte Jaquento knapp, doch er konnte seine Verärgerung nicht aus seinen Zügen verbannen.

»Ich will nicht, dass du in die tägliche Routine eingebunden bist. Du sollst mir zur Hand gehen, und das meine ich wörtlich. Du sollst lernen, zu navigieren, zu segeln und das Schiff zu kommandieren. Ich glaube, dass die See etwas Besonderes mit dir vorhat, Freund Jaquento. Du kannst lesen und schreiben?«

»Natürlich.«

»Gut. Was dir fehlt, ist Erfahrung. Und die hast du, mit Verlaub, in Rahels Gesellschaft zu wenig sammeln können. Zumindest die Erfahrung, um die es mir geht.«

»Das ist vorbei«, erklärte Jaquento finster. »Und es ist nur eine Sache zwischen uns.«

»Nimm es nicht allzu tragisch. Rahel ist eine Tochter der See; anziehend, aber ebenso launisch. Was denkst du, wie ich an Bord der *Todsünde* gekommen bin?«

Mit geweiteten Augen fragte Jaquento: »Du hast auch mit Rahel …?«

»Nein«, wehrte Pertiz lachend ab, nur um zwinkernd hinzuzufügen: »Oder vielleicht doch? Das ist unwichtig, Jaq. Es war von vorneherein nicht für die Ewigkeit gedacht. Rahels Liebe gilt hauptsächlich der See.«

»Und dem Käpt'n«, setzte Jaquento düster hinzu.

»Deguay? Sie verehrt ihn, wie so viele an Bord der *Sünde*, aber ihr Herz gehört dem Meer. Nun lass uns nicht von der Vergangenheit sprechen, sondern von der Zukunft. Dir mangelt es an nautischen Kenntnissen, und ich will dir diese vermitteln.«

»Wieso denkt ihr Piraten nur«, meinte Jaquento, »dass ihr die Einzigen seid, die sich auf dem Meer auskennen?«

»Weil wir die Herren der Ozeane sind?«

»Meine Heimat lag am Meer, Pertiz, meine Leute sind zur See gefahren. Ich habe das Rauschen des Meeres jede Nacht gehört. Und ich habe auf meiner Überfahrt in die Sturmwelt gearbeitet.«

»Das ist gut«, erwiderte Pertiz. »Sehr gut sogar. Aber es gehört mehr dazu, ein Schiff zu kommandieren, als das Rauschen des Meeres zu kennen. Es reicht auch nicht, die See zu lieben, denn sie ist eine launische Herrin. Ich kann dir beibringen, was einen Mann dazu befähigt, ein Schiff sicher durch einen Sturm zu steuern.«

»Ein Schiff kommandieren? Aber ist das nicht Eure Aufgabe? Ihr seid der Kapitän, nicht ich.«

»Aber jeder Kapitän braucht Offiziere, auf die er sich verlassen kann. Und lass das vermaledeite *Ihr* und *Euch*. Wir sind Brüder und Schwestern auf diesem Schiff.«

»Wie du wünschst, Käpt'n«, erwiderte der junge Hiscadi, wobei er das letzte Wort besonders betonte. »Aber Offizier? Was sagt die Mannschaft dazu?«

»Noch ist es dafür zu früh. Erst musst du dich beweisen. Deinen Mut und dein Geschick mit der Klinge kennen sie, jetzt musst du lernen, ein Schiff zu führen. Deshalb musst du mein Aufwärter sein, zumindest so lange, bis sie dich vollständig akzeptieren.«

»Ist es wegen Quibon?«, sprach Jaquento seinen Verdacht aus. »Fürchtest du, dass er irgendwen angeheuert hat, um mich zu töten?«

»Vielleicht hat er das«, entgegnete Pertiz hart. »Aber darum mache ich mir wenig Sorgen. Ich habe dich kämpfen sehen. Mein Mitgefühl gilt eher jenen, die dich herausfordern. Du fürchtest den Tod nicht, warum auch immer. Und dein Degen ist verflucht schnell.«

Der junge Hiscadi zuckte mit den Schultern. »Jeder fürchtet den Tod. Man muss mit dieser Furcht nur umzugehen wissen.«

»Nein«, widersprach Pertiz beschwörend. »Nicht jeder. Ich habe Männer und Frauen ohne Furcht gesehen. Ich habe sogar gesehen, wie sie den Tod mit offenen Armen empfangen haben. Du weißt, wovon ich spreche, Jaquento. Leugne es nicht.«

Scheinbar unbeteiligt blickte Jaquento den Kapitän an, sorgsam darauf bedacht, durch nichts zu erkennen zu geben, ob er ihm zustimmte oder nicht.

»Weißt du, woher mein Name kommt?«, änderte Pertiz plötzlich das Thema und riss Jaquento aus seinem Schweigen.

»Géronay?«

»Korrekt. Es ist nur ein *nom de guerre*. Mein wahrer Name

ist begraben und vergessen. Ich habe den Namen eines Vorfahren angenommen – Pertiz Sucrof.«

»Sucrof? So wie der Mann aus Maillot?«

»Genau der. Kennst du seine Geschichte?«

»Er war ein Korsar aus Maillot, vor achtzig und vier Jahren. Er war ungeheuer erfolgreich und soll Schätze ohnegleichen angehäuft haben.«

»Das stimmt. Die Archive der Stadt verzeichnen über hundert Prisen, große und kleine, die er in Maillot verkaufte. Wer weiß, wie viele er versenkte oder nur ausraubte und wieder fahren ließ. Er wurde reich, und die Stadt verdiente gut an ihren zwölf Prozent. Sie stellten ihm sogar eine Statue auf und benannten eines der Hafenbecken nach ihm. Er starb allerdings in Armut.«

»Wie das?«

»Er war großzügig, dem Spiel, dem Alkohol und, wie man sagt, mehr als einer Frau zugetan. Eine unheilige Kombination, möchte man meinen. Er hat sein ganzes Vermögen noch zu Lebzeiten durchgebracht. Dennoch ist sein Name Legende.«

»Selbst in meiner Heimat kennt man ihn. Er hat Maillot gegen die Thayns verteidigt, nicht wahr?«

»Ja, der einzige Sieg zur See im Krieg der Sklaven. Die Korsaren von Maillot haben den Handel im Kanal fast zum Erliegen gebracht, bis die Thayns Flotten sandten, um den Hafen zu blockieren. Die kleinen Schiffe der Korsaren konnten nichts gegen die Kriegsschiffe ausrichten, aber Sucrof hat ein Geschwader an der Blockade vorbeigeführt und eine Reihe von Feuerschiffen mitten unter die Thayns gefahren. Zwei Schiffe fingen Feuer, drei andere liefen auf der Flucht vor den Feuerschiffen auf Grund und wurden gekapert.«

»Und dieser Korsar war dein Vorfahr?«, fragte Jaquento ungläubig. »Man sollte denken, dass du ein Schloss und Ländereien besitzt und in der Marine dienst.«

»Sollte man, nicht wahr? Oh, sie adelten ihn, doch sein Titel war nicht vererbbar, und sein Geld, wie schon gesagt, floss ihm nur allzu leicht durch die Finger. Ich könnte in der Marine dienen, wenn ich ein einfacher Seemann sein wollte. Géronay ist nicht Thaynric; in unserer Heimat wird man ohne Titel niemals Offizier.«

»Ich weiß. Hiscadi ist seit Langem Teil des géronaischen Reiches«, erwiderte Jaquento.

»Deshalb bin ich hier. Mein Vorfahr hat sein Glück – so kurz es auch sein mochte – zur See gemacht. Nicht in der Marine, sondern als freier Mann mit eigenem Schiff. Sein Name wurde von den Thayns gefürchtet und in der Heimat verehrt. Die Tage der Korsaren von Maillot sind nicht mehr so glorios, aber in der Sturmwelt kann ein Mann oder eine Frau das Schicksal noch selbst in die Hand nehmen.« In Pertiz' Augen funkelte es, und seine Hände gestikulierten. »Wir haben ein Schiff und viele treue Seelen, die ebenso empfinden. Hier sind wir frei, können wir frei sein!«

»Unter Kapitän Deguay?«, warf der junge Hiscadi zweifelnd ein. »Er ist nicht anders als ein géronaischer Adeliger, er kann es nur besser verstecken.«

»Männer wie Rénand gibt es immer. Es liegt an uns, was wir mit ihnen tun. Folgen wir ihnen blind, oder denken wir für uns? Verstehst du nicht? Die Sturmwelten sind ungeformt. Wir können ihnen unseren Stempel aufdrücken. Wir können sie so erschaffen, wie wir wollen. Kein Adel, keine Könige, keine Knechte oder Untertanen.«

»Das klingt nach einer Revolution«, erwiderte Jaquento skeptisch, doch die Begeisterung des frischgebackenen Kapitäns wirkte ansteckend.

»Nenn es, wie du willst. Ich nenne es Freiheit. Ich habe

dich beobachtet, Jaq, und ich sehe in dir, was ich in mir spüre. Ein Verlangen nach Freiheit, das alles andere hinwegfegt. Hier liegt sie in unserer Reichweite. Es ist an uns, sie zu nehmen. Nimm mein Angebot an, und ich lehre dich alles, was ich über die See weiß. Wir trotzen den Mächten der Welt und gehorchen nur uns selbst!«

Langsam nickte Jaquento. *Ein verlockender Gedanke. Doch wäre es nicht besser für mich und andere, wenn ich unter Zwang stehe? Es ist nicht immer gut, den inneren Daemonen Freiheit zu gewähren.* Aber trotz dieser Zweifel schlug er in Pertiz' vorgestreckte Hand ein.

»Ich wusste, dass wir vom selben Schlag sind, Jaq. Selbst Sinosh scheint damit einverstanden zu sein.«

Tatsächlich hatte die Echse sich wieder beruhigt und ihre normale goldgrüne Farbe angenommen.

»Er hat ein feines Näschen, Pertiz. Er spürt, dass du es ehrlich meinst.«

»Oder ich habe ihn mit einem leckeren Stück Schildkröte bestochen«, entgegnete der Kapitän.

»Wohin geht die Fahrt?«

»Lessan.«

»Mitten in den größten Hafen der Thayns? Mit einem gekaperten Schiff?«, fragte Jaquento ungläubig.

»Wir sind einfache Händler. Keine Sklaven an Bord, erinnerst du dich? Nur freie Seeleute.«

»Werden sie uns dort keine unangenehmen Fragen stellen?«

»Sicherlich. Aber darauf finden wir schon Antworten. Die *Wyrdem* ist unauffälliger als die *Todsünde*. Noch zumindest. Rénand tut gut daran, jenseits des Horizonts auf uns zu warten. Ich weiß sowieso nicht, welche Daemonen ihn geritten haben, ausgerechnet Lessan als Treffpunkt vorzuschlagen, aber jetzt bringen wir Ayvon dorthin und holen unsere Leute ab.«

»Was machen Piraten in einem Kriegshafen der Thayns?«, wunderte sich der junge Hiscadi, aber Pertiz lachte nur und schlug ihm auf die freie Schulter.

»Geschäfte, was sonst? Komm, lass uns sehen, ob es an Bord dieses Kahns noch irgendwo einen Schluck Wein gibt. Und dann sollten wir überlegen, welchen Namen wir unserer neuen Heimat geben.«

ROXANE

Unbewegt stand Roxane mit gesenktem Haupt auf dem Achterdeck. Die Sonne brannte heiß vom Himmel, und in ihrer Uniform war der jungen Offizierin heiß. Ihr Rücken war den Strahlen direkt ausgesetzt, und der dunkle Stoff heizte sich unangenehm auf.

Auf dem Hauptdeck stand ein Teil der Besatzung im Halbkreis um den Caserdote, der seine wöchentliche Andacht hielt. Seine Stimme war stark und fest und erreichte beinahe das ganze Schiff: »Wir gedenken Corbans, des Geschenks der Einheit, der sich als Einziger der Willkür der Nigromanten entgegenstellte. Sein Leib war von der Einheit gegen ihre Macht gefeit, und sein Wille brach ihre Zauber. Wir gedenken seiner Getreuen, die sein Wort in die Welt trugen, als er in seiner dunkelsten Stunde daniederlag. Möge die Einheit uns vor der Rückkehr der Tyrannei schützen. Möge die Einheit unsere Königin Morwey schützen. Möge die Einheit unser Vaterland vor seinen Feinden schützen.«

»Danket der Einheit«, erwiderte der Chor der Zuhörer.

»Wir stehen hier an Bord dieses mächtigen Schiffes, um unseren Feinden Einhalt zu gebieten. Möge die Einheit mit uns sein.«

»Danket der Einheit.«

»Weiht euch und euer Leben der Einheit«, schloss der Caserdote mit den traditionellen Worten und verneigte sich. Die Seeleute taten es ihm gleich und zerstreuten sich dann. Auch Roxane hob ihren Kopf wieder und warf einen schnellen Blick auf die Besegelung. Alles schien in bester Ordnung zu sein, wie sie zufrieden feststellte.

»Ah, Leutnant«, rief Sellisher fröhlich, als er die Stufen zum Achterdeck hinaufkam. »Wie ich bemerke, haben Sie der Andacht gelauscht.«

»Natürlich, Thay. Leider hielten mich meine Pflichten auf meinem Posten, sodass ich mehr gehört als gesehen habe.«

»Sie dienen der Einheit am besten, wenn Sie Ihre Pflicht gegenüber Königin und Vaterland erfüllen, Thay«, erwiderte Sellisher aufgeräumt. Insgeheim rechnete Roxane mit einer Strafpredigt, da sie – entgegen ihrem Versprechen – bislang noch keinem der Gottesdienste beigewohnt hatte. Doch der Caserdote schien dieses Versäumnis nicht erwähnen zu wollen.

»Haben Ihre gemeinsamen Untersuchungen mit dem Maestre eigentlich etwas ergeben?«, wechselte die junge Offizierin schnell das Thema.

»Einiges. Zum Beispiel, dass es mir an Geduld mangelt, um Coenrad längerfristig zu ertragen.«

Obwohl sie sich bemühte, ihr Amüsement zu verbergen, musste Roxane schmunzeln.

»Sonst nichts?«

»Wenig mehr, als wir auch schon zuvor wussten. Das Zentrum des Sturms lag irgendwo im Westen, in der Sturmwelt oder vielleicht sogar jenseits davon.«

»Jenseits? Mir war nicht bekannt, dass eine der Expeditionen dorthin bislang überhaupt Land entdeckt hätte.«

»Nun, das muss nichts bedeuten. Wir wissen nicht, was diesen Sturm ausgelöst hat, ob es an Land oder zur See geschah. Tatsächlich wissen wir erstaunlich wenig.«

»Wie geht es dem Maestre?«, erkundigte sich Roxane, die Groferton seit einigen Tagen nicht mehr gesehen hatte. Hin und wieder ließ der Caserdote ihm Essen in die Kajüte bringen, doch offensichtlich mangelte es dem Maestre an Appetit.

»Er hat sich sehr angestrengt und ist nun ausgelaugt. Die Macht, die er benutzt, fordert ihren Tribut. Er hat zu viel Vigoris in zu kurzer Zeit durch seinen Körper geleitet.«

»Das tut mir leid.«

»Das muss es nicht. Er schien mir dabei recht glücklich zu sein. Angeblich wird durch eine solche Anwendung des Arsanums auch Ekstase ausgelöst. Sie haben sicherlich diese Geschichten von den Ausschweifungen in den Zeiten der Nigromantenkaiser gehört?«

»Ja«, gestand Roxane. »Aber ich muss sagen, dass ich diese Überlieferungen doch eher in das Reich der Legenden eingeordnet habe. Mir war nicht bewusst, dass es tatsächlich passiert.«

»Es gibt gute Gründe, warum der Einsatz der Magie in allen zivilisierten Ländern strikt reglementiert wird. Selbst die heidnischen Zaubermoguln im Osten unterziehen sich gewissen Riten, um diese stets präsente Gefahr zu bannen«, erklärte Sellisher ernst. Es klang in Roxanes Ohren wie ein geübter Vortrag, so als ob er diese Worte nicht zum ersten Mal mit dieser Eindringlichkeit sprach.

»Zu meiner Schande muss ich gestehen, dass ich mich bislang wenig mit der Theorie des Arsanums beschäftigt habe, Thay«, erwiderte sie vorsichtig.

»Das ist natürlich auch keinesfalls Ihre Aufgabe, Thay. Sie sind Offizierin der Marine; hier liegen Ihre Pflichten und Ihre von der Einheit gewollten Aufgaben. Ich allerdings muss mich, da es mir durch meine Gabe so beschieden wurde, mit Geschichte und Gegenwart der Magie befassen.«

»Da sie ja auch von der Einheit kommt.«

»Genau«, entgegnete der Caserdote, doch sein Gesichtsausdruck war so säuerlich, als spräche er von eitrigen Wunden. »Allerdings muss sie, wie alle Gaben der Einheit, mit Verstand angewendet werden.«

»Sicherlich, Thay.«

»Aber ich langweile Sie gewiss bereits mit meinem theologischen Geschwätz, Leutnant«, meinte Sellisher. Roxane hob protestierend die Hände, doch Sellisher ignorierte die Geste: »Ich werde mich um den guten Maestre kümmern. Ein guter Schäfer kümmert sich auch um die schwarzen Schafe.«

Trotz seines Zwinkerns missfiel Roxane sein herablassender Tonfall, deswegen salutierte sie steif und erwiderte: »Gerade um die schwarzen, Caserdote, nicht wahr?«

Für einen Moment blickte er sie mit seinen blinden Augen unschlüssig an, dann nickte er bedächtig. »Ein wahres Wort.«

Die junge Offizierin sah ihm nach, während er unter Deck ging. Seine joviale Art wirkte auf den ersten Blick freundlich, doch etwas an ihm störte sie, ohne dass sie dies genau fassen oder gar mit Worten benennen konnte. Vielleicht lag es an seiner überheblichen Haltung Groferton gegenüber, den sie zwar kaum kannte und der dank seiner Wehleidigkeit nur wenig Sympathien an Bord sammelte, aber dessen wachen Geist, scharfe Zunge und treffsichere Beobachtungsgabe sie zu schätzen gelernt hatte.

Mit einem Seufzen, das sie hinter vorgehaltener Hand verbarg, wandte sie sich ab und kontrollierte noch einmal Besegelung und Kurs der *Mantikor*. Es war nicht ratsam, es sich mit dem Schiffskaplan zu verscherzen, wenn man bedachte, dass er das Ohr des Kapitäns wie kein Zweiter besaß. Inzwischen hielt der Caserdote täglich eine Andacht in der Kajüte des Kapitäns, und wenn man in der Nähe war, konnte man die beiden zusammen beten hören.

Immerhin hatte sich die Stimmung Harfells seitdem etwas aufgehellt, und bislang hatte es keine weiteren Zwischenfälle gegeben. *Möge es so bleiben,* dachte Roxane und klopfte unbewusst mit den Knöcheln gegen die Reling. *Möglicherweise hat die Einheit ja ein Einsehen mit uns und schenkt Harfell Zurückhaltung und Verstand!* Doch ihre Hoffnung auf ein göttliches Eingreifen blieb gering, denn sie konnte die misstrauischen Blicke des Kapitäns sehen, seine ständig zu einem verächtlichen Lächeln verzogenen Lippen. Er wirkte eher wie ein Gefangener auf seinem eigenen Schiff als wie ein Offizier, geschweige denn wie der Schiffsführer. Vielleicht spürte die Mannschaft diesen Mangel ebenfalls, oder vielleicht war Roxane auch zu sensibel geworden, doch es war ihr, als ob ein beständiges Gefühl der Unruhe um sie herum herrschte.

Die See dagegen war ruhig, obwohl ein frischer Wind ging, der ihnen gute Fahrt bescherte. Seit dem Sturm hatte der Ozean sich von seiner besten Seite gezeigt, als hätte er all seinen Zorn in diesem Orkan entladen.

»Hol mir Leutnant Frewelling, Pead«, befahl Roxane aus einem Impuls heraus dem Jungen, der an der Schiffsuhr stand. Mit einem hektischen Salut flitzte er los. Dem Jüngsten an Bord steckte Tolas grausame Bestrafung noch in den Knochen, und vermutlich fürchtete jeder von ihnen, der Nächste zu sein, den Harfells Zorn traf.

Kurz darauf kam der Erste Offizier an Deck. Er hatte seine Locken nur mühsam unter seinen Zweispitz gezwängt, und er war gerade noch dabei, die letzten Knöpfe seiner Uniform zu schließen.

»Was gibt es, Thay?«

»Sie hätten sich nicht so sputen müssen, Thay«, erwiderte Roxane lächelnd. »Ich habe nur eine Frage.«

»Der Junge schien ziemlich aufgeregt, und er war ganz atemlos, als wäre er gerannt.«

»Es ist meine Schuld. Ich hätte ihm sagen sollen, dass es keine dringende Angelegenheit ist. Sie verwalten doch die Listen der Messen, nicht wahr?«

»Sicherlich«, antwortete Frewelling und sah sie fragend an. »Das ist eine meiner Aufgaben.«

»Der Kapitän erlaubt doch Wechsel?«

Als Frewelling nickte, fragte sie weiter. »Gibt es viele?«

»Wechsel? Oder Messen?«

»Beides.«

»Wir haben vierzig Messen für die Besatzung, dazu drei Strafmessen, jeweils eine für Trunkenheit, Unsauberkeit und kleinen Diebstahl, aber der Kapitän hat schon lange niemand mehr dazu verdammt. Tatsächlich gibt es einige Wechsel in jeder Woche. Mehr, als ich bislang gewohnt war.«

»Die Mannschaft ist unruhig, Thay«, erklärte Roxane leise. »Deshalb finden sich keine fixen Messen. Sie spüren, dass die Autorität der Offiziere nicht durch den Kapitän abgesichert ist.«

»Diese Seeleute fahren schon lange mit Harfell. Sie haben ihre eingefleischten Regeln und Rituale, wie jede eingespielte Besatzung. Es wundert mich auch, dass die Messen nicht gesetzter sind, aber ich habe mir bislang kaum Gedanken darüber gemacht.«

»Teilen Sie meine Einschätzung, Thay? Es ist ein schlechtes Zeichen, wenn die Männer und Frauen nach so langer Zeit noch keine festen Essensgemeinschaften gebildet haben, sondern immer neue Gruppen bilden.«

»In der Tat. Ich hätte diesen Umstand früher bemerken müssen.«

»Je eher wir unser Ziel erreichen, desto besser.«

»Machen Sie sich Sorgen wegen der Mannschaft?«

»Was? Oh nein, nicht wirklich. Meine Sorge gilt Harfell und

seinen Launen. Der Caserdote scheint einen guten Einfluss auf ihn zu haben, aber wer weiß, wie lange er das Temperament des Kapitäns im Zaum halten kann?«

»Sie fahren schon sehr lange gemeinsam«, erklärte Frewelling. »Sie sind gute Freunde.«

Dann zögerte der Offizier eine Weile und rieb sich nachdenklich das Kinn. »Was schlagen Sie vor, was wir wegen der Besatzung tun können?«

Dass ihn ihre Meinung interessierte, freute Roxane. Sie wog ihre Worte sorgfältig ab. »Wir sollten zuerst beobachten, ob wir wirklich recht haben und wie sich die Situation entwickelt, ehe wir mit einigen der Leute darüber sprechen.«

Frewelling nickte zustimmend. Als vom Bug her der Ausruf »Land ho!« kam, blickten sie einander lächelnd an.

»Die Sturmwelt!«, entfuhr es Roxane laut, doch dann legte sie rasch die Finger auf die Lippen, verschränkte die Arme auf dem Rücken und richtete die Augen in die Ferne. »Erstatten Sie dem Kapitän Bericht, oder soll ich den Jungen schicken, Thay?«

»Ich gehe«, erwiderte Frewelling und salutierte. Flüsternd fügte er hinzu: »Wird besser für Peads Gemüt sein.«

Diesmal verkniff Roxane sich ein Grinsen und schaute starr geradeaus. Ein Großteil der Seeleute, die gerade keine Wache hatten, liefen zum Bug, viele riefen laut und gestikulierten in die Richtung, in der sie das Ufer vermuteten. Auch Roxane spürte Aufregung in sich aufsteigen. Nach Wochen der Fahrt endlich Land in Sicht – und noch dazu die Sturmwelt. Doch sie wollte sich ihrem Rang entsprechend benehmen und ein gutes Vorbild sein. Also hielt sie sich zurück und achtete nur auf Kurs und Schiff. Hinter sich hörte sie die leisen Schritte Harfells, der sich neben sie stellte.

»Ich übernehme, Leutnant.«

»Aye, aye, Thay!«

»Steuerfrau! Zwei Strich backbord! Bringen Sie uns näher ran.«

Die *Mantikor* lief nun fast direkt vor dem Wind, was ihre Geschwindigkeit etwas reduzierte, aber der Kapitän ließ ohnehin bereits Segel reffen.

»Wenn der Kurs ordentlich gehalten wurde, ist das Horendann«, erklärte Harfell. »Wollen wir mal hoffen, dass man Ihnen auch etwas beigebracht hat.«

Eisern schwieg Roxane trotz des Affronts. Die Fregatte glitt nun gemütlich dahin, und inzwischen konnte die junge Offizierin mit bloßem Auge einen dunklen Fleck am diesigen Horizont erkennen. Aus dem Blau des Himmels und des Meeres schälte sich langsam eine Insel, sehr klein, mit einem hoch aufragenden Felsen in der Mitte.

»Es ist Horendann!«, meinte Harfell triumphierend. »Dann werden wir jetzt in die Passage fahren und erreichen Lessan bei gutem Wind in zwei Tagen. Sie sind mit der Ost-Passage vertraut, Leutnant?«

»Ja, Thay.«

Es erschien der jungen Offizierin sicherer, ihr rein theoretisches Wissen nicht genauer auszuführen. Der Kapitän hatte wenig Geduld mit Offizieren, denen es an Praxis mangelte, wie er mit seinem Spott immer wieder bewies.

»Die Besegelung bleibt. Alles andere überlasse ich Ihnen.«

»Aye, aye, Thay«, erwiderte Roxane, auch wenn sie innerlich über die schwammigen Befehle fluchte. *Wer kann schon sagen, inwieweit ich das auslegen darf?*

Ohne zu grüßen, verließ Harfell das Deck und kehrte in seine Kajüte zurück, während sich Roxane ihr Wissen über die Ost-Passage wieder ins Gedächtnis rief.

Mit wenigen Kommandos brachte sie die *Mantikor* vom Wind ab, und das Schiff passierte Horendann an Backbord. Schon bald tauchten weitere kleine Eilande im Dunst auf,

Vorboten der vielen Inseln, aus denen die Sturmwelt bestand. Bevor die Admiralität die großen Konvois zum Schutz der Handelsschiffe eingeführt hatte, waren diese Inseln beliebte Verstecke für Piraten und Freibeuter gewesen. Sie boten unzählige kleine Buchten, waren zerklüftet, teilweise von dichtem Wald bewachsen, und es war kaum möglich, die Seeräuber auszurotten.

Entgegen den romantischen Verbrämungen der Theaterstücke und Novellen in ganz Corbane waren diese Diebe aber keine furchtlosen Seehelden auf stolzen Schiffen, die ihre Beute nach hartem Kampf eroberten, sondern Banden von Gesetzlosen und Ausgestoßenen, die mit flachen Booten nachts über arglose Handelsschiffe herfielen.

Roxane konnte sich gut vorstellen, was für eine Gefahr diese Gesellen gewesen sein mochten; sie hatten nichts mehr zu verlieren und waren ebenso ehrlos wie bis an die Zähne bewaffnet. Die Überfallenen konnten froh sein, wenn sie mit dem Leben davonkamen und nicht auf bestialische Art und Weise ermordet wurden. In jedem Fall wurde alles geraubt, was nicht niet- und nagelfest war, und manchmal sogar dieses.

Auf den Inseln hießen diese Piraten Bukaniere, nach den Boucan-Öfen, in denen sie ihr Fleisch räucherten. Seit den Konvois waren die Händler keine einfache Beute mehr, und viele der Piraten waren weitergezogen, obwohl es angeblich noch Nester von ihnen gab, die auf jene Händler lauerten, denen die Gebühren für die Konvois zu hoch waren und die es lieber auf eigene Faust probieren wollten. *Vielleicht wird die* Mantikor *beauftragt, diese Bukaniere auszuräuchern. Wie passend!*

Während sie die Inseln betrachtete, stellte sich Roxane die halb wilden Männer und Frauen vor, die auf ihnen hausen mochten, und sie merkte, wie die Mischung aus Geschichten und Fakten ihr einen Schauder über den Rücken jagte.

In der Passage war das Meer unruhiger, als würden die Strömungen und Winde zwischen den Inseln gegeneinander arbeiten. Doch die Fregatte war ein großes Schiff, und das Gewicht des dicken Rumpfes, der Kupferplatten und natürlich der Geschütze tat das Übrige, um die *Mantikor* ruhig zu halten.

Über einigen der Inseln schwebten Vögel, hier und da sah Roxane grünen Bewuchs. Angeblich war der Wald hier so dicht, dass man keine fünf Schritt weit sehen konnte, und bewohnt von den ungewöhnlichsten Tierarten. Auch wenn Lessan schon seit Langem kolonialisiert und damit zivilisierter war, konnte es Roxane kaum erwarten, einen Fuß in diese exotische Welt zu setzen. Aber zunächst musste sie die *Mantikor* sicher durch die für sie unbekannten Gewässer bringen; eine Aufgabe, dir ihre ganze Konzentration erforderte. Bis Frewelling sie zum Glasen von ihrer Wache ablöste, hatte ihr nicht nur die glühende Sonne den Schweiß auf die Stirn getrieben.

Mit einem neidischen Blick zu den Toppsgasten wischte sich Roxane unauffällig über die Stirn, um dann die Arme schnellstens wieder hinter dem Rücken zu verschränken. Die Seeleute trugen wenig mehr als dünne Hosen und Hemden; hier und da sah man noch Halstücher. Ihre Füße waren nackt, die Ärmel hochgekrempelt und die Hemden so weit geöffnet, wie es der Anstand erlaubte. Dahingegen trugen die Offiziere, Maate und Fähnriche ihre komplette Uniform, deren dunkler Stoff die Wärme der Sonne geradezu aufzusaugen schien, und Roxane sehnte sich nach etwas mehr kühlendem Wind.

In der Ost-Passage flaute der Wind naturgemäß etwas ab, da die Inseln ihn abhielten, sodass der Kapitän volle Besegelung inklusive der Beisegel setzen ließ. Die Fregatte würde einen prachtvollen Anblick bieten, wenn sie so in den Hafen von Lessan einlief.

Zu Roxanes Erleichterung warf das Besansegel inzwischen wieder ein wenig Schatten auf das Achterdeck, und sie ging langsam dort hinüber und genoss die relative Kühle. An Steuerbord zog eine kleine Insel vorbei, deren prägnante Form ihr den Namen Adlerkopf eingetragen hatte und die als einer der Vorposten von Lessan galt.

»Nicht mehr weit«, sprach Leutnant Hugham ihre Gedanken aus. Die Offizierin gesellte sich zu Roxane und tippte an ihren Zweispitz.

»Nein, Thay«, erwiderte Roxane und hörte die Vorfreude in ihrer eigenen Stimme. Die Ankunft in Lessan würde den Druck der letzten Wochen von ihr nehmen, würde der Besatzung frisches Essen – und damit bessere Stimmung – bescheren, würde ihnen allen eine Aufgabe und ein Ziel bringen. Unter Umständen würde sogar der Kapitän angesichts der Sturmwelt sein Gleichgewicht wiederfinden, das er seit Beginn ihrer Reise so schmerzlich vermissen ließ.

»Dort!«, rief Hugham verhalten und wies nach vorn. Tatsächlich sah Roxane nun auch einen fast transparenten Schemen, den man beinahe für ein Produkt der eigenen Phantasie halten konnte. Doch je länger sie starrte, desto mehr Konturen gewann der Schemen, desto mehr Substanz erfüllte ihn, bis er zu einer Insel wurde, deren Berge und Felsen fest und real waren.

»Lessan«, flüsterte Roxane, denn jetzt gab es keinen Zweifel mehr, dass sie ihr Ziel so gut wie erreicht hatten.

»Endlich«, entgegnete Hugham. »Ich kann Ihnen gar nicht sagen, wie sehr ich mich darauf freue, die Enge dieses Schiffes zu verlassen und frische Luft zu atmen!«

Eigentlich wollte Roxane ihr widersprechen, denn die Hafenluft wäre gewiss weit weniger frisch als die Luft auf See, doch sie sah Hughams Blick, der zum Kapitän ging, und verstand die Heftigkeit ihrer Gefühle.

»Ein wenig festes Land unter den Stiefeln wird uns allen guttun. Hoffen wir, dass wir einige Tage vor Anker liegen werden.«

»Nun, wir brauchen Vorräte, nicht wahr? Frischwasser, frisches Obst und Gemüse. Selbst Pökelfleisch könnten wir gebrauchen. Das bedeutet wohl, dass wir mindestens zwei oder drei Tage Vorräte fassen werden.«

Stumm nickte Roxane und richtete ihren Blick wieder auf die Insel. Für die östliche Sturmwelt war Lessan groß, mit einer niedrigen Bergkette im Inneren und mehreren geschützten Buchten. Die Berge – in ihrer Heimat hätte man wohl eher Hügel gesagt – waren bis zu ihren Gipfeln bewaldet. Überhaupt wirkte die Insel auf den ersten Blick vor allem grün, so dicht war die Vegetation.

Die Stadt Lessan lag am Fuße eines dieser Hügel und wuchs langsam die Hänge hinauf. Inzwischen konnte man mit bloßem Auge die vielen kleinen Häuser erkennen, die in allen Farben des Regenbogens gestrichen waren. Auch die beiden Forts, die über dem eigentlichen Hafenbecken thronten, waren deutlich zu erkennen. Weiter oben am Hang waren die Gebäude größer, prachtvoller, mit Säulen vor den Eingängen und aufwendigen Fassaden, aber nicht weniger bunt als die Hütten und Häuschen zu ihren Füßen.

Im Hafenbecken selbst sah Roxane mindestens ein Dutzend großer Schiffe mit zwei oder drei Masten. Die ersten Kauffahrer würden sich für den Konvoi versammeln, und auch ein Teil der Sturmweltflotte lag stets hier vor Anker. Dazu gab es unzählige kleine Boote, teils mit Segeln, teils ohne, die auf den leuchtend blauen Wellen tanzten. Es waren Fischerboote, Beiboote, kleinere Handelsschiffe und Kanus in allen Größen. *Unser Hafen bringt Wohlstand, Handel und Zivilisation,* dachte Roxane stolz, während sie das geschäftige Treiben beobachtete.

Überall tummelten sich Menschen, die sie jetzt als kleine Figuren ausmachen konnte – Straßenhändler, Seeleute, Passanten und Soldaten. Von tiefstem Schwarz bis hin zu den verbrannten Gesichtern rothaariger Thayns war an Hautfarben alles vertreten.

»Segel an Backbord!«

Tatsächlich umrundete gerade ein Schiff die kleinen, vorgelagerten Felsformationen. Kaum ungewöhnlich, doch als der Kapitän sein Fernrohr auf das Schiff richtete, stieß er einen Fluch aus. Sofort brüllte er Kommandos, um die Segel zu reffen, und brachte die *Mantikor* auf einen Kurs, der es ihnen erlauben würde, das unbekannte Schiff abzufangen.

Unwillig trat Roxane aus dem Schatten und salutierte respektvoll.

»Thay?«

»Sehen Sie sich das Schiff an, Leutnant«, befahl Harfell knurrend und reichte ihr das Fernrohr. Auf den ersten Blick entdeckte Roxane nichts Ungebührliches, nur die Mittelpartie des Schiffs war seltsam gearbeitet, als wäre zum Achterdeck hin eine Brüstung eingezogen worden. Am Heck hing schlaff die Flagge ihrer Heimat herab, man konnte die Streifen nur erraten, doch die weißen, grünen und blauen Farben zeigten deutlich, dass es ein Schiff aus Thaynric war. Unsicher, was sie sagen sollte, schwieg die junge Offizierin und suchte weiter nach einem Hinweis für den Ausbruch des Kapitäns.

»Es ist ein Sklavenschiff«, erläuterte Harfell.

»Ein Sklavenschiff? Auf dem Weg nach Lessan?«

Ungläubig musterte Roxane noch einmal das andere Schiff. Seit von Königin und Parlament die Sklaverei in allen Ländern und Gewässern der thaynrischen Krone verboten worden war, machte die Marine Jagd auf die Händler. Erst im letzten Jahr hatte eine Flotte den Hafen Tomé in der Sturmwelt angegriffen, eine Reihe von Schiffen dort versenkt und Stadt und Festung beschossen. Leider war es nicht gelungen, die ehemalige géronaische Kolonie zu erobern, aber der Angriff hatte dem Sklavenhandel in der Sturmwelt einen herben Schlag versetzt.

»Lassen Sie das Schiff zum Gefecht klarmachen!«, befahl Harfell grimmig.

»Aye, aye, Thay!«

Als die Order gegeben wurde, verwandelte sich die behäbig dahingleitende Fregatte wieder in ein schneidiges Kriegsschiff. Während ein Teil der Besatzung in die Wanten stürmte, um die Segel weiter zu reffen, stieg der Rest hinab auf das Kanonendeck und machte die Bewaffnung klar. Selbst mit vollständiger Mannschaft war es unmöglich, im Gefecht Geschütze und Segel gleichzeitig zu bedienen, weshalb nur die nötigste Besegelung an den Rahen gelassen wurde.

Aus dem Niedergang kam Frewelling gestürzt, der sich hastig einen Gürtel mit einem prachtvollen Degen umband.

»Was ist geschehen, Thay?«

Ruhig erklärte Roxane ihm die Lage, während sie ein Auge auf die Vorbereitungen für das Gefecht hielt. Sie sah die Verwunderung in Frewellings Zügen, gab aber in Hörweite des Kapitäns nur die notwendigen Fakten ohne eigene Einschätzung weiter. Sie sah ihn nicht einmal an und erkannte erschrocken, dass sie sich in Harfells Gegenwart dasselbe Verhalten wie der Erste Offizier angewöhnt hatte.

»Thay«, wandte sich Frewelling an den Kapitän, als sie ihren Bericht beendet hatte. »Wie lauten Ihre Befehle?«

»Wir gehen längsseits, in Pistolenschussweite, und verlangen, an Bord zu kommen. Wenn sie sich weigern, setzen wir ihnen einen Schuss vor den Bug. Wenn sie dann nicht beidrehen, nehmen wir sie uns ordentlich vor.«

»Aye, aye, Thay!«

Die Aufregung, die durch die Fregatte lief, schien auch in Roxanes Adern zu pulsieren. Während das Herz in ihrer Brust hämmerte, erfasste Eiseskälte ihren Geist. Instinktiv registrierte sie Wind und Strömung, schätzte den Kurs und die Abdrift ein und behielt das Sklavenschiff im Auge. *Wir hätten ein wenig mehr Tuch lassen sollen,* erkannte sie, *wir werden etwas zu langsam wenden.*

Tatsächlich verlor die *Mantikor* zu sehr an Fahrt, als der Kapitän sie herumbrachte, um mit dem anderen Schiff längsseits zu gehen, doch schon reduzierte das Sklavenschiff seine Segel, sodass die Fregatte nicht weit abfiel.

»Wir kommen an Bord!«, brüllte Harfell in sein Sprachrohr. Einige Augenblicke lang war es still, dann rief jemand zurück: »Natürlich, Kapitän!«

»Machen Sie ein Boot klar und setzen Sie über, Leutnant Hedyn. Sechs Marinesoldaten sollten zu Ihrer Begleitung genügen. Überprüfen Sie das Schiff und die Ladung. Und möge ihnen die Einheit gnädig sein, wenn wir Sklaven an Bord finden!«

»Aye, aye, Thay«, erwiderte Roxane laut und rief ihre Bootsmannschaft zusammen. Der Sergeant der Soldaten ließ sechs von ihnen antreten, die mit ihren Musketen und Bajonetten in das Boot kletterten. Ihre roten Uniformröcke und weißen Hosen leuchteten in der strahlend hellen Sonne.

Vom Achterdeck aus warf Roxane hin und wieder unauffällige Seitenblicke auf den Kapitän, da sie seinen Zorn fürchtete. Doch Harfell hielt das andere Schiff fest im Blick, und all seine Gefühle schienen sich darauf zu konzentrieren. Endlich war das Boot besetzt, und nun kletterte auch Roxane das Fallreep hinab und ließ ablegen. Die Mannschaft legte sich in die Riemen, und schon bald ragte die Bordwand des Sklavenschiffs vor ihnen auf. Mit zwei Tauen, die man ihnen hinabwarf, wurde das Boot befestigt, dann stieg Roxane als Erste empor. Über der Reling konnte sie neugierige Gesichter entdecken, Männer wie Frauen, und zwar sehr viele. Sie kämpfte einen Moment mit ihrem Degen, der sich im Netz der Bordwand zu verfangen drohte, doch gelang es ihr, Haltung zu bewahren und schließlich mit Degen und Zweispitz auf dem Kopf an Bord zu klettern, auch wenn sie das deutliche Gefühl hatte, dabei nicht sehr elegant gewesen zu sein.

»Wer ist hier der Kapitän?«, fragte sie barsch und sah sich um. Ungeachtet der Tatsache, dass sicherlich drei oder vier Dutzend Seeleute versammelt waren, die sie nicht unbedingt freundlich anblickten, wartete sie nicht auf ihre Soldaten, sondern trat zwei Schritte vor.

»Wer ist hier der Kapitän?«, wiederholte sie. Die Disziplin an Bord musste ziemlich lax sein, wie ihr auffiel, denn die Seeleute wirkten heruntergekommen. Ihre Kleidung war schmutzig, sie waren unrasiert, verschwitzt und, wie Roxane nun bemerkte, teilweise mit kleinen Äxten und auch Entermessern bewaffnet. Einige der Mannschaftsmitglieder stammten sicher von den Inseln, andere aus Corbane und vielleicht sogar aus den Mauresken Städten.

Nicht jeder schien ihre Worte zu verstehen, aber das war nicht ungewöhnlich, da auf vielen Schiffen Menschen unterschiedlichster Nationalitäten dienten. Selbst auf der *Mantikor* gab es einige gepresste Hiscadi und sogar ein paar Géronaee. Aber irgendwer an Bord musste ihre Sprache sprechen oder sie zumindest verstehen. Gerade wollte sie ins Géronaische wechseln, da drängte sich ein junger Mann durch die Menschentrauben der Besatzung und verneigte sich schwungvoll.

»Verzeiht, Meséra«, sagte er in der Zunge der Thayns mit einem kaum hörbaren Akzent. »Der Kapitän dieses Schiffes, Pertiz, sendet mich, da er Eure Sprache nicht beherrscht.«

»Ein Kapitän auf einem Schiff unter der königlichen Flagge von Thaynric, der unsere Sprache nicht kann? Was für ein Unfug soll das sein?«

Irritiert sah Roxane, dass der Mann ihren Zorn mit einem leichten Lächeln quittierte. Anders als seine Schiffskameraden, war er halbwegs angemessen gekleidet, mit heller Hose und einem dunklen Hemd, das nicht vor Schmutz starrte. Sein langes, schwarzes Haar hatte er im Nacken zu einem einfachen Zopf gebunden, und seine Wangen waren rasiert. Am auffälligsten jedoch waren seine dunklen Augen, in denen Roxane Spott zu lesen glaubte.

»Verzeihung, aber Kapitän Pertiz wurde von den Eignern des Schiffes nur angeheuert. Es ist sicherlich keine finstere Absicht, Euch nicht zu verstehen, sondern schlichtes Unvermögen.«

»Wie auch immer. Wie heißt du, Mann?«

»Jaquento, Meséra.« Wieder lächelte er und entblößte dabei weiße, schöne Zähne. »Zu Euren Diensten.«

»Wir werden dieses Schiff durchsuchen, Jaquento, um sicherzugehen, dass ihr keine Schmuggelware an Bord habt«, erklärte die junge Offizierin brüsk, dann klopfte sie gegen die Brüstung des Achterdecks. »Dies hier ist doch wohl kein Sklavenschiff?«

»Es war wohl einmal eines, Meséra, doch die Eigner nutzen es natürlich nicht als solches. Seit der Handel mit Menschen verboten wurde, werden viele dieser Schiffe anderen Zwecken zugeführt.«

Misstrauisch blickte Roxane den Mann an. Sein Lächeln war offen und wirkte ehrlich, doch zwischen der wenig vertrauenerweckenden Besatzung wirkten seine Manieren und seine gepflegte Ausdrucksweise fehl am Platze. Er trug einen schmucklosen Degen an der Seite, und seine Haut war von der brennenden Sonne gebräunt. Inmitten seiner Schiffskameraden wirkte er wie ein vornehmer Edelmann unter Barbaren.

»Sergeant, überprüfen Sie die Laderäume und erstatten Sie mir Bericht«, befahl Roxane, ohne Jaquento aus den Augen zu lassen. *Er spielt mit mir, aber ein Spiel, dessen Sinn ich nicht verstehe,* schoss es ihr durch den Kopf. Sie deutete auf die Besatzung: »Sehr viele Leute für ein solches Schiff, nicht wahr?«

»Wir bringen einige Reisende nach Lessan, Meséra. Wir haben sie unterwegs aufgenommen; ihr Schiff war während des furchtbaren Sturmes verloren gegangen. Und uns ist Wasser in unseren Laderaum gelaufen und hat unsere Fracht verdorben, sodass wir sie über Bord werfen mussten.«

»Eine interessante Geschichte, Jaquento«, erwiderte Roxane. »Und sie klingt sogar, als ob sie im Bereich des Möglichen läge.«

»Ihr misstraut uns, Meséra, und das ist verständlich. Aber lasst mich erneut versichern, dass wir keine finsteren Absichten hegen.«

Roxane räusperte sich, um Zeit zu gewinnen. Dann fuhr sie höflicher mit ihren Fragen fort: »Was ist Ihre Position, wenn Sie nicht gerade für den Kapitän sprechen?«

»Ich bin … seine rechte Hand.«

»Der Erste Offizier?«

»In der Art. Ihr habt Euch gar nicht vorgestellt, Meséra, wenn Ihr mir diese Feststellung erlaubt.«

Tatsächlich hatte Roxane vergessen, Namen und Dienstgrad zu nennen, und seine Höflichkeit beschämte sie nun. So akkurat wie möglich salutierte sie und sagte: »Leutnant Roxane Hedyn, vom Schiff Ihrer Königlichen Majestät *Mantikor.*«

»Sehr erfreut, Meséra, es ist mir wahrhaftig eine Ehre.«

Sein Grinsen wurde breiter, und obwohl Roxane den Verdacht hatte, dass er sie womöglich schon wieder verspottete, musste sie lächeln. *Der Wolf in einem Rudel Hunde,* erinnerte sie sich an ein Sprichwort, das ihr Vater gern gebraucht hatte.

In diesem Moment kehrten die Soldaten mit polternden Schritten an Deck zurück, und Roxane wandte sich ihnen zu.

»Keine verdächtige Fracht, Thay. Tatsächlich gibt es so gut wie keine Fracht.«

Mit hochgezogener Augenbraue blickte sie Jaquento an, der mit den Schultern zuckte.

»Der Sturm, Mesèra. Wie ich schon sagte. Habt Ihr das Unwetter unbeschadet überstanden?«

»Besser als Ihr, will mir scheinen. Ein Schiff voller Seeleute und ohne Ladung ist ein seltener Anblick, nicht wahr?«

»Ich bin sicher, dass Ihr in den Sturmwelten noch seltsamere Dinge sehen werdet, Mesèra. Und der Orkan hat andere Schiffe weitaus mehr mitgenommen. Wir hatten noch Glück.« Sein Lächeln war verschwunden, als würde ihn die Erinnerung betrüben.

»Ja, es war ein übler Sturm, da haben Sie recht.«

»Kann ich noch etwas für Euch tun, Mesèra?«, erwiderte er und breitete die Arme aus. »Dieses Schiff und seine Besatzung stehen Euch gänzlich zur Verfügung.«

»Nein, ich denke nicht. Wir überlassen die Überprüfung der Papiere den Hafenbehörden. Sie können Ihre Fahrt fortsetzen.«

»Gehe ich recht in der Annahme, dass Ihr und Euer Schiff ebenfalls in den Hafen einlauft?«, fragte er unvermittelt. Überrascht nickte Roxane, was ihn höflich den Kopf neigen ließ. »Nun, dann haben wir vielleicht das Glück, uns in einer weniger ... formellen Atmosphäre wiederzutreffen, Mesèra.«

»Ich bezweifle, dass wir uns in denselben Kreisen bewegen«, erwiderte Roxane kühl. *Er redet mit mir, als ob er mich gleich zum Tee bitten wollte. Dabei wird dieses Gesindel vermutlich sofort vom Hafenmeister festgesetzt. Wer weiß, was die auf dem Kerbholz haben!*

»Vielleicht nicht, Meséra; doch wir werden sehen«, entgegnete Jaquento freundlich. »Meinen Gruß und den meines Kapitäns an Euren Kapitän. Gute Fahrt, Meséra, eine offene See und stets zwei Faden Wasser unter dem Kiel!«

»Ja, danke.« Überrumpelt salutierte sie erneut, bevor sie die Soldaten in das Boot beorderte. Als sie selbst hinabstieg, fiel ihr Blick noch einmal auf den jungen Mann, der sich mit einer tiefen Verbeugung verabschiedete. Während die Seeleute sie zur *Mantikor* zurückruderten, versuchte sie ihre Gedanken zu ordnen, doch das freche Grinsen und die wohlgesetzten Worte des Fremden gingen ihr nicht mehr aus dem Kopf.

FRANIGO

Die Zeit, dachte Franigo müßig, *hat einiges mit dem Wein gemein: Der gute war zu schnell getrunken, während der schlechte schier nicht schwinden wollte.*

Zum Entzücken des Poeten erwies sich der Princiess als äußerst großzügiger Mann. Es mangelte dem Poeten an nichts, seine Speisen wurden vom Leibkoch des Fürsten zubereitet, der vorzügliche Weinkeller seines Mäzens stand ihm jederzeit offen, und seine Börse war stets prall gefüllt. In geradezu fiebriger Hast verfasste er nicht nur die in Auftrag gegebene Komödie, sondern auch eine Reihe von Gedichten, die, obschon von schlüpfriger Natur, doch wohlgesetzt und mit dem notwendigen Schuss Wortwitz gewürzt waren, und offenbar verfehlten sie die beabsichtigte Wirkung nicht, denn der Princiess verlangte oft nach mehr.

Im Laufe der Tage, die wie im Flug verstrichen, lernte er die anderen Bewohner des Palasts kennen, auch wenn der Hausherr selbst nur ein sporadischer Gast auf seinem Anwesen blieb. Eine besondere Freundschaft, die vor allem in ihrer gemeinsamen Heimat fußte, verband Franigo bald mit Esterge, dem Hauptmann der persönlichen Garde des Princiess. Es stellte sich rasch heraus, dass sie gleichzeitig im selben Krieg gefochten hatten, wenn auch an zwei verschiedenen Fronten, gegen zwei verschiedene Gegner, und wenig verbindet mehr als echtes oder eingebildetes gemeinsam Erlebtes, vor allem, wenn es Geschehnisse sind, die allen Beteiligten noch Albträume bereiten können. Solcherart Kriege hatte Géronay mit seinem in erzwungener Treue stehenden Vasallen Hiscadi mehr als genug geführt und, zum Erstaunen der ganzen Welt, häufiger gewonnen als verloren. Die hiscadischen Regimenter waren gefürchtet, und auch wenn sie inzwischen unter dem Rosenbanner von Géronay marschierten, erschütterte ihr Schritt noch die Welt, wo immer sie auch auftauchten.

Über die gemeinsamen Erinnerungen hinaus besaß Esterge ein offenes Ohr für die Poesie, was bei einem Mann seiner Profession selten genannt werden konnte. Da Franigo das Gästehaus seines Gönners komplett zur Verfügung stand, war er häufig abends der Gastgeber für den Hauptmann, der wiederum für den Wein aus der Heimat sorgte. Denn darin waren sich alle Hiscadi einig: géronaischer Wein mochte mit Wasser verdünnt über den Tag zur Erfrischung geeignet sein, am Abend jedoch brauchte man den dunklen Roten, dessen Rebstöcke nur in der mit dem Blut ihrer stolzen Kinder getränkten Erde Hiscadis gedeihen konnten, wo das Leid der Menschen Niederschlag in Musik, Kunst und auch in den Trauben fand.

So saßen sie zusammen, genossen den Wein und die letzten Reste des Abendessens, und häufig rezitierte Franigo aus dem Werk des Tages; ein Arrangement, das zur Zufriedenheit beider Männer funktionierte.

»Denkst du nicht, dass die Worte zu schwer wirken?«, fragte der Hauptmann und nahm gedankenverloren einen Schluck Wein.

»Ich verbinde die typischen Elemente der Burleske mit der Satire, mein Freund. Ich erschaffe eine ganz neue Art der Komödie!«

»Ich weiß nicht …« Der ältere Mann strich sich über den schon ergrauten Bart und blickte Franigo fragend an.

Der Zweifel seines Freundes ärgerte den Dichter. Lange hatte er darüber gebrütet, welcher Art sein neues Werk sein sollte. Natürlich galt es, die Wünsche Guremans zu berücksichtigen, doch für den Poeten gab es nur diese eine Möglichkeit, bei Hofe den richtigen Eindruck zu hinterlassen. Es missfiel ihm, andere nachzuahmen, vor allem aber auch, sich selbst zu kopieren.

Offenbar gab es am Hof derzeit nur zwei Arten von Theater: die Tragödie und das Possenspiel. In einem Anflug von Genialität, den Franigo sich selbst gern zugestehen wollte, hatte er beschlossen, seine Komödie über den einfachen Scherz hinaus mit einer Moral zu erhöhen, wie man sie sonst nur in einer Tragödie finden mochte. Traditionell waren die Figuren der Komödie eher die einfachen Leute, während in der Tragödie der Adel vorherrschte. Doch Franigo brach mit dieser Tradition, inspiriert durch die Bitte des Princiess, seinen politischen Feind als lächerliche Figur zu zeichnen.

Das Ergebnis war äußerst befriedigend, und er würde dem Theater damit seinen ganz eigenen Stempel aufdrücken. Es wäre einfach gewesen, eine simple Charakter- oder gar Typenkomödie zu schreiben, doch eine solche hatte in den Köpfen der Zuschauer nicht lange Bestand. Aber ein Machwerk, das die Menschen überraschte und packte, würde überdauern, und der Name seines Schöpfers würde den unterhaltungssüchtigen Bürgern der Hauptstadt im Gedächtnis bleiben.

»Du musst die Wirkung auf der Bühne bedenken«, erklärte Franigo eifrig. »Die Kostüme, die Wortgewalt der Akteure. Schließ die Augen, und stell dir vor, wie es im Theater wirkt.«

»Ich weiß nicht«, wiederholte der Hauptmann, nicht überzeugt. »Ich habe mich neulich an einem Roman versucht …«

Weiter kam er nicht, denn Franigo stieß einen lästerlichen Fluch aus. »Wage es nicht, die hohe Kunst der Dramatik mit solcher Wortklauberei zu vergleichen! Auf dem Thron des Wortes sitzt die Dramatik, zu ihrer Rechten die Lyrik, und alles andere kriecht davor im Staube.«

Der Hauptmann brummte nur unschlüssig.

»Außerdem habe ich erst vor Kurzem mit dem Leibarzt seiner Exzellenz gesprochen, und er vermutet, dass diese neumodische Belletristik negative Auswirkungen auf die Psyche und damit auch auf die Physis haben kann.«

Esterge zog erstaunt die Augenbrauen in die Höhe und blickte Franigo aus dunkelbraunen Augen an. Offenbar hatte er nicht damit gerechnet, dass seine simple Lektüre so weitreichende Folgen haben könnte. »Wie das?«

»Nun, während man im Theater die ganze Kunst in der angemessenen Zeit präsentiert bekommt, dorthin geht, aufsteht, klatscht, sich unterhält und dergleichen mehr, also in Bewegung ist, liest man ein Buch zumeist allein, in einer ungesunden Haltung, die dem Menschen abträglich ist. Die Säfte sacken herab, man wird passiv, faul und kränklich. Und wir wollen gar nicht von jenen billigen Taschenspielertricks reden, mit denen in Romanen die Gefühle des Lesenden aufgewühlt werden. Einfachste Agitation, mehr ist es nicht!«

»Mir gefallen Romane. Und anders als im Theater kann ich die besten Stellen wieder und wieder erleben.« Nun zeigte sich ein leichtes Lächeln auf den Zügen des Hauptmanns.

»Diese Gefälligkeit ist genau das Problem. Während im Theater alles anschaulich dargestellt werden muss, stehen in Büchern Allgemeinplätze. Denk daran, auf der Bühne siehst du die Figuren vor dir, du erkennst ihre Kleidung, ihren Habitus, alles. Im Buch mag stehen: *ein Mann*. Ja, was für ein Mann? Alt, jung, arm, reich? Alles muss man sich zusammenreimen. Der Autor wälzt seinen Part frech auf den Leser ab!«

»Wird der Leser denn nicht dadurch klüger, dass er selbst denken muss?«

Mehr und mehr redete sich Franigo in Rage und bemerkte dabei nicht, dass sein Gegenüber ihn mit mildem Spott bedachte.

»Unsere Jugend wird verdorben durch diese sogenannte schöne Literatur. Abenteuerromane! Pah! Schund, sage ich!«

»Ich mag das Theater ja«, erwiderte Esterge abwiegelnd. »Aber man kann es nun einmal nicht immer besuchen.«

»Und das ist gut so. Wohldosiert muss es sein, nicht frei verfügbar. Wo ist der Wert dessen, was man jederzeit haben kann? Nein, für gewisse einfache Gemüter mag ein Roman passend sein, aber das Theater, mein Freund, ach, das Theater!«

Franigo versuchte, seinen verlorenen Faden wiederzufinden, da sah er Esterges amüsierten Blick und schwieg. Einen Moment drohte der Zorn, ihn zu übermannen, doch dann besann er sich, dass der Hauptmann nichts getan hatte, um seinen Groll zu verdienen, und er hob lächelnd den Weinkrug.

»Vielleicht habe ich etwas in Hast gesprochen«, gestand er großzügig. »Als harmloser Zeitvertreib mögen Bücher genau richtig sein. Das ist auch nur meine bescheidene Meinung.«

»Du? Bescheiden?«

Lächelnd schüttelte Franigo den Kopf: »Natürlich nicht. Aber es steht einem gut zu Gesicht, hin und wieder das eigene Können mit Bescheidenheit zu garnieren. Noch einen Schluck?«

»Gerne. Jedenfalls sagte mir meine Frau, die es in der Stadt gehört hat, dass sich Bücher immer besser verkaufen. Viele Verleger verdienen inzwischen ein hübsches Sümmchen damit.«

»Tatsächlich? Das ist interessant.«

Beide schwiegen eine Weile. Das war noch ein Vorteil der gemeinsamen Herkunft. Beide Männer wussten, dass man auch schweigen konnte, wenn es erforderlich war, und nicht die Luft mit sinnlosem Geplapper allein um des Redens willen füllen musste.

»Was war gestern eigentlich am Tor los?«, wechselte Franigo das Thema.

»Seine Exzellenz hat befohlen, die Bettler zu vertreiben, da er Besuch erwartete. Ich habe einige Soldaten geschickt, aber sie wurden mit Steinen beworfen.«

»Mit Steinen?«

»Ja. Ich musste mehr Soldaten abkommandieren, und es gab ein regelrechtes Handgemenge.«

»Erstaunlich. Ich würde denken, dass Bettler friedlich sind; immerhin wollen sie etwas von Princiess.«

»Hast du sie dir einmal angeschaut?«

»Nein«, bekannte der Poet stirnrunzelnd. »Wieso?«

»Sie sind nicht nur abgerissen. Die verhungern regelrecht. Einfaches Volk, das mehr Bälger als Brotkrumen hat. Und Invaliden, die ihre Gliedmaßen auf irgendeinem Schlachtfeld gelassen haben. Die sehen die Herrschaften und werden wütend, wenn sie kein Armenbrot bekommen.«

»Veteranen sind auch dabei?«

»Viele. Die Unglücklichen, die keine Leibrente bekommen. Oder deren Rente so niedrig ist, dass sie weder leben noch sterben können. Mir war gestern richtiggehend schlecht. Die ganze Zeit habe ich befürchtet, dass ich einen sehe, an dessen Seite ich gekämpft habe.«

Für einen Moment dachte Franigo an Imerol und nahm sich vor, seinen Kameraden in Bälde zu besuchen und ihm mit seinem neuen Wohlstand zu helfen.

Dann hob er seinen Becher: »Reden wir über andere Dinge, mein Freund. Der Abend ist jung, die Becher sind voll. Wer weiß, was der Morgen bringt?«

Sie prosteten sich zu und begannen ein tiefsinniges Gespräch über die Frage, ob aus den besten Weinregionen auch die feurigsten Frauen stammten und ob dieser Umstand erklärbar oder reiner Zufall sei.

JAQUENTO

Jaquento atmete tief durch und lehnte sich an die Reling. Neben ihm lachte Pertiz verhalten.

»Gute Arbeit, Jaq. Du hast sie überzeugt.«

Unsicher blickte der junge Hiscadi dem Boot hinterher, das zwischen den beiden Schiffen hindurchtrieb.

»Vielleicht fährt sie nur zurück, um uns danach in feinste Splitter schießen zu lassen«, vermutete er.

»Nein, ich denke nicht. Wenn die Thayns hätten Ärger machen wollen, dann hätten sie es hier getan.«

»Die Offizierin hatte nur sieben oder acht Soldaten dabei«, widersprach Jaquento. »Wir sind hundert. Das wäre reiner Selbstmord gewesen.«

Jetzt lachte Pertiz lauter: »Du kennst die Thayns nicht. Sie sind genauso arrogant. Sie halten sich für die Könige – und Königinnen – der See, für die rechtmäßigen Herrscher über alles, was schwimmt. Und die arrogante kleine *Carado* hätte erwartet, dass wir uns einfach ergeben.«

Das konnte Jaquento nicht glauben. Die hoch aufgerichtete Figur in dem Boot war zugegebenermaßen unhöflich und anmaßend gewesen, doch sie hatte keineswegs verrückt genug gewirkt, um mit einem halben Dutzend gegen ein ganzes Hundert zu kämpfen.

»Sie ließ jedenfalls Manieren vermissen«, erklärte er, was Pertiz nickend bestätigte.

»Für Manieren haben die Thayns selten etwas übrig, obwohl sie immer steif und ungelenk sind, als ob man ihnen einen Stock in den Allerwertesten gesteckt hätte.«

Das Bild ließ Jaquento schmunzeln, auch wenn er den Allerwertesten des Leutnants eher in angenehmer Erinnerung hatte.

»Ja, Frauen in Uniform«, erwiderte er grinsend. »Das gibt es nur in Thaynric.«

»Vielleicht der Grund, warum sie sich als Einzige dem géronaischen Ehrgeiz entziehen konnten?«

Auf diese Art und Weise hatte Jaquento das noch nie betrachtet. Seit Langem schon dienten in der Armee und Marine von Thaynric Frauen – ein Umstand, der in seiner Heimat und vor allem im benachbarten Géronay stets Erheiterung und Spott hervorgerufen hatte. Er kannte all die Karikaturen in den Zeitungen, die bissigen Kommentare, und hatte sich noch nie wirklich Gedanken darüber gemacht.

Aber die Thayns hatten erreicht, was anderen Nationen verwehrt geblieben war, die ihr Knie vor dem König von Géronay und seinen anscheinend unbesiegbaren Armeen beugen mussten: Sie hatten ihre Freiheit und Unabhängigkeit verteidigt, selbst jetzt noch, da fast ganz Corbane von Géronay unterworfen war. *Und dabei ist Thaynric ein kleines Land, eine Handvoll Inseln, mehr nicht. Mit viel weniger Einwohnern als allein Géronay, geschweige denn das fast gänzlich eroberte Corbane. Möglicherweise sollten die Hiscadi weniger über die Thayns lachen.*

»Der Name der Fregatte sagt mir nichts – *Mantikor*. Muss neu in diesen Gewässern sein«, unterbrach Pertiz seine Gedankengänge.

»Kennst du alle Kriegsschiffe in der Sturmwelt?«

»Nein, aber auf die Fregatten muss man aufpassen. Die Linienschiffe sind langsam und behäbig und zu teuer für die

Jagd auf Piraten. Fregatten sind schneller und haben weniger Tiefgang. Es sind ideale Piratenjäger. Wir hatten Pech, dass wir sie hier getroffen haben, aber auch Glück, dass du so beredt bist«, erklärte Pertiz bestens gelaunt. »Deine Geschichte war ziemlich gewieft!«

»Ich dachte, du würdest ihre Sprache nicht sprechen?«

»Nicht gut; ich sagte, ich spreche sie nicht gut. Natürlich verstehe ich das eine oder andere Wort. Wer zur See fährt, tut gut daran, die Zunge der Thayns zu kennen.«

»Jedenfalls war diese Thayn eine ganz schön harte Nuss. Misstrauisch«, stellte Jaquento fest. Inzwischen hatte das Boot die Fregatte erreicht, und die Offizierin kletterte an Bord des Kriegsschiffs. Insgeheim rechnete der junge Hiscadi damit, jeden Augenblick die Geschützluken aufklappen zu sehen, doch die *Mantikor* drehte einfach nur ab und vergrößerte die Distanz zwischen den beiden Schiffen.

»Falls sie uns eines Tages nicht davonkommen lassen, besteh darauf, dass du für Hiscadi kämpfst.«

»Was?«

»Eine alte Tradition: Ihre eigenen Leute, die sie auf Piratenschiffen erwischen, werden eben wie Piraten behandelt. Andere Nationalitäten können Glück haben, wenn gerade Krieg ist, und als Kriegsgefangene gelten.«

»Sie treffen solche Unterschiede innerhalb der Besatzung?«, fragte Jaquento verblüfft, und Pertiz nickte.

»Aber wir kämpfen für niemanden. Sollten wir nicht für das einstehen, was wir sind?«

»Gefangene Piraten stehen nicht allzu lange, sondern hängen bald«, erwiderte Pertiz ernst. »Bedenke meinen Rat, wenn es so weit kommt. Wenn kein Krieg herrscht, ist es ohnehin egal.

Ich lasse uns mal vom Wind abfallen. Ein Kriegsschiff hat immer Vorrang bei der Einfahrt in den Hafen. Und nachdem wir ihnen so glimpflich davongekommen sind, wollen wir doch kein Risiko eingehen. Nicht wahr?«

Als er die thaynrische Redewendung hörte, blickte Jaquento auf.

»Du hast mich geschickt, um mit ihr zu reden, obwohl du ihre Sprache sprichst. Warum?«, verlangte er leise zu wissen.

»Weil es an der Zeit ist, dass du Verantwortung an Bord übernimmst und alle das sehen«, erwiderte der Kapitän ebenso leise. »Du hast Talent, Jaq. Ich weiß das, und der Rest der Mannschaft soll es auch wissen.«

Damit lief Pertiz die Treppe zum Achterdeck hinauf und begann, Befehle zu rufen. Schon bald wurde ihr Schiff langsamer, und die Fregatte zog an ihnen vorbei. Sosehr sich Jaquento auch anstrengte, er konnte Leutnant Hedyn nicht auf Deck erkennen, und so wandte er sich ab, überrascht über seine Enttäuschung darüber.

»Jaq!«, rief Bihrâd, der gerade aus dem Niedergang stieg. »Jaq!«

»Was ist denn?«

»Deine Echse! Das Vieh zerstört die Kammer!«, erwiderte der Maureske, während er sich mit einem Tuch über den Handrücken strich, wo aus drei dünnen Kratzern kleine Blutstropfen quollen.

»Das tut mir leid. Ich lasse sie hinaus.«

Mit schnellen Schritten lief Jaquento unter Deck und öffnete die Tür zu seiner Kammer, wo Sinosh aufgeregt zischend mit den Klauen an der Wand kratzte. Sein Schuppenkleid war leuchtend rot, und er hatte seinen Kragen weit gespreizt. Die goldenen Augen funkelten Jaquento vorwurfsvoll an, und als er mit beruhigenden Lauten näher trat, wich Sinosh zurück und wandte sich ab.

»Ganz ruhig«, erklärte Jaquento. »Du konntest nicht mitkommen. Wir sind so schon auffällig genug, Sinosh.«

Doch die Echse war offenkundig nicht bereit, ihre Verärgerung so schnell zu vergessen, obwohl ihre Farbe langsam dunkler wurde. Ohne den jungen Hiscadi eines Blickes zu würdigen, huschte sie aus der Kammer und lief die Treppe zum Deck empor. Kopfschüttelnd folgte ihr Jaquento. *Launisches Mistvieh.*

Oben angekommen, wurde er Zeuge eines bizarren Gesprächs, denn Ayvon stand neben Bihrâd und deutete auf die Kratzwunde: »Die Bestie hat dich gezeichnet.«

»Nur ein Kratzer«, erwiderte der Arzt missmutig.

»Ich würde dir ja helfen, aber leider geht das ja nicht«, erklärte der Magier schulterzuckend und sprang pfeifend die Stufen zum Achterdeck hinauf.

»Wieso kann er dir nicht helfen?«, erkundigte sich Jaquento neugierig, während er sich nach Sinosh umsah, der jedoch nirgends zu entdecken war.

»Ich trinke seine Magie«, erläuterte Bihrâd in seinem singenden Tonfall. »Wie ... wie einer eurer Caserdotes.«

»Du neutralisierst Magie? Ich wusste nicht, dass du diese Gabe hast!«

Unbestimmt deutete Bihrâd auf sein Gesicht: »Die Schriften auf mir verkünden es. Als Warnung für alle.«

»Ich kann die Schrift nicht lesen«, gestand Jaquento. »Ich kenne dein Volk und sein Wissen nur wenig.«

»Es ist Tradition. Seit langer Zeit. Nicht nur euer Corban trank Magie, auch in meiner Heimat gab es die Magietrinker, als alles Land unter dem Himmel noch eins für uns war. Ihr Erscheinen hat das Reich gespalten. Seitdem zeichnet mein Volk jene wie mich, damit jeder Mann und jede Frau sehen kann, wer ihnen begegnet.«

Stumm betrachtete Jaquento den Mann. Bislang hatte er die seltsamen Hautbilder nur als bizarre Tradition abgetan, doch jetzt sah er sie mit anderen Augen. Was zuvor wie sinnlos angeordnete, wellige Linien und Punkte erschienen war, wirkte jetzt tatsächlich wie Schriftzeichen, als hätten die Tätowierungen sich mit dem Wissen verändert.

»Seid ihr auch Priester in eurer Heimat?«

Mit einem müden Lächeln schüttelte Bihrâd den Kopf.

»Nein. Die Zeichen sind eine Warnung. Als solche wie ich kamen, zerbrach das Reich. Magie hielt es nicht länger zusammen. In meiner Heimat sind wir nicht wohl gelitten. Im Osten ...«

Seine Stimme wurde leise. Fragend blickte Jaquento ihn an.

»Im Osten«, fuhr der Maureske fort, »werden schon die Kinder so gezeichnet und aus den Ländern vertrieben. Oder getötet.«

»Getötet? Dort werden Kinder einfach getötet, wegen dessen, was sie nun einmal sind? Das ist barbarisch!«

»Sie sind eine Gefahr. Die uralten Schriften lehren uns, dass die Magie von den Sternen stammt, das Gegenteil jedoch von Daemonen der Leere, die zwischen den Sternen hausen und Licht und Magie trinken. Es ist keine Gabe, sondern ein Fluch!«

»Du denkst, dass du verflucht wurdest? Von den dreizehn Höllen?«

»Fünfzehn Höllen«, berichtigte Bihrâd trocken und nickte. »Magie erleichtert das Leben, sie erschafft Großes und Mächtiges. Doch Magietrinker wie ich zerstören das alles. Mein Fluch erschafft nichts. Er vernichtet nur!«

Die Heftigkeit des Ausbruchs ließ Jaquento zurückschrecken. Die Sichtweise des Mauresken war ihm fremd; sein ganzes Leben lang hatte er die Geschenke der Einheit als solche akzeptiert und sie niemals infrage gestellt. Dass Bihrâd seine eigenen Fähigkeiten derart verdammte, wunderte ihn.

Ein bekanntes Kratzen am Bein ließ ihn hinuntersehen. Geschickt kletterte Sinosh am Stoff seiner Hose empor und weiter bis auf die Schulter, als ob nie etwas gewesen wäre. Seine Schuppen waren von sattem Gelb, und er machte es sich sogleich gemütlich.

»Es tut mir leid, dass du damit gestraft bist«, erklärte Jaquento und war sich dabei nicht sicher, ob er die Fähigkeit oder den Glauben des Mauresken meinte.

»Jeder trägt sein Schicksal«, erwiderte Bihrâd mit einem unergründlichen Blick, der Jaquento schaudern ließ. Für einige Herzschläge sah er in die dunklen Augen des Mannes, und alle Wärme verschwand aus seinem Körper, als die Bedeutung der Worte ihn durchströmte.

Dann rief Pertiz einen Befehl, und die Hitze der Sturmwelt kehrte zurück, die Sonne, die Rufe der Mannschaft, die sich auf den Landgang freute. Auf seiner Schulter hatte die Echse sich aufgerichtet und starrte Bihrâd an, der sich über die Kratzer auf der Hand strich und schließlich seufzte: »Ich werde in meine Kammer gehen. Dort habe ich eine Tinktur für den Biss deiner Bestie.«

Ohne zu antworten, lief der junge Hiscadi auf das Achterdeck zu Pertiz, der ihm zuwinkte: »Komm her. Ich erkläre dir, welche Manöver wir machen, um einen guten Ankerplatz zu erreichen.«

Obwohl Jaquento sich bemühte, auf die Worte des Kapitäns zu hören, wanderte sein Geist immer wieder zurück zu Bihrâds Worten. Seit er seine Heimat vor geraumer Zeit verlassen hatte, erkannte er erst, wie groß die Welt eigentlich war und wie wenig er bislang von ihr gewusst hatte. In seiner Vorstellung waren die Nachrichten, die er aus den fremden und manchmal exotischen Ländern gehört hatte, genug gewesen, um das Gefüge der Welt zu verstehen, doch seit er die Sturmwelt erreicht hatte, zweifelte er daran, jemals mehr gewusst zu haben als ein blasierter Adelsspross, der nur glaubt, was er glauben will.

Erst als der Anker an seiner mächtigen Kette in das Wasser stürzte und die Kettenglieder über die Planken rasselten, schreckte er aus seinen wenig erfreulichen Gedanken hoch.

Sie lagen in einer der beiden Buchten vor Lessan, die durch eine schmale Halbinsel getrennt waren. Um sie herum waren Schiffe und Boote jedweder Größe vertäut. Viele lagen fest, andere segelten oder ruderten vorbei. Jenseits der Landzunge konnte Jaquento die Masten einiger großer Schiffe sehen, Kriegsschiffe, unter die sich auch die *Mantikor* eingereiht haben würde.

Die Stadt selbst schmiegte sich an den Hügel, der sich über der Bucht erhob. Die bunten Häuser und Hütten waren vom Grün des Dschungels eingerahmt, vor dem sie sich wie bunte Blühten ausnahmen. Zahllose Möwen kreisten über dem Hafen, schrien und balgten sich um die Essensabfälle, die im Wasser trieben.

»Ah, Lessan«, sagte Pertiz und fügte spöttisch hinzu: »Die Krone der corbanen Zivilisation. Mal sehen, wer es zuerst zu uns schafft, um uns auszunehmen: der Hafenmeister oder die fliegenden Händler.«

Es waren die Händler, die schon bald ihre Waren aus kleinen Booten feilboten – Früchte, Krebse, Talismane und Schildkrötenschuppen –, doch Jaquento bekam davon nichts mit, da er bereits unter Deck war, um für seinen ersten Landgang seit Wochen angemessene Kleidung anzuziehen.

Wie auch immer Pertiz die Beamten des Hafenmeisters davon überzeugt hatte, dass die Papiere des Schiffes bei dem Orkan unglücklicherweise über Bord gegangen waren, es war jedenfalls geglückt.

Jaquento hatte die deutliche Vermutung, dass dafür ein hübsches Sümmchen den Besitzer gewechselt hatte. Dennoch schien Pertiz guter Laune zu sein, und bis auf eine Rumpfmannschaft für die Wachen wurde die ganze Besatzung an Land gerudert, wo eine weitere Gruppe Händler über sie herfiel wie Geier über ein verendetes Rind. Es bedurfte einiger deutlicher Worte und Gesten, um der Besatzung einen Weg zu bahnen. Um sich herum sah Jaquento nichtsdestotrotz, dass so manch einer stehen blieb, um seinen Anteil der Beute für Essen, Alkohol oder das Versprechen angenehmer Gesellschaft auszugeben.

»Wir müssen ein paar Leute treffen, Jaq«, erklärte Pertiz, und der junge Hiscadi folgte ihm gern, auch wenn der frische Seewind zwischen den Gebäuden einer stehenden, schwülen Hitze weichen musste. Am Hafen standen viele Lagerhäuser und Kontore, auf denen in schmucken Lettern die Namen von Besitzern, Compagnien und Handelshäusern prangten. Auch in den Straßen herrschte großes Gedränge, eine Melange von Farben, Gerüchen und Lauten, die über Jaquento wie eine Flutwelle zusammenschlug. Auf seiner Schulter richtete sich Sinosh auf und ließ den Kopf mal hierhin, mal dorthin schwenken, saugte die Luft in seine winzigen Nüstern und schien den Ritt geradezu zu genießen.

Die Menge der Menschen hätte unterschiedlicher nicht sein können; thaynrische Soldaten schritten in Zweierreihen vorbei, Seeleute jeglicher Hautfarbe drängelten sich um Stände voller Waren, dunkelhäutige Eingeborene boten bunte Stoffe und gedörrten Fisch an. Alle wuselten durcheinander, riefen, lachten, handelten, wie es Jaquento nur aus den größten Städten seiner Heimat kannte. Aber selbst dort konnte man nicht eine solche Vielfalt der Nationalitäten und Hautfarben sehen wie hier. Die Menge der Eindrücke ließ sich kaum erfassen, sodass der junge Hiscadi immer nur vereinzelte Szenen entdecken konnte, während um ihn herum das Leben der Stadt wogte.

Dort kaufte eine junge, hellhäutige Frau mit einem Diener an einem Stand voller grüner Früchte ein, hier bandelte ein Seemann mit einer Hure an, deren Kleid nur noch Spuren des einstigen Rots zeigte. Zwei Kinder tollten mit einem Hund, dem ein Bein fehlte, der jedoch fröhlich bellend durch den Schmutz sprang.

»Der Konvoi sammelt sich, da lebt die Stadt auf«, erklärte Pertiz, der Jaquento zielsicher durch das Gewühl führte. Immer wieder bemerkte der junge Hiscadi Blicke, offen oder verstohlen, die ihn musterten. Zunächst war er überrascht, dass er an diesem Ort auffiel, dann jedoch entsann er sich der Echse, die selbst hier exotisch wirken musste. Auch Pertiz schien dies zu bemerken: »Wir hätten sie an Bord lassen sollen. Wir sind nicht gerade unauffällig.«

»Sinosh hätte das halbe Schiff auseinandergenommen, bis wir wieder zurückgekehrt wären; er ist nicht gerne eingesperrt«, antwortete Jaquento leise. »Außerdem bist du der Kapitän eines neuen Schiffs. Denkst du nicht, dass dir dieser Umstand mehr als genug Aufmerksamkeit bescheren wird?«

»Stimmt, daran muss ich mich wohl gewöhnen«, pflichtete ihm Pertiz bei und lenkte seine Schritte abseits der breiten Straße in eine kleine Gasse jenseits der großen Lagerhäuser. Hier standen die Häuser enger, und es war schattig. Hinter den prächtigen Fassaden sahen die Kontore alt und schäbig aus, es gab keine bunten Anstriche, nur abblätternde Farbreste und schmutzige Wände.

»Willkommen im wahren Lessan, jenseits von fetten Handelshäusern und den Prachtbauten der Gouverneure. An Orten wie diesen macht Gesindel wie wir Geschäfte!«

»Unter der Nase der Königlich-Thaynrischen Marine?«

»Nun ja, manchmal. Zugegeben, es ist ein wenig schwierig, aber hin und wieder geht es nicht anders. Eigentlich gibt es natürlich geeignetere Häfen als diesen. Häfen, in denen niemand Fragen stellt und in denen eine Prise schnell den Besitzer wechselt, der dann schon nach einer Stunde schwört, sie bereits seit Jahren zu besitzen.«

»Klingt gut«, erwiderte Jaquento abgelenkt und sah sich um. In einer Seitengasse lag ein Haufen Abfall, auf dem zwei Vögel saßen, die den Unrat mit ihren Schnäbeln durchwühlten. Eine dürre, schwarze Katze schlich sich an, die Vögel bemerkten sie und stoben zeternd auf. Auch hier gab es Leben, doch die Menschen gingen hier schneller, gebeugter, und sie warfen dabei vorsichtige Blicke über die Schulter.

Einige Jugendliche standen auf der kleinen Veranda eines baufälligen Hauses und musterten sie feindselig. Sie alle trugen lange Messer und hatten sich die Schläfen rasiert, während ihr Haar ansonsten lang war. Ihre Blicke verhießen wenig Gutes, und sie erinnerten Jaquento an hungrige Raubtiere, die, obwohl abgemagert und räudig, besonders gefährlich waren.

»Oi«, rief Pertiz und trat an die Veranda heran. Einst mochte das Haus eindrucksvoll gewesen sein, doch seine besten Tage waren längst vergangen; nun lag es im Schatten der Lagerhäuser, die hellrote Farbe blätterte ab, und Moos bewuchs das fasrige Holz.

»Was?«, zischte einer der Jugendlichen. Beinahe automatisch ließ Jaquento die Hand auf den Griff seines Degens fallen und fixierte den jungen Mann, auf dessen Wangen sich gerade der erste Flaum zeigte. Jung war er sicherlich, doch seine zusammengekniffenen Augen waren hart und ließen ihn älter wirken.

»Wir suchen eine Taverna. Sie muss hier irgendwo sein, aber sie hat keinen Namen. Wenn du uns hilfst, geb' ich dir 'nen Sechsling für deine Mühe.«

»Was is', wenn ich einfach all dein Silber nehme, he?«

Bevor Pertiz antworten konnte, trat Jaquento einen Schritt vor: »Dann schneide ich dich von deinen kleinen Eiern bis zur Gurgel auf, Junge, und ein paar deiner Kumpane gleich mit. Also, nimm das Silber, das mein Freund dir angeboten hat, und wir lachen alle über unsere Scherze. Oder …«

Das letzte Wort hing drohend in der Luft. Der Bursche starrte Jaquento wild an, der junge Hiscadi aber erkannte die Unsicherheit in seinem Blick.

»Du bist 'n ganz Lustiger, ne? Der Laden ist da hinten«, erklärte der Halbwüchsige missmutig und wies die Gasse hinab, woraufhin Pertiz nickte, eine Münze aus seinem Beutel fischte und sie ihm zuwarf.

Erst als sie einige Schritte weit weg waren, zischte der Kapitän: »Bist du wahnsinnig?«

»Keine Sorge, ich kenne solche Banden«, erwiderte Jaquento gelassen. »Eigentlich sind das furchtbar nette Menschen.«

»Ja, sicher, Jaq!«

»Jedenfalls gibt es einfachere Beute als uns. Sie gehen garantiert kein Risiko mit uns ein, solange es betrunkene Seeleute, unaufmerksame Händler und dergleichen in Hülle und Fülle gibt.«

»Dein Wort in die Ohren der Einheit«, entgegnete Pertiz mit deutlichem Sarkasmus und warf einen vorsichtigen Blick zurück. Doch tatsächlich folgte ihnen niemand, bis sie vor einem weiteren ehemaligen Prachtbau standen, der sogar noch heruntergekommener als der erste war. Einst musste das Gebäude drei Stockwerke gehabt haben, doch das oberste war eingestürzt, die Überbleibsel offensichtlich nur notdürftig abgesichert worden. Pertiz jedoch ließ sich davon nicht aufhalten und schritt unbeirrt in die Spelunke.

Drinnen herrschte Zwielicht, da alle Fenster mit Brettern vernagelt waren und das einzige Licht von einigen rußigen

Öllampen kam. Der Schankraum, wenn man das dämmrige Innere denn so nennen wollte, war leer, bis auf zwei Gestalten, die neben einem Tisch auf dem Boden lagen und schnarchten.

»Hier?«, fragte Jaquento ungläubig, und Pertiz zuckte mit den Schultern.

»Hier ist der Treffpunkt, den Rénand mir genannt hat«, erläuterte Pertiz, um dann die Hände trichterförmig vor den Mund zu halten: »Hallo?!«

Nach kurzer Wartezeit polterte eine Gestalt die Treppe hinab, die im Gehen noch ihre Hose hochzog. Ihr langes, dunkelblondes Haar hing ihr in das verschlafene Gesicht, und außer der Hose trug sie nichts. Erst auf den zweiten Blick erkannte Jaquento, dass es ein recht junger, schmalbrüstiger Mann war, der den Mund zu einem Gähnen aufriss, sich die Augen rieb und sie dann erstaunt ansah: »Pertiz! Endlich, du Hund!«

»Ah, Mano! Darf ich dir vorstellen: Das ist Jaq; er fährt mit uns. Jaq, das ist Mano.«

»Jaquento«, verbesserte der junge Hiscadi mit einer kleinen Verbeugung. »Es ist mir eine Ehre, Mesér.«

»Jaq fährt mit uns«, echote der Langhaarige. »Er und sein … Minidrache?«

»Das ist Sinosh«, erklärte Pertiz grinsend. »Aber das ist eine lange Geschichte. Wir erzählen sie dir später. Berichte erst einmal von dir. Sind die anderen auch hier? Seid ihr alles losgeworden? Und warum haust du in diesem Dreckloch?«

»Nicht so schnell, nicht so schnell, mein Alter! Also, wir sind alle hier. Ja, wir konnten verkaufen. Traumstaub geht immer, und wir haben ein hübsches Sümmchen dabei gemacht. Die anderen sind oben und passen darauf auf. Und in diesem Dreckloch hausen wir, weil wir auf den Idioten Scet gehört haben, der von einer richtig guten Schenke fabuliert hat.

Offensichtlich gehen die Vorstellungen von einer richtig guten Schenke weit auseinander. Aber jetzt liegt die *Sünde* ja im Hafen, und wir können von hier fort.«

»Nicht ganz. Wir müssen einige Dinge besprechen.«

»Wollt ihr was trinken?«

»Gerne. Wo ist der Wirt?«

»Die Wirtin liegt dort«, antwortete Mano und wies auf eine der schnarchenden Gestalten, die sich bei genauem Hinsehen tatsächlich als eine Frau entpuppte, auch wenn die Lautstärke ihres Schnarchens dies nicht vermuten ließ. Der junge Mann trat einfach durch eine Tür und kehrte kurz darauf mit drei Tonbechern und einem Krug zurück, aus dem er ihnen Weißwein einschenkte. Sie setzten sich an einen Tisch, und Pertiz begann sogleich: »Die *Todsünde* kreuzt außerhalb; wir sind mit meinem Schiff eingelaufen.«

»Dein Schiff? Willst du mich verarschen?«

»Wir haben eine Prise aufgebracht und genug Besatzung für zwei. Der Beginn unserer eigenen kleinen Flottille!«

»Da ist man einmal einige Wochen nicht an Bord, und ihr stellt alles auf den Kopf! Glückwunsch, Kapitän!«

Jaquento trank einen Schluck. Der Wein war so sauer, dass sich ihm der Magen zusammenzog. Vorsichtig schob er den Becher von sich weg.

»Danke. Das bedeutet, wir sammeln euch ein, stocken Vorräte auf und laufen zum Treffen mit der *Sünde* aus. Hol deine Leute, schaff das Geld herbei, und in zwei Tagen sind wir wieder auf See.«

»Das klingt verdammt gut. Die meisten Jungs und Mädels haben ihre Beute schon verzockt und sind nicht gerade zufrieden. Ein wenig Seeluft wird ihnen guttun. Allerdings ... da gibt es noch etwas«, erklärte Mano zögerlich. Seine dunklen Augen wanderten zu der hohen Decke, und er rieb sich das unrasierte Kinn.

»Noch etwas?«

»Jemand will den Kapitän sprechen. Es geht um irgendeinen Auftrag.«

»Jemand? Irgendein Auftrag? Herrje, Mano! Lass dir nicht jedes Wort einzeln aus der Nase ziehen!«

»Ich weiß auch nicht mehr. Sie wollte nicht mehr sagen. Nur dass es um viel Geld geht.«

»Gut. Das übernehme ich. Wo ist sie?«

»Hier. Also oben, auf einem der Zimmer. Soll ich sie holen?«

»Ja, und schaff den Rest so bald wie möglich zum Schiff hinunter. Ich will hier nicht länger bleiben als unbedingt nötig!«

»Wird gemacht, Käpt'n. Noch etwas: Sie hat Mojo. Mächtiges Mojo.«

»Magie«, murmelte Pertiz grüblerisch. Als er Jaquentos fragenden Blick bemerkte, fügte er hinzu: »Mano hat seine eigene Sprache für manche Dinge. Er war mal einer der vielversprechendsten Eleven am Géronaischen Arsanum Kolleg, einer der ganz wenigen Hiscadi, die sie aufgenommen haben. Allerdings haben sie ihn später wieder in hohem Bogen rausgeworfen. Lass dir beizeiten mal die Geschichte erzählen, sie ist wirklich gut. Jedenfalls hat er danach eigene Studien betrieben. Angeblich hat er die Magiermoguln besucht und bei irgendwelchen weisen Frauen der Eingeborenen hier gelernt. Er ist ein recht verrückter Hund, aber das wirst du schon früh genug merken. Er wird …«

Weiter kam Pertiz nicht, denn eine verschleierte Frau stieg mit schnellen Schritten die Treppe hinab. Sie trug ein schlichtes schwarzes Kleid, das aus feinster Seide war, und ihre Bewegungen waren in Jaquentos Augen beinahe überirdisch grazil. Ihre Schritte waren auf der Holztreppe, die unter Manos nackten Füßen geknarrt hatte, nicht zu hören.

»Capitane Deguay?«, fragte sie mit leiser, dunkler Stimme. Überrascht bemerkte Jaquento, dass sich die Härchen in seinem Nacken aufstellten, und auch die Echse war aus ihrem Schlummer erwacht und reckte ihren Kopf in Richtung der Frau.

Sie sprach Thaynrisch, doch ihre Worte hatten eine schwer deutbare Färbung, vielleicht géronaisch, vielleicht hiscadisch oder doch etwas ganz und gar Fremdes. Das wenige, das man im Dekolleté und an den Händen von ihrer Haut sehen konnte, war weiß wie Elfenbein, und ihre Finger waren lang und geschmeidig.

»Leider nicht, ich bin Kapitän Pertiz, ein Verbündeter von Deguay. Wenn es um Verhandlungen geht, werdet Ihr mit mir vorliebnehmen müssen, da er und sein Schiff nicht hier sind.«

»Pertiz«, flüsterte sie. Hinter dem feinen Schleier meinte Jaquento, ein Lächeln zu erahnen, doch er konnte nicht sicher sein. »Und wer ist dieser junge Mann?«

»Mein Schiffskamerad Jaquento. Worüber wollt Ihr mit uns reden?«

»Gehen wir nach hinten, Capitane Pertiz.«

Ohne zu zögern, ging sie vor, und die beiden Männer folgten ihr in einen kleinen, abgeschiedenen Raum, der einst ein Ankleidezimmer gewesen sein mochte, nun jedoch mit einem krude gezimmerten Tisch und zwei Bänken ausgestattet war. Mit einer graziösen Geste deutete sie auf eine Bank und nahm selbst auf der anderen Platz, mit solcher Eleganz, als handele es sich um eine gepolsterte Sitzgelegenheit an der Tafel des Königs.

»Falls jemand etwas trinken möchte, kann ich Wein oder Cervisa bringen lassen, auch wenn ich beides nicht empfehlen kann«, eröffnete sie das Gespräch.

»Wir hatten bereits Wein, und die paar Schlucke reichen bei Weitem«, entgegnete Jaquento.

Ihr Lachen war ebenso dunkel wie ihre Stimme, und es schien von Herzen zu kommen. Sie schlug den Schleier zurück, und Jaquento, der hinter diesem ein ungewöhnliches oder gar aufsehenerregendes Gesicht erwartet hatte, wurde enttäuscht; zwar war sie auf eine klassische Art schön, mit einer schmalen Nase, vollen Lippen und dunklen, bald schwarzen Augen, doch bis gerade war sie ein nahezu mystisches Wesen gewesen, das nun schlichtweg zu einer Frau aus Fleisch und Blut geworden war. Sie blickte ihn an, und ein feines Lächeln umspielte ihre Mundwinkel.

»Ein interessantes Haustier habt Ihr da, Jaquento. Man sagt, dass sie in den höchsten Kreisen von Corbane gerade äußerst beliebt seien.«

»Es ist kein Haustier«, entgegnete er ruhig und erwiderte ihren Blick. »Ich bin nicht sicher, was es ist, aber ein Haustier ist es nicht.«

»Selbst als die Nigromanten noch das Reich beherrschten, gab es diese Kreaturen bereits. Sie wurden aus dem Osten gebracht, über die legendäre Straße der Leiden, durch die Länder der Magiermoguln. Sie wurden getötet und frisch, mit noch schlagendem Herzen, den Nigromanten serviert. Wusstet Ihr das?«

»Nein. Das ist lange her. Die Zeiten ändern sich.«

»Ja, die Zeiten schon«, erwiderte sie geheimnisvoll. Dann blickte sie Pertiz an. Das Lächeln verschwand, und sie zog einen kleinen Beutel hervor. Geschickt öffnete sie ihn und ließ eine Handvoll dunkelroter Edelsteine über den Tisch rollen. Überrascht blickte Jaquento Pertiz an, der einen davon in die Hand nahm. Auf dem rauen, fleckigen Holz des Tisches wirkten die funkelnden Steine fehl am Platze. Sie waren meisterhaft geschnitten und hätten am Halse einer Königin einen würdigen Platz gefunden. Sie hier zwischen

Weinflecken und Brotkrumen zu sehen, nahm Jaquento den Atem.

»Um die Aufrichtigkeit meines Angebotes zu demonstrieren«, erklärte die Frau leise.

»Glutsteine. Wenn es um solche Schätze geht, sollten wir das vielleicht nicht hier besprechen«, entgegnete Pertiz ernst.

»Dieser Ort ist … angemessen«, versicherte sie. Plötzlich wurde Jaquento bewusst, dass die Geräusche von außerhalb des Raumes abnahmen, an Intensität verloren. Die Fußtritte über ihnen, das Rauschen des Meeres, alles wurde leiser, bis Jaquento nichts mehr hörte bis auf seinen eigenen Herzschlag. Und dann nicht einmal mehr diesen. Sinosh zischte, als wäre er unzufrieden, doch seine Farbe änderte sich nicht. In der unnatürlichen Stille waren die geflüsterten Worte der Frau wie Hammerschläge: »Meint Ihr nicht, Capitane?«

»Doch«, antwortete Pertiz, und Jaquento spürte die Anspannung in dessen Stimme. Auf seinen Armen stellten sich die Haare auf, und ein kühler Schauer lief durch seinen Leib.

»Ich bin auf der Suche nach einem Schiff. Dieses Schiff muss aufgebracht werden. Man muss sich der Besatzung entledigen. Mich kümmert nicht, wie das geschieht. Und dieses Schiff muss mir und meinen Leuten übergeben werden. Komplett, mit sämtlicher Ladung. Keines der Güter an Bord darf angerührt oder verändert werden.«

»Das ist ein sehr ungewöhnlicher Wunsch«, erwiderte Pertiz. »Ich darf annehmen, dass die Ladung für Euch überaus kostbar sein muss?«

»Dafür, dass Ihr keine Annahmen trefft, liegen diese Steine dort«, erklärte die Frau und wies auf die Juwelen, die das geringe Licht der Öllampen fingen und funkelnd wiedergaben.

»Nun gut. Aber ein bestimmtes Schiff auf den Ozeanen zu finden, ist keine leichte Aufgabe. Die See ist groß, und ein einzelnes Schiff …«

»Ich kann Euch Hinweise geben, wo Ihr suchen müsst. Habt Ihr Erfolg, wird dies Eure Belohnung sein. Mehr als genug, um den Verlust der Beute auszugleichen, nicht?«

»Auf jeden Fall. Mit so einem Vermögen könnte man ein halbes Dutzend Schiffe ausstatten und bemannen. Ihr versteht sicherlich, dass mich Eure Großzügigkeit stutzig macht.«

»Natürlich, Capitane. Wünscht Ihr Bedenkzeit?«

»Eigentlich müsste ich das Angebot mit Kapitän Deguay besprechen. Es ist höchst ungewöhnlich.«

»Wann trefft Ihr den Capitane?«

»Bald«, gab Pertiz ausweichend zur Antwort.

»Dann wäre es vielleicht wünschenswert, wenn Ihr mich zu diesem Treffen mitnehmt, Capitane Pertiz«, erläuterte sie ruhig und strich die Glutsteine zusammen. Langsam füllte sie diese wieder in den Lederbeutel, während Pertiz ihr nachdenklich zusah.

»Ihr seid sehr mutig, mit diesem Schatz allein zu reisen«, erklärte Jaquento. *Und allein mit zwei Halsabschneidern eines Piratenschiffs zu verhandeln.*

»Non, nicht wirklich. Aber ich bin auch nicht dumm. Mir droht keine Gefahr.«

Sie lächelte, wie über einen Scherz, den nur sie verstand. Innerlich war Jaquento drauf und dran, ihr recht zu geben, denn sie wirkte nicht, als ob sie sich bedroht fühlte. Vielleicht war es ihre kühle Selbstsicherheit oder ihre Magie, doch ihre Worte klangen einfach überzeugend.

»Abgemacht«, sagte Pertiz schließlich. »Wir nehmen Euch an Bord und arrangieren ein Treffen mit Käpt'n Deguay.«

»Sehr gut. Wann läuft Euer Schiff aus? Und wie heißt es?«

»Es ist die *Wy…*«

»*Windreiter*«, fiel Jaquento ihm ins Wort. »Die *Windreiter*.«

Verwundert blickte Pertiz ihn an, nickte dann aber: »Die *Windreiter*. Und wir laufen übermorgen mit der ersten Flut aus.«

»Sehr gut. Der Gouverneur gibt morgen Abend einen Empfang, bei dem sicherlich viele Offiziere, Adelige und hohe Beamte anwesend sein werden. Übermorgen dürfte die Wachsamkeit generell sehr gering sein. Ich werde morgen an Bord kommen. Capitane. Jaquento.«

Als sie sich erhob, standen auch Jaquento und Pertiz auf und verneigten sich. Mit einem Mal kehrten die Geräusche der Welt zurück, und sie nickte kurz, um dann mit schnellen Schritten den Raum zu verlassen.

»Lass uns auch gehen«, schlug Jaquento vor.

Nickend folgte ihm Pertiz, bis sie wieder in der schattigen Gasse standen.

»Mysteriös«, kommentiere der Kapitän ihre Begegnung.

»Ich hatte mich schon gefragt, ob solche Erlebnisse im Leben eines freien Seemanns häufiger sind.«

»Nicht wirklich. Oh, wir haben schon für Geld gearbeitet, aber das war immer offene, ehrliche Arbeit – Messerarbeit eben.«

»Wer mag sie sein? Sie hat nicht einmal ihren Namen genannt. Sicher ist sie reich, gebildet und eine Maestra. Aus Corbane, möchte ich meinen«, spekulierte Jaquento.

»Ich habe sie nicht gefragt, weil es nutzlos gewesen wäre. Die Steine sagen mir, dass sie ihren Namen ohnehin nicht verraten hätte. Besser, wir stellen keine Fragen.«

»Vermutlich«, entgegnete der junge Hiscadi. Am Hang des Hügels über der Stadt sah er die großen Villen der guten Gesellschaft Lessans. Sein Blick wanderte zu einer der beiden Festungen, über der stolz die thaynrische Flagge wehte.

Nachdenklich rieb er sich das Kinn. »Kannst du mir Geld geben? Einen Anteil an der Beute?«

»Sicher, den hast du dir verdient. Wofür? Willst du dich amüsieren?«

Noch immer starrte Jaquento hinauf zu den Prachtgebäuden Lessans. »Etwas in der Art.«

MAJAGUA

Mit klopfendem Herzen lag Majagua in der Dunkelheit. Das Lager war ruhig, lediglich das Rauschen des Meeres war zu hören. Natürlich gab es die Geräusche der Sklaven, das Schnarchen und Husten, doch dies war ein Teil des Lagers, und er nahm es kaum noch wahr. Lautlos kroch er ein Stück weiter, mit geschärften Sinnen, bis er die Palisade erreicht hatte. Dort blieb er erst einmal liegen, kontrollierte seine Atmung und bezwang die Beklemmung in seiner Brust, dann lauschte er. Von außerhalb des Lagers war ein leises Murmeln zu hören, ein Gespräch, auch wenn der junge Paranao die einzelnen Worte nicht verstehen konnte. Das bedeutete, dass die Soldaten wach waren, aber als sie sich lange Zeit nicht bewegten, sondern sich nur unterhielten, schloss Majagua, dass sie unaufmerksam waren.

Obwohl er das Gefühl hatte, er müsse sich beeilen, schlich er vorsichtig und langsam zurück, immer darauf bedacht, im Schatten der Hütten zu bleiben. Der Mond stand als riesige Scheibe am Himmel, gelborange, und nur wenige dünne Wolken zogen manchmal an ihm vorbei. Sein Licht war in dieser Nacht Fluch und Segen zugleich. Aber solange niemand die verdächtigen Geräusche bemerkte, würde auch keine Wache die Tore öffnen, und vom Fort aus gesehen würde das Licht kaum reichen, um etwas zu erkennen. Zumindest hoffte Majagua das.

Endlich erreichte er die erste Hütte, hockte sich neben den Eingang und zischte leise. Ein kurzes Schlurfen ertönte, dann tauchte eine dunkle Gestalt auf, die sich im Mondlicht als Dagüey entpuppte.

»Es geht los«, erklärte Majagua flüsternd und kroch weiter. Hinter sich hörte er den alten Mann, der vorsichtig den Platz überquerte, dabei jedoch mehr Lärm verursachte, als Majagua lieb war. Als Dagüey gegen einen Stein trat, der ein Stück über den Boden rollte, zuckte Majagua zusammen und hielt unbewusst den Atem an.

Auch der Alte erstarrte mitten in der Bewegung. Doch nichts geschah, keine Rufe, kein Licht, alles blieb ruhig. *Er ist zu alt. Ich brauche mehr Krieger als Großväter,* dachte Majagua, doch er musste sich auf Dagüey verlassen, denn der Alte war im Lager beliebt, hatte viele Freunde und genoss das Vertrauen der Sklaven, die eine wichtige Position innerhalb ihrer Gemeinschaft einnahmen. Als Neuankömmling wurde Majagua anders behandelt, misstrauisch beäugt und aus den Kreisen jener, die im Lager das Wort führten, ausgeschlossen. Nur mit Dagüeys Hilfe würde es ihm gelingen, andere von seinen Plänen zu überzeugen. *Wie mein Vater,* dachte er stolz, *er nutzt auch den Einfluss der weisen Männer für sich selbst.*

Endlich erreichte Majagua eine weitere Hütte und zischte erneut. Zwei Sklaven kamen hervor und schlossen sich ihm an. Gemeinsam schlichen sie weiter, von Hütte und zu Hütte, bis ein halbes Dutzend von ihnen bei Majagua war. In die letzte Hütte krochen sie hinein. Es war kein guter Ort, aber der beste, den sie hatten. In dieser Hütte schliefen nur wenige, die restlichen Schlafstätten waren leer. Vor einigen Tagen hatte Dagüey Majagua erklärt, dass in dieser Hütte die Minensklaven untergebracht waren, die am tiefsten in die Schächte hinabstiegen. Offenbar war dort die Gefahr am größten, und viele ließen ihr Leben, sodass die Hütte fast immer unterbelegt war.

Die anderen Sklaven mieden sie, so als sei das Schicksal der Minensklaven ein Fluch oder eine Krankheit, mit der man sich nur allzu leicht anstecken konnte.

Stumm hockte sich Majagua neben den Eingang und wartete ab. Die anderen bildeten einen Halbkreis und unterhielten sich flüsternd. Majagua achtete nicht auf ihre Worte, sondern spähte hinaus in die Nacht. Schließlich kam auch Dagüey mit den restlichen Leuten. Es hatte den Alten viel Überredung gekostet, dieses nächtliche Treffen zu arrangieren, und Majagua schluckte hart, als ihm bewusst wurde, dass nun alles an seinen Worten hing. Kämpfen, schleichen, Pläne schmieden, all das erschien ihm leichter, als vor diesen Sklaven zu reden und sie zu überzeugen.

Das Mondlicht fiel durch den Eingang, doch er sah wenig mehr als helle Augen in dunklen Gesichtern. *Starren sie feindselig? Ist ihr Blick offen?* Fragen, auf die er keine Antwort wusste. Also kroch er in eine Lücke in ihrem Kreis und hockte sich nach Art der Krieger auf seine Fersen. Einen Moment lang senkte er das Haupt, um sich zu sammeln, dann ließ er seinen Blick über die Runde gleiten – fest und stark, wie es dem Sohn eines Cacique anstand.

»Ich habe euch alle hierhergebeten, weil wir uns besprechen müssen«, eröffnete er die Runde, wie er es von seinem Vater gelernt hatte. »Mein Name ist Majagua, ich bin der Sohn des Cacique von Guanquen. Ich kenne und ehre meinen Großvater.«

Die anderen murmelten die Begrüßungsworte ebenfalls, bis auf zwei, die mit unbewegten Gesichtern schwiegen.

»Was willst du, Junge?«, fragte einer dieser beiden, ein Mann mit breiten Schultern und mächtigen Muskeln, dessen Gesicht jedoch hohlwangig war und dessen Augen so tief unter den Brauen lagen, dass sie im Schatten wie zwei Kohlestücke wirkten.

»Ich will uns helfen«, erklärte Majagua mit einem Selbstbewusstsein, das er nicht verspürte. *Kein guter Anfang.*

»Du willst Ärger machen«, erwiderte der Mann mit kalter Stimme. »Das kenne ich. So was endet mit Blut, Junge.«

»Alles auf Hequia endet mit Blut. Unser aller Leben hier ist wertlos, weil es uns nicht gehört. Solange wir hier sind, ist der Tod unser Schicksal.«

»Wer gut arbeitet und gehorcht, wird nicht bestraft«, widersprach der Mann, doch Majagua schüttelte den Kopf.

»Ich habe ...«

»Du wirst uns alle töten!«, unterbrach ihn der Mann hitzig, begann dann aber unvermittelt zu husten. Sein Leib wurde von einem Anfall durchgeschüttelt, und er konnte kaum wieder Atem schöpfen. Dagüey kroch zu ihm und legte ihm eine Hand auf den Rücken, während alle anderen entsetzt schwiegen und in die Nacht lauschten. Seine Worte waren laut gewesen, sein Husten noch lauter. Jeden Augenblick mussten die Soldaten kommen, sie außerhalb ihrer Hütten finden und sie alle töten. Doch es blieb ruhig, und der Husten verebbte langsam.

»Lass es ihn erklären«, bat Dagüey leise, als wieder Stille eingekehrt war. Aufmerksam blickte Majagua in die Runde. An seiner Schläfe lief ein Schweißtropfen hinab, der stickigen Hitze in der Hütte geschuldet, doch er wischte ihn nicht weg. Ein Krieger ertrug jede Härte, ohne zu klagen. Und ohne sich zu fürchten.

»Also rede«, keuchte der Mann und wischte sich mit dem Handrücken über den Mund. Es war Majagua, als glänze seine Haut dunkelfeucht im fahlen Licht. *Blut?*

»Vielleicht verzögert Gehorsam den Tod. Vielleicht kann man so länger überleben, wenn man gehorcht«, hub er an, sein Blick so fest wie seine Stimme. »Aber nicht lange. Wenn es nicht das schlechte Essen ist, die harte Arbeit, Unfälle oder Krankheit, dann sind es die Knuten und Musketen der Blassnasen, die uns umbringen. Ihr seht Hayuya jeden Tag, und ihr habt nichts getan, um dies zu verdienen.«

Wieder ließ Majagua seinen Blick wandern, sah jedem in die Augen, versuchte sie allein mit der Kraft seines Geistes zu überzeugen.

»Hier wird es für uns Paranao niemals Frieden geben, keine Ruhe, kein Leben. Nur Arbeit, Schmerz und Tod. Solange die Blassnasen uns als Sklaven halten, sind wir alle nicht mehr als lebende Tote, wie die *Pelahu*.«

Bei der Erwähnung der mystischen Untoten schreckten einige auf, manche spuckten sogar auf den Boden, um die bösen Geister abzuwehren.

»Man hat uns unsere Seelen nicht genommen«, widersprach einer. »Wir sind keine Pelahu!«

»Ich sehe genug unter uns, in deren Augen kein Leben mehr ist. Je länger sie hier sind, desto weniger bleibt von ihrer Seele übrig.«

»Du redest viel. Aber was willst du von uns? Die Blassnasen haben Waffen und Soldaten und das Steinfort und Kanonen. Sie werden jeden töten, der sich auflehnt. Du bist nicht der erste Hitzkopf, der nach seiner Ankunft große Reden schwingt! Die anderen sind alle an der Mauer gelandet«

Dies ließ Majagua schlucken, doch er versuchte, sich nichts anmerken zu lassen. Diese Männer waren die Wortführer des Lagers, und das waren sie, weil ihr Wille nicht gebrochen war, weil sie schlau waren und ihr Wort wertvoll.

»Du hast recht. Wir können nicht kämpfen. Selbst wenn es einen Plan gäbe, würden zu viele sterben. Allein Flucht kann uns retten. Wir können nicht auf der Insel bleiben, denn man würde uns jagen und finden. Also müssen wir über das Meer fliehen und uns Yuara anvertrauen.«

»Flucht? Wer soll fliehen? Nur wir hier?«

»Nein. Alle. Das Lager. Die Sklaven im Fort. Alle.«

»Alle? Das ist unmöglich!«, entgegnete der breitschultrige Mann mit einem dunklen Lachen, das schmerzhafter als sein Husten klang, und er schüttelte den Kopf.

»Es wird schwer sein und auch gefährlich«, gestand Majagua bereitwillig. »Aber es ist nicht unmöglich.«

»Woher willst du so viele Kanus nehmen? Und wer soll sie rudern? Wie willst du den großen Schiffen Tangyes entkommen?«

»Wir bauen keine Kanus. Wir nehmen uns ein Schiff der Blassnasen und die Blassnasen darauf als Gefangene!«

Triumphierend blickte Majagua in die Runde. Er hoffte, seine Enthüllung würde sie verblüffen, sein Plan sie überzeugen. Aber er sah nur Zweifel in ihren Mienen. Nachdenkliche Blicke wurden ausgetauscht, doch zumindest widersprach keiner sofort. Selbst der Breitschultrige spottete nicht.

»Du willst alle mitnehmen?«

»Ja«, erklärte Majagua und nickte. »Alle. Es muss ein großes Schiff sein, denn Sinao sagt, dass auf die großen Schiffe alle passen würden.«

»Das Mädchen aus der Küche?«

Majagua nickte. »Sie wird uns helfen. Beobachtet die Soldaten. Wann sie Wache halten. Wo die Aufseher sind. Sie weiß viel über die Blassnasen.«

»Aber können wir ihr vertrauen?«, fragte der Dürre. »Sie ist kein Arbeitssklave. Sie ist nicht wie wir. Sie könnte uns verraten!«

»Nicht Sinao. Ich vertraue ihr.«

»Selbst wenn wir das schaffen, müssten wir immer noch gegen die Soldaten kämpfen«, warf der Breitschultrige ein.

Seine Augen waren lauernd auf Majagua gerichtet, der seinen Blick ungerührt erwiderte.

»Gegen die Wachen an den Booten. Und gegen alle Blassnasen auf dem Schiff, die sich nicht ergeben. Aber die haben keine Waffen, oder habt ihr schon einmal welche bei ihnen gesehen?«

Einige schüttelten den Kopf, sodass der junge Paranao zufrieden fortfuhr: »Also die Wachen. Wir sind viele, und sie sind nicht aufmerksam. Sie dürfen nichts merken, bevor wir sie angreifen. Sie fürchten uns nicht, und das ist unser Vorteil!«

»Und ihre Vorteile sind Gewehre und Kanonen und eine Festung auf den Klippen. Die Kanonen können auf das Schiff schießen.«

»Wir müssen schnell sein«, wiederholte Majagua. »Vielleicht können wir die Soldaten ablenken. Vielleicht können die Festungssklaven etwas tun. Deshalb wollte ich, dass wir uns versammeln, wie wir Paranao es immer getan haben. Damit wir gemeinsam planen können. Ihr seid die stärksten Krieger im Lager, ihr seid die weisesten Anführer. Gemeinsam können wir es schaffen!«

»Mit Zucker fängt man Ameisen, Junge, aber keine weisen Krieger, also lass ihn aus deinen Worten. Du sprichst viel von *vielleicht dies* und *vielleicht jenes*. Aber um unser aller Leben zu riskieren, brauchen wir mehr als ein *vielleicht*.«

»Arbeiten wir zusammen, dann schaffen wir es«, erklärte Majagua, doch er fand selbst, dass seine Stimme schrill und verzweifelt klang. Es war ihm nicht gelungen, die anderen zu überzeugen; das konnte er in ihren Gesichtern erkennen.

»Wir sollten in unsere Hütten zurückgehen«, stellte der Dürre nach einer Weile des Schweigens fest. »Es ist sonst zu riskant.«

Ohne ein weiteres Wort löste sich die Versammlung auf, und alle schlichen durch die Schatten des Lagers zurück. Nur Majagua und Dagüey blieben noch einen Moment. Niedergeschlagen ließ der junge Paranao den Kopf hängen. In seinem Herzen fühlte er nur Leere.

Da legte der Alte sanft die Hand auf seinen Rücken. »Das war gut.«

»Gut? Verspottest du mich? Keiner hat mir zugestimmt. Sie hatten alle Angst, mehr nicht!«

»Nicht so laut«, flüsterte Dagüey und warf einen warnenden Blick in Richtung der Schlafstätten, wo die Bewohner der Hütte lagen.

»Es war ein Fehlschlag. Sie werden nicht helfen. Und ohne sie können wir das Lager nicht dazu bringen, gemeinsam zu handeln.«

»Sie haben nicht Nein gesagt«, warf Dagüey ein. »Das ist ein Anfang. Verlang nicht zu viel, Majagua. Sie haben schon lange nicht mehr zu hoffen gewagt. Sie müssen erst über deine Worte nachdenken. Dass sie dir überhaupt zugehört haben, ist schon ein Erfolg.«

»Wenn wir das als Erfolg nehmen, werden wir alle auf dieser verfluchten Insel sterben«, entgegnete Majagua bitter. Unwillig wandte er sich ab und schlich aus dem Eingang. Ohne sich umzudrehen, verabschiedete er sich leise: »Bis morgen, Alter.«

Er achtete nicht auf Dagüeys Erwiderung, sondern kehrte einfach so schnell er konnte zurück in seine Hütte.

Um ihn herum atmeten die Sklaven, irgendwo stöhnte einer leise vor sich hin. Die Geräusche der anderen setzten sich in seinem Geist fest und ließen ihn nicht zur Ruhe kommen. Er wälzte seine Gedanken, fand keine Lösungen für seine Schwierigkeiten. Ohne die anderen Wortführer war es unmöglich, genug Leute zu überzeugen, um ein Schiff zu erobern.

Das Mondlicht fiel in den Eingang der Hütte, und er fühlte sich von ihm verspottet. Die Ahnen verspotteten ihn. Anuis Licht bei Tag und der Mond bei Nacht leuchteten einfach weiter, als wäre alles normal und keines ihrer Kinder ein Sklave. Die Ahnen kümmerten sich nicht um die ihren; sie hatten Majagua und alle anderen auf Hequia verlassen. Vielleicht waren die Ahnen wirklich schwach, so wie manche es behaupteten, schwächer als die Einheit der Blassnasen. Vielleicht fürchteten und versteckten sie sich und getrauten sich nicht, ihren Söhnen und Töchtern zu helfen.

Vor Wut über diesen Gedanken stiegen ihm Tränen in die Augen, und er wischte sie zornig weg. Die Enttäuschung drohte ihn zu übermannen, denn er hatte sich von diesem Treffen so viel mehr erhofft. *Soll Dagüey von Erfolgen faseln, ich sehe doch, wenn alle Feiglinge sind! Was wird Sinao jetzt wohl denken? Wenigstens sie ist nicht feige. Gewiss hätte sie an meiner Stelle überzeugender gesprochen.*

Ein Geräusch ließ ihn aufhorchen. Ein leises Kratzen näherte sich, dann sah er Aymero, der sich neben ihn legte und sich an ihn schmiegte. Majagua wollte für den Jungen stark sein, also biss er die Zähne zusammen und schluckte seine Trauer und seine Wut hinunter. Die warme Haut des Jungen an seinem Körper beruhigte sein Herz, bis er schließlich doch noch einschlief und in einen Traum von einer Welt ohne Sklaven glitt.

ROXANE

Als sie den ersten Fuß an Land setzte, kam Roxane der Moment beinahe ebenso feierlich vor wie der erste Schritt, den sie als Offizierin Ihrer Majestät getan hatte, und sie hielt einen Moment inne, um all die neuen Eindrücke in sich aufzunehmen.

Natürlich war Lessan nicht mit den größten Häfen Corbanes zu vergleichen, aber als ihr Boot an den im Hafenbecken vor Anker liegenden Kriegsschiffen vorbeigerudert war, hatte sie doch Ehrfurcht vor der Größe und Macht ihrer Heimat verspürt, die selbst hier, viele Tausend Seemeilen von Thaynric entfernt, ihren Willen durchsetzen konnte, weil ihre Marine die größte und beste der Welt war. Doch die Gedanken an Linienschiffe, gloriose Schlachten und Kriege waren wie fortgewischt, als sie tatsächlich zum ersten Mal in ihrem Leben den Boden der Sturmwelt betrat.

Die Lager und Magazine am Kriegshafen waren ebenso bunt bemalt wie jene im zivilen Teil, doch die Straßen hier waren leerer und ruhiger, und Soldaten standen Wache und patrouillierten am Kai. Den Hang hinauf lagen die großen Häuser der ortsansässigen Beamten und Offiziellen, doch zwischen und über ihnen sah Roxane immer noch grünen Urwald, in dem sich, nach dem Geraschel und Gezwitscher zu urteilen, allerlei exotisches Getier verbarg. Für einen Augenblick musste sie an die seltsame, goldfarbene Echse denken, die auf der Schulter des Hiscadi an Bord der *Windreiter* gesessen hatte. *Ob es hier wohl solche Echsen gibt?*

Die Luft roch so anders als in ihrer Heimat, die Sonne brannte heiß, und manchmal hörte man fremdartige Vögel rufen. Ihre Uniform war zu dick und warm, aber inzwischen hatte sich die junge Offizierin daran gewöhnt und beachtete das Jucken auf der Haut kaum mehr.

Gedankenverloren stand sie still, da stürzte ein hagerer Mann in einer von der Sonne ausgeblichenen Uniform so heftig auf sie zu, dass sie unwillkürlich einen Schritt zurückwich.

»Wer ist der Kapitän dieses Schiffs?«, erkundigte er sich unhöflich.

»Das wäre wohl ich«, ertönte Harfells Stimme hinter ihr. Er klang nicht gerade amüsiert, und als Roxane dem Hageren Platz machte, merkte sie, dass der Kapitän aussah, als hätte er in eine Zitrone gebissen.

»Ich bin der Adjutant des Hafenmeisters, Veren...«

»Klären Sie das mit meinem Ersten Offizier, verstanden, Mann?«, blaffte ihn Harfell an. »Ich habe keine Zeit für Dokumente und Verordnungen. Wir Seeoffiziere haben einen Krieg zu führen!«

»Kapitän, ich...«

»Frewelling, nehmen Sie mir diesen Bürokraten ab, bevor ich ihn kielholen lasse!«

»Thay«, erwiderte Cearl steif und trat zwischen die beiden. »Leutnant Frewelling, Erster Offizier der *Mantikor*. Was kann ich für Sie tun, Herr Adjutant?«

Die Antwort hörte Roxane schon nicht mehr, denn Harfell trieb sie und Hugham zur Eile an, sodass sie den Pier hinabhasteten und dort in eine Kutsche stiegen, die auf sie wartete. Der Kutscher war ein hochgewachsener, dunkelhäutiger Mann, dessen Livree seltsam deplatziert wirkte. Ohne ein

Wort zu sprechen, öffnete er ihnen den Wagenschlag und kehrte dann auf den Kutschbock zurück.

Sowohl Roxane als auch Hugham schwiegen, denn der Kapitän wirkte verärgert, und sie hatten gelernt, dass es besser war, ihn nicht zu reizen, wenn er in dieser Verfassung war. Oder auch nur zu sprechen.

Die Droschke fuhr über eine gepflasterte Straße, die sich den Hang hinaufwand. Rechts und links standen die Häuser dicht an dicht; teilweise waren in den Erdgeschossen Geschäfte untergebracht, und es gab auch etliche Gasthäuser. *Wie wohl in jeder Stadt mit einem Hafen, auf der ganzen Welt,* dachte Roxane.

Viele der Häuser, die sie passierten, waren bunt gestrichen, um sie in dem fordernden Klima vor Verfall zu schützen. Weiter oben, wo die Gebäude prächtiger wurden, herrschten Pastelltöne vor. In diesem Teil der Stadt hingegen waren alle Farben des Regenbogens zu finden. Die offene Kutsche fuhr zu schnell, als dass Roxane alle Eindrücke hätte aufnehmen können, doch die farbenprächtige Stadt nahm sie unbestreitbar gefangen. Hier und da gab es Stände, an denen Essen verkauft wurde. Seltsam geformte Früchte verhießen ungeahnten Genuss, aber Roxane drehte sich beinahe der Magen um, als sie ein Tier an einem Spieß entdeckte, das verdächtig wie ein wilder Hund aussah.

Erst als sie durch ein großes, schmiedeeisernes Tor fuhren, vor dem links und rechts zwei Soldaten postiert waren, kehrten ihre Gedanken zurück zu dem bevorstehenden Treffen. Die Räder der Droschke knirschten über säuberlich geharkten Kies, und der Kutscher stoppte nach kurzer Fahrt durch einen gepflegten Park vor einem eindrucksvollen Gebäude, das direkt aus Thaynric hierher versetzt worden zu sein schien. Den Eingang bewachten zwei steinerne Löwen, und noch bevor sie aussteigen konnten, stürmte eine junge Offizierin die Treppenstufen herab und salutierte akkurat.

»Willkommen in Lessan, Thay«, sprach sie Harfell an, der nachlässig nickte. »Der Admiral erwartet Sie bereits.«

Während sie sich umdrehte und Harfell ihr folgte, blieb Roxane kurz stehen und bewunderte das im Stil des alten Imperiums gehaltene Gebäude, das, anders als viele andere in Lessan, in schlichtem Weiß erstrahlte und mit schlanken Säulen und kleinen Balkonen verziert war. Dann beeilte sie sich, Leutnant Hugham zu folgen und die kühlen Korridore des Prachtbaus zu betreten.

Das Innere erschien ihr dunkel, bis sich ihre Augen daran gewöhnt hatten, dass nicht mehr alles in gleißendes Licht gehüllt war. Obwohl eine Atmosphäre der Ruhe herrschte, schritten immer wieder Personen eilig an ihnen vorbei; ein Widerspruch, der Roxane faszinierte. Sie gingen an Gemälden und Büsten ehemaliger Admiräle und Mitglieder des Königshauses vorbei, an schweren Vorhängen, zierlichen Beistelltischchen und Kassettentüren, bis sie endlich vor einer der weißen Türen stehen blieben. Die Offizierin klopfte knapp, öffnete dann die Tür und kündigte Kapitän Harfell samt Begleitung an, bevor sie sich zurückzog.

In dem großen Zimmer, das von einem mächtigen, runden Besprechungstisch dominiert wurde, war nur eine Person anwesend. Die Uniform wies ihn als Admiral aus, und sein Gesicht war Roxane aus zahlreichen Zeitungsberichten nur zu gut bekannt – Admiral Holt, zurzeit Kommandeur der Sturmwelt-Flotte und sicherster Aspirant auf den nächsten freien Posten im Stab der Admiralität.

Als der grauhaarige Mann sich zu ihnen umdrehte, erhellte ein Lächeln sein kantiges Gesicht. Der herrschenden Mode nach trug er sein Haar gerade lang genug für einen Zopf, hatte sich dazu jedoch breite, buschige Koteletten stehen lassen.

»Ah, Harfell, welch eine Freude, Sie hier zu sehen. Wir können Kapitäne wie Sie wahrlich gut gebrauchen, hier weitab von aller Zivilisation«, erklärte der Admiral, während seine Untergebenen salutierten.

»Die Freude ist ganz meinerseits, Thay. Als ich in meine Order blickte, war mir natürlich bewusst, dass ich wieder unter Ihnen fahren würde.«

»Ja, ich habe Sie rufen lassen. Es kann nicht sein, dass eine wichtige Flotte wie die meine nur den Ausschuss der Marine erhält – ich brauche Kapitäne, die etwas vom Kriegshandwerk verstehen.«

»Aye, ich bin nur allzu bereit, wieder in den Krieg zu ziehen«, erklärte Harfell und grinste dabei breit. Sein Gegenüber nickte zufrieden und schlug dem Kapitän auf die Schulter.

»Einen Portwein? Oder trinken Sie lieber Brandy? Sind das alle Ihre Offiziere?«

»Brandy, wenn es recht ist, Thay. Nein, mein Erster Offizier schlägt sich derweil mit den Bürokraten im Hafen herum. Das sind Leutnant Hugham und Leutnant Hedyn.«

»Was darf ich Ihnen anbieten, meine Damen?«, fragte der Admiral, und Roxane runzelte die Stirn. *Zwei examinierte Leutnants im Dienst sind wohl kaum Damen,* dachte sie entrüstet, sagte aber lediglich: »Portwein, Thay.«

Hugham, die noch nichts gesagt hatte, wurde von ihm mit einem siegessicheren »Für Sie auch« bedacht.

Wie aus dem Nichts öffnete sich zu ihrer Linken eine Tür, und ein dunkelhäutiger Mann in einer strahlend weißen Uniform betrat mit einem Tablett in der Hand den Raum.

»Zwei Brandys. Und zwei Ports für die Damen«, wies Admiral Holt ihn an, nahm sein Glas in Empfang und hob es hoch.

»Auf Königin Morwey, möge sie noch lange leben!«

»Auf die Königin«, wiederholten die anderen seinen Toast und tranken. Der Port war exzellent, aber das überraschte Roxane nicht. Dem Admiral stand ein Anteil an jeder Prise seiner Flotte zu, und somit würde er wohl alles zur Verfügung haben, wonach ihm der Sinn stand.

»Verfluchte Papierschubser«, erklärte Holt unvermittelt und stellte sein Glas heftig auf dem dunklen Holz des Tisches ab. »Man kann keinen Piraten mehr an der Rah aufknüpfen, ohne vorher ein halbes Dutzend Dokumente unterzeichnet zu haben. Schreiber, Kopisten, Notare, alle haben sie Tinte statt Blut in den Adern und lassen unsere Schiffe ohne Munition verrecken, wenn denn das Anforderungsformular nicht ordentlich ausgefüllt ist!«

»Wie wahr«, entgegnete Harfell mit einem Seufzen. »Manchmal könnte man fast denken, die Bürokraten kümmere der Krieg gar nicht. Verdammte, tintenblütige Kastraten!«

Diese Bemerkung ließ Roxane zusammenzucken, und beinahe hätte sie sich an ihrem Portwein verschluckt. Ein solcher Vorwurf würde schwer wiegen; in Zeiten des Krieges gab es für Verrat oder auch nur für die Nichterfüllung der Pflicht lediglich eine Strafe: den Tod. Aber der Admiral nickte nur zustimmend.

»Ich könnte wetten, dass dieser Unsinn zu Königin Leofwyns Zeiten begonnen hat. Wenig Gutes stammt aus diesen Jahren«, erklärte er und warf einen finsteren Blick auf Hugham und Roxane. Sofort wurde der jungen Offizierin heiß, und ihr stieg die Röte ins Gesicht. Königin Leofwyn hatte in der dunkelsten Stunde der Thayns, als die vereinigten Flotten Géronays und Hiscadis schon auf Thaynric zuhielten, die Reihen von Armee und Marine für Frauen geöffnet und die drohende Niederlage und Unterwerfung der stolzen Inseln so abgewendet, nicht unbedingt zur Freude aller männlichen Offiziere. Der Kommentar aus dem

Munde des Admirals konnte nur gegen dieses Vorgehen gemünzt sein.

Unsicher, ob sie protestieren sollte, blickte Roxane zu Leutnant Hugham, an deren finsterer Miene sie erkennen konnte, dass die Bemerkung an ihr ebenfalls nicht spurlos vorübergegangen war.

»Wie dem auch sei«, fuhr Holt fort. »Wir haben Wichtigeres zu besprechen. Ich brauche Sie auf See, Oric. Sie und die *Mantikor*. Es kam eine Depesche der Admiralität, über die geheimsten und schnellsten Wege, und ich habe klare Anweisungen. Sie wissen, wie selten wir Arsanum einsetzen, um Befehle zu übermitteln; ich denke, Sie können abschätzen, wie wichtig es unseren Befehlshabern sein muss.«

»In der Tat. Um was geht es?«

»Wir sollen ein Schiff aufbringen und seine Ladung nach Thaynric schaffen.«

»Ein Schiff? Welche Ladung könnte wichtig genug sein, um ein ganzes Konklave von Maestre einen Befehl übermitteln zu lassen?«, wunderte sich Harfell und sprach damit auch Roxanes Gedanken aus.

»Unglücklicherweise liegen mir dazu keine weiteren Informationen vor. Die genauen Befehle gehen natürlich noch schriftlich an Sie. Das Ganze ist sehr mysteriös. Es handelt sich um einen schwarzen Frachter, zumindest ist das die Beschreibung. Vermutlich ein Sturmweltenfahrer, vielleicht auch eine Schwarzbrunn-Fregatte.«

Obwohl Roxane einige Fragen auf der Zunge lagen, schwieg sie und nippte nur an ihrem Glas. Es stand ihr nicht zu, in das Gespräch zwischen einem Kapitän und einem Admiral einzugreifen; tatsächlich war es schon eine Ehre, schweigend anwesend sein zu dürfen.

»Was sollen wir tun? Jeden Sturmweltenfahrer zwischen

den Inseln aufbringen? Bald fährt der Konvoi, da könnten wir Dutzende entern!«

»Man hat angedeutet, dass dieses Schiff nicht am Konvoi teilnehmen wird. Tatsächlich wird es wohl unsere Schiffe zu meiden versuchen. Kapern Sie also lediglich jene Sturmweltenfahrer, die vor Ihnen davonsegeln!«

Wieder lachten Admiral und Kapitän unisono, und auch Roxane rang sich ein Lächeln ab.

»Aber genug davon«, erklärte Holt und wies aus dem Fenster, das eine vorzügliche Sicht auf die Bucht bot. Vor dem türkis funkelnden Meer hoben sich die dunklen Formen der mächtigen Kriegsschiffe ab. »Morgen Abend gibt der Gouverneur einen Empfang. Alle Offiziere sind eingeladen. Dort können wir weiterplaudern, Kapitän, und in angenehmerer Atmosphäre. Die *Mantikor* bleibt doch noch einige Tage im Hafen, nicht wahr?«

»Natürlich, Thay. Wir müssen Proviant aufstocken und generell Vorräte an Bord nehmen. Zwei, drei Tage werden sicherlich vergehen, bevor wir auslaufen.«

»Dann sehen wir uns dort, Oric.«

Mit diesen Worten führte der Admiral seine Gäste zur Tür und verabschiedete sie. Trotz der subtilen Beleidigung salutierte Roxane korrekt, und Hugham tat es ihr gleich. Einerseits war ihre Enttäuschung darüber, dass sie nur die notwendigste Zeit vor Anker liegen würden, groß, andererseits freute sie die Aussicht auf eine Fahrt durch die Sturmwelt, auch wenn sie dabei ein mysteriöses Schiff jagen mussten.

»Sorgen Sie dafür, dass Frewelling von unserem baldigen Auslaufen erfährt«, wies Harfell sie an und riss sie damit aus ihren Gedanken. »Je schneller wir Klarschiff haben, desto besser. Und teilen Sie Leutnant Cudden mit, dass wir morgen auf dem Ball des Gouverneurs erwartet werden. Überprüfen Sie Ihre Ausgehuniformen; ich will nicht, dass Sie die

Mantikor oder mich beschämen. Ich werde das vorab kontrollieren!«

»Thay?«, fragte Roxane verwirrt. »Der Empfang?«

»Natürlich, was denken Sie denn? Wir werden dort morgen Abend erwartet, und Sie glauben ja wohl nicht ernsthaft, dass ich mich vor den Kapitänen der Linienschiffe von Ihnen bloßstellen lasse!«

»Nein, Thay. Klarmachen der Galauniform, Thay!«, erwiderte die junge Offizierin schnittig und spürte, wie ihr der Mut bei dem Gedanken sank. *Ein Empfang beim Gouverneur? Unter den Augen aller Kapitäne, des Admirals, der Beamten und der besten Gesellschaft? Was soll ich dort bloß? Wird dort etwa getanzt? Bei der Einheit! Ich würde lieber mit einem Reisigstecken in der Hand die Tore Dérans stürmen!*

SINAO

Durch die Aufzeichnungen zu blättern und die langen Zahlenkolonnen zu sehen ließ ein vertrautes Gefühl in Sinao aufsteigen. Alle Einträge waren von ihrer Hand geschrieben, jegliche Veränderung der Lagerbestände hatte sie genau festgehalten. Sie suchte nicht nach Fehlern; sie wusste, dass es keine gab. Die eng geschriebenen Zahlenreihen zogen an ihr vorbei, Seite um Seite, und sie musste kaum mehr als ein, zwei Momente auf ein Blatt schauen, um sie zu erfassen, zusammenzuzählen.

Auf die Zahlen konnte sie sich verlassen. Ihre Ordnung und Schönheit gaben ihr Sicherheit und verliehen ihr Macht.

Ihr gegenüber saß Tangye, der unruhig mit den Fingern auf die Tischplatte klopfte.

»Und?«, fragte er schließlich.

Bedächtig legte die junge Sklavin den Stapel Papier auf den Tisch und sah den Aufseher an. Sie hatte gesehen, wie er Menschen mit seiner Knute zu Tode prügelte, hatte zu oft dabeigestanden, während er Sklaven aufknüpfte. Doch jetzt jagte er ihr keine Furcht ein; er sah müde aus, mit bleicher Haut und dunklen Ringen unter den Augen. Selbst von ihrem Platz aus konnte sie den säuerlichen Geruch seines Schweißes riechen, die Überreste von Rum und Bier, die aus ihm ausdünsteten und wie böse Geister durch den Raum schwebten. Sie fühlte sich schmutzig, allein durch die Nähe zu ihm, zu seinem Geruch, doch nicht ängstlich. Seine Augen fixierten sie, und Sinao senkte den Blick, damit er die Verachtung in ihren Augen nicht erkennen konnte.

»Die Aufzeichnungen sind korrekt. Ich konnte keinen Fehler finden.«

Stille breitete sich aus, während Tangye sich das unrasierte Kinn rieb. Es war angenehm kühl in dem großen Raum, obwohl eines der Fenster geöffnet war und die heiße Luft des Tages einließ. Die Brandung toste gegen die Klippen unterhalb des Forts, und Sinao erhaschte einen Blick durch das Fenster auf das Lager, das um diese Zeit beinahe komplett verlassen sein würde. Aus der Entfernung sah es fast wie ein einfaches Dorf der Paranao aus: Das Sonnenlicht ließ das Braun weniger schmutzig, die Hütten weniger armselig wirken.

»Du bist ganz sicher, Sin?«, unterbrach Tangye ihre Gedanken.

»Ja.«

»Gut.« Er seufzte und erhob sich schwerfällig aus seinem Stuhl. »Geh zurück an deine Arbeit. Ach, noch etwas: Bald werden Schiffe einlaufen. Die werden Vorräte brauchen. Bereite alles vor.«

»Schiffe, Herr? Wie viele?«

»Drei.«

Sein Tonfall machte deutlich, dass er mit ihr fertig war. Ohne zu antworten, verließ Sinao sein Zimmer. Dass Tangye vorab von Schiffen wusste, geschah nicht häufig, und drei auf einmal hatte Sinao noch nie erlebt. In Gedanken versunken kehrte sie in die Küche zurück. Es war ungewöhnlich, mitten während der Arbeitszeit zu Tangye gerufen zu werden, und natürlich hatte sie sich gesorgt. In den Geschichten der Sklaven nahmen Tangyes Fähigkeiten inzwischen mystische Ausmaße an: sein Wissen um jeden Sklaven, seine Nase für Lug und Betrug, sein lautloser Schritt und die unheimliche Begabung, stets zur richtigen Zeit am richtigen Ort zu sein, um einen Sklaven bei einem Fehler oder einer Missetat zu überraschen.

Doch Sinao blickte hinter die Geschichten, die Legenden und die Angst, und dort sah sie nur eine älter werdende Blassnase, die grausam und brutal war, einen Mann, der zu viel trank und seinen unkontrollierten Zorn dann willkürlich an ihnen ausließ, aber keineswegs übernatürlich begabt war. Der Aufseher war gerissen, das musste sie ihm zugestehen, und er verstand es, Angst zu verbreiten, bis keiner ihm mehr widersprach. Aber die Macht dazu kam nicht aus ihm selbst, sondern wurde ihm von den Soldaten und Kanonen verliehen.

Als sie die Küche betrat, sah sie die fragenden Blicke der anderen Sklaven. Auch ihnen stand die Sorge ins Gesicht geschrieben – ein Fehler eines anderen Sklaven mochte auch für sie furchtbare Folgen haben.

»Nur eine kurze Überprüfung der Aufzeichnungen«, beruhigte Sinao sie, bevor sie sich wieder daranmachte, halb verfaulte Manioks für die Suppe zu zerschneiden.

Der Vorfall erschien ihr nicht mehr wichtig, und schon bald beschäftigten sich ihre Gedanken wieder mit Majagua und der Planung ihrer Flucht. Beides ging ihr seit Tagen nicht mehr aus dem Kopf.

Die Sonne hing schon tief über dem Horizont, und die Schatten wurden lang, als die Wachen die ausgewählten Küchensklaven in das Lager hineinließen. Als wäre alles wie immer, legte Sinao die Decke aus und bereitete die Essensausgabe vor. Sie freute sich auf Majagua, so sehr, dass ihre Wangen sich heiß und ihre Knie sich zittrig anfühlten. Doch dann bemerkte sie Brizulas furchtsamen Blick zum Tor und drehte sich langsam um.

Ein ganzer Trupp Soldaten und Aufseher kam in das Lager. Die Soldaten trugen ihre Musketen auf der Schulter und gingen in Zweierreihen nebeneinander. Vor ihnen her lief Tangye mit seinen Untergebenen, den Hut tief ins Gesicht gezogen, sodass der Ausdruck darauf nicht zu erkennen war. Die furchtbare Lederpeitsche lag aufgerollt in seiner Hand. Die Schatten der Männer fielen auf Sinao, bevor sie selbst die Mitte des Lagers erreichten. Ohne ein Kommando fächerten sich die Soldaten auf und bildeten einen Halbkreis um die inzwischen zur Essensausgabe versammelten Sklaven, während die Aufseher in einem Pulk stehen blieben.

Nur Tangye trat vor, kam langsam auf Sinao zu. Lässig schlug er die Peitsche gegen seine Hüfte. Das lange, genähte Stück Leder konnte Kleidung zerfetzen, Haut aufreißen, sich schmerzhaft um den ganzen Körper wickeln. Wie gebannt starrte Sinao auf dieses Instrument des Leidens, als wäre es eine giftige Schlange, die langsam auf sie zukroch.

»Sin, übersetz für mich«, sagte Tangye ruhig, und Sinao konnte nicht mehr tun, als zu nicken.

»Mangelnder Respekt wird nicht geduldet«, erklärte Tangye. Es kostete Sinao einige Mühe, diese Worte zu übersetzen, doch sie benutzte das Bild der verehrten Ahnen dafür.

»Mir ist aufgefallen, dass dieses Lager mehr und mehr Nahrung verschlingt, obwohl die Anzahl eurer Köpfe nicht zugenommen hat!«

Während sie nach den Worten suchte, wurde Sinao in rascher Folge heiß und kalt. *Die Listen,* erkannte sie, *er spricht von den Vorratslisten!*

»Es bleibt nur ein möglicher Schluss: Es sind Diebe unter euch! Gemeine, feige Diebe, die euch allen die Nahrung stehlen. Sie spucken euch ins Gesicht und lachen über euch!«

Allen Sklaven war bewusst, womit diese Ansprache enden musste. Nervöse Blicke wurden ausgetauscht, immer wieder sahen sie zu den Soldaten mit ihren Gewehren. Ihre Furcht war fast greifbar, und auch Sinaos Herz wurde schwach. Das Gefühl der Überlegenheit war verflogen, und in die zurückgelassene Leere drang nun Panik ein, machte sich kalt schwitzend Platz in ihrem Geist, bis ihre Gedanken langsam und unzusammenhängend wurden, wie Wolkenfetzen an einem stürmischen Himmel.

»Ich werde nichts dergleichen dulden! Wir werden die Diebe finden, und wir werden sie bestrafen! Nur wenn sie jetzt vortreten, werde ich mich gnädig zeigen!«

Niemand bewegte sich, kaum einer wagte zu atmen. Gnade mochte ein schneller Tod sein oder ein hohles Versprechen. *Wer hat Nahrung gestohlen?*, überlegte Sinao, doch sie wusste die Antwort nicht. Nur die Küchensklaven hatten Zugriff auf die Vorräte. Diese Erkenntnis ließ sie schlucken. *Eine von uns? Ahnen, helft uns! Niemand aus dem Lager kommt an die Vorräte heran, es muss eine von uns gewesen sein!*

Sie wagte nicht aufzusehen, aus Angst, dass Tangye die Schuld in ihrem Blick bemerken würde. Jetzt war er wieder der Mann der geflüsterten Geschichten, der gesenkten Häupter, der Angst und der Schmerzen. Tangye, der Herr über Leben und Tod.

»Niemand? Wie ihr wollt. Morgen früh komme ich wieder. Wenn sich dann niemand freiwillig stellt, lasse ich fünf von euch erschießen. Und abends werde ich wieder hier sein und die gleiche Frage stellen. So lange, bis ihr mir die Diebe übergebt!«

Als er das sagte, legten die Soldaten ihre Gewehre an und zielten auf die Menge der Sklaven. Einige von ihnen fielen auf die Knie, andere begannen zu weinen. Auch Sinao zitterte am ganzen Leib, als sie in die Mündungen der Feuerwaffen blickte. *Nein, bitte nicht. Wir wollten fliehen. Wir müssen von hier fort. Bitte nicht.*

Vielleicht hatten die Ahnen ihr Flehen erhört, vielleicht wollte Tangye ihnen nur drohen; die Soldaten jedenfalls schossen nicht. Stattdessen trat der Aufseher zu dem Kessel mit dem Eintopf und kippte ihn um. Das Essen lief heraus und troff auf die staubige Erde. Dann stellte Tangye den halb geleerten Metallkessel wieder auf.

»Ab heute halbe Rationen! Bis die Diebe bestraft sind! Es ist ihre Schuld, dass ihr hungern müsst!«

Sinaos Stimme flatterte, wurde hoch und schrill und fiel wieder in ihre gewohnte Tonlage zurück, als sie diese Worte übersetzte, doch Tangye hörte sie schon nicht mehr. Er schritt entschlossen aus dem Lager, gefolgt von den Soldaten und Aufsehern, und ließ die Sklaven hilflos und eingeschüchtert zurück. Obwohl er fort war, konnte Sinao sich nicht bewegen, keinen Schritt tun, nicht einmal einen Finger krümmen. Es war Majagua, der sie aus ihrer Starre riss.

»Verteilt das Essen«, flüsterte er eindringlich. »Gehorcht. Macht sie nicht noch wütender.«

Sinao nickte, denn er hatte recht. Gewalt lag in der Luft, und schon der geringste Anlass mochte den Blassnasen als Vorwand dienen, damit sich ihre Wut an ihnen entlud.

Sie ging zu den anderen Küchensklaven. Brizula stellte sich dicht neben sie und flüsterte: »Was hast du ihm erzählt?«

»Nichts«, erwiderte Sinao heftig. »Er hat mich gefragt, ob die Listen richtig sind, und ich habe Ja gesagt. Sie stimmen, da bin ich sicher!«

»Wer soll denn Essen klauen? Und wie? Die Sachen sind doch alle im Vorratskeller im Fort.«

»Tangye hat nicht zu Ende gedacht«, vermutete die junge Sklavin. »Nur wir kommen an das Essen …«

Ihre Worte verklangen, und Brizulas Augen weiteten sich.

Die ältere Frau hielt die Hand vor den Mund und schüttelte entsetzt den Kopf: »Nein. Nein. Nein.«

»Sei ruhig. Benimm dich ganz normal. Uns fällt schon was ein.«

»Uns? Was meinst du mit *uns*?«, fragte Brizula aufgeregt. »Was hast du getan, Sin? Hast du Essen gestohlen?«

»Nein, das habe ich nicht. Wie kommst du darauf?«

»Für den Jungen. Du hast für den Jungen gestohlen, und jetzt wird Tangye uns alle umbringen.«

»Ich habe nichts gestohlen«, entgegnete Sinao fest. »Und Tangye wird uns schon nicht alle umbringen. Wer sollte dann in den Minen und auf den Feldern arbeiten? Er wird irgendjemanden zum Dieb erklären und den dann umbringen. Also sei ruhig, benimm dich normal und lass mich nachdenken!«

Noch während sie sprach, sah sie, wie ihre Worte Wirkung zeigten. Die ältere Frau kniff die Augen zusammen und funkelte sie wütend an. Offenbar war sie beleidigt, denn sie wandte sich mit einem Schnauben ab und begab sich an die Arbeit.

Auch wenn sie die Schärfe ihres Tonfalls bereute, war Sinao froh, ein wenig Zeit gewonnen zu haben. Vorsichtig guckte sie sich um, während sie die ersten Brote verteilte. Das Tor war wieder geschlossen, und von Tangye und seinen Untergebenen war nichts zu sehen oder zu hören.

»Übernimm hier«, bat sie Bebe und drängte sich durch die Gruppe der Sklaven, die für ihr Essen anstanden. Es dauerte nicht lange, bis sie Majagua gefunden hatte, der in einer Hütte inmitten einer Gruppe von Männern saß, die alle mindestens doppelt so alt waren wie er. Sie berieten sich mit leisen, gedämpften Stimme. Schnell huschte sie hinein und hockte sich dazu.

»Was soll das?«, herrschte sie einer an, ein jüngerer Mann mit breiter Brust und großen Händen, dessen Hautbilder verrieten, dass er bei den Seinen ein Krieger war. »Siehst du nicht, dass die Männer sich hier besprechen?«

»Doch, das sehe ich«, erwiderte sie ruhig. »Deshalb bin ich hier.«

»Geh zurück an deine Arbeit. Wir müssen über Tangyes Worte reden und darüber, was sie bedeuten. Dabei können wir keine Weiber gebrauchen.«

Sinao schluckte. Zorn erfüllte sie so plötzlich und so heftig, dass sie glaubte, daran ersticken zu müssen. *Küchensklaven gegen Lagersklaven, Feldsklaven gegen Minensklaven, Männer gegen Frauen, Alte gegen Junge. Und morgen erschießt Tangye fünf, und ihm ist es egal, ob Lager- oder Küchensklave, ob alt, jung, Mann oder Frau.*

»Ich kann euch helfen. Ich weiß mehr über die Soldaten als ihr. Ich kann sie beobachten.«

»Was soll uns das nutzen? Morgen wird Tangye kommen. Wer auch immer gestohlen hat, wird es nicht zugeben. Aber das stört Tangye nicht. Also müssen wir etwas tun.«

Diese letzten Worte waren nicht mehr an sie gerichtet. Der Krieger sah sich in der Runde um.

»Und was soll das sein, was ihr tut?«

Jetzt zuckte sein Blick zu ihr zurück.

»Geh, Weib!«

»Nein! Und wenn du jetzt nicht davon aufhörst, dann schreie ich, bis die Wachen kommen!«

Seine Miene erstarrte, und einige der anderen atmeten scharf ein. Bevor er antworten konnte, sprang ihr Majagua zur Seite: »Sie hat recht; sie weiß mehr über die Soldaten als wir. Und sie ist unsere Verbindung zu den Sklaven im Fort. Es ist besser, wenn sie dabei ist und alles hört. Dann können wir uns besser absprechen.«

Einen Herzschlag lang schwieg der Krieger, dann hob er die Hände und lachte: »*Siani Wu'a*!«

Äußerlich ließ sich Sinao nichts anmerken, aber sie verspürte eine grimmige Befriedigung. *Dir werde ich zeigen, wer eine unverheiratete, naive Frau ist. Einer von uns beiden hat nachgegeben, und ich war es nicht!*

Aber sie sah Majaguas warnenden Blick und schwieg. Der junge Mann blickte den Krieger an: »Was müssen wir tun?«

»Wir suchen fünf aus. Oder nur vier. Alte, Kranke, Sterbende. Und geben sie Tangye.«

Niemand sprach; keiner stimmte zu, aber es entrüstete sich auch niemand über den Vorschlag. *So sind wir geworden. Morgen opfern wir Tangye, opfern unsere Schwachen unserem Gott!*

»Nein«, sagte Majagua laut und schüttelte den Kopf. »Nein.«

»Was soll das? Hast du Tangye nicht gehört? Er wird fünf von uns töten, er wird wieder töten und wieder. Bis er hat, was er will. Wir geben ihm vier oder drei, und alle anderen leben weiter.«

»Nein.«

»Du bist verrückt, *Guaili.*«

»Ich bin kein kleiner Junge mehr, Bara, wir sitzen hier im Kreis der Krieger. Und ich bin nicht verrückt. Wenn wir ihm fünf geben oder vier oder drei, die unschuldig sind, dann können wir ihm auch alle geben. Ich mache das nicht mit.«

»Na und? Wen interessiert das, Guaili? Du machst nur Ärger! Wir haben schon vor deiner Ankunft unsere Probleme auf unsere Art gelöst. Wir brauchen deine Zustimmung nicht! Nicht wahr?«

Er schaute sich auffordernd in der Runde um, als wolle er Beifall heischen. Einige schlugen die Augen nieder, ein Krieger indes, der ebenso muskulös war wie Bara, blickte nicht fort. Er sah krank aus mit seinem grauen Gesicht, doch Sinao konnte die Stärke in seinen Augen erkennen.

»Der Junge hat recht, Bara. Wir können das nicht tun. Wir können nicht andere bestimmen, die ihr Leben für unseres geben müssen.«

Ein Hustenanfall schüttelte ihn, doch er wischte sich den Speichel von den Lippen und ließ seinen Blick kreisen.

»Wir geben Tangye nicht, was er will.«

Zustimmendes Murmeln ertönte hier und da, und es widersprach keiner, und so erhob sich Sinao, deren Kopf sich ganz leicht anfühlte. *Fünf pro Tag. Dann ist das Lager leer, bevor der Mond zweimal wieder voll am Himmel stand.* Keiner guckte sie an, nicht einmal Majagua, der den Kopf erhoben hatte und in die Ferne schaute. Die Schwere der Entscheidung legte sich ihnen allen drückend auf den Geist; sie hing in der Luft und nahm ihnen die Luft zum Sprechen. Schweigend folgten sie Sinao hinaus auf den schattigen Platz, wo noch immer das Essen ausgeteilt wurde.

ROXANE

War der kühle Stil des Marinehauptquartiers bereits beeindruckend gewesen, erschlug die festlich geschmückte Villa des Gouverneurs Roxane geradezu mit ihren Lichtern, Blumengestecken, Statuen, livrierten Bediensteten, den Besucherinnen und Besuchern in erlesener Abendgarderobe und Uniformen, die alle zum Eingang strebten. In ihrer eigenen, nicht besonders teuren Ausgehuniform fühlte sich Roxane den abschätzigen Blicken sämtlicher Gäste ausgesetzt – sogar noch bevor sie gemeinsam mit den anderen Offizieren der *Mantikor* aus der Droschke stieg; nur Frewelling war als Wachhabender an Bord geblieben, ein Dienst, um den Roxane ihn beneidete. Sofort eilten Diener zu ihnen, um ihnen eine Hand zu reichen und ihnen Mäntel und Umhänge abzunehmen, was Harfell ein verächtliches Seufzen entlockte. Unsicher stakste Roxane hinter dem Kapitän her.

Bunte, tanzende Lichter verzierten die Fassade des Hauses; offenbar hatte der Gouverneur keine Kosten und Mühen – vor allem nicht die Mühen anderer – gescheut und hatte Maestre angeheuert, um diese spektakulären Effekte zu erzeugen. Zwar brannten auch einige ganz gewöhnliche Fackeln im Hof und auf dem Weg, der durch den Park zum Haupthaus führte, doch die ihre Farben ständig wechselnden Lichter am Haus selbst waren eindeutig Erzeugnisse des Arsanums.

Wie von unsichtbaren Fäden gezogen, folgte die junge Offizierin ihrer kleinen Gruppe zum Eingang. Leise Musik ertönte aus dem Inneren des Gebäudes, übertönt vom Rauschen der zahlreichen Gespräche. Innerhalb kürzester Zeit wurde Roxane an einem Spalier wartender Würdenträger vorbeigelotst. Sie war froh, dass sie wenig mehr tun konnte, als sich zu verbeugen, zu salutieren und immer wieder »eine Ehre« und »eine Freude« zu murmeln. *Gibt es irgendjemanden, der sich so schnell Namen und Gesichter merken kann?*, dachte sie verzweifelt.

Endlich erreichten sie den Saal des Gebäudes, der schon bis zum Bersten mit Gästen gefüllt war. Auf einem kleinen Podium saßen drei Musiker mit Violine, Cello und Laute und spielten dezent ein ruhiges Stück, während sich die Menge nach einem für Roxane undurchschaubaren Muster bewegte. Es hatten sich bereits jetzt Grüppchen gebildet, deren Zusammensetzung einer in diesen Belangen erfahrenen Person sicherlich interessante Aufschlüsse geboten hätte, aber die junge Offizierin sah nur elegante Roben, Uniformen, schwarze Anzüge und die goldenen Livreen der Dienerschaft.

»Ich hoffe, dass es ein Souper geben wird«, flüsterte Hugham lächelnd. »So gut werden wir monatelang nicht mehr essen. Es sei denn …«

Sie ließ ihre Worte verklingen, bis Roxane sie fragend ansah: »Was?«

»Es sei denn, in einem unserer Butterfässchen hat sich eine Maus versteckt!«, schloss die Offizierin, während Roxane sie wütend anfunkelte.

»Wagen Sie es nicht, diese Geschichte heute Abend aufs Tapet zu bringen, Thay«, zischte sie, aber da ertönte schon ein heller Gong, und eine große Flügeltür wurde geöffnet. Dahinter lag ein langer Saal, in dem an zwei parallelen Tischreihen alles für ein reichhaltiges Mahl gedeckt war. Kerzen erhellten die Tische, ihr Glanz spiegelte sich im Silber der Servierteller und dem Weiß des edlen Porzellans.

»Los geht's!«, freute sich Hugham und folgte Kapitän Harfell in den Speisesaal. Zu Roxanes Entsetzen waren ihnen keine gemeinsamen Plätze zugewiesen worden, sondern sie saßen zwischen anderen Gästen, die ihrer Kleidung nach keine Angehörigen der Marine waren. Wohl dem Protokoll folgend, hatte man Herren und Damen abwechselnd gesetzt.

Die junge Offizierin riss sich zusammen und lächelte höflich, während man sie ihren Tischherrn zur Rechten und zur Linken vorstellte. In dieser Situation erwies sich Harfell als überraschend hilfreich, denn er übernahm die Vorstellung seiner Offiziere und schien geübt darin, die höflichen Floskeln zu verwenden, die Roxane nur schwer über die Lippen kamen. Tatsächlich gelang es dem Kapitän, die Tischnachbarn in ein Gespräch über die Handelsbeziehungen zu den Mauresken Städten zu verwickeln, zu dem Roxane dann und wann einen kleinen Einwurf beisteuerte, ohne sich jedoch aufzudrängen. Innerlich war sie über die Verwandlung des Kapitäns erstaunt, der vortrefflich parlierte und die Anwesenden immer wieder mit kleinen Anekdoten aus seinem reichhaltigen Erfahrungsschatz als Offizier erheiterte. Fragend blickte sie zu Hugham hinüber, die nur die Augenbrauen hob. Kaum waren die letzten Toasts auf die Krone ausgebracht, wurde der erste Gang auch schon serviert.

Während des mehrstündigen Essens sprach Roxane nur wenig, genoss die erlesene Auswahl an Weinen und Wildbret, die köstliche Schildkrötensuppe, die vielen vortrefflichen Meeresfrüchte, für welche die Sturmwelt bekannt war, und zu guter Letzt eine ganze Reihe von Desserts, die durch aufwendige Magie gekühlt worden waren. Karamellcreme, verschiedene Puddings und ein géronaisches Schokoladendessert, dessen Namen sie nicht kannte, das aber wahrhaft die

Krönung des Mahls war. Neben sich sah sie, wie Hugham unauffällig zwei Knöpfe ihrer Uniform lockerte, und auch sie fühlte sich so satt wie schon lange nicht mehr.

Als der Gouverneur, ein rotwangiger, jovialer Mann, der offensichtlich nur allzu gern dem guten Essen zusprach, sich erhob, folgten ihm seine Gäste in den Ballsaal, wo auch eine Reihe von Digestifs auf sie warteten. Unauffällig entkam Roxane ihren Tischnachbarn sowie Kapitän Harfell.

»Ein Glück, dass es vorbei ist«, flüsterte Hugham und nahm einen Schluck Mirabellenbrand. »Noch ein Bissen, und ich hätte mich nicht mehr erheben können.«

»Aye«, pflichtete Roxane ihr bei. Obwohl sie an Alkohol an Bord gewöhnt war, spürte sie die ersten Auswirkungen der erlesenen Spirituosen und warf einen sehnsüchtigen Blick zu den großen Glastüren, die hinaus in den Garten führten. *Ein wenig frische Luft wäre wunderbar.*

Die Kapelle spielte wieder auf, und der Gouverneur führte seine Gattin, die ihm in Hinblick auf den Leibesumfang in nichts nachstand, auf das Tanzparkett. Noch ein Grund mehr für Roxane, den Raum schnellstens zu verlassen, da sie ihren Füßen schon in den besten Zeiten beim Tanzen argwöhnisch gegenüberstand. Also murmelte sie eine Entschuldigung und bahnte sich zielstrebig einen Weg durch die Menge. In dem Ballsaal war es durch die Kerzen und die vielen Menschen sehr warm geworden, sodass selbst eine feuchtwarme Sturmweltnacht ein wenig Abkühlung bieten mochte.

Kurz bevor sie jedoch die Tür erreichte, erklang an ihrer Seite eine tiefe Stimme: »Darf ich Euch meinen Arm anbieten, Mesára, wenn Ihr die Nacht ein wenig zu genießen wünscht?«

Überrascht drehte sie sich um und erblickte einen hochgewachsenen, noch jungen Mann, dessen langes, schwarzes Haar zu einem Zopf nach hinten gebunden war. Er trug für den Anlass eher ungewöhnliche Kleidung: einen dunkelroten Uniformrock mit langen Schößen, der mit schwarzen Litzen verziert war. Auffallender noch als seine Kleidung, die Roxane nicht zuordnen konnte, war jedoch die kleine, goldgelbe Echse, die auf seiner Schulter saß und sie mit einer beunruhigenden Intensität aus ihren goldenen Augen anstarrte. Es dauerte einen Moment, bis die junge Offizierin den Mann wiedererkannte: »Sie!«

Mit einem Lächeln verneigte er sich tief und antwortete: »Ich.«

Verwirrt blickte Roxane sich um, da sie unvermittelt einen schlechten Scherz vermutete. Doch niemand nahm von ihnen Notiz. Ihr Gegenüber hatte sich wieder aufgerichtet und bot ihr tatsächlich seinen Arm an. In seinen dunklen Augen funkelte Spott. »Wenn Ihr gestattet? In diesen Kreisen gehen die meisten Damen nicht allein hinaus.«

»Ich gehöre aber nicht zu diesen Kreisen«, widersprach sie.

»Ebenso wenig wie ich, Meséra. Dennoch: Wer mit den Wölfen läuft, sollte auch mit ihnen heulen. Sagt man nicht so?«

Kopfschüttelnd hakte sie sich bei ihm ein. Noch immer nahm die Kreatur auf seiner Schulter den Blick nicht von ihr. Vorsichtig sah die junge Offizierin das Tier genauer an. Bis auf die Bewegung des Kopfes, um sie im Blick zu behalten, schien das Wesen so bewegungslos wie eine Statue zu sein.

»Sie haben da ein seltsames Schmuckstück«, stellte Roxane amüsiert fest, als das Wesen keinerlei Anstalten machte, ungewöhnliche Dinge zu tun.

»Man hat mir versichert, an den Höfen Corbanes sei es der allerletzte Schrei. Aber ich gebe nicht sehr viel auf solches Gerede. Sinosh ist mir zugelaufen.«

»Sinosh? Wie die heraldische Farbe?«

Diesmal warf er ihr einen überraschten Blick zu. »Korrekt. Ihr seid in der Heraldik bewandert?«

»Nein, nicht wirklich. Ich muss den Ausdruck einmal irgendwo gehört haben. Es ist ein Goldton, nicht wahr?«

»Ja. Ein Gold, das nur in den Wappen der höchsten hiscadischen Kreise verwendet werden darf. Als es noch einen König gab, durfte nur er diese Ehre verleihen.«

»Es gibt noch einen König in Hiscadi«, entgegnete Roxane, was ihn erneut auflachen ließ.

»Einen Cousin von Sugérand, dem fünfzehnten seiner Linie, würde ich kaum als König von Hiscadi bezeichnen. Eher als Verwalter für seinen ruhmesdurstigen Verwandten.«

Gemeinsam gingen sie hinaus auf die Terrasse der Villa. Der Anblick war atemberaubend. Der Park war mit Palmen bewachsen, die in einer sachten Brise, die vom Meer herauftrieb, sanft rauschten. Auch hier spielten magische Lichter, ließen die Statuen in buntem Licht erstrahlen und färbten das Wasser des kleinen Teiches ein. Das Schauspiel war faszinierend, doch Roxane sehnte sich nach ein wenig Ruhe und führte ihren Begleiter auf den gepflegten Rasen. Vor dem unsteten Licht wirkte sein Profil düster. Seine hiscadische Herkunft war nicht zu leugnen; die dunklere Haut, das schwarze Haar, die Augen mit dem eindringlichen Blick. Hohe Wangenknochen und volle Lippen, die nun wieder leicht versonnen lächelten. *Er ist ein gut aussehender Bastard,* dachte sie. *Und ich würde meine komplette Heuer darauf verwetten, dass er das ganz genau weiß.*

»Sie haben mich belogen«, stellte sie gespielt vorwurfsvoll fest. »Im Hinblick auf Ihren Status und Ihre Herkunft. Vermutlich heißen Sie nicht einmal Jaquento!«

»Ich, Meséra? Ihr tut mir Unrecht. Mein Name ist in der Tat Jaquento, und es freut mich über alle Maßen, dass er Euch im Gedächtnis geblieben ist. Vielleicht habe ich meine Rolle auf der *Windreiter* ein wenig heruntergespielt. Nur ein Narr würde sich vor einer so klugen Frau unnötig brüsten, und ich würde niemals eine solch bezaubernde Frau anlügen!«

»Weniger bezaubernde Frauen aber schon?«, fragte sie mit gespieltem Zorn, denn eigentlich musste sie sich bei seinen Worten ein Lachen verkneifen. Obwohl er ein Hiscadi war und damit ein potenzieller Feind, fühlte sie sich an seiner Seite wohl. Sein Griff war angenehm fest, und sie genoss die Berührung seines Arms.

»Ihr dreht mir die Worte im Mund herum, Meséra«, protestierte er. »Es ist allgemein nicht meine Gewohnheit, zu lügen.«

»Damit stehen wir vor einem geradezu klassischen Problem, nicht wahr? Sind alle Hiscadi Lügner?«

Darauf schwieg er, und für einen Moment glaubte sie, dass sie zu weit gegangen war und ihn verärgert hatte. Doch dann grinste er frech.

»Es waren Carleten, die möglicherweise, oder auch nicht, alle Lügner waren, wie es der Philosoph Endemus von dieser hübschen kleinen Insel postuliert hat. Wir Hiscadi hingegen stehen unter keinem solchen Verdacht.«

»Oh, Sie sind ein gebildeter Mann? Vor genau solchen hat mich mein Vater stets gewarnt. *Männer fallen durch das, was sie sehen, Frauen jedoch durch das, was sie hören,* hat er stets gesagt.«

»Ihr erscheint mir nicht wie eine Frau, die sich vor irgendetwas fürchten müsste, Meséra. Diese Uniform und der Säbel an Eurer Seite sprechen eine deutliche Sprache. Man versicherte mir, dass die Königlich-Thaynrische Marine sich recht gut zu schützen weiß.«

»Wohl wahr. Auch wenn einen niemand auf gesellschaftliche Anlässe wie diesen vorbereitet«, erwiderte Roxane schmunzelnd.

»Ein Provinzfest, dessen Regeln und Gebote von geradezu

lächerlich geringer Zahl sind? Kleidungsregeln, die sich ein jeder merken kann und die noch dazu von jedem neureichen Tölpel gebrochen werden? Nahezu unbeschränktes Geplauder über dies und jenes?

Ihr solltet einmal in meiner Heimat bei Hofe sein, Meséra, danach würde Euch ein solcher Empfang hier wie eine leicht umschiffbare Klippe erscheinen.«

Lächelnd sah sie ihn an. »So, so. Ich nehme an, Sie haben Erfahrungen mit königlichen Festivitäten?«

Er antwortete nicht, und seine Miene wirkte plötzlich verschlossen.

Schweigend gingen sie ein Stück weiter in den Garten. Galant hielt Jaquento ihre Hand, als sie einige Stufen hinabstiegen, um in einen tiefer gelegenen Teil der Anlagen zu gelangen. Roxane musste kichern. *Vielleicht sollte ich noch meine Hose raffen, als ob sie ein Ballkleid wäre,* schoss es ihr durch den Kopf.

Hier wurden die Musik und die Gespräche des Festes von den Geräuschen der tropischen Nacht und dem Rauschen des Meeres überdeckt. Über ihnen ertönte ein lauter, schriller Vogelruf, und Roxane hob überrascht den Kopf.

»Seid Ihr zum ersten Mal in der Sturmwelt?«, fragte Jaquento leise. Während sie sich auf eine hölzerne Bank setzte, nickte sie: »Ja. Meine erste Fahrt in diesen Gewässern. Und Sie?«

»Ebenfalls, Meséra. Die Winde haben mich hierhin getrieben, und ich bin geneigt, hierzubleiben.«

»Haben Sie denn keine Verpflichtungen in Hiscadi, dass Sie so einfach Ihren Launen folgen können?«

Er hob die Augenbrauen spöttisch in die Höhe: »So etwas wie einen Uniformrock und einen Offizier, vor dem ich den ganzen Tag katzbuckeln müsste? Nein, wohl nicht.«

Roxane fühlte sich durch seine Erwiderung verärgert. »So etwas würde ein Thaynric und Ehrenmann niemals denken«, erklärte sie würdevoll.

»Dann ist es wohl gut, dass ich keines von beidem bin«, entgegnete er trocken, und seltsamerweise verzieh sie ihm sofort. »Kein Ehrenmann? Und das, obwohl Sie schutzlose Damen unter Gefahr für Leib und Leben durch gefährliche Parks geleiten?«

Auch er lächelte wieder. »Spottet nur, Meséra. Leider ist ja gerade kein gefährliches Biest da, das ich für Euch erschlagen könnte. Aber es gibt in der Sturmwelt genug davon, das könnt Ihr mir glauben.«

»Es ist eine faszinierende Gegend«, stimmte sie ihm zu. Der Wein ließ ihren Geist angenehm leicht werden, und ein sanfter Wind strich kühlend über ihre Haut. Am Firmament standen unzählige Sterne, und vor ihrem inneren Auge formten sie all die berühmten Figuren, die man in ihnen erkennen konnte.

»Und ein faszinierender Abend«, riss er sie aus den Gedanken. Sein Gesicht lag im Schatten der Palmen, nur seine Augen waren zu sehen, dunkel und auf eine beunruhigende Art geheimnisvoll.

»Ist das so?«, fragte sie mit rauer Stimme, die sie selbst erstaunte. Als er sich ein wenig vorlehnte, zogen sich die Schatten aus seinem Gesicht zurück, umspielten nur noch seine markanten Wangen und seine Brauen. Er blickte ihr direkt in die Augen, und es war, als würde er sie verhexen. Von einem Moment auf den anderen stieg Verlangen in ihr auf, der Wunsch, ihn zu berühren, seine Haut zu streicheln. Aus dem Spiel ihrer Worte war Ernst geworden, aus einem harmlosen Geplänkel ein Augenblick von überwältigender Macht. Sie wusste, dass ihr Verhalten in keiner Hinsicht richtig war, aber zur Hölle mit den Ratschlägen ihres Vaters, dem Kodex der Marine und dem verfluchten Kapitän Harfell – es war sehr lange her, dass sie geküsst worden war.

»Ja«, hauchte er, dann spürte sie seine Lippen auf den ihren, warm und unwiderstehlich. Der Moment war kostbar, sein leichter Atem auf ihrer Haut, ihr Kuss, von dem sie nicht sagen konnte, wer ihn begonnen hatte. Von einer plötzlichen Verzweiflung erfasst, presste sie ihre Lippen auf die seinen. Sie spürte den Augenblick vergehen und wollte ihn nicht verstreichen lassen. Die Konsequenzen waren ihr egal, und ihre Hände wanderten über seine Schultern, seinen Hals, strichen über sein Haar. Als sie seine Berührung an ihrer Seite spürte, den festen Griff, stöhnte sie leise. Mit zittrigen Fingern begann sie, ihren Uniformrock aufzuknöpfen. Seine Hand glitt über ihr Bein und sandte Flammenstöße ihren Rücken hinauf. Alle Zweifel waren nun aus ihrem Geist verbannt, sie dachte nichts und wollte nichts, außer ihn zu spüren.

»Leutnant?«, rief jemand ein Stück entfernt und riss sie schmerzhaft in die Wirklichkeit zurück. Sie zuckte zusammen, und auch Jaquento guckte sich wild um. Sein Atem ging ebenso schwer wie der ihre, und sie sah das Verlangen in seinen Augen, doch ein erneuter, näherer Ruf verbot jeden weiteren Gedanken daran. Hastig sprang sie auf und nestelte an den Knöpfen ihrer Kleidung. Ein Blick zu Jaquento zeigte ihr, dass er sich ebenfalls erhoben hatte und sein Haar richtete. Von der Echse war nichts zu sehen; Roxane hatte vorher kaum einen Gedanken an sie verschwendet, und nun war sie verschwunden.

»Leutnant?«, ertönte es nah, und jetzt erkannte die junge Offizierin Hughams Stimme.

»Ja«, antwortete sie und schloss den letzten Knopf, gerade als Hugham einen Baum umrundete und ins Sichtfeld trat.

»Der Kapitän schickt mich, ich soll mich nach Ihrem Befinden erkundigen«, erläuterte Hugham und blickte von Roxane zu Jaquento. »Verzeihung, wir wurden einander noch nicht vorgestellt.«

»Leutnant Hugham, das ist Jaquento«, erklärte Roxane hastig. »… Jaquento«, wiederholte sie lahm, als sie bemerkte, dass sie seinen Nachnamen nicht kannte.

»Jaquento? Es ist mir eine Ehre.«

In ihren Augen meinte Roxane Erkenntnis zu sehen. Sie spürte die Schamesröte auf ihren eigenen Wangen; fühlte, dass sie schuldbewusst wie ein Schulmädchen zu Boden blickte, ohne etwas dagegen tun zu können. *Sie muss es wissen. Bei der Einheit, was habe ich getan?*

»Und?«, fragte Hugham, was Roxane blinzeln ließ. *Sie wird mich bloßstellen, sie wird mich zwingen, alles zu berichten. Ein Techtelmechtel im Garten des Gouverneurs mit einem Fremden, der möglicherweise im Dienst einer feindlichen Nation steht! Das könnte glatt in einem der Fünf-Shilling-Romane stehen, die in Corbane so hoch im Kurs stehen,* dachte sie zynisch und fluchte innerlich über ihre Naivität. Dann jedoch durchfuhr sie ein Schreck: *Was, wenn er tatsächlich anderen Mächten dient? Dann komme ich wegen Hochverrats vor ein Kriegsgericht!*

»Was und?«, fragte sie mit tonloser Stimme.

»Ihr Befinden, Thay? Geht es Ihnen gut?«

»Bestens, danke der Nachfrage. Wir haben nur ein wenig die Nachtluft genossen. Es war … sehr stickig im Saal.«

»Allerdings«, stimmte ihr Hugham zu, aber Roxane glaubte, die berechtigte Skepsis in ihrem Blick zu sehen. »Sollen wir dennoch wieder hineingehen?«

»Natürlich. Sie entschuldigen uns, Jaquento?«

Ohne etwas zu sagen, verneigte sich der Hiscadi elegant. Sie konnte seine Miene nicht lesen, da er im Schatten stand. Aber als sie sich umdrehte, glaubte sie, seine dunklen Augen auf sich ruhen zu spüren. Ihr war heiß, und sie zitterte am ganzen Leib. Von unten drang das beruhigende Rauschen der

See zu ihnen herauf, und sie sehnte sich plötzlich nach dem Meer, wollte alles, die Villa und den Empfang, einfach nur hinter sich lassen.

»Vielleicht ist mir doch nicht ganz wohl«, stellte sie fest. »Können wir zu der Kutsche gehen, damit ich auf das Schiff zurückkehren kann?«

»Natürlich, Thay. Ich werde es dem Kapitän melden.«

»Danke«, erwiderte Roxane aufrichtig. Ihre Gedanken flogen umher wie eingesperrte Vögel, und sie konnte keinen von ihnen klar fassen. In ihr stritten Erleichterung und Enttäuschung, und alles, was sie spürte, waren Jaquentos Lippen, die weich und zärtlich ihre eigenen berührten.

FRANIGO

Gedämpftes Murmeln war überall im Saal zu vernehmen. Die Lichtquellen waren raffiniert mit Seidenschirmen verdeckt, aber noch hell genug, um die Kleidung und den Schmuck der Anwesenden zu erkennen und beurteilen zu können. Ein Abend im Theater, ohne hämisch über Alterserscheinungen und Verfall, aber auch neidisch über Schönheit und Reichtum sprechen zu können und gleichzeitig eine Bestätigung der eigenen Position zu erhalten, war für die wenigsten erstrebenswert.

Nervös ließ Franigo seinen Blick hin und her wandern. Er hätte es vorgezogen, hinter der Bühne zu sein, wo er noch Einfluss hätte nehmen können, doch der Princiess hatte ihn großzügigerweise in seine eigene Loge eingeladen, und dieses Angebot konnte der Poet natürlich nicht ausschlagen.

Spannung hing in der Luft, eine Erwartung des Kommenden, die in der Tonlage der Gespräche mitklang, in den Blicken und Mienen der Zuschauer zu sehen war und die Franigo beinahe mit Händen greifen konnte. Eine Premiere förderte diese Stimmung natürlich, doch diesmal gab es noch mehr Grund zur Aufregung. Ein neuer Dichter, von Gureman gefördert, aus der Fremde. Ein Mann ohne Namen, dessen Werk alles Mögliche sein konnte. Natürlich würde die Qualität, nicht nur der Inszenierung, sondern auch des Stückes selbst, auf den Princiess zurückfallen, da Gureman diese Aufführung eigenhändig durchgesetzt und finanziert hatte. Er hatte keine Kosten gescheut und die besten Schauspieler der Stadt und damit des Landes angeworben. *An ihnen wird es nicht liegen,* dachte Franigo mit einem Gefühl der Beklemmung in der Brust. Forschend betrachtete er die Mienen der Zuschauer, suchte nach Anzeichen ihrer Stimmung. *Vielleicht hätte ich doch traditioneller arbeiten sollen. Vielleicht war es ein Fehler, einen solchen Einstieg wagen zu wollen.* Vorsichtig tupfte er sich die Stirn mit dem parfümierten Taschentuch ab. Seine eigene Sorge – oder eher Angst, wenn er ehrlich zu sich sein wollte – überraschte ihn. Nach langer Mühe war er genau an jenem Punkt angelangt, an den er sich immer gesehnt hatte. Der Hof von Géronay, das Zentrum der zivilisierten Welt, gab ihm eine Chance, und er war sich seines Könnens sicher. Dennoch schlug sein Herz laut in seiner Brust. Das Publikum war flatterhaft, und manchmal erkannten die Leute ein großes Werk einfach nicht.

»Seid Ihr etwa aufgeregt?«, ließ sich der Princiess neben ihm vernehmen. Seine Stimme klang amüsiert.

»Ich muss gestehen, dass dies der Fall ist, Euer Exzellenz.«

»Euer Stück wird sicherlich ein Erfolg, guter Mann.«

»Hat Euer Exzellenz es noch gelesen?«

»Nein. Ich würde mir doch nicht den Spaß an der Aufführung nehmen, indem ich vorher das Stück lese. Aber die Zeit ist reif dafür. Und außerdem …«

Der Princiess warf einen bedeutungsschweren Blick zur königlichen Loge. Franigo schluckte schwer. Gerade wurden die Vorhänge von Bediensteten beiseitegezogen, und sechs Wachen stellten sich rechts und links in die dafür vorgesehenen Nischen. Das konnte nur eines bedeuten: Die höchsten Ränge der königlichen Familie würden anwesend sein. Mehrere Gefühle stritten in der Brust des Poeten um die Vorherrschaft: Entsetzen wurde von Stolz abgelöst, der einer tiefen Angst weichen musste, deren Ränder von Hoffnung gefärbt waren.

Dann sah er, wie der König selbst in einem der roten Sessel Platz nahm und sich zu seiner Begleitung umwandte, einer schönen jungen Frau, die Franigo nicht kannte. Alle Geräusche im Saal waren verstummt, alle Augen hingen gebannt an der königlichen Loge. Unten im Saal gingen Ordner umher und löschten die Lichter hinter den Wandschirmen, während Franigos Gedanken tanzten.

So abgelenkt war er, dass er minutenlang nicht bemerkte, dass sein Stück bereits begonnen hatte. Auf der Bühne stritten sich der aufgeplusterte Veteran Bouflé und die junge Magd Rega um den Schinken, und der Poet mochte seinen eigenen Worten nicht folgen. Sie klangen hohl in seinen Ohren, aufgesetzt, gestelzt und ohne Leben. Was ihm beim Schreiben noch Freude bereitet hatte, trieb ihm nun Tränen der Scham in die Augen. Die Geschichte war durchschaubar und altbekannt, die Figuren langweilig und die Sprache eine einzige Katastrophe. Esterge hatte mit seiner Meinung recht gehabt. *Wie konnte ich diesen Unfug nur für genial halten?*

Schweißtreibende Minuten folgten, und Franigo sank immer tiefer in seinem Sessel in sich zusammen. Inbrünstig betete er zur Einheit, dass der Boden sich auftun solle, um ihn noch vor Ende des Debakels zu verschlingen. Ein Herzschlag wäre ihm auch gerade recht gekommen, doch stattdessen endete der erste Akt, und der Vorhang senkte sich mit der ehernen Unbeirrbarkeit, mit der nun auch Franigos Stern zu Boden sinken und verenden würde.

Atemlose Stille herrschte im Zuschauersaal, und der Poet

schloss die Augen und ergab sich in sein Schicksal. Er sah sich im Geiste schon flüchten, beworfen mit angeknabberten Naschereien und von höhnischem Gelächter verfolgt.

Da ertönte ein einzelnes Geräusch. Jemand klatschte. Ein schneller Blick bestätigte Franigo, dass es aus der königlichen Loge kam, dass es der König selbst war, der, zwar nicht enthusiastisch, wohl aber amüsiert klatschte.

Schnell brandete Applaus auf. Das Signal war gegeben, der Damm gebrochen. Niemand musste sich schämen, seine Zustimmung zu zeigen, da selbst der König sich offenkundig unterhalten fühlte.

»Ich sagte doch, es wird gefallen«, flüsterte Gureman lächelnd, dessen Stimme das Donnern des Beifalls überraschend einfach übertönte. Dankbar blickte Franigo seinen Gönner an und lachte über seine eigenen Zweifel. Sie erschienen ihm nun geradezu lächerlich. Die Wogen des Applauses erhoben ihn; und er ließ sich auf ihnen tragen, wie es angemessen war, und erfreute sich an ihnen.

Der Rest des Stücks verging wie im Flug. Immer wieder wurde Franigo von seiner eigenen Arbeit überrascht, in der er nun tatsächlich Witz und Geist entdecken konnte, und als der Vorhang nach dem furiosen Finale ein letztes Mal fiel und die Schauspieler dank der stehenden Ovationen noch einmal zurückkehrten, um sich zu verbeugen, schwebte Franigo glückselig im Aufwind des eigenen Erfolgs.

Der Gang an der Seite des Princiess hinab in die Vorhalle wurde zu einem Triumphmarsch. Fremde sprachen ihm Glückwünsche aus, lobten sein Talent und sein Können in den höchsten Tönen. Mit aller gebotenen Bescheidenheit nahm der Poet die Komplimente entgegen. Er war wie berauscht von der Aufmerksamkeit, seine Zunge war locker und seine Antworten geistreich und elegant. In den

Blicken der Damen konnte er unter dichten Wimpern Verlangen erkennen, in den Augen der Männer Achtung und Neid.

Natürlich hatte Esterge mit seiner Kritik danebengelegen. Leise lachte Franigo. *Was versteht so ein alter Soldat und Haudegen schon vom Theater? Gewiss haben die vermaledeiten Romane sein Urteilsvermögen getrübt.*

»Seine Majestät bat mich, Euch sein Wohlwollen auszusprechen«, ertönte plötzlich eine Stimme, die Franigo aus seinen Gedanken riss. Ein Diener in der prunkvollen königlichen Livree verneigte sich und verschwand wieder in der Menge. Die Umstehenden nickten einander zu, einige klatschten gar höflich. Und Franigo war sicher, dass das Wort in der Stadt die Runde machen würde, noch ehe er das Theater verlassen hatte.

»Ah, Gasparde«, erklärte ein kleiner Mann in der geschmückten Uniform eines hochrangigen Offiziers. »Mein Glückwunsch. Euer Mann hier scheint Talent zu haben.«

»Vielen Dank«, erwiderte der Princiess freundlich. »Ein glücklicher Umstand ließ mich sein erstes Stück von der königlichen Loge aus entdecken.«

»Ich bin ja mehr ein Mann der Tragödie«, erklärte der Offizier und wollte gerade fortfahren, doch der Princiess warf schnell ein: »Ich weiß.«

Um sie herum wurde gekichert, und der Offizier verzog das Gesicht.

»Diese leichte Unterhaltung liegt mir nicht so sehr.«

»Verzeiht, wenn ich mich einmische, Euer Exzellenz«, erklärte Franigo und sah den Offizier würdevoll an. »Ich habe eine neue Form der Komödie geschaffen. Man könnte sie als moralisches Lustspiel bezeichnen. Ich denke, dass sich auf diese Art und Weise die Vorzüge der Komödie und der Tragödie aufs Vortrefflichste vereinen lassen.«

»Die Formen des Theater sind seit alters her gegeben«, protestierte sein Gegenüber und zwirbelte entrüstet seinen grauen Bart. Sein Hauptaar schien bereits in ein Rückzugsgefecht verwickelt zu sein, und ein großer Teil seines Schädels war kahl, doch sein Bart war buschig und beeindruckend, ebenso wie seine Koteletten.

»Corban hat das Reich der Nigromantenkaiser hinweggefegt, das ebenfalls seit alters her Bestand hatte«, erklärte der Poet ruhig.

»Wollt Ihr Euch etwa mit dem Propheten vergleichen?« In der Stimme des Mannes klang Entrüstung mit. Natürlich schüttelte Franigo den Kopf und winkte ab.

»Nichts liegt mir ferner, Mesér, aber dennoch ist nicht alles, was alt ist, auch gut.«

»Das solltet Ihr doch wissen, Bouflon«, warf der Princiess ein, was den Angesprochenen rot anlaufen ließ. Ohne ein weiteres Wort drehte sich der Veteran auf dem Absatz um und stapfte in die Menge. Um sich herum sah Franigo amüsierte Gesichter, die den Schlagabtausch interessiert verfolgt hatten und ihm nun anerkennend zunickten.

»Ein mächtiger Mann«, stellte Gureman leise fest. »Ein treuer Soldat, der wiederum die Loyalität seiner Männer genießt. So ein Mann ist nur schwer anzugreifen.«

Stumm nickte Franigo, während er seinem Gönner folgte. *Aber man kann ihn indirekt angreifen. Wenn man die Person nicht treffen kann, zerstört man ihren Namen, macht ihn lächerlich, und keiner wird den Mann dahinter mehr ernst nehmen.*

Schon waren sie auf dem Vorhof, wo die Kutsche des Princiess wartete. Für Franigo hätte der Abend noch endlos weitergehen können, doch sie stiegen in das Gefährt, schlossen die Türen und zogen die Vorhänge zu. Kurz hörte der Poet noch das Gemurmel seiner Bewunderer, dann rumpelte die Kutsche los.

Zufrieden ließ er die Hand in die Tasche seines Wamses gleiten, wo er die Zettel spürte, die ihm von einigen Damen zugesteckt worden waren. Morgen musste er sie lesen und entscheiden, welchen von ihnen er die Gunst seiner Aufmerksamkeit schenken würde, die heutige Nacht aber würde er allein genießen. Seine Fortune würde seine einzige Gefährtin sein.

JAQUENTO

»Jaq!«

Der Ruf riss den jungen Hiscadi aus seinen Gedanken. Auf seiner Schulter reckte sich die Echse und knurrte. Es klang allerdings eher gemütlich als bedrohlich. Langsam wandte Jaquento sich um und begrüßte Pertiz mit einem lässigen Nicken. Der Kapitän gesellte sich zu ihm und lehnte sich an die Reling.

»Gutes Wetter. Wir werden den Treffpunkt noch vor Einbruch der Nacht erreichen. Und wenn Rénand nicht gerade Beute gefunden hat, was trotz der thaynrischen Patrouillen bei ihm nicht auszuschließen ist, wird er ebenfalls dort sein.«

»Er und die ganze Besatzung der *Todsünde*«, erwiderte Jaquento.

Mit geschürzten Lippen legte Pertiz den Kopf in den Nacken und ließ seinen Blick den Hauptmast emporwandern. »Sie ist eine interessante Frau – gefährlich auch«, erklärte der Kapitän, ehe er abwägend wieder zu Jaquento hinübersah.

»Ich denke, es liegt an der Uniform«, entgegnete der junge Hiscadi leise. »So ein offizieller Rock wirkt gefährlich. Darunter ist sie bestimmt gewinnender.«

»Uniform? Jaq, wovon redest du? Ich meine unsere Passagierin.«

»Was? Oh, ich war in Gedanken. Verzeih mir.«

»In Gedanken. Bei einer Frau in Uniform. Dazu fällt mir eine Frage ein: Was genau hast du an unserem letzten Abend in Lessan eigentlich in diesen protzigen Klamotten gemacht?«

»Ich habe an einem gesellschaftlichen Ereignis teilgenommen. Ein paar Informationen gesammelt. Du weißt schon, Spionage und so weiter.«

»Du warst auf dem Ball des Gouverneurs?«

»Ja.«

»Du überraschst mich immer wieder«, stellte Pertiz belustigt fest. »Das war sicherlich eine Veranstaltung, auf der unsereins nichts verloren hat. Wie bist du überhaupt hineingekommen?«

»Wenn man ein wenig Geld hat, dazu den Anschein erweckt, noch mehr zu haben, und die richtigen Floskeln kennt, ist das nicht allzu schwer. Die Leute sehen dann, was sie sehen wollen.«

»Und, was wollten sie sehen?«

»Einen hiscadischen Sér, der vor der Besetzung seines Landes geflohen ist und sein Gold nun in der Sturmwelt verprasst, wo seine Vorfahren es vermutlich geraubt haben. Ich kenne diese Sorte, man begegnet ihnen in meiner Heimat an jeder Ecke. Noch häufiger sind nur diejenigen, die sich Sér nennen, keinen Solar am Leib tragen, dafür genug *Ehre* für ein ganzes Regiment, und eine lose Zunge samt losem Degen ihr Eigen nennen. In manchen Vierteln meiner Heimatstadt kann man keine Straße hinabgehen, ohne ein halbes Dutzend Duelle auszufechten.«

Jetzt lachte der Kapitän. »Das klingt anstrengend, aber ich glaube, für dich war es eine gute Schule. Gut für dich, schlecht für Quibon.«

Die Erinnerung an den Hünen vertrieb Jaquentos gute Stimmung für einen Augenblick. *Quibon, Deguay und ... Rahel.*

»Wenn sie tatsächlich auch nur einen Funken Stolz hätten, würden sie ihre Klingen gegen die Géronaee ziehen, anstatt sich gegenseitig wegen echter oder eingebildeter Beleidigungen abzustechen.«

»Vermutlich«, erwiderte Pertiz mit hochgezogener Augenbraue. »Aber nicht jeder ist ein Soldat. Und nicht jeder will für ein staubiges Stück Land sterben.«

»Du hast recht. Es ist müßig, sich darüber aufzuregen. Es ist ja nicht so, als ob ich mich anders verhalten würde.«

»Man kann auch für ein Ideal kämpfen, Freund Jaquento, es muss ja nicht immer ein Land oder eine Nation sein. Denkst du, alle Thayns auf der Fregatte riskieren ihre Haut tatsächlich allein für Königin und Vaterland? Warum müssen die Matrosen dann gepresst werden? Warum gab es vor Jahren diese große Meuterei wegen zu geringer Heuer?«

»Fragst du dich nicht manchmal, wie das wäre? Sich so einem Ideal zu verschreiben? Sich mit Körper und Seele, mit Haut und Haaren hinzugeben? Einen Glauben zu besitzen, der alles andere unwichtig erscheinen lässt?«

»Nein«, erwiderte Pertiz ernst. »Das muss ich mich nicht fragen.«

Überrascht blickte der junge Hiscadi seinen Freund an. Er suchte nach Zeichen von Spott in seinen Zügen, doch er sah nur Aufrichtigkeit. Zweifelnd schaute er auf die See hinaus.

»Nun ja, die Zeiten, als die Welt unter den Fußtritten der hiscadischen Regimenter erbebte, sind ohnehin vorüber.«

»Sie verlässt die Kajüte«, erwiderte Pertiz, was den jungen Hiscadi für einen Augenblick verwirrte. Da sah er, dass Pertiz sich umgedreht hatte und zum Heck schaute, wo tatsächlich ihre Passagierin gerade an Deck trat – zum ersten Mal, seit sie aus dem Hafen ausgelaufen waren.

»Seid Ihr wohlauf?«, erkundigte sich Pertiz, als die mysteriöse Frau zu ihnen herüberkam.

»Danke der Nachfrage, Capitane. Jaquento, Sinosh«, sagte

sie mit einem Nicken. »Ich habe lediglich die Zeit genutzt, um ein wenig in mich zu gehen.«

»Seekrankheit?«, vermutete Jaquento, doch sie lachte leicht und winkte ab.

»Dagegen gäbe es Mittel. Nein, nichts dergleichen. Ich wünsche, die Gespräche zu einem befriedigenden Abschluss zu bringen, und bereite mich darauf vor.«

»Habt Ihr nun einen Namen, Meséra? Es ist einigermaßen ermüdend, unseren Gast stets beschreiben zu müssen, auch wenn Eure Vorzüge das natürlich erleichtern.«

»Oh, ich bin also Gesprächsthema an Bord?«

»Selbstverständlich. Seeleute tratschen gern, und es ist sonst nicht unsere Angewohnheit, Gäste aufzunehmen«, erläuterte Pertiz, fügte jedoch mit einem Seitenblick auf Jaquento hinzu: »Obwohl es natürlich manchmal vorkommt. Aber wie mein Freund hier schon fragte: Wie dürfen wir Euch nennen?«

»Tareisa. Das … genügt vollkommen. Ich würde Euch bitten, diesen Namen nicht laut zu verkünden, aber ich nehme an, dass auf einem Schiff ein Geheimnis selten ein solches bleibt.«

»Ihr habt recht, Meséra. Obwohl wir es gerne versuchen können. Ein sehr schöner Name; hiscadisch, nicht wahr?«

»Mag sein«, erwiderte sie lächelnd, hob dann ihren Blick und deutete mit einem schlanken Finger den Mast empor: »Seht, ein Albatross.«

Tatsächlich hatte sich ein sehr großer Vogel auf einer Rahe niedergelassen und putzte nun mit dem Schnabel sein weiß-braunes Gefieder. Inmitten der Segel war er als weißer Fleck gut zu erkennen, und schon bald hatten ihn einige Seeleute erspäht.

»Hoi! Ein Prachtexemplar! Heute Abend gibt es Vogelsuppe!«

Mit diesen Worten rannte ein Rotschopf, dessen Gesicht mit Sommersprossen übersät war, unter Deck.

»Vogelsuppe?«, erkundigte sich Tareisa.

»Wenn man Hunger hat, lässt sich aus allem eine gute Suppe kochen«, führte Pertiz aus.

»Ich halte diese Jagd für keine gute Idee«, stellte die Frau fest. »Es bringt Unglück, einen Albatross zu töten. Es heißt, dass sie Kreaturen der Magie sind – der Vigoris, welche die Winde beherrschen kann – und ihr Tod diese zum Schaden ihrer Mörder entlässt. Möglicherweise sind diese Geschichten nur Ammenmärchen, Seemannsgarn, nennt es, wie Ihr wollt, aber ich würde das Risiko nicht eingehen wollen.«

Ihr Blick war fest, ihre dunklen Augen waren so ausdruckslos wie zwei Onyxe, und Jaquento glaubte ihr. Seufzend stieß er sich von der Reling ab und schlenderte zum Niedergang, wo der Rotschopf gerade mit einer Muskete mit langem Lauf an Deck stürmte.

»Kamerad, es ist nicht gut, dieses Tier zu töten. Wir haben genug Vorräte. Es wäre mir lieber, du würdest es lassen«, erklärte Jaquento ruhig.

»Nicht gut? Das ist ein Vogel. Endlich eine Abwechslung zu dem verdammten Pökelfleisch. Ich kann keine Schildkröte mehr sehen!«

»Dein Name ist Thryd, wenn ich mich nicht irre?«

Der Rotschopf nickte und hielt die Muskete trotzig wie einen Schutz vor die Brust.

»Thryd, es bringt Unglück, einen Albatross zu töten. Jeder weiß das«, log Jaquento, ohne mit der Wimper zu zucken. Er hielt dem wütenden Blick des jungen Mannes stand, der sich daraufhin Hilfe suchend an Deck umsah. Doch die Piraten verfolgten das Gespräch nicht weiter, und so ließ Thryd die Muskete sinken und verschwand verärgert unter Deck.

Betont ruhig kehrte Jaquento zu Pertiz und Tareisa zurück, da erblickte er am Horizont einen kleinen, hellen Fleck. »Segel!«

»Mein Glas«, rief Pertiz und hielt sein Fernrohr sofort ans Auge, kaum dass es ihm gebracht wurde. Zufrieden nickte er Tareisa zu. »Die *Todsünde*. Bald könnt Ihr Kapitän Deguay Euer Angebot unterbreiten.«

»Exzellent, Capitane Pertiz. Mir scheint, als bekäme ich Gelegenheit, nun die beiden Kapitäne anzuheuern, die am besten für diese Aufgabe geeignet sind.«

»Sicherlich«, erwiderte Pertiz, doch sein Blick ging zurück zu den Segeln am Horizont. »Sicherlich.«

Die beiden Schiffe fuhren wenige Dutzend Meter voneinander entfernt mit größtenteils gerefften Segeln einen parallelen Kurs, während ein Beiboot der *Windreiter* zu der *Todsünde* hinüberruderte. Pertiz steuerte, und Tareisa saß im Bug, während Jaquento sich mit sieben weiteren Seeleuten in die Riemen legte. Der Wind hatte aufgefrischt, und die See war rauer geworden, sodass ihr kleines Gefährt auf den Wellen tanzte. Noch vor wenigen Wochen hatte Jaquento das Rudern in den Muskeln seiner Arme und seines Rücken deutlich gespürt, wenn er während der Freiwachen in seiner Hängematte lag, doch inzwischen hatte er sich an die harte Arbeit an Bord der Schiffe gewöhnt: Rudern, Segel setzen und reffen, am Gangspill arbeiten und vielerlei Handgriffe mehr, die alles forderten, aber seinen Körper auch kräftiger machten. Noch immer war Rudern in dieser Geschwindigkeit anstrengend, und trotzdem war er sich sicher, dass seine Arme morgen nicht schmerzen würden.

Aus den dunklen Wolken ergoss sich ein kurzer, unangenehm warmer Schauer, der sie alle durchnässte. Doch schon bald legten sie an der *Todsünde* an und kletterten hinauf an Deck. Selbst Tareisa erklomm das schwankende Netz allein, auch wenn ihr schwarzes Kleid sicherlich wenig geeignet dafür war.

Jaquento, der als Erster über die Schanz sprang, ballte die Fäuste. Diesen Moment hatte er nicht herbeigesehnt, aber er hielt seine Miene ausdruckslos und trat vor, auf Deguay, Quibon und Rahel zu, die am Hauptmast auf die Neuankömmlinge warteten. Die fünf Schritte bis zu ihnen waren lang, doch Jaquento hielt sein Haupt erhoben und machte erst eine kleine, spöttische Verbeugung, als er sie schon beinahe erreicht hatte.

»Ah, Jaq«, sagte der Kapitän. »So quicklebendig wie ein Fisch im Wasser. Hast du deinen Ausflug nach Lessan genossen?«

Ohne Rahel anzusehen, nickte Jaquento knapp. Dann war Pertiz heran und tippte sich grinsend an die Stirn: »Melde gehorsamst: Alle Aufträge ausgeführt. Ayvon hat abgeheuert, unsere Leute sind auf der *Windreiter*.«

»*Windreiter*? Sehr poetisch, Pertiz. Dann sollten wir Mano und die anderen schnell zu uns hinüberschaffen, damit wir alle wieder auf die Jagd gehen können.«

»Ja. Allerdings gibt es vorher noch etwas«, erklärte Pertiz und deutete hinter sich. »Darf ich dir jemanden vorstellen? Kapitän Deguay: Das ist Tareisa. Die edle Dame hat ein Angebot für uns, das sie dir persönlich unterbreiten möchte.«

»Ein Angebot?«, murmelte Deguay, während er die Frau aufmerksam musterte. Jaquento seinerseits guckte zu Rahel, die seinen Blick jedoch nicht erwiderte. Dafür starrte Quibon ihn so hasserfüllt an, als wolle er jeden Moment zu seinem Entermesser greifen und über den jungen Hiscadi herfallen.

»Gehen wir also in meine Kajüte. Quibon, besorg uns etwas von dem guten Roten und komm dann nach, ja?«

Gelassen folgte Jaquento Deguay hinab in den düsteren Bauch des Schiffes und setzte sich gemeinsam mit den Offizieren an den Tisch des Kapitäns. Ihm gegenüber nahm Rahel Platz. Einen Moment lang glaubte er, dass ein Lächeln ihre Mundwinkel umspielte, aber vielleicht war es auch nur die kleine Narbe, die diesen Eindruck erweckte. Sie nickte ihm zu, nicht unfreundlich, aber auch nicht mehr als höflich.

»Wein kommt gleich«, eröffnete Deguay das Gespräch. »Der gute Pertiz hat schon eine höchst undurchsichtige Andeutung ob Eurer Anwesenheit gemacht, und natürlich sterbe ich beinahe vor Neugier.«

»Vielen Dank, dass Ihr mich an Bord Eures Schiffes willkommen heißt, Capitane Deguay. Wenn Ihr mir erlaubt, will ich alles Wortgeplänkel vermeiden und gleich zur Sache kommen«, erwiderte Tareisa. Als Deguay nickte, fuhr sie fort: »Meine Auftraggeber sind an einem speziellen Schiff interessiert oder, genauer gesagt, an der Ladung des besagten Schiffes. Sie sind bereit, Euch und Eurer Mannschaft eine hohe Belohnung anzubieten, wenn Ihr dieses Schiff aufbringt und die Ladung vollständig und unbeschädigt an uns übergebt.«

»Was für eine Ladung? Eure Beschreibung klingt weiterhin mysteriös.«

»Meine Auftraggeber würden Euch dafür bezahlen, Eure Neugier im Zaum zu halten. Ich bin sicher, dass der Verlust an möglichem Wissen entsprechend vergolten werden kann.«

»Ich nehme an, dass dieses Wissen sich auch auf die Natur Eurer Auftraggeber bezieht?«

»Selbstverständlich. Allerdings kann ich Euch versichern, dass sie sehr einflussreich sind. Ich habe mit ihnen Rücksprache gehalten, während ich an Bord der *Windreiter* war«, berichtete Tareisa leichthin. Neben sich spürte Jaquento, wie Pertiz sich versteifte. Als Maestra mochte sie mit unbekannten Personen Kontakt aufgenommen haben; sie konnte ihre Position verraten haben, Informationen weitergegeben und alle an Bord gefährden. Deguay indes schien keinesfalls beunruhigt, sondern eher fasziniert zu sein. Auch Rahel blieb ruhig, doch an ihrem Blick glaubte Jaquento zu erkennen, dass ihr Tareisa weitaus weniger gefiel als dem Kapitän.

»Neben einer beträchtlichen finanziellen Entlohnung können sie auch, sagen wir einmal, immateriellere Güter anbieten. Ruhm, Ehre, Titel, sogar Ländereien, wenn dies gewünscht ist. Eure ... Vergangenheit würde dabei keine Rolle spielen.«

Stille breitete sich in der Kajüte aus. Die Worte waren ungeheuerlich, ihre Bedeutung zu groß für Jaquentos Begreifen. *Wenn sie uns kein Theater vorspielt, dann bietet sie uns eine vollständige Amnestie an. Titel? Ländereien? Was, bei der Einheit, geht hier vor?*

»Das ist ... sehr großzügig. Man könnte denken, dass der Wert dieser Ladung unermesslich sei, wenn Ihr solch ein Angebot macht«, stellte Deguay kühl fest.

Die Maestra lächelte geheimnisvoll und hob entschuldigend die Hände. »Mir ist die genaue Natur der Ladung selbst nicht vertraut. Ich kann Euch lediglich versichern, dass meine Auftraggeber ihr offensichtlich einen großen Wert beimessen. Und bereit sind, jeden Beteiligten angemessen für seine oder ihre Arbeit zu entlohnen.«

»Ich bin versucht, das Angebot anzunehmen, allein schon, weil ich wissen will, wohin dies alles führt«, erklärte Deguay ruhig. »Aber wir benötigen mehr Informationen. Unsere Schiffe sind prächtig, keine Frage, doch wenn Ihr darauf aus seid, Kriegsschiffe zu kapern, könnte selbst unsere gemeinsame Kraft eventuell nicht ausreichen.«

»Das habe ich bei meiner Planung bereits bedacht. Das Schiff, das Euer Ziel sein wird, ist ein bewaffneter Händler. Schwer bewaffnet, aber für Männer und Frauen mit Euren speziellen Talenten sicher keine unmögliche Beute.«

»Was für ein Schiff? Von wem?«

»Schlagt Ihr ein, Capitane? Dann nenne ich Euch gerne mehr Details.«

Die Abgeklärtheit der Magierin überraschte Jaquento, auch wenn sie schon bei ihrem ersten Treffen furchtlos aufgetreten war. Wie mächtig sie auch sein mochte, auf den Schiffen befand sie sich in Gefahr, wenn die Piraten ihr Auftreten als zu arrogant empfanden. Doch Deguay blickte nur in die Runde und sah seine Offiziere fragend an. Der Reihe nach nickten sie. Selbst Jaquento, den das Verhalten der Maestra befremdete, stimmte zu. *Erst einmal hören, was sie zu sagen hat. Alles Weitere kann folgen, wenn es nötig wird. Und ich glaube, dass sie die Wahrheit sagt, zumindest was die Macht ihrer Auftraggeber angeht.*

Sinosh lief plötzlich an seinem Nacken entlang zu seiner anderen Schulter, was Jaquento einen kalten Schauer über den Rücken sandte. Dort angekommen, blieb die Echse sitzen und schaute sich so aufmerksam um, als wolle sie sich im nächsten Moment an der Beratung beteiligen.

»Es ist ein Schiff der Thaynrisch-Kolonialen Handelscompagnie«, hob Tareisa an. »Eine der sogenannten Schwarzbrunn-Fregatten. Sie fährt vom westlichen Teil der Sturmwelt. Ihr Ziel ist Corbane. Mit diesem Wissen solltet Ihr eine gute Chance haben, sie zu finden, non?«

»Vermutlich. Schwarzbrunn-Fregatte sagt Ihr? Schnell, gut bewaffnet. Eine wehrhafte Beute.«

»Aber doch sicher nicht zu wehrhaft für den legendären Capitane Deguay?«

»Nein«, erwiderte der Kapitän gedankenverloren. Von Schwarzbrunn-Fregatten hatte Jaquento noch nie etwas gehört, aber die Compagnie war ihm natürlich bekannt. Eine Organisation, ins Leben gerufen, um den Handel und Transport der kostbaren Waren aus der Sturmwelt zu vereinfachen und zu koordinieren, die in ihrem hundertjährigen Bestehen zu einer gewaltigen Machtfülle gekommen war. Heutzutage unterhielt sie eigene Kriegsflotten, führte eigene Kolonien und stellte die Gouverneure vieler wichtiger thaynrischer Kolonien. Angeblich hatte sie sogar einen Krieg der Thayns gegen die Mauresken verhindert, um ihre dortigen Handelsbeziehungen nicht zu gefährden. Ihre Sturmweltenfahrer waren große Handelsschiffe, die den Reichtum der Inseln nach Thaynric brachten.

Die Flagge der Compagnie lockte immer wieder Piraten und Freibeuter an, denn ein Sturmweltenfahrer versprach reiche Beute. Deshalb fuhren die Schiffe selten allein, sondern zumeist in großen Konvois, welche die thaynrischen Kriegsschiffe geleiteten. Für die über alle Maßen reiche Compagnie war es ein Leichtes, die Gebühren für den Geleitschutz zu bezahlen, während viele der unabhängigen Händler ihr Glück auf eigene Faust versuchen mussten – und so nicht selten als Prise endeten.

Der junge Hiscadi sah auf. Noch sprach niemand, aber Rahel musterte ihn mit schräg gelegtem Kopf, und er hielt ihrem Blick stand. Es fiel ihm schwer, die ersten Tage an Bord der *Todsünde* vor sein inneres Auge zurückzuholen. Seither schien viel Zeit vergangen zu sein. Es war ihm, als wäre, was er mit Rahel geteilt hatte, bereits beendet gewesen, als er mit Pertiz auf die *Windreiter* gewechselt war.

»Pertiz und ich werden mit Euch die Details aushandeln, Tareisa. Ich bin sicher, dass Ihr unsere Forderungen angemessen finden werdet. Wenn Ihr uns entschuldigt?«, ertönte Kapitän Deguays Stimme.

Bis auf die drei verließen alle die Kajüte. Eigentlich war Jaquento froh, den für so viele Personen zu engen Raum hinter sich zu lassen und an Deck zurückzukehren, wo der frische Seewind seine Gedanken von dem grauen Staub befreite, der sich auf sie zu legen drohte. Unbewusst fuhr seine Hand zur

Schulter, doch Sinosh war nicht dort; die Echse war von ihm herabgeklettert, sobald er den Niedergang hinaufgekommen war, und hatte es sich auf einem eingerollten Segel gemütlich gemacht. Mit einem Lächeln wünschte Jaquento demjenigen, der Sinosh schließlich wecken würde, viel Glück. Die Echse reagierte sehr ungehalten auf gefühlte Störenfriede, und sie war nicht gern von dem jungen Hiscadi getrennt.

»Wo ist dein Vieh?«, fragte Rahel hinter ihm, und er wandte sich ihr zu.

»Schläft. Zumindest hoffe ich das.«

»Wie geht es dir? Schon an die *Windreiter* gewöhnt?«

»Ja«, antwortete er und versuchte, in ihrer Miene zu ergründen, was sie dachte. Doch ihr Antlitz war wie eine sorgfältig verschlossene Pforte, hinter der alles Mögliche liegen mochte. Er versuchte, sich wegen Lessan schlecht zu fühlen, doch er konnte nicht; nicht einmal jetzt, da er ihr gegenüberstand.

»Pertiz hatte recht, du musstest das Schiff verlassen. Quibon hätte dich irgendwann einfach abgestochen.«

Obwohl ihm die Worte »Er hätte es zumindest versucht« durch den Sinn gingen, sagte er nichts. Diese Art von hiscadischem Bravado schien ihm hier fehl am Platze zu sein. Es bestand kein Zweifel, dass Quibon kaltblütig genug für einen heimtückischen Mord war, und dagegen existierte kein zuverlässiger Schutz. Selbst wenn es sich wie eine Flucht angefühlt hatte, bereute Jaquento es nicht, die *Todsünde* verlassen zu haben, wie er überrascht feststellte. Auch wenn er Rahel zurückgelassen hatte. Rahel, die ihn nun musterte.

»Ich wollte mich bedanken«, erklärte er. Die Worte kamen ungewollt über seine Lippen, doch sie fühlten sich richtig an. »Dafür, dass du mich an Bord gebracht hast, auch wenn es nicht gerade auf eine höfliche Art geschah. Du hattest recht: Es war besser, als in diesem Drecksloch zu bleiben.«

»Du trägst die See in dir«, erwiderte Rahel ernst. »Das war nicht nur Gerede.«

»Möglich. Auf jeden Fall hast du mir einen Weg gezeigt, den ich vorher nicht gesehen habe.«

»Das war nicht uneigennützig: Wir können gute Leute immer an Bord gebrauchen. Wir hier oder Pertiz jetzt drüben, das ist egal. Pertiz ist ein guter Anführer.«

»Ja, das ist er. Wir werden wohl gleich wieder übersetzen.«

Seine Worte schienen sie nicht zu berühren. Noch nie zuvor hatte sie einen Hehl aus ihren Gefühlen gemacht, sodass es nun schwer für ihn war, hinter ihren Worten die Wahrheit zu erkennen.

»Dann gute Jagd, Jaq. Wir sehen uns ja bald wieder.«

»Es hat mich gefreut, Meséra«, erwiderte Jaquento mit einer Verbeugung, und Rahel ging nach hinten und stieg zum Achterdeck hoch. Einige Herzschläge lang sah Jaquento ihr nach, dann wandte er sich ab.

Er hatte nicht gelogen, denn er war ihr dankbar. Doch die Entfernung zwischen ihnen während dieses kurzen Gesprächs war enorm gewesen.

Seine Gedanken wanderten zurück zu dem Ball auf Lessan, zu dem flüchtigen Moment, als er die thaynrische Offizierin geküsst hatte. *Jaq, das war nicht gerade das klügste deiner Abenteuer. Die Frau hat die Macht, dich und alle deine Schiffskameraden an den Galgen zu bringen, und du benimmst dich ihr gegenüber wie ein verliebter Galan.* Diese und ähnliche Gedanken gingen ihm seit dem bewussten Abend nicht zum ersten Mal durch den Kopf.

Sich selbst einen Narren zu schelten, hatte er bereits aufgegeben, auch wenn ihm die wenig schmeichelhafte Gleichsetzung passend erschien. *Es ist nicht zu ändern,* erkannte er. *Und wir werden uns wohl kaum wiedersehen. Was vielleicht auch besser so ist.*

MAJAGUA

Die Stimmung im Lager erinnerte Majagua an die Begräbnisse in seinem Dorf. Die Schatten waren lang, denn die Sonne kroch gerade erst über den Horizont, und Anui war noch halb in der Dunkelheit gefangen. In der Nacht hatten viele nicht schlafen können. Auch Majagua hatte nur kurz geruht und unruhig geträumt, und sein Geist war nun erfüllt von Sorgen. Wohin er auch blickte, er sah nur bedrückte Mienen und ängstliche Gesichter. Hier und da fanden sich auch Gruppen zusammen, flüsterten miteinander, warfen argwöhnische Blicke auf andere. Misstrauen und Angst herrschten unter den Paranao. Ohne sie zu hören, wusste Majagua, was sie sagten und dachten: *Einer muss es gewesen sein. Seinetwegen müssen wir alle sterben. Wer ist es?* Er wollte sie packen und schütteln, ihnen ins Gesicht schreien, dass es Tangye war, den sie hassen sollten, nicht der vorgebliche Dieb. Doch er blieb still und beobachtete die anderen nur.

»Sie haben Angst«, flüsterte Dagüey.

»Wir haben alle Angst. Aber manche würden ihrer Angst am liebsten ein zu großes Opfer bringen«, entgegnete Majagua bitter.

»Du musst sie verstehen. Sie wollen nicht sterben, und sie haben nichts getan, um den Tod zu verdienen. Sie haben immer gehorcht, weil sie dachten, dass sie dann sicher sind.«

»Vielleicht verstehen sie jetzt endlich, dass es keine Sicherheit gibt, weil die Blassnasen *Anki* sind.«

Müde schüttelte der Alte den Kopf: »Nein. Böse Menschen sind die Diebe, derentwegen sie Angst haben müssen. Verstehst du das nicht? Sie wollen nicht, dass Tangye böse ist. Denn sonst können sie gar nichts mehr tun, um ihr Schicksal zu ändern.«

»Sie können ohnehin nichts tun!«, brauste der junge Paranao auf. »Sie sind Sklaven und Tangyes Willkür jederzeit ausgeliefert. Sie können nichts tun, genauso wenig wie du. Oder wie ich.«

»Wie soll man das begreifen, Majagua? Wie soll man damit leben?«

Majagua wartete darauf, dass der Ältere ihm einen Rat gab, einen Weg aufzeigte, doch er schwieg. Es gab keinen Weg; Tangye würde kommen, und sie konnten ihn nicht aufhalten.

Zwischen zwei Hütten stand Bara mit seinen Gefolgsleuten. Sie blickten sich finster um, und Bara selbst funkelte Majagua an. Es gab keine Frage, wen der Krieger wohl Tangye geopfert hätte, wenn er die Wahl gehabt hätte. Doch die Krieger hatten entschieden, und Bara würde sich ihrem Entschluss nicht entgegenstellen, da war sich der junge Paranao sicher.

»Er wird noch Ärger machen«, sprach Dagüey Majaguas Gedanken aus. »Er ist ein junger Hitzkopf. Davon gibt es viele.«

Der Blick des Alten zu ihm gefiel Majagua nicht. Unvermittelt löste sich Bara von der Gruppe und kam auf Majagua zu. Der Krieger baute sich vor ihm auf und atmete tief ein.

»Bald kommen die Blassnasen. Was werden wir tun, Guaili?«

»Ich bin kein kleiner Junge, Bara, ich bin ein Krieger, genau wie du.«

»Was wirst du tun, *Krieger*?« Seine Stimme troff vor Gehässigkeit, doch Majagua verschloss sein Herz und ließ nicht zu, dass es ihn berührte.

»Wir werden sehen, was sie tun.«

»Das ist alles? Du willst bloß zusehen?«

Majagua schwieg. Sein Vater hatte ihn dazu erzogen, ein Krieger zu sein. Auch wenn er keinen Speer hatte, um sich zu verteidigen, und keinen Schild, um die anderen zu beschützen, blieb er doch ein Krieger der Paranao. Er wusste, welchen Weg er beschreiten musste, wenn Tangye kam, auch wenn ihm der Gedanke daran Angst machte. Langsam richtete er sich zu seiner vollen Größe auf, straffte die Schultern und blickte Bara ruhig an.

»Ein guter Plan. Zusehen, wie die Blassnasen uns alle abschlachten. Der Plan eines Feiglings!«

Jetzt ließ Majagua den Kopf rollen. Die traditionelle Geste der Herausforderung verfehlte ihre Wirkung nicht. Auch Bara streckte die Schultern nach hinten, hob die Hände vor die Brust und rollte den Kopf vor und zurück. Ein Kribbeln lief durch Majaguas Leib. Ein Kampf. Endlich konnte er handeln, endlich etwas tun.

»Setzt euch, ihr dummen Jungen!«, zischte Dagüey. »Wollt ihr euch gegenseitig umbringen, damit Tangye es nicht tun muss?«

Einen Augenblick schien es, als ob die beiden Krieger die Worte überhaupt nicht wahrnahmen. Doch dann zeigte die Schelte Wirkung. Scham stieg Majagua ins Gesicht, lief rot brennend über seine Wangen. Man musste die Alten respektieren, ebenso wie die Ahnen. Und in den Worten Dagüeys steckte zu viel Wahrheit, als dass der junge Paranao sie einfach hätte abtun können.

»Es ist kein guter Plan«, gestand er leise. »Aber es ist der beste, den ich habe. Oder sollen wir Tangye geben, was er will?«

Missmutig nickte Bara.

»Und wen? Dich? Mich? Einen anderen? Einen Kranken?

Die Schwachen? Du bist ein Krieger, Bara, du sollst die Kranken und Schwachen schützen.«

»Ich kann sie aber nicht beschützen«, brach es aus Bara hervor. Überrascht sah Majagua Tränen in seinen Augen. Hilflos knirschte der Krieger mit den Zähnen und ballte die Fäuste; sein ganzer Körper bebte. »Ich kann sie nicht beschützen!«

Das simple Eingeständnis ihrer Ohnmacht traf Majagua tief. Bara sprach nur aus, was sie alle wussten. Niemand konnte sie beschützen, sie waren hilflos, Tangye und den Blassnasen ausgeliefert. Darauf konnte Majagua nichts antworten, denn er fand keine Worte. Stattdessen blickte er Bara nur an, bis dieser sich wieder unter Kontrolle hatte. Ohne noch etwas zu sagen, wandte der Krieger sich ab und schlurfte zu seiner Gruppe zurück. Seine breiten Schultern hingen herab, und er wirkte nun viel eher wie ein Sklave als noch vor wenigen Herzschlägen.

Schweigend nahm Majagua Platz. Inzwischen stand die Sonne vollständig über dem Horizont. Es würde nicht mehr lange dauern, bis die Blassnasen herunterkamen, und tatsächlich trug der Wind schon bald einen gebrüllten Befehl vom Fort hinab in das Lager, wo die Sklaven sich ängstlich zusammenkauerten.

Sie schritten den Pfad an der Klippe hinab – vorneweg Tangye mit seinen Aufsehern, dahinter die Soldaten, deren blaue Uniformen vor Majaguas Augen zu einem unaufhaltsamen Fluss wurden. Die Abordnung kam immer näher, verschwand aus Majaguas Blickfeld, doch ihre Schritte waren laut zu hören, bis sie schließlich vor dem Tor haltmachten. Einige atemlose Momente verstrichen, dann wurde das Tor knarrend geöffnet. Im hellen Licht der Morgensonne kam Tangye in das Lager. Seine Schergen folgten ihm auf dem Fuße, die Küchensklaven wie eine Herde Schafe von ihnen zusammengehalten. Selbstbewusst schritt der Aufseher bis in die Mitte des Lagers, stemmte die Fäuste in die Hüften und sah sich abschätzend um. Viele Sklaven standen zwischen den Hütten und beobachteten den Aufmarsch ihrer Herren, ohne die Augen abwenden zu können.

»Alle antreten«, brüllte Tangye, und Majagua erhob sich. Gemeinsam mit Dagüey und all den anderen trat er vor. Wieder übersetzte Sinao mit gesenktem Haupt die Worte.

»Durchsucht die Hütten.«

Ein halbes Dutzend Soldaten rannte los, schaute in jede Unterkunft und zerrte jeden, den sie vorfanden, heraus. Egal ob krank oder ein Kind, jeder einzelne Sklave wurde auf dem Platz zusammengetrieben. Die Sklaven aus dem Fort gesellten sich zu den anderen. Nun gab es keine Unterschiede mehr, alle waren sie gleich vor Tangye und den Soldaten, gleich vor dem Tod.

Bedächtig ging Tangye auf und ab, ließ seinen Blick unheilschwanger über die Sklaven wandern. Die Soldaten hielten ihre Musketen schussbereit in den Händen, und sie starrten die Sklaven ebenfalls an. Sie waren wachsam und vorbereitet, rechneten mit Widerstand, und Majagua wusste, dass sie jegliches Aufbegehren brutal im Keim ersticken würden. *Wir sind so viele mehr als sie, aber dennoch haben sie uns in ihrer Gewalt. Wären wir alle Krieger, und hätten wir Waffen, dann könnten wir gewinnen. Doch so, nackt, ängstlich, schwach und erschöpft, sind wir leichte Beute.*

»Nun? Habt ihr die Missetäter ausfindig gemacht?«

Schweigen antwortete ihm, und der Aufseher schüttelte scheinbar traurig den Kopf.

»Bedauerlich. Ihr zwingt mich dazu, zum Äußersten zu gehen. Ihr selbst bringt die Strafe über euch, euer Schweigen verdammt euch!«

Auf einen Wink von ihm stürmten ein paar Soldaten vor, schlugen mit den Kolben ihrer Waffen auf die Sklaven ein, packten einige und zerrten sie fort. Keiner sprang diesen zu Hilfe, alle wichen vor dem Angriff zurück. Und es war gut so, denn die anderen Soldaten hatten ihre Musketen angelegt. Jeden Moment erwartete Majagua einen Knall zu hören, Rauch zu schmecken, Schreie, Blut. Doch das Massaker kam nicht.

»Diese fünf werden sterben, wenn die Schuldigen sich nicht stellen. Ihr wisst, dass ich keine leeren Drohungen ausspreche«, erklärte Tangye. Seine Stimme klang beinahe freundlich. Auf den Gesichtern der Sklaven zeigte sich Scham, aber auch Erleichterung. Kaum einer blickte zu den fünfen, die zwischen den Soldaten standen, ein Alter, zwei Junge, eine Frau, ein Mädchen. Alle spürten die Verantwortung, aber keiner konnte sie tragen. Auch in Majaguas Herz brannte die Schuld ebenso heiß wie das widerliche Gefühl der Erleichterung. Er hasste sich dafür, verachtete sich und seine Gedanken. Es gab nur einen Weg, den Respekt vor sich wiederzugewinnen.

»Ich war es«, sagte er ruhig in der Zunge der Blassnasen und trat vor. »Ich allein!«

Zwischen seinen Schulterblättern spürte er die überraschten Blicke der Sklaven; auch Tangye hatte sich ihm zugewandt, musterte ihn forschend.

»Ist das so, Kakerlak?«, fragte der Aufseher misstrauisch, und für einen Moment erfasste Majagua die irrationale Furcht, dass der Mann ihm keinen Glauben schenken würde. Doch dann fuhr er fort: »Ich habe gleich gewusst, dass du ein Unruhestifter bist. Fesselt ihn!«

Während ihn Hände rau packten, seine Arme auf den Rücken zwangen und ihn zu Boden stießen, erfasste eine endgültige Ruhe den jungen Paranao. Sein Schicksal lag nun nicht mehr in seiner Hand, sein Weg endete hier und jetzt. Widerstand war zwecklos, und er ließ alles mit sich geschehen. Die Scham, die er verspürt hatte, war vergangen, die falsche Erleichterung war zu einer echten geworden, einer, der er sich nicht zu schämen brauchte, wenn er vor seine Ahnen trat und sie ihn fragen würden, ob sein Leben ehrenvoll gewesen war.

Als sie ihn hochzogen, hob er den Kopf und sah die Soldaten an, schaute ihnen direkt in die Augen. Es gab keinen Grund mehr, den Blick zu senken. Er war kein Sklave mehr; er war dem Tod geweiht, niemandem mehr unterworfen als den Ahnen, die schon bald seinen Geist empfangen würden. Die Gewissheit, sterben zu müssen, machte ihn frei.

Sein Blick fiel auf Sinao, deren schreckensweite Augen ihm einen Stich ins Herz jagten. Er bereute nicht, aber die Erkenntnis, ihr nie wieder nahezukommen, traf ihn hart. Es würde für ihn keine Flucht und kein Leben geben.

Aus Sinaos Augen liefen ungehemmt Tränen, benetzten ihre Wangen, und ihre Lippen formten Worte, die niemand hören konnte. Er wollte tapfer lächeln, doch es gelang ihm nicht. Ihre Zukunft war finster, und ihre Pläne mochten ihr ebenso den Tod bringen wie ihm. Es gab nichts, was er ihr sagen konnte, keine beruhigenden, falschen Worte, die er hätte sprechen können.

»Wir bestrafen ihn hier«, befand Tangye. »Es hat keinen Sinn, ihn erst hoch zum Fort zu schleppen.«

Drohend schlug er seine Knute gegen sein Bein. Leder klatschte auf Leder; eine Verheißung der Schmerzen, die kommen würden. *Ahnen, gebt mir die Kraft, nicht zu schreien,* bat Majagua still, den zwei Soldaten in die Knie zwangen und schließlich mit dem Gesicht auf den staubigen Boden drückten.

»Jeder, der stiehlt, bezahlt seine Verbrechen mit dem Leben. Ob aufgehängt, erschossen oder zu Tode gepeitscht. Seht euch das gut an. Und merkt es euch! Ich dulde keine Diebe, keine Faulheit, kein Aufbegehren. Arbeitet fleißig, und es wird euch nichts geschehen. Ich sorge für euch. Hintergeht mich, und mein Zorn wird euch treffen!«

Die Rechnung, die Majagua angestellt hatte, schien aufzugehen. Der Aufseher würde ihn nicht befragen, sondern ihn als abschreckendes Beispiel töten. Nur ihn, und somit würde sein Opfer ehrenvoll sein.

Es war ruhig geworden. Keiner sprach. Nur Tangyes Schritte waren zu hören, wie er zu Majagua trat. Sein schwerer Atem, der den jungen Paranao schon auf der Insel begrüßt hatte, würde ihn nun auch verabschieden. Majagua roch und schmeckte die Erde und fühlte sich dabei seinem Volk näher als jemals zuvor. Anui brannte auf seinen Rücken herab, versprach Aufnahme in die Höhlen am Himmel und das Geschenk seines Lichts. In Erwartung der Schmerzen biss sich Majagua auf die Lippe; ein Kribbeln lief über seinen Rücken, wo ihn jeden Augenblick die Peitsche treffen würde.

»Nein!«

Das Wort war laut und klar, und innerhalb eines Herzschlags wusste Majagua, dass Sinao es gerufen hatte. Er fluchte innerlich, legte den Kopf zur Seite, um besser sehen zu können. *Dummes Mädchen. Schafsmädchen! Hör auf zu blöken!*

Doch sie war schon in den Kreis getreten und forderte Tangyes Macht heraus, die Hände in die Hüften gestemmt und Tränen in den Augen. In diesem Moment wusste Majagua, dass sie auch sterben würde, dass sein Opfer umsonst war.

»Sin? Geh zurück, Sin, oder du fängst dir ein paar Schläge ein.«

»Nein.«

»Ich bestrafe den Kakerlak hier für seinen Diebstahl. Verschwinde, Sin, und lass mich meine Arbeit machen«, erklärte Tangye ruhig. Wieder klatschte die Peitsche gegen seinen Schenkel. Hinter dem gespielten Verständnis spürte Majagua die Ungeduld des weißen Mannes.

»Es gab keinen Diebstahl, Herr«, erwiderte Sinao und senkte den Blick, wie eine gute Sklavin es tun sollte. Es dauerte Momente, bis Majagua ihre Worte verstand. Die Zeit schien so träge dahinzufließen, dass die Worte sich darin auflösten wie Schaum auf den Wellen.

»Es gab keinen Diebstahl.« In ihrer Stimme lag Unterwürfigkeit, Angst, Flehen.

Tangye lachte rau. »Die Vorräte werden zu schnell aufgebraucht. Du hast es selbst gezählt, nicht wahr?«

»Das stimmt, Herr. Und Ihr habt die Sklaven gezählt.«

»Ja. Zu viel Essen fehlte.«

»Alle Sklaven?«

»Was meinst du?« Der mächtige Tangye war unsicher, Majagua spürte es in seinem Inneren.

»Auch alle, die nicht arbeiten können? Die Kranken und Schwachen?«

Wieder wurde es still. Die Macht ihrer Worte wusch über den jungen Paranao hinweg. Langsam wälzte er sich auf den Rücken, blickte zu Tangye empor, der wie ein gewaltiger Turm über ihm aufragte. Die Kiefer des Aufsehers mahlten, er strich sich mit einer Hand über das unrasierte Kinn. Jeder konnte die Antwort in seinen Bewegungen sehen, doch der junge Paranao konnte nicht glauben, dass Tangye sich diese Blöße geben würde. *Er wird Ja sagen und mich töten.*

Stattdessen wandte der Aufseher sich ab und schritt schnell, fast hektisch durch die Reihen seiner Untergebenen, die ihm verwirrt folgten. Sein Blick war unstet, so als ob er vergessen habe, was ihn noch eben angetrieben hatte. Vollkommen überrascht, guckte Majagua ihnen nach, wie sie aus dem Lager marschierten und die Tore verschlossen. Das Geschehnis war so unfassbar, dass er immer noch jeden Moment mit dem ersten Peitschenhieb rechnete. Doch stattdessen trat Sinao zu ihm, kniete neben ihm nieder und wischte ihm den Staub aus dem Gesicht. Auf ihrer Haut konnte er noch die feuchten Pfade sehen, die ihre Tränen hinterlassen hatten, und ihre Augen waren gerötet, doch sie lächelte. So nah hatte er ihr Antlitz noch nie gesehen, und er staunte über ihre dunklen Augen, in denen helle Einsprengsel im Sonnenlicht funkelten.

»Es ist vorbei.«

»Aber ...?«

»Ein Fehler«, meinte sie mit Nachdruck. »Es war ein einfacher Fehler. Tangye hat nur die Zahlen der arbeitenden Sklaven genommen, nicht die aller Sklaven. Sie interessieren ihn nicht, nur die Arbeiter sind für ihn wichtig. Es ist mir aufgefallen, als alle hier versammelt waren, dass es mehr Sklaven sind, genug, um die geschwundenen Vorräte zu erklären«, sprudelte es nur so aus ihr heraus.

Majagua blinzelte, sah in ihren schönen Augen die Lüge. »Warum ist er einfach gegangen?«

Endlich hatte Sinao die Fesseln gelöst. Vorsichtig streifte Majagua die Seile ab und erhob sich. Seine Schultern schmerzten, und in seinen Fingern pochte das Blut. Als erwache er aus einem Traum, blickte er sich um. Die Sklaven standen noch um sie herum; keiner sprach, alle starrten ihn an. *Als wäre ich ein wandelnder Toter,* dachte Majagua und grinste. *Womit sie nicht ganz unrecht haben!*

»Er hat einen Fehler gemacht«, erklärte Sinao. »Vor seinen eigenen Leuten. Vielleicht hat er sich geschämt?«

»Er hätte dir nur widersprechen müssen. Niemand hätte dir geglaubt«, entgegnete Majagua, doch plötzlich war er sich nicht mehr sicher.

»Aber es war falsch.«

Kopfschüttelnd sah Majagua sie an. In ihren Worten lag mehr als nur Trotz. Sie waren mit der Gewissheit gesprochen, die Berge an die Welt fesselte und die Anuis Licht jeden Morgen auf ein Neues aufgehen ließ. Gewissheit, die keinen Widerspruch duldete. Niemand im Lager zweifelte an ihren Worten. »Du hast das bewirkt«, meinte er, als er langsam begriff. »Du hast ihn mit Mojo belegt.«

Sinao hatte die Augen weit aufgerissen. Leise sagte sie: »Ich weiß es selbst nicht.«

Da lächelte Majagua, um ihr zu zeigen, dass es ihm egal war. Sie hatte ihn gerettet, sie war mutig und stolz gewesen, eine Paranao wie aus den alten Geschichten. Ihm war egal, ob sie Mojo benutzte oder nicht. Und Sinao erwiderte sein Lächeln, und einen Augenblick lang vergaß er darüber alles andere.

Langsam atmete er schließlich aus und wurde wieder er selbst. Die Ruhe verließ ihn, ebenso wie die Gewissheit, was die Zukunft bringen würde. Aus dem lebenden Toten wurde erneut ein Mensch, und seine Ängste kehrten zurück.

»Was tun wir jetzt? Sie sind einfach gegangen? Was ist mit Essen? Was mit Wasser? Wohin …«, hastete er durch viele Fragen, doch Sinao schüttelte den Kopf.

»Für jetzt sind wir sicher. Sie sind fort. Wir haben keine Arbeit. Lass uns in den Schatten gehen.«

Sanft führte sie ihn am Arm zu einer der Hütten. Als Bara zu ihnen treten wollte, blickte sie ihn finster an: »Lass uns allein!«

Als wäre sie die Cacique des Lagers, gehorchten ihr alle anderen. Langsam löste sich die Versammlung auf, doch niemand kam zu ihnen in die Hütte, wo Majagua sich auf die Fersen hockte und behutsam seine Finger bewegte. Die Haut an seinen Handgelenken war rot und aufgescheuert, und er spürte noch die harten Griffe der Soldaten an seinen Oberarmen.

»Schmerzt es sehr?«

Lächelnd schüttelte er den Kopf. Dann schaute er zu ihr auf.

Sie kniete sich neben ihn und nahm seine Hand: »Zeig.«

Ihre Finger fuhren sanft über seine geschundene Haut, als wolle sie seine Wunde durch ihre bloße Berührung heilen. Gegen ihre Gewohnheit hatte sie ihr dunkles Haar nicht zu einem Knoten gebunden, es fiel ihr in Locken ins Gesicht und beschattete ihre Augen.

Unvermittelt nahm Majagua ihre Hand und zog sie zu sich hin. Ihre weiche Haut schmiegte sich an seine. Tränen stiegen ihm in die Augen. »Ich sollte tot sein.«

»Du bist es aber nicht«, erwiderte sie leise. »Du bist am Leben, Krieger. Und deshalb bin auch ich noch am Leben.« Ihre Arme legten sich um ihn, umschlossen ihn in einer Umarmung, die seine Daemonen vertrieb.

Hier im Halbdämmer der Hütte sah niemand seine Schwäche, und er konnte sich in ihre Arme fallen lassen. Ihre Finger glitten durch sein Haar, kämmten die wilden, schwarzen Strähnen. Sie strich über seinen Nacken, seinen Rücken, verharrte kurz an jedem einzelnen Wirbel. Majagua stieß ein Keuchen aus, vor Überraschung, vor Lust, vor Freude. Ihr Duft, schwer und erdig, betäubte ihn. Vorsichtig legte er seine Hände um ihre Taille, streichelte über den groben Stoff ihres Kleides, suchte nach einer Möglichkeit für seine Finger, unter den Stoff zu schlüpfen. Als er endlich ihre Haut fand, gluckste sie, ein Laut, der halb Lachen und halb Stöhnen war, und Majaguas Gedanken waren erfüllt von ihrer Gegenwart. *Ihr Ahnen! Wie wunderschön dieses Mädchen ist!*

Er ließ seine Hände wandern, hielt sie fest, erreichte schließlich ihre Brust. Sie hatte die Augen geschlossen und barg den Kopf an seinem Hals. Ihr Atem lag schnell und heiß auf seiner Haut. Majagua suchte ihre Lippen und fand einen Kuss, zögerlich zunächst, doch dann öffnete sie ihre Lippen und drängte sich an ihn.

Ungeduldig zerrten sie an der Kleidung des anderen, schoben und zogen, bis der störende Stoff am Boden lag, achtlos fortgeworfen. Er bettete sie auf den Lehmboden und küsste die Wellen ihres Haares und die sanfte Wölbung ihrer Scham. Im Halbdunkel erforschte Majagua Sinaos Leib und sie den seinen, bis er endlich auf ihr lag und vorsichtig in sie eindrang. Als er sich in ihr bewegte, flüsterte sie seinen Namen und Koseworte, die so alt waren wie die Welt selbst.

In diesem Moment vermeinte er, eins zu sein mit ihr, eins mit der Erde, den Wellen und dem Himmel, und er ließ sich von Sinaos Hitze forttreiben. Weg von Hequia, von dem Lager, weg von allem. Sie lagen in der Hütte, und es gab nur ihre Körper, ihre Berührungen, ihre Liebe, und sie waren frei.

ROXANE

Das Donnern der Geschütze übertönte jedes andere Geräusch, und die volle Wucht der Breitseite ließ das Schiff erzittern. Ein Blick auf die Taschenuhr in ihrer Hand bestätigte Roxane, was sie bereits vermutet hatte – über zwei Minuten waren vergangen, seit die Kanonen zuletzt geschossen hatten. Unzufrieden schüttelte sie den Kopf, als sie Cearls Blick sah.

»Zwei-zehn.«

»Inakzeptabel«, antwortete der Erste Offizier. Für einen Moment hatte Roxane das unwirkliche Gefühl, dass er ihr Verhalten kommentiere, doch er wandte sich bereits wieder ab und brüllte Befehle. Seit sie aus Lessan ausgelaufen waren, hielt Kapitän Harfell die Besatzung mit Übungen auf Trab und scheute sich nicht einmal, Pulver und Munition dafür verwenden zu lassen. Dennoch war die Leistung der Mannschaft nicht zufriedenstellend, wie Roxane erneut feststellte. In einem Gefecht würde diese Nachlässigkeit Menschenleben und vielleicht den Sieg kosten.

Vorsichtig wanderte Roxanes Blick zu Cearl. Seit sie Lessan verlassen hatten, fürchtete sie sich davor, dass Leutnant Hugham den anderen Offizieren von ihrem Verhalten berichten könnte. *Frewelling würde mich hoffentlich nur auslachen,* dachte sie. *Aber Harfell würde mich vermutlich vor das Kriegsgericht zer-*

ren. Welcher Artikel wäre das? Fraternisierung mit einer verfeindeten Macht?

Ohne es zu wollen, lächelte sie, als sie an die Umstände der »Verbrüderung« dachte: die Nacht des Empfangs, die warme Luft, den Sternenhimmel, Jaquentos Berührung.

Unfug, schalt sie sich wütend. *Wir haben hier ganz andere Probleme.* Lessan sollte vergessen sein, keine Auswirkungen mehr haben, verborgener Teil der Vergangenheit werden.

Wieder spien die Geschütze ihre Ladung in die Welt hinaus, wieder waren mehr als zwei Minuten vergangen. Als Cearl zu ihr hinübersah, hielt sie ihm stumm die Uhr entgegen. Beinahe hätte er geflucht, doch er biss sich nach den ersten Silben auf die Lippen und brüllte dann so laut, dass es das ganze Deck hören musste: »Zu langsam! Immer noch zu langsam! Ab jetzt machen wir Trockenübungen! Und wir hören nicht auf, bis wir unter zwei Minuten sind!«

Laut zu murren wagte niemand, aber das Murmeln der Geschützmannschaften verriet deutlich, was sie von dem Übungsschießen hielten. Ohne sich davon beirren zu lassen, rief Frewelling die Befehle, die von den Fähnrichen weitergegeben wurden. Jeder Fähnrich kommandierte seine eigene kleine Abteilung Kanonen. Unweit von Roxane entfernt stand Tola und gab ruhig die nötigen Kommandos. Ihre Stimme war fest, trotz der Anspannung, die auf dem Deck herrschen musste. Sie hatte sowohl den Geschützdonner als auch die Pulverdampfschwaden auf Deck stoisch ertragen und tadellos gearbeitet, wie Roxane stolz bemerkte. Doch gerade, als die junge Offizierin zu ihr blickte, wurde Tola von einem Seemann derb angerempelt, der sie nicht zu beachten schien. Ohne sich zu entschuldigen, kehrte der breitschultrige Mann zu seiner Position an den Kanonen zurück, während sich Tola an einem Spant abstützen musste, um nicht auf den sandigen Boden zu stürzen. Fassungslos betrachtete Roxane das Geschehen, dann trat sie die Treppe ganz hinab auf das Geschützdeck und rief: »Halt!«

Unter ihren Sohlen knirschte der Sand, der das Holz gegen Funkenflug – und, wie die Matrosen munkelten, gegen Blutspritzer – schützen sollte. Alle Augen waren auf sie gerichtet. Ohne darauf zu achten, baute sie sich neben Tola auf und fixierte den Seemann, der mit einem spöttischen Grinsen nachlässig salutierte.

»Was geht hier vor? Hoare? Erklären Sie sich, Mann!«

Der Seemann, dessen gefährlich an Ungehorsam grenzendes Verhalten Roxane schon zuvor aufgefallen war, behielt seine gut gelaunte Miene bei: »Geschützübung … Thay.«

»Sie haben Fähnrich Levman angestoßen, Hoare.«

Der Mann, dessen Brust die Ausmaße eines kleinen Wasserfasses hatte, zuckte mit den Achseln. Seine Kanonierskollegen sammelten sich um ihn, während Frewelling langsam die Reihen der Geschütze abschritt und zu ihnen trat.

»Eifer des Gefechts, Thay. War'n bisschen eng, nich' wahr?«

»Mehr haben Sie nicht zu sagen?«, fragte Roxane leise. Es widerstrebte ihr, ihm zu drohen, aber der Vorfall ließ sich als Angriff auf eine Offizierin auslegen, und dafür gab es nur eine Strafe, die in den Kriegsartikeln vorgesehen war. Der Mann tanzte gefährlich nah am Abgrund, doch dies schien ihm keine Sorgen zu bereiten. Unvermittelt wurde sein Grinsen breiter, und er schüttelte den Kopf. Bevor Roxane noch etwas sagen konnte, fiel ein Schatten auf sie, und Harfell kam den Niedergang herab.

»Warum wurde die Übung unterbrochen? Auf wessen Befehl hin wurde das veranlasst?«, verlangte der Kapitän zu wissen. Die junge Offizierin sah, wie Hoare schneidig Haltung annahm und ordentlich salutierte.

»Auf meinen Befehl, Thay. Seemann Hoare hat sich ungebührlich verhalten, und ich habe ihn zur Rede gestellt.«

»Ungebührlich? Hoare ist ebenso lange auf diesem Schiff wie ich. Ein guter Kämpfer, ein treuer Seemann. Das Salz der See, Leutnant«, wies Harfell sie zurecht.

Vorsichtig räusperte sich Roxane. »Das mag sein, doch er hat eine Offizierin beinahe zu Boden gestoßen.«

»Stimmt das, Hoare?«

»Thay, Fähnrich Levman stand im Weg. Zu nah an der Kanone, Thay. Ich wollte nur meine Arbeit machen.«

Die Augen des Kapitäns flogen zu Tola.

»Levman! Natürlich. Und Hedyn. Das hätte ich mir denken können!«

»Thay?«, fragte Roxane bestürzt. Innerhalb weniger Momente war ihr der Boden unter den Füßen weggezogen worden, und es war ihr, als stampfe das Schiff durch einen schweren Sturm. Anstatt dass ein Fehlverhalten geahndet wurde, stand nun ihr eigenes Urteil zur Debatte, wie die kalten Blicke Harfells bezeugten.

»Levman, stören Sie den Ablauf der Übung? Schwächen Sie die Moral meiner Mannschaft? Das ist Sabotage!«

»Nein, Thay.«

Hilfe suchend blickte Roxane zu Cearl, der mit versteinerter Miene abseits stand. Im Gegensatz dazu feixte Hoare geradezu, und auch andere Mitglieder der Besatzung grinsten breit. Einigen mochte es Freude bereiten, die Offiziere derart zurechtgewiesen zu sehen, doch bei anderen sah Roxane mehr als nur Schadenfreude. Genugtuung verquirlte sich mit Hass zu einer explosiven Mischung, bei der Harfells Verhalten der Funken an der Lunte sein mochte.

Plötzlich drehte sich Frewelling zum Kapitän herum. »Thay, ich muss protestieren«, warf er förmlich ein. »Fähnrich Levman hat nur ihre Pflicht getan, und Leutnant Hedyn ahndet lediglich einen Verstoß von Seemann Hoare. Sie ...«

»Auch Sie, Frewelling?«, unterbrach ihn der Kapitän und trat einen Schritt zurück. Seine Augen huschten von links nach rechts, seine Hand verkrampfte sich vor der Brust.

Er ist ein kranker Mann, schoss es Roxane durch den Kopf. Einen Moment sah Harfell aus, als ob er einen Anfall erleiden würde, dann fingen sich seine Züge wieder, und er lächelte abschätzig: »Ich weiß, was Frauen in Uniform einem Mann antun können, Cearl. Sie sollten sich weniger von Ihren Gelüsten leiten lassen. Haben Sie den Vorfall gesehen?«

Entsetzt starrte Cearl den Kapitän an. Die Demütigung stand ihm brennend ins Gesicht geschrieben, als er grimmig den Kopf schüttelte: »Nein, Thay.«

»Dann zurück auf Ihren Posten, Leutnant. Führen Sie die Übung fort. Ich werde mich um diese Kabale hier kümmern!«

»Aye, aye, Thay!«

»Weitermachen«, befahl Harfell der Geschützmannschaft. »Und Sie beide kommen mit mir.« Als sich Hoare abwendete, sah Roxane noch, wie er Tola einen Kuss zuwarf. Wie betäubt folgte die junge Offizierin dem Kapitän durch das Geschützdeck zum Niedergang. Durch ihren Geist rasten die Gedanken; Wut, Angst und Scham nahmen ihr die Kaltblütigkeit, und die vielen Blicke der Besatzung taten das Ihrige, um sie weiter zu verunsichern. Wie ein geprügelter Hund ging sie mit gesenktem Kopf hinter Harfell her; eine andere Option gab es nicht. *Auflehnung wäre Meuterei, und der Kapitän würde nicht zögern, uns an der nächsten Rah aufknüpfen zu lassen! Bei der Einheit, wer sagt, dass er dies nicht ohnehin vorhat? Wir hätten in Lessan handeln müssen, mit unseren Vorgesetzten reden, aber als wir dort vor Anker lagen, schien er so viel … stabiler zu sein.* Diese Fehleinschätzung kam sie nun teuer zu stehen.

Erst in seiner Kajüte machte der Kapitän halt und befahl seine Wache mit hinein. Langsam setzte er sich an seinen Kartentisch und schaute einige Sekunden lang versonnen auf die ausgebreiteten Seekarten und Navigationsgeräte. Dann schnellte sein Blick nach oben.

»Verschwörung«, zischte er. »Sabotage. Meuterei!«

»Thay ...«, begann Roxane, doch er fiel ihr ins Wort: »Schweigen Sie! Ich hätte jedes Recht, Sie beide mit der schwersten Strafe zu belegen. Wenn wir im Hafen wären, könnte ich ein Marinegericht einberufen, und man würde Ihnen die Höchststrafe aufbrummen, darauf können Sie sich verlassen, Leutnant, nicht wahr?« Die Worte stieß er hastig, beinahe fiebrig hervor, und Speicheltropfen sprühten umher.

»Ich sehe nicht, dass mein Verhalten nach den Kriegsartikeln strafbar wäre, Thay«, entgegnete Roxane steif, ohne den Blick von der Wand zu nehmen. »Ebenso hat sich Fähnrich Levman nichts zuschulden kommen lassen, sondern war vielmehr Opfer einer Missetat.«

»Ausreden. Sie klingen wie ein Sesselfurzer aus der Admiralität, Leutnant. Sind das wirklich Sie? Hinterhältig, feige, unfähig, zu den eigenen Taten zu stehen?«

Darauf antwortete Roxane nicht, denn es gab nichts zu sagen. Sie riskierte einen kurzen Blick zur Seite, wo Tola mit schreckensweiten Augen wie angenagelt dastand, das Kreuz durchgedrückt, das Kinn erhoben, als könnte eine tadellose Haltung sie vor Harfells Zorn bewahren. *Ich sollte sie beschützen,* durchfuhr es Roxane, doch der Gedanke war begleitet von der Erkenntnis, dass sie es nicht vermochte – sie konnte ja nicht einmal sich selbst schützen.

»Soldat, bringen Sie Fähnrich Levman zum Maat. Sechsunddreißig Schläge sollten ihr Mütchen vorerst kühlen.«

Das Mädchen seufzte entsetzt, und auch Roxane schluckte.

Mit hängendem Kopf folgte der Fähnrich dem Soldaten, der mit einem Kopfnicken zur Tür deutete.

»Thay, ich protestiere formell gegen diese Strafe.« Roxane versuchte, ihre Stimme ruhig und fest klingen zu lassen. *Überzeugend in den Ohren eines Wahnsinnigen.*

»Protestieren Sie, solange Sie wollen. An Bord dieses Schiffes wird kein Ungehorsam geduldet! Verschwinden Sie aus meinen Augen, Fähnrich.«

»Mein Protest wird in das Logbuch eingetragen, Thay? Und in Ihrem Bericht erwähnt?«

»Wenn Sie es wünschen, Hedyn. Schaufeln Sie sich ruhig Ihr eigenes Grab«, erwiderte Harfell beinahe jovial und erhob sich. Langsam schlenderte er um den Tisch herum und kam vor ihr zum Stehen. Er musterte sie eingehend, während sie ihren Blick starr geradeaus gerichtet hielt.

»Was mache ich nur mit Ihnen?«, murmelte der Kapitän. »Als Sie an Bord kamen, hoffte ich, eine verwandte Seele zu finden. Nicht so blutleere Hüllen wie Hugham und Frewelling, die eher Tinte als Salzwasser in ihren Adern haben. Gedient beim großen Sieg am Delta des Tarnt. Eine kämpfende Offizierin! Stattdessen bekomme ich Widerworte, Misstrauen, Illoyalität. Was soll ich nur mit Ihnen tun?«

»Thay, ich bin loyal«, verteidigte sich Roxane hoffnungslos. »Ich kann lediglich nicht schweigend mitansehen, wie Fähnrich Levman für ihr korrektes Verhalten bestraft wird.«

»Ach, Levman. Sie ist eine Unruhestifterin, das hat sie mehrfach bewiesen. Sie stichelt und hetzt die Mannschaft gegen mich auf. Meine Mannschaft!«

»Thay …«

»Aber um Levman geht es hier nicht. Was machen wir mit Ihnen, Leutnant? Ihre Vergehen sind, da von einer Offizierin begangen, weitaus schlimmer.«

Unbewusst straffte sich Roxane. Wenn sie schon nicht Tola vor dem Kapitän beschützen konnte, dann würde sie wenigstens jede Strafe als Sühne ertragen.

»Ich protestiere, Thay«, erklärte sie ruhig. »Ich habe gegen keinen der Kriegsartikel verstoßen.«

»Ist das so? Zitieren Sie bitte Artikel 36, Leutnant.«

Der kurze Moment des Widerstands verging, und mutlos rezitierte Roxane den Text: »Alle anderen Verbrechen, die von einer oder mehreren Personen der Flotte begangen wurden und die in diese Artikel keinen Eingang fanden und für die hiermit keine Strafe festgelegt wurde, sind nach den Gesetzen, Regeln und Traditionen auf See, welche in solchen Fällen Anwendung finden, zu bestrafen.«

»Ich glaube, dass Ihre Vergehen sehr wohl von den Kriegsartikeln abgedeckt sind, Leutnant.«

»Ich verlange, dass mein Protest in Logbuch und Bericht aufgenommen werden«, erwiderte Roxane halbherzig, was den Kapitän den Kopf schütteln ließ.

»Widerstand bis zum Letzten. Ich sollte Sie nackt auf dem Deck an die Gräting binden und wie eine gewöhnliche Matrosin auspeitschen lassen«, erklärte Harfell, was Roxane einen eisigen Schauer über den Rücken laufen ließ. Schlimmer als eine solche Bestrafung würde der Ehrverlust sein. Die Marine würde keiner derart bestraften Offizierin mehr ein Patent ausstellen, die Besatzung würde ihr nicht mehr gehorchen. Selbst wenn sie es überlebte, wäre ihre Karriere beendet.

»Ab jetzt haben Sie doppelte Schichten, Leutnant. Sie übernehmen zwei von drei Wachen. Ich werde Sie beobachten; leisten Sie sich einen Fehler, suspendiere ich Sie vom Dienst. Sollten Sie Ihre Wachen nicht korrekt ausführen, werde ich Sie bestrafen. Sehen Sie das als Chance, Leutnant. Noch habe ich meinen Glauben an Sie nicht ganz verloren.«

Da sie nicht wusste, was sie tun sollte, salutierte Roxane und entgegnete: »Aye, aye, Thay.«

»Raus hier.«

Dem rüden Befehl folgend, verließ die junge Offizierin die Kajüte. Ihr Herz schlug ihr bis zum Hals, und es war, als hinge ihr einer der gewaltigen Anker der *Mantikor* um die Gurgel. Ihr stockte der Atem, und sie schritt wie betäubt an Deck. Das grelle Sonnenlicht stach ihr in die Augen. Sie wollte zu Tola gehen, um ihr beizustehen, doch der Kapitän war ihr gefolgt und sah sie abschätzig an. Mit steifen Schritten ging die junge Offizierin auf das Geschützdeck hinab und begab sich auf ihre Position. Sie ignorierte Cearls fragende Blicke, die hämischen Mienen der Mannschaft und den Kapitän, der am Niedergang stand, und konzentrierte sich nur auf die Übung. Irgendwo im Schiff wurde Tola gerade halb totgeschlagen, und Roxane fühlte sich wie eine Verräterin an dem Mädchen.

Ihre eigene Strafe bereitete ihr kaum Sorgen, sondern ihre Gedanken wanderten immer wieder zum Fähnrich, bis die Übung mit einem etwas besseren, wenn auch nicht guten Ergebnis vorüber war und der Kapitän sich wieder zurückgezogen hatte.

»Was ist geschehen?«, flüsterte Cearl, als er an sie herantrat, und sah sich vorsichtig um.

»Er wird Tola umbringen.« Als sie die Worte sagte, wusste sie, dass sie irgendwann wahr werden würden. »Er ist krank. Wir müssen etwas tun.«

»Wir haben darüber schon gesprochen ...«

»Nicht hier und nicht jetzt. Später. Ich sage Ihnen, wann und wo«, erklärte Roxane leise. Auch sie behielt die Besatzung im Blick. Sie konnten niemandem vertrauen, und konspirative Treffen mit dem Zweck, den Kapitän abzusetzen, würden vor jedem Marinegericht nicht nur für eine Anklage, sondern auch für eine Verurteilung genügen.

»Wir sollten uns um Levman kümmern«, befand Cearl. »Sie gegen Harfell abschirmen.«

»Ja.«

»Verflucht. Ich hatte gehofft, dass sich sein Zustand gebessert hat. Auf Lessan war er so ruhig!«

»Ich fürchte, wir haben uns beide geirrt.«

JAQUENTO

Der Blick hinab war atemberaubend; und mehr als vierzig Meter über dem Meeresspiegel zu stehen, die Hand am Hauptmast, und auf der schmalen Rah zu balancieren tat das Übrige, um Jaquentos Herz rasen zu lassen. Die *Windreiter* machte ihrem Namen alle Ehre und flog geradezu über die See. Und Jaquento, der hoch oben am Hauptmast stand, schien selbst durch die Luft zu fliegen, weit über dem Deck, wie ein Vogel. Er ertappte sich dabei, wie er laut jauchzte. Auf der anderen Seite des Mastes lachte Pertiz.

»Habe ich es dir nicht gesagt?«, rief der Kapitän.

»Du hattest recht. Die Welt gehört uns!«, antwortete der junge Hiscadi begeistert. Unter ihnen blähten sich die Segel, und der Wind trieb das Schiff vor sich her. Die Takelage, die Jaquento einst einschüchternd und unbezwingbar hoch vorgekommen war, barg nun keine Schrecken mehr für ihn. Hier oben, am höchsten Punkt des Schiffes, war er zuvor noch nie gewesen, und er genoss das Losgelöstsein mit jeder Faser seines Körpers.

Die kleine Echse hatte es sich auf seiner Schulter bequem gemacht und interessierte sich offenbar nicht für ihre luftige Position. Stattdessen schlief Sinosh – wieder einmal – und ließ sich nicht von den hier oben deutlich spürbaren schaukelnden Bewegungen und dem Wind irritieren.

»Ich entere ab«, rief Pertiz, und Jaquento nickte ihm zu. Gemeinsam kletterten sie behände erst am Mast hinab, um dann schließlich ein Seil zu packen und daran hinunterzugleiten. Die ledernen Handschuhe wurden heiß, doch Jaquento erreichte mit einem Sprung als Erster das Deck und landete federnd, um mit einer gezierten Verbeugung den Kapitän zu empfangen.

»Sehr schnell«, frotzelte er, während Sinosh wie zur Untermalung seiner Stichelei gähnte.

»Wenn du nicht respektvoller bist, werde ich dich zum Deckschrubben einteilen, Jaq«, erwiderte Pertiz.

»Ich zolle Eurer Leistung durchaus Respekt, Mesér. Ihr seid sehr schnell ...«

»Aber langsamer als du. Ich habe es verstanden. Hast du den dünnen Streifen am Horizont gesehen?«

Nickend bestätigte Jaquento, dass er den silbrigen Streif ebenfalls gesehen hatte.

»Wir nähern uns dem Ziel. Wir sollten uns langsam darauf vorbereiten.«

»Ihr Wissen ist ... unheimlich«

»Was denn?«, erwiderte Pertiz lachend und schlug Jaquento auf die Schulter. »Hast du Angst vor ihrer Magie? Bist du abergläubisch?«

»Nein, nicht besonders. Und das Arsanum ist etwas Natürliches. Aber ihre Fähigkeiten sind außergewöhnlich. Anders, als ich sie bislang gesehen habe. Was immer sie auch sucht: Sie hat sich dafür mit einer Bande von Halsabschneidern und Piraten eingelassen, obwohl das sonst kaum ihr normaler Umgang ist«, erläuterte Jaquento, ohne auf den Protest des Kapitäns zu achten. »Sie kennt trotz ihrer Beteuerungen keine Furcht. Und sie hat uns direkt zu dieser Insel geführt, die irgendwo im Nirgendwo liegt.«

»Alle Inseln hier liegen im Nirgendwo, Jaq. So ist die Sturmwelt beschaffen. Und sie hat wohl mithilfe von Arsanum Kontakt mit ihren Leuten aufgenommen oder das Schiff selbst aufgespürt. Einfache, ehrliche Hexerei.«

»Du weißt, was ich meine.«

»Ja, ich weiß. Diese Insel, Amara, ist nicht gerade der Nabel der Welt. Aber sie ist auch nicht völlig unbekannt. Sie war auf den Karten dieses Schiffes verzeichnet, und angeblich gibt es dort auch eine Kolonie.«

»Eine Kolonie fernab von allem. Die Inseln hier sind nur dünn besiedelt, wenn überhaupt. Der nächste Hafen ist ein kleines Loch, kaum für mehr als für Fischerboote geeignet. Was denkst du, was uns erwartet?«

»Ich weiß nicht. Aber ich weiß eines: Niemand bietet einen solchen Lohn für eine einfache Aufgabe an.«

»Außer es geht um mehr als nur um Geld.«

Wieder lachte Pertiz auf. »Mehr als Geld? Mein Freund, Geld regiert diese Welt, von den kleinsten Eilanden der Sturmwelt bis hin zu den Königshöfen von Corbane!«

»Manche Menschen haben auch einen anderen Antrieb«, widersprach Jaquento, aber der Kapitän schüttelte den Kopf: »Kennst du das Gedicht nicht? *Nicht die Kön'ge regieren unser Land?*«

»*Sie sind doch alle abgebrannt. Vielmehr ist es des Goldes Glanz mit seinem falschen Heil'genkranz*«, beendete Jaquento den Reim. »Ja, ich kenne es. Immerhin stammt es aus meiner Heimat. Aber ...«

»Vertrau mir in dieser Sache. Wenn dermaßen viel auf dem Spiel steht, geht es immer um Geld. Vielleicht ist es ein Schatzschiff, vielleicht hat es den Bauch voller Gold. Oder gleich voller Traumstaub. Was auch immer es ist – wer es hat, frisst keinen Schiffszwieback mehr. Er kann auf seidenen Kissen schlafen und die teuersten Huren bezahlen.«

»Du kämpfst auch nicht für Gold allein«, gab der Hiscadi

zu bedenken, ohne hinzuzufügen, dass es ebenfalls andere Gründe waren, die ihn hierhergeführt hatten.

»Ah, Treffer«, gestand Pertiz. »Aber dennoch haben wir unsere Schiffe, Musketen und Schwertarme Tareisa versprochen, weil sie uns bunte Steine und gelbes Metall in Aussicht stellte. Ich kann kaum behaupten, edlen Motiven zu folgen, wenn ich Blut für Gold vergieße, oder?«

Bevor Jaquento antworten konnte, bemerkte er, dass die *Todsünde* zu ihnen aufschloss. Mit einer Geste lenkte er Pertiz' Blick auf das andere Schiff, und sofort gab der Kapitän Befehl, einige Segel zu reffen. Schon bald glitt die *Todsünde* in Pistolenreichweite neben ihnen durch das Wasser und gab Jaquento die Möglichkeit, ihre schlanken Formen und gebändigte Kraft zu bewundern.

»Ahoy, Kapitän«, rief Deguay zu ihnen hinüber.

»Ahoy!«

»Wir werden unterhalb des Horizonts außer Sicht bleiben. Ihr fahrt näher ran und erkundet die Lage. Scheucht sie raus, wenn möglich!«

»Aye, aye!«

»Ich lasse Mano übersetzen!«

Wieder bestätigte Pertiz den Befehl. Während die *Todsünde* eines der Beiboote zu Wasser ließ, meinte Jaquento: »Einen Maestre an Bord zu haben wird nützlich sein. Wer weiß, was uns erwartet. Da kann ein bisschen Mojo sicher nicht schaden.«

»Ich denke, dass Rénand die Dame Tareisa gerne bei sich behalten will«, erwiderte Pertiz mit einem anzüglichen Grinsen.

Es dauerte eine Weile, bis das kleine Ruderboot sie erreicht hatte und Manoel geschickt wie ein Äffchen an Bord kletterte. Er hatte kaum mehr Gepäck dabei als einen kleinen Beutel und die Hose, die er trug, und wurde sogleich von einigen Freunden überschwänglich begrüßt.

Elegant fiel die *Todsünde* ab, drehte sich aus dem Wind und schlug einen Kurs ein, der querab zu ihrem eigenen lag. Pertiz hingegen ließ wieder Segel setzen.

»Dieses Schiff segelt in die Höhle des Löwen«, murmelte Jaquento finster, aber der Kapitän winkte ab.

»Die *Windreiter* ist trotz ihres markanten Äußeren einfach unauffälliger. Die *Todsünde* macht die Gewässer der Sturmwelt schon länger unsicher. Du hast es doch gesehen, als wir vorgestern diesen winzigen, von Insel zu Insel hüpfenden Händler aufgebracht haben. Die haben sich vor Angst fast in die Hosen gemacht, obwohl sie nichts Wertvolleres als einige Fässer Wein an Bord hatten. Und das nur, weil sie Rénands Flagge erkannt haben.«

»Der Wein war trotzdem gut« erwiderte Jaquento trocken.

Der Überfall war schnell vonstattengegangen. Das kleine Schiff hatte weder entkommen können, noch hatte der behäbige Händler ihnen etwas entgegenzusetzen gehabt. Innerhalb kürzester Zeit waren alle Wertgegenstände geplündert worden, ebenso wie die Ladung Wein, ein Großteil der Vorräte und zwei Mann der Besatzung, die sich ihnen nach einer der berühmten Reden Deguays angeschlossen hatten. Nicht ein Schuss war gefallen und kein Tropfen Blut vergossen worden. Pertiz hatte es eine gute Prise genannt, und diejenigen, die vom Wein gekostet hatten, waren geneigt gewesen, ihm zuzustimmen.

Dieser Raubzug war Jaquento beinahe schon natürlich erschienen. Es hatte ihn kaum Überwindung gekostet, seine Waffe zu ziehen und den blutrünstigen Piraten zu mimen.

Wenn du vorgibst, ein Pirat zu sein, und die anderen dir glauben, zu was macht dich das?

Einige der freigelassenen Sklaven waren sehr in ihrer neuen Rolle aufgegangen, und Pertiz hatte sie zurückhalten müssen, damit sie ihren schwelenden Zorn nicht an der Besatzung des Inselhändlers ausließen.

Der Anblick der *Todsünde* allein verbreitete schon genug Schrecken, ebenso wie die schwarze Flagge, sodass viele Schiffe sich widerstandslos ergaben. Niemand wollte wegen einer Schiffsladung Wein und Gewürze in die Einheit eingehen. *Was könnte nur eine ganze Flotte solcher Schiffe erreichen? Eine eigene Nation? Piraten, natürlich, aber gibt Macht nicht Legitimation? Oder woher nehmen die Thayns das Recht, die Ozeane zu beherrschen und ihren Willen auf allen Meeren durchzusetzen, oder die Géronaee, meine Heimat zu annektieren und wie eine Provinz zu behandeln? Sie können es; das ist alles Recht, das sie brauchen.*

Langsam näherte sich die *Windreiter* der Insel. Es war kein großes Eiland, aber in ihrer Mitte ragten einige grün bewaldete Hügel empor.

Am Nachmittag waren sie nicht mehr weit von den Riffen entfernt, an denen sich die See schäumend brach. Mit Ferngläsern hielten sie Ausschau nach Lebenszeichen, und schließlich rief einer der Toppsgasten: »Rauch!«

Tatsächlich. Als Jaquento dem ausgestreckten Arm des Mannes folgte, sah er eine dünne Rauchfahne über der Insel, die schon bald vom Meereswind verweht wurde.

»Also lebt dort jemand«, stellte Pertiz zufrieden fest. »Unsere Karten sind korrekt. Wenn jetzt noch Tareisa die Wahrheit gesagt hat, sind wir vielleicht bald reich.«

Und wenn nicht, sind wir bald tot, dachte Jaquento, den seine eigene morbide Laune überraschte. Noch immer erschien ihm die ganze Angelegenheit, von ihrem Treffen mit der Maestra bis hin zu dem Auftrag, unwirklich. Der Anblick der Insel mit der niedrigen Rauchfahne wirkte auf eine Weise mysteriös, die er sich selbst nicht ganz erklären konnte.

»Keine Vögel«, murmelte er.

»Was?«

»Über der Insel fliegen keine Vögel. Das ist ungewöhnlich.«

»Stimmt. Vielleicht werden sie von den Bewohnern gejagt. Es gibt einige Stämme der Paranao, die Stöcke mit Harz beschmieren, an denen die Vögel dann kleben bleiben«, berichtete der Kapitän. »Angeblich sollen sie recht schmackhaft sein.«

Die *Windreiter* umrundete eine kleine Landzunge, deren hohe Klippen die Sicht auf die dahinterliegende Küste bislang verborgen hatten. Jetzt sahen sie eine Bucht, deren türkises Wasser im Sonnenlicht funkelte. Einige Palmen standen an einem hellen Sandstrand, doch niemand hatte Augen für die Schönheit der Natur. Stattdessen guckten alle zu den Schiffen, die in der Bucht vor Anker lagen, vielleicht zwei Dutzend Meter voneinander entfernt, und zu der Festung, die auf der gegenüberliegenden Seite auf steilen Klippen stand und deren graue Mauern sich trutzig zu erheben schienen.

»Verflucht!«, zischte Pertiz. »Das sind eine Fregatte und zwei Korvetten. Schonerbrigg getakelt, wenn ich mich nicht irre. Und ein ganzes verdammtes Fort.«

»Dieser Happen ist wohl zu groß, um ihn abzubeißen«, stellte Jaquento trocken fest, und Pertiz nickte. Mit dem Fernrohr betrachtete der Hiscadi die Situation genauer. Die drei Schiffe lagen im tieferen Wasser, dort wo die See schon dunkelblau aussah. Die Fregatte war schwarz angestrichen, während die Korvetten einen weißen Rumpf mit einem blauen Streifen aufwiesen. Auch die Flaggen am Mast waren blauweiß gestreift.

»Compagnie-Schiffe. Das ist unsere Beute. Siehst du die Fregatte?«, fragte Pertiz.

»Ja. Sie ist irgendwie … beschädigt?« Tatsächlich war zu erkennen, dass es klaffende Spalten im Rumpf gab, Taue lose von den Masten herabhingen und ganze Rahen fehlten. Zunächst wirkte es, als sei das Schiff in einem Sturm beschädigt worden, doch auf den zweiten Blick sah es fast so aus, als wäre die schwarze Fregatte in ein Seegefecht verwickelt gewesen. Die Korvetten hingegen wiesen keine Schäden auf.

Ein dumpfes Grollen ertönte, und vom Fort stieg Rauch auf. Auch über den trutzigen Mauern wehte die blau-weiße Flagge der Compagnie.

»Sie mögen hier wohl keine Besucher«, vermutete Jaquento.

»Das war nur ein Geschütz, ohne Kugel. Mehr eine Aufforderung, uns zu erkennen zu geben, als eine echte Drohung.«

»Und, was haben wir vor?«

»Wir geben Fersengeld, was sonst? Die drei Schiffe wären zu stark für uns. Verdammt, allein eines davon wäre schon ein harter Kampf, aber noch dazu im Schatten einer Festung? Die schießen uns mit rot glühenden Kugeln zu Klump, bevor wir auch nur in die Nähe unserer Beute kommen.«

»Und dann?«

»Wir besprechen uns mit Rénand. Vielleicht können wir die Fregatte nachts herausschneiden. Oder wir fangen sie ab, wenn sie wieder in See stechen.«

Jaquento brummte wenig überzeugt. Noch einmal besah er sich die Schiffe und die Festung. Die Korvetten lagen etwas weiter seewärts, und es würde schwierig werden, die Fregatte an ihnen vorbeizulenken, selbst wenn man sie nachts im Handstreich erobern konnte.

Am Fuße der Klippe, ein wenig landeinwärts, gab es noch eine Siedlung. Vielleicht war es ein Dorf der Eingeborenen, so genau konnte er es nicht erkennen.

»Was treibt die Handelscompagnie wohl hier?«, sagte er mehr zu sich selbst als zu Pertiz, der die Frage trotzdem aufgriff.

»Die Compagnie? Das sind üble Gesellen, die nichts lieber tun, als Piraten aufzuknüpfen. Nun ja, noch lieber zählen sie ihr Geld, und das ist unser Glück, weil sie so viel davon haben, dass ihnen nicht viel Zeit zum Piratenaufknüpfen bleibt. Was immer sie hier machen, es ist sicher zum Schaden der früheren Bewohner und zum Nutzen der Compagnie.«

Jaquento grübelte einen Moment. Dann meinte er: »Setz die thaynrischen Farben. Fahr hinein, aber halt Abstand zu den Schiffen. Lass die Besatzung unter Deck gehen und dort bleiben.«

»In die Bucht fahren? Bist du verrückt? Dort sitzen wir wie eine Ratte in der Falle. Wir kommen niemals davon, wenn sie auf uns schießen!«

»Eben! Wenn. Wir sind aber doch nur harmlose Händler, auf der Suche nach einem guten Geschäft. Uns hat es aus Zufall hierherverschlagen, und wir wollen unsere Dienste anbieten. Wer schießt schon auf Händler?«

»Wir?«

»Ja, nun gut«, gestand Jaquento. »Aber nicht die Compagnie, oder? Es ist das gleiche Risiko, wie einfach nach Lessan hineinzufahren.«

Unschlüssig blickte Pertiz in die Bucht.

»Entscheide dich schnell«, erklärte Jaquento. »Bald ist die Möglichkeit vorübergezogen. Wenn wir abdrehen, sind sie sicherlich gewarnt, dass etwas mit uns im Argen liegt.«

»Du hast recht. Wenn sie erst einen Angriff erwarten, wird es beinahe unmöglich sein, uns als etwas anderes auszugeben. Refft das Großsegel! Setzt die Flagge der Thayns! Und alle unter Deck, die keine Arbeit haben!«

Innerhalb weniger Herzschläge war das Deck wie leer gefegt. Die Matrosen der Wache kletterten in die Wanten, während der größte Teil der Besatzung aus dem Blickfeld verschwand.

»Und womit handeln wir?«, fragte Pertiz.

»Natürlich mit Wein. Womit denn sonst?«

»Du bist ein irrer Hund, Hiscadi! Wenn das klappt, dann trink ich auf deinen Namen!«

Und wenn nicht, dann ist es ohnehin egal.

Langsam glitt die *Windreiter* unter gerefften Segeln in die Bucht. Immer wieder blickte Jaquento zu der Festung hinauf, wo die Mündungen der Kanonen begierig darauf zu sein schienen, sie mit Feuer und Tod zu empfangen. Doch noch schwiegen die Geschütze. Dafür waren sicherlich viele Augen auf den unerwarteten und wohl unwillkommenen Gast gerichtet. Als sie noch etwa zweihundert Meter von den drei Schiffen entfernt waren, fuhr unvermittelt eine gelbe Flagge am Mast der schwarzen Fregatte hoch. Von den Korvetten trug der Wind das Pfeifen von Befehlen herüber.

»Eine Seuchenwarnung«, erklärte Pertiz.

»Eine Seuche? Das ist nicht ihr Ernst. Oder doch?«

»Vermutlich nicht. Es ist eine alte List. Hat die *Sünde* auch schon einmal gerettet. Selbst die sonst so harten Thayns vermeiden gern ein solches Risiko.«

»Also wollen Sie uns fernhalten.«

»Ein gutes Indiz dafür, dass der Hintern unserer Beute genau vor unserer Nase dort drüben von der sanften Dünung geschaukelt wird. Mögen sie sich vom Rauschen des Meeres einlullen lassen – und von deinen Worten natürlich, Capitane Jaquento!«

»Meinen Worten?«, erwiderte Jaquento überrascht.

»Natürlich, Thay«, entgegnete Pertiz grinsend und salutierte spöttisch. »Du sprichst die Zunge der Thayns besser als ich und bist geschickt mit Worten. Außerdem nehmen sie dir den reichen Händler eher ab. Mit deinen teuren Kleidern und deiner höflichen Art.«

»Ich bezweifle ...«

»Keine Widerrede! Es ist beschlossen. Kapitän.« Mit einem breiten Grinsen salutierte Pertiz.

Jaquento funkelte ihn an. Sein Plan, die Kanonen der Festung mit täuschenden Worten am Feuern zu hindern, erschien ihm nun gewagter als noch vor wenigen Augenblicken. Andererseits hatte er vor Lessan einen ganzen Bären gezähmt, tanzen lassen und ihn schließlich der Marine aufgebunden, deren Offiziere sicherlich um ein Vielfaches misstrauischer waren als die Leute der Compagnie.

Als der Anker ins Wasser fiel, die Kette durch die Öffnungen ratterte und die *Windreiter* sich schließlich in den Wind drehte, war Jaquento dennoch flau im Magen. Sie lagen gut innerhalb der Reichweite der Festungsgeschütze. Sollten die Soldaten der Compagnie Lunte riechen, würde es ihnen schwerfallen, die Bucht heil zu verlassen. Ganz zu schweigen von den drei Schiffen, von denen jedes ein respektabler Gegner war. Sie waren nun der Gnade der Compagnie ausgeliefert, und nur Jaquentos Worte würden darüber entscheiden, ob diese ihnen zuteilwurde.

Wie ein grüner Blitz huschte Sinosh über das Deck und erklomm die Kleidung des jungen Hiscadi, bis die Echse ihren gewohnten Platz auf seiner Schulter erreicht hatte.

Ich kann ja behaupten, ein Echsenhändler zu sein, ging es ihm durch den Kopf, während Jaquento die glatte Haut seines Begleiters streichelte. *Ich wette, dass zehn von euch geschuppten Untieren die ganze Festung in Schutt und Asche legen könnten.*

ROXANE

Das Achterdeck war zu einem Gefängnis geworden. Ständig spürte Roxane die lauernden Blicke der Mannschaft auf sich. Auch wenn viele der Besatzungsmitglieder die Situation an Bord zu entschärfen suchten, gab es doch einige, die danach trachteten, das Ungemach der Offiziere weidlich auszunutzen. Ohne den Rückhalt des Kapitäns war die Disziplin des Schiffs gefährdet. Fast dreihundert Menschen waren auf engstem Raum zusammen eingepfercht, und die üblicherweise strenge Ordnung war alles, was die Besatzung zusammenhielt. Schon jetzt bemerkte Roxane ein Aufbegehren, das sich in schwer bestimmbaren Elementen wie einem Blick, der Körperhaltung oder dem Tonfall zeigte. Niemals war da genug für Sanktionen, kein offener Widerspruch war zu hören, doch die Nachlässigkeit bei Befehlsausführungen nahm stetig zu.

Der Kapitän bekam von alledem nichts mit; mehr und mehr Zeit verbrachte er unter Deck in seiner Kajüte, betete mit dem Caserdote und verschwand so aus dem täglichen Leben der Mannschaft. Seine Ausfälle waren einem dunklen Zorn gewichen, der sich in einem lauernden Blick und unerwarteten höhnischen Kommentaren äußerte.

Die Hauptlast trugen die Fähnriche. Ihr oft noch jugendliches Alter und der engere Kontakt mit der Mannschaft sorgten dafür, dass sie häufig zum Ziel von Spott und geschickten Insubordinationen wurden.

So schritt Roxane nervös über das Achterdeck. Aus dem stolzen Kriegsschiff *Mantikor* war ein bis zum Zerreißen gefülltes Behältnis von Hass und Angst geworden, dessen Nähte jeden Augenblick platzen mochten.

Roxanes Müdigkeit machte sich in ihren Grübeleien ebenfalls bemerkbar. Die doppelten Wachen waren anstrengend und laugten die junge Offizierin aus. Ohne die Hilfe von Cearl und Aella hätte sie dies wohl kaum durchgestanden. Die Erschöpfung steckte tief in ihr, ging bis auf die Knochen, die bei jeder Bewegung schmerzten. Hinzu gesellte sich die Angst, Fehler zu machen, die vom Kapitän jenseits jeder Vernunft geahndet werden würden.

So habe ich mir meine erste Fahrt als Offizierin sicher nicht vorgestellt, dachte Roxane bitter, doch dann musste sie an Tola denken, die noch immer vom Fieber geschüttelt im Lazarett lag. Dagegen wirkten ihre eigenen Sorgen harmlos. Als der Fähnrich die Glocke schlug und so den Wachwechsel ankündigte, salutierte Roxane vor Aella und übergab ihr das Kommando. Einige Stunden Schlaf würden ihr guttun. Vorher allerdings musste sie noch eine Aufgabe erledigen. Sie ignorierte die Blicke der Besatzung und ging von ihrer Kammer aus durch das Geschützdeck zum Bug. Die Luft unter Deck war trotz geöffneter Luken schlecht, doch es war die feindselige Atmosphäre, die Roxane zu schaffen machte, nicht der Geruch von über zweihundert Leibern.

Endlich erreichte sie das Lazarett, in dem nur zwei Kojen belegt waren. Die Ärztin war nicht da, also trat die junge Offizierin an Tolas Koje heran und sah auf das bleiche Gesicht des Mädchens herab. Ihre Augen waren geschlossen, und ihr stand ein dünner Schweißfilm auf der Stirn. Die Schiffsärztin hatte sie dick in Decken eingewickelt, sodass nur ihr Kopf zu sehen war. Das Mädchen war halb zur Seite gedreht, da ihr Rücken noch von den Striemen der Peitsche gezeichnet war. Ob Tola sie gehört oder einfach nur ihre Anwesenheit gespürt hatte, konnte Roxane nicht sagen; jedenfalls schlug der Fähnrich die Augen auf. Die junge Offizierin zwang sich zu einem Lächeln, und Tola erwiderte es tapfer.

»Thay.«

»Tola. Ich ... bist du mit dem Buch fertig?«

Das Mädchen nickte und wollte unter die Koje greifen, doch die Bewegung ließ sie vor Schmerzen aufstöhnen. Unbeholfen legte ihr Roxane die Hand auf die Schulter.

»Lass nur«, sagte sie und kniete neben der Koje nieder, um das Büchlein aufzuheben.

»*Pastridges Seefahrt*. Exzellentes Buch. Daraus kann man alles lernen, was man über Navigation wissen muss.«

»Ja, Thay.«

Nachdenklich betrachtete Roxane den schmalen Band. *So viel Wissen in so konzentrierter Form*. Es kostete sie einige Überwindung, Tola wieder in die Augen zu sehen.

»Ich habe dir ein neues Buch mitgebracht. Über die großen Seeschlachten des letzten Jahrhunderts«, erklärte sie und zeigte dem Mädchen das Buch. »Schau, hier gibt es zu jedem Gefecht Diagramme und Zeichnungen, welche die Strategien und Taktiken der Flotten erläutern.« Sie versuchte, das Mädchen aufmunternd anzulächeln. »Einiges ist natürlich ein bisschen altmodisch, aber gewisse Prinzipien ändern sich nie.«

Dankbar nickte Tola und nahm das Buch in die Hand. Bei der Berührung erschrak Roxane ob der heißen, feuchten Haut des Mädchens.

»Ich komme bald wieder«, versprach sie leise und ging aus der Enge des Lazaretts in das nicht weniger bedrückende Zwielicht des Geschützdecks. Sie musste tief durchatmen und fuhr sich mit der Hand über das Gesicht. Scham schnürte ihr die Kehle zu, doch sie fing sich; vor den Augen der Mannschaft musste sie stark bleiben.

Der Weg zum Heck wurde zum Spießrutenlauf, und sie wünschte sich nichts sehnlicher, als dass ihr jemand einen Grund zum Handeln gab. Eine offensichtliche Missachtung ihres Rangs, ein falsches Wort, eine beleidigende Geste. Aber noch wagte es niemand, diese Grenze zu überschreiten. Zu tief saßen wohl die Lektionen der Flotte, mit denen den Seeleuten immer wieder eingebläut wurde, dass Ungehorsam und mangelnde Disziplin immer den Tod als Strafe fanden.

Endlich erreichte sie die Offiziersmesse, wo sie auch die Schiffsärztin Tabard antraf, die mit geschwungenen Lettern etwas in ein kleines Buch eintrug. Die Ärztin hatte eine Brille auf der Nase, die sie weit älter wirken ließ, als sie war.

»Thay, wie steht es um die Gesundheit von Fähnrich Levman?«

Überrascht blickte die Ärztin auf und legte den Stift beiseite. Sie zögerte einen Augenblick, bevor sie antwortete. In diesen wenigen Sekunden schienen die dünnen Wände der Messe näher zu rücken und Roxane erdrücken zu wollen. *Du bist nur müde,* sagte sich die junge Offizierin, *du brauchst Schlaf.* Doch eigentlich fürchtete sie, dass sie dem Druck nicht mehr lange standhalten konnte; weder dem des Kapitäns und der Mannschaft noch ihrem eigenen.

»Sie wird gezeichnet bleiben, aber sie hat gute Chancen, es zu überstehen. Der Maestre und ich haben uns gleich um die Wunden gekümmert. Natürlich sind auch Grofertons Befähigung Grenzen gesetzt, ebenso wie meinem Können, doch wir haben alles getan, was in unserer Macht stand.«

»Das ist gut«, erwiderte Roxane tonlos. Jetzt wollte sie sich nur noch dem Schlaf hingeben und dabei alles vergessen, was um sie herum geschah.

»Sie sollten sich diese Last nicht aufbürden. Es war nicht Ihr Fehler«, erklärte Tabard resolut und nahm den Stift wieder in die Hand. Von einer plötzlichen Eingebung gepackt, lehnte sich Roxane nach vorn und stützte sich auf dem Tisch ab. Sie sprach leise, aber schnell: »Die Bestrafung war unangemessen. Kapitän Harfells Verhalten ist über alle Maßen ungewöhnlich. Er gefährdet die Sicherheit des Schiffs!«

Langsam nahm Tabard die Brille ab und kniff mit den Fingern den Nasenrücken zusammen.

»Leutnant, achten Sie auf Ihre Worte. Ist Ihnen nicht bewusst, wie gefährlich solche Äußerungen sind?«

»Hören Sie, Doktor, wenn Sie eine Anomalie im Geisteszustand des Kapitäns feststellen, dann könnte das Kommando zumindest zeitweise auf den Ersten Offizier übertragen werden, das stimmt doch, oder?«

»Ich kann nichts feststellen, was nicht vorhanden ist«, entgegnete die Ärztin fest.

»Wollen Sie behaupten, dass diese Bestrafung nicht jenseits aller Vernunft war? Dass das Verhalten des Kapitäns nicht im höchsten Maß erratisch ist?«

Jetzt beugte sich die Ärztin vor und sah Roxane scharf an. »Wenn ich aufgrund der Prügel ...«

»Prügel? Die Anzahl der Schläge übertrifft jede Norm!«

»... aufgrund der Prügelstrafe eine Befehlsunfähigkeit feststelle, dann wird dies hier meine letzte Fahrt gewesen sein. Jede Absetzung eines Kapitäns führt zu einem Kriegsgericht, und Sie wollen mir doch nicht erzählen, dass man uns dort nicht verurteilen würde? Der Käpt'n mag über das Ziel hinausgeschossen sein, aber das wird vor einem Gericht niemals als Beweis reichen.«

»Er ist krank!«

»Beweisen Sie es! Sonst erreichen Sie lediglich eine Verurteilung wegen Meuterei. Mehr nicht! Denken Sie an die *Mildtat*!«

Die eindringlichen Worte der Ärztin kühlten Roxanes Gemüt schlagartig ab. Ihr war schwindlig, und sie spürte das Blut aus ihrem Antlitz schwinden.

»Harfell wird uns noch alle in den Untergang führen«, flüsterte sie düster, doch sie konnte der Ärztin ansehen, dass die Worte nicht zu ihr durchdrangen.

»Schlafen Sie, Leutnant. Sie sind erschöpft. Nach ein paar Stunden Schlaf sieht die Welt gleich besser aus.«

Obwohl Roxane nickte, wusste sie, dass sich durch den Schlaf nichts ändern würde. Auch in drei Stunden würde Harfell noch Kapitän sein, und noch immer wäre er krank und gefährlich. *Wieso sieht sie das nicht? Wieso hält sie mich für unzurechnungsfähig und nicht ihn? Übertreibe ich? Nein, Cearl und Aella pflichten mir bei,* dachte sie, während sie sich nur notdürftig entkleidet in ihre Koje fallen ließ.

Trotz der Unterstützung durch die anderen Leutnants blieb ein schales Gefühl der Unsicherheit. Sie wollte eine gute Offizierin sein, hatte jetzt bereits einige Jahre darauf hingearbeitet, und doch war sie von der Situation überfordert. Darauf hatte man sie nicht vorbereitet, weder in ihrer Zeit als Fähnrich noch bei den Offiziersexamen. Zwar kannte sie die Kriegsartikel in- und auswendig, aber deren Anwendung war schwierig; die hierarchische Struktur der ganzen Flotte basierte auf Gehorsam, ja auf unbedingtem Gehorsam.

Die Befehlskette lief von den höchsten Gremien der Admiralität bis hinab zum letzten Matrosen, bis zum Lagerarbeiter auf den Werften und Docks der Königlich-Thaynrischen Marine. Und als besonders wichtig wurde die Befehlsgewalt der Kapitäne geachtet, deren Machtbefugnisse sie zu kleinen Königen auf ihren Schiffen machten und auch machen mussten. Daran zweifelte Roxane keinen Moment. Es durfte kein Infragestellen dieser Macht geben, weswegen allein der Gedanke, geschweige denn der Versuch der Meuterei mit einem Tabu belegt war.

Egal, wie gerechtfertigt die Absetzung eines Kapitäns sein mochte, zunächst einmal würden alle Beteiligten wegen Meuterei vor ein Kriegsgericht zitiert werden. Selbst wenn dieses Gericht die Angeklagten für unschuldig befand, blieb ein Makel, der sehr wohl die Karriere eines Offiziers beenden konnte. Nichts war der Flotte verhasster als die Auflehnung gegen die von der Einheit, von der Königin und vom Parlament eingesetzte Ordnung. Und selbst jetzt widerstrebte Roxane der Gedanke daran, diese Ordnung anzuzweifeln.

Die Müdigkeit trieb sie schnell in einen wenig erholsamen Schlaf, aus dem sie immer wieder aufschreckte.

Tag und Nacht verloren jede Bedeutung, wenn man zwei von drei Wachen halten musste. Die *Mantikor* bahnte sich ihren Weg durch die Dunkelheit, einer Spur folgend, deren Ziel nur durch die zahlreichen Sterne beleuchtet wurde.

Das Schiff war unbeirrbar und getreu, anders als die Menschen, die auf ihm gefangen waren. *Richte ein Schiff im richtigen Winkel zu den Winden aus, setz die korrekten Segel, und es wird tun, was du verlangst.* Doch eine Mannschaft war schwieriger, auch wenn sie manchmal wie ein geölter Mechanismus wirken mochte, wo man nur am richtigen Hebel ziehen musste, um ihn in Gang zu setzen.

Der angenehm frische Wind wehte Roxane um die Nase und belebte ihren Geist zumindest ein wenig. Auf dem Achterdeck stand sie beinahe allein in der Dunkelheit. Es gab nur sie, das Schiff und das Meer; eine tröstliche Erfahrung. Die endlose See, deren Fluten schon so manchen Menschen samt seiner Sorgen verschlungen hatten, rauschte verlockend. Die junge Offizierin lehnte sich an die Reling und betrachtete die Reflexion der Himmelslichter im Wasser. Ein leises Räuspern ließ sie herumfahren, doch es war nur Cearl, der sich höflich an den Zweispitz tippte.

»Alles in Ordnung, Thay?«, erkundigte er sich. Natürlich sollte er eigentlich in seiner Koje liegen, doch er und Aella kamen während ihrer Freiwachen immer wieder an Deck. Zufällig, wie es schien, aber Roxane wusste es besser: Sie sorgten sich um sie und sahen nach ihr, damit sie keinen Fehler beging oder gar auf Wache einschlief. Einerseits fand sie ihre Fürsorge unnötig, andererseits war sie dafür dankbar, denn der Zusammenhalt unter den Offizieren war das Letzte, was ihr noch Kraft gab.

»Natürlich, Thay.«

»Eine schöne Nacht«, bemerkte Cearl mit einem Blick zum Himmel.

»Ich habe heute mit Tabard gesprochen«, flüsterte Roxane. Sofort blickte Cearl sich um.

»Und?«

»Nicht hier. Wir treffen uns bei sieben Glasen, nein, besser kurz danach. Sagen Sie Aella Bescheid.«

»Natürlich. Wo?«

»Beim Laderaum des Zimmermanns.«

Stumm nickte der Erste Offizier. Sein Gesicht war bleich, oder vielleicht war es nur das fahle Mondlicht, das ihn so aussehen ließ. Mit einem erneuten Salutieren wandte er sich ab und ließ Roxane mit ihren Ängsten und Hoffnungen allein.

Die Zeit bis zu dem Treffen wurde eine Tortur, und Roxane wurde von der irrationalen Befürchtung geplagt, dass man ihr die Meuterei, die bislang nur in ihrem Kopf umging, vom Gesicht ablesen könnte. Ständig hatte sie das Gefühl, dass sie gleich die belastenden Worte herausschreien müsse, als ob sie nicht Herrin über ihre eigene Zunge sei. Doch nichts dergleichen geschah, bis sie das Kommando an den Fähnrich übergab, vorgeblich, um auszutreten. Der Abstieg in die Tiefen des Schiffes kostete sie einige Überwindung.

Überall auf dem Geschützdeck waren die Kojen gespannt, und der Geruch von so vielen Menschen übermannte ihre Sinne beinahe. *An manches gewöhnt man sich nie.*

Die meisten Mannschaftsmitglieder schliefen, nur hier und da sah Roxane offene Augen. Niemand würde es wagen, sie zu befragen oder gar aufzuhalten, dennoch jagten die Blicke der jungen Offizierin einen Schauer über den Rücken. Auch Hoare war noch wach, und in seiner Miene spiegelte sich Triumph, als er sie dreist angrinste, doch Roxane ignorierte ihn einfach.

Der Laderaum des Schiffszimmermanns lag tiefer, im Zwischendeck über dem Hauptladeraum. Hier gab es mehrere abschließbare Laderäume, in denen die privaten Vorräte der Offiziere, des Kapitäns und der Schiffsärztin untergebracht waren. Auf See war das Schiff hier labyrinthartig beladen, mannshoch stapelten sich Kisten und Fässer, und es gab etliche Ecken, in denen man sich verbergen konnte. Manchmal versteckten sich hier Seeleute, um zu spielen und zu wetten. *Doch heute Nacht sind es die Offiziere, die sich hier treffen, um die schlimmste aller Sünden auf See zu planen,* ging es Roxane durch den Kopf.

Die beiden anderen hatten kein Licht entzündet, sondern verließen sich einzig und allein auf den schwachen Lichtschein, der aus dem Pulvermagazin drang, beziehungsweise aus dem Lichtraum davor, denn in das Magazin durften nicht einmal geschlossene Laternen hineingebracht werden, weshalb es einen abgetrennten Raum gab, in dem Licht brannte, das durch dicke Scheiben in das Magazin leuchtete.

Aella und Cearl starrten sie an, als ob sie ein Geist sei. Furcht und Anspannung zeigten sich auf ihren Gesichtern.

»Thay«, flüsterte Aella, als Roxane sich zu den beiden anderen Leutnants gesellte.

»Was hat Saefled gesagt?«, fragte Cearl, dann berichtigte er sich: »Ich meine die Ärztin.«

»Sie wird es nicht tun. Sie wagt es nicht.«

Der Erste Offizier stieß einen unterdrückten Fluch aus.

»Ich kann es ihr nicht übel nehmen«, erklärte Roxane, »auch wenn ich mir eine andere Antwort gewünscht hätte.«

»Nicht übel nehmen?«, fragte Aella mit einem weinerlichen Unterton, der Roxane unangenehm berührte. Doch für ihre Pläne mussten sie zusammenarbeiten, ganz egal, was sie persönlich dachte.

»Erinnern Sie sich noch an die Meuterei auf dem bewaffneten Transportschiff *Mildtat*? Tabard hat mich daran gemahnt. Der Kapitän war krank, er hat zwei Matrosen zu Tode peitschen lassen. Er wurde gewaltlos festgesetzt, und bei der Verhandlung haben zwei Dutzend Seeleute für die Offiziere ausgesagt. Erinnern Sie sich?«, fragte Roxane düster.

»Ja.«

»Sie haben den Ersten Offizier als Rädelsführer aufgehängt und die anderen unehrenhaft entlassen. Das war keine Gerechtigkeit. Das war eine Botschaft an jeden, der etwas Ähnliches planen sollte!«

»Ich habe davon im *Chronisten* gelesen. Der Kommentator war erbost«, erwiderte Cearl leise.

»Und das ist auch alles, worauf wir hoffen können. Einen milden Artikel im *Chronisten*. Unsere Vorgesetzten werden weit weniger Verständnis zeigen als die Zeitung. Das Anliegen der Besatzung der *Mildtat* war berechtigt, aber die Admiralität hat dennoch ein Exempel statuiert. Keine Gnade für Meuterer, egal, welche Umstände zu der Meuterei geführt haben. Vielleicht würde man uns hinter vorgehaltener Hand sogar recht geben, aber man würde uns trotzdem verurteilen.«

»Das können Sie nicht wissen«, zischte Aella.

»Aber Tabard scheint es zu glauben, und damit verlieren wir ihre Unterstützung. Das heißt nicht, dass ich es deshalb nicht wagen will, etwas zu unternehmen. Aber ich sage: Es ist gefährliches Terrain, auf dem wir uns bewegen; ein falscher Schritt, und wir werden untergehen. Es darf keine Meuterei sein, es muss rechtmäßig bleiben!«

»Ich denke, wir müssen es wagen. Sonst ist es für uns ohnehin aus. Harfell wird uns alle in den Untergang führen«, erklärte Cearl grimmig, und sie alle nickten. Es war keine Frage mehr, ob der Kapitän ihnen übel gesonnen war. Er war vielleicht krank oder wahnsinnig, doch auch das spielte keine Rolle mehr. Wichtig war nur, dass er drauf und dran war, das Schiff in größte Gefahr zu bringen.

»Wir sollten …«, hub Cearl an, doch weiter kam er nicht, denn durch das Zwischendeck hallte ein lauter Ruf.

»Sichert die Niedergänge!«

»Harfell«, hauchte Roxane, und die Verschwörer blickten sich entsetzt an.

SINAO

Die Rückkehr zu ihrer gewohnten Routine war wie das Betreten einer fremden Welt. Plötzlich fand sich Sinao nicht mehr in der Küche zurecht, waren die altbekannten Gänge und Flure des Forts verwirrend, und selbst die Sprache der anderen Sklaven war für sie nur noch schwer verständlich.

Einen Tag jenseits der Sklaverei hatte Anui ihnen geschenkt. Doch am Morgen, nachdem Tangye eingestehen musste, dass er einen Fehler gemacht hatte, waren die Aufseher wie gewöhnlich gekommen, hatten die Arbeitssklaven auf die Felder und in die Minen geführt und die Küchensklaven in die Festung gebracht. Niemand hatte die Ereignisse des Vortages erwähnt; es war, als wäre nichts geschehen. Wie im Traum hatte Sinao alles getan, was ihr befohlen wurde.

Ihr Körper führte alle notwendigen Bewegungen von allein aus, doch ihr Geist war noch unten in der Hütte, in jenen Augenblicken, da sie und Majagua außerhalb der Welt gewesen waren. Sie wollte nicht zurück, doch das Leben war grausam und ließ sich nicht in seinem Gang aufhalten. Die Erinnerungen indes gehörten ihr allein, und niemand würde sie ihr nehmen können. Majagua hatte ihr einen Traum gegeben.

Erst auf dem Weg aus dem Lager hatte sie die drei Schiffe gesehen, die Tangye angekündigt hatte: das große schwarze und die kleineren, deren Rümpfe weiß-blau waren. Sie mussten in der Nacht leise in die Bucht eingelaufen sein. Natürlich hatte sie noch nichts vorbereiten können, doch sie bezweifelte, dass Tangye deswegen böse sein würde. Während sie in der Küche Anweisungen gab, donnerte hoch über ihnen eine Kanone und löste damit helle Aufregung aus.

»Wir werden angegriffen«, rief Bebe, während sich Brizula schluchzend in eine Ecke drückte. Einige Herzschläge lang lauschten alle. Insgeheim wünschte sich Sinao fast, dass irgendwer gekommen war, um die Compagnie anzugreifen; irgendwer, der sie alle befreien würde und der Tangye an einem Balken aufknüpfte. Die Vorstellung löste eine grimmige Befriedigung in ihr aus. Schließlich schüttelte sie jedoch den Kopf.

»Nur einmal. Das kann kein Angriff sein. Vielleicht war es ein Gruß?«

»Ein Gruß? Mit den Feuerrohren?«

»Ich habe das schon mal erlebt. Wenn wichtige Männer oder Frauen kamen, wurde noch viel öfter geschossen.«

»Ein wichtiger Besucher? Aber wer sollte das sein?«

»Ein neuer Aufseher vielleicht? Ich weiß es nicht. Es sind drei neue Schiffe da. Das ist doch seltsam. Wann kamen denn bislang drei Schiffe auf einmal?«

Unsicher blickten die Sklaven einander an. In ihren Gesichtern sah Sinao Sorge. Einerseits war ihr Leben schlimm und hart, andererseits fürchteten sie die Veränderung. Sie alle hatten sich mit ihrem Leben abgefunden oder nie ein anderes gekannt. Sie hatten ihre Nischen gefunden, selbst in der Unfreiheit und der willkürlichen Gewalt. Deshalb hatte Majagua es so schwer im Dorf gehabt, erkannte die junge Sklavin. Nicht weil seine Pläne schlecht waren, sondern weil den anderen die Sicherheit der Sklaverei lieber war als die Unsicherheit der Flucht. Entsetzt erkannte sie, dass es ihr bis vor siebzehn Tagen kaum anders ergangen war. Auch sie hatte ihre Hoffnung auf Freiheit zugunsten der Sicherheit ihres Käfigs aufgegeben.

Wer auch immer dort draußen angekommen war, seine Ankunft konnte nur Veränderung bedeuten, und mit einem Mal begrüßte Sinao diese Aussicht. Was auch immer geschah, die Ankunft der Schiffe brachte neue Möglichkeiten mit, öffnete vielleicht Türen. Vor ihren Augen breiteten sich unendliche Wege aus, Kreuzungen, Abzweigungen, silberne Pfade in der Zeit. Das Bild kam ungebeten, und es war so verwirrend, dass Sinao schwindlig wurde. *Was geschieht mit mir?*, dachte sie verzweifelt, während sie sich an der Wand abstützte, um nicht zu taumeln. Das kühle Mauerwerk, so verlässlich in seiner Realität, gab ihr Kraft, und langsam verblassten die Linien und machten der Welt wieder Platz, die plötzlich dunkel und ohne Konturen erschien.

»Sin? Was ist?«

»Mir ist schwindlig«, gab sie zu, ohne den Grund zu nennen. Sie zog bereits genug misstrauische Blicke auf sich, dank ihrer Befähigungen und nun auch dank ihres Kontakts zu Majagua. Würde sie den anderen gestehen, Visionen zu haben, und seien sie noch so abstrakt und unverständlich, würde sie sich endgültig von ihnen entfremden.

»Setz dich hin«, befahl ihr Brizula sanft und holte eine Kelle voll Wasser. Dankbar trank Sinao, und das Gefühl der kühlen Flüssigkeit in ihrer Kehle belebte tatsächlich ihre Sinne wieder. Langsam verschwand der Schwindel.

»Die Aufregung«, befand Brizula, die wie eine Glucke um Sinao herumwuselte und froh zu sein schien, die Ereignisse der letzten Tage vergessen und sich auf etwas Handfestes besinnen zu können.

»Vermutlich«, pflichtete die junge Sklavin ihr bei und sah betreten zu Boden. Die Aufseher anzulügen war eine Sache, die anderen Sklaven hingegen eine andere. Doch ihre Skrupel hielten sich nicht lang. *Wenn einem nichts mehr gehört, gibt man nicht einmal mehr die Wahrheit aus freien Stücken her.*

Obwohl Sinao arbeiten wollte, verhinderte Brizula dies mit sanftem, aber unwiderstehlichem Zwang. Die alte Sklavin verhielt sich wie eine wahre Matrone, und ihre ganze Sorge galt Sinaos Wohlergehen.

Ein lautes Poltern von schweren Stiefeln kündigte das Kommen von Soldaten an, die tatsächlich bald darauf durch die Tür traten. Überrascht sah Sinao, wie atemlos die beiden jungen Männer waren, deren Blicke suchend durch die Küche wanderten. Als sie die junge Sklavin entdeckten, schritten sie zu ihr.

»Ihr sollt Essen kochen. Gutes Essen. Verstehst du?«

Ich bin nicht dumm, dachte Sinao, *und ich spreche deine Sprache vielleicht besser als du.* Aber sie nickte nur unterwürfig.

»Sag es den anderen. Und bring Wein und Rum zu Mister Tangye. Genug für ein halbes Dutzend Leute.«

Wieder nickte Sinao, ohne den Soldaten in die Augen zu sehen. Sie sagte ihnen nicht, dass alle Küchensklaven sie verstehen würden, sie sagte ihnen nicht, was sie dachte, sondern sie schwieg.

»Beeilt euch!«

Damit wandten sie sich ab und liefen wieder die Treppe empor.

»Brizula, kümmer' dich um das Essen. Ich bringe die Getränke«, befahl Sinao und lief in den Keller hinab, um ein Tablett zusammenzustellen. Kurz darauf ging sie zwar schnell, aber doch vorsichtig das Tablett balancierend, durch die Festung. Aus einer der Schießscharten erhaschte sie einen Blick auf die Bucht, und dort unten im Wasser sah sie nun vier Schiffe. Schnell schaute sie sich um, und als sie feststellte, dass niemand sie beobachtete, blieb sie kurz stehen.

Das vierte Schiff lag weiter draußen in der Bucht, abseits der drei, die zuerst angekommen waren. Es sah aus wie manche der Sklavenschiffe; mit einem zweigeteilten Rumpf und einem hohen Aufbau am Heck. Lediglich der große Mast war weiter nach vorn geneigt, als sie es bisher gesehen hatte. Etwas störte sie, und es dauerte einige Herzschläge, bis ihr Geist verarbeitet hatte, was ihre Augen sahen. In der kurzen Zeit, in der sie das Schiff angeschaut hatte, waren zwar nur wenige Seeleute gleichzeitig an Deck gewesen, doch es waren sehr viel mehr auf dem Schiff. Immer, wenn jemand aus der Sicht verschwand, tauchte ein anderer auf. So mochte es wirken, als ob nur zwanzig Matrosen an Bord waren, doch selbst in den wenigen Minuten hatte Sinao vierunddreißig Seeleute gezählt. Manche der Sklavenschiffe hatten über zwanzig Mann Besatzung, aber zumeist waren es weniger. Und es waren immer genau zwanzig Seeleute an Deck, wie Sinao erkannte, stets exakt diese Zahl.

Verstört ging sie weiter. Sie konnte sich keinen Reim auf das machen, was sie eben beobachtet hatte. Wenn es ein Sklavenschiff war, hätte sicherlich niemand einen Salut gefeuert. Der Gedanke daran, dass man die Sklaven mit Kanonenschüssen begrüßen könnte, ließ Sinao kichern. Aber eine wichtige Persönlichkeit würde nicht auf einem Sklavenschiff reisen, da war sie sich sicher. Zudem gab es noch die anderen geheimnisvollen Schiffe, von denen niemand bislang an Land gekommen war. Sie konnte so lange rätseln, wie sie wollte, niemand würde ihr die Lösung verraten. Also machte sie sich wieder auf den Weg, um Tangye nicht durch zu spätes Erscheinen zu verärgern.

Vor der Tür des Aufsehers erwartete sie die nächste Überraschung: Zwei Soldaten standen mit ihren Musketen davor, die Mienen wachsam und bereit. Vorsichtig schritt Sinao zwischen ihnen hindurch. Einige Momente lang stand sie hilflos vor der Tür, konnte nicht anklopfen, ohne die Balance des Tabletts zu gefährden, dann erbarmte sich einer der Soldaten und öffnete die Tür.

»Ah, Sin, endlich«, begrüßte sie Tangye, der an seinem Tisch saß und sich nun erhob. Leise murmelte sie eine Entschuldigung, stellte das Tablett auf der Tischplatte ab und begann, die kostbaren Gläser zu verteilen, die Tangye in einem kleinen Kabinett aufbewahrte. Aus den Augenwinkeln versuchte sie, die beiden Männer zu beobachten, die an Tangyes Tisch saßen. Der eine war ein typischer Seemann, sonnengebräunt, mit dunklem Haar. Er trug nur eine halblange Hose und ein offenes Hemd, und er lächelte Sinao an, als er ihren Blick bemerkte. Schnell sah sie weg, um ihn nicht zu erzürnen. Zum Glück begann Tangye in diesem Moment wieder zu reden, sodass alle Aufmerksamkeit zu ihm wechselte: »Wein? Oder lieber Rum?«

»Wein, bitte«, erwiderte der zweite Mann. »Für meinen Begleiter auch.«

Dieser Mann sah wichtiger aus; so wie sich Sinao jemanden vorstellte, für den die Kanonen feuerten. Er war groß, auch seine Haut war dunkel, aber sein Kinn war rasiert, sein langes Haar zu einem Zopf zusammengebunden, und vor allem seine Kleidung, dunkelrot und schwarz, war es, die seinen Status anzeigte.

Dann sah sie das Wesen auf seiner Schulter und sprang entsetzt zurück. Eine gelbe Echse starrte sie an, den Hals gereckt, die goldenen Augen wie von flüssigem Feuer erfüllt. Die Kreatur folgte jeder ihrer Bewegungen mit den Augen, während Sinao die Hände abwehrend vor die Brust hob. Mit einem Mal schien die Zeit langsamer zu vergehen, floss zäh in Schlieren um sie herum, roch wie die Luft vor einem Gewitter. Ein Zerren in ihrem Leib, tief in ihren Gedärmen, ließ Sinao erzittern.

»Keine Angst«, erklärte der reich gekleidete Mann lachend und rückte den Kopf der Echse mit seiner Hand zur Seite. »Sinosh tut keiner Fliege etwas zuleide!«

Vielleicht waren es seine Worte oder seine Hand, jedenfalls holte die Zeit Sinao wieder ein. Der Mann zwinkerte ihr verschwörerisch zu und sagte: »Danke für den Wein.«

»Sin?«, fragte Tangye, doch es dauerte trotz des lauernden Ausdrucks in seiner Stimme einen Moment, bis die Sklavin ihren Blick von der Echse lösen konnte. »Sin, kommt das Essen?«

»Ja, Herr.«

»Gut. Du bleibst hier, falls wir noch etwas benötigen.«

Stumm nickend stellte sich Sinao in eine Ecke und senkte das Haupt. Für Tangye war sie nun nicht mehr als ein nützliches Möbelstück. Schon manches Mal war Sinao bei Verhandlungen dabei gewesen, wartete Tangye und seinen Gästen auf, holte mehr Wein, Bier oder Rum und tat alles, was ihr geheißen wurde.

»Kann ich Ihnen sonst noch etwas bringen lassen?«, wandte sich Tangye wieder an seine beiden Gesprächspartner.

»Nein, vielen Dank.«

»Sie haben natürlich recht: Wir können immer Waren gebrauchen. Und wir sind in der Lage, gut zu bezahlen. Die Compagnie heuert auch immer wieder fremde Schiffe an. Trotz unserer großen Flotte ist es uns anders kaum möglich, die weit verzweigten Niederlassungen adäquat zu versorgen.«

»Verstehe.«

Die Stimme des hochgewachsenen Fremden war weich, und es schwang die Andeutung eines Dialektes darin mit, die Sinao nicht deuten konnte. Tangye war an das geöffnete Fenster getreten und blickte hinaus auf Bucht und Insel. Sein breiter Rücken versperrte Sinao die Sicht auf das Lager. Nur über seinem Kopf war ein Stück blauer Himmel zu sehen, an dem einige Möwen ihre Kreise zogen.

Die Echse hatte sich auf der Schulter zusammengerollt, aber Sinao spürte noch immer die Augen auf sich gerichtet. Es fröstelte sie, obwohl es heiß und schwül war.

»Sie haben Wein geladen, sagen Sie?«

»Korrekt.«

»Ihr Schiff …«

»War einst ein Sklavenschiff«, erklärte der Mann mit der Echse im Plauderton. »Momentan haben wir Wein geladen. Nicht mehr allzu viel, aber die ungünstigen Winde haben uns weit vom Kurs abgebracht, und als wir auf unseren Karten diese Kolonie eingezeichnet sahen, dachten wir, es wäre ratsam, einen Blick zu riskieren.«

»Das müssen alte Karten sein«, stellte Tangye fest. »Vermutlich noch aus der Zeit der hiscadischen Besetzung. Lautet der Name auf den Karten Amara?«

»Ja.«

»Inzwischen heißt dieses Eiland Hequia. Der Gouverneur hat sie umbenannt, nachdem die hiscadischen Hunde vertrieben wurden. Das war wohl der Name, den die Paranaos der Insel gegeben hatten.«

Überrascht sah Sinao, wie der einfach gekleidete Mann dem anderen seine Hand auf den Unterarm legte.

»Leben noch welche hier?«

»Was, Eingeborene? Aber sicher!«, erwiderte Tangye mit einem Lachen und drehte sich um. Er stemmte die Arme in die Seite und nickte in Sinaos Richtung.

»Sin und die anderen Küchen… …hilfen. Und im Dorf unten gibt es viele Eingeborene. Sie sind wie geschaffen für die schwere Arbeit, nicht wahr?«

»Das glaube ich gern. Ihr seid …«, begann der Hochgewachsene, doch sein Begleiter hustete plötzlich laut, sodass er innehielt. Verwirrt griff er nach seinem Glas und trank einen Schluck Wein: »Verzeihung, jetzt habe ich den Faden verloren. Ach ja: Ihr seid sicherlich zwei- oder dreihundert Leute auf der Insel. Da fällt einiges an Bedarf an. Unser Wein ist gut.«

»Die Eingeborenen trinken keinen Wein«, erklärte Tangye grinsend. »Die sind sehr enthaltsam. Kräftig wie Maultiere und beinahe ebenso genügsam. Aber wir zivilisierten Leute wissen natürlich einen guten Tropfen zu schätzen. Vielleicht können wir einige Fässer abnehmen. Sozusagen als Beginn einer fruchtbaren Zusammenarbeit.«

»Sehr gerne. Sollen wir die Schiffe vor Anker auch beliefern?«

»Nein! Eine Seuche grassiert an Bord. Schlimme Sache. Nicht einmal wir können an Bord gehen, um zu helfen.«

»Das eine Schiff scheint beschädigt zu sein?«

»Ein Unwetter. Die Besatzung ist erkrankt, und so war das Schiff den Unbilden der Witterung ausgeliefert.«

»Ich werde zu der Einheit beten, dass den armen Seelen an Bord Erlösung aus ihrem Schicksal zuteil wird«, erklärte der Hochgewachsene feierlich, und Tangye nickte abgelenkt.

»Wir können immer wieder Waren gebrauchen. Auch … Arbeitskräfte. Die Arbeit in den Minen ist hart. Viele halten sie nicht lange durch.«

In Sinao wallte Zorn auf, als sie an Hayuya denken musste. Und an all die anderen Toten, deren Gesichter sie niemals vergessen würde.

»Gut. Wie gesagt, unsere derzeitige Fracht würden wir gern vor Ort löschen.«

»Ich werde in meine Unterlagen schauen«, beschied Tangye und stand auf. »Ich bin gleich wieder da.« *Ja, lauf nur,* dachte Sinao. *Deine kostbaren Papiere kannst du schmutzigen Sklavenhänden ja nicht anvertrauen.*

Kaum hatte er den Raum verlassen, begannen die beiden Fremden aufeinander einzureden. Sie wirkten nicht glücklich und fuchtelten mit den Händen, doch sie sprachen in einer Zunge, die Sinao nicht verstand, voller rollender R und kehliger Laute. Für einige Zeit sah sie ihnen zu, aber sie konnte nicht ausmachen, wer auf wen wütend war und warum, also schaute sie zum Fenster. Von dort würde man die Insel und das Lager sehen können. Eine zehrende Sehnsucht erfüllte ihre Brust; vielleicht konnte sie Majagua dort erspähen. Sie wusste, dass es unwahrscheinlich war, doch ihr Herz wollte nicht auf sie hören. Unsicher guckte sie zu den beiden, doch die schienen in ihr Gespräch vertieft zu sein. Die furchtbare Echse hatte sich zusammengerollt und schlief. Möglichst unauffällig ging sie zum Fenster hinüber und warf einen Blick hinaus.

Das Lager war verlassen, wie sie schon gedacht hatte, und die Felder waren zu weit landeinwärts, verborgen hinter dem letzten grünen Gürtel. Rauch stieg von den Minen auf, aber das war nicht ungewöhnlich. Enttäuscht wollte Sinao sich abwenden, da fiel ihr Blick auf die vier ungleichen Schiffe in der Bucht. Während das schwarze Schiff fast verlassen schien, gab es auf den anderen Bewegung. Wieder war ihr das Kommen und Gehen auf dem Schiff der Fremden ein Rätsel; vier Mann gingen unter Deck, vier andere kamen herauf, sodass wieder zwanzig Seeleute an Deck waren. Sie runzelte die Stirn, konnte dieses seltsame Verhalten nicht ergründen.

»Neugierig?«, fragte unvermittelt eine sanfte Stimme hinter ihr, und sie wandte sich erschreckt um. Sofort schlug sie die Augen nieder und stotterte: »V… Verzeihung, Herr.«

Ihr gegenüber stand der hochgewachsene Mann, und bevor sie zu Boden blickte, hatte sie das Monstrum auf seiner Schulter gesehen, wie es sie mit seinen goldenen Augen anstarrte. Sie wagte nicht, sich zu bewegen, ja kaum zu atmen.

»Ich bin nicht dein Herr«, erklärte der Mann und schob

sanft mit dem Finger ihr Kinn hoch. Ängstlich sah Sinao ihm ins Gesicht. Die Aufseher und Soldaten mochten es nicht, wenn man sie anblickte, und jeder Sklave lernte bald, in ihrer Gegenwart auf den Boden zu schauen und zu schweigen. Dieser hier hingegen guckte ihr einfach ins Gesicht, und seine Echse tat es ihm gleich.

Sekunden verstrichen; nach zweihundertsiebenundachtzig von ihnen lösten sich ihre Blicke, und er trat an ihr vorbei und sah aus dem Fenster. Sein Freund rief etwas in ihrer fremden Sprache, aber er winkte nur ab.

»Das Dorf dort. Ich sehe niemanden.«

»Dorf?«

»Dort«, erklärte er und zeigte zum Lager. »Wo sind die Bewohner?«

»Arbeiten.«

»Du bist nicht sehr gesprächig, hm?«

»Verzeihung.«

Sein Lächeln war freundlich, und er fuhr sich mit der Hand über die Haare. Da sie ihn anblicken durfte, sah Sinao, dass er nicht wie die Blassnasen aussah. Seine Haut war dunkler, und er hatte ein schmaleres Gesicht mit hohen Wangenknochen.

»Du bist keine Dienerin«, stellte er fest, und jetzt verfinsterten sich seine Züge. Sofort senkte Sinao das Haupt. Tränen traten ihr in die Augen, denn sie fürchtete seinen Zorn.

»Sieh mich an.«

Unwillig gehorchte Sinao, hielt seinem forschenden Blick stand. Schließlich ließ er seine Augen wandern, über seinen Begleiter, den Raum und ihre Gestalt, und sie wandte sich ab.

»Du bist eine Sklavin!«

Sofort sprang sein Begleiter auf. Diesmal sprach auch er in der Zunge der Blassnasen: »Sklaven? Bei der Compagnie? Unfug!«

»Sieh sie dir an, Pertiz. Und schau mal in das vorgebliche Dorf. Das ist kein Dorf – es ist ein Lager!«

»Stimmt das?«, wollte der Kleinere der beiden wissen, und Sinao nickte langsam. Jetzt blickte sie doch auf, hob das Kinn trotzig empor.

»Ja.«

»Verfluchte Bastarde. Sklavenhalter. Ich hätte es wissen müssen. Für ein wenig mehr Profit würden sie alles tun, was?«

»Euer Schiff ... Ihr seid doch selbst Sklavenhändler«, rutschte es Sinao heraus. Die beiden starrten sie ungläubig an, dann lachte der Hochgewachsene.

»Nein, sind wir nicht. Wir sind ...«

»Ihr seid keine Thayns und keine Händler«, fiel ihm Sinao ins Wort, die plötzlich zu verstehen glaubte. »Ihr seid etwas anderes!«

Vielleicht sollte sie diese Männer fürchten, doch sie hatte keine Angst mehr für sie übrig. All ihre Furcht gehörte Tangye und den Aufsehern, den Soldaten und ihren Musketen, den Balken draußen an der Mauer und den Knuten.

Aus einem plötzlichen Gedanken heraus, den sie selbst nicht erklären konnte, öffnete sie den Mund: »Helft uns«, bat sie die beiden Männer. »Bitte. Ihr müsst uns helfen.«

Der groß gewachsene Mann sah sie an, voller Mitgefühl, wie es ihr schien. Er setzte an, um etwas zu sagen, doch mit einem Mal fauchte die Echse, und auf dem Gang ertönten Tangyes Schritte.

Flehend blickte Sinao die beiden Fremden an, doch keiner der beiden sprach ein Wort.

FRANIGO

Müßig betrachtete der Poet die schweren Vorhänge, die um das Bett herum drapiert waren. Bislang war ihm nicht aufgefallen, dass dort mythische Szenen aufgestickt waren; uralte Götter und Daemonen tanzten mit Menschen, und das beginnende Licht des Tages färbte die Fenster in einem sanften Rotton ein.

Die Szenerie auf den Vorhängen erinnerte an eine Zeit, die längst vergangen war, als noch nicht einmal die Nigromantenkaiser den Kontinent beherrscht hatten, sondern andere, archaischere Kulte und Herrscher das Land in ihrem Griff hielten. Im letzten Jahrhundert hatte eine gewisse Idealisierung dieser Zeit eingesetzt, da sie den Nigromanten weichen musste und somit von vielen als Gegensatz zu den finsteren Herrschern gesehen wurde.

Aber als Poet war Franigo Student der menschlichen Seele und ihrer Eigenarten, und er bezweifelte, dass jene Zeiten tatsächlich so edel und charmant ungezügelt gewesen waren, wie es die verklärten Legenden behaupteten.

Dennoch erfreute er sich an den kunstvoll gestalteten Vorhängen, die seine neue Behausung nun schmückten. Zwar hatte er sich Geld leihen müssen, um die Wohnung zu mieten, doch einem aufstrebenden Günstling des Hofes wurde ein solcher Kredit gern gewährt.

Nachlässig fuhr seine Hand über den Rücken der Frau neben ihm. Er genoss die Wärme ihres Körpers und das samtene Gefühl ihrer Haut unter seinen Fingern. Wie zur Antwort rekelte sie sich gähnend und blickte ihn aus schlafverhangenen Augen an.

»Gibt es Frühstück?«, fragte die Schauspielerin und strich sich ihr langes, rotes Haar aus dem Gesicht. Lächelnd erhob sich Franigo und ging zur Tür. Für einen Moment trank er ihren Anblick, auf dem zerwühlten Bett, von den hellen Strahlen der Sonne in Licht und Schatten getaucht. Eine so perfekte Kombination, wie er sie mit Worten anstrebte. Dann öffnete er die Tür und trug den Korb herein, der dort stand. Sofort breitete sich der Geruch von frischem Brot aus. Die Brioche war noch warm, und die beiden gekochten Eier ebenfalls. *Auch wenn ich ein paar Verse mehr schreiben muss, um den Leibdiener zu bezahlen, der Mann ist seine Lunare wert.*

Mit großen Augen setzte sich die Schauspielerin auf, und Franigo erfreute sich beinahe so sehr an ihrem Erstaunen wie an dem Anblick ihrer Brüste.

»Trinkst du Schokolade oder lieber Kaffee?«

»Du hast beides?«

»Natürlich«, erwiderte er lächelnd. »Allerdings schmeckt beides heiß am besten, sodass es noch einen Moment dauern wird. Ich wusste ja nicht, wann du aufwachen würdest.«

Sie stöhnte leise. »Schokolade, bitte. Davon darf ich niemals etwas erzählen.«

»Warum nicht?«

»Weil ich sonst auf dem Weg zu deinem Bett über lauter andere Frauen hinwegsteigen müsste!«

»Keine Sorge, Yuone, du bist für mich stets die Einzige.«

Sie lachte und warf die Locken dabei nach hinten. »Natürlich! Lass den Honig, und gib mir dafür mehr Schokolade!«

Selbstgefällig grinste der Poet und nahm einen seidenen Morgenmantel vom Haken an der Wand. Sie mochte ein loses Mundwerk haben, doch ihr Blick war scharf. Mit ihr zu diskutieren war ebenso angenehm, wie mit ihr zu schlafen.

»Schokolade also. Warte einen Moment.«

Sein Diener, der den Korb vorbereitet hatte, schlief bereits wieder in seiner Kammer, doch er hatte alles für die Zubereitung von Kaffee und Schokolade bereitgestellt. Es dauerte nicht lange, bis die frische Milch heiß genug war, um darin die dicken Stücke Schokolade aufzulösen. Der Geruch war unwiderstehlich; es war der Geruch puren Luxus. Seit der Blockade durch die Thayns waren alle Güter aus der Sturmwelt unglaublich teuer geworden. Aber in Franigos neuen Kreisen blieben Schokolade, Kaffee und all die anderen Sturmwelt-Köstlichkeiten dennoch stets verfügbar. Möglicherweise war es allerdings das erste Mal, dass Yuone etwas Derartiges trank.

Mit zwei dampfenden Porzellantassen kehrte Franigo zurück in sein Schlafzimmer und stellte sie auf das schmale Betttischchen.

»Dich haben die alten Götter gesandt!«, erklärte Yuone inbrünstig, während sie sich den Duft aus den Tassen zuwedelte.

»Dazu schweige ich, denn die Bescheidenheit gebietet es.«

Sie lachte auf. »Du bist ein eitler Pfau, Hiscadi!«

»Selbstverständlich. Wärest du jetzt bei mir, wenn nicht? Wenn ich ein Habicht wäre oder eine Taube oder ein Spatz oder gar eine Wachtel?«

»Für eine Wachtel hast du zu viel Fleisch auf den Knochen.« Der schwere Akzent ihrer rauchigen Stimme faszinierte ihn. Sie kam aus dem Norden, von der Küste, aus der Gegend um Maillot, die man Brizhay nannte. Die Menschen dort hatten noch ihre eigene Sprache, die jener Hiscadis nicht unähnlich war. Und ebenso, wie viele Hiscadi ihr Leben lang den Rhythmus ihrer eigenen Sprache behielten, auch wenn sie in anderen Zungen redeten, so hörte man bei vielen Brizhonen ihre Herkunft deutlich.

»Für einen Spatz bist du zu groß«, erklärte sie. »Für eine Taube bist du zu gewandt, und ein Habicht bist du beim besten Willen nicht.«

»Bleibt nur der Pfau.«

»Bleibt nur der Pfau«, bestätigte sie und trank mit halb geschlossenen Augen genießerisch einen Schluck Schokolade. Vermutlich war ihr Interesse an ihm nicht uneigennützig oder gar nur ihrem sinnlichen Verlangen geschuldet. Seine Stücke wurden bei Hofe gespielt, und er würde bei der Besetzung der Rollen das eine oder andere Wörtchen mitzureden haben. Auf der anderen Seite empfand Franigo für sie ebenfalls keine Liebe, sondern pure Lust, sodass er sich nicht schlecht fühlen mochte. Zudem schien ihr das Zusammensein zu gefallen. *Ich bemühe mich auch, mehr zu bieten als nur Schokolade zum Frühstück,* dachte er lächelnd und nahm einen Schluck des Wundertrunks. Angeblich steigerte Schokolade die Lust, und immer wieder gab es Gerüchte über Orgien, auf denen frivole Statuen aus dem süßen Stoff gefertigt waren. *Immerhin mangelt es mir noch nicht an Standhaftigkeit, wie so manchem Adeligen bei Hofe.* Der Hofklatsch besagte auch, dass es Maestre gab, die ihr Brot damit verdienten, die Lust alter, reicher Aristokraten magisch am Leben zu erhalten.

Während sich Yuone an dem Frühstück gütlich tat, legte sich Franigo wieder zu ihr und plante den Tag. Erst würde er ein wenig schreiben, an dem neuen Stück, das bei Hofe gespielt werden würde. Dann galt es, einige Briefe zu verfassen. Abends war er in den Salon der Marchessa von Cérvennes geladen. Die Marchessa war als eine Förderin der schönen Künste bekannt; außerdem war sie stets von einem Hauch von Skandal umweht, der Franigo geradezu magisch anzog. Ihre Ländereien lagen weit im Süden und galten als eine der besten Weinregionen Géronays. Wie stets bei ihren Empfängen würden wohl zahlreiche Würdenträger und Künstler anwesend sein.

»Sehen wir uns heute Abend?«, fragte Yuone mit vollem Mund. Die Schokolade hatte einen schmalen Bart über ihre Oberlippe gemalt, wie Franigo belustigt feststellte.

»Leider nicht. Ich habe eine Einladung, der ich nicht entgehen kann.«

»Ich könnte später zu dir kommen«, gurrte sie und ließ ihr Haar über das mit Sommersprossen bedeckte Gesicht fallen. Der Blick ihrer hellen Augen war verführerisch, wie Franigo an seiner eigenen Reaktion bemerkte. Trotzdem schüttelte er lächelnd den Kopf.

»Ich kann nicht sagen, wie lange es dauern wird, meine Liebe. Es wäre nicht rechtens, dich mit so ungewissen Aussichten zu mir zu bitten«, erklärte er und dachte an das aufreizende Lächeln, das ihm die Marchessa bei ihrer letzten Begegnung im Salon des Princiess zugeworfen hatte. »Es könnte ... spät werden.«

»Dann muss ich eben jetzt dafür sorgen, dass du mich nicht vergisst«, erwiderte die Schauspielerin, schob die Seide des Morgenmantels auseinander und kratzte langsam mit den Fingern über Franigos Brust. Er rollte herum, sodass er auf ihrem nackten Körper zu liegen kam. »Lasst die Lektion lieber gründlich sein, Mésera«, wisperte er ihr ins Ohr. »Ich habe ein ganz erbärmliches Gedächtnis.«

»Schuft«, entgegnete sie mit einem kleinen Lachen. Als ihre Finger seine Männlichkeit umschlossen und ihn sanft zu massieren begannen, schloss Franigo die Augen. Seine Lippen suchten ihre, und er überließ sich ganz ihren Künsten.

In der goldverzierten Einladung war von einem kleinen Empfang die Rede gewesen, und tatsächlich waren nur zwei Dutzend Gäste anwesend, doch die Marchessa hatte keine Kosten und Mühen gescheut, um selbst den kleinen Empfang in ein glanzvolles Ereignis zu verwandeln. Sie war als preziös bekannt, und dies spiegelte sich in allem, was sie umgab, vom Wandschmuck ihres Salons bis zu den Livreen ihrer Dienerschaft.

»Ihr müsst Euch ihre Lakaien anschauen, Franigo«, hatte Gureman den Dichter aufgefordert. »Sie hat Wilde aus der Sturmwelt in ihrem Haus, denen sie beigebracht hat, sich wie zivilisierte Menschen zu benehmen – oder jedenfalls doch beinah.«

Nun konnte der Poet einen Blick auf diese berühmten Wilden werfen, als sie ihm mit geübten Handgriffen den Mantel abnahmen. Unter den gepuderten, weißen Perücken sah er bronzefarbene Gesichter mit hohen Wangenknochen und dunkle Augen, in denen jedes Leben fehlte. Auf ihn übten sie keinerlei Faszination aus, aber er konnte beobachten, wie andere Gäste den Dienern in die Wangen kniffen oder sie dazu zwangen, ihre Zähne zu präsentieren.

»Kann er sprechen?«, fragte eine ältere Adelige die Gastgeberin und deutete auf den Wilden, der ihr soeben ein Glas Likör reichte.

»Wenn es sein Wunsch ist. Aber das ist es nicht immer«, entgegnete die Angesprochene spöttisch.

Die Marchessa, deren Alter Franigo irgendwo zwischen dem dreißigsten und vierzigsten Jahr beziffert hätte, hatte den milchweißen Teint, den man nur bekam, wenn ein Heer Bediensteter dafür sorgte, dass man selbst niemals der Sonne ausgesetzt war. Ihre Kleidung, ein grünes Samtkleid, das über und über mit schwarzen Perlen bestickt war und ihre schlanke Figur sehr vorteilhaft zur Geltung brachte, war aufwendig und schwindelerregend kostbar, wenn auch sicher unbequem, wie Franigo bei sich dachte. Kokett lächelte sie ihn an, als sie ihn geziert begrüßte. *Der arme Marchess. Kein Wunder, dass er sich angeblich schon seit Jahren zur Kur in verschiedenen Bädern aufhält.*

»Es ist mir eine Ehre, Meséra«, erklärte der Poet, was ihr ein entzücktes Kichern entlockte.

»Eure Kleidung ist herrlich exzentrisch, wenn Ihr mir diese Bemerkung erlaubt. Vielleicht wird von Euch eine neue Mode ausgehen.«

»Das würde mich nicht erfreuen«, log Franigo, um dann allerdings mit der Wahrheit fortzufahren: »Ich bin sehr gerne unverwechselbar.«

»Das seid Ihr! Es stimmt also: Ihr seid ein Kind Eurer Heimat, voll des rauen Charmes, den man Männern aus Hiscadi nachsagt.«

»Möglicherweise wird bei der Darstellung der Qualitäten meiner Heimat hier und dort ein wenig übertrieben, Meséra.«

»Handelt es sich denn überhaupt um Qualitäten?«, mischte sich eine Stimme ein, und noch bevor Franigo sich umwandte, wusste er, dass der Sprecher nur Genaro sein konnte, mit seiner farbenprächtigen Kleidung, seiner hoch aufgetürmten Perücke und seiner Hakennase. Ein Lächeln umspielte seine Lippen, als er einen Schritt zur Seite machte und den Ersten Poeten so in das Gespräch mit einbezog.

»Das ist sicherlich eine Frage des Blickwinkels. Was für den einen Qualität ist, mag für den Nächsten ein Abgrund sein.«

»Ich hingegen denke, dass man eine allgemein gültige Ästhetik formulieren können muss, der sich alles zu unterwerfen hat. Nichts ist mir fremder als diese Art, alles gemein zu machen!«

»Dies mag von Eurer Position durchaus zutreffen, Mesér«, erwiderte Franigo süffisant. »Von meiner Warte allerdings kann ich Euren Anspruch nicht sehen.«

Alle um sie herum hingen gebannt an ihren Lippen. Die Bedeutung des Geplänkels war jedem Gast bewusst. *Der Platzhirsch röhrt, und der junge Herausforderer präsentiert sein Geweih,* dachte Franigo spöttisch. Seiner eigenen Einschätzung nach lag er in diesem Wettstreit der Worte vorn, doch Genaro war sicherlich ein schwerer Gegner, der mit Wortfunken genug Rauch erzeugen konnte, um von der Schalheit seiner Gedanken abzulenken.

»Dann glaubt Ihr womöglich gar, dass man oben und unten vertauschen kann, richtig und falsch, wahr und unwahr? Ebenso wie diese Werte fest und unverrückbar sind, lässt sich ein ewig gültiges ästhetisches Urteil fällen!«

»Ich denke, die Geschichte sollte uns gelehrt haben, dass nichts ewig Bestand hat. Und ist es nicht ein Frevel an der Einheit, sich derart über ihre Schöpfung zu setzen, deren Vielfalt unser Lob verdient?«

»Und die sich letztlich doch dem Menschen und damit seinem Urteil unterordnen muss.«

»Der Mensch, dessen Wort schon bald wieder vergangen ist und der nur Staub im Wind der Zeit sein kann, kann von seiner Natur her niemals auf Pfeilern der Ewigkeit stehen. Seine Worte sollten es demnach auch nicht.«

Der Schlagabtausch gewann langsam an Fahrt. Die Kontrahenten hätten ungleicher nicht sein können. Auf der einen Seite der arrivierte Hofpoet, Sohn einer edlen géronaischen Familie, eine moralische und künstlerische Instanz. Auf der anderen Seite der bis vor Kurzem mittellose Fremde, Sprössling einer Linie von verarmten Landadligen einer unterworfenen Nation, dessen bekanntes Œuvre derzeit lediglich aus zwei Komödien bestand.

Der eingeschlagene Weg erschien Franigo richtig zu sein, nur seine Schritte musste er gut setzen. Noch konnte er jederzeit straucheln; ein falsches Wort, eine ungebührliche Liebschaft, ein schwaches Werk, und sein Ruhm würde schneller vergehen als die Zuneigung einer Dirne, der man die Bezahlung verweigert.

»Wiewohl ich gern solcherlei Diskursen gebildeter Männer lausche«, unterbrach die Marchessa das Gefecht, »würde ich nun eine Kleinigkeit servieren lassen. Vielleicht können wir uns später weiter damit befassen?«

Beide Dichter neigten das Haupt und stimmten zu. Es war nicht angeraten, das ganze Pulver bereits bei der ersten Feindberührung zu verschießen.

»Hiscadi, ja?«, fragte ein junger Mann, der sich geradezu verzweifelt an seinem Degen festhielt, gerade so, als gäbe der ihm mehr Männlichkeit. Herablassend musterte Franigo ihn, registrierte die edle Kleidung und den kümmerlichen blonden Bart, der wie Kraut und Rüben auf der Oberlippe spross.

»Ja, Mesér. Das ist meine Heimat.«

»Ich war einmal dort mit meinem Regiment stationiert. Es war grauenvoll. Schmutzige Menschen, keine Kultur und Wein, der wie Kuhpisse schmeckt.«

Sofort versteifte sich Franigo und warf einen Blick auf Genaro. Zuerst dachte er, der Hofdichter habe einen Freund auf ihn gehetzt, doch Genaro schien ebenso entsetzt vom Verhalten des jungen Mannes zu sein.

»Heberd, ich bat zu Tisch«, erinnerte die Marchessa, deren samtene Stimme nun einen stählernen Unterton hatte.

»Einheit, der Wein! Daran mag ich gar nicht mehr denken.«

»Mesér, mir scheint, dass Ihr auch heute Abend dem edlen Saft der Rebe bereits in ausreichender Menge zugesprochen habt.«

»Unfug! Und selbst wenn: Im Wein liegt Wahrheit, das wissen wir doch alle.«

»Männer von kleinem Format sollten sich nicht mit Worten schmücken, die von größeren Männern gesprochen wurden«, ermahnte Franigo gespielt freundlich. »In Eurem Fall würde ich demnach raten, den Zitaten gänzlich abzuschwören.«

Es dauerte einen Moment, bis die Bedeutung der Worte einsank. Dann weiteten sich Heberds Augen.

»Was?«

»Noch nehme ich Eure Entschuldigung für die Verunglimpfung meiner Heimat an«, fuhr der Poet ungerührt fort.

»Entschuldigung? Ihr habt mich beleidigt!«

»Wenn die Wahrheit auf Euch beleidigend wirkt, könnt Ihr diesen Umstand kaum mir anlasten.«

»Entschuldigt Euch! Ich bin Offizier Seiner Majestät! Mein Vater ist der Vichess von Paduny!«

»Dann solltet Ihr eigentlich in den Genuss einer besseren Erziehung gekommen sein. Entschuldigt Ihr Euch?«

»Nein!«

»Dann müssen wir uns wohl schlagen.«

Die Worte hingen in der Luft. Eine morbide Faszination ging von ihnen aus, ließ alle Anwesenden entsetzt oder begeistert oder in einer Mischung beider Gefühle erstarren. *Ein veritabler Skandal.*

»Der König hat Duelle verboten. Das war Euch sicherlich nicht bekannt, da Ihr noch neu im Lande seid«, sagte die Marchessa langsam, wobei sie Heberd finstere Blicke zuwarf. Der junge Mann schien sprachlos zu sein. Offensichtlich hatte er nicht erwartet, dass es so weit kommen würde. Und dass die anwesenden Gäste ihre Gunst eher dem Fremdling schenken würden.

Franigo räusperte sich umständlich. »Verzeihung, Meséra, wo bleiben meine Manieren? Ich bitte Euch um Entschuldigung. Es war keinesfalls meine Absicht, Eure Gastfreundschaft derart zu strapazieren. Natürlich waren meine Worte nur im Spaß gemeint, und wenn sie jemanden beleidigt haben sollten, so tut es mir leid.«

»Was ist mit Euch, Heberd?«, fragte die Marchessa kühl.

»Verzeihung«, murmelte der Angesprochene, während er den Griff seines Degens so fest packte, dass seine Fingerknöchel weiß wurden.

Gnädig nickte die Gastgeberin und führte sie zu Tisch. Franigo trat ganz nah an den jungen Adligen heran und flüsterte: »Ich stehe jederzeit und überall zu deiner Verfügung, Bengel. Ich erwarte deine Nachricht, falls du das Stück Metall an deiner Hüfte nicht nur trägst, um damit dein Steckenpferd zu züchtigen.«

Ohne eine Antwort abzuwarten, nahm Franigo zur Rechten der Gastgeberin Platz, und bald genoss er die Gaumenfreuden des Essens und die sanfte Berührung des Fußes der Marchessa, deren vielversprechendes Lächeln jeden Gedanken an Duelle aus seinem Geist vertrieb.

JAQUENTO

Pertiz winkte und grinste dabei breit, freundlich und falsch, während Jaquento rief: »Auf bald!«

Die Männer und Frauen in dem Boot legten sich in die Riemen, und die beiden Männer blieben aufrecht stehen, winkten und behielten ihre freundliche Miene bei, obwohl ihre Worte eine andere Gemütsverfassung verrieten.

»Bist du vollkommen verrückt, Jaq?«, zischte Pertiz, ohne die Mundwinkel zu verziehen. »Wie konntest du dem Mädchen Hilfe versprechen?«

»Hast du nicht selbst gegen Sklaverei gewettert?«

»Doch, aber ich mache immerhin niemandem falsche Hoffnungen, dass ich dem ganzen Handel ein Ende machen werde!«

»Und was hätte ich sonst sagen sollen? Vielleicht: *Wir sind – als freie Männer und Frauen – natürlich gegen den Sklavenhandel. Allerdings nur manchmal, denn in deinem Fall ist es uns leider zu gefährlich, diese Meinung zu vertreten?*«

Als sich am Strand der Kommandant der Compagnie abwandte und mitsamt seinen Begleitern zurück zur Festung marschierte, funkelte Pertiz Jaquento endlich zornig an.

»Wie, bitte, sollen wir all diese Sklaven befreien? Sieh mal dort«, bat der Kapitän mit süßer Stimme und wies zu der Festung. »Das ist ein verfluchtes Fort!«

»Genau.«

»Ist das alles, was du zu sagen hast?«

»Nein. Aber du bist wütend und würdest mir ohnehin nicht zuhören. Also warte ich ab, bis sich dein Mütchen abgekühlt hat.«

Für einen Moment schien Pertiz explodieren zu wollen, doch dann atmete er langsam aus und setzte eine betont ausdruckslose Miene auf. Schließlich sah er Jaquento fragend an, der sich kurz die Nase rieb, um seine Gedanken sammeln zu können, bevor er erklärte: »Das Fort ist unser Problem. Vielleicht schaffen wir die Schiffe, aber niemals, wenn wir gleichzeitig von der Festung aus beschossen werden.«

»Das hast du gut erkannt.«

Jaquento ignorierte den beißenden Spott in der Stimme des Kapitäns und tippte sich an den Kopf.

»Also habe ich gedacht«, begann er, was Pertiz ein Schnauben entlockte, »dass wir uns zuerst um die Kanonen kümmern müssen. Um ein Geschütz zu bedienen, bedarf es einer großen Mannschaft. Wenn aber nun gleichzeitig die Sklaven einen Aufstand wagen, werden die Soldaten an mehreren Orten gebraucht. Es sind nur siebenundvierzig, hat das Mädchen gesagt.«

»Sie wusste verflucht viel über die Besatzung des Forts und über die Aufseher und das Sklavenlager.«

»Nun, ja, wenn die Sklaven tatsächlich eine Flucht planen, werden sie sich wohl vorher ein paar Gedanken gemacht haben.«

»Oder sie wollten uns reinlegen. Vielleicht ist es ein Trick. Dieser Drecksack Tangye vertraut uns sicher nicht weiter, als er uns werfen könnte. Und das arme Kind ist in Wahrheit seine Tochter, die dir einen gewaltigen Bären aufgebunden hat«, vermutete Pertiz.

»Wenn sie uns nicht vertrauen, wieso pusten sie uns nicht einfach aus der Bucht? Drei Schiffe, eine Festung, was könnten wir schon dagegen tun? Warum sollten sie so einen Aufwand betreiben?«

Zur Antwort brummte Pertiz nur unbestimmt. Der Kapitän sah nachdenklich aus.

»Du willst die Sklaven also als Ablenkung benutzen?«, erkundigte er sich schließlich.

»Auch. Oder besser: Wir benutzen uns gegenseitig als Ablenkung. Wenn wir einen Angriff beginnen und sich die Sklaven gleichzeitig erheben, wird Tangye es schwer haben, die Soldaten gezielt einzusetzen. Und Mano könnte die Verwirrung mit ein bisschen Mojo noch steigern. In dem entstehenden Chaos können wir vielleicht alle unsere Ziele erreichen.«

Der frische Seewind fuhr über Jaquentos Haut. Die Sonne brannte heiß auf ihn herab, und er schwitzte in seiner teuren Kleidung. Der Stoff klebte unangenehm auf seiner Haut, und er hoffte, möglichst bald in den Schatten zu gelangen. Auf seiner Schulter eingerollt, hatte Sinosh offensichtlich weitaus weniger Probleme mit der Hitze.

Pertiz grübelte nach wie vor. Es war klar, dass Jaquento ihn noch nicht vollständig überzeugt hatte, aber seine Worte zeigten zumindest Wirkung. Als sie nur noch wenige Meter von der *Windreiter* entfernt waren, sagte Pertiz endlich: »Dein Plan ist gefährlich. Für uns und für die Sklaven ebenso. Warum willst du das tun?«

»Wir bieten ihnen immerhin eine Aussicht auf Erfolg. Was denkst du, wie gut ihre Chancen ohne uns stünden?«

Prüfend blickte Pertiz zu der Insel. Dann schüttelte der den Kopf.

»Sie haben keine.«

»Genau. Natürlich ist der Plan gefährlich, und sehr wahrscheinlich wird es Tote auf allen Seiten geben. Und wenn ich heute Nacht an Land schwimme und mich mit den Anführern der Sklaven treffe, werde ich ihnen genau das sagen. Wenn sie nicht wollen, dann versuchen wir es ohne sie.«

»Du denkst, das funktioniert?«

»Vertrau meinem Wort«, bat Jaquento und zwinkerte dem Kapitän zu.

»Dafür kenne ich dich inzwischen zu gut.«

»Dann vertrau meinem Wort als Hiscadi.«

»Dafür kenne ich zu viele Hiscadi!«

Seufzend legte Jaquento den Kopf in den Nacken und guckte zum Schiff hoch, das inzwischen über ihnen aufragte. Dass dieses Sklavenmädchen auf die Entfernung gesehen hatte, dass mehr als nur zwanzig Seeleute an Bord waren, verwunderte ihn noch immer. Ihre Augen und ihre Beobachtungsgabe mussten außergewöhnlich gut sein. Pertiz hatte vor ihrem Landgang befohlen, dass niemals mehr als zwanzig von ihnen an Deck zu sehen sein durften. Keiner hatte damit gerechnet, dass diese List durchschaut werden würde. Noch dazu von einem Mädchen, das sich kaum traute, ihm direkt in die Augen zu sehen.

Wir bieten ihnen eine Möglichkeit zu entkommen, dachte der junge Hiscadi, während er das Netz erklomm. *Das ist mehr, als sie bislang hatten.* Dennoch konnte er Pertiz' Zweifel verstehen, und er selbst fühlte sich nicht gut bei dem Gedanken an einen Sklavenaufstand. Die Soldaten der Compagnie waren vermutlich gut ausgerüstet und ausgebildet, und die Sklaven hatten wohl weder Waffen noch das nötige taktische Wissen. Ihr einziger Vorteil war ihre Anzahl, und sich allein darauf zu verlassen würde zu einem Blutbad führen, für das Jaquento nicht die Verantwortung übernehmen wollte. *Also müssen wir einen Weg finden, das zu verhindern.*

»Mir gefällt das alles nicht«, erklärte Pertiz, als sie das Deck betraten, dann wandte er sich an die Mannschaft: »Schafft sechs Fässer Wein an Deck, und bringt sie an den Strand. Und denkt daran: immer nur zwanzig auf einmal an Deck, klar?«

»Konntest du etwas herausfinden?«, wandte sich Jaquento an Manoel, der auf einer Taurolle lag, genüsslich Tabak rauchte und sich den Bauch von der Sonne bescheinen ließ. In diesem Augenblick wirkte der junge Mann noch weniger als sonst wie ein Zauberkundiger, denen der Ruf vorauseilte, überaus ernste und ehrgeizige Menschen zu sein.

»Die müssen da drüben einen ganzen Konvent auf dem Schiff haben. Oder es ist der beste Caserdote an Bord, den ich jemals getroffen habe. Oder den ich eben nicht getroffen habe?«

»Was heißt das, Mano?« Jaquento machte eine ungeduldige Handbewegung.

»Da ist nichts zu machen. Das Schiff ist für meine Sinne gar nicht vorhanden. Entweder gibt es keine Magie – und darauf würde ich nicht mal eine Handvoll Schildkrötendreck verwetten –, oder sie wird unglaublich gut verborgen!«

»Bist du sicher?«, mischte sich Pertiz ein.

»Käpt'n, sehe ich unsicher aus?«

»Nein«, gestand Pertiz, wandte sich achselzuckend ab, und Manoel nickte zufrieden, lehnte sich wieder zurück, schloss die Augen und atmete den Rauch der zusammengerollten Blätter ein.

Das Wasser war auch nachts warm. Ebenso die Luft, obwohl der Wind stetig vom Meer her blies. Einige Leute standen an der Reling, und ihre Gesichter zeichneten sich über Jaquento fahl im Mondlicht ab. Geistesabwesend kratzte er seinen Hals, wo er unter den Fingerkuppen Schorf spürte – Sinosh war nicht glücklich darüber gewesen, ihn nicht begleiten zu dürfen.

Pertiz deutete zum Heck der *Windreiter*. »Zwei Laternen.«

»Alles klar.«

»Wusstest du eigentlich, dass es hier Haie gibt?«, fragte der Kapitän beiläufig und verschwand dann hinter der Reling. Fluchend blickte Jaquento sich um. Das tintenschwarze Wasser wirkte mit einem Mal bedrohlich, und das Schimmern des Mondlichts auf der sanften Dünung schien nun gewaltige Schemen zu verbergen, die dort auf ihn lauerten. Grimmig packte er den Lederbeutel, stieß sich ab und begann zu schwimmen. Der Beutel war Pertiz' Idee gewesen; eng vernäht und kalfatert, war er wasserdicht und wirkte so wie ein kleines Floß – ein nach Teer stinkendes Floß aus glitschiger Ziegenhaut, wie Jaquento feststellen musste, aber er war dennoch froh, ihn zu haben. Der Weg bis zum Strand war weit, und hier gab es sicherlich Strömungen, die ihn auf einem der beiden Wege behindern würden.

Der Mond stand deutlich sichtbar am Himmel, zu hell für Jaquentos Geschmack, aber er konnte sich das Licht für seinen Ausflug nicht aussuchen, und als Schwimmer würde er hoffentlich nur schwer zu entdecken sein. Er fühlte sich verwundbar, so als ob jeden Augenblick irgendeines der legendären Seemonster unter ihm auftauchen könnte. Sein Dolch, den er an seinem Gürtel festgebunden hatte, würde ihm kaum gegen eine solche Monstrosität helfen.

Mit Bedacht kontrollierte er seine Atmung und zwang sich, nur an die Strecke, die vor ihm lag, zu denken. Alles andere konnte er ohnehin nicht beeinflussen. Mit regelmäßigen Zügen kam er gut voran, und schon bald durchquerte er die Brandung und kroch leise an den Strand. Ohne innezuhalten, lief er durch den Sand und verbarg sich zwischen den Palmen, die spärlichen Schutz boten.

Von der ursprünglichen Vegetation der Insel war nicht viel übrig. Schon knapp hinter dem Strand begannen die Felder.

Jetzt war Jaquento doch für das Mondlicht dankbar, denn so konnte er den Weg zu dem Lager ohne größere Schwierigkeiten finden. Es lag zwischen Klippen und Äckern, eingekreist von einer Holzpalisade, unter den wachsamen Augen der Festung. Es wirkte geduckt, wie es dort von der Klippe überragt wurde, und die beiden Soldaten, die langsam um die Palisade herumschritten, verstärkten diesen Eindruck noch.

Hoffentlich hat das Mädchen ihren Freunden Bescheid geben können, dachte der junge Hiscadi, während er den Rundgang der Wachen abwartete. *Sonst habe ich ganz umsonst ein Mitternachtsbad genommen.* Als sie außer Sicht verschwanden, lief er geduckt zu der Palisade. Schnell wickelte er das Seil los, das er sich um die Hüften geschlungen hatte, und warf eine Schlaufe über den Kranz. Sie verfing sich in zwei der Bohlen, und Jaquento erklomm das Seil, so schnell er konnte.

Das Holz war rau, und er trat sich Splitter in die bloßen Füße, doch dann war er über die Palisade hinweg, ließ sich herabfallen und blieb einige Augenblicke mit klopfendem Herzen auf dem Boden liegen. *Ein Einbruch in ein Sklavenlager. Clever, Jaquento! Wenn mich mein Vater jetzt sehen könnte …* Der Gedanke war zunächst amüsant, doch dann rief er sich in Erinnerung, dass sein Vater ihm wohl, ohne zu zögern, die Wachen auf den Hals hetzen dann persönlich die Schlinge um denselbigen legen würde, was seine Erheiterung deutlich dämpfte.

Das Seil ließ er auf der Innenseite baumeln und bewegte sich leise weiter in die Mitte des Lagers. Mit jedem Schritt kam ihm seine Idee närrischer vor; der Kommandant der Compagnie war zu schnell zurückgekehrt, als dass sie eine vernünftige Absprache hätten treffen können, und nun schlich Jaquento durch ein Sklavenlager, in der Hoffnung, dass ein verschrecktes Mädchen seine Nachricht an die sicherlich ebenso verschreckten Sklaven weitergegeben hatte.

»Keinen Laut«, flüsterte eine tiefe Stimme mit schwerem Akzent hinter ihm. Sorgfältig darauf bedacht, nicht bedrohlich zu wirken, hob Jaquento die Arme, präsentierte die leeren Hände und nickte. Aus dem Schatten einer der Hütten trat eine dunkle Gestalt, gerade so weit, um als Mensch erkannt zu werden, aber nicht weit genug, um mehr als ein Schemen zu sein.

»Hier.«

Langsam folgte Jaquento der Stimme und hoffte dabei, dass sie wirklich zu einem der Sklaven gehörte. Kommandant Tangye wirkte nicht wie jemand, der mit sich spaßen ließ. Also huschte Jaquento zu der Hütte und duckte sich durch den Eingang.

Drinnen saßen mehrere Menschen, vielleicht ein Dutzend, doch Jaquento konnte nicht sicher sein, dass sich in der fast vollständigen Dunkelheit nicht noch mehr verbargen. Betont ruhig kniete der junge Hiscadi am Eingang nieder und setzte sich auf seine Fersen. Unsicher, wie die Bräuche der Eingeborenen waren, schlug er sich leicht auf die Brust: »Mein Name ist Jaquento. Ich komme von dem Schiff in der Bucht«, sagte er.

»Das wissen wir«, antwortete jemand leise, den Jaquento in der Finsternis kaum ausmachen konnte. Eine Atmosphäre der Bedrohung lag über der kleinen Versammlung, und er konnte das Misstrauen der Sklaven beinahe körperlich spüren. Er beschloss, gar nicht erst lange um den heißen Brei herumzureden.

»Wir können euch vielleicht helfen.«

»Wobei?«

Die Frage überraschte den jungen Hiscadi.

»Bei der Flucht.«

»Woher weißt du, dass wir fliehen wollen?«

Die Frage traf ihn unvorbereitet, und er schüttelte abwägend den Kopf. »Weil niemand gerne ein Sklave ist.«

Er konnte nicht einschätzen, ob diese Antwort zufriedenstellend war; jedenfalls schwiegen die Sklaven nun.

»Wir haben Schiffe und Seeleute. Nicht genug, um die Festung direkt anzugreifen, aber wir könnten die Besatzung beschäftigen.«

»Warum solltet ihr das tun?«

Seine Antwort formulierte der Hiscadi sehr sorgfältig: »Wir sind Feinde der Handelscompagnie. Wir wollen ihr schaden.«

»Ihr seid Diebe?«

»Es ist eher wie ein Krieg«, verdrehte der junge Hiscadi die Wahrheit gerade weit genug, dass die Eingeborenen ihn verstehen konnten. »Außerdem mögen wir keine Sklavenhalter.«

»Du willst uns helfen, weil du die Blassnasen nicht magst?«, fragte die Gestalt ungläubig. Jaquento hob abwehrend die Hände.

»Wir wollen die Schiffe dort in der Bucht in unseren Besitz bringen. Deshalb sind wir hier. Aber wenn wir uns gegenseitig helfen können, werden wir das tun. Wir müssten uns absprechen, ein Signal ausmachen, damit ihr selbst im richtigen Moment zuschlagen könnt.«

Der Sprecher löste sich aus den Reihen der Sklaven und kroch ein Stück auf Jaquento zu, sodass Mondlicht auf sein Gesicht fiel. *Bei der Einheit, das ist ja noch ein halbes Kind,* fuhr es dem jungen Hiscadi durch den Kopf, doch er bemühte sich, seine Gesichtszüge unbeirrt freundlich und offen zu halten.

»Warum sollten wir dir trauen? Vielleicht bist du ein *Jeicacu'*!«

»Ein was?«

»Ein … schwarzes Auge? Einer, der die Unwahrheit sagt. Wer sagt uns, dass du nicht von der Compagnie bist?«

»Niemand außer mir. Ihr solltet mir vertrauen, weil das eure beste Möglichkeit ist, von dieser Insel zu verschwinden. Wir sind Feinde der Compagnie, und wir werden unsere Ziele erreichen.«

Der Junge schwieg und starrte nur forschend in Jaquentos Gesicht. Der junge Hiscadi mochte sich nicht vorstellen, was in dem Kopf des Sklaven vorging. *Wie viel Angst und Misstrauen muss unter ihnen herrschen? Wie oft wurde wohl einer von ihnen verraten? Wie viel Furcht müssen sie beim Anblick eines Mannes aus Corbane empfinden?*

Obwohl sein Leben von ihnen abhing, schwappte eine Welle des Mitgefühls über den Hiscadi hinweg. Und doch, als er in das stolze Gesicht des Jungen blickte, erkannte er, dass dieser sein Mitleid nicht wollen würde. So schwieg er und wartete ab.

»Ich bin Majagua, der Sohn des Cacique von Guanquen«, erklärte der Junge endlich. »Ich spreche für die Sklaven. Was ist dein Plan?«

»Wir wollen die Schiffe. Aber die Festung ist gefährlich, ihre Kanonen sind stark. Gemeinsam mit euch können wir sie besiegen.«

»Wie?«

»Wir greifen die Schiffe und die Festung an, und ihr greift die Soldaten auf der Insel an.«

Ein Schnauben ertönte, aber Jaquento fuhr unbeirrt fort: »Die Soldaten werden abgelenkt sein. Sie müssen die Geschütze bedienen und sich gleichzeitig gegen euch verteidigen. Es wird nicht genug für alles geben. Jene von euch, die kämpfen können, beschäftigen die Soldaten. Die anderen fliehen zum Strand. Wir schicken Boote. Wenn wir die beiden Schiffe gekapert haben, ist mehr als genug Platz, und wir können aus der Bucht segeln.«

»Das ist gefährlich.«

»Ja. Ja, das ist es. Aber wäre ein anderer Weg ungefährlicher?«

Zweifelnd blickte Majagua Jaquento an, dann nickte der Junge: »Also soll es so sein!«

Während sich die Sklaven leise und aufgeregt miteinander unterhielten, atmete Jaquento kaum hörbar aus. Die Anspannung fiel von ihm ab, obwohl er immer noch in einem Lager inmitten rebellischer Sklaven auf einer von seinen Feinden kontrollierten Insel saß.

Die Saat war gesät. Jetzt mussten seine Pläne nur noch aufgehen.

ROXANE

Schritte donnerten über die Planken, und einen furchtbaren Moment lang sah Roxane sich selbst vor ihrem inneren Auge, wie sie mit einer Schlinge um den Hals zur Rah emporgezogen wurde.

Das Offizierstrio befand sich ohne Frage in tödlicher Gefahr. *Wer hätte gedacht, dass ein thaynrischer Kapitän eine größere Bedrohung für mein Leben werden würde als die vereinten géronaischen und hiscadischen Flotten?*, fragte sie sich noch, dann erfasste kalte Logik von ihrem Geist Besitz: »Wir teilen uns auf. Weicht den Soldaten aus, gebt keinen Laut. Cearl, Sie gehen zum Bug, Aella und ich schlagen uns hier am Heck durch.«

»Aye«, flüsterten die beiden. Cearl sah Roxane noch einen Moment in die Augen, bevor sie losliefen. Sie konnte seinen Blick nicht deuten, und es blieb auch keine Zeit dazu.

»Meuterer!«, zeterte Harfell irgendwo auf dem Geschützdeck. »Verrat auf meinem Schiff!«

Er brüllte inkohärente Befehle und schrie die Soldaten an. Zumindest nach dem, was zu hören war, führte sich der Kapitän wie ein Wahnsinniger auf.

Durch zwei Gitter zwischen den Decks fiel Licht herab, und rennende Schatten wurden an die Wände geworfen. Aella hatte sich in die Dunkelheit geschlagen; Roxane konnte nicht sagen, wann, und nun war die junge Offizierin auf sich allein gestellt. Seeleute riefen durcheinander, Leutnant Cudden versuchte seine Marinesoldaten zu sammeln, das ganze Schiff war in Aufruhr. *Immerhin spielt es jetzt in unsere Hände, dass Harfell die Disziplin schleifen lässt.*

Gerade als Roxane den Niedergang erreichte, hörte sie die Schritte schwerer Stiefel auf dem Deck über ihr, dann flackerte Licht die Treppe hinab. Hastig stürmte Roxane um eine Ecke und warf sich in den Schatten einiger Kisten. Zwei Soldaten kamen eilig herunter, Gewehre bereit.

»Treibt das Pack zusammen«, gellte Harfells Stimme vom Vorderschiff. »Weg von mir! Weg von mir!«

Flach atmend, presste sich Roxane an die Kisten. Sie wagte es nicht, einen Laut von sich zu geben. Das Licht der Laternen, die von den Soldaten emporgehalten wurden, erhellte den schmalen Spalt, in dem sie verborgen lag, und sie schloss die Augen. Die Schritte kamen näher.

»Der Alte spinnt doch«, flüsterte plötzlich eine junge, männliche Stimme, »sieht überall Gespenster und Aufrührer.«

Als Roxane ihre Augen wieder öffnete, sah sie zwei Marinesoldaten, die langsam an ihr vorbeigingen, ein Mann und eine Frau.

»Halt den Mund«, zischte die Soldatin. »Oder willst du ein Dutzend Hiebe bekommen?«

Ihr Partner knurrte nur, doch während ihres Wortwechsels waren die beiden an Roxane vorbeigegangen. *Jetzt oder nie*, dachte die junge Offizierin und kroch aus ihrem Versteck. Geduckt huschte sie zum Niedergang und lief so leise wie möglich die Treppe hinauf.

Auf dem Geschützdeck herrschte ein chaotisches Durcheinander. Männer und Frauen liefen zwischen den Schlafkojen hin und her, einige riefen lauthals. Zwei Fähnriche versuchten, Ordnung zu schaffen, doch das Gebrüll des Kapitäns, der inzwischen nur noch einzelne Worte schrie, zerstörte all ihre Bemühungen. Das Schiff war führerlos, und die Verwirrung Harfells wurde ungebremst an seine Besatzung weitergegeben. Ungesehen lief Roxane an Deck, kehrte auf der obersten Stufe um und kam laut polternd wieder zurück.

»Was geht hier vor?«, verlangte sie lautstark zu wissen. Die Worte übertönten sogar ihr wild pochendes Herz, das die Angst in ihr kaum zu fassen vermochte.

»Der Käpt'n«, rief ein Fähnrich, ein junger Bursche namens Imrin, dem die Erleichterung über Roxanes Auftauchen anzusehen war. Mit einem knappen Salut nahm sie die Verantwortung von seinen Schultern und verschränkte die Arme hinter dem Rücken.

»Alle an Deck«, befahl sie. »Das ist ein Kriegsschiff Ihrer Königlichen Majestät und kein Hühnerstall. Ruhe und Disziplin!«

Sofort legte sich die Konfusion, auch wenn noch leiser Widerstand zu spüren war.

»Imrin, bringen Sie die Seeleute an Deck, und erstatten Sie dem Wachhabenden Bericht. Ich will keinen Laut mehr hören!«

»Aye, aye, Thay«, bestätigte der Fähnrich und wies auf den Niedergang: »Ihr habt den Leutnant gehört! An Deck!«

»Wo ist der Kapitän?«, erkundigte sich Roxane mit leiser Stimme.

»Vorderschiff, Thay. Mit zwei Marinesoldaten. Er hat von Meuterei gesprochen.«

Wohl eher geschäumt und gewütet als gesprochen. Noch während Roxane dies dachte, kam Aella aus der Offiziersmesse und knöpfte sich die Uniformjacke zu, gerade so, als sei sie eben erst aufgestanden.

»Der Kapitän befürchtet Meuterei, Leutnant«, berichtete Roxane ihr ernst. »Wir sollten ihn suchen.«

»Was? Natürlich, Thay!«

Gemeinsam schritten sie das Geschützdeck entlang, während die Besatzung von den Fähnrichen an Deck befehligt wurde. Um sie herum rannten die Seeleute zu den Niedergängen, und Roxane bemühte sich, das perfekte Bild einer dienstbeflissenen Offizierin zu bieten, auch wenn ihr Innerstes ebenso aufgewühlt wie die Besatzung war. Neben ihr lief Aella mit kreidebleichem Gesicht und zitternden Händen. Allein die Verfassung des Leutnants musste jedem verraten, dass sie sich schuldig fühlte, doch die Mannschaft war zu sehr damit beschäftigt, den Befehlen zu folgen, um auf Hughams Gemütslage zu achten.

Der Gang zum Bug war furchtbar, denn jeden Augenblick konnten sie auf den tobenden Kapitän treffen, der sie der Meuterei bezichtigen würde. Es galt weniger, seinem Zorn zu entgehen, als seine Beweise zu sabotieren, indem sie sich normal verhielten. Roxane war sich sicher, dass man sie aufgrund seiner Anschuldigungen vor ein Kriegsgericht stellen würde, und es war überlebenswichtig, diese Beschuldigungen schon im Vorfeld zu entkräften.

Unvermittelt kamen ihnen zwei Soldaten entgegen, in deren Mienen sich Unsicherheit zeigte.

»Bericht«, befahl die junge Offizierin schneidig, obwohl ihre Stimme in ihren eigenen Ohren hohl klang.

»Thay! Der Kapitän befahl uns zum vorderen Niedergang. Dann schrie er, dass wir Verräter seien, und …«

Die Stimme des jungen Mannes stockte. Er mochte kaum älter als zwanzig Jahre sein, und er war offensichtlich zutiefst verstört.

»Und?«

»Und er drohte uns mit der Waffe. Wir sollten uns von ihm entfernen. Er … er trug nur ein Schlafhemd, Thay. Ich …«

Die Beklemmung in der Stimme des Mannes ähnelte den Gefühlen in Roxanes Brust. Die Welt stand kopf, der Kapitän verhielt sich vollkommen irrational, und einfache Soldaten wie dieser wussten nicht, wie sie damit umgehen sollten. *Sie können es nicht wissen. Niemand wird von der Marine auf eine solche Situation vorbereitet.*

»Sie haben schon alles richtig gemacht«, erklärte die junge Offizierin und lächelte aufmunternd. »Gehen Sie beide an Deck und suchen Sie Leutnant Cudden. Er soll zu uns stoßen.«

»Ja, Thay.«

Die Erleichterung der beiden Marinesoldaten war fast greifbar. Bevor Roxane jedoch salutieren konnte, ertönte ein markerschütternder Schrei auf dem Zwischendeck vor ihnen, dann fiel ein Schuss.

»Beeilen Sie sich«, sagte sie rasch. »Holen Sie uns Cudden!«

Dann stürmte sie zum vorderen Niedergang, dicht gefolgt von Aella. Von unten schien das Licht einer Laterne herauf, und Roxane wagte einen schnellen Blick hinab. Die Laterne lag auf dem Boden und rollte mit den Bewegungen des Schiffes langsam hin und her. Ihr Licht ließ die Schatten im Zwischendeck wandern und beleuchtete auch den Leib, der dort in einer sich schnell ausbreitenden Blutlache lag. Es war Harfell, dessen dünne Beine würdelos aus einem schmutzigen Nachthemd ragten. Seine grauen Haare waren wirr, seine Züge bleich und eingefallen, und aus einer Wunde in der Brust lief mehr und mehr Blut auf die Planken.

»Der Kapitän!«, rief Roxane, die eine Welle der Erleichterung durchspülte, vor der sie sich selbst ekelte. *Er ist in seinem Wahn gestürzt!* »Leutnant, holen Sie die Ärztin. Schnell!«

Als Aella die Treppe hinauflaufen wollte, kam ihr Cearl entgegen, der vom Deck herabstieg, gefolgt von einigen Personen, die Roxane im Gegenlicht nicht erkennen konnte.

»Was geht hier vor?«, verlangte der Erste Offizier zu wissen. Auch er wirkte verstört, hatte sich jedoch besser unter Kontrolle als Aella, die gerade an Deck stieg und nach der Ärztin rief.

»Der Kapitän ist verletzt, Thay«, berichtete Roxane mit tonloser Stimme. Jetzt erkannte sie auch seine Begleiter; es waren Cudden und Hoare, der sich sofort an ihnen vorbeidrängelte und entsetzt die nächste Treppe hinabhastete. Unten traten zwei Soldaten ins Licht, die ungläubig auf den Kapitän starrten. Hoare brüllte sie an: »Wer war es? Wer?«

Doch die beiden schüttelten verständnislos die Köpfe: »Hier unten war niemand. Falscher Alarm.«

»Falscher Alarm? Der Kapitän ...«, kreischte Hoare und presste dem Verwundeten die Hände auf die Brust. Blut sprudelte zwischen seinen Fingern empor, und Harfell rührte sich nicht.

Roxane schaute Cearl in die Augen, doch anstatt dort Hoffnung zu entdecken, fand sie nur Entsetzen. Langsam, unwillig wanderte ihr Blick zu seiner Rechten, die unkontrolliert zitterte. Er schüttelte leicht den Kopf und legte die Finger der Linken auf den Bund des Ärmels, doch Roxane hatte die zwei kleinen, dunklen Flecken gesehen – Blut. Ihr Verdacht wurde zur Gewissheit, als sie ihm wieder in das Antlitz sah und dort, hinter der Maske des Leutnants, bodenloses Grauen wahrnahm. Ihr fehlten die Worte, ja selbst ihr Herz schien versagen zu wollen und verkrampfte sich schmerzend in ihrer Brust. Übelkeit breitete sich schlagartig in ihr aus, ihre Hände wurden schweißfeucht und kalt.

Da sprang Doktor Tabard die Treppen hinab, immer mehrere Stufen auf einmal nehmend. Sie kniete neben dem Kapitän nieder, schnitt mit geübten Bewegungen das blutige Hemd von seiner Brust und beugte sich über ihn.

»Groferton!«, brüllte sie, als sie das Ausmaß der Verletzung erkannt hatte. »Groferton, verflucht!«

»Leutnant Cudden, holen Sie den Maestre«, bat Roxane steif. Sie wusste nicht, woher die Worte kamen, wo doch die Welt einfach jeden Zusammenhalt verloren hatte, aber sie sprach, und ihr wurde gehorcht.

Um sie herum war alles nur Getümmel. Der Maestre kam und kniete neben der Ärztin nieder, das Gesicht seltsam ausdruckslos.

Cudden kehrte mit drei Marinesoldaten zurück und bewachte den Niedergang, als drohe noch Gefahr aus den Tiefen des Schiffes. Seemann Hoare stellte die Laterne des Kapitäns vorsichtig auf, wurde dann aber von Tabard verscheucht. Überrascht sah Roxane die Tränenspuren auf seinen Wangen, die so gar nicht zu seinem sonstigen Gebaren passen wollten.

»Mörder«, flüsterte er mit gebrochener Stimme und wiederholte dann deutlicher: »Mörder.«

Cearl schluckte, und seine Lippen wurden schmal und bleich, aber Hoare schleppte sich ohne ein weiteres Wort an ihnen vorbei und stieg die Treppe empor an Deck.

»Das Kommando geht an Sie, Leutnant«, stellte Aella fest, die anscheinend nicht die Gemütsverfassung des Angesprochenen bemerkt hatte.

»Ja, ich …«, erwiderte der Erste Offizier, als Sellisher die Treppe hinabgepoltert kam.

»Was geht hier vor? Kapitän Harfell ist verletzt? Was …«

Er verstummte, als er den Kapitän wahrnahm.

»Wir wissen noch nichts Genaues, Caserdote«, erklärte Roxane. »Er wurde so vorgefunden.«

»Die Einheit schütze uns!«

Die junge Offizierin war geneigt, dem Priester zuzustimmen.

»Wie steht es um ihn, Groferton?«, verlangte Sellisher zu wissen, doch der Maestre schnaubte nur, ohne zu antworten. Stattdessen rief die Schiffsärztin: »Lassen Sie uns unsere Arbeit machen, verflucht noch einmal! Er wurde angeschossen. Es sieht nicht gut aus!«

»Angeschossen«, hauchte der Caserdote. »Aber ... wer? Warum?«

»Der Kapitän wies mich an, die Soldaten zu sammeln. Jemand habe ihm von einer Meuterei berichtet«, sagte Cudden, der die Vorfälle weitaus besser zu ertragen schien als der Rest der Offiziere. »Allerdings konnten wir niemanden finden, der einen Aufruhr anzuzetteln schien, und ich weiß auch nicht, woher die Information kam. Von irgendeinem Seemann, glaube ich.«

Hoare, dachte Roxane und erinnerte sich an den Blick des Mannes, als sie zu dem Treffen gegangen war. *Ich verfluchte Närrin!*

»Der Kapitän nahm zwei Soldaten mit und sandte mich an Deck, andere hinunter in den Laderaum. Anscheinend hat er jedoch die beiden Soldaten wieder fortgeschickt, und dann fiel der Schuss. Tja«, schloss Cudden seinen Bericht, »mehr weiß ich auch nicht.«

Der Leutnant wirkte weitaus ruhiger als die übrigen Anwesenden, aber Roxane hätte nicht sagen können, ob er tatsächlich so abgeklärt war oder sich nur so gab.

»Wir haben ihn gefunden«, erklärte Roxane. »Leutnant Hugham und ich kamen vom Heck und stießen auf die beiden Soldaten. Ich war eben dabei, sie zu Leutnant Cudden zu entsenden, da fiel ein Schuss. Als wir nach vorn kamen, trafen vom Deck aus gerade Leutnant Frewelling, Leutnant Cudden und ein Matrose ein. Dann erschienen die beiden Soldaten dort und berichteten, dass niemand auf dem Zwischendeck sei.«

»Niemand? Und wer war das?«, wollte Sellisher wissen und wedelte mit der Hand in Richtung des gefallenen Kapitäns.

»Vielleicht war es ein Unfall«, sagte Cearl ruhig. »Jedenfalls hat es jetzt keinerlei Wert, weiter darüber zu spekulieren. Der Kapitän muss versorgt werden, das Schiff muss zur Ruhe kommen, Ordnung und Disziplin haben Vorrang. Wir werden die Vorgänge untersuchen, sobald der Kapitän ... sobald nicht mehr alle wild durcheinanderreden.«

»Soll ich mich um die Mannschaft kümmern, Thay?«, fragte Aella, und Cearl nickte: »Exzellente Idee. Würden Sie dem Leutnant bitte helfen, Caserdote? Ihr Anblick hat sicherlich eine beruhigende Wirkung auf die Leute. Vielleicht sagen Sie ein paar Worte oder beten mit ihnen zur Einheit für die baldige Genesung des Kapitäns.«

Unwillig blickte Sellisher von einem zum anderen, nickte dann aber und folgte Aella an Deck.

»Leutnant Hedyn, wer hat das Kommando an Deck?«

»Ich habe das Kommando an den Fähnrich übergeben, Thay.«

»Sehr gut. Leutnant Cudden, sichern Sie die Niedergänge auf das Zwischendeck mit Ihren Soldaten. Ich will, dass niemand von dort hochkommen kann. Falls sich der oder die Täter noch da unten verbergen.«

»Aye, aye, Thay.«

»Wir werden das Deck durchsuchen, wenn der Kapitän versorgt ist. Und wir werden gründlich sein, nicht wahr? Keine Ratte wird uns entkommen!«

Schweigend blieben Roxane und Cearl zurück, die auf den Kapitän hinabsahen. Neben der nun klein und schwächlich wirkenden Gestalt knieten Groferton und Tabard und taten ihr Möglichstes, um das Leben des Tyrannen zu erhalten. Roxane wusste, dass sie etwas fühlen sollte; Erleichterung, Zorn, Scham, Trauer, irgendetwas. Doch ihr Innerstes war wie ausgehöhlt, als ob sie keinerlei Gedärme mehr im Leibe hatte, sondern nur noch kalte Luft.

Neben ihr stand Cearl, der Mörder, der Meuterer, der seine Hand gegen seinen Vorgesetzten erhoben hatte. Cearl, der Freund, der Helfer, der gute Offizier.

Sie sollte etwas empfinden, doch sie konnte nicht, während unten der Lebenssaft des Kapitäns langsam auf die Planken lief und diese rot färbte.

MAJAGUA

Hoffnung beflügelte Majaguas Schritte, als er von der Arbeit des Tages in das Lager zurückkehrte. Er hatte beinahe vergessen, wie sich echte Hoffnung anfühlte, aber seit er bei Sinao gelegen hatte, war alles in seinem Leben in Bewegung geraten. Und seit seinem Treffen mit dem Fremden spürte Majagua auch wieder Zuversicht in sich. Nicht die finstere Hoffnung, die ihn zuvor erfüllt hatte, die Hoffnung, die nur gleichzeitig Flucht und Tod kannte, weil wenigstens die Qual der Sklaverei beendet sein würde. Sondern wahre, echte Hoffnung auf ein Entkommen und ein Leben. In seinem Geist sah er sich auf Guanquen, ein freier Mann, mit Sinao an seiner Seite.

Er konnte es kaum erwarten, bis der Tag vorüberging und sie ins Lager zurückgeführt wurden. Ungeduldig hockte er dann im Schatten eines Hütteneingangs, bis endlich die Sklaven aus dem Fort kamen, um ihnen ihre Rationen zu bringen. Sinao führte die kleine Gruppe an; Sinao, welche die Fremden als das erkannt hatte, was sie waren, und sich ihrer Hilfe versichert hatte. Seine wunderbare Sinao.

Anstatt das Essen auszuteilen, kam sie gleich zu ihm herüber, und sie verschwanden zwischen zwei Hütten im Schatten. Sie tauschten nur einen flüchtigen Kuss, kaum mehr als eine winzige Berührung, doch er hinterließ flammende Erinnerungen auf Majaguas Lippen.

»Wie ist es dir ergangen? Ist er zu euch gekommen?«, fragte Sinao sofort.

»Ja. Und er hat angeboten, uns zu helfen.«

»Was hältst du von ihm?«

Die Frage ließ Majagua einen Moment innehalten. Bei dem kurzen Gespräch hatte er den Fremden kaum sehen, geschweige denn kennenlernen können. Er war keiner von ihnen, kein Paranao, und das hatte sie alle misstrauisch gemacht. Aber nach dem Treffen waren sich die Sklaven sicher gewesen, dass der Mann die Wahrheit sagte.

»Er war sehr überzeugend. Ich glaube, dass er aufrichtig zu uns ist. Warum er uns helfen will, kann ich nicht sagen, aber ich glaube nicht, dass er uns verraten will.«

»Und der Plan?«

»Sie wollen die Schiffe in der Bucht übernehmen. Er hat gesagt, dass er und seine Leute kommen werden und die Schiffe angreifen. Wir sollen uns bereithalten, damit wir im richtigen Augenblick zuschlagen können«, berichtete Majagua und spürte, wie die Begeisterung in seine Worte floss. Eigentlich wollte er vorsichtig bleiben, nicht all seine Hoffnung auf den Fremden setzen, doch dieser Lichtstrahl schien von Anui selbst gesandt zu sein. Auch Sinao schien von neuer Kraft erfüllt, und ihr Lächeln fuhr Majagua unter die Haut.

»Ich vertraue ihm«, sagte sie leise. »Ich weiß nicht, wieso, aber ich tue es.«

»Wir haben im Lager noch nicht darüber gesprochen, aber ich werde den Plan unterstützen.«

Sinao nickte, dann warf sie einen Blick um die Ecke der Hütte.

»Ich muss gehen. Sei vorsichtig, ja?«

Ihr flehentlicher Tonfall rührte Majagua, der beruhigend lächelte und nickte. Noch einmal küssten sie sich, doch diesmal länger, süßer und schmerzvoller, denn es war ein kleiner

Abschied. Dann lief erst Sinao zur Essensausgabe zurück, während der junge Paranao noch wartete, bevor er sich in der Schlange anstellte.

Das Essen war wie jeden Tag, nicht schmackhaft, aber wenigstens halbwegs sättigend, dabei jedoch stets zu wenig, um den Hunger nach der harten Arbeit wirklich zu stillen. Während Majagua den Eintopf hinunterschlang, gesellte sich Dagüey zu ihm. Der Alte sah erschöpft aus, und seine Bewegungen waren langsam.

»Wie war der Fremde?«

Zwischen den Bissen berichtete Majagua dem alten Sklaven von dem Treffen. Er hatte gestern Nacht beschlossen, Dagüey nicht zu wecken, da der Alte immer noch von Husten geplagt wurde und in den letzten Tagen deutlich schwächer geworden war. Ihn mitzunehmen wäre zu gefährlich gewesen, da die Wachen seit dem vermeintlichen Diebstahl noch aufmerksamer geworden waren.

»Und?«, fragte Dagüey, als Majagua seinen Bericht beendete.

»Es ist besser, als es allein zu versuchen.«

»Vertrauen. Darum geht es.«

»Ja«, pflichtete Majagua dem Alten bei. »Wir wissen nicht genug. Aber die Compagnie hat Feinde da draußen. Sie ist mächtig, und das schafft immer Feinde. Der Fremde und seine Leute wollen die Schiffe, warum auch immer, und solange uns das hilft, ist es mir egal. Ich will keine Schiffe, ich will nicht einmal Rache. Ich will einfach nur nach Hause.«

Es war so simpel, dass es dumm klang, aber es war die Wahrheit. Natürlich verlor sich Majagua manchmal in Rachephantasien, wenn er unter der Knute der Aufseher Maniok sammelte. Dann stellte er sich vor, wie er Tangye und die anderen Blassnasen tötete, sie mit eigenen Händen erwürgte oder an die Balken hängte. Doch eigentlich waren sie ihm egal, wenn er nur von Hequia verschwinden konnte. Wenn er nur seine Heimat wiederfinden konnte, seine Familie wiedersehen, alles hinter sich lassen. *Sinao und ich,* fügte er in Gedanken hinzu. *Sie hat keine Heimat, aber ich schenke ihr meine.*

Bedächtig setzte sich Dagüey in den Schatten der Hütte. Ein Hustenanfall überfiel ihn, lief durch seinen Leib und schüttelte ihn durch. Der Anblick war mitleiderregend, doch schlimmer für Majagua waren die Laute, kaum hörbar und dabei so trocken, dass es dem jungen Paranao selbst die Brust zusammenzog.

»Wir sind bald frei«, erklärte er leise und legte Dagüey die Hand auf die Schulter. Unter seinen Fingerkuppen spürte er die wulstigen Narben, die sich über den ganzen Rücken zogen. »Dann gibt es keine Minen und Felder mehr für uns.«

»Arbeiten muss man auch in der Freiheit«, erwiderte der Alte, als sein Husten verstummte. »Und ich traue den Blassnasen nicht. Vielleicht ist es eine Falle Tangyes. Er hat eine Niederlage erlitten. Das könnte seine Vergeltung sein.«

»Nein, nicht Tangye. Das ... passt nicht zu ihm. Er würde mich einfach aufhängen, wenn es ihm gefällt.«

»Du bist noch nicht lange hier. Er kann eine hinterhältige Schlange sein.«

»Warum sollte er uns nicht einfach peitschen, bis wir die Wahrheit sagen?«

»Seine Drohung hat nichts gebracht. Erinnerst du dich nicht?«

Darüber musste Majagua nachdenken. Vielleicht hatten sie Tangyes Pläne durchkreuzt. Nichtsdestotrotz hatte der Aufseher sie immer noch vollständig in seiner Gewalt. Er konnte mit ihnen tun, was er wollte. Er hatte keinen Bedarf an solchen Spielchen.

»Vertrau den Blassnasen nicht. Vertrau nur dir selbst!«, warnte Dagüey, und Majagua zuckte hilflos mit den Schultern.

Die dunklen Gedanken und Zweifel begleiteten Majagua bis zur Nacht, als sich erneut die Ältesten und die Krieger des Lagers trafen. Aus Rücksicht auf Dagüey hatten sie heute seine Hütte für das Treffen ausgewählt, sodass er nicht durch das Lager schleichen musste.

Als sich alle eingefunden hatten, deren Meinung gehört werden musste, begann Majagua: »Ich kenne und ehre meinen Großvater«, und blickte dann langsam in die Runde. Er ließ seine Augen von einem zum anderen wandern und sah zum Schluss Bara an, der leicht nickte.

»Alle wissen, was der Fremde gesagt hat?«

Zustimmendes Gemurmel ertönte.

»Ich spreche als Erster und sage, dass ich sein Angebot annehmen will. So müssen wir nicht lernen, eines der großen Schiffe zu fahren, und wir müssen nicht gegen alle Aufseher und Soldaten kämpfen, wenn wir es tun. Außerdem wird es bald geschehen, und je eher wir Hequia verlassen, desto besser.«

Wieder nickten viele, und Bara schlug sich mit der flachen Hand vor die breite Brust: »Mein Herz stimmt Majagua zu. Der Fremde hat wahr gesprochen!«

Die zeremoniellen Worte, wie auf einem Kriegsrat der Ahnen gesprochen, verfehlten ihre Wirkung nicht. Viele der Sklaven vertrauten Bara und folgten seiner Meinung. Majagua sah in die Runde und ahnte, dass diese Schlacht bereits gewonnen war. Die Aussicht auf eine baldige Flucht, unterstützt von Männern mit Musketen und Schiffen, überzeugte alle.

»Ich denke, es ist ein Fehler«, mischte sich Dagüey da jedoch überraschend ein. »Wir dürfen den Blassnasen nicht trauen. Keinem von ihnen. Habt ihr das alle vergessen?«

Erstaunt schwieg Majagua, und auch sonst antwortete niemand. Mit einem Widerspruch des alten Sklaven hatte der junge Paranao nicht gerechnet, und er war viel zu schockiert, um darauf antworten zu können.

Bara indes machte eine wegwerfende Handbewegung und schnaubte: »Weniger Angst, alter Mann. Diese Leute sind nicht von der Compagnie.«

»Woher weißt du das? Hat Tangye uns nicht schon früher getäuscht? Liebt er es nicht, uns Dinge vorzugaukeln?«

»Hätte er uns dann nicht schon längst holen lassen?«, fragte Majagua. »Der Fremde hat uns alle gesehen und uns alle gehört. Wenn er ein Freund Tangyes wäre, dann würden wir doch schon an den Balken baumeln!«

»Sieh mich an«, forderte Dagüey. »Was siehst du?«

»Einen alten, furchtsamen Mann«, antwortete Bara ungerührt.

»Nicht, was du weißt, sondern was du siehst, sollst du mir sagen, du Maniokschädel!«

»Ich sehe ...«, begann Majagua, verstummte dann aber. Im Schatten der Hütte sah er wenig mehr als einen dunklen Umriss, eine schattige Gestalt unter vielen. Er hätte nicht sagen können, ob es ein alter oder ein junger Mann war, ja nicht einmal, ob ein Mann oder eine Frau vor ihm saß. Nur weil er Dagüey kannte, konnte er seiner Stimme ein Bild zuordnen.

»Ich verstehe, was du meinst«, flüsterte der junge Paranao. »Der Fremde hat uns nicht gesehen. Und wir haben nur eine weitere Blassnase gesehen, die mit glatter Zunge zu uns sprach.«

»Es ist eine Falle, in die uns Tangye locken will. Wenn wir hineintappen, werden wir alle sterben, und das Lager wird ohne Führung sein.«

»Ich glaube das nicht«, beschied Bara mit fester Stimme. Und auch wenn Majagua die Ängste des Alten verstand, musste er dem Krieger zustimmen: »Ich auch nicht. Es ist zu ... ich weiß nicht. Die Aufseher müssen keine so komplizierten

Pläne schmieden. Sie können uns einfach mitnehmen und aufhängen, wie sie es immer tun. Tangye hält sich nicht mit solchen Umwegen auf.«

Gedankenverloren strich sich Dagüey über die Schulter, eine Bewegung, die Majagua in der Dunkelheit mehr ahnte als sah. Trotz der Bedenken des Alten war die Stimmung nicht umgeschlagen. Einige mochten sich sorgen, aber der größte Teil von ihnen war bereit, das Wagnis einzugehen. Das spürte Majagua, denn ihre Herzen sangen gemeinsam von der Hoffnung.

Dagüey verstummte, und als Majagua noch einmal fragte, sprach sich niemand mehr gegen den Plan des Fremden aus. Sie würden Vorbereitungen treffen müssen, und es galt, eigene Pläne zu schmieden, doch das konnten sie in kleineren Gruppen tun. Für den Moment war nur wichtig, dass sie eine Entscheidung gefällt hatten, die ihnen allen bald die Freiheit bringen mochte.

JAQUENTO

Auch wenn der Wein an Bord der *Windreiter* dank ihrer letzten Begegnung mit einem Handelsschiff gut war, konnte er nicht mit dem persönlichen Vorrat Deguays konkurrieren. Jaquento genoss den Geschmack des schweren Roten aus Hiscadi, in dem er die ganz eigene Note seiner Heimat wiederfand.

Die Kajüte des Kapitäns war überfüllt, denn nun trafen sich hier die gewählten Offiziere beider Schiffe. Für einen Tisch war kein Platz, ebenso wenig für Stühle, und so hatte die Einrichtung weichen müssen. Deguay hatte ihnen ein reichhaltiges Mahl versprochen, das nach den Beratungen serviert werden würde, und alle Anwesenden sahen dem mit einiger Vorfreude entgegen. Gleichzeitig gab es mehr Rum für die Mannschaft, und das Singen, Musizieren und Tanzen der Männer und Frauen hallte durch die ganze *Todsünde*.

Der Bastard zeigt sich ein weiteres Mal von seiner besten Seite, dachte Jaquento grimmig. *Was kann er vorhaben?*

»Wie ich bemerkt habe, wurde unsere Beute nicht auf See getrieben, aber ihr habt sie auch nicht mitgenommen?«, erkundigte sich der géronaische Kapitän mit einem verschwörerischen Lächeln. Quibon und Rahel standen bei ihm, und auch Tareisa hatte sich zu Deguay gesellt.

»Nein, wir hatten kein Glück. Auf der Insel ist ein Posten der Compagnie«, berichtete Pertiz und trank einen Schluck Wein, während einige der Piraten fluchten. Für Jaquento war die Thaynrisch-Koloniale Handelscompagnie zuvor wenig mehr als ein Name gewesen, doch inzwischen konnte er die Organisation dahinter besser einschätzen. Die Compagnie verwaltete einen Großteil der thaynrischen Kolonien in der Sturmwelt, hatte ihre eigene Handelsflotte und auch eine Reihe von bewaffneten Schiffen, die vornehmlich zur Sicherung der Sturmweltenfahrer eingesetzt wurden. *Zum Schutz vor Piraten, um es genau zu sagen.* Und die Männer und Frauen der Compagnie fackelten nicht lange, wenn sie solche in die Finger bekamen, zumindest hatte Jaquento das gehört, und er hatte keinen Grund, daran zu zweifeln. Insofern die Compagnie Kolonien verwaltete, lag die Rechtsprechung in ihren Händen, und in den Augen der Händler war nur ein toter Pirat ein guter Pirat.

Was Jaquento am meisten überrascht hatte, war die Macht der Compagnie. Der Reichtum der Handelsgesellschaft war ihm nicht neu, doch dass sie einen derartigen politischen Einfluss ausübten, hatte er niemals bedacht, als er noch in Corbane gelebt und seinen Kaffee getrunken hatte, ohne sich zu fragen, wo all die teuren Spezereien und Delikatessen eigentlich herkamen.

»Eine Sklavenkolonie, um genau zu sein«, fuhr Pertiz fort und riss Jaquento aus seinen Gedanken. »Schlimme Sache. Am Rande der Welt, außerhalb der Aufmerksamkeit der Thayns, haben die Sklaven so gut wie keine Chance, jemals gefunden oder gerettet zu werden.«

»Verfluchte Bastarde. Als wenn sie nicht schon reich und fett genug wären! Aber was ist mit unserem schwarzen Schiff?«

»Eine Schwarzbrunn-Fregatte, die dort vor Anker liegt. Sie ist allerdings beschädigt.«

»Gut. Sehr gut«, sagte Deguay mit zufriedenem Grinsen.

»Nicht ganz. Das Schiff hat einerseits Geleitschutz, zwei Korvetten. Und andererseits liegt es unterhalb der Festung der Compagnie, deren Geschütze sicherlich die halbe Bucht bestreichen können.«

»Das ist zwar ein Dilemma. Aber doch sicher ein lösbares, wie ich aus deinen Worten entnehmen kann, alter Freund.« Der Kapitän blickte Pertiz auffordernd an.

»Ja. Jaquento hat einen Plan«, berichtete der Kapitän der *Windreiter* und blickte zu dem jungen Hiscadi hinüber.

»Ah, der treue Jaquento. Immer für eine Überraschung gut.«

»Man bemüht sich, Käpt'n«, erwiderte Jaquento ruhig. Deguays Lächeln wirkte wenig aufrichtig, doch davon ließ er sich nicht einschüchtern. »Auf der Insel gibt es, wie gesagt, Sklaven. Sicherlich zwei- oder dreihundert. Ich habe mit ihren Anführern gesprochen. Wenn wir die Schiffe angreifen, werden sie eine Revolte gegen die Festung beginnen.«

»Eine Revolte?«, fragte Rahel ungläubig.

»Eine Revolte. Das dürfte die Soldaten auf der Insel eine Weile beschäftigen. Wir müssen uns dann vornehmlich um die Schiffe kümmern.«

»Was wollen die Sklaven? Die Insel erobern?«

»Nein. Sie wollen fliehen. Ich habe ihnen angeboten, sie mitzunehmen, wenn es ihnen gelingt, den Strand zu erreichen.«

Statt zu antworten, seufzte Deguay nur. Der Kapitän blickte zu Rahel und Quibon, dann zu Tareisa. Lange sahen die beiden sich an, während alle im Raum schwiegen. Schließlich kratzte er sich an der Schläfe.

»Schwarzbrunn-Fregatte und zwei Korvetten? Wie schwer beschädigt? Kampfunfähig?«

»Nein. Schäden an Masten und Takelage und ein paar Löcher im Rumpf. Aber sie liegt zu weit in der Bucht, als dass man das ausnutzen könnte. Sie kann sich leicht an Ketten drehen«, erklärte Pertiz. »Und die Korvetten können sie decken. Eine harte Nuss.«

»Wir könnten warten, bis sie in See stechen, und versuchen, sie zu trennen.« Deguay sprach leise und überlegt, als ginge er selbst im Geist alle Möglichkeiten durch.

»Die Fregatte ist ein guter Segler. Und die Korvetten könnten uns eine Zeit lang beschäftigen. Es ist durchaus möglich, dass sie davonkommen. Weißt du, was für einen Maestre sie an Bord haben? Mit einem guten Windhexer ist fast alles möglich. Vergiss nicht, dass die *Windreiter* derzeit nicht gerade schwer bewaffnet ist. Die zwei Einpfünder von dem Weinhändler ändern daran kaum etwas. Wir hätten schon Probleme mit einer Korvette, wenn sie genug Abstand halten kann. Aber mit zweien?«

Deguay fluchte leise.

»Wäre die *Reiter* voll bewaffnet und für unsere Zwecke umgebaut, dann würde ich sagen, wir beschäftigen die Korvetten schon lange genug«, fuhr Pertiz fort. »Aber momentan ist das nicht drin. Eine könnten wir entern, aber die zweite würde uns zusammenschießen.«

»Alles in allem eine verfahrene Situation. Wir haben die Prise direkt vor der Nase, kommen aber ohne Weiteres nicht an sie heran. Und wenn doch, müssen wir uns mit dem Begleitschutz, der Festung und den Sklaven herumschlagen. Wir könnten versuchen, sie nachts herauszuschneiden.«

»Die Korvetten liegen weiter außen. Man müsste an ihnen vorbei, um an das schwarze Schiff zu gelangen. Und die verdammten Wachen der Compagnie sind so vorsichtig, als ob sie den Hintern des Königs bewachen müssten. Als wir in die Bucht einliefen, haben sie gleich zur Warnung gefeuert und Seuchenflaggen gehisst. Ich bezweifle, dass wir die so einfach überraschen können. Es muss ihnen klar sein, wie wertvoll diese Ladung ist«, erklärte Jaquento und schaute Tareisa an. Die Maestra zuckte mit keiner Wimper. »Mano sagt, dass die Fregatte bestens vor Magie geschützt ist.«

»Wie sieht es aus? Kannst du dich darum kümmern?«, wandte Deguay sich an die Magierin, die langsam nickte, ohne den Blick von Jaquento zu nehmen. Wie immer, wenn sie im Raum war, guckte Sinosh nur sie an, als wäre seine kleine Nase eine Kompassnadel und sie ein Magnet.

»Ich kann es nicht sagen, ohne es zuvor selbst versucht zu haben«, erläuterte sie mit ihrer melodischen Stimme. »Aber ich werde mein Bestes geben. Ich bin nicht ungeübt … in diesen Dingen.«

»Wie schwer ist die Fregatte beschädigt, Pertiz? Was würdest du schätzen, wie lange sie für die Reparaturen brauchen?«

»Gute Frage. Sicherlich eine Woche, eher zwei. Sie werden eine Menge stehendes Gut austauschen müssen und auch an den Masten und Rahen arbeiten. Wenn sie, wie ich vermute, den Toppmast ganz austauschen müssen, wird es sicherlich länger als zwei Wochen dauern.«

»Gut«, erwiderte Deguay und kniete sich nieder. Die Versammelten rückten auseinander und bildeten einen Kreis um ihn. Auf der kleinen, offenen Fläche rollte er eine Karte aus. »Wir sind etwa hier. Hier liegt Brebant. Wenn das gute Wetter anhält, brauchen wir drei Tage bis dorthin, vielleicht vier bis fünf für den Rückweg.«

»Du willst umkehren?«, fragte Pertiz erstaunt.

Der Kapitän schüttelte den Kopf. »Nicht umkehren. Wir heuern in Brebant mehr Leute an. Seit die Insel an die Thayns gefallen ist, kümmert sich niemand mehr darum. Dort wird es genug abenteuerlustige Helden geben, um die Waagschalen ein wenig zu unseren Gunsten auszurichten. Wir lassen eine Schaluppe hier, die ein Auge auf die Insel hält. Sollte unsere Beute wider Erwarten ablegen, werden sie es uns melden.

Dann können wir immer noch versuchen, die Fregatte einzuholen und auf dem offenen Meer zu stellen.«

»Wenn sie vorher segeln, werden sie wegen der beschädigten Masten langsam sein.«

»Exakt. Und Tareisa ist sicher, dass sie Kurs auf Corbane nehmen werden.«

»Genauer gesagt, werden sie Thaynric ansteuern.«

»Bei den vorherrschenden Winden bleiben nur wenige Möglichkeiten, einen Kurs zu setzen.«

»Das könnte funktionieren«, erklärte Pertiz abwägend. »Sie müssten Ostnordost steuern. Wenn wir selbst den Kurs setzen, dürften wir sie kaum verpassen. Und wen willst du in Brebant anheuern?«

»Optimal, Freund Pertiz, wäre noch ein Schiff mit einer Besatzung, die sich nicht scheut, sich für gutes Gold die Hände schmutzig zu machen. Ansonsten nehmen wir an Bord, wen wir kriegen können. Unsere beste Möglichkeit ist, die Schiffe so schnell wie möglich zu entern. Wenn wir längsseits gehen, kann die Festung nicht mehr auf uns feuern, ohne ihre eigenen Schiffe zu gefährden. Und wir können unsere Trumpfkarte ausspielen: mehr kampfeslustige, wilde Piraten, als man zählen kann!«

Alle lachten. Nur Sinosh zischte leise. Jaquento wollte die Echse beruhigen und legte ihr die Hand auf den Leib. Er folgte ihren Augen und sah, dass Deguay und Tareisa sich lächelnd anschauten. Doch bevor er länger über diesen nur allzu vertraut wirkenden Blick nachgrübeln konnte, rief der Kapitän: »Genug geredet, das macht so furchtbar durstig! Lassen wir auftischen!«

»Ich kehre besser zur *Windreiter* zurück und lasse Kurs auf Brebant setzen«, widersprach Pertiz, »die Zeit ist kostbar.«

»Natürlich, du Spielverderber. Kommst du bis Brebant alleine klar? Dann können deine Offiziere wenigstens feiern.«

»Ich nehme Jaquento mit. Der Rest kann bleiben, allerdings unter einer Bedingung«, erklärte Pertiz: »Sauft einen für uns mit!«

Unter Hochrufen verließen sie die Kajüte und kehrten an Deck zurück. Die beiden Schiffe lagen ab vom Wind, mit gerefften Segeln, und die Masten warfen in der Abendsonne lange Schatten. Schon bald würde es dunkel werden. Der Koch hatte Abfälle über Bord geworfen, und auf der Wasseroberfläche balgten sich einige Möwen um die Überreste. Ihre wütenden Schreie waren durchdringend.

»Dass ihnen Abfall so wertvoll ist, dass sie sich darum schlagen«, grübelte Pertiz, während er die Besatzung des Beiboots zusammenwinkte.

»Eines Menschen Abfälle mögen eines anderen Menschen Schätze sein«, erwiderte Jaquento halb in Gedanken versunken.

»Sehr philosophisch«, kommentierte Pertiz. »Hast du Tareisa und Rénand gesehen?«

»Ja. Zwischen den beiden geht etwas vor. Eine Affäre vielleicht?«

»Möglich. Rénand kann sehr einnehmend sein. Sowohl gegenüber seiner Mannschaft als auch gegenüber den Damen. Und ich will von allen Daemonen verflucht sein, wenn ich eine Frau wie Tareisa aus meiner Hängematte werfen würde.« Pertiz grinste anzüglich. »Vielleicht ist es aber auch etwas anderes. Seit wir in der Bucht waren, gefällt mir die ganze Sache immer weniger. Diese schwarze Fregatte ... Mir ist einfach nicht wohl dabei. Irgendetwas ist damit nicht in Ordnung, das spüre ich bis in die Knochen.«

FRANIGO

Es war das erste Mal seit langer Zeit, dass sich der Poet sprachlos fühlte. Es war, als hätte man ihm eine Klinge in die Brust gestoßen, und nun rann sein Leben aus der offenen Wunde. Seine Hand zitterte, als er das Papier anklagend hob.

»Was?«

Sein Gefühlsausbruch donnerte durch den Raum. Die Indifferenz, welche Yuone ausstrahlte, fachte seinen Zorn nur weiter an, bis er sich wie ein brodelnder Vulkan fühlte, der bald ausbrechen und ganze Städte unter seiner Wut begraben würde.

»Gib nicht so viel darauf«, sagte Yuone neckend, wohl wissend, dass ihn diese Worte weiter reizen würden.

»Gib nicht so viel darauf? Was soll ich tun, deiner werten Meinung nach? Es ignorieren?«

»Zum Beispiel. Oder freu dich einfach. Hauptsache ...«

»Freuen!« Er wusste, dass seine Stimme sich überschlug und dass er vermutlich gerade nicht die beste Figur abgab, mit hochrotem Kopf im Morgenmantel, die Zeitung hoch erhoben wie eine zum Stoß bereite Klinge. »Freuen!«

»Nur die wenigsten Dichter werden überhaupt erwähnt.«

»Oh! Das adelt mich!«, spie er hervor. »Warte, hier«, erklärte er, senkte die Zeitung und suchte nach den skandalösen Worten.

»An einigen Stellen ist die Sprache holprig«, zitierte er den Artikel. »Holprig!«

»Aber alles in allem sagt Cidoq doch, dass dein Stück ein großes Werk ist. Einige Mängel ...«

»Mängel!«

»Würdest du bitte damit aufhören, meine Worte derart laut zu wiederholen? Man könnte denken, du äffst mich nach«, tadelte sie sanft.

Ihr ironischer Tonfall und die leicht angehobene Braue hatten eine beruhigende Wirkung auf Franigo, und aus dem Vulkan wurde eine bloße Gewitterfront am Horizont. Grimmig schnürte er seinen Mantel, um seine Blöße zu bedecken. Die Kritik an seinem Werk war eine bodenlose Frechheit. Auch wenn der Tenor der Besprechung sicherlich lobend war, gab es doch negative Aspekte, deren Erwähnung Franigo umso mehr schmerzte, da er sie nachvollziehen konnte.

»Nennt er dich nicht den frischen Wind des Theaters?«, erkundigte sich Yuone und biss genüsslich in das Butterhörnchen, das sie dick mit Honig bestrichen hatte. Ein Tropfen der zähen Flüssigkeit fiel auf ihre Brust herab, und für einige Herzschläge war der Poet abgelenkt. Dann musste er missmutig nicken.

»Und wünscht er nicht, dass dieses Schauspiel an mehr Bühnen des Landes gespielt wird?«

»Auch das, auch das«, knurrte Franigo. »Aber hier: *Gerade an der Schnittkante zwischen Alt und Neu entpuppt sich das Stück als zu gewollt*. Zu gewollt?«

Statt zu antworten, trank die Schauspielerin nur einen Schluck Kaffee und verzog das Gesicht ob der exquisiten Bitterkeit des Getränks.

Unruhig ging Franigo im Raum auf und ab. Er hatte keinen Blick mehr für die Schönheit seiner Umgebung, konnte sich nicht mehr an seinem eigenen – wenn auch vorerst nur geliehenen – Reichtum erfreuen. Die Worte des Kritikers nagten an seiner Seele, und irgendwie gelang es ihnen, ihn kleiner zu machen, unbedeutender. Tief unten, wo ein Mann seine Gedanken vor sich selbst verbarg, weil man sich ihrer schämte, dort, wo im finsteren Morast der Seele die Moorleichen lauerten, die man für immer versenken wollte, erhob sich ein Gedanke wie Faulgas, stinkend, hinterhältig, gefährlich: *Was, wenn Cidoq recht hat? Du hast es selbst schon gedacht, Franigo. Er hat nur den Finger auf die schwärenden Wunden gelegt, welche dein Werk bedecken wie Beulen einen Pestkranken.*

Geistesabwesend machte sich der Poet eine Notiz, denn das Bild mit den Wunden und Beulen gefiel ihm, und er wollte es im nächsten Stück verwenden. Dann blickte er Yuone an. Es gab nur eines zu tun.

»Ich werde ihn zu einem Duell mit der Klinge fordern.«

Jetzt lachte die Schauspielerin laut heraus, was Franigo zuerst verblüffte und dann ungemein erboste.

»Was ist denn nun schon wieder so erheiternd?«

»Cidoq ist über siebzig Jahre alt, halb blind, hat Rheuma und einen großen Kugelbauch«, erklärte sie und machte im Bett kniend derart überzeugend einen alten, dicken Mann nach, dass Franigo kurzzeitig bereit war, seine Einschätzung ihrer Schauspielkunst zu überdenken.

»Du meinst, Pistolen wären besser?«

»Ich meine, dass du dich zum Gespött machst, wenn du Cidoq forderst. Beruhige dich. Seine Kritik ist gut. Komm her, ich bringe dich auf andere Gedanken.«

Ihr laszives Lächeln erregte ihn, aber er wandte sich ab.

»Nein! Wie kannst du in einer so finsteren Stunde auch nur daran denken, der Wollust zu frönen?«

»Oh, das geht ganz einfach. Ich habe gelernt, dass es nur wenig gibt, was man nicht im Bett vergessen kann. Eigentlich gar nichts.«

»Ich kann nicht«, widersetzte sich Franigo, doch sein Widerstand begann bereits zu schwinden.

»Dein Schwanz sagt etwas anderes ... oh, schau, ich habe dich mit Honig bekleckert.«

Wie hypnotisiert folgten Franigos Blicke ihren Bewegungen, bis er sich ihr schließlich ergab.

ROXANE

So würdevoll wie möglich schritten die drei Leutnants in die Kajüte des Kapitäns, und bevor er die Tür hinter sich schloss, wies Cearl die Wache vor der Tür noch an: »Ich möchte nur in wirklichen Notfällen gestört werden, Soldat.«

»Ja, Thay.«

Ohne ein weiteres Wort gesellte sich der Erste Offizier, der nun der Kommandant des Schiffes war, zu Roxane und Aella, die am Tisch des Kapitäns Platz genommen hatten. Langsam nahm er den Zweispitz ab, strich sich seinen Uniformrock glatt und setzte sich. Es dauerte einen Moment, bis er mit der Anordnung von Zweispitz und Karten auf dem Tisch zufrieden schien; einen Moment, in dem Roxane vor Ungeduld auf ihrem Stuhl hin und her rutschte.

»Cearl, was ist geschehen?«, fragte sie schließlich eindringlich, als sie es nicht mehr aushielt. Der Angesprochene räusperte sich und lehnte sich zu ihnen vor.

»Nichts davon, was ich Ihnen jetzt erzähle, verlässt diesen Raum?«

»Natürlich. Wir sitzen alle in einem Boot«, erwiderte Roxane und verzog unwillkürlich das Gesicht ob ihrer eigenen schlechten Wortwahl. Auch Aella nickte, schwieg aber.

»Es war ein Unfall«, sprudelte es aus dem Ersten Offizier heraus. »Ich ging zum vorderen Niedergang, wie besprochen, doch Harfell kam mit zwei Soldaten dorthin. Ich versteckte mich zwischen der Ladung und wollte sie passieren lassen, aber der Kapitän stand vollkommen neben sich. Er beschimpfte die Soldaten aufs Unflätigste, ehe er sie fortschickte, damit sie das gesamte Schiff nach den Aufrührern durchsuchten. Dann stieg er die Stufen hinunter. Ich konnte sehen, wie er den Hahn seiner Pistole spannte. Als er unten angekommen war, wollte ich mich hinter seinem Rücken davonschleichen, doch er entdeckte mich. Seine Waffe ...«

»Ja?«

»Er zielte direkt auf mich. Ich bin mir sicher, dass er bereit war, mich zu erschießen. Also wollte ich ihm die Pistole abnehmen, denn er war wie von Sinnen. Wir rangen miteinander. Und da löste sich der Schuss.«

Die hastig vorgetragenen Worte nahmen Roxane gefangen. Sie erinnerte sich an ihre eigene, urtümliche Furcht im Bauch des Schiffes, als Harfell nach ihnen gesucht hatte. An die simple Todesangst, die sie ergriffen hatte. Und sie wusste, dass es Cearl ähnlich ergangen sein musste. In seinen Augen fand sie keine Unwahrheit, nur die verzweifelte Suche nach Verständnis – und Vergebung. Ersteres wollte sie ihm geben, Letzteres konnte er sich nur selbst gewähren.

»Ein Unfall also. Was sagt Tabard? Wie geht es ihm?«

Die Gerüchte über den Vorfall und den Zustand des Kapitäns machten natürlich längst die Runde auf der *Mantikor*. Die Unruhe an Bord war selbst hier in der Kapitänskajüte noch spürbar. Aber die junge Offizierin wollte den Bericht der Schiffsärztin noch einmal aus Cearls Munde hören.

»Die Kugel steckt dicht beim Herzen. Harfell hatte Glück, er hatte seine Waffe nicht ordentlich geladen; zu wenig Pulver, wie es scheint. Dennoch, Tabard meint, dass Schmauch und Fetzen des Hemdes in den Körper gelangt sind, und sie kann die Wunde nicht reinigen, ohne den Kapitän zu sehr zu gefährden. Sein Zustand ist mehr als kritisch, und er ist durch den heftigen Blutverlust stark geschwächt.«

Anders als sein Bericht über den Schuss selbst, klang diese Aufzählung eher technisch, als informiere Ccarl die Offiziere lediglich über den Zustand der Wasservorräte.

»Wird der Kapitän überleben?« Aella, die zum ersten Mal seit Beginn der Besprechung etwas sagte, stellte damit die Frage, die sie alle beschäftigte.

»Das liegt in der Hand der Einheit. Wenn er ein wenig seiner Stärke zurückgewinnt, will Tabard operieren. Aber nicht einmal Groferton kann viel tun, außer den Kapitän zu stabilisieren, wie er sagt.«

»Was ist, wenn Harfell wieder gesund wird? Wenn er sich daran erinnert, was passiert ist? Wir kommen alle als Meuterer vor das Kriegsgericht. Man wird uns standrechtlich erschießen!«

»Ruhig, Aella«, zischte Roxane mit einem Blick zur Tür. »Seien Sie leise, verdammt. Wir dürfen jetzt nicht die Nerven verlieren. Sich eine schreckliche Zukunft auszumalen bringt uns nicht weiter. Wir haben genug Probleme direkt vor Augen, die wir angehen müssen, deshalb sollten wir die Dinge, die wir ohnehin nicht beeinflussen können, erst einmal außer Acht lassen.«

»Wie meinen Sie das?«, erkundigte sich die Offizierin scharf, aber mit weitaus leiserer Stimme.

»Das Gerede an Bord droht ohnehin bereits überzukochen. Ich habe heute mindestens ein Dutzend Mal das Wort *Mord* gehört. Die Mannschaft liebt Harfell. Unter ihm gab es immer reichliche Sonderrationen, und er hat ihnen gezeigt, dass man sich ungestraft gegen uns, gegen die Offiziere, stellen kann. Wer weiß also, was passiert?«

Sie blickte die beiden fragend an. Sowohl Hugham als auch Frewelling waren bleich, wirkten übernächtigt, und die zahlreichen Sorgen ließen sich an ihren Gesichtern ablesen. Auch Roxane war müde, doch während ihr Körper nach Schlaf verlangte, war ihr Verstand klar. Sie wusste, dass ihr keine Zeit zum Ausruhen blieb. Die Offiziere mussten handeln, die Initiative ergreifen, sonst konnten sich die Gefühle an Bord hochschaukeln und Ereignisse ausgelöst werden, die sie einfach überrollen würden wie eine Flutwelle.

»Wir müssen Cearls Kontrolle über das Schiff festigen. Dazu brauchen wir die Unterstützung der anderen Offiziere: vor allem die Cuddens, aber auch die Tabards, Sellishers und Grofertons. Wir müssen korrekt auf mögliche Anschuldigungen reagieren und den Vorfall mit Bestimmtheit als den Unfall darstellen, der er war.«

»Gut, gut«, stimmte ihr Cearl bei, doch er wirkte geistesabwesend. Die Bürde des Kommandos war an ihn gefallen, aber Roxane bezweifelte, dass er in seiner derzeitigen Verfassung in der Lage war, die Verantwortung auf sich zu nehmen. Seine Schultern hingen herab, seine Hände nestelten unablässig an den Knöpfen seiner Uniform herum. Roxane konnte sehen, wie die Schuld an ihm nagte.

»Wir müssen umkehren«, stellte Aella nun fest, und Roxane war geneigt, ihr zu zustimmen. Doch Cearl sprang heftig protestierend auf: »Umkehren? Sind Sie wahnsinnig, Thay?«

»Was?«, entgegnete Aella wütend und plusterte sich auf. »Was soll das?«

Bedächtig setzte sich Cearl wieder hin und strich sich erneut die faltenlose Uniform glatt.

»Ich bitte um Verzeihung«, erklärte er steif. »Das war nicht angemessen.«

»Ja, schon gut«, erwiderte Aella sichtlich verärgert.

»Was ich sagen wollte, ist, dass wir nicht umkehren können. Unsere einzige Hoffnung liegt darin, erfolgreich zu sein.«

»Erfolgreich?«

»Wenn wir als Verlierer zurückfahren, als, verzeihen Sie mir den Ausdruck, Hunde mit eingekniffenem Schwanz, dann wird man uns als unfähige Offiziere betrachten, womöglich als Meuterer. Nein, wir müssen die Mission fortsetzen und sie mit Erfolg beenden!«

Nachdenklich blickte Roxane den Ersten Offizier an. Etwas Farbe war in sein Antlitz zurückgekehrt, und seine Stimme klang weniger mutlos.

»Es ist in der Tat schwierig, gegen Erfolg zu argumentieren«, pflichtete sie ihm bei. »Sollten wir mit dem schwarzen Sturmweltenfahrer im Schlepptau heimkehren, wären wir erst einmal Helden.«

»Denken Sie an Harfell«, fuhr Roxane fort, als sie Aellas skeptischen Gesichtsausdruck bemerkte. »Er war ... Ich meine: Er ist unkonventionell, und dennoch wird ihm vieles verziehen, solange er erfolgreich ist. Oder was ist mit Admiral Thyrane?«

»Der Seewolf? Was hat er damit zu tun?«

»Er war ein Radikaler, ist es vermutlich immer noch. Hat sein Leben lang gegen die Macht des Adels und die Korruption bei der Vergabe von Ämtern gekämpft. Er soll selbst als einfacher Kapitän laut, unhöflich und selbstverliebt gewesen sein, aber all das wurde und wird ihm vergeben, weil er stets unter günstigen Winden gesegelt ist. Er war erfolgreicher als alle anderen Kapitäne seiner Zeit, und deshalb konnte er sich auch mehr erlauben als jeder einzelne von ihnen.«

»Was ist mit Kapitän Harfell?«, fragte Aella unsicher. »Was ist, wenn er sich erinnert?«

»Das liegt nicht in unserer Hand. Wir können nur tun, was nötig und richtig ist. Haben Sie schon einen Blick in die Befehle geworfen, Cearl?«, fragte Roxane, um Aella von ihren Sorgen abzulenken.

»Sie sind nur wenig spezifischer als das, was wir bereits wussten. Es gilt, das richtige Schiff aufzubringen und die Ladung nach Lessan zu schaffen. Oder es im Notfall zu versenken. Vermutlich ein Schmuggler oder dergleichen. Einzig verwirrend ist die Anweisung, im Zweifelsfall auch Gewalt gegen thaynrische Schiffe einzusetzen, wenn es der Mission dienlich ist. Diese gesonderte Erwähnung ließ mich stutzen.«

Roxane hörte nur mit halbem Ohr zu, da sie bereits auf die Karte blickte. Harfell hatte einen Kurs gewählt, der den vermutlichen Weg des schwarzen Sturmweltenfahrers kreuzen würde, und er hatte geplant, zwischen den Inseln zu kreuzen und die wahrscheinlichsten Passagen so gut es ging zu überwachen. Dennoch war es eine große Fläche, die sie kontrollieren mussten, und ein einzelnes Schiff konnte gut durch die weiten Maschen ihres Netzes schlüpfen. Es gab fast ein halbes Dutzend als sicher geltende Passagen zwischen den Inseln und ungezählte unsichere.

»Die Strategie des Kapitäns ist nicht schlecht«, erklärte sie, als in ihrem Kopf langsam ein Plan Gestalt annahm. »Aber zu unsicher. Ich würde vorschlagen, dass wir einige der kleinen Häfen anlaufen und die örtlichen Fischer und Händler befragen. Sturmweltenfahrer sollten in diesen Breiten eher selten sein, und vielleicht bekommen wir einen Hinweis auf das Schiff und können seine Spur verfolgen.«

»Das ist eine brillante Idee«, erklärte Cearl und schlug mit der Faust auf den Tisch. »Zwischen diesen winzigen Inseln wird reger Handel getrieben. Viele Augen sehen einfach mehr.«

»Es freut mich, dass mein Vorschlag Ihre Zustimmung findet, Kapitän«, antwortete Roxane ruhig. Cearls Gesicht erhellte sich deutlich, und zum ersten Mal seit Stunden glätteten sich die Sorgenfalten auf seiner Stirn etwas.

»Ich werde einen Kurs zum nächsten Hafen planen, und von dort aus sehen wir weiter. Aella, Sie übernehmen die Wache. Denken Sie daran: Bleiben Sie ruhig, und lassen Sie sich Ihre Sorgen nicht anmerken.«

»Hören Sie auf, mich nicht für voll zu nehmen, Cearl. Wir haben wohl kaum eine Wahl, nicht wahr?«

»Nein, haben wir nicht. Aella?«

»Ja?«

»Danke.«

Sie warf ihm ein flüchtiges Lächeln zu und verließ die Kajüte. Auch Roxane erhob sich und nahm Haltung an.

»Gute Arbeit, Thay«, erklärte sie und salutierte.

»Danke, Leutnant.«

»Ich werde jetzt nach dem Kapitän sehen.«

Sie wollte sich gerade umdrehen, als Cearl flüsterte: »Ich habe ihn umgebracht.«

Seine Blicke waren ein inständiges Flehen, ihm zu glauben. Er suchte nach Absolution von der Schuld, die er, vermeintlich oder wahrhaftig, auf sich geladen hatte.

»Nein. Es war ein Unfall«, entgegnete Roxane so fest wie möglich, doch sie sah, dass diese Worte ihm keine Erleichterung verschafften.

»Natürlich. Ein Unfall«, echote er, wenig überzeugt.

»Wir werden diese Fahrt schon überstehen. Und irgendwann sitzen wir zusammen in einer Taverne in Heymoss, trinken gutes thaynrisches Ale, und all das wird nicht mehr als eine ferne Erinnerung sein, Cearl.«

Wenn ich bloß selbst daran glauben könnte, dachte die junge Offizierin eingedenk des Leids und der Angst, die von ihnen allen Besitz ergriffen hatten. Der Kapitän kämpfte um sein Leben, sie selbst hatte Schuld auf sich geladen und sah einer ungewissen Zukunft entgegen. Im Augenblick erschien ihr der Hafen von Heymoss mit seinen Kais, Werften und Spelunken in unerreichbare Ferne gerückt.

»Ich sollte den Kurs festlegen.«

»Ja, Thay. Ich schaue nach Harfell … Kapitän.«

Dankbar blickte er sie an, und sie salutierte erneut, bevor sie den Raum verließ.

Der Weg zum Schiffslazarett führte sie quer durch das Geschützdeck. Die meisten Seeleute waren an Deck, da der Wind und die frische Luft angenehmer waren als die stickige Enge unter Deck, doch andere schliefen in ihren Kojen oder saßen in kleinen Gruppen an den Tischen zwischen den Achtzehnpfündern. Im Gehen nickte Roxane einigen zu, die sie als vertrauenswürdig einschätzte, um die Stimmung anzuheben, doch sie konnte nicht umhin, die finsteren Blicke und das Getuschel der Mannschaft zu bemerken.

Unvermittelt trat ihr jemand in den Weg, der bislang hinter einer Hängematte verborgen gestanden hatte. Erstaunt erkannte die junge Offizierin Hoare, der von einer Handvoll Matrosen begleitet wurde. Mit einem mulmigen Gefühl blickte sie sich um und bemerkte, dass überall um sie herum Seeleute aufgestanden waren und sich nun um sie scharten.

»Auf ein Wort, Thay«, begann Hoare und trat unangenehm nah an Roxane heran, die ihn anfunkelte.

»Was gibt es, Seemann?«

»Der Kapitän. Wie geht es ihm?

Roxane presste die Lippen aufeinander. Sie war dem Mann keine Rechenschaft schuldig. Aber wie würde es aussehen, wenn sie ihm das sagte?

»Ihre Sorge ehrt Sie, Mr. Hoare«, begann sie langsam. »Es geht Kapitän Harfell nicht sehr gut. Doktor Tabard und Maestre Groferton tun ihr Möglichstes, aber die Wunde ist tief und sitzt an einer gefährlichen Stelle.«

»Und die Suche nach dem Mörder?«

Die Frage raubte Roxane für einen Herzschlag den Atem, und sie musste sich erst wieder sammeln, bevor sie kühl antworten konnte: »Mörder? Wer spricht von Mord, Seemann?«

»Ich … Thay.«

Sie spürte, dass dieser Moment entscheidend war. Jedes Zögern würde die Mannschaft gegen sie aufbringen, die aufgeladene Situation entzünden wie ein Funke ein Pulverfass.

»Bislang haben wir keinen Hinweis auf einen Angriff. Der Kapitän war allein, und wir haben im Laderaum niemanden gefunden, obwohl er peinlichst genau durchsucht wurde. Nicht einmal eine Ratte hätte sich dort verbergen können. Wenn Sie Beweise haben, die etwas anderes andeuten, dann nur heraus damit.«

»Ratten? Der Kapitän schießt sich doch nicht in die eigene Brust. Da is' was faul!«

Zustimmendes Gemurmel ließ Roxanes Mut sinken. Wer konnte wissen, wie lange Hoare diese Leute schon bearbeitet hatte?

»Sie waren doch sofort am Fundort, Hoare. Es war niemand dort.«

»Doch, Sie!«

»Gemeinsam mit dem Zweiten Offizier! Zur Zeit des Schusses waren wir in Begleitung zweier Marinesoldaten! Wollen Sie allen Ernstes behaupten, dass wir etwas mit der Sache zu tun haben?«

»Sie waren vorher unten im Laderaum!«

Jetzt war die Anschuldigung heraus und hing drohend in der Luft. Schnell kalkulierte Roxane, wie weit wohl die Unterkunft der Marinesoldaten entfernt war; nicht mehr als vierzig oder fünfzig Fuß mochten es sein. Nah genug, um sie zu hören, wenn sie rief, aber zu weit entfernt, um ihr zu helfen, falls die Seeleute sie angriffen.

»Hüten Sie Ihre Zunge, Mann! Es ist kaum ein Verbrechen, die persönlichen Vorräte zu kontrollieren, Hoare. Außerdem haben Sie mich vor dem Schuss gesehen, auf dem Geschützdeck, gemeinsam mit Leutnant Hugham. Wir haben angeordnet, dass alle Seeleute an Deck gehen. Erinnern Sie sich?«

Ihre selbstbewusste Erwiderung brachte Hoare aus dem Konzept, doch umgeben von seinen Kumpanen, gab er so schnell nicht auf.

»Und Leutnant Frewelling?«

»Der kam mit Ihnen herab, bei der Einheit!«

»Aber er war schon auf der Treppe. Und niemand hat ihn an Deck gesehen!«

»Seemann Hoare, dieser Unsinn endet augenblicklich! Sie denken doch nicht, dass ich oder ein anderer Offizier sich vor Ihnen rechtfertigen muss?«, brüllte Roxane fast, wohl wissend, dass sie es bereits getan hatte. »Ein weiteres Wort gegen den kommandieren Offizier, und Sie verbringen den Rest der Reise in der Brig, habe ich mich klar ausgedrückt?«

Sie starrte dem Mann direkt ins Gesicht, und endlich griff die Disziplin, die jeder Schiffsbesatzung im Dienste Ihrer Majestät von Beginn an jeden Tag eingehämmert wurde. Hoare nahm seine Mütze vom Kopf, drehte sie in den Händen und senkte die Augen. Dann murmelte er: »Aye, aye, Thay.«

Roxane fühlte mehr, als dass sie sah, dass seine Kameraden von ihm abrückten. Da fuhr sie versöhnlicher fort: »Sehen Sie, der Vorfall beschäftigt uns alle. Und unsere Gedanken sind bei dem Kapitän. Aber es hat keinen Sinn, jetzt durch haltlose Vermutungen die *Mantikor* in noch größere Schwierigkeiten zu bringen. Wir haben einen Auftrag, den wir erfüllen müssen. Und wir müssen zur Einheit beten, dass der Kapitän überlebt und wieder die Führung übernimmt. Ich habe den Caserdote bereits gebeten, sobald wie möglich eine Messe zu lesen.«

Die eindringlichen Worte zeigten Wirkung. Jedenfalls wurde die Atmosphäre mit einem Schlag weniger bedrohlich, und Roxane richtete sich auf und nahm die Schultern nach hinten.

»Haben Sie noch Fragen, Seemann Hoare?«

»Nein, Thay.«

»Gut«, entgegnete die junge Offizierin ruhig und schritt an ihm vorbei. Die Menge machte ihr bereitwillig Platz und blieb schlussendlich hinter ihr zurück. Roxane atmete ruhig und ging gemessenen Schrittes, doch ihr Herz schlug ihr wortwörtlich bis zum Halse; sie konnte die Schläge in ihrer Kehle spüren. *Für den Moment sind sie überzeugt,* dachte sie grimmig, *aber Hoare wird noch Ärger machen. Er hat einen Verdacht, und der Kerl ist schlimmer als eine Ratte.*

Endlich erreichte sie das Lazarett, vor dem Cudden eine seiner Soldatinnen positioniert hatte. Stumm nickte Roxane ihr zu und trat dann ein. Die Schiffsärztin war nicht anwesend, aber der Caserdote kniete neben der Koje des Kapitäns und betete leise. Da sie das Gebet nicht stören wollte, verharrte Roxane an der Tür. Ein kurzer Blick zeigte ihr, dass Tola schlief. Das Mädchen hatte das Buch im Arm, welches Roxane ihr gegeben hatte, und ihr friedlicher Gesichtsausdruck brachte die junge Offizierin zum Lächeln. Es war lange her, dass sie jemanden gesehen hatte, der ruhig schlief.

Auch Harfell hatte die Augen geschlossen, doch der Kapitän atmete schnell und flach, und seine Lider zuckten. Sein dürrer Oberkörper lag teilweise frei, und man sah die Verbände, die um seine Brust gewickelt waren. Ein dunkler, roter Fleck zeichnete sich knapp unterhalb des Brustbeins ab, dort wo die Kugel eingedrungen sein musste. Harfell wirkte selbst bewusstlos wie ein Getriebener.

Sosehr sie sich auch bemühte, es fiel Roxane schwer, Mitleid mit ihm zu empfinden. Vielleicht war sie zu erschöpft, doch der einzige klare Gedanke, den sie fassen konnte, war der, dass es besser für alle gewesen wäre, wenn er sein Leben im Laderaum ausgehaucht hätte.

JAQUENTO

»Du kannst dich ruhig amüsieren. Wir haben genug Zeit.«

Zweifelnd blickte Jaquento Pertiz an, der ihm mit einem Becher Wein in der Hand zuprostete.

»Genug Zeit?«, wollte der junge Hiscadi wissen. »Ist es nicht vielmehr so, dass wir zu wenig haben?«

»Möglich«, gestand der Kapitän. »Aber daran können wir nichts ändern. Du kannst Rénand nicht helfen, du kannst nichts tun, also lass es dir ruhig gut gehen.«

Lächelnd wies Pertiz quer durch den Raum des leicht schäbigen Bordells zu den jungen Frauen und Männern, die auf einigen zerschlissenen Samtsesseln saßen und in leichter Bekleidung ihre Dienste und Leiber feilboten. Doch Jaquento winkte ab.

»Nein.«

»Keine junge Frau für dich, mein Freund? Die Blonde dort drüben sieht verheißungsvoll aus, findest du nicht? Oder willst du vielleicht lieber einen jungen Mann?«

»Mir steht nicht der Sinn nach derlei Vergnügungen.«

Jetzt lachte der Kapitän laut auf, was die Echse aus ihrem Halbschlaf auf Jaquentos Schulter weckte. Sinosh sah sich um, gähnte herzhaft und ließ den Kopf wieder sinken. Auch ihm schien der Sinn nicht nach der Zerstreuung zu stehen, die hier geboten wurde.

»Derlei Vergnügungen, Jaq? Dir steht der Sinn nicht nach einem hübschen Stück Hintern?«

»Derzeit nicht«, erwiderte Jaquento mit verkniffenem Mund.

Pertiz schüttelte den Kopf. »Du bist wirklich unglaublich! Einerseits hast du dich schnell in unsere kleine Bande von Halsabschneidern eingefügt, und dein Auftreten in den schäbigeren Ecken Lessans zeigt, dass du nicht ganz unerfahren darin bist, mit Gesocks wie uns umzugehen.«

Jaquento wollte protestieren, doch Pertiz fuhr ungerührt fort: »Andererseits redest du manchmal noch immer wie ein Schnösel aus Cabany. *Derlei* Vergnügungen! Und das in einem Puff auf Brebant!«

»Schön, dass ich dir gutes Amüsement biete, während du dir selbst übrigens auch keine Gunst mit Silber kaufst, Käpt'n.«

Bei der Einheit! Schon die Kurtisanen meiner Heimat haben mich nur selten interessiert; und dort wurden wahrlich raffiniertere Spiele gespielt als diese hier, dachte der junge Hiscadi. Die Vorstellung, eine der Huren auf einem Bett zu nehmen, das genauso heruntergekommen war wie der Rest des Bordells, fand er alles andere als anregend.

Der Kapitän der *Windreiter* begann zu lachen. »Nicht so mürrisch, Freund. Ich wollte dir lediglich ein wenig Zerstreuung anbieten. Ich hingegen muss mich bereithalten, falls Rénand doch noch jemanden auftreibt, der uns auf unserer noblen Queste begleiten will. Aber falls du mich vertreten willst, werde ich meine Aufmerksamkeit nur zu gern der Blonden widmen.«

Seit ihrer Ankunft im brackigen Hafen von Brebant am gestrigen Tage versuchte Deguay, Seeleute anzuheuern. Bislang war die Ausbeute bescheiden, und das war noch freundlich formuliert. Schon bei der Einfahrt hatte Pertiz gestöhnt, denn im Hafen lagen lediglich einige heruntergekommene Fischerboote vor Anker. Verwunderlich war das nicht; das Städtchen lag am äußersten Rand der Aufmerksamkeitssphäre der Thayns, weitab der wichtigen Routen, und verfügte über keine nennenswerten Ressourcen.

Einst hatten die Schildkrötenfänger hier Station gemacht, doch seit es besser gelegene Häfen in der Sturmwelt gab, war Brebant in eine Art Winterschlaf gesunken, der nun schon Jahrzehnte anhielt. Die alten Kontore verfielen, und in den Häusern am Hafen hausten vor allem Möwen. Zwar hatte Rénand mit seinen Reden eine Handvoll lokaler Draufgänger für ihre Sache begeistern können – die vor allem die Aussicht lockte, von Brebant fortzukommen, wie Jaquento vermutete –, doch bislang war ihr Ausflug der sprichwörtliche Schlag ins Wasser gewesen. Nur für die Mannschaften ihrer Schiffe war das Nichtstun bisher kein Problem, denn sie nutzten das schale Angebot an Vergnügungen, das der Hafen zu bieten hatte.

»Gibt mein Verhalten Anlass zur Besorgnis?«, erkundigte sich Jaquento, während er die Huren und Stricher beäugte, die hoffnungsvoll zurückblickten. Das blonde Mädchen, von dem Pertiz gesprochen hatte, legte den Arm um eine dunkelhäutige Freundin und gab dem Hiscadi durch Gesten zu verstehen, dass er sie beide gemeinsam haben konnte.

»Wieso?«

»Weil du mich einen Schnösel schimpfst.«

»Ach, nimm es dir nicht zu Herzen. Aber manchmal, selbst jetzt noch, nach all der Zeit an Bord, wirkst du … Ich weiß nicht, Jaq. Anders. Irgendwann musst du mir mehr von dir erzählen, mein Freund. Ich will wissen, was dich antreibt.«

»Irgendwann werde ich das«, versprach Jaquento, doch mit seinen Gedanken war er ganz woanders. Ohne dass er es wollte, stiegen Bilder von Lessan in seinem Geist empor, von dem Empfang und der jungen Offizierin Roxane. Bilder, die Jaquento auch jetzt noch verwirrten. Vor allem jedoch waren sie an diesem Ort ziemlich unpassend.

»Ich gehe ein wenig hinaus«, kündigte Jaquento an und nahm seinen Hut. »Amüsier dich ruhig, ich halte die Stellung.« Pertiz verneigte sich artig, grinste und winkte lässig mit der Rechten in Richtung der beiden Mädchen.

Am Vormittag hatte es einen Regenschauer gegeben. Es hatte wie aus Kübeln gegossen, und die Wege waren nun schlammig und dampften im grellen Sonnenlicht. Die Luft war heiß und feucht, doch es wehte ein leichter Wind, der den Tag gerade so erträglich sein ließ.

Im Freien lebte Sinosh ein wenig auf und hob den Kopf. Jaquento folgte seinem Blick und sah den niedrigen Hügel, der sich über der Stadt erhob. Der Hügel war der Beginn einer kleinen Kette, die sich quer über die gesamte Insel zog. Schon bei der Anfahrt hatte man sehen können, dass die Hügel die Insel nicht nur geografisch teilten, sondern auch zwei unterschiedliche Vegetationen schufen. Im Osten waren die Hänge bewaldet und von einem satten Grün, während im Westen eher Büsche und Gräser vorherrschten.

»Lass uns ein wenig laufen«, murmelte Jaquento der Echse zu und stapfte den Schlammpfad entlang, der in solchen Orten als Straße durchging. Seine Füße suchten den Weg für ihn, und er achtete kaum auf seine Umgebung. Die Zeiten, da die Einwohner Brebants nebenher ein wenig Piraterie betrieben hatten, lagen schon lange zurück, hatte Pertiz ihm erklärt. Heute war er der Freibeuter, und wenn, dann war es an den Inselbewohnern, sich vor ihm zu fürchten, und nicht umgekehrt.

Unbewusst folgte er dem Weg hinauf auf den Hügel. Schon bald hatte er die letzten Häuser hinter sich gelassen und schritt zwischen Maniok- und Maisfeldern den Hang hinauf. Hier und da schmiegten sich noch kleinere Höfe in die Landschaft, die kaum mehr waren als einfache Hütten inmitten brandgerodeter Felder. Es gab Ziegen und Schweine und selten auch Kühe zu sehen, doch Jaquento hatte keinen Blick für sie übrig. Seine Gedanken kreisten um die beiden Schiffe, die unten im Hafen lagen, um die Mannschaften dieser Schiffe, ihre Vergangenheit und Zukunft.

Mit breiten Pinselstrichen hatte Pertiz ein großes Gemälde entworfen, eine Art Vision einer verschworenen Gemeinschaft, die nur sich selbst Rechenschaft schuldete. Mit seinen grellen Farben war dieses Bild verlockend gewesen, und es übte noch immer eine große Anziehungskraft auf Jaquento aus. Nicht allein, weil dieser Weg ihm versprach, seiner Vergangenheit und seinen Sünden zu entkommen, sondern weil er auch zu einem lohnenswerten Ziel geworden war. Doch der junge Hiscadi wusste, dass die Farben in der Realität verblassen würden, dass sich eine Dunkelheit einschleichen würde, welche das Leben überschatten mochte. Theoretisch waren die Männer und Frauen der *Todsünde* frei, doch Jaquento hatte schon erlebt, welchen Einfluss Deguay auf sie ausübte. Und selbst ein Schläger wie Quibon mochte Macht an sich reißen, wenn ihm niemand entgegentrat. Und dann wurde aus dem Traum schnell ein Albtraum.

Endlich erreichte Jaquento die Kuppe des Hügels und sah sich um. Auf der von der Stadt abgewandten Seite gab es kaum noch Felder. Der Weg verlief sich schon bald zwischen großen Bäumen, deren dunkles Laub feucht glitzerte. An den Hängen der Hügel hingen weiße Wolkenfetzen; Überbleibsel des Regens, die sich an das bisschen Land klammerten, als befürchteten sie, von den beständigen Winden auf den endlosen Ozean geweht zu werden.

Tief unten im Tal zwischen den beiden Hügeln erspähte Jaquento eine Bewegung, die ihn stutzen ließ. Es sah aus wie eine weitere, bodengebundene Wolke, doch sie schien weit mehr vom Wind bewegt zu werden als die sonstigen Nebelzungen um sie herum. Verwirrt beschattete er die Augen mit der Hand und blickte angestrengt hinunter. Zwischen den Bäumen stieg die helle Wolke empor.

Mit beängstigender Geschwindigkeit zog sie den Hang hinauf, änderte kurz die Richtung und hielt dann auf Jaquento zu. Es war kein Nebel, sondern eine Armada von kleinen Wesen, wie er erkannte: Schmetterlinge. Viele Tausend oder Zehntausend Schmetterlinge mit weißlich-beigen Flügeln, die nun den Hügel hinaufkamen. Innerhalb weniger Herzschläge fand sich der junge Hiscadi in einem Gewirr von Schmetterlingen wieder, von denen jeder beinahe die Größe seiner Handfläche hatte. Sie taumelten in einer Kaskade von Leibern, Formen und Farben um ihn herum, viel zu schnell und viel zu viele, als dass sein Auge Einzelheiten hätte erfassen können. Ein einzelner Falter mochte leise sein, doch diese Masse war gut zu hören, ein vielflügeliges Flattern, dessen Lautstärke ihn verblüffte.

So schnell, wie sie gekommen war, zog die Schmetterlingswolke weiter, über die Hügelkuppe und wieder hinab, folgte ziellos dem Land und ließ sich schließlich aufs Meer hinauswehen. Jaquento sah ihr nach, bis sie nur noch ein weißer Schemen vor dem Blau des Ozeans war, und dann nicht einmal mehr das. Er konnte beim besten Willen nicht ahnen, wohin die Schmetterling flogen und warum. Vielleicht ließen sie sich einfach, wie er selbst, vom Wind an freundlichere Gestade wehen.

»Welch ein Wunder«, flüsterte er erstaunt und blickte zu Sinosh. Aus dem Mäulchen der Echse ragten die Überreste zweier Flügel, und Sinosh kaute mit sichtlichem Genuss auf seiner Beute herum, wobei er die Kiefer weit aufriss, um ja nichts zu verlieren.

Kopfschüttelnd brach Jaquento in Gelächter aus, doch da fiel sein Blick zurück auf die See, und er sah einen weiteren weißen Umriss, der sich langsam um eine kleine Landzunge schob. Es waren die Segel eines großen Schiffes.

Unruhe erfasste den jungen Hiscadi, und als sich der Rumpf des Schiffes in sein Sichtfeld schob, wurden seine Befürchtungen bestätigt; es war ein Kriegsschiff mit einer bedrohlichen Reihe Geschützpforten. Eine Fregatte, deren Flagge stolz ihre Herkunft verkündete: Thaynric.

Ich muss die anderen warnen, dachte Jaquento, dessen Gedanken rasten, während er den Hang hinabhastete. Die Piratenschiffe waren im Hafen leichte Beute für ein Kriegsschiff. Ihre einzige Hoffnung lag in der Flucht. Doch die Flut stand nicht zu ihren Gunsten, und die Fregatte war bereits nah an die Einfahrt des Hafens herangekommen. Sosehr Jaquento sich auch beeilte, er würde dieses Rennen wohl verlieren.

MAJAGUA

Die Feldarbeit war gleichzeitig gut und schlecht. Gut, weil sie Majagua leicht von der Hand ging und sie ohnehin nicht mehr lange dauern würde; schlecht, weil sie unnötig war und bald niemand mehr von diesen Feldern leben musste. *Außer die Blassnasen vielleicht,* dachte Majagua mit grimmiger Befriedigung. *Zumindest, wenn sie überleben.* Eigentlich war es dem jungen Paranao egal, ob die Soldaten und Aufseher lebten oder starben, solange die Sklaven nur entkamen.

Er war erfüllt von einer verheißungsvollen Freude, wenn er an die Schiffe mit ihren Kanonen dachte. Zumindest war die Arbeit auf den Äckern so einförmig, dass sein Geist wandern konnte. Majagua stellte sich vor, wie sich die Männer und Frauen der Compagnie hilflos in ihrem Fort versteckten, wenn er an der Spitze der Sklaven den Aufstand wagte, während die mächtigen Schiffe der Fremden ihnen halfen. Er dachte an seine Familie, an seine Geschwister, die er schon bald wiedersehen würde, und an sein Dorf. Guanquen, mit dem schlafenden Feuergeist in dem Berg und den großen *Jicota,* den behäbig wirkenden Landschildkröten, deren Fleisch so zart und wohlschmeckend wurde, wenn man es in Ziegenmilch einlegte.

So wanderten seine Gedanken umher, freier als er selbst, während seine Hände wie von selbst ihre Arbeit erledigten.

Die gebückte Haltung ließ seinen Rücken schmerzen, doch er achtete nicht darauf. *Bald, bald ist es vorbei.*

Sogar Pläne für die Zukunft hatte er schon gemacht. Auf Guanquen gab es viele Blassnasen. Er würde ihnen verraten, dass die Compagnie Sklaven hielt, obwohl ihre Cacique es ihnen verboten hatte. Das würde die weiße Cacique sicher erzürnen, und sie würde bestimmt Schiffe schicken, um die Compagnie zu bestrafen. Und er würde Sinao nach Guanquen mitnehmen und sie seinen Eltern vorstellen. Als Halbherz würde sie es sicherlich nicht einfach haben, aber wenn der Sohn des Cacique sie zur Frau nahm, dann würden seine Leute sie akzeptieren. Vielleicht konnte sie sogar eines Tages die weise Frau des Dorfes werden, wenn sie gelernt hatte, ihr Mojo richtig zu benutzen.

Mit diesen Tagträumereien verging die Feldarbeit schnell, und Majagua war beinahe überrascht, als die Aufseher sich daranmachten, sie ins Lager zurückzuführen.

Für einen winzigen Moment erfüllte ihn Angst, als er durch das Tor trat, dann war er im Lager und schritt unauffällig zu seiner Hütte. Die Steine, die er sich in das Hemd geschoben hatte, drückten gegen seine Haut, doch die Wächter hatten nichts bemerkt; sie hatten ihn nicht einmal angeschaut. *Warum auch? Ich bin nur ein Sklave.* Und jetzt hatte er drei fingerlange Steine, die er sorgfältig zu den anderen legte, die sie bereits gemeinsam in das Lager geschmuggelt hatten.

In den letzten Tagen hatten sie begonnen, diese Steine zu schärfen. Es würden keine furchterregenden Waffen werden, doch an einen Stock gebunden und von kundiger Hand geführt, waren die Steinklingen gefährlich. Es gab einige Krieger im Lager, die mit solchen Speeren umzugehen wussten, und auch Majagua hatte schon die wilden Schweine seiner Heimatinsel damit gejagt. Gegen die Musketen der Soldaten waren die Speere armselig, aber die Soldaten würden mit den

Schiffen der Fremden beschäftigt sein. *Ein Krieger fürchtet sich nicht. Ein Krieger macht sein Herz leicht, sodass die Angst einfach hindurchfliegt. Sein Leib ist Luft, seine Bewegungen Feuer.*

Ein Schatten in der Tür ließ ihn aufsehen. Es war Sinao, deren Gestalt vom Licht der sinkenden Sonne eingehüllt wurde. Sie kam auf ihn zu und küsste ihn ohne ein Wort auf die Lippen. Ihre Berührung ließ ihn jeden anderen Gedanken vergessen, und einige Herzschläge lang hielten sie sich in den Armen. Dann trat er zurück.

»Gibt es Neuigkeiten?«

»Nein. Alles ist ruhig. Ein Mann und zwei Frauen von den Schiffen waren heute bei Tangye, aber sie sind nur kurz geblieben.«

»So wie gestern«, murmelte Majagua mehr zu sich selbst. »Sie haben heute einige Sklaven hier unten gelassen, die Kisten zum Strand tragen mussten. Aber sie durften sie nicht einmal in die Boote laden.«

»Sie reparieren das Schiff. Das alles ist irgendwie merkwürdig.«

»Hauptsache, sie stören uns nicht«, befand Majagua, nachdem er den Gedanken einen Moment im Kopf hin und her geschoben hatte. »Und sie halten Tangye beschäftigt. Das hilft uns.«

»Bist du gar nicht neugierig, was es mit diesem Schiff auf sich hat?«

»Nein.« Er streckte wieder die Hand nach ihr aus, strich über ihr schweres Haar, das sie wie üblich zu einem Knoten gebunden hatte. Sinao lächelte und hielt seine Hand fest, als er sie an ihrem Hals abwärts wandern ließ.

»Die Fremden wollen das Schiff unbedingt haben. Das ist der einzige Grund, aus dem sie hier sind. Und die Leute, die es bewachen, lassen niemanden heran. Sie sind sehr aufmerksam; ihre Wachen funktionieren so gut wie das Uhrwerk in

Tangyes Büro. Nicht einmal die Boote dürfen von den Sklaven beladen werden. Das ist das seltsamste Schiff, das ich je gesehen habe. Und du bist nicht neugierig?«

Majagua zuckte mit den Achseln und ließ seine Finger auf ihrer Schulter ruhen. Er blickte ihr in die Augen und dann an ihr vorbei zur Tür hinaus, wo die Sklaven sich gerade zur Essensausgabe versammelten. Viele Sklaven waren ausgemergelt, trugen nichts als Lumpen und hatten bis vor Kurzem nur die Aussicht auf ein kurzes, hartes, entbehrungsreiches Leben gehabt. So wie auch er und Sinao. *Sie ist so schön,* dachte er. *Aber Hequia zerstört alles – Schönheit, Gesundheit, und schließlich unser Leben.*

»Nein. Ich will nur von hier weg. Ich will, dass wir alle die Insel verlassen können. Was die Blassnasen tun, ist mir egal. Vermutlich ist das Schiff voller Gold, das ist doch das Einzige, was sie wirklich interessiert. Sollen sie sich gegenseitig umbringen, um es zu bekommen. Ich will nicht wissen, was und warum. Ich will von hier weg.«

»Nun, ich bin neugierig«, erwiderte Sinao trotzig. Dann zögerte sie einen Augenblick. »Und ich glaube nicht, dass nur Gold an Bord ist. Ich … kann spüren, dass etwas mit dem schwarzen Schiff nicht stimmt. Es ist, als ob die *Ordnung* der Dinge dort durcheinandergeraten wäre.«

Majagua guckte sie ernst an und streichelte mit dem Daumen über ihre Wange. »Ich glaube dir. Aber ich habe die anderen überredet, gegen die Aufseher zu kämpfen. Ich bin für sie verantwortlich. Ich habe einfach Angst, dass ich mich nicht um noch mehr kümmern kann. Diese Aufgabe ist schon so groß.«

Jetzt lächelte Sinao. »Aber du wirst es schaffen, *Chenao*. Und ich kann warten. Wenn die Fremden die Schiffe erobert haben und wir mit ihnen fahren, kann ich ja nachschauen. Du hast recht: Bis dahin muss die Flucht unser Ziel sein.«

»Du wirst Guanquen mögen«, erklärte der junge Paranao unvermittelt. »Die Insel ist größer als Hequia, und es gibt mehr Wald dort. Große Bäume und Vögel in allen Farben. Die Luft riecht besser, und der Boden ist nicht aufgewühlt von den Stiefeln der Blassnasen. Manchmal sieht man Tapire und wilde Schweine.«

Die Beschreibung seiner Heimat zeigte Majagua die grüne Insel seiner Kindheit in schmerzhaft klaren Bildern. Die Wiesen mit den hohen Gräsern, in denen er mit seinen Freunden Jäger gespielt hatte, bevor sie alt genug waren, um wirklich zu jagen. Die Wälder, wo die Bäume so hoch und dicht waren, dass am Boden ewiges Zwielicht herrschte. Er versuchte, diese Erinnerungen in Worte zu fassen, damit er sie mit Sinao teilen konnte, doch Worte genügten nicht dafür. Dennoch lächelte sie: »Ich freue mich darauf, deine Heimat kennenzulernen.«

»Wenn du es willst, wird es unsere Heimat sein, Sin.«

Sie schmiegte sich an ihn, umarmte ihn so fest, als wolle sie sich versichern, dass er wirklich war und kein Geist.

»Ja. Unsere Heimat.« Sie sprach ganz langsam, als hätten die Worte zu viel Bedeutung, um sie hastig zu sagen. »Aber wir dürfen uns nicht in unseren Träumen verlieren, auch wenn unsere Herzen es wollen. Wir müssen bereit sein, Majagua. Bereit und mutig.«

»Die Ahnen haben uns die Fremden gesandt. Anui hat sie mit seinem Licht hierhergeführt, als er unser Unglück sah. Er wird uns helfen.«

Die Tage der Verzweiflung waren vorbei. Die Ahnen hatten sie nicht vergessen. Sie hatten ihn auf die Insel geführt, weil die Sklaven ihn brauchten. Und nun hatten sie ihnen die Fremden geschickt. Majagua haderte nicht mehr mit seinem Schicksal. Bislang hatte er einfach nicht erkennen können, warum er auf Hequia war. Doch nun hatten sich die Nebel gelichtet, und sein Pfad lag deutlich vor ihm.

»Ich habe zu Anui gebetet. Jeden Tag«, flüsterte Sinao. »Aber ich habe nicht mehr geglaubt, dass es wirklich geschehen könnte.«

Majagua senkte den Kopf und küsste sie. Ihre Hoffnung war die seine, und sie waren nun untrennbar miteinander verbunden.

»Ich muss zurück«, sagte sie, viel zu bald. Aber er nickte tapfer. Nicht mehr lang, und ihre Zeit würde ihnen gehören. *Dann werden wir jede Nacht beieinanderliegen können, und am Morgen wird Sinaos schlafende Gestalt das Erste sein, was ich sehe.*

Er blickte ihr nach, während sie zur Essensausgabe ging, die letzten Brotstücke verteilte und dann mit den anderen Küchensklaven die Töpfe und Schalen zusammenräumte. Jedoch nicht alles. Anstelle einer Decke hatte sie Palmenwedel mitgebracht und auf dem Boden ausgebreitet, um das Brot daraufzulegen. Die langen Blätter ließen sie im Staub zurück, und schon bald sammelten andere Sklaven sie ein und brachten sie in die Hütte. Die Aufseher hatten nichts bemerkt, und selbst wenn, es waren nur Sklaven, mit Blättern in den Händen. Der Paranao folgte Sinao mit seinen Blicken, bis er ihre kleine Prozession nicht mehr erkennen konnte.

Dann setzte sich Majagua mit einigen Sklaven zusammen und begann damit, die Steine zu bearbeiten. Andere zerpflückten die Blätter. Die kräftigen Blattgerippe wurden verwebt, und Stück für Stück entstanden so die runden Schilde der Paranao. Fasern wurden geflochten, um Schnüre herzustellen, mit denen man die Steinspitzen an den Speeren befestigen konnte, und auch, um daraus Seile zu machen, mit denen man über die Palisaden klettern konnte. Für die Blassnasen waren es nur Palmblätter, wenig mehr als Abfall, aber die Paranao hatten seit dem Anbeginn der Zeit nützliche Dinge aus den Wedeln gefertigt, und nun machten sie sich ihr Wissen zunutze.

Sie mussten leise sein und waren es auch. Die Arbeit ging so zwar nur langsam voran, doch es war das Wichtigste, dass sie nicht entdeckt wurden. Während Majagua langsam eine Spitze an einem größeren Stein schliff, guckte er sich um. Alle Männer waren konzentriert bei der Arbeit. Nicht viele waren in ihr Vorhaben eingeweiht worden, doch der junge Paranao wusste, dass es längst kein Geheimnis mehr war. Die Gerüchte würden inzwischen auch die letzten Winkel des Lagers erreicht haben. Früher oder später mussten sie ohnehin alle einbeziehen, denn die eigentliche Flucht würde gefährlich werden, und sie brauchten jede Hand und jeden Kopf für ihr Vorhaben. Selbst die Alten und Schwachen. Und Majagua wollte niemanden zurücklassen.

»Wo ist Dagüey?«, fragte er, als ihm das Fehlen des alten Sklaven auffiel. Dem Alten war es in den letzten Tagen immer schlechter gegangen, und er hatte sich kaum noch blicken lassen. Einige Minensklaven hatten ihm bei seiner Arbeit geholfen, und sie brachten ihm Wasser und Essen. Doch der Husten, dessen Anfälle ihn immer häufiger überkamen, wurde nicht besser, und die Haut des Alten war grau, selbst wenn er sich den Staub herunterwusch.

Niemand antwortete Majagua, auch wenn einige von ihrer Arbeit aufsahen. Keiner wirkte sonderlich überrascht oder besorgt. *Sie denken, dass er schon tot ist.*

»Hat niemand ihn gesehen?«

Kopfschütteln. Drängende Sorge erfasste Majagua, und er erhob sich. Draußen versank die Sonne gerade hinter dem Horizont; bald schon würde es dunkel sein. Der junge Paranao ging von Gruppe zu Gruppe, erkundigte sich nach Dagüey, doch niemand konnte ihm sagen, wo der Alte war. Immer hektischer wurden die Fragen, denn in Majaguas Herzen breitete sich Verzweiflung aus. *Nein, nicht so kurz vor dem Ziel.*

Wir sind doch bald frei. Er kann wieder gesund werden, sobald er immer gute Luft atmet und den Himmel sehen kann!

Erst Bara wusste etwas von Dagüeys Verbleib.

»Er ist mit den Aufsehern gegangen. Er hat mit ihnen geredet, und sie haben ihn mitgenommen.«

»Mitgenommen? Aber wohin?«

»In die Festung.« Die Stimme des Kriegers klang so traurig, als würde er über einen Toten reden. Er legte Majagua seine große Hand auf die Schulter, und die Schwielen kratzten rau über Majaguas Haut. Dennoch war die Berührung tröstlich. »Es tut mir leid.«

»Er hat nichts getan, nichts falsch gemacht. Vielleicht brauchen sie neue Küchensklaven. Und er ist ja schon zu alt für die Feldarbeit«, erwiderte der junge Paranao, doch er glaubte selbst nicht daran.

»Die Aufseher kommen«, flüsterte jemand, und alle schauten zu den Klippen empor, wo tatsächlich ein Trupp Blassnasen mit Lampen den Abstieg begann. Majagua wusste, was dies bedeuten musste; sie kamen, um Dagüeys Tod zu verkünden. Oder schlimmer noch, um Dagüey vor ihren Augen zu töten.

»Hoffentlich hat der Alte nicht geplappert«, zischte Bara und verschränkte die Arme vor der breiten Brust.

»Nein!« Das Wort hing aufsässig in der Luft, und Majagua ballte wütend die Fäuste. »Er ist mutig.«

Sie schwiegen, bis sich die Tore des Lagers öffneten und Tangye in Begleitung vieler Soldaten und Aufseher hineinließen.

Der Anführer lief zielstrebig in die Mitte des Lagers und ließ seinen Blick über die Sklaven wandern, die sich vor ihm duckten. *Als wäre sein Blick Gift,* dachte Majagua, aber auch er senkte das Haupt, als Tangye ihn ansah. *Es ist besser, ihn nicht zornig zu machen, jetzt, da er bald fühlen wird, wie wütend wir sind.*

»Ihn«, befahl der Aufseher und deutete auf den jungen Paranao. Sofort stürmten zwei Soldaten vor. Entsetzt blickte Majagua auf, unfähig zu begreifen, was geschah. Bevor er auch nur an Widerstand denken konnte, traf ihn ein Schlag in die Magengrube und trieb ihm die Luft aus dem Leib. Er keuchte auf. Einem zweiten Hieb konnte er ausweichen, und seine Faust traf die Nase des Soldaten, doch da hieb ihm ein anderer den Kolben seines Gewehrs in den Nacken. Seine Beine gaben nach, als der Schmerz glühend durch seinen ganzen Körper schoss. Er fiel zu Boden. Seine Finger gruben sich in das trockene Erdreich. Er versuchte aufzustehen, doch seine Beine fanden keinen Halt mehr und wirbelten lediglich Staub auf, als er hilflos um sich trat. Die Welt wurde dunkel und füllte sich mit Qualen. Ein weiterer schwerer Schlag auf seinen Rücken ließ ihn aufstöhnen.

»Dieser hier hat eine Übeltat geplant«, brüllte Tangye geifernd. Majagua verstand die Worte kaum, die durch den finsteren Nebel des Schmerzes zu ihm drangen.

»Er plante einen Aufruhr, eine Rebellion! Aber nicht mit mir! Nein, nicht mit mir! Er ist gescheitert, und ich werde euch zeigen, wie gründlich ich den Keim des Aufstands vernichten kann.«

Die Schritte des Aufsehers kamen näher, seine staubbedeckten Stiefel erschienen in Majaguas Blickfeld. Tangye kniete sich neben ihn, legte ihm die Peitsche auf den Rücken.

»Wer ist sonst noch daran beteiligt, Kakerlak? Du verstehst mich, das weiß ich. Sag es mir, und ich verspreche dir die Gnade eines schnellen Todes.«

»Kein … Aufstand«, erwiderte Majagua keuchend. »Guter Sklave.«

»Nein, du bist kein guter Sklave«, raunte Tangye und erhob sich. Der Peitschenhieb kam unerwartet. Wie rot glühend schlug das Leder auf Majaguas Leib, zerfetzte die Haut mit einem bösartigen Zischen. Diesmal schrie er.

»Du wirst es uns sagen, Kakerlak. Das weiß ich. Es wäre besser für dich, wenn du es bald tust.«

Es war vorbei, und Majagua wusste es. Er sammelte seine Gedanken, verschloss sein Herz und bat die Geister der Ahnen um Beistand. Es kostete ihn alle Kraft, sich aufzurichten, dieses eine Wort zu sprechen: »Verrecke!«

Eine kurze Stille folgte. Jeder Muskel in Majaguas Leib verkrampfte sich in Erwartung des nächsten Schlags.

»Wie du willst«, antwortete Tangye. »Du wirst mich noch darum anbetteln, dass du es mir sagen *darfst*.«

Dann traf ein harter Schlag Majaguas Hinterkopf, und der junge Paranao spürte nichts mehr.

ROXANE

Trotz ihrer äußerlichen Gelassenheit war Roxane nervös. Vor dem Mast rumorte es seit Tagen, und sie konnte die Unruhe der Besatzung mit jeder Wache, die verstrich, stärker spüren. Schon längst war sie darüber hinaus, sich zu fragen, ob das nur Einbildung war. Inzwischen wusste sie nur allzu deutlich, was vor sich ging – das Getuschel, die Blicke, die Grüppchenbildung. Auch beschwerten die Fähnriche sich häufig über mangelnden Respekt. Doch die Verfehlungen waren subtil, und bislang hatte Cearl noch niemanden bestraft. *Vielleicht sollten wir die nächste Nachlässigkeit nutzen, um ein Exempel zu statuieren,* dachte die junge Offizierin. *Uns den Respekt mit der Neunschwänzigen zurückholen, wenn es nicht anders geht.* Sie erschrak über ihre eigenen Gedanken. *Ich wollte nie eine Offizierin sein, die durch Furcht führt. Was macht diese Reise nur aus uns? Oder ist es dieses verfluchte schwarze Schiff, das wir jagen?*

Das schwarze Schiff war ein Phantom, gleichzusetzen mit der Hoffnung auf Vergebung. Cearl sprach von nichts anderem mehr, und in seiner Stimme klang die Schuld mit, die ihn zerfraß. *Er muss das schwarze Schiff finden,* dachte Roxane. *Er hat es zum Zeichen seiner Erlösung gemacht.* Doch selbst wenn sie Erfolg hatten, mochte dies in den Augen ihrer Vorgesetzten nicht ausreichen, um sie die bisherigen Geschehnisse an Bord vergessen zu machen.

Der Kapitän war in seine Kajüte gebracht worden, wo er unter Aufsicht der Schiffsärztin und des Maestre war. Groferton hatte ihn in einen Schlaf versetzt, aber beide wagten nicht, weitere Maßnahmen zu ergreifen, da er sehr schwach war. Einige Male hatte Roxane ihn besucht, doch die ständigen Gebete des Caserdote, der kaum noch von seiner Seite wich, und die wächserne Haut des Kapitäns, die wie eine Totenmaske über seine eingefallenen Züge gespannt war, hatten ihre Besuche stets kurz gehalten.

Das einzig Erfreuliche war, dass Tola sich von ihrem Fieber erholt hatte und das Lazarett verlassen durfte. Noch war sie nicht diensttauglich, aber wenigstens hatte sie das Schlimmste überstanden und befand sich auf dem Wege der Besserung.

»Irgendwelche Auffälligkeiten, Leutnant?«, erkundigte sich Cearl, als er an Deck trat. Fahrig strich er sich eine Locke aus der Stirn. Sein Gesicht mochte von der Sonne der Sturmwelt braun gebrannt sein, doch darunter erkannte Roxane eine graue Blässe, und unter seinen Augen lagen tiefe Ringe.

»Nein, Thay. Alles ruhig.«

Mit einem Nicken trat er an sie heran.

»Gut. Hoffen wir, dass es dabei bleibt. Dann übernehme ich jetzt die Wache, Leutnant«, erklärte er und tippte sich an seinen Zweispitz.

Auch Roxane salutierte.

Erschöpft verließ sie das Deck, ging in ihre Kammer, und bald siegte die Müdigkeit über ihre Sorgen.

Ein lautes Klopfen weckte die junge Offizierin, und sie war sogleich hellwach.

»Ja?«, rief sie, während sie sich aus ihrer Decke schälte.

»Leutnant Fre… der Kapitän lässt Sie in seine Kajüte bitten, wenn es Ihnen recht ist, Thay«, ertönte die helle Stimme Fähnrich Imrins. »Es ist Besuch an Bord.«

»Sagen Sie dem Kapitän, dass ich unterwegs bin, Fähnrich«, erwiderte Roxane und sah sich verdutzt um. Es war dunkel, und durch den schmalen Schlitz unter ihrer Tür fiel nur das Licht einer Öllaterne. Sie musste beinahe ihre gesamte Freiwache verschlafen haben. Eilig zog sie ihre Uniform an und richtete sich hastig Hut und Haare. Die Bewegungen des Schiffes zeigten ihr, dass sie vor Anker lagen, und noch dazu an einer geschützten Stelle. *Dann hat meine Navigation uns nicht im Stich gelassen, und wir liegen bereits im Hafen,* dachte sie mit einem Anflug von Stolz. *Früher einmal war das mein bestes Fach.*

Der Weg zur Kajüte des Kapitäns lag beinahe vollständig im Dunkeln und wurde nur von wenigen Öllampen beleuchtet. Aber selbst dieses wenige Licht hätte Roxane mittlerweile nicht mehr gebraucht, sie kannte die *Mantikor* gut genug, um die Wege auf dem Schiff auch in der Dunkelheit zu finden. Sie fuhr sich mit den Händen über die Uniform, um deren Sitz zu kontrollieren. Schließlich wäre es besonders peinlich, vor einem Gast an Bord mit falsch geknöpfter Jacke aufzutreten. Doch sie fand keinen Fehler, bis sie die Kajüte erreichte und anklopfte.

Harfells Koje war durch eine bewegliche Trennwand verborgen. Die Ärztin hatte ihn in dem großen Raum untergebracht, da dort mehr Platz für seine Versorgung war. Das bedeutete allerdings auch, dass der Tisch, obwohl sie zwei Stühle in den Laderaum geräumt hatten, den restlichen Raum beherrschte und kaum noch Platz ließ, um darum herum zu gehen. Aus dem kleinen Separee war Harfells rasselndes Atmen zu hören, ebenso wie Sellishers beständiges Murmeln der Gebete. Beides zusammen schuf eine schaurige Atmosphäre, die Roxane allerdings sofort vergaß, als Cearl sie begrüßte und auf seinen Gast deutete.

»Sie!«, entfuhr es Roxane, als Jaquento sich vor ihr mit einem spöttischen Lächeln verneigte. Diesmal trug der Hiscadi keine zeremonielle Kleidung, sondern das praktische Hemd eines Seemanns. Den Degen hatte er jedoch nicht abgelegt.

»Sie wurden einander bereits vorgestellt?«, fragte Cearl mit offenkundiger Verwirrung.

»Leutnant Hedyn und ich hatten die Freude, uns auf Lessan kennenzulernen«, erklärte der Hiscadi, auf dessen Schulter wieder die goldfarbene Echse saß, deren Blick Roxane eindeutig spöttisch erschien. »Es ist mir eine Ehre, Euch wiederzusehen, Mésera.« Er machte einen Schritt nach vorn, ergriff lächelnd ihre Rechte und deutete einen Handkuss an.

Roxane riss ihre Hand so hastig zurück, als ob sie sich verbrannt hätte. »Richtig, wir haben uns schon einmal getroffen«, erwiderte sie steif.

»Das macht die Angelegenheit wohl einfacher, denke ich«, murmelte Cearl mit einer gewissen Erleichterung in der Stimme und setzte sich wieder an den Tisch.

»Ich kann nur hoffen, dass wir Gelegenheit finden, an unser erstes Treffen anzuknüpfen, das so plötzlich unterbrochen wurde«, sagte Jaquento mit aller gebotenen Höflichkeit, während Roxane ihm und seinem selbstzufriedenen Grinsen am liebsten einen Tritt versetzt hätte.

Doch Frewelling schien nicht zu bemerken, was zwischen ihnen vorging. »Erlauben Sie mir, den Leutnant über unsere aktuelle Lage aufzuklären«, hob er an. »Wir haben den Hafen erreicht, und ich habe die *Mantikor* vor Anker gehen lassen. Der Bootsmann ist mit einigen Seeleuten von Schiff zu Schiff gerudert, um nach dem schwarzen Frachter zu fragen. Und siehe da: Wir haben Glück gehabt!«

Jetzt war Frewellings Stimme lebhaft, und auch die Müdigkeit war aus seinen Augen gewichen. Roxane hingegen konnte sich kaum auf das Gesagte konzentrieren, zu sehr fürchtete sie, dass ihr brennendes Gesicht ihre Gedanken preisgab. Ihre

Gefühle reichten von Freude bis hin zu Angst und wechselten in jedem Augenblick vom einen zum anderen.

»Ja, denn wir haben ein Schiff gesehen, auf das die Beschreibung passt«, sagte der Hiscadi.

»Ach?«, war Roxanes wenig sprachgewandte Antwort.

»Ja«, wiederholte Jaquento und runzelte die Stirn.

Eine unangenehme Stille breitete sich aus.

»Würden Sie uns bitte einen Moment entschuldigen?«, fragte Cearl höflich und wies auf die Tür der Kajüte. Zustimmend neigte der Gast das Haupt und verließ den Raum.

»Was ist denn los?«, erkundigte sich Cearl, obwohl sie nicht allein waren, weitaus weniger förmlich bei Roxane. »Geht es dir nicht gut?«

»Ich … bin überrascht«, erklärte sie lahm. »Ich habe nicht damit gerechnet, diesen Mann wiederzusehen.«

Seine vertrauliche Anrede, die sie eigentlich ärgern sollte, freute sie vielmehr. Sie machten einiges zusammen durch, und sie empfand die Vertraulichkeit als angemessen.

»Wie hast du ihn denn überhaupt kennengelernt?«

»Er war auf dem Empfang, zu dem der Kapitän uns mitgenommen hat. Aella und mich, meine ich.«

»Beim Ball auf Lessan also? Er scheint dich nicht unbeeindruckt gelassen zu haben.« Täuschte sie sich, oder lag eine Spur von Eifersucht in Cearls Worten? *Das hat mir gerade noch gefehlt!*

Sie nahm sich zusammen und verschränkte die Arme hinter dem Rücken. »Ich war lediglich überrascht, Thay, da ich nicht mit seiner Anwesenheit an Bord gerechnet habe. Das ist alles«, sagte sie förmlich.

»Nun, wir sollten uns besser an seine Anwesenheit gewöhnen, denn was er mir berichtet hat, klingt nicht gut.«

»Inwiefern?« Eine Säule aus Eis stieg an Roxanes Rückgrat empor.

Cearl sah sie zweifelnd an, ehe er anhub: »Das Schiff, das wir suchen, hat Geleitschutz. Und nicht nur das. Derzeit liegt es auch noch im Schatten eines Forts.«

»Géronay?«

»Schlimmer: die Handelscompagnie.«

Die Tatsache, dass Jaquento Cearl anscheinend nichts von ihrer Begegnung auf dem Ball berichtet hatte, erleichterte Roxane ungemein, und plötzlich gelang es ihr mühelos, ihr Erstaunen über diese Neuigkeit zum Ausdruck zu bringen und wieder unverkrampft zu reagieren.

»Die Compagnie? Gehört ihr unsere Beute? Oder nur das Fort?«

»Offensichtlich beides. Das bringt uns in eine unangenehme Lage.«

»Allerdings. Wir können kein Schiff der Compagnie angreifen.«

»Doch«, erwiderte Cearl überraschend. »Mehr noch: wir müssen sogar.«

Als er ihren ungläubigen Blick sah, führte er aus: »Ich habe unsere Befehle genauestens studiert. Die Order enthält den Zusatz, dass wir das Schiff ohne Beachtung seiner Nationalität oder Eigner aufbringen müssen. Das hat mich stutzig gemacht, denn wie du weißt, ist eine solche Erläuterung weder nötig noch üblich. Ich denke aber, ich weiß jetzt, warum sie diesen Zusatz trotzdem hineingeschrieben haben.«

»Unser Oberkommando wusste, dass es sich um ein Schiff der Compagnie handelt? Aber das ergibt keinen Sinn! Warum sollen wir ein Schiff jagen, das ohnehin unserer Weisungspflicht untersteht? Es sind Thayns ...«

»Vielleicht versucht die Compagnie, ihren Gewinn zu erhöhen, indem sie schmuggelt. Oder sie handeln mit verbotenen Gütern. Das wäre zumindest nicht das erste Mal. Wenn es um ihren Profit geht, sind der Handelsgesellschaft unsere

Gesetze erst einmal egal. Aber wie dem auch sei: Wir haben jedenfalls unser Ziel vor Augen!«

Ganz mochte Roxane seine Begeisterung darüber nicht teilen. Die Tatsache, dass das Schiff der Compagnie gehörte, konnte weitreichende Folgen haben. Sollten sie die Befehle falsch interpretieren, dann würden sie auf ihre eigenen Schiffe feuern. Die Verwaltung der Compagnie wäre sicherlich nicht erfreut, und sie besaß Beziehungen bis in die höchsten gesellschaftlichen Kreise und hatte das Ohr der Admiralität. Die Flotte verschlang Unsummen, und die Sturmweltenfahrer der Compagnie brachten in ihren Bäuchen jene Reichtümer nach Thaynric, die für die Finanzierung der Marine dringend vonnöten waren.

»Ich bin mir dessen nicht so sicher«, sagte sie. »Vielleicht wusste Harfell mehr. Vielleicht hat Admiral Holt ihm auch persönlich noch mehr gesagt. Wenn wir uns irren …«

Sie beide wussten, in welche Lage sie das bringen würde. Andererseits konnte ihre Situation kaum noch schlimmer werden. Auch wenn sie es in Anwesenheit des Caserdote nicht auszusprechen wagte, sah Roxane diese Erkenntnis auch in Cearls Augen. Ohne ein Wort öffnete der Kapitän die Tür und ließ Jaquento wieder in den Raum.

»Das sind außerordentlich spannende Neuigkeiten …«, begann Cearl, doch Jaquento unterbrach ihn: »Es gibt natürlich noch weitere Schwierigkeiten.«

»Wenn Sie auf eine Belohnung anspielen, ich bin sicher, dass die Admiralität Sie in angemessener Weise für Ihren Aufwand entschädigen wird.«

»Nein, ich spreche von den Sklaven.«

»Sklaven?«, echoten Cearl und Roxane wie aus einem Mund.

»Auf der Insel mit dem Fort werden Sklaven gehalten.«

»Was, von der Compagnie?«

Als der Hiscadi nickte, glaubte Roxane endlich zu verstehen, was hier vor sich ging. Wenn die Handelscompagnie tatsächlich Sklaven hielt, verstieß sie gegen die Gesetze Thaynrics. Mit ihrer Macht hatte sie sich einige Feinde geschaffen, und auch innerhalb der Admiralität war der große Einfluss der mächtigen Händler nicht bei jedem gern gesehen. Sollte das schwarze Schiff ein Sklavenschiff sein, konnte es als Beweis der illegalen Aktivitäten der Compagnie deren Position deutlich schwächen. *Wir sind in eine politische Intrige geraten. Möge die Einheit uns den richtigen Kurs zeigen, um aus diesen haiverseuchten Gewässern zu finden.*

»Ja«, sagte Jaquento. »Es sind vielleicht zwei- oder dreihundert Männer und Frauen auf der Insel. Wir haben ihnen unsere Hilfe zugesagt. Aber wir können es alleine nicht mit den Schiffen und dem Fort aufnehmen.«

»Sie haben den Sklaven Ihre Hilfe zugesagt?«, fragte Cearl plötzlich misstrauisch. »Was für ein Händler sind Sie eigentlich genau?«

»Ein Händler, der die Gesetze Thaynrics achtet«, erwiderte Jaquento mit einem Lächeln, das so falsch war, dass Roxane ihn am liebsten geschlagen hätte. »Und wie jeder Händler, der in gefährlichen Gewässern segelt, sind wir in der Lage, uns zu verteidigen. Aber vor allem verachten wir Sklaverei in all ihren Ausprägungen. Wir würden diesen Umstand deshalb gern auf der Insel beenden wollen.«

»Ich verstehe«, erklärte Cearl, aber Roxane bemerkte, dass er unsicher schien.

»Wir sollten Leutnant Hugham zu den Beratungen hinzuziehen«, schlug sie vor. »Wir brauchen mehr Einzelheiten, damit wir einen Plan fassen können. Und der Leutnant hat einen klaren Blick für taktisch schwierige Situationen.« *Das ist zwar nicht unbedingt wahr, gibt uns aber trotzdem ein bisschen Zeit.*

Während Cearl die entsprechenden Befehle gab, sah Roxane Jaquento fragend an. *Was sind deine Motive? Hiscadischer Händler, dass ich nicht lache!*

SINAO

Die Ahnen hatten entschieden, Sinao auf unterschiedliche Weisen leiden zu lassen. Zum einen straften sie sie mit der Ungewissheit über Majaguas Schicksal, denn sie war in der Küche des Forts gefangen, während man Majagua irgendwohin verschleppt hatte. Dann war da die simple und dennoch furchtbare Gewissheit des Verlustes, das Wissen, dass ihr Liebster sterben würde. Und schließlich war sie mit dem Mann eingesperrt, der Majagua an Tangye verraten hatte, und musste seinem rasselnden Atem lauschen, während seine bloße Nähe ihr Übelkeit verursachte. Sie hasste ihn. Niemand hatte ihr gesagt, dass er es gewesen war, der Majagua verraten hatte, doch nur das konnte der Grund für seine Anwesenheit hier sein.

Die anderen Küchensklaven hielten sich von ihr fern, und das war gut so. Sie spürte Anuis Feuer in ihrem Herzen brodeln; irgendwann musste sich diese Macht einen Ausweg suchen, und niemand konnte wissen, wen ihr Zorn traf. Die Sklaven ekelten sie bereits jetzt an, denn sie konnte ihre Gedanken auf ihren Gesichtern lesen, so als würden sie diese laut aussprechen: *Wir haben es dir gesagt. Er macht nur Ärger. Er wird sterben.* Mienen voller Gehässigkeit, die Sinaos Wut nur weiter anfachten. Und dazu immer das Atmen des Verräters, unterbrochen nur von seinem keuchenden Husten.

Einundsechzigmal hat er gehustet, seit er hier ist. Ich hoffe, er stirbt, noch bevor es doppelt so viel ist.

Schließlich hielt sie es nicht mehr aus, sondern stand auf und ging wortlos in den Vorratskeller hinab. Die kleine Öllampe wies ihr den Weg zu ihrem Versteck, und sie nahm den Zemi heraus. Die Spitzen bohrten sich in ihre Hand, als sie den kühlen Stein umklammerte und die Faust gegen ihre Stirn drückte. *Hilf uns, Anui, hilf uns.* Sie wollte beten, doch nur diese Worte kamen ihr in den Sinn, und sie wiederholte sie, stumm und endlos.

Es war, als würde der Stein all ihre Energie in sich aufnehmen und sie leer zurücklassen. Nach zweitausendfünfhundertzweiundzwanzig Sekunden legte sie ihn zurück. Ihre Beine und Arme waren kalt geworden, und auch das Feuer in ihrem Herzen war erloschen. Sie fühlte nichts und konnte nur hoffen, dass sie nie wieder etwas fühlen würde.

Die anderen beobachteten sie, als sie wieder aus dem Keller stieg, doch es war ihr einerlei. Sie waren unwichtig, ihre kleinen Leben waren belanglos, ihre Gedanken bedeutungslos. Nur eines interessierte sie noch. Also kniete sie neben dem Verräter nieder, brachte ihr Gesicht nah an seines und fragte leise: »Warum?«

Müde hob Dagüey den Kopf und sah sie an. Zuerst dachte sie, er würde nicht antworten. Er hustete und wischte sich blutigen Speichel von den Lippen. Endlich erwiderte er mit krächzender Stimme: »Weil ich es musste. Er hätte uns alle getötet.«

Tränen stiegen Sinao in die Augen, und sie ballte die Fäuste. »Er hätte uns befreit!«

»Wir dürfen den Fremden nicht vertrauen. Sie sind Lügner, wie alle ihrer Art. Wenn wir ihren Worten Glauben schenken, werden alle Sklaven sterben.«

Sein Kopf sank zurück auf seine Lagerstatt. Seit die Soldaten ihn in die Küche geführt hatten, lag er auf der Decke auf dem Boden, in der Nähe des Herdes, und rührte sich kaum.

»Warum hast du das getan?«, fragte Sinao wieder, die es verstehen wollte, es verstehen musste. »Er hat dir vertraut! Du hast ihm doch erst geholfen!«

Der alte Mann schloss die Augen. Lange Zeit bewegten sich seine Lippen stumm, bis er laut hervorstieß: »Er hätte uns alle in den Tod geführt. Ich musste es tun. Siehst du das nicht?«

»Nein.«

Sein Seufzen klang wie der letzte Atemzug eines Sterbenden und sandte Sinao Schauer über den Rücken.

»Unsere Pläne waren gut, aber die Fremden zerstören alles.«

»Du hast ihn verkauft. Für einen Platz hier. Für besseres Essen. Dafür, dass du nicht mehr in die Mine musst. Erzähl mir nichts von müssen. Du Verräter!«

Jetzt öffneten sich seine Lider. Seine dunklen Augen blickten sie an.

»Nenn es, wie du willst. Es war die einzige Entscheidung, die ich treffen konnte. Ich habe versucht, es zu verhindern. Ich habe mit allen geredet, aber sie haben sich alle blenden lassen. Ich musste es tun. Ich musste!«

Aus seinem Mund klangen die Worte wie eine Beschwörungsformel. Als wolle er die Wahrheit mit ihrer Kraft herbeirufen und an sich binden. Aber Sinao sah die Schuld in seinen Augen, hörte sie in seiner Stimme, roch sie in seinem Atem. Er dünstete sie aus, sein ganzes Wesen war mit ihr getränkt. Sie betrachtete ihn, während er sich wieder zurücklegte und die Augen schloss. Er starb. Daran gab es keinen Zweifel. Seine Haut war über seine Knochen gespannt und wirkte dabei doch zu groß für seinen dürren Leib. Sein röchelnder Atem kündete vom nahenden Tod. Gegen ihren Willen empfand Sinao plötzlich Mitleid mit dem alten Mann. Seine Schmerzen waren ihm deutlich anzusehen, und für einen

Moment fragte sie sich, ob er tatsächlich glaubte, was er ihr erzählt hatte. Dann machte sie ihr Herz hart und erhob sich. *Soll er sterben. Sollen die Ahnen ihn voller Zorn empfangen. Soll er in der nächsten Welt allein sein und für immer die Missachtung der Geister spüren.*

Die Soldaten kamen wenig später, und fast glaubte Sinao, dass sie nun auch geholt werden würde. Vielleicht hatte Majagua unter der Folter geredet, vielleicht hatte er alles und sogar sie preisgegeben.

Doch sie wurden alle gerufen, selbst Dagüey, der kaum allein gehen konnte. Die beiden Soldaten brachten sie aus dem Fort hinaus, wo alle anderen Sklaven versammelt waren. Sinao musste schlucken, als die Schatten auf sie fielen. Sie dachte an Hayuya und all die anderen, die hier den Tod gefunden hatten.

Dann kam Tangye aus dem Tor, und hinter ihm schleppten die Aufseher Majagua. Er sah schlimm aus, und Sinao biss sich auf die Lippen, um nicht laut vor Qual zu schreien. Striemen bedeckten seinen Leib, eines seiner Augen war zugeschwollen, und verkrustetes Blut verklebte sein Gesicht. Als die Blassnasen ihn losließen, stürzte er einfach zu Boden, ohne sich abzustützen, und blieb regungslos liegen.

»Übersetz für mich«, befahl Tangye, und Sinao wollte schon trotzig den Kopf schütteln, als sie sah, dass er mit Dagüey gesprochen hatte. Der Alte nickte nur stumm.

»Ich weiß, dass dieser hier eine Flucht geplant hat. Und ich weiß, dass einige von euch an diesen schlimmen, schlimmen Plänen beteiligt sind. Vielleicht weiß ich noch nicht alles darüber, aber ihr könnt mir glauben: Ich werde alles herausfinden!«

Natürlich antwortete ihm niemand. Alle blickten angestrengt zu Boden, keiner wollte Tangyes Aufmerksamkeit auf sich lenken.

»Er wird reden. Das ist sicher. Schon bald wird er reden. Und dann werden wir diesen Sumpf von Aufsässigkeit ein für alle Mal trockenlegen!«

Auf einen Wink hin zerrten die Aufseher Majagua in die Mitte der Sklaven und schlangen Seile um seine Hand- und Fußgelenke. Dann schlugen sie mit langen Hämmern vier Pflöcke in die Erde und banden die Seile so fest daran, dass Majagua mit gespreizten Armen und Beinen über dem Boden zu schweben schien. Er ließ alles wie willenlos mit sich geschehen.

»Er wird reden«, wiederholte Tangye und wandte sich ab.

Mit viel Geschrei trieben die Soldaten die Sklaven aus dem Lager wieder den Hang hinab, und Bara flüsterte Sinao im Vorübergehen zu: »Er wird niemals reden. Er hat das Herz eines Kriegers.«

Dann wurde Sinao, obwohl sie bei Majagua bleiben wollte, mit den anderen Küchensklaven in das Fort zurückgebracht. Ein letzter Blick über die Schulter zeigte ihr den Liebsten, wie er ohne Bewusstsein in der grellen Sonne an den Boden gefesselt dalag. *Anui wird ihn langsam töten.* Sie fragte sich, ob Tangye das wusste und diese Strafe, diese Todesart absichtlich gewählt hatte. Doch es erschien ihr unwahrscheinlich, dass der Aufseher sich um den Glauben der Sklaven auch nur im Mindesten scherte. Es war wohl mehr ein Zeichen für die Sklaven, die dem Möchtegern-Flüchtling nun beim Sterben zusehen mussten. Bei einem langsamen, qualvollen Sterben, das sie daran erinnern würde, welches Schicksal ihnen selbst drohte, wenn sie es wagten, aufsässig zu sein.

Auf dem Weg redete Sinao mit niemandem, und in der Küche legte sie sich sofort auf ihren Schlafplatz. Sollten die anderen doch ihre Arbeit machen, oder sollten die Aufseher sie doch neben Majagua legen, ihr war es egal. Sie hatte gehofft, dass sie weiterhin nichts fühlen musste, doch nun liefen die Tränen ihr über das Gesicht, als der Schmerz ihren Körper durchschüttelte. Sie konnte nicht aufhören zu weinen. Majagua starb, und sie konnte nichts dagegen tun. Ihr Liebster, der sie gestern noch geküsst und gehalten hatte, der so warm und tröstlich und lebendig war, musste sterben, und sie konnte nichts dagegen tun.

Zum ersten Mal in Sinaos Leben verging die Zeit, ohne dass sie sich ihrer bewusst wurde. Irgendwann legte sich jemand zu ihr, nahm sie in den Arm, und Sinao presste sich dankbar gegen den warmen Leib und weinte alle Tränen aus sich heraus.

Dann lag sie still in der Dunkelheit, eingehüllt in die Umarmung Brizulas, und endlich konnte ihr Geist wieder klarere Gedanken fassen.

Als alle schliefen, löste sie sich vorsichtig aus der Umarmung der alten Frau. Dankbar blickte sie kurz auf die Züge der Schlafenden. So leise wie möglich, schlich Sinao in der Küche umher und packte ein wenig Essen und eine Flasche ein, die sie sorgfältig mit Wasser füllte. Auf nackten Sohlen schlich sie die Treppe empor, vorbei an ihrem Fenster. Sie sollte Angst verspüren, das wusste sie, doch ihr Herz schlug langsam, und sie war ruhig. Wenn die Soldaten sie erwischten, dann würde sie eben sterben, wie Majagua. Dann konnten sie gemeinsam zu den Ahnen gehen.

Dennoch war sie vorsichtig, huschte von Schatten zu Schatten und hielt immer wieder inne, um zu lauschen. Das Fort lag still da, nur das Rauschen der ewigen Brandung war zu hören. Ihre eigenen Schritte wurden vom Gesang des Meeres verschluckt, und sie erreichte den Hof, wo sie sich zunächst umsah.

Die Soldaten hatten den Innenhof erst kürzlich aufgeräumt und gefegt. Immer wieder wehte der Wind Erde von den Feldern bis zu den Klippen empor, und dann musste der Fels gefegt werden. Fegen war die Arbeit der Soldaten, nicht die der Sklaven, ein Ritual, das Sinao plötzlich bizarr erschien.

Der Weg bis zum Tor war nicht weit, doch der kahle Hof bot keine Verstecke, und selbst im Schatten der Mauern wären Bewegungen auffällig. Vor dem hellen Sternenhimmel zeichnete sich die Silhouette eines Soldaten ab, der auf der Mauer auf und ab lief. Die Wache hatte einen guten Blick in den Hof, und auch wenn ihre Aufmerksamkeit eher der Bucht und dem Lager galt, war es beinahe unmöglich, den Hof ungesehen zu überqueren. Sinaos Mut sank, als sie dies erkannte, doch sie dachte nicht daran, aufzugeben.

Als die Wache sich abwandte, lief sie los. Sie rannte schnell und leise durch die Dunkelheit. Sie spürte mehr, als dass sie sah, wie die Wache den Kopf drehte. Der Soldat würde sie entdecken. Sie beschleunigte ihre Schritte, den Blick nur auf das Torhaus gerichtet, den Sicherheit versprechenden Schatten des Tores selbst. Nur dieses Ziel beherrschte ihren Geist, alles andere verschwand aus ihren Gedanken, verdrängt von dem Verlangen, das Tor zu erreichen.

Plötzlich war sie dort und presste sich zitternd an die noch vom Tag warme Wand. Zwanzig Sekunden verstrichen, und kein Alarmruf ertönte. Sie war schnell gelaufen, vielleicht so schnell wie noch nie zuvor, und doch hätte sie es nicht schaffen dürfen. Sie hatte den Hof in einem Lidschlag überquert, in einem Gedanken, in dem Moment zwischen zwei Sekunden, wo es keine Zeit geben konnte, keine Bewegung geben durfte.

Noch lange stand sie reglos im Schatten des Tores, von ihrer eigenen Tat überwältigt. Dann aber schlich sie leise zu den Torflügeln. *Anui, hilf uns,* flehte sie und legte die Hand auf das kühle Metall der Klinke der Schlupfpforte. Erst ließ sie ihre Finger dort ruhen, als ob die Ungewissheit besser wäre, bis sie schließlich zögerlich drückte. Mit einem leisen Klicken, das in ihren Ohren dröhnte, senkte sich die Klinke, und als die Sklavin sich vorsichtig gegen die Tür lehnte, bewegte sich diese leicht. *Danke, Anui.*

Sie schlüpfte durch den Spalt und stand endlich vor der Festung. Sie genoss das Gefühl der Freiheit, den Seewind, der sie streichelte. Das Rauschen klang hier draußen anders, verheißungsvoller, als riefe das Meer sie zu sich.

Bis zu Majagua waren es nur wenige Schritte. Er lag ungeschützt am Boden, Arme und Beine grausam auseinandergezerrt. Seine Augen waren geschlossen, doch er atmete noch, wie Sinao erleichtert feststellte.

»Majagua«, flüsterte sie und legte sich neben ihn. Sie konnte nur hoffen, dass ihr gemeinsamer Schatten vom Fort aus wie der einer Person wirken würde.

Er versuchte, die Augen zu öffnen, als sie ihn berührte.

»Sinao? Was tust du hier? Geh. Geh weg … schnell. Es ist … gefährlich.« Seine Stimme klang rau und so, als bereite ihm das Sprechen mit seinem zerschundenen Mund Schwierigkeiten.

»Das ist mir egal«, erwiderte sie fest. »Ich habe dir Essen mitgebracht. Und Wasser.«

»Wasser?«, flüsterte er, und sie hielt ihm die Flasche an die Lippen. Er trank gierig, verschluckte sich, hustete. Sinao streichelte vorsichtig seine Stirn.

»Ich will kein Essen«, murmelte er erschöpft. »Geh. Ich werde ihnen nichts sagen. Lass mich hier liegen, dann könnt ihr noch entkommen.«

»Wir können entkommen. Trink und iss, Schafsjunge. Ich lasse dich nicht sterben. Die Fremden werden kommen, und du wirst leben und mit uns fliehen.«

»Ich werde sterben, aber …«

»Lass den Unsinn«, unterbrach ihn Sinao wütend. »Dachtest du, dass ich dich einfach gehen lasse? Dachtest du, dass ich dir nicht folgen würde? Iss etwas und trink. Und denk nicht mehr an den Tod, Majagua. Überlebe, bis Hilfe kommt. Bei den Geistern und um meinetwillen. Überlebe!«

Sein Herz schlug langsam in seiner Brust. Sie konnte es unter ihren Fingern spüren. Er musste Schmerzen leiden. Die Schläge, die Fesseln, die Demütigung. Sie hörte in seiner Stimme, dass er mit dem Leben abgeschlossen hatte, doch sie würde ihn nicht gehen lassen; nicht kampflos.

»Warum, Sinao? Warum tust du das? Du ... musst die anderen von der Insel bringen, wenn ich es nicht kann.«

Sie schwieg lange, bevor sie antwortete: »Wenn du es nicht kannst, kann es niemand. Und ich werde dich nicht verlassen, weil ich dich liebe. Und jetzt iss endlich.«

Mit der Rechten hielt sie ihm ein kleines Stück Brot vor den Mund, und sie hätte fast vor Erleichterung geweint, als er die aufgesprungenen Lippen öffnete und es annahm. Vorsichtig hielt sie ihm erneut die Flasche an die Lippen und ließ ihn trinken. Schon bald schlang er gierig das Brot hinunter und trank in langsamen Schlucken die Flasche aus.

Sinao blieb ruhig bei ihm liegen, ließ ihre Hände leicht auf seinem Körper ruhen, um ihm zu zeigen, dass sie bei ihm war. So lagen sie lange da, ohne zu reden, während ihnen das Meer verlockend von der Freiheit sang, die nun unerreichbarer denn je schien.

JAQUENTO

»Und? Haben sie den Köder geschluckt?«

Jaquento sah Pertiz an, als habe dieser ihn beleidigt. »Mitsamt Haken, Blinker und der Angelrute. Sie sind Feuer und Flamme für unser kleines Unternehmen.«

In der Runde, welche die Mannschaft um sie beide gebildet hatte, grinsten einige, doch Jaquento sah ebenso viele skeptische Mienen. Der Plan, die Thayns für ihre Zwecke zu nutzen, war nicht bei allen auf Zustimmung gestoßen. Aber sowohl Pertiz als auch Deguay hatten sich schließlich dafür entschieden, und so hatten sich auch die Zweifler dem Willen der Kapitäne gebeugt.

»Weniger habe ich von dir auch nicht erwartet, Freund Jaquento«, erklärte Deguay. »Wenn jemand von uns die nötige Gewandtheit der Zunge besitzt, um mit den Thayns eine Halse um einen Walbuckel zu fahren, dann du.«

»Es war nicht sehr schwierig«, wiegelte der junge Hiscadi ab. Immer wenn Deguay ihn derart lobte, glaubte er Anspielungen auf sein kleines Intermezzo während der Kapitänswahl herauszuhören. »Ihr Kapitän ist krank, und die Offiziere scheinen mir ein wenig zu begierig auf Ruhm zu sein.«

»Vielleicht wünschen sie sich einfach, diese Chance zu nutzen? Ich meine, wenn der Kapitän außer Gefecht ist, dann wäre ein Erfolg ihr Verdienst.«

»Möglich«, gestand Jaquento, der für einen Moment ein schlechtes Gewissen wegen Roxane hatte. *Sie ist selbst schuld, wenn sie mir vertraut. Sie muss wissen, dass wir Halsabschneider sind, die man besser nicht in seinem Rücken duldet. Außerdem, wenn sie dieses Prisengeld nicht erhält, dann das nächste. Es ist ja nicht so, als wolle ich ihr Schiff stehlen – sondern nur diese merkwürdige Fregatte der Compagnie.*

»Dann wollen wir mal dafür sorgen, dass die Karrieren der Thayns einen hübschen Knick erhalten«, rief Deguay, und diesmal grinsten alle. Jaquento kniff die Augen zusammen, als habe er einen kurzen, heftigen Schmerz verspürt; dann war es ihm gelungen, sein nagendes Gewissen zurückzudrängen.

»Ich habe folgenden Plan«, fuhr Deguay fort. »Die *Todsünde* wird sich unter der Deckung der Thayns bis zum schwarzen Schiff vorwagen und dieses im Handstreich nehmen. Wir halten uns gar nicht lange mit Geschützfeuer auf, sondern entern sobald wie möglich, solange auch die Thayns noch überrascht sein werden. Einverstanden?«

Keiner widersprach dem Kapitän, der auf Pertiz deutete: »Die *Windreiter* bleibt zurück und hält sich bedeckt. Sie bietet niemandem ein Ziel. Wir lassen die Thayns mit dem Begleitschutz kämpfen, müssen aber darauf vorbereitet sein, dass sie die beiden Korvetten überwältigen. Wir schneiden die Prise heraus und setzen alle Segel. Im Notfall müsst ihr unsere Flucht decken.«

»Gegen eine Fregatte wie die *Mantikor* bestehen? Das ist keine einfache Aufgabe mit einem Sklavenschiff«, wandte Pertiz ein. »Tatsächlich ist es ein hanebüchenes Unterfangen.«

»Keine Sorge. Die *Todsünde* ist ja auch noch da. Hauptsache, wir können unsere Beute erst einmal fortschaffen. Wir kommen schon davon, und wenn wir uns zwischen die Inseln schlagen müssen, wo ihr Tiefgang die *Mantikor* behindert.

Aber die Schwarzbrunn-Fregatte kann das nicht, sie kommt nirgends durch, wo die *Mantikor* nicht folgen kann. Es ist also absolut notwendig, dass sie schnell davonkommt.« Deguay grinste in die Runde.

»Was ist mit den Sklaven?«, warf Jaquento ein.

»Wir bieten ihnen eine Ablenkung. Den Rest müssen sie schon selbst schaffen«, erklärte der Kapitän und wollte gerade fortfahren, da unterbrach Jaquento ihn: »Sie sollen was selbst schaffen? Ihre Flucht? Wie soll das gehen, ohne Schiffe?«

»Das ist ihr Problem«, erwiderte Deguay ungerührt und zuckte die Schultern.

»Ich habe einen Handel mit ihnen abgeschlossen. Ihnen unsere Hilfe zugesichert!«

»Dann solltest du daraus lernen, dass du das nächste Mal nicht so leichtfertig Versprechungen machst, die du nicht halten kannst. Wir haben keine Zeit für die Sklaven, und unser Plan sieht keine Möglichkeit vor, ihnen zu helfen.«

»Die *Windreiter* wird doch praktisch in Reserve gehalten! Wir sollen Däumchen drehen. Wir könnten stattdessen ...«

»Nichts könntet ihr«, fuhr Deguay dazwischen. »Wir brauchen die *Windreiter*. Oder wir gefährden den Ausgang der ganzen Sache. Die Thayns zu benutzen war deine Idee, ebenso wie die, mit den Sklaven eine Abmachung zu treffen. Jetzt müssen die Paranao ohne uns zurechtkommen.«

Sinosh schien die Erregung in den Stimmen zu spüren, denn er war nun ganz aufmerksam und änderte seine Farbe von Golden zu einem hellen Orange.

»Das ist doch nicht dein Ernst! Ich dachte, du hasst die Sklaverei? Jetzt und hier haben wir die Chance ...«

»Genug jetzt! Wir können nichts für sie tun, Mann! Daran wird dein Gerede auch nichts ändern. Konzentrieren wir uns lieber auf die Dinge, die vor uns liegen.«

Die beiden Männer funkelten sich an, und Jaquento verspürte nicht die geringste Lust, in diesem Punkt nachzugeben. Doch er spürte, dass er unter den Offizieren der beiden Schiffe kaum Rückhalt hatte. Nicht einmal Pertiz oder Rahel mischten sich ein.

Als er wütend den Kopf schüttelte, glaubte er den Anflug eines Lächelns auf Deguays Lippen erkennen zu können. *Du Bastard! Du willst mir eine Lektion erteilen, für die andere bluten werden.* Trotz dieser Erkenntnis schwieg er, denn Worte würden hier nichts erreichen. Der Plan war gut, und tatsächlich würde der Versuch, die Sklaven zu retten, das Risiko erhöhen. Doch wie konnte er sein Wort brechen? Noch während Deguay die Einzelheiten seines Vorhabens ausführte, rasten Jaquentos Gedanken. Schon Pertiz hatte ihn davor gewarnt, den Sklaven Hoffnungen zu machen.

Endlich war die Besprechung vorbei, und die Anführer der Piraten verließen das Zimmer im ersten Stock des Bordells, das sie als Hauptquartier nutzten.

Es gelang Jaquento, Rahel in einem günstigen Augenblick abzufangen, als sie gerade in den Schankraum hinabgehen wollte.

»Es ist nicht richtig«, eröffnete er das Gespräch, aber Rahel hob abwehrend die Hand. Zwischen ihnen gab es einen Graben, der Jaquento nun schmerzhaft bewusst wurde.

»Ich will es nicht hören. Der Käpt'n hat recht. Du hast dich verzettelt, aber darin bist du ja ganz groß. Diesmal wirst du dich nicht herausreden können. Diesmal wird dir dein großes Maul nichts nutzen – und deinen Sklaven auch nicht.«

Als sie sich abwandte, blieb Jaquento sprachlos zurück. Der Vorwurf traf ihn tief.

Eine Hand legte sich plötzlich schwer auf Jaquentos Schulter, und halb fürchtete er, dass Quibon hinter ihm stand, doch es war Pertiz, der ihn fragend anblickte.

»Alles in Ordnung?«

»Ja«, erwiderte der junge Hiscadi, nur um sich zu berichtigen: »Nein. Es ist gar nichts in Ordnung.«

»Lass uns was trinken«, schlug Pertiz vor und führte ihn an einen Tisch, wo sie abseits der johlenden Seeleute saßen, die sich mit Glücksspielen und den sonstigen Vergnügungen, die das Bordell zu bieten hatte, die Zeit vertrieben.

»Wir können die Welt nicht im Alleingang retten.«

»Das hast du mir schon einmal gesagt. Die ständige Wiederholung macht diese Wahrheit nicht einen Deut weniger bitter.«

»Es tut mir leid.« Die Stimme des Kapitäns klang aufrichtig, doch seine Worte waren nicht einmal ein schwacher Trost. Müde strich sich Jaquento eine Strähne aus dem Gesicht und trank einen Schluck Wein. Die Piraten amüsierten sich, sie frohlockten wegen der fetten Beute, die sich in greifbarer Nähe befand, und keiner dachte an die Sklaven. Freiheit war ein theoretisches Gut, Gold hingegen handfest.

»Es ist nicht richtig«, erklärte Jaquento und ließ sich von Pertiz, der gerade etwas sagen wollte, nicht unterbrechen: »Warte. Es geht nicht darum, dass ich mein Wort gegeben habe. Oder dass es riskant wäre. Es geht darum, dass wir es tun könnten, es aber nicht tun werden. Ich werde wortbrüchig, aber zu Bastarden werden wir alle. Wie die Thayns, die Géronaee oder die Hiscadi. Wir sind nicht besser als die Hunde von der Compagnie oder die Leute von der *Wyrdem*.«

»Rénand hat nicht unrecht, wenn er sagt, dass der Plan ohnehin schon gefährlich ist. Es gibt viele Unwägbarkeiten. Die *Mantikor* ist ein verfluchtes Kriegsschiff, mit einer voll ausgebildeten und eingespielten Besatzung, und die Compagnie wird auch keine grünen Jungs angeheuert haben, um ihre ach so kostbare Schwarzbrunn-Fregatte zu beschützen. Die *Rei-*

ter in der Hinterhand zu behalten könnte uns den Hals retten, wenn es hart auf hart kommt.«

»Wir sollten das Schiff wieder umbenennen«, erwiderte der junge Hiscadi bitter. »*Wyrdem* war ein passender Name.«

»Na, lass den Spott sein«, entgegnete Pertiz, aber Jaquento spürte das Unbehagen des Mannes. Eindringlich erklärte er: »Pertiz, wir müssen etwas tun.«

»Und was soll das deiner Meinung nach sein?«

»Stell dich mit mir gemeinsam Deguay entgegen. Sag ihm, dass wir bei seinem Plan nicht mitmachen. Nicht ohne die Sklaven zu befreien.«

»Das ist keine gute Idee«, erwiderte der Kapitän unsicher. Aber Jaquento ließ nicht locker. Er sah, dass Pertiz bereits schwankte. Er war wie eine sturmreif geschossene Festung; jetzt musste der Hiscadi nur noch den inneren Widerstand beseitigen.

»Er wird ein Einsehen haben. Er muss! Er mag ein Hurensohn sein, aber er hasst die Sklaverei. Es ist ein Risiko, aber eines, das wir eingehen können.«

Pertiz räusperte sich langsam und umständlich. »Ich teile deine Meinung, Jaq. Mir gefällt es nicht, die Sklaven auf der Insel zurückzulassen. Aber Deguay ist verdammt noch mal unser gewählter Anführer, Hurensohn oder nicht.«

»Und du bist der Kapitän der *Windreiter*. Ihr solltet gleich sein. Du hast von einer Gemeinschaft der Freien gesprochen. Sollten wir nicht frei sein, unsere Meinung zu sagen?«

Dies schien Pertiz zu überzeugen.

»Gut. Du hast recht. Wir sollten wenigstens versuchen, ihn umzustimmen. Vielleicht in einer etwas kleineren Runde?«

Zufrieden nickte Jaquento. Der Wein schmeckte jetzt besser, und er spülte den Geschmack von Galle aus seiner Kehle, der seit der Besprechung dort gehaftet hatte. Pertiz wandte sich um und rief: »Käpt'n? Auf ein Wort.«

Geschmeidigen Schrittes kam Deguay zu ihrem Tisch herüber. Der Kapitän wirkte auch in dieser Umgebung von käuflicher Lust und verschlissener Grandezza nicht fehl am Platze. Er war wie ein Raubtier, das sich seiner Umgebung anpassen konnte, bis seine Opfer es nicht mehr bemerkten. *Genau wie du, Sinosh*, dachte Jaquento insgeheim, während er die gerade kühlen Schuppen der Echse streichelte.

»Was gibt es?«, erkundigte sich Deguay, da er sich zu ihnen setzte.

»Es geht um deinen Plan, Kapitän.« Offenkundig wählte Pertiz seine Worte mit Bedacht. »Ich halte es für einen Fehler, unser Schiff nicht in die Bucht zu lassen. Wir sollten den Sklaven wenigstens eine Möglichkeit bieten, sich von ihren Herren zu befreien.«

»Wir haben das bereits besprochen, Pertiz«, erwiderte Deguay ernst und fixierte sein Gegenüber.

»Käpt'n. Du und ich, wir sind aus anderem Holz geschnitzt. Denk an die vielen Seeleute, die wir gewinnen könnten. Ein Schiff mehr, Gold von Tareisa und genug Männer und Frauen, um unsere Flotte schlagkräftig zu machen!«

»Ah, Pertiz' Flotte! Ich vergaß deinen Traum von einer Seemacht, der sich alle beugen müssen.«

Der Kapitän lachte, doch seine Augen blieben kalt und distanziert.

»Unsere Flotte, Rénand, nicht meine.«

»Der beste Weg für einen Piraten, um zu überleben, ist, unterhalb des Horizonts zu segeln. Außer Sicht zu bleiben, bis es für das Opfer zu spät ist. Eine Flotte ist auffällig, sie bietet ein Ziel. Sie braucht einen Hafen, eine Heimat. Weit mehr als nur ein einziges Schiff. Wir sind keine Nation.«

»Als sich der Viererbund von Thaynric lossagte, dachten alle, dass sie kein Jahr durchhalten. Jetzt sind es wie viele? Zwanzig? Sie haben zwei Invasionen zurückgeschlagen!«

»Diese Inseln liegen günstig für ein derartiges Unterfangen. Und sie haben einen hohen Blutzoll bezahlt. Das kannst du nicht vergleichen.«

»Selbst wenn wir hier nicht über eine Flotte reden, sollten wir den Sklaven helfen.«

»Warum? Weil es der Bursche da versprochen hat und dich nun bittet, für ihn sein Wort zu halten?«, erwiderte Deguay mit einem abfälligen Blick zu Jaquento. »Das Leben ist hart, und manchmal bricht man sein Wort. Sogar wenn man Hiscadi ist.«

»Hier geht es nicht um mich ... Käpt'n. Hier geht es um zweihundert Seelen, denen wir helfen könnten. Und um ein paar Dutzend gute Männer und Frauen für die Schiffe. Wir müssen es tun.«

Zweifelnd blickte Deguay von Jaquento zu Pertiz. In der Miene des Kapitäns arbeitete es. Schließlich fragte er: »Siehst du das ebenso?«

»Ja.«

»Gut. Denk noch einmal darüber nach. Ich sage, wir treffen uns um Mitternacht wieder. Überlege dir alle Konsequenzen, und sage mir dann, wie du dich entschieden hast.«

Ohne ein weiteres Wort erhob er sich und verließ das Bordell.

Jaquento sah Pertiz an, der grinsend seinen Becher hob: »Auf dein Wohl. Ich hätte nicht gedacht, dass Rénand sich umstimmen lässt. Und schon gar nicht so einfach.«

»Noch hat er den Plan nicht geändert«, wandte der junge Hiscadi ein, der ebenfalls von Deguays Reaktion überrascht war. Eigentlich hatte er ihr Gespräch als einen letzten und verzweifelten Versuch angesehen, doch allem Anschein nach hatten sie den Kapitän überzeugt.

Unvermittelt sprang Sinosh von seiner Schulter hinab und landete mit einem dumpfen Knall auf dem Tisch. Bevor Jaquento reagieren konnte, trippelte die Echse davon, stieß dabei den Weinbecher um, sprang elegant auf den Boden und rannte dann quer durch den Schankraum. Sie huschte einem Piraten durch die Beine, als dieser das Bordell betrat, und verschwand in der Abenddämmerung.

»Was war das?«

»Vermutlich hat jemand ein Fass mit Pökelfleisch aufgemacht«, meinte Jaquento. »Er hat eine Nase für so was.«

Doch das schnelle Verschwinden der Echse verunsicherte ihn mehr, als er zugeben wollte. Sinosh schien auch ein feines Gespür für Ärger zu haben.

FRANIGO

Der Gürtel saß unangenehm eng, doch Franigo war bemüht, sich nichts anmerken zu lassen. Es war nicht ratsam, in diesen Gassen allzu sehr aufzufallen; und heute trug er genug Gold am Leib, um Schakale, Wölfe und vermutlich sogar Löwen zu einem Überfall zu verleiten.

In diesen Gassen mochten unbescholtene Bürger vor Angst erbleichen, aber Franigo zählte sich nach wie vor selbst nicht zu diesen, auch wenn er vorsichtig war.

Diese Vorsicht äußerte sich darin, dass er unauffällige Kleidung für diesen Gang ausgewählt hatte, auch wenn seine Garderobe in letzter Zeit eher auf das Gegenteil ausgerichtet gewesen war. Immerhin musste er seinen neuen Status auch angemessen demonstrieren. Seine Finanzen mochten derzeit ein komplexes Geflecht aus Verpflichtungen, Krediten, Vorschüssen, Versprechungen und Hoffnungen sein, doch darum scherte er sich nicht. Geld würde sich einfinden, angelockt durch seine Schreibfeder und den Ruf, den diese ihm verschaffte.

Manchmal erschien es dem Poeten, als teile sich die Welt in zwei Lager: jene mit Talent und jene mit Geld. Der Trick war es wohl, beide zusammenzubringen, damit eines auf die andere Seite übersprang. Auf jeden Fall gab es genug Geldsäcke, denen es an Kultur mangelte und die dem alten Irrglauben verfallen waren, man könne diese käuflich erwerben, wie einen Aal zum Abendessen oder die silbernen Teller, von denen man diesen verspeiste. Was sie nicht verstanden, war ganz simpel: dass Kultur in all ihrer Verspieltheit harte Arbeit war. Aber natürlich war es Franigo genehm, Geld von jenen zu empfangen, die sich durch seine Nähe kultiviert fühlen wollten. *Hoffnungen lassen sich manchmal besser versilbern als jedes materielle Gut.*

Sein Schritt war selbstbewusst und federnd, und seine Augen blickten wachsam unter dem breitkrempigen Hut hervor. Keiner trat ihm in den Weg oder verfolgte ihn, und so erreichte er den Bettlerpalast ungeschoren. Seine Faust schlug an die Pforte, und diesmal öffnete sich das Guckloch schnell.

»Ich komme, um einen Freund auszulösen«, erklärte der Poet knapp, woraufhin die Tür in fliegender Eile geöffnet wurde. Die Schulden der hier Einsitzenden mussten bei den Wärtern beglichen werden, und traditionell erhielten sie noch einen Obolus für ihre Mühe, obgleich ihnen Franigo lieber einen Tritt für ihre Unverschämtheit gegeben hätte.

»Natürlich, edler Herr. Kommt herein, kommt herein«, erwiderte der Weißhaarige, der ihm Einlass gewährte, und vollführte dabei einen Kratzfuß. Kopfschüttelnd folgte Franigo der Aufforderung, und hinter ihm fiel die schwere Tür ins Schloss.

Seine Linke tastete über den Gürtel, in dem die Goldsolare steckten, als müsse er befürchten, dass sie sich unbemerkt in Luft aufgelöst hätten. Doch ihr beruhigendes Gewicht war noch vorhanden, und seine Fingerkuppen glitten über ihre harten Ränder, die sich unter dem Leder des Geldgürtels abzeichneten.

»Gehen wir in mein Büro, edler Herr.«

Stumm folgte Franigo dem Wärter und fragte sich insgeheim, wie wohl das Büro dieses blutsaugenden, kleingeistigen Schinders aussehen mochte.

Tatsächlich war es ein luftiger, heller Raum, in dem neben einem Bett auch noch ein Tisch stand, auf den der Mann ein schweres Buch fallen ließ. Staub wirbelte auf, reizte Franigos Nase, und er hielt sich ein Taschentuch vor sein Gesicht.

»Um wenn handelt es sich denn?«

»Imerol Alazraqui i Urnera«, erwiderte Franigo, als der Niesreiz vorüber war.

»Imi? Oh.« Das Gesicht des Mannes wurde zu einer Maske einstudierter Trauer. So gespielt wirkte es, dass der Poet beinahe aufgelacht hätte. Spöttisch sagte er: »Lasst mich raten, Mesér: Er wurde schon ausgelöst, und jetzt entgeht Euch mein Geld.«

»Nein, nein, so ist es bedauerlicherweise nicht. Imi ist tot.«

Die Nachricht traf Franigo wie ein Schlag. Mit offenem Mund starrte er den Weißhaarigen an. Sein Verstand weigerte sich, die Neuigkeit zu erfassen. Er hatte mit Imerol in den brackigen, kalten Gräben vor Gavere gekämpft, in denen ihr Regiment um die Hälfte dezimiert worden war. Bei dem Gedanken daran konnte er das eisige Wasser fast spüren, auch nach all den Jahren noch, wie es ihm bis zur Brust reichte, jeden Lebensfunken im Leib auslöschte, bis der Tod beinah willkommen schien.

Imerol tot? Der Mann, der im Kugelhagel beim ersten Sturm auf die Stadt das Banner getragen hatte und dem sie nach der Schlacht zwei Kugeln und drei Splitter aus dem Leib schneiden mussten? Der Soldat, der ihm an jenem diesigen Morgen vor so vielen Jahren das Leben gerettet hatte, als er sich im Nebel verlaufen hatte? Wie konnte ein solcher Mann einfach im Gefängnis sterben? *Er hat die blutigsten Schlachtfelder Corbanes überlebt, nur um in diesem Drecksloch zu krepieren!*

»Wie?«, keuchte Franigo.

»Sein Geld ging ihm aus. Wir haben ihm einfache Rationen gegeben, aber dann wurde er krank. Seine Brust. Er hat gehustet, und vor einigen Tagen ist er morgens nicht mehr aufgewacht.«

»Wollt Ihr sagen, dass er verhungert ist, Mann?« Unwillkürlich wanderte Franigos Hand zu seiner Waffe.

»Er bekam Essen«, erklärte der Wärter defensiv. »Aber er hatte kein Geld für Fleisch oder Gemüse.«

Jetzt wich Franigos Entsetzen einem kalten Zorn. Seine Hand verkrampfte sich um den Griff seines Degens, und er sah, wie der Alte zurückwich und nach einer Pfeife griff, die an einem Lederband um seinen Hals hing.

»Wo ist er?«

»Auf dem Friedhof«, stammelte der Weißhaarige. »Im Viertel.«

»Wo genau?«

»Ich weiß es nicht! Wir haben eine Grube für unsere Toten, da kommen alle hinein.«

»Kein eigenes Grab, kein Grabstein, nichts?«

Schweigend schüttelte der Wärter den Kopf. Für Franigo war die Erkenntnis ungeheuerlich, ein Affront gegen Imerol und dessen Glauben, doch der Poet wusste nicht, was ihm zu tun blieb, um wenigstens die Seele des Verstorbenen zu retten, wenn dessen Körper schon verloren war. *Diesen Hundsfott hier zu erschlagen wäre mir zwar eine Genugtuung, Imi aber macht es auch nicht wieder lebendig.*

»Dann bin ich hier wohl fehl am Platze«, erklärte er wie schlaftrunken und ging rückwärts aus der Tür hinaus. Auf unsicheren Beinen stakste er durch den Gang, bis ihn der Weißhaarige unter gemurmelten Entschuldigungen in den strahlenden Morgen entließ. Das Leben nahm weiter seinen Lauf; aber nicht mehr für Imerol, der sein Ende in einem feuchten, dunklen Gefängnis unter Fremden gefunden hatte, unrühmlich und schreiend ungerecht. Blinzelnd starrte Franigo in den blauen Himmel, an dem hell die Sonne schien und auf Recht und Unrecht unterschiedslos herabbrannte. Seine Beine führten ihn weg vom Bettlerpalast, durch dunklere Gassen, auch wenn er nicht sagen konnte, wohin.

Zwei Männer traten ihm in den Weg, grinsten gefährlich, hielten die Hände an ihren Messern.

»Zollstation«, zischte der eine und entblößte zwei löchrige Zahnreihen.

Ohne nachzudenken, zog Franigo seinen Degen und drang auf die beiden ein, die verdutzt zurückwichen. Sein Angriff schlug sie in die Flucht. Er fuhr wild herum, doch es waren wohl nur diese zwei gewesen. Zum ersten Mal, seit er das Gefängnis verlassen hatte, nahm er seine Umgebung wahr. Er befand sich in den Tiefen des Rendont; hier waren die Hütten baufällig, die Dächer windschief, und alles starrte vor Schmutz. Die Gassen waren nicht gepflastert, und der Boden war von vielen Füßen aufgewühlt. Er sah Männer, Frauen und Kinder, denen die Armut ins Gesicht geschrieben stand. Menschen, für die ein einziger Lunar einen Reichtum darstellte, den sie niemals besitzen würden. Wie vor den Kopf gestoßen, zog Franigo weiter, zwang sich, alles anzusehen. Jedes Geschwür, jedes Ratten jagende Mädchen, jedes hungrige Gesicht und jede unglückliche Hure, alle Trauer in den Augen, alle Hoffnungslosigkeit, alle Verlassenheit. Stundenlang zog er durch die Straßen der Stadt, dorthin, wohin kein Adliger je ging, wo es nur die Ärmsten der Armen gab.

Schließlich, als die Sonne schon unterging, überquerte er die große Brücke über die Narse. Wachleute standen hier, schreckten allein durch ihre Anwesenheit die Armen davon ab, in die besseren Viertel der Stadt gelangen zu wollen. Aber nicht alle ließen sich so vertreiben. Vor den Villen versammelten sich die Hungrigen zu ungeordneten Haufen. Schrien und bettelten lautstark. Dies waren jene, die nur durch milde Gaben überleben konnten.

Esterge hatte ihm einmal erklärt, dass viele von ihnen Veteranen seien, und zum ersten Mal blickte Franigo die Männer genauer an, die hier um Brot bettelten. Es waren keine gesichtslosen Massen mehr. Dort standen sie, mit ihren Stümpfen und Verbänden, mit den Narben und in ihren Lumpen. Sie hatten Leib und Leben für ihr Vaterland riskiert und gehörten zu jenen Glücklichen, die nur Teile von beidem verloren hatten. *Oder sind die Gefallenen glücklicher dran?* Franigo konnte es nicht sagen.

Vor jeder Villa stand eine solche Gruppe. Eine Prozession der Leidenden, angewiesen auf die Mildtätigkeit jener, für die ihr Anblick lediglich eine Zumutung war und deren fetter Beutel durch die Spenden nicht geschmälert wurde. Ein Mann wie Gureman hätte Legionen von Bettlern mit seinem Reichtum durchfüttern können. *Ich könnte das,* durchfuhr es Franigo, und vor lauter Ekel hätte es ihn fast gewürgt. Über all den Festen, Empfängen, Affären und Huldigungen hatte er vergessen, wer er war. Er hatte Imerol vergessen, und seinen Freund hatte Franigos trunkene Dekadenz das Leben gekostet. Er hatte Geld verschwendet, sich den Wanst mit Köstlichkeiten vollgeschlagen, während sein Freund langsam dahinvegetierte und schlussendlich verhungert war. Und doch, was er getan hatte, war nur eine Sünde im kleinen Stil gewesen; um ihn herum verprassten die Reichen und Adligen den Reichtum ihres ganzen Landes und huldigten nur sich selbst mit ihren endlosen Festen. Der Solar war ihr Götze, so wie er Franigos Götze geworden war.

Ein Trupp Soldaten stürmte vor ihm aus einem Tor, von dessen Pfeilern vergoldete Statuen sanft herabblickten. Mit Knüppeln und Peitschen trieben die Soldaten die Bettler auseinander, bis eine Schneise entstand und eine prächtige Kutsche zwischen ihnen hindurch auf die Straße fuhr und schon bald um eine Ecke verschwand.

Niemand achtete auf die zornigen Bettler. Einige Soldaten machten noch höhnische Bemerkungen und traten einen, der mit seinen Krücken zu Boden gestürzt war.

»Gebt uns Brot!«

Der Ruf verfolgte Franigo, während er zu seiner Unterkunft eilte. Nicht Gold, nicht Geld, sondern Brot. Außer Atem rannte er die Stufen empor und sprang zu seinem Schreibtisch. Hastig kramte er feinstes weißes Büttenpapier, Feder und Tinte hervor. Die Worte flossen aus ihm heraus, direkt aus seiner verwundeten Seele auf das Papier, roh, ungeschlacht, doch wie Erz in ihrer Natur. Aus diesem Erz konnte im Schweiße des Angesichts eine stählerne Klinge gefertigt werden.

Über allem steht, fürwahr,
Die höchste Macht: der Goldsolar!

Kein Meisterwerk, keine fein gesetzten Worte, doch der fiebrige Beginn eines Textes, der Franigo die ganze Nacht wach hielt, ihn nicht schlafen, essen oder trinken ließ, bis er am Morgen den letzten Strich gezogen hatte.

Erschöpft lehnte er sich zurück. Sein Zorn auf sich selbst und seine Gönner war nun auf Papier gebannt. Doch weder würden die Worte Imerol zurückbringen noch die Welt in einer anderen Weise ändern. *Sie sind Rauch im Wind,* erkannte der Poet und schlich zu seinem Bett, in das er sich einfach fallen ließ. *Mein Leben ist Asche und Staub.*

JAQUENTO

Über Brebant hing eine Stille, die Jaquento als erwartungsvoll empfand, obwohl sie eigentlich wohl nur der späten Stunde geschuldet war. Die Kapitäne hatten ihre Besatzung an Bord der Schiffe beordert. Noch vor dem Morgengrauen würden sie auslaufen, und dann würde keine Zeit mehr bleiben, die Betrunkenen einzusammeln.

Zum Glück lag das Bordell nah am Wasser, sodass sie nun den größten Teil des Weges über die hölzernen Piers gehen konnten.

Ein kleiner Schatten huschte vor ihnen über den Weg – eine schnelle, nachtgraue Katze. Empört blieb sie einen Moment stehen und betrachtete die beiden Störenfriede. Jaquento sah, dass sie etwas in ihrem Maul trug, einen Vogel, dessen Gefieder räudig gesträubt war. Wütend zischte Sinosh; vermutlich war er futterneidisch. Daraufhin sprang die Katze eilig davon, um ihre Beute vor dem seltsamen Trio in Sicherheit zu bringen.

»Dem Jäger die Beute«, murmelte der junge Hiscadi.

Pertiz blickte zu ihm herüber, sagte jedoch nichts.

Endlich erreichten sie das Bordell, dessen schäbiges Äußeres auch die Dunkelheit der vorgerückten Stunde nicht verbergen konnte.

»Ich hoffe, dass die Sache schnell geht. Vielleicht habe ich dann noch ein wenig Zeit für Serelle und ihre Schwester«, erklärte Pertiz, der in den letzten Stunden sehr wortkarg gewesen war. »Immerhin fahren wir bald in die Schlacht, und wer kann schon ahnen, was geschehen wird.«

»Man sollte meinen, dass du andere Dinge im Kopf hast, Käpt'n.«

»Ha! Du wirst noch früh genug lernen, dass man nehmen muss, was man kriegen kann, und vor allem, wann man es kriegen kann. Das Leben, und besonders das unsrige, ist kurz genug, Jaq, es lohnt nicht, auf bessere Gelegenheiten zu warten.«

Mit diesen Worten öffnete Pertiz die Tür und betrat den schummrig erleuchteten Saal des Bordells. Doch abgesehen von Deguay und einigen Mannschaftsmitgliedern der *Todsünde* war dort niemand zu sehen. Den größten Teil der Seeleute kannte Jaquento nicht, aber es waren wohl einige der freigelassenen Sklaven der *Wyrdem* darunter. Weder Quibon noch Rahel waren mit von der Partie, wie der junge Hiscadi mit einer Mischung aus Erleichterung und Enttäuschung bemerkte.

»Kapitän Pertiz«, rief Deguay und breitete die Arme aus. »Willkommen zu unserem kleinen Tête-à-Tête!«

»Rénand.« Pertiz nickte. »Was hast du mit den Huren gemacht? Sind sie alle zu erschöpft, um noch anderen Gästen aufzuwarten?«

»Nein, du alter Schmeichler. Ich habe sie lediglich mit einem ordentlichen Lohn in ihre Zimmer gesandt. Die haben das Geschäft des Jahres mit uns gemacht, aber heute Nacht können wir keine weitere Ablenkung mehr gebrauchen.«

»Wohl wahr«, erwiderte Pertiz mit einem Seufzen. Jaquento, der schon die Müdigkeit in den Knochen spürte, gähnte. Einige andere taten es ihm gleich, nur manche der ehemaligen Sklaven blieben so ungerührt, als würden sie nicht müde. *Oder als verstünden sie unsere Sprache gar nicht.*

»Nun, die Nacht wird kurz, also fassen wir uns am besten ähnlich kurz. Hast du über dein Anliegen nachgedacht? Alle Untiefen deines Plans ausgelotet?«

»Ja. Ich glaube, dass wir es uns leisten können, die Sklaven aufzunehmen. Es ist riskant, aber die ganze Unternehmung ist schließlich gefährlich. Du und ich, wir beide verachten Sklaverei. Wir haben stets unseren Teil dazu beigetragen, den Sklavenhaltern in den Wein zu spucken. Wir sollten nicht jetzt damit aufhören, bloß weil uns der Reichtum winkt. Gerade jetzt nicht, Rénand.«

»Ich verstehe«, entgegnete Deguay mit einem Lächeln. »Deine Worte haben etwas für sich.«

Erleichtert blickte Jaquento zu Pertiz und sah überrascht, dass dieser die Stirn runzelte. Auch Sinosh hatte sich auf seiner Schulter vorgebeugt und sog die Luft neugierig in seine Nüstern, als gäbe es etwas anderes zu riechen als billiges Parfüm und abgestandene Lust.

»Aber die Entscheidung steht«, fuhr Deguay fort. »Und deine nachdrückliche Ablehnung meiner Autorität ist für mich nicht länger hinnehmbar.«

Jetzt lächelte Deguay nicht mehr, und in dem Bordell schien die Temperatur um einige Grad zu fallen. Unbewusst legte Jaquento seine Hand auf den Griff des Degens, und Sinoshs Leib pulsierte in leuchtendem Gelb und Rot.

»Deine Autorität? Ich bin Kapitän der *Windreiter*, Rénand.«

»Und unterstehst weiter meinem Kommando, wie wir abgemacht haben.«

»Korrekt. Dennoch habe ich meine eigene Meinung und meinen eigenen Mund!«

»Bist du dir da so sicher? Manchmal denke ich, dein Mund

spricht die Worte eines anderen«, erwiderte Deguay mit einem Blick zu Jaquento.

»Lass die Spielchen. Ich treffe meine eigenen Entscheidungen, wie du weißt.«

»Und du wirst mit ihnen leben müssen. Ich enthebe dich deines Kommandos und setze Quibon an deiner statt als Kapitän der *Windreiter* ein.«

»Das kannst du nicht tun! Die Mannschaft hat mich gewählt, Rénand!«

»Du wurdest durch einen Trick gewählt, Pertiz. Einen Trick deines Schülers hier, dessen Zunge Honig in deine Ohren träufelt, bis du die Stimme deiner eigenen Vernunft nicht mehr hören kannst.«

Obwohl Deguays Worte beleidigend waren, blieb der Kapitän ruhig, sprach mit einer Nachsicht, die einem Caserdote zur Ehre gereicht hätte. Es war, als versuche ein Vater einen abtrünnigen Sohn zurückzugewinnen, obwohl dessen Flausen ihm missfielen.

»Ich sagte, du sollst deine Spiele lassen. Ich bin Herr meiner Entscheidungen, ich bin Kapitän der *Windreiter*, ordentlich gewählt. Und ich lasse mir von dir weder den Mund noch das Denken verbieten!«

»Du stellst meine Befehle infrage?«

»Natürlich!«

Inzwischen brüllte Pertiz fast, und Jaquento bemerkte, dass auch er die Hand an die Waffe gelegt hatte.

»Zum Glück haben wir eine Möglichkeit, solche Streitigkeiten zu lösen. Den Kreis.«

Lächelnd hob Deguay die Hände. *Es ist tatsächlich ein Spiel*, erkannte Jaquento resigniert, *und er hat Pertiz in die Ecke manövriert. Entweder er kämpft, oder er verliert jegliche Achtung, ohne die er kein Kapitän mehr sein kann. So oder so bekommt Deguay, was er will.*

»Ein Duell. Wie passend«, bemerkte Pertiz trocken. Für einen Moment überlegte Jaquento, seine Waffe zu ziehen. Doch es war sinnlos; die anderen Piraten standen auf Deguays Seite. Keiner von ihnen würde auch nur einen Finger rühren, um ihnen zu helfen.

»Lass mich kämpfen«, zischte er Pertiz zu.

»Bist du verrückt?«, erwiderte dieser flüsternd. »Wie stünde ich dann da? Es geht um meine Ehre, mein Wort und mein Schiff. Würdest du einen anderen für dich kämpfen lassen, wenn deine Ehre auf dem Spiel steht?«

Langsam schüttelte der junge Hiscadi den Kopf. Die Frage war lächerlich, ebenso wie sein eigenes Angebot, das er bereits bereute. Ein Mann focht seine eigenen Kämpfe. Niemand konnte in das Duell eingreifen, ohne das Ansehen eines der beiden Duellanten zu zerstören. Sie waren keine géronaischen Adligen, die sich extra für diesen Zweck Kämpfer hielten und so Duelle zu einer Farce machten, sondern Piraten und auf eine seltsam verdrehte Art und Weise Ehrenmänner, auch wenn sie einem Kodex gehorchten, der von den selbst ernannten zivilisierten Kreisen barbarisch genannt werden mochte.

Ungeduldig tappte Deguay mit dem Fuß auf den Boden. In seiner Haltung und Mimik lag eine ungeheure Selbstsicherheit, die sogar Jaquento einschüchterte, obwohl er sich seiner Klinge sehr sicher war.

»Nun? Wollt ihr noch ein Schwätzchen halten? Oder bekomme ich endlich eine Antwort?«

»Du bekommst deine Antwort – und dein Duell«, erklärte Pertiz, der sich bereits das Wams aufknöpfte und den Hut auf einen abgeschabten Sessel warf. »Ganz, wie du es geplant hast.«

»Ich bat dich, über alle Konsequenzen deines Handelns nachzudenken, mein Freund«, entgegnete Deguay mit einem feinen Lächeln. »Vielleicht hättest du das etwas gründlicher tun sollen.«

»Das hier ist eine Sache zwischen uns beiden. Lass alles andere aus dem Spiel.«

»Hier geht es um mehr als nur um uns. Es kann nur einen an der Spitze geben, das weißt du so gut wie ich. Und wer das sein soll, das werden wir jetzt klären.«

Auch Deguays Hut segelte durch die Luft davon. Der Kapitän zog seinen Degen mit ausladender Geste, während Pertiz sein schlankes Rapier langsam aus der Scheide gleiten ließ. Auf einen Wink Deguays räumten die Piraten die Möbel aus dem Weg, schoben die Sessel und Chaiselongues an die Wände und stapelten die Tische aufeinander. Selbst Jaquento half dabei, auch wenn die Unwirklichkeit der Szenerie ihn geradezu betäubte. Nun half er den Schauplatz vorzubereiten, an dem schon bald einer der beiden Duellanten sein Leben aushauchen würde. Es war fraglos, dass dieses Duell bis zum Letzten gefochten werden würde. Der junge Hiscadi hatte Deguay kämpfen sehen und wusste, wie schnell und gefährlich er war. Auch Pertiz war erfahren darin, sich seiner Haut mit der Klinge zu erwehren, doch in seinen Bewegungen lag schon jetzt unverhohlene Resignation. Der Unterschied zwischen den beiden war verblüffend.

Endlich ging es los. Pertiz führte die erste Attacke, schnell und zielgerichtet. Für einen ungeübten Fechter hätte sie schon das Ende bedeuten können, doch Deguay wich vor dem Stoß zurück und lenkte ihn mit seiner eigenen Waffe ab. Mit diesem Angriff schienen Pertiz' Lebensgeister wieder erwacht zu sein, und er drang auf Deguay ein. Schlag folgte auf Stoß, und die Hiebe fielen dichter als Regentropfen. Pertiz zog alle Register seines Könnens, er ließ Deguay keinen Moment des Verschnaufens. Wie ein Daemon focht er, dabei furchtlos kalt, ein wahrer Meister des Klingentanzes. Beeindruckt folgte Jaquento den Bewegungen. Er war nicht sicher, ob er selbst einem derartigen Ansturm gewachsen gewesen wäre.

Doch dann fiel sein Blick auf Deguay, und sein Lächeln verblasste. Der Kapitän wich zwar zurück, doch seine Bewegungen waren abgezirkelt und von einer Präzision, die Jaquento entgeistert die Kinnlade herabsinken ließ. Trotz aller Anstrengungen Pertiz' schien Deguay nicht einen Moment wirklich in Bedrängnis zu geraten. Sein Blick lag auf der zuckenden Klinge seines Kontrahenten, und noch immer umspielte ein Lächeln seine Mundwinkel, als kämpfe er nicht um sein Leben, sondern nur zum Spaß an einem lauen Sommertag gegen einen guten Freund.

Vielleicht erlahmte Pertiz' Arm, vielleicht bemerkte er die Überlegenheit seines Gegners, jedenfalls wurden seine Attacken langsamer und ungenauer. Von einem Herzschlag zum nächsten war er in der Defensive. Jetzt war es an Deguay, mit einer Kombination aus Finten, Stößen und Hieben aufzutrumpfen. Es ging alles beinahe zu schnell für Jaquentos betäubten Geist. Noch dachte er, dass Deguay mit Pertiz spielen wollte, aber dann unterlief der Kapitän eine Parade, und mit einem Ausfallschritt drang er vor. Seine Klinge zuckte schneller voran, als das Auge folgen konnte, und klappernd fiel Pertiz seine Waffe aus der Hand. Der Getroffene blickte an sich herab, sah die Klinge, die aus seiner Brust ragte, und stürzte ohne ein Wort zu Boden.

Als Jaquento mit einem Satz bei ihm war, wusste er in seinem Herzen schon, dass jede Hilfe zu spät kam. Blut sprudelte aus der Wunde, rann in einem Rinnsal aus dem Mund. Pertiz' Augen waren geschlossen, und er würde sie nie wieder öffnen.

So vorsichtig, als würde er ein Kind aufheben, nahm Jaquento den Kopf des Toten in seine Arme und wiegte ihn. Er wollte noch nicht glauben, was geschehen war, konnte nicht akzeptieren, dass es vorbei war. *Was für eine Verschwendung,* war alles, was in seinen Gedanken war. Fauchend sprang Sinosh von seiner Schulter und verschwand hinter einem Sofa.

Unvermittelt packten Jaquento grobe Hände, zerrten ihn fort von Pertiz, drückten ihn nieder, bis er mit gebeugtem Haupt kniete. Sein Degen wurde aus seiner Scheide gezogen, seine Hände auf seinen Rücken gedreht.

»Was?«, brüllte er wie von Sinnen, da legte sich eine kalte Klinge auf sein Jochbein.

»Eine kleine Vorsichtsmaßnahme, Freund Jaquento«, erklärte Deguay süffisant und hob den Degen wieder hoch. »Du hast eine wirklich vortreffliche Waffe. Ich würde nicht wollen, dass du sie, von falsch verstandener Treue übermannt, ziehst.«

»Lasst mich los«, zischte der junge Hiscadi. An seiner Wange lief Blut herab. Pertiz' Blut, Pertiz, der ein besseres Ende als dieses verdient hatte.

»Ich denke nicht. Du bist zu aufgebracht, und ich kann dir sagen, warum.«

»Weil du Pertiz ermordet hast!«

»Ermordet? Es war ein faires Duell, das er freiwillig angenommen hat. Von einem Mord kann man kaum sprechen. Nein, du bist wütend. Aber nicht auf mich, sondern auf dich.«

Der Kapitän schwieg, während die ungeheuren Worte in Jaquentos Geist sanken und dort ihre Widerhaken in seine Gedanken schlugen. Immer noch hielten ihn mindestens drei Männer in ihrem Griff und zwangen ihn, weiter zu Boden zu starren.

»Du verfluchter …«

»Ruhig«, unterbrach ihn der Kapitän. »Sein Blut klebt an deinen Händen. Und damit meine ich nicht die rote Flüssigkeit, mit der du dich beschmiert hast, sondern die Schuld, die du auf dich geladen hast.«

»Du bist wahnsinnig«, stieß Jaquento hervor.

»Im Gegenteil. Ich sehe äußerst klar. Deutlicher als die meisten Menschen, fürchte ich. Deutlicher als du.«

»Sag deinen Muskelprotzen, dass sie mich loslassen sollen.«

»Alles, was in diesen schicksalhaften Momenten hier gipfelte«, fuhr Deguay ungerührt fort, »hat seine Wurzeln in deinen Taten und Worten. Du hast Pertiz mit deinem kleinen Trick zum Kapitän gemacht. Du hast ...«

»Darum geht es dir: Rache!«

»Nein. Ich habe deinen Einfallsreichtum bewundert. Aber natürlich muss ich dich dennoch unschädlich machen, damit du so etwas nicht noch einmal abziehst. Es ist keine Rache. Du bestrafst dich selbst, glaub mir.«

Wütend lehnte sich Jaquento gegen die Hände, die ihn hielten, auf, doch die Männer des Kapitäns pressten ihn unbarmherzig zu Boden.

»Du hast Pertiz in diese Lage gebracht. Du hast ihn überredet, zu meutern. Du hast ihn so weit getrieben, bis er keine Wahl mehr hatte, als gegen mich zu kämpfen.«

Darauf antwortete Jaquento nicht. Er spürte seinen Körper erlahmen, als wolle ihm dieser die Gefolgschaft verweigern. Als wende er sich von ihm, von dem Mörder, dem Verräter ab.

»Du hast bei Pertiz ein offenes Ohr vorgefunden, weil dieser glaubte, in dir einen Seelenverwandten entdeckt zu haben. Und jeder seiner Schritte auf dem Weg in seinen Untergang trägt deine Handschrift. Wie passend, dass sein Blut jetzt von deinen Händen auf den billigen Teppich hier tropft – du hättest ihn auch gleich noch selbst töten können, dann wäre mir dieser finale, schmerzliche Akt erspart geblieben.«

Diese Worte regten noch einmal Jaquentos Widerspruchsgeist an: »Du wolltest es doch so! Du hast alles vorbereitet, damit es so kommt!«

»Natürlich. Während wir sprechen, übernimmt Quibon bereits das Kommando über die *Windreiter.*«

»Es war ein abgekartetes Spiel«, fauchte Jaquento, dann murmelte er: »Rahel!«

»Oh, Rahel hat Wache. Sie wird erst auf See von den Ereignissen erfahren; auch das ist eine kleine Sicherheitsmaßnahme. Du hast eine gefährliche Art, dir Menschen zugetan zu machen. Selbst jetzt noch hat sie eine weiche Stelle für dich in ihrem Herzen. Ich konnte nicht riskieren, dass du sie dazu bringst, eine Dummheit zu machen. Wie Pertiz.«

»Alles nur ein Plan von dir, Käpt'n!« Jaquento spie das letzte Wort aus, als wäre es zu bitter, um es im Mund zu behalten. Er fühlte sich schmutzig, und auch wenn er es nicht wollte, zeigten Deguays Worte Wirkung; Schuld griff nach seinem Herzen, vermengte sich mit der Trauer. *Wieder musste jemand wegen meiner Dummheit sterben.*

»Ich würde dich töten, Freund Jaquento, hier und jetzt, das kannst du mir glauben«, erklärte Deguay, und der junge Hiscadi zweifelte nicht eine Sekunde daran. »Aber ich musste Quibon versprechen, dass er dich bekommt. Armer Quibon, er leidet so sehr unter seiner Niederlage. Ich will gar nicht wissen, was er vorhat. Aber eines ist sicher: Er ist mir treu ergeben, deshalb wird dein Schicksal gewiss in meinem Sinne sein.«

»Und ist das alles, was für dich zählt?«

»Lass das. Unsere gemeinsame Zeit neigt sich dem Ende zu. Willst du mich nicht noch verfluchen? Mir drohen? Deine letzten Atemzüge für Verwünschungen nutzen?«

Als Jaquento ihm diesen Gefallen nicht tat, seufzte Deguay und trat zurück.

»Du bist zu schlau dafür, dir ist die Zwecklosigkeit bewusst. Gemeinsam hätten wir einiges erreichen können; zu schade, dass du dich gegen mich gestellt hast. Schafft ihn fort!«

Mit einem Ruck wurde der Hiscadi auf die Beine gerissen. Er wehrte sich, doch ein Schlag in seine Magengrube ließ ihn aufkeuchen, und sie verdrehten seinen Arm, bis er vor Schmerz in die Knie ging. Dann bohrte sich eine Klinge durch seine Kleidung und in seinen Rücken. Gerade weit genug, um Blut fließen zu lassen. Sie zerrten ihn hinaus, und er konnte nicht einmal mehr einen Blick auf Pertiz erhaschen. Auch Sinosh blieb verschwunden, und so musste Jaquento seinem Schicksal vollkommen auf sich allein gestellt ins Auge sehen.

ROXANE

Dicke Nebelschwaden hingen über dem Wasser. Hinter ihnen lag Brebant im Schatten der dunklen Wolken, die sich um die Insel zu versammeln schienen. Vor ihnen schob sich ein bleigraues Band vor den Horizont. Die Ränder der Wolken wurden von der aufgehenden Sonne silbern gefärbt, während goldene Strahlen das Meer in ein unwirkliches Licht tauchten. Ein Loch in der Wolkenformation erschien wie ein Tor zu einer lichtdurchfluteten, anderen Welt, zu einem besseren Ort, der jenseits von Mühsal und Zweifel lag.

Doch die Wolken wurden vom Wind getrieben, und das Loch schloss sich unweigerlich, nahm das Licht mit sich und ließ nur einen grauen Himmel zurück. *Es gibt einen Ausweg,* dachte Roxane, die auf dem Achterdeck der *Mantikor* auf und ab ging, die Hände auf dem Rücken verschränkt. *Einen goldenen Pfad, der uns alle aus dieser Misere führt. Es gibt einen Ausweg; es muss einen Ausweg geben! Warum nur kann ich ihn nicht finden?* Ihr Gemüt war so finster wie der Horizont, auf den die Fregatte zufuhr. Sorgen hingen wie Wolken in ihrem Geist, verdeckten jegliches Licht der Hoffnung. *Wir fahren in die Katastrophe.*

»Schon bald wird die Mannschaft etwas zu tun bekommen«, erklärte Cearl, als sie auf ihrem endlosen Parcours wieder einmal an ihm vorbeikam. »Sind Sie auch unruhig, Leutnant?«

»Ich muss gestehen, dass ich die Entwicklungen mit Sorge betrachte, ja«, erwiderte Roxane steif. Seit den Gesprächen mit den vorgeblichen Händlern war der Erste Offizier wieder offener geworden, als habe sich in ihm ein Knoten gelöst. Sie hingegen fühlte sich, als ob ein Schatten über ihnen allen hinge, ein drohendes Unheil, in das sie offenen Auges segelten. Das Gefühl war unbestimmt, aber deutlich. Es gelang ihr einfach nicht, es in Worte zu fassen, die über düster orakelnde Warnungen hinausgingen.

Die Vermutung, dass Jaquento irgendeinen Plan verfolgte, lag nahe, auch wenn sie schlichtweg nicht wusste, was der Mann vorhatte. Einerseits war es zu unwahrscheinlich, dass sie sich zufällig getroffen hatten, andererseits war der Gedanke, dass er sie erst in Lessan und nun in Brebant gezielt abgepasst hatte, ebenfalls abwegig.

Während sie ihren ruhelosen Gang über das Achterdeck wieder aufnahm, kreisten die Gedanken endlos in ihrem Kopf.

Die Wolken verdeckten die Sonne, und in einiger Entfernung konnte man den trüben Schleier eines Regengusses sehen, in den sie wohl bald hineingeraten würden.

In diesem Moment kam Groferton den Niedergang empor. Die Miene des Maestre war noch sauertöpfischer als sonst, und er ging direkt zu Cearl. Man sah dem kleinen Mann an, dass er von seinen Wachen an Harfells Krankenlager erschöpft war. Der Schiffsmagier flüsterte einige Worte. Obwohl das Antlitz des Ersten Offiziers ungerührt blieb, bemerkte Roxane, wie er sich anspannte, als ginge ein Ruck durch seinen Leib. Verwirrt blieb sie stehen, bis Cearl sie zu ihnen herüberwinkte.

»Der Kapitän ist soeben verstorben«, erklärte Groferton ohne Umstände. »Tabard hat seinen Tod bestätigt.«

Einige Sekunden lang schwiegen sie alle. In Cearls Blick konnte Roxane die Verzweiflung lesen, die er die letzten Stunden unterdrückt hatte. Nun war er Meuterer und Mörder in einem, wenn auch vielleicht nur vor seinem eigenen Gewissen.

Eigentlich fand sie, dass ihr die Worte fehlen sollten, doch jetzt galt es, rasch und geistesgegenwärtig zu handeln, und so nickte sie knapp: »Ich habe es beinahe erwartet. Wir müssen uns um die Bestattung kümmern und die Mannschaft informieren. Vor allem die Offiziere sollten es erfahren. Soll ich Leutnant Cudden benachrichtigen?«

»Was? Oh, ja, tun Sie das, Leutnant«, murmelte Cearl.

»Und Caserdote Sellisher muss eine Totenmesse vorbereiten. Je eher, desto besser«, erklärte die junge Offizierin. Mit einem Blick auf Groferton fuhr sie fort: »Damit die Mannschaft den Kopf für die anstehenden Kämpfe frei hat.«

Und damit Cearl möglichst bald von der Bürde befreit wird. Er sieht ja aus, als hätte er einen Geist gesehen. Vielleicht hat er das tatsächlich.

»Ich informiere den Caserdote«, stimmte der Maestre ihr zu. Einen Moment schien es, als wolle er noch etwas sagen, dann salutierte er fahrig und wandte sich ab. Roxane sah ihm nach. Als er außer Hörweite war, blickte sie Cearl an.

»Ich werde Cudden anweisen, seine Marinesoldaten in Bereitschaft zu halten. Wer weiß, was geschieht, wenn diese Nachricht die Runde macht.«

Cearl nickte wie benommen. »Natürlich. Ich informiere Leutnant Hugham. Kümmern Sie sich um die Soldaten, Leutnant. Ich will doppelte Wachen vor dem Magazin. Sagen Sie Leutnant Cudden, dass er und seine Untergebenen Präsenz zeigen sollen.«

»Aye, aye, Thay!«

So schnell es die Schicklichkeit erlaubte, ging Roxane unter Deck und klopfte an Cuddens Tür. Der Leutnant öffnete nach einer gefühlten Ewigkeit mit einer nur halb zugeknöpften Uniform und einer schief sitzenden Perücke, die ihm ein beinahe komisches Aussehen verlieh. Er trat vor die Tür und schloss sie, bevor Roxane auch nur einen Blick in seine Kajüte werfen konnte.

»Leutnant, der Kapitän ist tot.«

»Es lebe der Kapitän«, erwiderte Cudden und tippte sich an die Stirn. Sprachlos starrte Roxane ihn an. Seine Wangen waren gerötet, und er grinste leicht.

»Verzeihung. Das ist natürlich eine Tragödie«, erläuterte Cudden mit schwerer Zunge, als er ihren Gesichtsausdruck sah. Da sie nichts sagte, blickte er sie fragend an. »Was kann ich für Sie tun?«

»Bringen Sie bitte Ihre Leute an Deck und halten Sie sie bereit. Die Nachricht könnte die einfachen Seeleute ... aufregen.«

»Natürlich.«

»Kapitän Frewelling wünscht doppelte Wachen am Magazin, wenn Sie dies also bitte einrichten könnten. Zudem dürften doppelte Wachen generell nicht von Schaden sein. Aber das überlasse ich selbstverständlich Ihrer Einschätzung.«

»Doppelte Wachen«, erwiderte Cudden und gähnte. »Verstanden. Erwarten Sie Ärger?«

»Harfell war beliebt; und die Art seines Todes hat Fragen aufgeworfen. Einige könnten sich zu einer Dummheit hinreißen lassen.«

»Irgendwer hat den Alten angeschossen«, erwiderte Cudden plötzlich hellwach. »Jeder an Bord weiß das. Der Schütze ist nicht gefunden worden, niemand wurde bestraft. Natürlich sind die Leute aufgeregt. Wenn Sie mich fragen, Frewelling hätte sich einen Schuldigen suchen sollen.«

»Sie meinen einen Sündenbock? Einen Unschuldigen?«, hakte Roxane nach, nur um sicherzugehen, dass sie den Leutnant richtig verstanden hatte.

»Wie auch immer Sie's nennen wollen. Die natürliche Ordnung an Bord geht ansonsten den Bach runter. Wenn Frewelling nicht aufpasst, wird es ohnehin Tote geben.«

»Das ist eine sehr ... kaltschnäuzige Einschätzung der Lage.«

»Realistisch. Glauben Sie mir, Leutnant Hedyn, ich weiß, wovon ich spreche. Ich war vor vier Jahren dabei, bei Balcera. Das Oberkommando hat zwanzig Mann aufgeknüpft, und die hatten sicherlich nicht mehr getan als ich und viertausend andere. Aber es musste getan werden, um die Disziplin zu bewahren. Die Géronaee hätten uns alle abgeschlachtet, wenn wir die Linien nicht bis zur Evakuierung gehalten hätten.«

»Ich bezweifle, dass wir diese Situation mit der unsrigen vergleichen können«, widersprach Roxane. Der Gedanke war verführerisch, und genau dort lag das Problem.

»Möglich. Aber ich weiß, welche Wahl ich treffen würde.« Er blickte sie an. Bislang war er ihr immer wie ein recht einfältiger Offizier erschienen, der wenige Ansprüche stellte. Nun sah sie ihn mit anderen Augen. Bei Balcera war ihre Invasion an der hiscadischen Küste gescheitert. Sechs Wochen waren die Soldaten auf sich gestellt gewesen, während die Flotte wegen ungünstiger Winde hilflos vor der Küste kreuzte. Überlegene Truppenverbände hatten die Invasionsarmee eingekesselt und sie schließlich mit schwerer Artillerie bombardiert. Die Verluste waren grausam gewesen; nur jeder zweite Soldat hatte die Boote erreicht, als endlich evakuiert werden konnte. Tausende hatten ihr Leben in einem unausgereiften Angriff gelassen. Jahrelang hatte Thaynric sich nicht von diesem Schlag erholt und in Furcht vor einem Gegenangriff gelebt, bis zur siegreichen Seeschlacht am Tarnt, welche die Moral der Nation wiederbelebt hatte.

»Doppelte Wachen. Richten Sie Kapitän Frewelling aus, dass ich mich darum kümmern werde.«

»Verbindlichsten Dank.«

»Und denken Sie an meine Worte. Es wird Blut fließen. Es wäre besser, wenn es nicht allzu viel ist.«

Ohne darauf zu antworten, salutierte die junge Offizierin. Cuddens Bereitschaft, jemanden für die Disziplin zu opfern, enervierte sie. Das Schlimmste daran war nicht die Gefühllosigkeit des Leutnants, sondern dass sie seinen Standpunkt verstehen konnte. Es wäre ein einfacher Weg, um zumindest diese Probleme zu beenden. Ein Weg, der ihnen als Offiziere offenstand und für den sie sich nicht zu rechtfertigen bräuchten. Niemand würde Beweise verlangen, wenn die Offiziere des Schiffs Anklage gegen einen Matrosen erhoben. Es würden keine Untersuchungen angestellt werden. Und wenn erst einmal jemand wegen Mordes von der Rah gebaumelt hatte, würde Hoare es sicher schwerer finden, noch Leute zu finden, die seinen aufrührerischen Reden zuhörten. Der Gedanke war in der Tat verlockend.

Nein! Wir werden nicht andere für unsere Taten leiden lassen! Ich werde das verhindern. Doch trotz ihrer Entschlossenheit blieb Roxane ein schaler Geschmack auf der Zunge zurück; eine Scham über ihre eigenen Gedanken, derer sie sich nicht entledigen konnte.

Das Aufgebot an Soldaten stand in voller Uniform und mit geladenen Musketen auf dem Achterdeck bei den Offizieren. Roxane ließ ihren Blick über die Zweierreihen wandern, bis sie Cudden erreichte, der ungerührt auf das Mitteldeck hinabsah. Unten hatte sich die Mannschaft versammelt, alle Seeleute der *Mantikor,* ohne Ausnahme. Jeder trug seine beste Kleidung, und auch das Schiff war bis in die hinterste Ecke geschrubbt und herausgeputzt worden. Wieder blickte die junge Offizierin zu den Soldaten. *In voller Montur und kampf-*

bereit zu einer Bestattung. Was für einen Abgang Harfell doch bekommt. Er geht, wie er gelebt hat.

In der Mitte der kleinen Versammlung stand Sellisher. Der Caserdote wirkte niedergeschlagen, seine Schultern hingen herab, sein Gesicht war aufgedunsen. Er war es gewesen, der Harfells Tod bemerkt hatte, als er wieder einmal neben der Koje des Kapitäns gebetet hatte. Der Verlust des Freundes traf ihn tief, so viel war augenscheinlich.

Nervös wechselte Roxane das Gewicht von einem Fuß auf den anderen. Die Schuhe ihrer Galauniform waren nicht eingetragen, und die Schnallen drückten. Doch das war weit weniger unangenehm als die Blicke, die ihr von einem Teil der Mannschaft zugeworfen wurden. Sie stand an der Reling, den Rücken durchgedrückt, und hielt die Planke empor, auf der Harfells Leichnam in Segeltuch eingenäht lag.

Sie hatten die Flagge Thaynrics über ihm ausgebreitet, doch beinahe glaubte die junge Offizierin, seinen stechenden Blick durch die Stoffe hindurch zu spüren. Aella und Cearl standen ihr gegenüber, während Groferton neben ihr stand. Der Maestre schwitzte und versuchte die ganze Zeit, möglichst leise und unbemerkt zu schniefen. Die beiden Leutnants starrten über Roxanes Kopf hinweg, als gäbe es in der Takelage der Fregatte ein Wunder zu beobachten. Ihre Gesichter trugen jene feierliche Miene zur Schau, die man bei solchen Gelegenheiten aufsetzte, doch Roxane wusste, dass sie im Innersten ebenso aufgewühlt waren wie sie selbst.

Die Worte des Caserdote dröhnten an ihr Ohr, aber sie konnte der Trauerpredigt nicht folgen. Er sprach von der Ehre und vom Mut des Toten. Roxane indes sah nur den dürren alten Mann vor sich, wie er am Fuße des Niedergangs in seinem Nachthemd gelegen hatte, während sein dunkles Blut sich langsam um ihn ausbreitete. Sie wollte nichts von den Verdiensten Harfells hören, von seinen wagemutigen Angriffen, seinem taktischen Geschick, seinen legendären Siegen, seiner Opferbereitschaft für die Belange ihrer Nation. Sie konnte dieses Bild nicht mit dem Menschen in Einklang bringen, der ihr Leben auf der *Mantikor* zu einer wahren Hölle gemacht hatte.

»... und er gab sein Leben in Ausübung seiner Pflicht ...«

»Er wurde ermordet!«, schrie eine Stimme aus den Reihen der Mannschaft. Sofort spannten sich Roxanes Muskeln an, und sie erwartete jeden Augenblick den Ausbruch von Gewalt. Sie ahnte, wer gerufen hatte, doch feststellen konnte sie es nicht. Der Moment ging vorbei, und Cudden brüllte lediglich: »Ruhe im Glied!«

»Er gab sein Leben in Ausübung seiner Pflicht«, wiederholte Sellisher mit fester Stimme. Die junge Offizierin musste dem Caserdote zugutehalten, dass er trotz seiner Verfassung eine ordentliche Totenmesse hielt. »An Bord seines Schiffes, wie er es sicherlich gewünscht hätte. Wir übergeben seinen Leib nun den Armen der See, die schon so viele stolze Söhne und Töchter unserer unbeugsamen Nation empfangen hat. Mögen sie Kapitän Oric Harfell in ihrer Mitte willkommen heißen, und möge die Einheit über ihren Sohn wachen. Wir Zurückgebliebenen betrauern unseren Verlust. Thaynric ist um einen großen Sohn ärmer.«

Mit einer Handbewegung ließ der Caserdote ein helles, weißes Leuchten erscheinen, welches das Leichentuch rasch einzuhüllen begann. Auf einen Wink Sellishers hin hoben die Offiziere das hintere Ende der Planke an, und mit einem unangenehmen Schleifen rutschte der Leichnam hinab und fiel ins Wasser. Die Kanonenkugel, welche zu ihren Füßen in das Segeltuch eingenäht worden war, zog das Bündel schnell hinab in die Tiefen. Innerhalb eines Herzschlags war Harfell unter der Wasseroberfläche verschwunden. Das Licht hielt sich noch einen Moment auf den Schaumkronen, dann verlosch es. *Möge die Einheit den Mann in dir sehen, der du einst warst, und nicht den, der du geworden bist,* betete Roxane unzeremoniell. *Dein Licht mag fort sein, aber ich fürchte, dass dein Schatten uns noch lange verfolgen wird.*

Ein schneller Blick zeigte ihr, dass die Mannschaft stumm blieb. Sie sah grimmige Gesichter, doch niemand hob die Stimme oder gar die Hand gegen die Offiziere. Die Anwesenheit der Marinesoldaten schreckte jegliche Aufrührer wohl ab.

Aus den tief hängenden Wolken ergoss sich mit einem Mal ein Schwall Regen, und Cearl ließ die Versammlung auflösen, nicht ohne vorher eine Extraportion Branntwein zum Gedenken an den Kapitän auszuloben, wie sie es vorher vereinbart hatten.

Während die meisten Mannschaftsmitglieder angesichts dieser angenehmen Aussicht unter Deck flüchteten, blieb Roxane stehen und betrachtete das leer gefegte Deck. *Wie passend. Ein Totenschiff. Wir segeln auf einem Kurs, von dem ich fürchte, dass er uns am Ende alle verschlingen wird.*

JAQUENTO

Allein in der Dunkelheit, nur umgeben vom fauligen Geruch des Wassers und dem gelegentlichen Quieken einer Ratte, war es schwierig, nicht an der Situation zu verzweifeln. *Und doch bin ich noch am Leben,* dachte Jaquento, *noch vor wenigen Stunden hätte ich das nicht erwartet.* Man hatte ihn hinab in die Brig der *Windreiter* gebracht, zum Bug, in den kleinen Raum direkt über der Bilge, wo alte Taue und Seile gelagert wurden. Die Feuchtigkeit stieg zu ihm empor, und bei geschlossener Tür herrschte absolute Finsternis. Schon jetzt hatte Jaquento jegliches Gefühl für die Zeit verloren. Er konnte lediglich sagen, dass sie wieder auf See waren, weil er die Bewegungen und Geräusche des Schiffes erkannte.

Auf den Tauen zu liegen war relativ bequem, was vermutlich auch daran lag, dass die Leinen langsam vor sich hin moderten. Nach der Eroberung des Schiffs hatten die Piraten allerlei hier gelagert, wofür sie keinen direkten Nutzen hatten, aber Jaquentos tastende Hände hatten nichts zutage gefördert, was ihm in seiner derzeitigen Lage hätte helfen können. Also hatte er sich aus Tauen ein mehr oder minder komfortables Lager gebaut, das die Nässe von ihm abhielt, und harrte nun der Dinge, die da kommen mochten, während er versuchte, seine Situation aus jedem nur möglichen Blickwinkel zu betrachten.

Manchmal konnte er von den darüberliegenden Decks Schritte hören, seltener auch Stimmen. Offensichtlich hatte die Mannschaft den Wechsel an der Spitze widerspruchslos hingenommen, ein Umstand, der Jaquento nicht nur um Pertiz' willen zornig machte, sondern ihm auch nur Finsteres für seine eigene Zukunft androhte. Alle hatten ihn verlassen, selbst Sinosh war verschwunden, obwohl Jaquento es der kleinen Echse nicht verübeln konnte. *Wer will schon im dunkelsten Loch des Schiffs stecken und Quibon ausgeliefert sein? Ich jedenfalls nicht.* Doch sein Selbstmitleid war von Zorn durchzogen. Pertiz war tot, und selbst wenn Jaquento seinem Freund bald folgen sollte, hatte er nicht vor, kampflos zu gehen.

Als sich die niedrige Tür knarrend öffnete und ein dünnes Geviert von Licht in die Finsternis ließ, machte der junge Hiscadi sich auf das Schlimmste gefasst. Im Gegenlicht zeichnete sich Quibons massige Gestalt ab. Vorsichtig stellte er eine Laterne vor sich ab und hob die große Pistole, sodass er auf Jaquento zielte. Sein Grinsen war breit, und er genoss die Situation sichtlich. Der frischgebackene Kapitän bewegte sich behäbig und träge, doch Jaquento erinnerte sich nur allzu gut daran, wie flink und behände der große Mann reagieren konnte.

»Jaq«, flüsterte er geradezu freudig. »Du siehst beschissen aus.«

»Das Kompliment kann ich nur erwidern. Ich habe die Nacht auf diesem Müllhaufen zugebracht. Was ist deine Ent schuldigung?«

Anders als Deguay ließ sich Quibon leicht reizen. Sein Grinsen erlahmte, und seine Augen wurden zu Schlitzen in einem Gesicht, auf das das wenige Licht der Lampe tiefe Schatten warf.

»Deine großen Worte werden dir noch vergehen.«

Aber obwohl er zornig wurde, ließ er in seiner Achtsamkeit

nicht nach. Langsam verlagerte Jaquento sein Gewicht, um im richtigen Moment aufspringen zu können, doch Quibon behielt ihn im Auge.

»Was willst du tun? Mir drohen? Oder mich umbringen? Nur zu; eine so wunderbare Gelegenheit bekommst du vielleicht nicht wieder. Immerhin habe ich nicht mal eine Klinge.«

»Mir fallen ein paar Dinge ein, die ich mit dir machen könnte. Dir ein paar Manieren beibringen, zum Beispiel. Mit meinem Messer.«

»Also hast du dich für Drohungen entschieden. Hol zwei Messer, Quibon, dann machen wir es unter uns aus. Im Kreis.«

»Keinen Kreis mehr für dich, Arschloch. Du bist nicht mehr Teil der Mannschaft. Du bist nur eine arrogante Landratte.«

»Was willst du?«, fragte Jaquento, der des Gesprächs plötzlich überdrüssig wurde. *Wenn er mich umbringt, dann bitte schnell. Ich kann seine Visage nicht mehr ertragen.*

»Ich wollte dich nur an Bord *meines* Schiffes begrüßen. Aber mach es dir nicht zu gemütlich. Du bleibst nicht lange.«

»Schade«, erwiderte Jaquento müde.

»Hörst du das?«

Tatsächlich war neben dem Knarren der Planken und dem Rauschen des Meeres noch etwas anderes zu hören. Ein saugendes, schmatzendes Geräusch – das Wasser in der Bilge.

»Vielleicht verfüttere ich dich an das Bilgenschwein«, erklärte Quibon und lachte rau. Sofort spannte Jaquento sich an, doch der große Mann ließ sich nicht überraschen. Stumm schüttelte er den Kopf und richtete die Mündung der Pistole auf Jaquentos Kopf.

»Vielleicht verwandle ich mich auch in einen Klabauter und verschwinde einfach«, entgegnete Jaquento. »Wenn du nichts zu sagen hast, dann hau doch einfach ab, ja? Es ist nicht gerade so, als ob ich mich nach deiner Gesellschaft sehnte.«

»Bleib erst einmal ein wenig hier unten, und kühl dein Mütchen, Jaq. Dann werden wir ja sehen.«

Der Kapitän schien seine neue Macht zu genießen, und es erfreute ihn sichtlich, Jaquento in der Hand zu haben. *Deguay würde mich vermutlich einfach erschießen. Aber Quibon ist ein Sadist. Er will mich leiden sehen, der Narr.*

Wie zur Bestätigung seiner Gedanken erklärte Quibon: »Ich weiß, was dir deine Freiheit bedeutet. Also nehme ich sie dir. Vielleicht werfe ich dich im Gefecht über Bord, als Haifutter oder als ein feines Ziel für den Zorn der Compagnie, wenn wir ihnen ihr kostbares Schiff wegnehmen. Aber lieber würde ich dich als Sklaven verkaufen. Ich denke, du wärst ein beschissener Sklave. Und trotzdem würdest du mir eine hübsche Summe einbringen. Der Gedanke gefällt mir.«

»Das kannst du nicht machen«, empörte sich Jaquento, auch wenn er beinah laut losgelacht hätte. Er hatte mit dem Tod gerechnet, doch der Kapitän hoffte wohl, eine schlimmere Strafe für ihn zu finden. *Und er gibt mir so die Chance, aus dem ganzen Schlamassel hier noch zu entkommen.*

»Oh doch, ich kann. Ich bin jetzt Käpt'n, schon vergessen? Pertiz hat einmal zu oft die Fresse aufgerissen. Das ist mein Schiff. Hier gilt nur mein Wort.«

»Deguay hasst Sklaverei«, gab Jaquento zu bedenken.

»Pah! Er erfährt nie etwas davon.«

»Warum nicht? Weil er sonst die neunschwänzige Katze aus dem Sack lässt? Also bist du nicht wirklich Kapitän, sondern nur sein Handlanger. Du hast Angst vor ihm!«

Wütend funkelte Quibon den jungen Hiscadi an. Für einen Moment glaubte Jaquento, er wäre zu weit gegangen und hätte Quibon genug gereizt, dass er ihn hier und jetzt tötete. Doch der Tätowierte schnappte sich nur die Laterne und ging vorsichtig rückwärts hinaus, ohne Jaquento dabei aus den Augen zu lassen.

»Ich finde schon einen Ort für dich, Jaq.« Er sprach den Spitznamen lang und gedehnt aus. »Eine hübsche kleine Mine oder eine Plantage. So wie auf der hübschen Insel hier. Du wirst dir zusammen mit ein paar schmutzigen Eingeborenen den Buckel krumm schuften, und du wirst jeden Tag daran denken, was für ein Fehler es war, mir in die Quere zu kommen!«

Damit schlug er die Tür zu, und Jaquento hörte, wie er den Riegel vorschob. In der Dunkelheit grinste er, denn zum ersten Mal seit Stunden keimte so etwas wie Hoffnung in seiner Brust.

Irgendwann klappte die Tür erneut auf, und eine Schüssel und ein kleiner Krug wurden in den Raum geschoben. Bevor Jaquento überhaupt reagieren konnte, schlug die Tür wieder zu. Vorsichtig tastete er umher, stets in Sorge, er könne das kostbare Wasser verschütten. Denn obwohl der Raum feucht und trotz der Hitze, die draußen herrschen musste, sogar klamm war, war das Wasser auf den Planken salzig und brackig. Bislang hatte er seinen Durst beherrschen können, doch die nassen Taue waren ihm allmählich immer verlockender erschienen.

Endlich fand er den Krug und setzte ihn an die Lippen. Das Wasser war warm, doch es schmeckte besser als so mancher Wein, den er schon getrunken hatte. In der Schüssel befand sich Schiffszwieback und eine weiche Masse; vermutlich ein Eintopf. Eigentlich war er dankbar, dass er Farbe und Konsistenz nicht sehen musste. *Sieh an,* dachte Jaquento, während er das Essen mit bloßen Fingern in sich hineinstopfte, *es hat auch seine Vorteile, wenn man im Dunkeln gefangen gehalten wird.* Als er die Schüssel restlos ausgekratzt hatte, leckte er sich die Finger sauber und legte sich wieder zurück auf sein Lager.

Im Kopf ging er immer wieder seine Möglichkeiten durch, was nicht lange dauerte, denn er hatte kaum welche. Ein Angriff auf Quibon bei dessen nächstem Besuch wäre zum Scheitern verurteilt; der Kapitän würde darauf achten, immer die besseren Karten in der Hand zu halten. Ohne Waffen sah es finster aus. Aber es missfiel Jaquento, sich dem Tyrannen kampflos zu ergeben. Dennoch gebot es wohl die Vernunft, sich zunächst in sein Schicksal zu fügen und später nach einer Möglichkeit zur Flucht zu suchen. *Vermutlich ist diese Kammer während des bevorstehenden Gefechts der sicherste Ort auf dem ganzen Schiff. Solange niemand die* Windreiter *versenkt, wird mir kaum etwas passieren.* Und wenn Quibon seine Ankündigung in die Tat umsetzen wollte, musste er Jaquento irgendwann an Sklavenhändler oder -halter übergeben. Irgendwann würde sich eine Tür öffnen, und dann musste er bereit sein.

Was ihn am meisten quälte, war der Gedanke an die Sklaven. Auf sein Wort hin würden sie sich erheben, und aufgrund seines Wortbruchs würden sie alle sterben. Er dachte an das Paranao-Mädchen mit den brennenden Augen. Sie vertraute auf ihn, und er würde keine Möglichkeit haben, dieses Vertrauen zu rechtfertigen.

Die Zeit verging schleppend. Zwischen Wachen und Schlafen verschwamm bald jede Grenze. Tagträume wurden zu Träumen, das Pläneschmieden ging nahtlos in die Domäne des Schlafes über. Noch versuchte Jaquento, die Zeit anhand der Geräusche über ihm festzuhalten, doch schon konnte er nicht mehr sagen, wann eine Wache wechselte, und ob es Tag oder Nacht war. *Es gab erst einmal Essen, und mein Magen knurrt wie ein wilder Hund. Wenn ich Kanonendonner höre, ist bald eine Woche vergangen.* Schlimmer als der Hunger war der Durst. Der Wassermangel verwirrte seine Gedanken, und der Wunsch, sich am Salzwasser zu laben, wurde immer stärker, auch wenn dem jungen Hiscadi die Geschichten über die Folgen wohlbekannt waren.

Schamvoll musste er sich in einer Ecke seines Gefängnisses erleichtern, doch wenigstens verlor sich der Geruch in der muffigen Atmosphäre der faulenden Taue. *Wie schnell man doch alles hinter sich lässt. Erziehung, Anstand, Reue. Das nackte Überleben duldet kein Zögern. Geht das allen Menschen so?* Sosehr er sich auch anstrengte, er konnte sich seine Mutter nicht in seiner Situation vorstellen. *Vermutlich würde sie eher sterben, als ihren Rock zu lüften und in die Ecke zu machen.*

Manchmal sah er im Halbschlaf Pertiz vor sich. Pertiz, der zu Lebzeiten gesoffen, gehurt und gekämpft hatte und der aufrecht gestorben war. *Ist es das wert gewesen, mein Freund?*

Unvermittelt knarrten mittschiffs die Planken. Als die Tür geöffnet wurde, war Jaquento vom Licht geblendet, obwohl es nur ein kleines Talglämpchen war, das eine Hand in den Raum hineinhielt. Vorsichtig huschten zwei Gestalten in die Brig und verschlossen die Tür hinter sich. Unmerklich spannte der junge Hiscadi sich an, denn er erwartete fast schon Folter oder zumindest eine Abreibung, doch dann klärte sich seine Sicht, und er erkannte Bihrâd und Manoel, die vor ihm hockten. Der junge Maestre schüttelte die Zöpfe, während der Maureske Jaquento stumm anstarrte.

»Du siehst beschissen aus«, hob Manoel an, woraufhin sich Jaquento mit einem Seufzen zurücklehnte.

»Du bist nicht der Erste, der mir das sagt.«

»Das sollte dir zu denken geben.«

»Der Erste war Kapitän Quibon. Auf dessen Wort ich nicht allzu viel gebe. Wie ist es so, unter ihm zu fahren?«

»Fast so beschissen, wie du aussiehst«, erwiderte Manoel grinsend. Er griff in den Tabakbeutel, den er um den Hals trug, und begann umständlich, eine Pfeife zu stopfen. »Er war noch nie ein besonders angenehmer Schiffskamerad, aber in letzter Zeit scheint ihm sein neuer Titel zu Kopf gestiegen zu sein. Und der ist nicht sehr groß, also musste der Verstand weichen.«

»Er ist hart«, warf Bihrâd ein. »Er treibt die Leute an, obwohl es nichts zu tun gibt, außer zu segeln. Und davon hat er nicht viel Ahnung.«

»Ihr tut mir richtig leid«, verkündete Jaquento aufgeräumt. »Ich dagegen habe ein gemütliches Plätzchen und kann mich ausruhen. Großartig, oder?«

»Was ist mit Pertiz geschehen?«, fragte Manoel, der die fertige Pfeife anzündete. Der aromatische Duft verbreitete sich in dem winzigen Raum und überlagerte den Gestank.

Lange blickte Jaquento die beiden an, bevor er antwortete: »Er ist tot. Deguay hat ihn umgebracht.«

Das war nur eine halbe Lüge. *Gefangene können nicht wählerisch sein, wenn es um feine Nuancen der Wahrheit geht,* beruhigte sich Jaquento. *Moral ist etwas für jene, die sie sich leisten können.*

»Warum?«

»Weil Pertiz an Deguays Führung gezweifelt hat. Der Käpt'n hat entschieden, den Sklaven nicht zu helfen. Das hat Pertiz nicht gepasst. Und mir auch nicht«, fügte Jaquento grimmig hinzu.

»Und warum bist du hier? Quibon macht ein Geheimnis daraus, als wärst du der König von Géronay, und er wolle dich für ein fettes Lösegeld verkaufen!«

»Ich denke nicht, dass Deguay wollte, dass ich als Gefangener ende. Er wollte mich am liebsten umlegen, nur sollte Quibon den dreckigen Teil der Arbeit erledigen. Als kleine Wiedergutmachung für unser Duell. Aber Deguay hat nicht mit Quibons Dummheit gerechnet. Oder mit seiner sadistischen Ader.«

Seine beiden Gesprächspartner wechselten einen Blick. Manoel zog nachdenklich an der Pfeife.

»Das ist übler Dreck, Mann«, murmelte er vor sich hin.

»Hört zu«, erklärte Jaquento und richtete sich wieder auf. Er sah sie eindringlich an. »Dieses ganze Unternehmen stinkt zum Himmel, und ihr wisst das. Pertiz war der Kapitän der *Windreiter*. Das hat Deguay nicht in den Kram gepasst, also hat er ihn abserviert. Freie Männer und Frauen? Dass ich nicht lache!«

»Mir gefällt es auch nicht«, entgegnete Manoel, und Bihrâd nickte stumm. »Aber was sollen wir machen? Quibon hat jetzt hier das Sagen, und Deguay unterstützt ihn. Du und Pertiz, ihr habt den falschen Leuten auf die Schuhe gepinkelt.«

»Hat Quibon neue Leute an Bord gebracht?«, wechselte Jaquento das Thema. Er konnte sehen, wie es in den beiden arbeitete, doch noch würden sie nichts unternehmen. Zu tief saß der Respekt vor Deguay und vielleicht die Angst vor Quibon.

»Eine Handvoll. Ansonsten wurde nicht viel verändert. Keine Zeit, denke ich. Wir sind ja gleich ausgelaufen.«

»Dann sind noch viele von der *Wyrdem* an Bord.«

Manoel streckte Jaquento die Pfeife entgegen. »Hier, das gibt gutes Mojo. Und Haare auf der Brust.«

Zweifelnd besah sich Jaquento die glatte Brust des jungen Maestre. Vorsichtig nahm er einen Zug. Einen Augenblick später brannten seine Lungen, und seine Augen tränten, als er Manoel die Pfeife zurückreichte.

»Es schmeckt eher, als ob die Haare an anderen Stellen wachsen würden«, erwiderte er.

Manoel lachte und zwinkerte ihm zu. »Gut möglich.«

»Jaq, wir werden dir helfen«, meinte Bihrâd plötzlich. »Wenn wir einen Hafen erreichen, lassen wir dich frei. Du kannst verschwinden und ...«

»Und ihr«, unterbrach Jaquento ihn. »Bleibt ihr hier? Fahrt mit Quibon? Vergesst Pertiz und seine Ideen?«

»Wir sind keine Meuterer.« Manoels Stimme klang belegt, und er sah Jaquento nicht in die Augen.

»Für eine Meuterei bräuchte es einen Kapitän, der Anspruch auf den Titel hat. Quibon ist nur ein Schläger und Deguays Lakai. Pertiz ist Kapitän dieses Schiffs, und wenn er tot ist, muss neu gewählt werden.«

»Vielleicht«, erklärte Bihrâd.

»Ich will nicht nur aus diesem Dreckloch entkommen, ich will den Verrat, den Deguay und Quibon an Pertiz begangen haben, rächen. Ich will eine freie und ehrliche Wahl. Und ich will den Sklaven auf der Insel helfen!«

Während alle schwiegen, erkannte Jaquento, dass dies wirklich seine Ziele waren. Er würde eine Gelegenheit zur sicheren Flucht verstreichen lassen, um später vielleicht gegen Quibon vorgehen zu können. Er würde Himmel und Hölle in Bewegung setzen, Leib und Leben riskieren, um Pertiz zu rächen. *Vor allem jedoch, um unsere Vision zu retten.*

»Und wie willst du das erreichen? Du sitzt hier fest, Quibon ist Kapitän. Du kannst nicht mal über die Flöhe bestimmen, die auf dir rumkrabbeln.«

»Redet mit den ehemaligen Sklaven. Fragt sie, wie es ihnen schmeckt, dass wir ihren Leuten auf der Insel nicht helfen. Verdammt, redet mit allen. Erzählt ihnen von Quibons Verrat, und dann lasst sie entscheiden.«

Unsicher sah Manoel ihn an. Dann fluchte der junge Maestre aus vollem Herzen.

»Werdet ihr Pertiz also rächen?«

»Wir denken darüber nach«, erklärte Bihrâd in seiner typischen ruhigen Art.

»Gut. Und bringt mir bitte das nächste Mal etwas Wasser mit. Ich verdurste nämlich fast.«

»Meuterei und Wasser. Aye, aye«, erwiderte Manoel, der ungeschickt salutierte, während der Maureske bereits den Raum verließ.

In der Dunkelheit lehnte sich Jaquento mit einem zufriedenen Seufzen zurück. Er hatte das Gefühl, einen Stein ins Rollen gebracht zu haben. Vielleicht war es nur ein kleiner Kiesel, doch er mochte größere Wellen schlagen, als Quibon ahnen würde. Eine Handvoll Tage hatte er Zeit, mehr nicht, dann würde alles entschieden werden. Nicht viel Zeit, aber er hatte den Eindruck, dass seine Worte auf fruchtbaren Boden gefallen waren. Vielleicht würde etwas aus ihnen erwachsen.

ROXANE

Noch niemals zuvor hatte Roxane sich auf See so eingeengt gefühlt. Die bedrückende Enge an Bord erinnerte sie an ein Gefängnis oder einen Sarg. Das Bild passte, denn seit der Bestattung des Kapitäns war Totenstille eingekehrt, eine wahrhaft tödliche Ruhe, die nur in eine Katastrophe münden konnte. Waren die Matrosen vorher aufsässig gewesen, schwiegen sie nun. Mit mürrischen Mienen liefen sie auf Deck umher, und ihre stechenden Blicke machten Roxane selbst in der steten Wärme der Sturmwelt frösteln.

Weit vor ihnen ging die Sonne auf, tauchte den Horizont in ein goldenes Glühen und färbte die Unterseiten der Wolkenbänder gelb ein. Dort, unter den Wolken, befand sich ihr Ziel. Die Insel der Handelscompagnie, gebadet in Sonnenlicht, und dennoch ein Ort der Dunkelheit für Roxane. Weniger wegen der Verbrechen, die dort angeblich begangen wurden, sondern vielmehr, weil sie alle dort das schicksalhafte Ende ihrer Fahrt erwartete. *Wenn das schwarze Schiff nicht dort ist, wird Cearl zusammenbrechen. Unsere Fahrt wird ein unrühmliches Ende finden. Und wenn es dort ist, müssen wir es in Besitz nehmen, gegen den Willen der mächtigsten Organisation Thaynrics. Es ist, als ob wir die Wahl zwischen einem Brand an Bord und einem Leck hätten.*

»Dort ist sie«, murmelte Aella. Der schmale Streifen war

nicht mehr zu übersehen, und der Ausguck hatte bereits vor Minuten verkündet, dass Land voraus lag.

»Lassen Sie das Schiff zum Gefecht klarmachen. Doppelte Ladung der Kanonen, aber noch nicht ausfahren. Und sorgen Sie dafür, dass die Mannschaft vorher noch tüchtig isst. Mit vollem Bauch kämpft es sich besser«, befahl Cearl, dessen bleiches Gesicht im Morgenlicht ungesund glänzte. Roxane konnte nicht sagen, ob es die Spiegelung der Sonne in seinen Augen war, die so funkelte, oder die Sehnsucht nach ihrem Ziel.

»Aye, aye, Thay. Ich schlage vor, dass wir die Handwaffen so spät wie möglich ausgeben.«

Der diensthabende Kapitän sah sie kurz an, dann nickte er. *Je später, desto besser. Am besten erst, wenn wir alle dieses verfluchte Schiff bereits verlassen haben.*

Die Mahlzeit wurde größtenteils schweigend eingenommen. Es gab doppele Rationen für jeden an Bord, unverdünntes Bier und das beste Pökelfleisch, das sie noch hatten. Dazu weich gekochtes Gemüse und einen dicken, sämigen Pudding mit zähen Rosinen. Das reichliche Mahl erinnerte Roxane an eine Henkersmahlzeit, doch ein gutes Essen vor der Schlacht war Tradition in der Flotte. Die Männer und Frauen wussten dies zu schätzen und verschlangen riesige Portionen, während Roxane nur an wenigen Bissen ihres Zwiebacks kaute. Ihr war flau im Magen; seit Tagen schon bekam sie kaum etwas hinunter.

Als die Mannschaft fertig war, brachte die junge Offizierin mit wenigen Befehlen Leben in die Versammlung. Das schrille Sirren der Bootsmannspfeifen rief alle an Deck. Jetzt zeigte sich, dass die Männer und Frauen doch für den Ernstfall gerüstet waren. Geschickt gingen sie an die Arbeit. Auf dem Geschützdeck wurden die Tische und Bänke an die Decke gezogen und fest verzurrt. Alles, was die Arbeit an den Kanonen behindern konnte, wurde tiefer in den Rumpf des Schiffes geschafft. Munition wurde aus den Lagern geholt und an den Kanonen verteilt. Zusätzlich zu den Kugeln, die ohnehin immer in den Vertiefungen auf Deck lagen, wurde die Spezialmunition nach oben gebracht – Kettenkugeln zur Zerstörung der Takelage, Kartätschen für den Fangschuss auf kurze Distanz gegen die feindliche Mannschaft. Eine feine Ansammlung von Tod und Zerstörung wurde sauber neben den Geschützen aufgereiht. Genug vermutlich für zwei oder drei Gefechte, aber die Königlich-Thaynrische Marine war in diesen Dingen niemals knauserig gewesen.

Roxane beaufsichtigte den Abbau der Offizierskammern persönlich. Die hölzernen Trennwände wurden entfernt und in den Laderaum gebracht, ebenso die persönlichen Besitztümer und Möbel der Offiziere. Selbst die Kapitänskajüte wurde leer geräumt, der Teppich und die Möbel, ja selbst die gläsernen Fensterscheiben in ihren herausnehmbaren Rahmen sorgfältig auf dem nicht durchgängigen Orlopdeck verstaut, wo sie vor den Kugeln der Feinde sicher sein würden. Dort räumte die Schiffsärztin auch einen Bereich frei, in dem sie die Verwundeten versorgen und operieren konnte. Sorgfältig rollte sie ihre Instrumententasche auf, legte Sägen und Haken bereit und ließ sich Eimer für die amputierten Gliedmaßen bringen. Der Anblick der grausam wirkenden Werkzeuge erinnerte Roxane wieder daran, dass über ihnen allen der Tod schwebte. Tabards Gehilfen brachten Tücher und streuten Sand auf dem Boden aus, damit das Blut ihn nicht allzu rutschig machte.

Auch auf dem Geschützdeck wurde Sand auf die Planken gestreut, und die ersten Pulverkartuschen wurden in den dafür vorgesehenen verstärkten Eimern von den Pulveräffchen heraufgebracht, und die Kanonen wurden geladen. Langsam schritt Roxane die Reihen der Geschütze ab und inspizierte jede einzelne, während die sechs Seeleute, die je eine Kanonenmannschaft bildeten, Haltung annahmen. Pulverkartusche, Pfropfen, Kugeln, Ladepfropfen – die Reihenfolge war genau vorgeschrieben, und im Gefecht war ihre Einhaltung essenziell. Eine schlecht geladene Kanone konnte zu früh zünden oder Ladehemmung haben und so die Geschützmannschaft und sogar das ganze Schiff in Gefahr bringen. Da sie noch nicht sagen konnte, auf welcher Seite das Gefecht begonnen würde, beließ Roxane die Mannschaften bei ihren jeweiligen Geschützen. In der Schlacht konnte dann immer noch eine Seite der anderen aushelfen, wenn sich bei ihnen keine Ziele boten.

Ihre Sorgen waren für den Moment vergessen, und auch die Mannschaft schien in der Vorbereitung der Schlacht aufzugehen. Zufrieden kehrte sie schließlich zu Cearl und Aella zurück.

»Schiff klar zum Gefecht«, meldete sie und zog ihr Fernrohr aus der Tasche. Sie näherten sich der Insel von Westen her. Laut den Beschreibungen ihrer Verbündeten würden sie erst die Landspitze umrunden müssen, bevor sie die Bucht einsehen konnten.

»Leutnant Hugham, lassen Sie bitte volle Beflaggung aufziehen«, ordnete Frewelling an. »Wir kündigen uns nach allen Regeln an.«

Während Aella die Befehle weitergab, setze Roxane das Fernrohr ans Auge und suchte die Insel nach einem Hinweis darauf ab, dass die vorgeblichen Händler sie nicht getäuscht hatten. Der Plan war einfach. Die *Mantikor* würde den Geleitschutz beschäftigen und die Schiffe versenken oder vertreiben, während die Händler sich um die Aufnahme der Sklaven kümmerten. Dann erst würde das eigentliche Ziel von den Soldaten und Seeleuten der Fregatte geentert werden. Falls es denn überhaupt zur Schlacht kommen sollte.

»Denken Sie, dass es funktionieren wird?«, fragte sie Cearl. »Ich meine, dass diese Schiffe sich uns ergeben?«

»Wer weiß? Ich würde jedenfalls nicht den ersten Schuss abgeben, so viel ist sicher. Erst einmal fordern wir sie auf, sich uns zu ergeben. Sollten sie dem nachkommen – gut. Wenn nicht, sind wir vorbereitet. Sie kennen ja das Motto.«

Doch die junge Offizierin hatte ihr Fernrohr auf die beiden Schiffe ausgerichtet, die sie in gebührendem Abstand begleiteten, und antwortete nicht. Sie sah Gestalten an Deck umherlaufen, aber keiner der Matrosen war groß und dunkelhaarig und trug eine goldene Echse auf der Schulter. Es ärgerte sie, einen Anflug von Bedauern zu spüren. *Hätte ich ihn gerne noch einmal vor dem Gefecht gesehen? Ich verfluchte Närrin!*

Dann ließ sie ihren Blick über die Rümpfe wandern. Wieder einmal staunte sie über die schnittigen Linien der beiden Schiffe und ihre starke Armierung. *Händler!*

»Hmm?«, murmelte sie abgelenkt, was Cearl die Stirn runzeln ließ.

»Das Motto!«

»Oh. Verzeihung. Allzeit bereit. Das ist natürlich das Motto, nicht wahr?«

»Im Moment trifft das auf Sie jedenfalls nicht zu, Leutnant«, entgegnete der Kapitän gereizt. »Ich hoffe, Sie haben nicht nach dem hiscadischen Laffen Ausschau gehalten?«

Beschämt schwieg Roxane. Sie versuchte sich einzureden, dass sie alle unter hohem Druck standen. *Ich habe* nicht *nach ihm Ausschau gehalten,* versicherte sie sich selbst. *Nicht direkt zumindest. Und wie sollte ich Cearl jemals sagen, was auf Lessan passiert ist, wenn er so … eifersüchtig reagiert?*

Bevor sie diesen Gedanken weiterverfolgen konnte, nahmen andere Probleme allen Platz in ihrem Geist ein. Der Wind stand ungünstig für sie, und die *Mantikor* musste sich regelrecht um die Landzunge quälen.

Doch dann kam die Bucht in ihr Blickfeld, und sofort war deutlich, dass ihre Verbündeten nicht gelogen hatten. Im Schutz der Klippen lagen drei Schiffe, und die Flagge der Compagnie wehte über dem Fort, das bedrohlich über allem thronte.

»Ruhe bewahren«, rief Cearl, als die Mannschaft angesichts ihrer möglichen Beute unruhig wurde. »Ich will keinen Mucks hören!«

Geradezu schmerzhaft langsam glitt die Fregatte in die Bucht. Alle Augen waren auf die Festung gerichtet, obwohl sie noch weit außerhalb der Reichweite der Kanonen dort waren. Auch Roxane beobachtete das Fort. *Was mögen sie sein? Zweiunddreißigpfünder? Die aus erhöhter Position schießen, möglicherweise glühende Munition. Wir sollten uns besser beeilen, sonst schießen sie sich auf uns ein, und ich bezweifle, dass die* Mantikor *dem lange standhalten könnte.*

Doch es waren nicht die Geschütze der Festung, die das Feuer eröffneten. Unvermittelt setzte eine der beiden Korvetten Segel. Wie unglaublich schnell aufblühende Blumen entfalteten sich die hellen Leinentücher. Dann klappten die Stückpforten auf. Diese Schiffe hatten nicht die Absicht, sich zu ergeben.

»Also beginnt es«, murmelte Cearl, ehe er brüllte: »Geschütze ausfahren! Feuer auf mein Kommando!«

Auf beiden Seiten der Fregatte wurden die Luken geöffnet, dann rumpelten die Kanonen vor, wie Bären, die nach langem Winterschlaf aus ihren Höhlen krochen. Noch hielten sich ihre Verbündeten bedeckt, waren jenseits der Landzunge außer Sicht. Doch schon bald würden sie in die Bucht einlaufen.

»Wie sieht es aus, Maestre Groferton?«, erkundigte sich Cearl bei dem Maestre, der mit angestrengter Miene neben ihnen stand.

»Es ist ... wie ein Sog. Ich kann es nicht in Worte fassen. Als ob jeder Funken Vigoris aus mir herausgesaugt würde.«

»Geben Sie Ihr Bestes.«

»Ich werde mich bemühen«, entgegnete Groferton steif. »Aber ich befürchte, dass dieser äußerst erstaunliche Effekt meine ansonsten beträchtlichen Fähigkeiten stark einschränken wird. Das Zentrum, Thay, falls es Sie interessiert, befindet sich übrigens dort.«

Der kleine Mann wies mit verkniffener Miene auf das schwarze Schiff, das bislang keine Anstalten machte, seine Position zu verändern oder gar Segel zu setzen.

»Ich kann nicht wahrnehmen, dass Arsanum angewandt wird«, ließ sich Sellisher vernehmen. Der Caserdote wirkte nicht weniger verärgert als der Maestre.

Cearl nahm die Meldung mit einem Nicken entgegen. »Achten Sie vor allem auf unseren Schutz, wenn es recht ist«, wies er Sellisher an, dann wandte er sich nach vorn: »Segel reffen! Zwei Grad backbord!«

Beunruhigt blickte Roxane zur Küste hinüber. Der neue Kurs würde sie nahe an die Insel heranbringen.

»So nah?«, fragte sie Cearl leise, der jedoch nur eine wegwerfende Handbewegung machte: »Wir nutzen die Schwarzbrunn-Fregatte als Deckung. Die *Mantikor* hat niedrigen Tiefgang. So unterlaufen wir ihr Feuer. Sie können nicht lange auf uns feuern, ohne ihr eigenes Schiff zu gefährden.«

Tatsächlich hatte der Gedanke, sich nur so kurz wie möglich den großen Geschützen des Forts auszusetzen, einiges für sich. Dennoch hatte Roxane Bedenken: »Wir haben hier keine Karten des Gewässers. Soll ich jemanden mit einem Lot zum Bug schicken?«

»Keine Zeit. Leutnant Hedyn, ich wäre Ihnen verbunden, wenn Sie meine Befehle einfach weitergäben. Wir befinden uns im Gefecht, und ich hoffe doch, dass ich absoluten Gehorsam erwarten kann.«

»Natürlich, Thay«, entgegnete Roxane steif.

»Gut. Die Korvette wird steuerbords vorbeiziehen. Das ist Ihre Seite. Geben Sie Ihr Bestes, Leutnant.«

»Aye, aye, Thay.«

Gerade als sie sich abwenden wollte, ergriff Cearl kurz ihre Hand. Sie drehte sich zu ihm um, und er sah ihr eindringlich in die Augen.

Stumm nickte sie, bevor sie hinab auf das Geschützdeck lief. Als sie durch die vorderste Pforte starrte, schwanden ihre Bedenken und Sorgen. Sie spürte weder die Gischt der See auf ihrem Gesicht noch die stickige Hitze des Decks, roch weder den Schweiß der Besatzung noch das Pulver um sich herum. All ihre Konzentration galt ihrem Ziel, der Korvette, die sich unter dem für sie günstigeren Wind in Bewegung setzte. *Sie wird versuchen, schnell an uns vorbeizukommen. Auf ein Gefecht Breitseite gegen Breitseite kann sie sich nicht einlassen.*

Ein dumpfes Grollen ertönte. Die Korvette war zur See ausgeschert und hatte das Schussfeld für ihr Schwesterschiff geöffnet. Dieses blieb vor Anker liegen und drehte sich lediglich, bis die Breitseite auf die *Mantikor* wies. *Sie feuern auf ein Kriegsschiff Ihrer Majestät!* Obwohl Roxane damit gerechnet hatte, entsetzte sie der Gedanke. *So wie Cearl auf Harfell geschossen hat.* Doch das Feuer war zu hastig gezielt, und Roxane konnte keine Einschläge auf der Fregatte feststellen.

Das erste Schiff passierte sie nun in einiger Entfernung, und die Anführer der Geschützmannschaften justierten eilig ihre Kanonen für diese Distanz.

»Einzelschüsse! Nur auf mein Kommando! Geben wir es ihnen hart, und geben wir es ihnen dreckig!«

Jubel brandete auf. Die Hitze des Gefechts, auch wenn es bisher nur ein Glühen war, brannte alle Befürchtungen weg. Auf diesen Moment hatten sie hingearbeitet, für diesen Augenblick trainiert.

Plötzlich begann einer der Männer zu singen, unmelodisch, aber inbrünstig:

Kommt, Freunde, erhebt euch! Zum Ruhme wir fahren,
Zur Ehre gerufen. Wir sind Freie, nicht Sklaven!

Wie aus einem Munde fielen alle in den Marsch der Königlichen Marine von Thaynric ein. Männer und Frauen, die bald vielleicht schon tot oder verstümmelt sein mochten, sangen den alten Text, und selbst Roxane ertappte sich dabei, wie sie lautlos die Worte mit dem Mund formte.

Herzen aus Eiche, Waffen aus Eisen,
Von den Freien Thaynrics bemannt.
Wir sind allzeit bereit!
Allzeit bereit!

Dann war es so weit.

»Feuer!«

Das erste Geschütz donnerte los, doch Roxane wartete nicht ab, ob es traf oder nicht, sondern hastete weiter. Bei jeder Kanone nahm sie Maß, visierte die Korvette an und ließ im richtigen Moment feuern. Zwei Schüsse, drei, vier, sie hastete weiter.

Beinahe wäre sie gestürzt, als die *Mantikor* mit einem grausamen Schaben ruckend und stockend auf Grund lief.

SINAO

Nervös fingerte Sinao an dem Messer herum, das sie in der Tasche ihrer Schürze trug. Es war nur ein Küchenmesser, mit dem man Brot schneiden konnte. Keiner hatte Angst vor Brotmessern, aber für Sinao war das Gefühl der Klinge in ihrer Hand dennoch beruhigend. Sie beäugte Tangye, der in irgendwelche Papiere vertieft war. *Vielleicht kann ich ihn erstechen. Er ist groß und stark, aber er schenkt mir keine Aufmerksamkeit. Wenn ich schnell bin, kann ich ihm das Messer in die Brust rammen.* Der Gedanke, so brutal er war, hatte etwas Tröstliches, vertrieb das Gefühl der Hilflosigkeit, und ihre Finger verkrampften sich um den Griff ihrer Waffe. *Und was dann? Ich schneide mir die Kehle durch, sonst fangen und foltern sie mich. Und Majagua krepiert allein in der Sonne.*

Langsam löste sie ihren Griff, auch wenn das Verlangen, Tangye zu töten, beinahe übermächtig stark war. Ihre Hoffnung war verloren, denn die Fremden waren nicht gekommen, und einige im Lager meinten wieder und wieder, dass doch alles nur ein Trick Tangyes gewesen sei. Und der Aufseher saß ungerührt hinter seinem Schreibtisch und beachtete sie gar nicht.

Nach achthundertdreiundneunzig Sekunden blickte er dann doch auf.

»Das ist gut. Mach deine Arbeit weiter so gewissenhaft, und ich werde dich belohnen, kleine Sin.«

Stumm nickte Sinao, mimte die gute Sklavin. Doch in Gedanken war sie bei Majagua, der trotz ihrer Hilfe immer schwächer wurde. Aber auch wenn die Hitze ihn langsam umbrachte, verriet er nichts. Manchmal wurde er von den Soldaten verspottet oder auch geschlagen, aber niemals wirklich schlimm. Tangye hatte es verboten, denn er hoffte immer noch, dass Majagua die anderen an der Rebellion Beteiligten verraten würde. *Da kann er lange warten. So lange, bis Anui seinen Platz verlässt und die Welt kalt und öde wird!*

»Wie geht es dem Alten?«, erkundigte sich Tangye.

Die Frage überraschte Sinao. »Er stirbt«, erwiderte sie wahrheitsgemäß. »Es geht ihm jeden Tag schlechter.«

»Ein Jammer. Er hat das einzig Richtige getan, weißt du? Ich hätte dem Lager gerne gezeigt, dass ich mein Wort halte und dass es ihm bei uns gut geht. Aber da kann man nichts machen.«

Sinao schwieg wieder, da sie nichts darauf zu sagen wusste. Dass sich Tangye Sorgen um seine Glaubwürdigkeit machte, amüsierte sie beinahe.

Der Aufseher stand auf und ging zum Fenster. Dabei drehte er ihr den Rücken zu, und wieder umschlossen ihre Finger den Griff des Messers. Wie gebannt starrte sie auf die Stelle zwischen seinen Schulterblättern, die sie unter seinem Wams deutlich erkennen konnte, als er sich streckte. Vor dem hellen Tageslicht zeichnete sich sein Körper genau ab. Er war wie von einer Aura umgeben, denn Anui badete ihn in seinem Licht. Der Widerspruch zwischen dem Bild und dem Mann war so hart, dass Sinao kaum einen klaren Gedanken fassen konnte, weil es sie so zornig machte, dass Tangye Licht und Freude haben sollte, während Majagua litt.

»Ich bin ein guter Herr«, sinnierte Tangye leise. »Ich halte mein Wort. Wer mir treu ist, dem bin ich treu. Ist das nicht so?«

Die junge Sklavin antwortete nicht. Vielleicht war die Lüge zu groß, und die Wahrheit wäre ihr Tod gewesen. Doch Tangye achtete gar nicht auf sie, sondern nahm gedankenverloren sein Glas und trank einen Schluck Rum. Sinao hatte bereits zweimal nachschenken müssen, während Tangye die Aufzeichnungen über die Lagerbestände kontrolliert hatte.

»Ich bin ein guter Herr«, wiederholte Tangye, als wolle er sich selbst überzeugen. »Ich habe dich nie geschlagen, nicht wahr?«

Nicht im Vergleich zu den anderen, die du zu Tode geprügelt hast. Hass brandete in ihr auf, als die Bilder ungebeten vor ihre Augen stiegen. Sie konnte die Schreie wieder hören, das Flehen und Weinen. Sie wusste, wie lange das Sterben jedes Einzelnen gedauert hatte. Sie schmeckte das Blut in der Luft, roch seine metallische Note, konnte das Entsetzen auf ihren Lippen schmecken. Langsam zog sie das Messer aus der Schürzentasche, Millimeter für Millimeter. Die Folgen interessierten sie nicht mehr – es war ohnehin alles egal. Dort würde sie hinstechen, eine Handbreit unter dem Nacken und zwei Finger nach links. Sie hatte genug Tiere in ihrem Leben geschlachtet, um zu wissen, wie sie es anstellen musste. Die Schweine taten ihr mehr leid, als Tangye es jetzt tat.

»Was zur Hölle?«, fauchte Tangye unvermittelt. Ertappt hielt Sinao die Luft an. *Er kann es doch spüren. Die Geschichten sind wahr! Er hat Augen im Rücken und riecht Verrat!*

Doch der Aufseher lehnte sich aus dem Fenster, als beobachte er etwas in der Bucht. Sein breiter Rücken blockierte Sinaos Sicht, und sie stand stumm und still, immer noch eingeschüchtert von seiner Reaktion. Dann polterten Schritte über den Flur, und die Tür hinter ihr flog auf.

»Thay, ein Schiff.«

»Das sehe ich selbst, du Idiot. Eine Fregatte. Die verfluchte Marine ist hier.«

Vorsichtig wagte es Sinao, hinter sich zu schauen, wo ein atemloser junger Soldat mit wirrem, blondem Haarschopf stand.

»Ich komme hoch. Bring mir den Leutnant«, befahl Tangye, der sich seinen Hut aufsetzte. »Sin, du kommst mit. Nimm die Flasche und ein paar Gläser mit, klar?«

»Ja«, murmelte sie. Es gelang ihr, einen Blick auf die Bucht zu erhaschen, wo sich ein großes Schiff mit vier großen weißen Segeln stolz vor dem blauen Meer erhob. *Das sind sie! Sie sind doch noch gekommen!*

Geschwind packte sie alles auf das Tablett und folgte Tangye, der direkt zu der Treppe ging, die hinauf auf die Mauer und weiter zum Turm führte. Nur selten durften die Sklaven dorthin, und bei den wenigen Gelegenheiten, bei denen es erlaubt wurde, war es stets Sinao gewesen, die Getränke servieren musste, wenn die Aufseher im Schatten eines aufgespannten Tuches saßen und sich unterhielten. Jetzt waren keine Tücher gespannt, und auf dem niedrigen Turm hatten sich Soldaten versammelt, die alle die Geschehnisse in der Bucht unter ihnen beobachteten.

Tangye nahm sein Glas und trank noch mehr Rum, während er das neu angekommene Schiff im Auge behielt.

»Keine Panik«, erklärte er laut. »Alle wissen, was zu tun ist. Wir behandeln sie höflich und sorgen dafür, dass sie bald wieder verschwinden. Wir stehen alle auf derselben Seite. – Nur was, zur Hölle, ist mit dem Signal los? Wozu haben wir einen Posten gegenüber, wenn diese Trottel dort keine Warnung geben?«

»Thay, schauen Sie«, erwiderte eine Soldatin statt zu antworten und wies hinab zu den drei fremden Schiffen. Dort war hektische Aktivität ausgebrochen. Selbst auf die Distanz sah Sinao, wie Menschen über das Deck liefen, dann wurden erste Segel gesetzt.

Erneut fluchte Tangye. »Was machen diese Affen da?«

»Sie greifen an«, antwortete die Soldatin mit Entsetzen in der Stimme.

»Das sehe ich selbst, du dämliches Stück! Holt den Leutnant, verflucht noch mal. Der soll endlich von den Sklavenweibern heruntersteigen, seinen Schwanz in die Hose packen und herkommen. Gebt Alarm. Geschütze klarmachen!«

»Thay, das ist eines von unseren Schiffen. Wir können doch nicht …«

»Schnauze! Hab ich dich nach deiner Meinung gefragt? Wir müssen. Sie hängen uns alle vom höchsten Turm des Forts, wenn die Marine das in die Finger kriegt, was sich auf dem Schwarzbrunn-Schiff befindet. Gebt Alarm!«

Hastig rannten einige Soldaten davon, und schon bald ertönte eine Glocke. Als Tangyes Blick auf Sinao fiel, wedelte er mit der Hand.

»Geh nach unten, Sin. Du und die anderen, ihr bleibt da. Keiner von euch verlässt die Küche. Ist das klar?«

»Ja.«

Ohne ein weiteres Wort nahm Sinao das Tablett und rannte die Treppe hinab. Unten im Hof musste sie erst einmal durchatmen, so sehr hatte sie das Gesehene erschüttert. Sie hatte nicht mehr zu hoffen gewagt, doch jetzt kamen die Fremden und würden das Fort angreifen. Die Paranao würden auch kämpfen. Die Gedanken und Pläne rasten in ihrem Kopf. Ruhig stellte sie das Tablett auf den Boden und betrachtete ihre Hände. Sie zitterten nicht, nicht einmal ein wenig. Sie ging erst einen Schritt, dann einen zweiten besonnen in Richtung Tor, wo zwei Soldaten standen, die unruhig nach oben spähten. Als sie sich näherte, hob einer sein Gewehr und zielte auf sie.

»Keinen Schritt weiter! Was ist da drinnen los?«

»Mister Tangye schickt mich. Ein fremdes Schiff ist gekommen«, erklärte Sinao, ohne aufzublicken. »Ihr sollt auf die Mauer gehen.«

»Es hat einen Alarm gegeben. Unsere Position ist hier.« Unsicherheit schwang in seiner Stimme mit.

»Mister Tangye sagt, er braucht jeden Mann und jede Frau. Es ist ein großes Schiff, und sie haben Kanonen. Das Tor ist doch zu.«

Das stimmte. Ein dicker Balken war vorgelegt worden, und von außen würde niemand ohne größere Anstrengungen in das Fort kommen. *Ich bin es nur, Sinao. Die gute Sinao. Die treue Sinao. Eine brave Sklavin. Ich lüge nicht, ich bin eine gute Sklavin*, dachte Sinao verzweifelt. Sie spürte das Dilemma, in dem sich die beiden befanden, und sie versuchte, das Ebenbild einer gehorsamen Sklavin zu sein.

»Wir können nicht ...« Weiter kam er nicht, denn von der Bucht her ertönte ein dumpfes Grollen, wie ferner Donner, doch Sinao kannte das Geräusch: Kanonen.

»Verdammt«, zischte der andere Soldat. Er war kaum älter als Sinao, und sein Haar war braun und sein Gesicht weich. Sinao indes wusste, wie grausam er trotz seiner weichen Züge zu den Sklaven sein konnte.

»Geh du hoch, ich bleibe hier.«

Dankbar nickte der andere und nahm die Beine in die Hand. Unschlüssig blieb Sinao stehen, die Hand in der Schürzentasche um das Messer gelegt.

»Was für ein Schiff?«, fragte der Soldat. Erleichtert ging Sinao auf ihn zu.

»Ein großes. Ein Kriegsschiff, glaube ich. Ich kenne mich mit Schiffen nicht so aus. Es hatte vier Segel und drei Masten und Kanonen«, erklärte sie, während sie zu ihm trat. Sie sprach immer weiter, und ihre Worte klangen in ihren Ohren sinnlos: »Mister Tangye sagte, es sei eine Fregatte und dass die Marine hier sei.«

Der junge Soldat blickte sie ungläubig an. Sein Mund stand offen, und seine Überraschung wirkte irgendwie lustig. Ansatzlos zog Sinao ihr Messer und stieß zu, die Klinge nach oben gerichtet, in seinen Bauch. Noch immer sah er erstaunt aus, keuchte nach Luft. Er blickte sie an, als seine Beine nachgaben. Er sah aus, als wolle er sie etwas fragen, als würde er die Welt nicht mehr verstehen. Die Sklavin, die nun keine mehr war, zog das Messer heraus, als er zu stürzen drohte. Er klammerte sich an ihr fest, hob die andere Hand wie zur Abwehr, doch sie stach wieder zu, diesmal von oben in die Seite seines Halses.

In seinen Augen sah sie den Schmerz und die Angst, doch sie machte ihr Herz hart. *Du hast uns geschlagen und angetrieben. Du hast uns nicht wie Menschen behandelt, sondern wie Vieh. Und jetzt stirbst du selbst wie Vieh.*

Seine Finger zuckten schließlich nur noch, und er verlor den Halt und sank zu Boden, wo sein Blut aus der tiefen Halswunde sprudelnd in den Staub lief. Seine Lippen bewegten sich, vielleicht betete er zu seiner Einheit, vielleicht verfluchte er sie. Es war ihr egal. Das Bild seines sterbenden Leibes würde sie nicht vergessen, wie sie nie vergaß; sie würde es sehen, wie sie die Gehängten und Erschlagenen sah, wie all die Toten, denen sie nicht entkommen konnte.

Ohne auf sein Flüstern zu achten, stemmte sie sich gegen den Balken. Er war schwer, doch als sie mit aller Kraft ihre Schulter dagegendrückte, hob er sich langsam, löste sich aus seiner Halterung und fiel endlich polternd zu Boden. Zwölf Herzschläge lang stand sie still, doch niemand hatte es gehört. Zu sehr würden alle auf die Bucht achten, wo inzwischen wieder Kanonendonner erklang. Sie schob das Tor auf und nahm einen der Keile, mit denen die Torflügel tagsüber aufgehalten wurden. Sie rammte den Keil so fest sie konnte unter das Tor und zog den Balken nach draußen, wo sie ihn neben dem Tor ein Stück die Klippe hinabwarf.

Dann eilte sie weiter, dorthin, wo Majagua noch immer in der Sonne lag. Ein schneller Blick nach oben zeigte ihr, dass sie recht hatte: Sie sah Soldaten und Aufseher auf den Mauern, doch niemand guckte zu ihnen nach unten. Alle Aufmerksamkeit ruhte auf den Schiffen, denen sie selbst jetzt keinen Blick gönnte. Sie hatte nur Augen für Majagua, dessen geschundener Leib ihr furchtbar klein und verletzlich erschien.

»Sie sind da, sie sind da«, flüsterte der junge Krieger mit trockenen, gerissenen Lippen, die Sinao mit einem Kuss für einen Moment schloss.

»Ja.«

Sofort begann sie, seine Fesseln mit dem Messer durchzuschneiden. Ihre Finger waren glitschig vom Blut des Soldaten, doch sie hatte die Klinge gut geschärft. Schon bald waren seine Arme frei, und mit unsicheren Fingern half er ihr bei den Beinen.

»Ich habe dir gesagt, dass du nicht sterben darfst«, erklärte sie, als er sie in die Arme nahm und küsste, wohl voller Unglauben, tatsächlich noch am Leben zu sein. »Wir müssen …«

Ein Schrei aus dem Lager unterbrach sie. Es war das Heulen des Krieges, die Stimme der Paranao im Kampf, ein langer, vibrierender Ton, der ihr Herz schneller schlagen ließ.

»Bara und die anderen«, flüsterte Majagua. Tatsächlich ergoss sich eine Flut von Leibern aus dem Lager. Ein wahrer Strom, der sich bald schon in zwei Teile spaltete. Die meisten bewegten sich zum Strand, zum Wasser, wo sie auf die Hilfe der Fremden warten würden. Doch die Krieger und jene, die sich ihnen anschließen wollten, rannten die Klippen empor, den schmalen Pfad entlang, der zur Festung führte. Sie hatten sich so gut bewaffnet, wie es ihnen möglich war – mit Speeren und Steinklingen, und der Zorn umloderte sie in Sinaos Augen wie eine rot glühende Aura.

Dieser Aufruhr blieb bei den Blassnasen nicht unbemerkt, und Sinao hörte Schreie von der Mauer. Ein Schuss ertönte, und neben ihnen stieg ein Staubwölkchen auf.

»Komm«, rief Majagua. Er stand noch zitternd auf den Beinen, aber in seinen Augen glühte das gleiche Feuer, das auch die anderen Krieger antrieb. *Ihr habt uns zu lange geschunden,* fuhr es Sinao durch den Kopf. *Jetzt gibt es nichts mehr, was unsere Wut aufhalten kann.*

Sie folgte Majagua zum Tor der Festung, wo der Soldat lag, den inzwischen alles Leben verlassen hatte. Mit großen Augen schaute Majagua sie an: »Hast du …?«

»Ja«, erwiderte sie grimmig und hob die blutige Hand. Das düstere Grinsen in seinem verschorften Gesicht reichte von einem Ohr bis zum anderen. »Du bist eine Cajaya«, erklärte er ehrfürchtig, als er dem Toten seinen Dolch und sein Gewehr abnahm. Dann blickte er sich wild um.

»Lass uns kämpfen!«

FRANIGO

Die angenehme Lebensart hatte den Ärger verfliegen lassen, auch wenn die Schuld noch immer wie ein Stachel in Franigos Fleisch saß und ihn gelegentlich zwickte. Von den Géronaee war nichts Besseres zu erwarten gewesen, schließlich waren sie noch immer Invasoren und ungeliebte Besatzer. Natürlich hätte ein Souverän sich besonders um jene Kinder seines Landes kümmern sollen, die in seinen Kriegen Blut, Gliedmaßen und Leben ließen, doch die Welt war, wie Franigo als eifriger Student der menschlichen Seele wusste, schlecht. Wenn er sich aber im Spiegel der Ereignisse betrachtete, gab es für ihn keine Ausflüchte, und er wusste in seinem tiefsten Inneren, dass er den Freund im Stich gelassen hatte. Um diesen Gedanken zu entfliehen, gab Franigo sich dem Alkohol und anderweitigen Ausschweifungen hin, und letztlich blieb die Gewissheit der Schuld zwar bestehen, doch in einem Maße, die ein Leben mit ihr erträglich, wenn auch nicht angenehm erscheinen ließ. *Famos, wie der Geist sich schließlich an alles gewöhnt, die guten wie die schlechten Dinge. Imi ist tot, und dennoch erscheint mir Kakao nun gewöhnlich, und die Zeiten der Armut sind mir selbst in meinen Erinnerungen fern. Wie einfach man doch akzeptiert, glättet, vergisst!*

Müßig ließ der Poet den Rotwein im Kristallpokal kreisen. Es war spät, obwohl es für den Rest der Stadt vielleicht eher früh war. Bald würde die Sonne am Horizont aufgehen und die Menschen auf die Straßen treiben, damit sie ihrem Tagewerk nachgingen. Für Franigo gab es nichts, was sein Gemüt so einfach umwölken konnte wie der Anblick der arbeitenden Bewohner der Stadt, sodass er es sich angewöhnt hatte, den Gutteil des Tages im Bett oder doch zumindest in seiner Mietwohnung zu verbringen. Die Arbeit ging ihm leicht von der Hand, und spätestens mit Einbruch der Dunkelheit widmete er sich wieder dem gesellschaftlichen Leben.

Vor Einladungen zu Empfängen, Bällen und Soireen konnte er sich kaum retten, und nicht selten gab es für jeden Abend mehrere ansprechende Alternativen. Künstler waren zurzeit sehr gefragt, vor allem wenn sie nicht maulfaul waren und in einem kostbaren Sessel eine gute Figur machen konnten. Einige Maler, Bildhauer, Musiker und Komponisten waren Franigo inzwischen bekannt, ebenso wie Literaten, Dramatiker, Poeten und solche, die all dies noch werden wollten. Und jeder von ihnen strebte danach, einen Sonnenplatz als Protegé eines einflussreichen und gut betuchten Gönners einzunehmen. Es galt, geistreich zu sein, das ein oder andere Bonmot zu verbreiten und in Diskussionen mit Wissen und Verstand zu glänzen – alles Aufgaben, denen sich der hiscadische Poet gern stellte.

Der Rest seiner Zeit verging mit Liebeleien und Tändeleien. Bei vielen Abendgesellschaften waren die Damen in der Überzahl, und bislang konnte sich Franigo über Angebot und Nachfrage nicht beschweren. Manchmal galt es, ein Duell zu fechten; sei es mit dem gehörnten Ehemann einer Schönen, sei es mit einem übereifrigen Prätendenten auf den Dichterthron. Noch hielten sich das übermäßig gute Essen und die körperlichen Betätigungen die Waage, doch der Poet blickte hin und wieder mit einiger Sorge auf sein Wams, das sich langsam immer weniger elegant um seinen Leib legte. *Mehr*

Frauen, mehr Duelle, weniger Gänseleberpastete, schwor er sich im Stillen und trank einen Schluck des exzellenten Weines von den Hängen der Berge in Favare. Dieses Gebiet, lange Zeit nach dem Fall des Imperiums ein mehr oder minder unabhängiges Königreich, lag in der unwirtlichen, bergigen Grenzregion zwischen Géronay und Hiscadi. Früher hätte Franigo den Wein missbilligt, da er einen Hauch süßer als seine geliebten hiscadischen Weine war, doch inzwischen vermochte er den eigenen Reiz dieses Geschmacks zu schätzen. *Werde ich langsam weich? Eingelullt von gutem Essen, schwerem Wein, weichen Weiberarmen?*

Ein lautes Klopfen an der Tür zu seiner Wohnung riss ihn aus seinen Gedanken. Mit einem Seufzen erhob er sich mit schweren Gliedern und legte flugs den Waffengurt an. Um diese Zeit gab es nur wenige Gäste. Entweder es war eine Dame, die seine Gesellschaft suchte, oder ein Mann, der einen Händel mit ihm ausfechten wollte. Für einen Moment überlegte er, was ihm besser passen würde, konnte sich jedoch nicht entscheiden. Beides hatte seinen eigenen Reiz.

»Franigo?« Eine Frauenstimme. Schnell fuhr er sich mit der Hand durch das Haar, bevor er die Tür öffnete. Zu seinem Erstaunen stand dort Yuone, die ohne viel Federlesens direkt in das Empfangszimmer stürmte und sich ihm dann zuwandte. Viel war von ihr nicht zu sehen, da sie einen langen, dunkelblauen Mantel samt Kapuze übergeworfen hatte, doch als sie diese zurückzog, fiel ihr langes Haar in ansprechenden Locken auf ihre Schulter. Schon wollte Franigo ihr ein geübtes Kompliment machen, aber da sah er den gehetzten Blick in ihren Augen.

»Was führt dich zu mir, meine Liebe?«, fragte er also stattdessen und wies auf einen gepolsterten Stuhl. Sie schüttelte den Kopf und sah ihn eindringlich an.

»Nein, wir haben keine Zeit.«

»Keine Zeit? Jetzt weckst du meine Neugier. Ich gebe zu, dass wir uns einige Tage nicht gesehen haben, aber ich kann mir kaum vorstellen, dass es dich nach dieser kurzen Zeit der Trennung plötzlich derart übermannt.«

»Lass die Spielchen, Franigo. Ich bin hier, um dich zu warnen.«

Ihre Stimme war besorgt, und er sah, wie ihre weißen Finger unverwandt mit dem dicken Stoff ihres Mantels spielten. Dennoch konnte er sich ein amüsiertes Lächeln nicht verkneifen.

»Mich warnen? Habe ich einen Nebenbuhler? Hat meine lose Zunge einen jungen Galan verärgert? Habe ich dich zu sehr vernachlässigt?«

»Nein, du Ochse! Hältst du mich für so dumm, wegen einer solchen Kleinigkeit mitten in der Nacht durch die Stadt zu laufen?«

Ihr Ausbruch ernüchterte Franigo. Die Beleidigung ließ Hitze in ihm aufwallen, doch er antwortete kalt: »Für gewöhnlich nicht, nein. Aber bitte, mäßige deinen Ton. Meine hochanständigen Nachbarn sind empfindlich. Sonst muss ich dich um ihretwillen noch meiner Räume verweisen.«

Sie trat einen Schritt auf ihn zu, mit erhobenen Händen, als wolle sie ihn würgen, fing sich dann aber wieder: »Halt endlich den Mund, Franigo, und hör mir zu. Es ist wichtig.«

Sein Zorn verflog, und er nickte.

»Man wird dich verhaften lassen. Schon bald. Du …«, begann sie, aber er fiel ihr ins Wort: »Mich verhaften? Unsinn!« Er wollte lachen, doch eine plötzliche, eiskalte Vorahnung überkam ihn, die jede Heiterkeit untersagte.

»Nein, das ist kein Unsinn.«

»Aber … wer? Warum? Ich genieße die Gunst des Königshauses. Ich bewege mich in den besten Kreisen. Der Princiess persönlich …«

»Gureman hat sich von dir losgesagt. Es geht um gewisse Schriften, die das Ansehen der königlichen Familie, weiter Teile des Adels und des Klerus schädigen.«

Siedend heiß kehrten Franigo seine zornigen Worte nach Imerols Tod wieder ins Gedächtnis zurück. Worte, die er leider nicht nur gedacht oder sogar gesagt hatte, sondern die er, ganz seiner Zunft entsprechend, auch aufs Papier gebracht und schlussendlich gegen ein nicht geringes Entgelt vervielfältigt hatte. Anonym natürlich, aber vermutlich war es nicht allzu schwierig, ihn als Urheber der Schriften ausfindig zu machen.

»Das muss ein Irrtum sein«, verteidigte er sich lahm, aber Yuone hob die Hand: »Das mag sein. Aber das ist nebensächlich. Viel bedeutsamer ist, dass du dir Feinde gemacht hast.«

»Natürlich! Schließlich soll man einen Mann an seinen Feinden messen«, warf der Poet ein.

»Und diese Feinde fordern nun deinen Kopf. Ob und was du tatsächlich getan hast, ist unerheblich dabei. Sie würden ihre Maestre auch Beweise fälschen lassen, dass du des Herrschers jüngste Tochter geschändet hast, wenn das notwendig wäre.«

»Der Princiess hat mich fallen gelassen?«

Als die Schauspielerin nickte, fluchte Franigo hingebungsvoll.

»Was dachtest du? Er hat dich benutzt, um einem Rivalen zu schaden, was ihm dank deines Talents auch trefflich gelungen ist.«

»Danke für die Schmeichelei«, entgegnete der Poet trocken.

»Aber jetzt hast du deine Nützlichkeit verloren. Und nun hat Gureman keine Verwendung mehr für dich. Ein nutzloses Werkzeug, ein Dichter, ein Fremder – wen interessiert schon dein Schicksal?«

»Nun, mich interessiert es. Und anscheinend auch dich.«

»Mein weiches Herz war schon immer mein Problem«, erwiderte sie mit einem versonnenen Lächeln. »Es bringt mich stets in Schwierigkeiten. Aber du bist ein angenehmer Zeitgenosse, und du hast mir geholfen, deswegen würde es mir missfallen, dich wegen Hochverrats hängen zu sehen. Oder in einem der kalten, lichtlosen Gefängnisse meiner Heimat zu wissen. Auch das wäre dein Tod.«

»Woher weißt du das alles?«

Darauf schwieg Yuone und schlug die Augen nieder. Franigo antwortete für sie, als es ihm klar wurde: »Ein anderer Mann.«

»Er ist Offizier in der Leibwache von Marschall Bouflon. Hauptmann. Er redet gern und nimmt sich sehr wichtig.«

Seufzend rieb sich Franigo die Augen. Dass Yuone mehr als einen Gönner hatte, konnte er ihr nicht übel nehmen. Immerhin hatte er selbst auch nicht wirklich monogam gelebt.

»Ein Soldat? Yuone!«

Jetzt lächelte sie wieder. Es gab für den Poeten keinen Zweifel, dass sie die Wahrheit sagte. Er hatte es geschafft, sich selbst in Misskredit zu bringen, indem er das Nest beschmutzte, das andere ihm gebaut hatten. Andererseits hatte der Zorn seiner Feder die Wahrheit diktiert, nicht mehr und auch nicht weniger. Wenn Adel und Klerus sich durch seine Reime attackiert fühlten, so lag es wohl daran, dass sie sich darin wiedererkannten. *Wieder einmal zeigt sich, dass Wahrhaftigkeit der größte Feind der Kunst ist – sogar der größte Feind der Menschheit an sich,* dachte er ironisch.

In diesem Moment schlug jemand donnernd an die Haustür.

»Aufmachen!«, dröhnte eine Stimme durch den Korridor. »Im Namen des Marschalls: Aufmachen!«

»Seine eigene Garde, ich fühle mich geehrt«, murmelte Franigo, der bereits nach Mantel und Hut griff, während er Yuone bat: »Versteck dich!«

»Was hast du vor?«

»Nun, kampflose Kapitulation ist nicht mein Stil. Und es stirbt sich weitaus besser in Stiefeln, Hut und Mantel.«

»Du verfluchter Narr«, fauchte sie. »Du willst gegen sie kämpfen?«

»Was sonst?«

»Spring aus dem Fenster. Ich halte sie auf, beschäftige sie ein wenig.«

Das Hämmern an der Tür ließ ihm keine Zeit, um nachzudenken, also nickte er, obwohl es ihn einige Überwindung kostete: »Bist du sicher, dass es dir nicht schaden wird?«

Mit großer Geste warf sie ihr Haar zurück und setzte einen ebenso schmollenden wie unschuldigen Blick auf: »Ich bin Schauspielerin, schon vergessen?«

»Natürlich nicht«, erwiderte er und küsste sie. »Du bist die Beste.«

Während sie durch den Flur zum Treppenhaus lief, packte Franigo rasch einige wenige Habseligkeiten ein, bevor er das Fenster öffnete. Er hörte sie noch etwas rufen, im Tonfall gekränkten Anstandes, konnte jedoch keine Worte ausmachen. Türen wurden aufgerissen, als seine Nachbarn die nächtlichen Besucher bemerkten. Dann sprang er hinab auf die Straße. Der Aufprall war hart, und er rollte durch den Unrat. Ein stechender Schmerz fuhr durch seinen Knöchel, und ein Stein bohrte sich unsanft in seine Schulter. Mühsam rappelte er sich auf. Der Weg schien frei zu sein, doch dann lösten sich zwei Gestalten aus den Schatten einer Gasse.

»Wie peinlich«, stellte der eine mit einem hämischen Kichern fest. Er wandte sich an seinen Gefährten: »Du schuldest mir einen Lunar. Er ist doch abgehauen.«

»Das hätte ich nicht gedacht«, murmelte der Angesprochene. Als er ins Licht trat, erkannte Franigo Esterge, der ihn mitleidig anblickte.

»Gib auf, Franigo. Sie haben zwanzig Mann geschickt, um dich zu holen. Du kannst nicht entkommen.«

Ohne zu antworten, zog der Poet seinen Degen. Als er in Position ging, zuckte ein scharfer Schmerz sein gesamtes Bein entlang und ließ ihn aufstöhnen. Vorsichtig verlagerte er das Gewicht auf den anderen Fuß, bis aus den glühenden Lanzen des Schmerzes simple Dolche wurden.

»Steck die Klinge weg«, bat Esterge eindringlich. »Du kannst kaum gerade stehen. Zwing uns nicht. Bitte.«

»Du solltest wissen, dass ich meine Waffe nicht aus Spaß ziehe, mein Freund. Wenn ihr mich festnehmen wollt, dann solltet ihr es mir besser gleichtun.«

»Gerne«, zischte Esterges Begleiter und zog ein Rapier samt Linkhand. Auch der Hauptmann zog widerwillig seine Klinge. Die beiden kreisten um Franigo, zwangen ihn, sich zurückzuziehen, wobei jeder Schritt eine Tortur war. Alle Vorteile lagen auf ihrer Seite, also fackelte der Poet nicht lang. Ein schneller Angriff auf den Spötter, die Riposte pariert und dann ein Stoß; dies sandte den Soldaten mit durchbohrter Brust zu Boden. Esterge nutzte den Augenblick, drang auf Franigo ein. Seine Klinge fand eine Lücke und fuhr dem Poeten kalt beißend in die Seite. Franigo stolperte zurück, sein verletzter Fuß gab unter ihm nach, und er wäre gestürzt, hätte er sich nicht an einer Hauswand festgehalten. Blut lief ihm über die Haut und verklebte sein Wams. Der Hauptmann ließ nicht locker; er wusste, dass Franigo ein gefährlicher Gegner war. Esterge selbst war ein geübter Fechter, der sich keine Blöße gab. Ihre Waffen trafen einander mit metallischem Klang. Keiner sprach, nur Franigo knurrte vor Anstrengung und Schmerz.

Im fahlen Mondlicht waren ihre Klingen kaum zu erkennen, und schon bald hatte Franigo einen weiteren Schnitt am Oberschenkel. Er legte alles in einen letzten, verzweifelten Angriff, den Esterge mühelos parierte. Doch als der Hauptmann selbst zuschlug, empfing Franigo die Klinge todesmutig mit dem Arm, lenkte sie zur Seite und trieb seinem Freund den Degen in den Leib.

Sie sackten beide zu Boden. Der Schnitt am Arm war tief und blutete stark, doch Esterge war es schlechter ergangen. Der Hauptmann atmete flach, und sein Gesicht war bleich.

»Bleib liegen«, keuchte Franigo. »Sie finden dich. Beweg dich nicht, dann verlierst du nicht zu viel Blut.«

»Der Arm. Das war gut.«

»Es tut verflucht weh. Bleib ruhig liegen. Sie holen dir einen Arzt und einen Maestre.«

»Damit habe … ich nicht gerechnet«, erklärte Esterge keuchend. »Wie in einem Roman.«

Leise fluchte Franigo, über Hauptmänner, über Adlige, über Marschälle und am ausgiebigsten über Bücher.

Als jemand den Kopf aus dem Fenster steckte, das zu Franigos einstiger Wohnung gehörte, zwang er sich auf die Beine. Die Rufe sprachen eine deutliche Sprache, und der Poet hastete stöhnend in die nächste Gasse. Noch lange Zeit folgten ihm die Rufe, zwangen ihn weiter und weiter, ungeachtet der Schmerzen und der Blutstropfen, die er auf den Straßen und in den Gassen verlor. *Mein Blut ist zu gut für diese Stadt,* dachte er grimmig, als die Verfolger endlich aufgaben und er sich halb ohnmächtig in einen Hauseingang drückte und erschöpft die Augen schloss. *Wir sind alle nur Figuren in ihrem Spiel; Esterge, Yuone, ich. Wir tanzen nach ihrer Pfeife und stechen uns gegenseitig ab. Und wenn nicht uns, dann die Thayns oder die Mauresken oder wer sonst dieses Jahr abgestochen gehört. Puppen und Narren und Narren und Puppen.*

ROXANE

Konfusion, die von zahllosen Schreien begleitet wurde, brandete um Roxane auf, während sie sich an der Kanone festklammerte. Noch bevor sie sich aufrichtete, brüllte sie: »Ruhe!«

Das Schiff war auf Grund gelaufen und hing fest; sie konnte es in der fehlenden Bewegung spüren, im Knarren des Holzes hören, sie wusste es einfach.

»Freies Feuern!«

Ihre Stimme klang in ihren eigenen Ohren fremd, selbstbewusst, befehlsgewohnt, mutig – gänzlich anders, als sie sich eigentlich fühlte. Als die Fregatte auf Grund gelaufen war, hatte auch Roxanes Herz einen Sprung getan, und nun raste es unkontrolliert. Sie lagen zu weit von ihrem Ziel entfernt. Sollten die Begleitschiffe an ihnen vorbeikommen, dann konnten sie das Heck der *Mantikor* unter Feuer nehmen, ohne dass die Fregatte sich mit mehr als mit zwei Geschützen wehren konnte. Das Heck war die schwächste Stelle des ganzen Rumpfes. Während die Seiten mit dicken Eichenplanken versehen waren, gab es im Heck kaum Schutz vor den Kugeln der Kanonen. Gelang es einem Schiff, hinter – oder auch vor – das andere zu gelangen, konnte es Heck oder Bug beharken, und die Geschosse würden die ganze Länge der Decks verwüsten, Kanonen umschleudern, Geschützmannschaften verwunden und töten und das Schiff ins Chaos stürzen.

Als sie wieder sicheren Stand hatte, hetzte sie die Geschützlinie entlang und blickte durch die Luken auf die Korvette, die langsam, aber sicher an ihnen vorbeizog. Der Pulverqualm nahm ihr immer wieder die Sicht und kratzte ihr in der Kehle. Das letzte Geschütz donnerte los, und eine Wasserfontäne vor der Korvette zeigte den Fehlschuss.

»Die letzten beiden Backbordgeschütze lösen«, befahl die junge Offizierin mit einer Ruhe, die ihr selbst unheimlich war. »Schafft sie nach hinten. Wir müssen die Bastarde beschäftigen, bis wir wieder Wasser unter dem Kiel haben. Sorgt dafür, dass die Achtzehner ordentlich befestigt werden.«

Ohne auf die Ausführung ihrer Order zu warten, stürmte sie an Deck, wo Cearl Befehle brüllte. Ein lautes Donnern war zu hören, und von den Geschützen auf den Mauern des Forts stieg Rauch auf. Unwillkürlich zog Roxane den Kopf ein, doch die Geschosse flogen zu kurz und schlugen zwischen ihnen und den beiden feindlichen Schiffen ein.

An Steuerbord schien die Korvette einige Probleme zu haben; offensichtlich hatten sie einen oder mehrere Treffer gelandet, und das kleinere Schiff wies Beschädigungen an der Takelage auf. *Zu wenige,* erkannte die junge Offizierin, als die Korvette sich mühsam drehte, um hinter sie zu gelangen. *Das wird sie nicht genug beeinträchtigen.*

»Ich habe Geschütze nach achtern geordert«, rief Roxane Cearl zu. »Aber das wird sie kaum davon abhalten, uns in Stücke zu schießen, solange wir manövrierunfähig sind. Wir müssen schnell wieder flott werden.«

»Dessen bin ich mir bewusst« entgegnete Cearl, dem der Schweiß auf der Stirn stand und dem die Sorge tiefe Linien ins Gesicht grub. »Leutnant Hugham«, wandte er sich an Aella, »übernehmen Sie das Kommando bei den Heckgeschützen. Die Korvette darf nicht an uns herankommen. Auf kurze Distanz wären selbst die kleineren Kanonen tödlich!«

Als Aella nach unten stürmte, warf Roxane einen Blick auf das Fort. Noch hatte es nicht wieder geschossen, aber selbst mit ungeübten Mannschaften würde man sich bald auf ein festliegendes Ziel eingeschossen haben. Ganz zu schweigen von den Korvetten, die sie nun nach Belieben unter Beschuss nehmen konnten. Wie um ihre Gedanken zu unterstreichen, feuerte die Korvette, die noch vor Anker lag, und diesmal fanden einige Kugeln ihr Ziel. Holz splitterte, Geschosse pfiffen durch die Takelage und rissen Löcher in die Segel.

»Sagen Sie es schon. Sie haben mich gewarnt, Leutnant«, sagte Cearl unvermittelt. Verblüfft blickte Roxane ihn an; dieser Gedanke war ihr bislang gar nicht gekommen. All ihre Überlegungen galten ihrer Lage und wie sie dieser entrinnen konnten. *Was wir jetzt nicht brauchen können, ist ein von Schuldgefühlen übermannter Kapitän.*

»Es war eine taktische Entscheidung, Thay, die Sie mit vollem Recht getroffen haben. Jetzt ist es an uns, diese unangenehme Situation zu beenden, und wir haben kaum Zeit für Vorwürfe, nicht wahr?«

»Nein«, erwiderte er und sah sie dankbar an. »Vorschläge?«

»Das Wasser wird sich mit der Flut nur minimal heben. Darauf können wir uns nicht verlassen. Wir müssen uns selbst von dieser Sandbank hinunterhieven. Unsere Breitseite nutzt nichts, also würde ich sagen, wir stellen jeden verfügbaren Mann und jede Frau an das große Gangspill. Zwei Boote bringen zwei Anker nach vorn, und wir ziehen uns selbst an denen aus diesem Schlamassel.«

Nachdenklich blickte Cearl zum Bug und rieb sich mit der flachen Hand über das müde, abgezehrte Gesicht.

»Das könnte funktionieren. Aber für die Besatzung der Boote wird das ein Selbstmordkommando. Die Korvette voraus wird sie unter Feuer nehmen.«

»Unsere Verbündeten müssen sie ablenken. Und wir geben ihnen mit den Jagdgeschützen etwas, worüber sie nachdenken können. Haben wir eine andere Option?«

In diesem Moment ertönte neuerlicher Kanonendonner, und die Kettenkugeln des gegnerischen Schiffes schlugen in die Takelage der *Mantikor* ein. Die untere Rahe des Großmasts gab nach, und sie schlug krachend auf das Deck auf. Einige Matrosen versuchten sich vor der Wucht in Deckung zu bringen, doch es gelang nicht allen. Ein Mann heulte vor Schmerzen auf, und Roxane sah aus dem Augenwinkel, wie seine blutüberströmte Gestalt von zwei weiteren unter Deck geschafft wurde.

»Nein, wir haben keine andere Option«, gab Cearl zu und rieb sich mit der Hand über den Mund. »Verflucht, es ist meine Schuld. Wir sitzen hier fest wie fette Enten, und da drüben sind die Jäger und schießen uns gemütlich ab. Wenn wir nicht loskommen ...«

Er beendete den Satz nicht, denn gerade umrundeten endlich die beiden verbündeten Schiffe die Landzunge. Ihre Segel waren voll gesetzt, und das größere der beiden machte sichtlich mehr Fahrt als die *Mantikor* auf demselben Weg. Schnittig pflügte es durch die See, und an Deck konnte man Dutzende von Seeleuten erkennen.

Doch anstatt auf die Korvette Kurs zu nehmen, segelten die Schiffe weiter. Der Zweimaster, der laut Jaquento *Windreiter* hieß, drehte sogar ab und vergrößerte seinen Abstand zu den Schiffen. Wieder donnerten Kanonen. Das Fort schoss erneut zu kurz, doch die Einschläge kamen näher.

»Sie haben nicht erkannt, dass wir festliegen«, vermutete Cearl. »Verdammte Zivilisten. Wir können ihnen nicht einmal Flaggensignale geben. Sprachrohr!«

Während ein Fähnrich mit dem gewünschten Sprachrohr herbeilief, beobachtete die junge Offizierin das Schiff. Etwas stimmte nicht. Der Kurs war zu gradlinig, er würde sie nicht nahe an den Strand bringen, wie es geplant gewesen war.

»Sie steuern auf das schwarze Schiff zu«, rief sie, als sie endlich erkannte, was der Kapitän vorhatte.

»Was? Bei allen Seeteufeln!«

Mit wutverzerrter Miene hob Cearl das Sprachrohr an den Mund: »Greifen Sie die Korvette an! Bestätigen Sie den Befehl!«

Die genannte Korvette feuerte in diesem Augenblick erneut, und wieder saß die Breitseite. Am Bug splitterten Decksplanken auf, und irgendetwas schlug nahe bei ihnen ein und sandte einen Splitterregen in die Luft. Gleichzeitig warfen sich Roxane und Frewelling zu Boden, und Roxane spürte mehrere feine Stiche in der Seite. Als sie sich aufrappelten, fluchte Cearl erneut. Ein Splitter hatte ihn an der Schläfe getroffen, und Blut lief ihm auf den Kragen der Uniform, doch es war nicht die Wunde, die ihn erzürnte. Ihre angeblichen Verbündeten ignorierten den Befehl und steuerten einfach weiter auf die Schwarzbrunn-Fregatte zu.

»Die müssen das doch gehört haben«, knurrte Cearl und wiederholte seinen Befehl noch einmal lauter. Roxane hingegen spürte wieder ein flaues Gefühl im Magen aufsteigen; der Verrat, den sie fast erwartet hatte, traf sie tiefer, als sie gedacht hätte. *Du verfluchter, lügnerischer, arroganter hiscadischer Bastard!*

»Auch davor wurde ich gewarnt«, flüsterte Cearl, der leichenblass geworden war. Mit seltsam ungelenken Bewegungen legte er das Sprachrohr zur Seite. Er schien Roxane anzusehen, doch seine Augen waren unfokussiert.

Kanonendonner erklang jetzt hinter ihnen. Die Korvette hatte sich herangearbeitet und lag in guter Reichweite. Die Kugeln zischten um sie herum, eine ganze Reihe schien in das Heck einzuschlagen, sie hörten berstendes Glas und Schreie.

»Wir sind verloren. Ich … wir …«

»Nein! Die Boote, Thay. Wir müssen die Boote klarmachen!« Roxane drang auf ihn ein. Beinahe hätte sie ihn geschlagen, um ihn zur Besinnung zu bringen, doch sie besann sich gerade noch rechtzeitig und senkte die Hand.

»Ja, die Boote.«

Trotz seiner Worte tat er nichts, gab keine Befehle.

»Soll ich die Boote klarmachen lassen? Die Taue auf das Gangspill ziehen?«, bedrängte sie den Kapitän, der nur nickte.

Sie rannte los, und er folgte ihr. Während in Roxanes Geist Ideen und Pläne wie Luftblasen aufstiegen, bewertet und verworfen wurden, wirkte Cearl wie gelähmt. Aber sie konnte sich nicht um ihn kümmern; das Überleben des Schiffes und der ganzen Besatzung stand auf dem Spiel, und jede Sekunde zählte. Endlich dröhnten ihre eigenen Heckgeschütze auf, und ein leichter Ruck ging durch das Schiff.

Ein einzelner Schuss vom Fort; ein Spätzünder vielleicht oder eine langsame Bedienmannschaft. Doch was ihnen an Schnelligkeit fehlte, machten sie an Genauigkeit wett. Das Geschoss schlug mit berstendem Geräusch in den Heckaufbau ein. Trotz der Erschütterung lief Roxane weiter. Sie musste der Besatzung ein Vorbild sein, musste auch unter Feuer Ruhe bewahren. Nichts war schlimmer als Panik in der Führungsriege eines Schiffes.

Als sie unter Deck kamen, bot sich ihnen ein erster Vorgeschmack auf das, was kommen würde, wenn sie es nicht schafften, die *Mantikor* wieder flottzumachen. Verwundete lagen auf dem Boden, wurden von Unverletzten hinter die Kanonen gezogen. Einige schleppten die Schwerverwundeten gleich hinab in das provisorische Lazarett, wo Tabard genug Arbeit haben würde. Unwillkürlich musste Roxane an die Instrumente der Ärztin denken. *Besser ein tödlicher Treffer, ein sauberes und schnelles Ende!*

Gerade wollte sie ihre Befehle geben, da roch sie unter dem beißenden Pulvergestank noch etwas – brennendes Holz. Hastig blickte sie sich um. Die Kugel aus dem Fort steckte in einem Spant. Sie glühte in einem wütenden Kirschrot, und um sie herum schmauchte das Eichenholz bereits.

»Wassereimer hierher!«, rief Roxane und sprang zu dem Geschoss. Um sie herum schien die Besatzung erstarrt zu sein. Mit bloßen Händen näherte sich die junge Offizierin der Gefahr, doch die Kugel war zu heiß, und sie zuckte zurück. Wieder entfuhr ihr ein Fluch. Dann trat sie mit voller Kraft zu. Die Kugel ruckte ein Stück, und Roxane trat noch einmal und wieder, bis das Geschoss polternd auf den Boden fiel. Rot glühend kullerte es über das Deck, bis Roxane einen Wassereimer packte, darüber ausgoss und die Kugel in dem Eimer fing. Ungeachtet des zischenden Dampfes lief sie zur nächsten Stückpforte und schleuderte Eimer samt Kugel über Bord. Grimmig tauchte sie ihren rauchenden Schuh in den nächsten wassergefüllten Eimer. Als sie sich die Haare aus der Stirn strich und sich umdrehte, starrte das halbe Deck sie mit sprachloser Erschütterung an.

»Zieht die Ankertrossen auf das Spill! Bootsbesatzungen an Deck, Boote klarmachen!«, brüllte sie. Zur Sicherheit fügte sie hinzu: »Leute an die Eimer! Ich will das ganze Deck voller Wassereimer sehen, ist das klar?«

Ihre Befehle beendeten das Chaos, als wären alle froh, wieder etwas tun zu können. Jeder und jede wusste, wo sein oder ihr Platz war. Der Sand unter Roxanes Füßen knirschte, als sie zum Heck lief.

Dort beugte sich Aella gerade über eine Kanone und gab Anweisungen: »Zwei höher … noch … gut!«

»Wie sieht es aus?«

Die Offizierin bleckte die Zähne. »Wir treiben sie zurück.

Die Achtzehner sind hart für kleine Schiffe. Aber ich wünschte, wir hätten ein paar Vierundzwanzigpfünder.«

Und ich wünschte, ich wäre daheim und es gäbe jetzt Tee und Sandwiches, dachte Roxane, ehe sie laut sagte: »Gut. Halten Sie sie auf Trab. Wir holen uns hier raus.«

»Unter Kapitän Harfell wäre das nicht passiert. Verdammt«, fluchte plötzlich ein Seemann.

Roxane zuckte zusammen, als sie den Mann erkannte. *Hoare*!

»Wenn wir hier rauskommen, dann kommen Sie alle vor ein Kriegsgericht!«, tobte der Seemann weiter.

Roxane spürte, wie Cearl sich neben ihr versteifte.

»Wir brauchen zwei Boote für die Anker, nicht wahr?«, erkundigte er sich urplötzlich mit einer Gefasstheit, die Roxane erstaunte.

»Ja, Thay.«

»Lassen Sie alle vier Boote zu Wasser. Ich will die anderen beiden voll besetzt, alle Soldaten und jeder Mann und jede Frau, die schon einmal an einem Enterkampf teilgenommen haben. Handwaffen, Granaten. Die besten Rudermannschaften des Schiffes.«

»Was haben Sie vor?«

Sein Gesicht war eine ausdruckslose Maske, als er fortfuhr: »Wir werden uns um die Korvette voraus kümmern und sorgen für eine Ablenkung. Schaffen Sie die *Mantikor* wieder ins Wasser, Leutnant. Alles andere lassen Sie meine Sorge sein.«

»Thay ... Sie kommen niemals bis zu ihnen hin. Die schießen die Boote in Stücke!«

»Ich sagte, Sie sollen das meine Sorge sein lassen. Hoare, kommen Sie mit. Ich weiß, dass Sie Kampferfahrung haben. Stellen Sie zwei Bootsmannschaften zusammen.«

Der Angesprochene blickte grimmig, hob jedoch die Hand an die Stirn. »Aye, aye, Thay.«

Als der Seemann hinauslief, packte Cearl die junge Offizierin an der Schulter.

»Bringen Sie das Schiff in Sicherheit. Wir stoßen dann wieder zu Ihnen.«

Unfähig zu antworten, schwieg Roxane. In seinen Augen blitzte ein selbstzerstörerischer Triumph, als habe er in dieser unmöglichen Aufgabe endlich einen Ausweg aus seinem Dilemma gefunden. Bittere Galle stieg in ihrer Kehle empor. Sie wollte ihn aufhalten, ihn von seinem Vorhaben abbringen, doch sie konnte nichts sagen, bis er sich abwandte und den Niedergang hinauf an Deck stürmte.

Kanonen donnerten, aber Roxane nahm es kaum noch wahr. All dies, das Gefecht, der Tod, die Angst, es war alles weit entfernt.

Erst Aellas Stimme riss sie aus ihrer Trance: »Die Boote?«

Schlafwandlerisch nickte Roxane, dann kehrte sie in die Wirklichkeit zurück. Während Aella erneut feuern ließ, lief sie wieder so schnell wie möglich an Deck. *Nicht rennen. Keine Angst zeigen. Der Mannschaft ein Vorbild sein.* Wie ein Gebet wiederholte sie diese Sätze im Geist, bis sie mittschiffs ins helle Sonnenlicht trat. Dort lief Cearl wie ein Getriebener über das Deck, rief Befehle und sammelte zwei Bootsmannschaften um sich. Andere Matrosen hatten bereits damit begonnen, die Boote zu Wasser zu lassen. Gemeinsam fierten sie die Bootsleinen. *Er sieht entschlossen aus, und seine Befehle sind klar. Das ist es, was die Mannschaft von ihm will.*

»Kapitän, lassen Sie mich die Ablenkung übernehmen«, bat Roxane eindringlich. Endlich hatte sie ihre Stimme wiedergefunden. »Sie müssen an Bord bleiben.«

Er sah sie mit unergründlicher Miene an. Sie glaubte eine Sicherheit in seinen Augen zu erkennen, die nicht mehr dort gewesen war, seit er auf Harfell geschossen hatte.

»Nein. Das ist meine Aufgabe, Leutnant. Ihre ist es, die *Mantikor* von dieser verfluchten Sandbank zu holen.«

»Der Kapitän sollte an Bord bleiben«, flüsterte Roxane, aber Cearl schüttelte den Kopf.

»Ich lasse die *Mantikor* in den Händen weit besserer Offiziere zurück, als ich es bin. Befolgen Sie meine Befehle, dieses eine Mal noch.«

»Cearl …«

»Ich weiß, was ich tun muss, Roxane. Lass mich ziehen.«

Das Drängen in seiner Stimme, zusammen mit der vertraulichen Anrede, ließ die junge Offizierin verstummen. Während sie salutierte, lächelte Cearl, und dieses Mal wirkte sein Lächeln wie befreit. Es erinnerte sie an das unbekümmerte Lächeln des jungen Offiziers, der sie an Bord begrüßt hatte. *Den ich vielleicht hätte lieben können. Der sterben wird.*

»Sie haben das Kommando an Deck, Leutnant. Viel Glück.«

»Ihnen auch, Thay.« Es war kaum mehr als ein Flüstern.

»In die Boote!«

An der Spitze der Mannschaften kletterte Cearl in das schwankende Gefährt. Waffen wurden hinabgereicht, Beile, Entermesser, ein Fass mit Granaten. Innerhalb kürzester Zeit waren die Boote bereit und legten ab.

Einige Sekunden lang blickte Roxane ihnen nach, während sich die Seeleute mit aller Macht in die Riemen legten und mit hohem Tempo auf die Korvette Kurs nahmen. Doch als die nächste Salve auf sie abgefeuert wurde, wandte sie sich ab.

Das Schiff und die Besatzung brauchten sie, und für Cearl konnte sie nichts mehr tun, was in ihrer Macht stand. Lediglich zu beten blieb ihr noch, und zum ersten Mal seit vielen Jahren waren ihre Gebete voller Inbrunst.

MAJAGUA

Im Innenhof hallten Schreie wider, Alarmrufe, Warnungen, sogar ein hohes, angsterfülltes Quietschen, das Majagua ein freudiges Schaudern durch den Leib fahren ließ.

»Die Zeit der furchtsamen Sklaven ist um«, flüsterte er Sinao zu. Noch vorhin hatte er sich hilflos ausgeliefert gefühlt, tödlich erschöpft, doch nun hatte Anui ihm seine Lebensgeister zurückgegeben. Er spürte keinen Schmerz und keine Erschöpfung. Der Himmel über ihnen war so blau, wie er ihn noch nie zuvor gesehen hatte, und das Rauschen des Meeres enthielt eine wundervolle Verheißung. Er war am Leben, Sinao war am Leben, sie waren frei, und Majagua brannte förmlich vor Tatendrang. Noch allerdings mussten sie sich zurückhalten.

Die anderen Sklaven kamen den Pfad zum Fort hochgestürmt. Sie liefen hintereinander, da der Weg schmal war, und sie schwenkten ihre Speere und die Schilde, und ihr Kriegsruf versprach allen Feinden einen blutigen Tod.

»Das Tor ist auf!«, schrie einer der Soldaten auf der Mauer entsetzt. »Bei der Einheit, das Tor!«

Gut gemacht, Sinao, dachte Majagua zufrieden. Gemeinsam mit ihr verbarg er sich hinter dem Torflügel. Sie mussten die Pforte so lange aufhalten, bis ihre Gefährten heran waren.

»Schließt das Tor!« Diese Stimme gehörte Tangye. Er kannte die Stimme nur zu genau. Die befehlsgewohnte, tiefe Stimme, in der nun zu Majaguas Freude Angst mitschwang.

Ein Schuss aus einer Muskete wurde abgegeben, und einer der Krieger stürzte mit einem schrillen Kreischen in die Bucht hinab. Weitere Schüsse fielen, doch für die Heranstürmenden gab es kein Halten. Sie konnten nicht stehen bleiben und nicht zurück, und wenn es ihnen ebenso wie Majagua ging, so würden sie lieber sterben, als zu fliehen.

Es näherten sich Schritte, schwere Stiefelabsätze auf dem gepflasterten Boden. Eine Hand erschien in Majaguas Sichtfeld, helle, schmutzige Finger mit groben Nägeln. Bevor die Blassnase den Torflügel packen konnte, sprang der junge Paranao vor. Seine Gegnerin taumelte erschrocken zurück, hob die Muskete, doch schon war Majagua an dem langen Lauf vorüber. Sie war allein. Das Messer des toten Soldaten lag gut in seiner Hand. Er führte es zum Stoß, wie es ihm die alten Krieger auf Guanquen beigebracht hatten. Es war eine gute Klinge, scharf und sauber; sie glitt mühelos durch Kleidung, Haut und Fleisch, schabte über eine Rippe, drang tief in den Leib ein. Ohne zu zögern, riss Majagua sie wieder heraus, stach noch einmal zu und noch einmal, bis die Soldatin leblos vor ihm auf dem Boden lag.

Schnell bückte er sich nach ihrem Gewehr. Sein Vater besaß eins, ein Geschenk des Cacique der Blassnasen auf Guanquen, und Majagua hatte schon einmal damit geschossen. Er konnte erkennen, dass dieses hier geladen und bereit war, tödliche Kugeln zu speien. Zwei weitere Soldaten stürmten die Treppe hinab, und Majagua legte das Gewehr an. Der Schuss war schlecht gezielt, und die Kugel schlug weit neben den Blassnasen ein, doch der Knall und die Splitter ließen sie zurückweichen und hastig Deckung suchen. Sofort warf der junge Paranao das Gewehr zur Seite.

Auf den Mauern schossen andere weiter. Majagua sah nicht, ob sie trafen, doch er wusste, dass es viele Tote geben würde. *Anui, nimm sie zu dir. Sie sind als Krieger gestorben, als freie Paranao, nicht als Sklaven der verfluchten Blassnasen.*

Er hatte keine Zeit, weiter an die Toten zu denken; es ging um die Lebenden. Die zwei Soldaten legten an, und Majagua hechtete hinter den Torflügel zu Sinao. Holz splitterte, ein daumenlanges Stück bohrte sich in seine Seite, doch die Kugeln verfehlten ihn. Er sah sich zu seiner Begleiterin um, und Sinao bedeutete ihm durch eine Geste, dass sie unverletzt war. »Bleib hier«, formten seine Lippen lautlos. Dann rappelte er sich auf und rannte los. Die Soldaten luden hektisch nach, kippten Pulver aus den Hörnern in den Lauf, ließen Kugeln hineinrollen, stopften.

Einer hätte es fast geschafft, doch Majagua war schon heran, schlug den Lauf der Muskete zur Seite und schlug dem Mann mit aller Kraft ins Gesicht. Als der Soldat nach hinten taumelte, sprang Majagua den anderen an. Er klammerte sich an ihm fest, hob den Dolch und hieb ihn der Blassnase in den Rücken. Der Soldat heulte vor Schmerzen auf, seine Faust traf Majaguas Seite, drückte den Splitter weiter in die Wunde. Die Schmerzen kamen wie ein Blitz über den jungen Paranao, aber er ließ nicht los, nicht einmal, als der Soldat ihn in die Schulter biss. Die Klinge fuhr dem Gegner in den Hals, und er kippte nach hinten weg. Die beiden kugelten übereinander, warmes Blut benetzte Majaguas Brust, dann schlug er hart auf den Boden auf. Er warf sich herum und blickte in die Mündung der Muskete des ersten Gegners.

Bevor der Schuss sich löste, war Sinao da. Sie schwang die Muskete der toten Torwache wie eine Keule und traf den Soldaten im Nacken. Majagua kroch auf ihn zu, packte seinen Kopf und hieb ihn auf den harten Steinboden. Einmal, zweimal, dreimal. Blut lief dem Soldaten über das Gesicht, vermengte sich im Staub mit Majaguas eigenem. Der Paranao atmete schwer, kniete über seinem gefallenen Feind und zitterte vor Aufregung und Wut.

Ein weiterer Schuss ertönte.

»Achtung«, schrie Sinao und zerrte ihn weg. Mehr Schüsse, Kugeln schlugen auf das Pflaster; die Soldaten auf den Mauern feuerten in den Innenhof.

Gemeinsam mit Sinao duckte sich Majagua in einen Eingang. Die Tür war verschlossen, und das schmale Portal bot kaum Schutz. Die Soldaten mussten sich nur ein wenig bewegen, dann würden sie freies Schussfeld haben.

»Ich liebe dich«, flüsterte er. »Wenn ich es sage, läufst du zum Tor. Sieh dich nicht um, sondern lauf!«

»Sei nicht albern«, erwiderte sie. »Wenn, dann laufen wir beide.«

Er wollte sie dumm schelten, sie fortschicken, doch just in diesem Moment stürmten die Krieger in den Innenhof. Mehr Schüsse peitschten herab, doch es waren zu viele Paranao und zu wenige Wachen. Einige der Angreifer nahmen die Waffen der toten Soldaten, andere schleuderten Speere auf ihre Feinde. Trotzdem durften sie nicht im Hof bleiben.

»Hoch! Hoch!«, rief Majagua, der aufsprang und zur nächstgelegenen Treppe stürmte. Er wartete nicht ab, ob die anderen ihm folgten, sondern stürmte hinauf, mehrere Stufen auf einmal nehmend. Erst oben fiel ihm auf, dass er keine Waffe mehr hatte. Es war ihm egal. Leiber drängten sich um ihn herum, Dutzende von Kriegern liefen barfüßig über die Mauer. Weiter vorn waren fünf Soldaten, zwei von ihnen knieten, der Rest stand. Wie ein Mann feuerten sie, und ihre Waffen hielten blutige Ernte unter den Paranao. Doch die befreiten Sklaven rannten weiter, ungeachtet der Lücken in ihren Reihen. Sie fielen über die fünf her, die sich nach besten Kräften wehrten, aber schon bald von Speeren und Dolchen durchbohrt zu Boden fielen. Der lange aufgestaute Zorn verlieh den Paranao Kraft, und ihr Hass ließ sie auch noch die toten Körper der Blassnasen schlagen, treten und verstümmeln.

»Der Turm«, rief Sinao. »Tangye ist dort und die Kanonen!«

Majaguas Blick folgte ihrem Finger, und tatsächlich sah er Tangye über ihnen auf dem Turm stehen, inmitten von Blassnasen, die ihre Gewehre nach unten richteten und feuerten. Ihnen blieb keine andere Wahl: Sie mussten in diesen Turm kommen.

»Kennst du den Weg?«, fragte Majagua, und Sinao nickte. Sie lief mit wehendem Rock die Stufen hinab und durch den Hof. Schnell hob Majagua eines der Gewehre, die vorn mit einem Dolch versehen waren, auf.

»Bara, komm mit!«

Gemeinsam mit dem großen Krieger und vielleicht zwei Dutzend anderen folgte Majagua dem Mädchen. Der Rest kümmerte sich um die verstreuten Soldaten und Aufseher auf den Mauern und im Hof. Der Kampf war brutal und blutig, und keine Seite gewährte Gnade.

Sinao führte sie durch eine Tür in die dunklen Hallen der Festung. Keiner der Sklaven aus dem Lager war jemals hier gewesen, und die Anordnung der Gänge und Zimmer war verwirrend. Sinao indes führte sie zielsicher zu einer Tür.

»Hier hinein.«

Doch die Pforte war verschlossen.

Innerhalb der dicken Mauern klangen die Schüsse nur noch gedämpft, aber Majagua wusste, dass jede Verzögerung noch mehr Paranao das Leben kosten würde.

»Aufbrechen!«, befahl er und sah sich um. Sie brauchten etwas Schweres, einen Stein oder Baumstamm, hier hingegen gab es nichts bis auf kahle Wände.

»Tretet zurück«, sagte Bara ruhig und visierte die dicke Holztür an. Metallene Beschläge liefen über die Bohlen, und die Tür saß in einem festen Rahmen.

Mit einem Schrei warf sich der breitschultrige Sklave gegen die Tür, die unter seinem Ansturm erzitterte. Wieder schleuderte Bara seinen Körper wie eine Waffe gegen das Holz, und diesmal knackte es. Noch ein Sprung, und das Schloss wurde aus der Verankerung gerissen.

»Leise. Keine Schreie.«

Wieder ging Sinao vor, doch diesmal hätten sie den Weg auch allein gefunden. Von dem kleinen Raum aus führte eine Treppe hinab und eine weitere nach oben. Sie schlichen die Stufen empor, die überraschend kühl waren. Jetzt wurden die Schüsse wieder lauter, und über ihnen stand der Himmel in einem hellen Viereck: ein Ausgang auf den Turm, unbewacht.

Mit zwei Gesten bedeutete Majagua Sinao zu warten, was sie mit energischem Kopfschütteln beantwortete. Hilfe suchend sah der junge Paranao Bara an, der jedoch mit den Achseln zuckte.

Einmal atmete Majagua tief durch, dann rannte er los. Das helle Licht blendete ihn nach dem dunklen Aufstieg, doch er konnte die Schemen seiner Feinde an der Brüstung erkennen. Die Paranao strömten hinter ihm durch die Öffnung, Majagua derweil hatte nur Augen für Tangye. Er lief auf den verhassten Aufseher zu, der von den Geräuschen aufgeschreckt herumfuhr. »Was zum Henker…« Der Aufseher brachte den Satz nicht zu Ende. Eine Pistole in seiner Hand bellte auf, und Majagua spürte einen Stich in seiner Seite, doch er verschwendete keinen Gedanken daran. Der Aufseher entrollte seine Peitsche. Der Hieb kam schnell, so schnell, wie eine Schlange auf ihr Opfer niederstößt, aber Majagua war kein Sklave mehr. Der brennende Striemen auf seiner Haut trieb ihn voran, statt ihn einzuschüchtern, beflügelte ihn schier.

Tangyes Gesicht schien vor ihm zu schweben; seine Miene zeigte eine Mischung aus Unglauben, Angst und blankem Hass. Majagua hob die Waffe und stieß zu.

Der Dolch bohrte sich in Tangyes Brust, und Majagua drückte mit aller Kraft. Der Aufseher ging in die Knie, aufgespießt wie ein Schwein, das auf dem Feuer gebraten werden soll. Mit einem Schrei warf sich Majagua nach vorn und schleuderte Tangye zurück. Ohne einen Laut kippte der einst so gefürchtete Mann leblos über die Kante der Mauer und stürzte hinab. Ein Blick in den Hof genügte, um zu erkennen, dass er tot war. Mit verdrehten Gliedmaßen und einer fürchterlichen Wunde mitten in der Brust lag Tangye zu Füßen der Paranao, die er so gequält hatte, im Staub. *Mögen deine Ahnen dich für das bestrafen, was du uns angetan hast. Mögest du keinen Schatten finden und kein Wasser und für immer durstig im Zwischenreich umherirren.*

Erschöpft blickte Majagua sich um. Noch leisteten einige Soldaten Widerstand, aber Bara führte die Krieger gegen sie, deren Waffen von ihrer Wut gelenkt wurden. Es war ein kurzes, blutiges Gemetzel, dann hatten sie den Turm erobert. Nur ein Mann, ein Aufseher, wich schließlich noch vor den Paranao zurück, eine kleine Pistole in der Hand. Angst stand in seinen Augen, er stank geradezu nach Panik. Plötzlich packte er einen der seltsam dicken Eimer und hob ihn hoch.

»Zurück!«, brüllte er, doch viele der Krieger verstanden ihn nicht. Er presste die Mündung der Waffe in den Eimer. »Zurück!«

Einer der Paranao sprang mit einem höhnischen Lachen vor, wollte den Aufseher packen. Der stolperte zurück. Der Schuss löste sich. Ein gewaltiger Schlag traf Majagua, warf ihn herum und stieß ihn zu Boden. In seinen Ohren klingelte es, und für einige Augenblicke verstand er nicht, was Sinao sagte, obwohl sich ihre Lippen bewegten. Dann kehrte das Leben in seine Ohren zurück.

»... hinunter. Die Schiffe kommen! Sie kommen, um uns zu holen!«

Sie deutete hinab in die Bucht, und tatsächlich waren jetzt mehr Schiffe dort. Zwei weitere fuhren herbei. Wie durch eine Schicht Baumwolle hindurch hörte Majagua das Donnern der Kanonen. Rauch stieg von den Schiffen auf, Feuer blitzte aus ihren Seiten. Er wusste nicht, wie sie kämpften, doch er vertraute dem Fremden, mit dem er gesprochen hatte, dass er und seine Krieger ihren Teil der Abmachung einhalten würden. Eines der neuen Schiffe allerdings blieb insgesamt weit draußen, als fürchtete es, in das Gefecht verwickelt zu werden. Majagua fragte sich, ob es dafür einen Grund gab.

Er wollte tief durchatmen, doch sein Leib schmerzte nun bei jeder Bewegung. Blut lief über seine Haut, und er konnte nicht sagen, ob es sein eigenes oder das seiner Feinde war.

»Du bist verletzt«, erkannte Sinao. »Lass mich dir helfen.« Besorgnis klang in ihrer Stimme mit, aber Majagua winkte ab.

»Nein. Du hast recht, wir müssen zum Strand. Dort können wir uns um alles Weitere kümmern«, entgegnete er und sah sich um. »Bara, zum Strand.«

Doch der große Krieger war nicht da, antwortete nicht. Verwirrt blickte Majagua sich um und sah ihn an der Brüstung liegen. Sein Gesicht war halb zerfetzt, seine Haut verkohlt und eingerissen. Er bot einen grauenhaften Anblick. Seine leblosen Finger umklammerten noch immer seinen Speer, als wolle er den Ahnen zeigen, dass er ein Krieger sei.

»Wir müssen gehen«, drängte Sinao. »Er ist tot. Viele sind gestorben. Wir müssen zum Strand, damit wir fliehen können.«

Wie betäubt nickte Majagua. Er wollte Anui sagen, dass Bara ein tapferer Mann gewesen war, aber sein Geist fand keine Worte. Durch seinen Bauch tanzten bei jedem Schritt flammende Schmerzen, doch er folgte Sinao hinab in die Dunkelheit des Turms, hinter der irgendwo die Freiheit liegen musste.

JAQUENTO

Die Zeit floss so träge dahin wie das brackige Wasser in der Bilge.

Immerhin gelang es Manoel offenbar, einige Mitwisser zu gewinnen, die Jaquento in unbeobachteten Augenblicken Essen und Wasser brachten und einen Krug für die Notdurft. Doch weder Bihrâd noch Manoel ließen sich nach ihrem ersten Besuch mehr bei ihm blicken, was dem Hiscadi ein ungutes Gefühl bescherte. Er fragte sich, ob sie ihm aus dem Weg gingen, weil sie beschlossen hatten, ihm zwar zu helfen, sich aber nicht gegen Quibon zu stellen. *Dann lasst mich einfach nur raus und gebt mir einen Degen,* dachte er grimmig. *Ich kümmere mich schon um Quibon, und ihr könnt eure Hände in Unschuld waschen.* Doch nichts dergleichen geschah, und schon bald wich Jaquentos Zorn wieder der Verzweiflung.

Er sehnte sich nach den kurzen Momenten des flackernden Lichts, wenn jemand hastig Essen in seinen Kerker schob. Es kam ihm absurd vor, wie sehr er sich über ein Talglicht freute, das ihm einst als das normalste Ding der Welt erschienen war. Ganz zu schweigen von Luft, vom Wind, von der Weite des Horizonts. Seit seiner Gefangennahme konnten noch nicht mehr als einige Tage vergangen sein, doch er befürchtete mehr und mehr, dass der Zustand von Dauer sein würde.

Noch fuhr die *Windreiter* ihrem Ziel entgegen; Jaquento konnte es an den Bewegungen und Geräuschen des Schiffes erkennen. Es war, als ob das Meer zu ihm spräche. Ohne auch nur einen Blick nach draußen werfen zu können, wusste er, wie der Wind stand und wie stark er war, welche Beschaffenheit die See hatte. Vielleicht hatte Rahel mit ihren Worten doch recht gehabt. Vielleicht hatte die See ihn gerufen, weil sie ihn erkannt hatte. *Ob Rahel Teil des Verrats ist? Oder wurde sie von Deguay ebenso wie Pertiz und ich hintergangen?*

Nur selten fand er Schlaf, der unerquicklich blieb und mit beunruhigend fließenden Übergängen kam und ging. Bisweilen wusste er nicht, ob er wachte oder träumte, und diese Momente erschreckten ihn. Manchmal erwachte er aus schweren Träumen und glaubte, am Rande eines Daches zu stehen und in den Abgrund zu blicken, hinab auf einen zerschellten Körper. *Mörder,* hallte es dann durch seine Gedanken. *Du hast ihn umgebracht.* In solchen Momenten brauchte der junge Hiscadi einige Zeit, um sich zu vergewissern, wo er war, wer er war und dass er immer noch lebte.

Irgendwann ertönte in der Ferne ein vertrautes Geräusch: Kanonendonner. Dies konnte nur bedeuten, dass sie an der Insel angelangt waren. Jetzt würde sich Deguays Plan in seiner ganzen Boshaftigkeit entfalten, und er würde unzählige Leben kosten. Die Sklaven, die Jaquento ihr Vertrauen geschenkt hatten, würden nun ihre Revolte beginnen.

Von plötzlichem Tatendrang erfüllt, sprang der junge Hiscadi auf und lauschte angestrengt in die Dunkelheit. In seinen Muskeln spürte er das Bedürfnis, sich zu bewegen, den Wunsch, zu kämpfen, der ihn ohnmächtig aufstöhnen ließ. Wütend hämmerte er mit der Faust gegen die Tür. Natürlich antwortete ihm niemand. Alle würden auf das Gefecht konzentriert sein. Die Enttäuschung drohte, ihn schier zu übermannen.

»Macht die verdammte Tür auf! Lasst mich raus, ihr feigen Hunde! Ich bringe euch um! Ich steche euch ab wie Schweine!«

Aller Zorn, der sich seit Pertiz' Tod in ihm aufgestaut hatte, entlud sich in einer wüsten Tirade. Seine Hände schmerzten von den Schlägen auf das unnachgiebige Holz, doch er hörte nicht auf. Wenigstens zeigte ihm der Schmerz, dass er noch lebte und dass er nicht in einer Zwischenwelt gefangen war, in einem albtraumhaften Limbus, aus dem es kein Entkommen gab. Das Holz war real, und seine schmerzende Hand war echt. Er fluchte und wütete und schrie sich die Kehle wund.

Unvermittelt öffnete sich die Tür, als würde sie seinem Zorn endlich nachgeben. Doch es war nicht Zauberei, sondern ein Anwender derselben, der ihn befreite. Mit einem breiten Grinsen hielt sich Manoel die Nase zu.

»Du stinkst, Schiffskamerad. Und du kennst eine Menge böser Worte. Das hätte ich von dir nicht gedacht, Jaq.«

Widerwillig musste der Hiscadi grinsen. »Es wurde aber auch Zeit, dass du kommst. Was ist jetzt? Lässt du mich endlich raus, oder muss ich darauf warten, dass Quibons Spatzenhirn sich einen Plan ausdenkt, wie man mich umbringen kann?«

»'tschuldigung«, nuschelte Manoel. »Wir haben uns die Entscheidung nicht leicht gemacht. Aber die Sklaven auf der Insel kämpfen; das hat den Ausschlag dafür gegeben, sich gegen Käpt'n Quibon zu stellen. Das und die Tatsache, dass der Mann nicht mehr Ahnung vom Navigieren hat als ein Flachrochen. Du ...«

»Ich weiß: Ich hatte recht«, unterbrach Jaquento den Redefluss des Maestre. »Wie stehen unsere Chancen, Mano?«

»Ich habe mit den Freigelassenen geredet. Wir haben viele von ihnen auf unserer Seite. Aber vielleicht nicht genug.«

Manoel reichte Jaquento einen Waffengurt mit einem Degen. Während er sich gürtete, überdachte Jaquento ihre Möglichkeiten. Als er kurz die Pistole prüfte, die Manoel ihm gab, entschied er sich.

»Dann müssen wir der Schlange schnell den Kopf abschlagen. Es muss ein Handstreich sein, so schnell und gezielt, dass er vorüber ist, bevor sich wirkliche Gegenwehr formieren kann. Bring alle zusammen, die sich uns anschließen wollen. Und dann warte auf mein Signal!«

Neugierig blickte Manoel ihn an.

»Was wird das Signal sein?«

»Du wirst es erkennen, wenn ich es dir gebe, glaub mir. Was ist mit Bihrâd?«

»Er gehört natürlich zu uns und ist gerade dabei, noch ein paar Unentschlossene zu überzeugen.«

»Gut. Kannst du uns unterstützen, wenn es hart auf hart kommt? Irgendein ... Mojo machen?«

Ein seltsamer Ausdruck huschte über Manoels Antlitz, als ob jemand eine schmerzende Wunde an seinem Leib berührt hätte. Er wand sich kurz, dann erwiderte er: »Ich weiß nicht. Hier ist alles durcheinandergeraten, Jaq. Oder eher durcheinandergebracht worden. Das Mojo spielt völlig verrückt. Ich verstehe das nicht.«

»Eine Verteidigungsmaßnahme der Compagnie?«, mutmaßte Jaquento, aber Manoel sah nicht überzeugt aus.

»Vielleicht. Nur ... habe ich das so noch nicht erlebt. Ich gebe mein Bestes und werde so viel Mojo durchbringen, wie es geht, aber ich kann dir nichts versprechen.« Manoel zuckte die Schultern, und auf einmal wirkte der Maestre noch jünger, als er tatsächlich war. *Fast noch ein Junge,* schoss es Jaquento durch den Kopf. *Seiner großen Klappe zum Trotz.*

»In Ordnung. Ich gebe dir einen Vorsprung. Lass mir die Laterne hier. Los jetzt!«

Während Manoel davonspurtete, zog Jaquento den Degen. Eine einfache Waffe, unverziert, von schlichter Machart. Doch sie würde ihren Zweck erfüllen, da war er sicher. *Ich hole mir meine Klinge von Deguay zurück,* schwor er sich, als er den Stahl im Schein der Lampe betrachtete.

Gebückt huschte er durch den Laderaum zum Heck. Der dumpfe Geruch des Bilgenwassers folgte ihm. *Mano hat recht: Ich stinke.* Aber jetzt war keine Zeit für Sorgen um eine verfeinerte Lebensart. Es galt, ein Schiff zu erobern.

Stumm zählte Jaquento bis zweihundert. Währenddessen nahm er die kleine Laterne und blickte in ihr Licht. Erst dann lief er den Niedergang hoch. Auf dem Kanonendeck waren einige Piraten versammelt, aber Jaquento beachtete sie nicht. Sein Ziel lag oben, an Deck, und er flog die Stufen förmlich hinauf.

Das helle Sonnenlicht blendete ihn kaum noch, da er seine Augen an das Licht gewöhnt hatte. Quibon stand weit vorn, an der Brüstung, und blickte zur Insel, wo Pulverdampfschwaden aufstiegen. Als er Jaquentos Schritte hinter sich hörte, sah er sich um. Seine Reaktion war Balsam für Jaquentos verwundete Seele; der große Mann zuckte sichtlich zusammen und griff nach seinem Säbel.

»Du«, knurrte er.

»Du hättest mich töten sollen, als du es konntest, Quibon. Deguay hätte nicht so lange gezögert.«

»Das kann ich nachholen. Ich beende dein erbärmliches Leben jetzt auf der Stelle, Bastard. Diesmal mache ich dich fertig.«

Mit einer geschmeidigen Bewegung zog er seinen schweren Säbel und tat einen Schritt vor. Die Mannschaftsmitglieder um sie herum verharrten reglos. Sie waren von den plötzlichen Ereignissen offensichtlich überfordert. *Oder sie sind bereits eingeweiht.*

»Dafür habe ich keine Zeit«, erklärte der junge Hiscadi trocken, als er die Pistole hob. Der Schuss knallte, und für einen Moment verlor Jaquento Quibon hinter dem Qualm aus den Augen. Dann sah er den großen Mann wie einen gefällten Baum zu Boden stürzen. Blut sprudelte aus einer Wunde in der Brust, und Quibons Hand verkrampfte sich um den Stoff des Hemdes, bevor er zurücksank und erschlaffte.

Um sich herum spürte Jaquento die Blicke der Piraten, verwirrt, fragend, zornig. Jeden Augenblick würden sie ihren Schock überwunden haben. *Jetzt wäre ein guter Moment, um aufzutauchen, Mano. Komm schon!*

Als hätte der junge Maestre seine Gedanken gehört – *wer sagt mir, dass es nicht so ist?* –, liefen plötzlich aus allen Luken Leute an Deck. Manoel selbst stürmte an der Spitze einer Handvoll ehemaliger Sklaven auf das Achterdeck. Gewalt lag in der Luft, auch wenn die Waffen noch schwiegen.

Kurz entschlossen sprang Jaquento auf die Brüstung und hielt sich an einem Tau fest. Den Degen rammte er mit der Spitze in das feste Holz. Gerade, als er seine Stimme erheben wollte, sauste ein goldener Blitz das Tau entlang und sprang geschickt auf seine Schulter. Eine feuchte Zunge leckte über seinen Hals. *Du kleiner Bastard,* dachte Jaquento. *Wo hast du gesteckt?*

»Hört mich an«, rief er laut. »Ihr alle kennt mich. Und ihr alle wisst von Pertiz' Tod!«

Sämtliche Blicke waren auf ihn gerichtet. Mit einem Mal spürte er, dass nun alles von seinen Worten abhing. Sollte er sie falsch wählen, würde es zum Kampf der Mannschaft untereinander kommen. Einem blutigen Gemetzel.

»Wir haben Pertiz zum Kapitän dieses Schiffes gewählt. Weil er der beste Mann war. Doch Quibon konnte seine Niederlage nicht ertragen, deshalb hat er gegen Pertiz Intrigen gesponnen!«

Unverständnis lag in so manchem Blick. *Kürzer, eindringlicher,* herrschte sich Jaquento stumm an.

»Er hat Pertiz in den Tod getrieben! Er hat das Kommando ohne Wahl an sich gerissen! Und es war ihm egal, was ihr wollt. Dort auf der Insel kämpfen Sklaven für ihre Freiheit, und wir haben ihnen unsere Hilfe versprochen. Sklaven, die uns vertrauen! Sklaven, wie viele von uns es kürzlich noch gewesen sind! Doch unsere Ketten wurden zerschlagen, und wir nahmen unser Schicksal selbst in die Hände!«

Damit gewann er die Zustimmung der Mannschaft, das konnte er sehen. Die Blicke, die wie gebannt an ihm hingen, zeigten keine Feindschaft mehr. Seine eigene Stimme erschien Jaquento laut, volltönend und überzeugend, und als er zu Manoel guckte, erkannte er, dass der junge Maestre sich mit geschlossenen Augen auf ihn konzentrierte. *So viel Mojo schafft er also doch.*

»Auf der Insel sterben Sklaven für ihre Freiheit, jetzt, in diesem Moment«, fuhr der Hiscadi fort. »Ohne uns ist ihr Kampf hoffnungslos! Quibon wollte sie alle verrecken lassen.«

Seine letzten Worte waren leise, als peinige ihn diese Wahrheit. Dennoch blieben sie dank Manoels Unterstützung gut zu verstehen. Jaquento sah hinab auf das Deck, legte eine Pause ein. Dann hob er den Kopf und wies zur Insel.

»Wir können ihnen helfen! Wir können zeigen, dass wir mehr sind als Feiglinge! Wir sind frei!«

Er schrie nun, legte all seine Leidenschaft in seine Stimme. Er wollte nicht mehr manipulieren; er wollte ihnen den wahren Weg zeigen, den einzigen Weg, den zu gehen sich lohnte.

»Folgt mir, und befreit diese Seelen dort! Seht euch die fetten Schiffe der Compagnie an. Wir heizen ihnen ein, und wir nehmen uns, was wir wollen. Wir dulden keine Sklaventreiber! Wir sind die freien Männer und Frauen der See! Und die Reichtümer der Compagnie werden uns gehören!«

Vielleicht waren seine Worte richtig. Vielleicht trafen sie auch nur einfach auf offene Ohren. Keiner jedenfalls hob eine Waffe.

»Für alle, die nicht mitkommen wollen, werden wir Boote fertig machen. Lasst euch von der *Todsünde* aufnehmen, oder verschwindet auf den Inseln hier. Niemand wird Hand an euch legen oder euch aufhalten. Ihr habt mein Wort.«

Damit sprang er wieder von der Brüstung herab und ging zu Manoel, der die Augen nun wieder geöffnet hatte und spöttisch in die Hände klatschte.

»Sehr bewegend ... Käpt'n.«

»Kapitän? Ich? Wohl kaum. Ich wollte nur ...«

»Wer sonst?«, unterbrach ihn Bihrâd. Die Miene des Mauresken war wie stets kaum deutbar für Jaquento. »Du sagtest: Folgt mir. Und das werden sie tun.«

Die Erkenntnis traf Jaquento wie ein Schlag. Er hatte nicht über das »Nachher« nachgedacht. Sein ganzes Trachten hatte Quibon gegolten, der Freiheit und der Rache. Er hatte seine Ziele erreicht, und dabei hatte er sich zum Kapitän aufgeschwungen, ohne es zu bemerken.

»Was ist mit ihm?«, fragte Manoel und deutete auf Quibon.

»Werfen wir ihn über Bord. Schaut nach, wie viele gehen wollen. Macht die Boote klar. Und Beeilung. Die *Windreiter* war schon viel zu lange hier draußen.«

»Aye, aye!«, erwiderte der junge Maestre mit einem derart linkischen Salut, dass Jaquento belustigt den Kopf schüttelte, während er sich bei Bihrâd erkundigte: »Wie sieht's aus?«

»Die Fregatte ist wohl auf Grund gelaufen und liefert sich ein Gefecht mit dem Begleitschutz. Capitane Deguay hat die Gunst der Stunde genutzt und macht sich an die Beute ran.«

»Verflucht! Auf Grund gelaufen?«

Ohne viel Federlesens nahm er Quibons Leichnam dessen Fernrohr ab und überzeugte sich selbst von den Worten des

Mauresken. Tatsächlich lag die *Mantikor* weit in der Bucht. Sie rührte sich nicht. Die beiden Korvetten hatten am Bug und am Heck des großen Schiffes Stellung bezogen und feuerten unablässig, während die Fregatte nur mit wenigen Geschützen antworten konnte. Fluchend schwenkte Jaquento das Fernrohr und sah die *Todsünde,* die in einem waghalsigen Manöver an das schwarze Schiff heranfuhr. Deguay unterlief die Kanonen des Forts und brachte das schwarze Schiff zwischen sich und die Korvetten. Ein derartiges Manöver in der engen, umkämpften Bucht nötigte Jaquento widerwilligen Respekt ab.

»Wenn die Boote abgelegt haben, setzen wir Segel«, erklärte er Bihrâd. »Wir fahren rein.«

»Was hast du vor?«

Einige Sekunden lang schwieg der junge Hiscadi. *Ich täte nichts lieber, als längsseits zur* Todsünde *zu gehen und das verdammte Schiff zu entern. Aber ich bezweifle, dass mehr als eine Handvoll der Männer und Frauen hier an Bord die Waffen gegen Deguay richten würden. Verfluchter Bastard!*

»Wir greifen die Korvette am Heck der *Mantikor* an. Und dann werden wir beten, dass sich die Thayns aus ihrer Lage befreien. Sonst stehen wir mit unserer schlechten Bewaffnung praktisch allein gegen die Korvette, und das dürfte eine verdammt kurze Schlacht werden.«

ROXANE

Die beiden schweren Anker in die Boote zu schaffen war eine schwierige Aufgabe, die Roxane nur unter lautem Gebrüll und mehreren Verwünschungen lösen konnte. Die beiden Enterboote ruderten derweil weiter, und jede noch so geringe Verzögerung trieb der jungen Offizierin den Schweiß auf die Stirn, mochte doch ihre Ablenkung jederzeit in das Visier der Korvette geraten. Der erste Anker lag bereits in dem Langboot, doch der zweite erwies sich als problematisch, da das beständige Feuer ihrer Feinde die Winsch beschädigt hatte.

»Hievt!«, brüllte sie erneut aus vollem Hals. »Und jetzt fieren. Vorsichtig!«

Mit einem Unheil verkündenden Krachen schlug der Anker im Boot auf, und Roxane fürchtete schon, dass sie das Dingi eigenhändig versenkt hatten, doch es hielt dem Aufprall stand.

»In die Boote! Fähnrich Imrin, Sie haben das Kommando. Bringen Sie die Anker voraus, etwas querab nach Steuerbord. Nehmen Sie ein Lot mit, und achten Sie bei der Einheit darauf, dass Sie mindestens fünfzehn Fuß Tiefe finden.«

Der junge Fähnrich blickte Roxane mit großen Augen an. Eigentlich wäre eine solche Aufgabe einem Leutnant zugefallen, doch sowohl Roxane als auch Aella Hugham wurden an Bord gebraucht.

»Sie schaffen das, Fähnrich. Sie haben unser vollstes Vertrauen.«

»Aye, aye, Thay!«

Sorgenvoll blickte sie dem Jungen nach, während er hinab in das Boot kletterte. Für den Augenblick war das Feuer der Korvette vor ihnen verstummt; vermutlich richteten sie ihre Kanonen auf die Boote aus, die sich ihnen näherten. *Gebe die Einheit, dass sie sie verfehlen.*

Mühsam arbeitete sich Roxane zurück zum Achterdeck. Inzwischen waren die Schäden an der Takelage bedenklich. Zwei Rahen waren ihnen zerschossen worden und hingen nun in ihren Tauen gefangen herab. Stehendes und bewegliches Gut war gerissen, und überall lagen Holzsplitter und größere Trümmer herum. Der Rumpf hielt dem Beschuss besser stand, doch das Feuer auf die schwächsten Partien, Bug und Heck, würde über kurz oder lang Wirkung zeigen. *Wir müssen hier weg. Wir müssen sie mit dem Gewicht unserer Breitseite erdrücken!*

Sie sah zu den Masten hinauf. Das Schiff würde so beschädigt nur schwer zu manövrieren sein. Selbst wenn sie bald freikämen, würde es noch ein harter Kampf werden. Die beiden Korvetten hätten eigentlich nur ein kleines Hindernis darstellen dürfen, doch nun waren sie eine lebensgefährliche Bedrohung geworden. Die Jagdgeschütze dröhnten auf, und ihr Rauch nahm Roxane die Sicht auf die Boote. Es behagte ihr nicht, an Bord bleiben zu müssen, während sich ihr Schicksal dort draußen entschied. Sie spürte, dass sie auch in den Booten sein sollte.

Eine Explosion auf dem Turm des Forts zog ihren Blick auf sich. Dunkler Rauch stieg auf. Kein Kanonenschuss, vielmehr eine offene Explosion. *Vielleicht haben sie einen Ladefehler begangen und eine Pulverkartusche in einen zu heißen Lauf gestopft; oder sie haben den Pfropfen zwischen glühender Kugel und Pulver vergessen. Was auch immer, das wird uns etwas Ruhe verschaffen.*

Unwillkürlich musste sie grinsen. Die Handelscompagnie mochte Männer und Frauen anheuern und in Uniformen stecken, aber sie verspürte keine Achtung für diese sogenannten Soldaten. In der Königlichen Flotte versammelten sich alle, die mit Mut und Patriotismus für ihr Land kämpften. Für die Compagnie blieb nur der Rest – Abenteurer, Glücksritter und unehrenhaft Entlassene.

Hinter ihr donnerte die Breitseite der zweiten Korvette, und der Kugelhagel ließ ihr Grinsen verschwinden. Das kleinere Schiff hatte sich eingeschossen, und die Einschläge ließen die *Mantikor* regelrecht erbeben.

»Thay, Thay!« Tola kam den Niedergang hinaufgestürmt. Das Gesicht des Mädchens war mit Ruß verschmiert, und ihre Uniform sah aus, als habe man sie darin über einem offenen Feuer gebraten.

»Der Leutnant … ist verletzt.«

»Leutnant Hugham?«

Der Fähnrich nickte. Der Schrecken der Schlacht stand ihr ins Gesicht geschrieben. Roxane wusste, was sie empfinden musste. Sie selbst war kaum älter gewesen, als sie zum ersten Mal erlebt hatte, wie um sie herum Männer und Frauen von Geschossen zerfetzt wurden. Die Bilder würde sie nie vergessen, doch schlimmer noch waren die Schreie gewesen, die sie anschließend wochenlang in ihren Träumen verfolgt hatten.

»Holen Sie die Ärztin«, befahl sie und lief los, ohne auf eine Bestätigung zu warten. Auf der Treppe kam ihr Groferton entgegen, der schweißgebadet die Stufen emportaumelte.

»Maestre? Ist alles in Ordnung?«

»Nein«, fauchte er wild. »Nichts ist in Ordnung. Meine Anstrengungen fruchten nichts! Es ist, als würde ich in einen See pissen und hoffen, dass das Wasser steigt!«

Seine ungewohnt ungehobelte Ausdrucksweise überraschte sie, aber dies war kaum der Moment für Maßregelungen.

»Geben Sie Ihr Bestes, Thay.«

»Das tue ich ja!«

Er wankte weiter wie ein Betrunkener. Gern hätte Roxane seinen Rat eingeholt, erfahren, ob er ihnen irgendeine Hilfe anbieten konnte, doch sie lief zum Heck, in die Trümmer der Kapitänskajüte. Kugeln hatten Löcher in die Planken geschlagen. Der Boden war übersät mit Bruchstücken. Und voller Blut.

Aella saß in aufrechter Haltung an der Wand. Ihre Miene war schmerzverzerrt, die Augen geschlossen. Zwei Matrosen knieten neben ihr, wichen aber zurück, als sie Roxane bemerkten. Die Uniform des Leutnants war blutverschmiert. Auf dem dunklen Stoff der Jacke war es kaum zu sehen, doch die weißen Hosen und das Hemd waren über und über voll mit Blut.

»Leutnant?«, hauchte Roxane entsetzt. Die linke Seite von Aellas Leib war mit Holzsplittern gespickt, ein gewaltiger Dorn steckte in der Schulter, und der Arm lag in einem unnatürlichen Winkel verdreht. Aella stöhnte nur zwischen zusammengebissenen Zähnen hervor; ein animalischer Laut, der unerträgliche Schmerzen und Angst in sich vereinte.

»Es war ein Volltreffer«, erklärte ein Matrose stockend. »Grad stand sie noch da, und dann …«

»Wir müssen sie nach unten schaffen«, erwiderte Roxane, doch sie wusste nicht einmal, wie und wo sie Aella anfassen sollte. Zum Glück drängte sich in diesem Moment Tabard mit Fähnrich Levman und zwei Helfern im Gefolge an ihr vorbei. Die Ärztin blieb stehen und fluchte ausgiebig. Dann wies sie ihre beiden Gehilfen an, den Leutnant in das Lazarett zu tragen. Die beiden hatten weniger Bedenken als Roxane und packten Leutnant Hugham einfach an Füßen und Schultern, was Aella aufbrüllen ließ. Doch sie ignorierten die grausamen Schreie und liefen mit ihr das Deck entlang. *Jetzt bin ich die einzige verbliebene Offizierin an Bord. Mir fällt das Kommando zu.*

»Deckung!«

Reflexartig ließ sich die junge Offizierin fallen. Kanonen bellten in der Entfernung auf, und einen Herzschlag später war die Luft erfüllt von dem Geräusch berstenden Holzes. Splitter regneten auf Roxane nieder. Ohne darauf zu achten, rappelte sie sich wieder auf, als die unmittelbare Gefahr vorbei war.

»Fähnrich Levman, Sie haben das Kommando über die Heckgeschütze. Lassen Sie feuern, bis die Rohre glühen, wenn es recht ist.«

Das junge Mädchen salutierte. Roxane sah den Stolz in ihren Augen, fast noch mehr Stolz als Furcht. Sie alle hatten Aellas Wunden gesehen. Die Geschütze würden das primäre Ziel der Korvette sein, und die Mannschaften waren dementsprechend gefährdet. Doch sie waren auch das Einzige, was den Feind davon abhielt, die Distanz zu verringern und das Heck auf Pistolenreichweite zu beharken. *Wenn das geschieht, kann ich unsere Flagge gleich einholen.*

Die Verantwortung für das Schiff lastete nun ganz allein auf Roxanes Schultern. Unter Deck war sie nutzlos, also kehrte sie auf das Achterdeck zurück, um sich einen Überblick zu verschaffen.

Die Festung hatte das Feuer eingestellt. Was immer auch die Explosion ausgelöst hatte, es war ein Segen für die *Mantikor.* Hinter der Korvette und der Schwarzbrunn-Fregatte sah Roxane die Masten der *Todsünde* aufragen. Vermutlich wurde dort ebenfalls gekämpft, doch die junge Offizierin konnte in den Pulverschwaden nichts erkennen. Die beiden Boote mit den Ankern lagen etwas querab, und die Besatzungen bemühten sich, die Anker über Bord zu bekommen. Die Taue lagen schlaff im Wasser, doch für Roxane wirkten sie wie Brücken in die Freiheit.

Gleichzeitig näherte sich Cearl mit seinen Booten noch immer der Korvette. Sie waren bereits nah dran. *Vielleicht schaffen sie es ja doch,* dachte Roxane mit kaum gewagter Hoffnung, aber dann feuerte der Feind, und Wasserfontänen spritzen um die Boote herum auf. Mit einem lauten Schlag wurde eines der Dingis von einem Treffer zerfetzt; Menschen flogen durch die Luft, Trümmer schossen in die Höhe, und Roxane schloss für einen Moment die Augen.

Doch das andere Boot erreichte die Seite der Korvette. Musketenfeuer ertönte, und ein Schlachtruf wehte zu ihr herüber: »*Mantikor*!«

Sie konnte nicht sagen, ob es Cearls Stimme war, doch sie hoffte es inbrünstig. So konzentriert war sie auf das Geschehen voraus, dass sie fast nicht bemerkt hätte, wie die *Windreiter* Kurs auf die Bucht nahm.

Aus dem Augenwinkel sah sie eine Bewegung. Ihr erster Impuls was es, die Geschütze zu bemannen, weil sie einen Angriff fürchtete, doch dann erkannte sie, dass der Zweimaster die Korvette ansteuerte. Sie war verwirrt, als sie Rauch von den Jagdgeschützen der *Windreiter* aufsteigen sah, da hörte sie die beiden Schüsse auch. Die Korvette reagierte behäbig, doch sie versuchte beizudrehen, um der *Windreiter* Breitseite gegen Breitseite zu begegnen.

Aber die junge Offizierin hatte keine Zeit, dem Spektakel zuzuschauen oder darüber nachzudenken, warum das Schiff nun doch in das Gefecht eingriff. Eine Signalrakete stieg von einem der Boote auf und explodierte in einem roten Feuerregen. Die Anker lagen auf Grund.

Sofort lief Roxane unter Deck.

»Jetzt gilt es. Legt euch in das Gangspill, Mantikore! Hievt die alte Dame wieder ins Wasser! Fertig? Und los!«

Alle noch verbliebenen Seeleute begannen, das Spill zu drehen. Noch ging die Arbeit leicht, denn bislang holten sie lediglich das Ankertau ein. Doch dann stockte ihre Bewegung. Die Anker hatten den Grund gefunden und gruben sich ein. Jetzt versuchte die Mannschaft, die ganzen mehr als achthundert Tonnen der Mantikor über die Sandbank zu schleppen. In ihren Gesichtern konnte Roxane die Anstrengung sehen, als sie mit aller Kraft gegen die Spillspaken drückten. Stück für Stück bewegten sie sich, quälend langsam. Zu langsam, wie Roxane erkannte. Die Muskelkraft der Besatzung war nicht genug, um die Fregatte wieder flottzumachen. Es roch nach Schweiß, nach Anstrengung und nach Verzweiflung. Einer begann zu singen, wenig mehr als rhythmisches Keuchen, andere fielen ein, warfen sich im einfachen Takt des Shantys in das Spill. Wieder ruckte die *Mantikor* leicht. Doch es war nicht genug.

Die Heckgeschütze donnerten, und das Schiff ruckte noch ein Stück, nur um dann wieder festzusitzen. Gerade als Roxane aufgeben wollte, kam ihr eine Idee.

»Die Anführer der Geschützmannschaften zu mir! Der Rest soll weitermachen! Oder sollen wir unsere Flagge streichen, weil wir so weich wie die Géronaee sind?«

Mit wenigen Worten erklärte sie den Geschützmeistern ihren Plan, die sofort zu den Kanonen liefen. Dann wandte sich Roxane wieder an die Mannschaft.

»Auf mein Kommando werft ihr euch in das Spill, wie ihr es noch nie getan habt. Jetzt! Feuer!«

Die Backbordgeschütze feuerten wie aus einem Rohr. Der Lärm ließ Roxanes Ohren klingen, und für einige Augenblicke konnte sie im Pulverdampf nichts sehen. Doch sie brauchte ihre Augen nicht, denn sie spürte, wie das Feuer der Kanonen die Fregatte erzittern ließ und sie zur Seite drückte. Mit einem langsamen, fast zärtlichen Ruck schabte sie über die Sandbank; die Männer und Frauen drückten gegen die Spillspaken, das Schiff neigte sich. Und richtete sich wieder auf. Sofort spürte Roxane, dass die *Mantikor* flott war. Jubel brandete auf, aber sie brüllte: »Ruhe!«

Die Mannschaft sah sie verdutzt an.

»Gute Arbeit! Aber noch ist das Gefecht nicht gewonnen! Jeder an seinen Posten! Kappt die Ankertaue! Jetzt zeigen wir diesen Landratten, was eine Fregatte der Marine Ihrer Königlichen Majestät mit solchen Möchtegern-Kriegsschiffen macht!«

Hochrufe ertönten, doch Roxane hastete zurück an Deck, gerade so schnell, wie es die Würde einer Offizierin zuließ.

Auf der Korvette voraus wurde gekämpft. Das Schiff feuerte nicht mehr; dafür hörte man Musketenschüsse und wildes Geschrei. Hinter ihnen lagen die *Windreiter* und die zweite Korvette Seite an Seite und feuerten aus kürzester Distanz aufeinander. Der Rauch hüllte die beiden Schiffe ein, und Roxane konnte nicht sagen, was dort genau geschah. Immer wieder blitzte Mündungsfeuer in der grauen Pulverdampfwand auf, und es krachte und donnerte, wenn die Geschosse ihr Ziel fanden.

Unschlüssig schaute Roxane einige Sekunden zurück, dann fasste sie die Korvette voraus ins Auge. *Halt durch, Cearl!*

»Ihre Befehle, Thay?«, erkundigte sich der Rudergänger. Die Entscheidung fiel ihr überraschend schwer.

»Ruder steuerbord! Dort drüben kämpfen Mantikore! Wir werden ihnen beistehen!«

Langsam glitt die Fregatte aus der Bucht und entfernte sich von dem erbitterten Gefecht hinter ihr.

JAQUENTO

Das unablässige Donnern der Geschütze, der aufsteigende Pulverqualm, das Schreien der Verwundeten, umherfliegende Splitter, Trümmer überall – das Deck der *Windreiter* war zu einer der Fünfzehn Höllen geworden, die Bihrâd so oft beschworen hatte. Der Wind trieb den Rauch der Korvette zu ihnen herüber, sodass Jaquento sich wie in dicken Nebel eingehüllt fühlte. Doch der Qualm dämpfte – anders als Nebel es vielleicht getan hätte – nicht den bestialischen Lärm der Schlacht.

Die Korvette war wenig mehr als ein Umriss in den Pulverdampfschwaden, immer wieder in daemonisch flackerndes Licht getaucht, wenn das Mündungsfeuer die künstliche Dunkelheit erhellte. Die ganze Szenerie war unwirklich, vom Geruch des Rauchs und des Blutes bis hin zum Lärm des Gefechts. Jaquento lief das Deck entlang, feuerte die Mannschaft an, gab Befehle, von denen er nicht wusste, ob sie überhaupt gehört wurden, und von denen er nur hoffen konnte, dass sie die richtigen Entscheidungen transportierten.

Wieder donnerte eine Salve der Korvette auf sie ein. Armlange Holzsplitter schossen durch die Luft, das ganze Schiff warf sich zur Seite wie ein bockendes Pferd. Beinahe hätte der Ruck den jungen Hiscadi von den Füßen geholt, doch er klammerte sich an ein Tau und hielt sich aufrecht. Sinosh saß auf seiner Schulter, aufmerksam, aber ohne Angst, als wären die Sinneseindrücke der Schlacht nichts Besonderes für das kleine Wesen.

Während die Korvette noch Salven feuerte, waren sie schon längst zu Einzelfeuer übergegangen. Ihre wenigen Geschütze schossen, so schnell die Mannschaften nachladen konnten, aber Jaquento erkannte, dass ihre Feuerkraft nicht ausreichte.

»Mano? Kannst du uns besser abschirmen?«, rief er dem Maestre zu, der mitten auf dem Achterdeck stand. Um den jungen Mann herum wehte der Rauch, doch er schien niemals näher als eine Handbreit an ihn heranzukommen. Geradezu unbekümmert blieb Manoel auch im härtesten Beschuss aufrecht stehen, nur mit einer dünnen Hose bekleidet und ohne jeden sichtbaren Schutz. Lediglich die Miene des Maestre und sein schweißbedeckter Oberkörper zeigten seine Konzentration, die Anstrengung, die er unternahm, um die gegnerischen Kugeln abzulenken. Grimmig schüttelte er den Kopf, als er Jaquentos Frage hörte. Der Hiscadi konnte es ihm nicht übel nehmen; er mochte sich nicht einmal ausmalen, wie die *Windreiter* aussähe, wenn sie Manoel nicht hätten. Das überlegene Gewicht der gegnerischen Breitseite machte sich bemerkbar. Die *Windreiter* war für ihre Zwecke unterbewaffnet. Jetzt rächte es sich, dass sie das Schiff nicht vorher hatten umrüsten können.

»Bringt uns näher ran!«, rief Jaquento. »Alles klarmachen zum Entern!«

Jetzt galt es, schnell zu sein. Sobald der Feind merkte, dass sie entern wollten, würde er seine Geschütze mit Kartätschen laden, die eine furchtbare Verheerung unter der Besatzung anrichten konnten.

Unter den wenigen Segeln, die sie gesetzt hatten, drehte sich die *Windreiter* quälend langsam. Ihre Takelage war schon während der Anfahrt auf die Korvette beschädigt worden, und ihre Segel wiesen mindestens ein Dutzend Löcher auf. Trotz der wenigen Geschütze hatten sie nicht genug Besatzung für die Segel und die Kanonen.

Es gab eine kurze Pause im Feuer der Korvette, eine Unterbrechung, die Jaquento sofort auffiel. *Sie laden neu, mit Kartätschen und Schrot!*

»Alle Mann auf das Achterdeck! Beeilung! Macht die Haken und Piken bereit!«

Er selbst hastete die Treppen so schnell er konnte empor. Im Augenblick kam ihnen die Bauweise der *Windreiter* zugute; das altmodische Achterkastell würde den Geschützen des Gegners Schwierigkeiten bereiten, denn im Nahkampf konnten die Kanonen wohl nicht so hoch feuern. *Hoffe ich zumindest.*

Zudem hatten die Piraten ein besseres Schussfeld auf die niedriger liegenden Decks der Korvette, und schon bellten die Musketen auf. In dem Dunst waren nur Schemen auszumachen, keine Menschen. *Als ob wir gegen Geister kämpfen.* Doch Jaquento wusste es besser. Auf dem anderen Schiff fochten und starben Menschen aus Fleisch und Blut, ebenso wie hier. *Arme Schweine, die vermutlich von ihren Vorgesetzten betrogen werden und ihr Blut und Leben für eine Bande von Sklavenhaltern geben.* Aber für Mitleid blieb in diesem Gefecht kein Raum.

Die Korvette feuerte, als die *Windreiter* nur noch drei oder vier Meter von ihr entfernt war. Der Hagel aus Eisen fegte über die Decks, zerschlug die Schanz, sandte Splitter in alle Richtungen – und prallte vor Manoel mit einem durchdringenden Heulen ab. Das Hauptdeck sah aus, als hätten dort zwanzig Zimmerleute eine Woche lang mit Äxten gewütet, und auch am Achterdeck war die Schanz beinahe komplett abgetrennt worden, doch die Piraten waren größtenteils unverletzt geblieben.

Mit einem Seufzen sackte Manoel in die Knie und sank dann rückwärts zu Boden. Als Jaquento sich neben ihn kniete, sah er, dass Blut in einem dünnen Faden aus der Nase des Maestre lief. Seine Augen waren so verdreht, dass nur noch das Weiße zu sehen war, und er atmete so schwer und abgehackt wie ein alter Mann.

Jaquento konnte ihm nicht helfen, denn jetzt schabte die *Windreiter* an den Planken der Korvette, und es gab einen heftigen Stoß, der ihn zur Seite warf. Sofort sprang er auf und lief zur Deckkante, während er nach Bihrâd rief, damit der sich um Manoel kümmerte. Doch er konnte den Mauresken, der vermutlich alle Hände voll zu tun hatte, nirgends entdecken.

Sinosh, den der Stoß von seiner Schulter geworfen hatte, raste ebenfalls nach vorn, viel schneller, als Jaquento rennen konnte, und flog geradezu auf das andere Schiff hinab, während der Hiscadi ihm folgte. Der Sprung war nicht tief, kaum mehr als anderthalb Meter, und Jaquento landete leichtfüßig, den Degen gezogen.

Brüllend folgten ihm die Piraten, während die Besatzung der Korvette sich bemühte, das Schiff wieder wegzustoßen. Doch dafür war es zu spät, und sie richteten ihre Piken auf die Entermannschaft der *Windreiter*.

Einzelne Musketenschüsse ertönten, hier und da wurden Pistolen auf kürzeste Distanz abgefeuert. Im Rauch sah Jaquento Gestalten auf sich zurennen, und er sprang ihnen entgegen. Für den ersten Ansturm mochten die Piken gut geeignet sein, doch in dem gedrängten Kampf waren sie eher hinderlich, wie Jaquento einem Gegner zeigte, indem er sich an der langen Waffe vorbeiwand und dem Mann seinen Degen in die Brust trieb. *Erstes Blut für meine Klinge,* dachte er, doch ihm blieb keine Zeit, seinen Triumph auszukosten. Mehr Feinde stürmten auf ihn zu, bedrängten die Piraten, und schon bald verwandelte sich das Getümmel in das heillose Durcheinander einer Enterschlacht. Zum Glück trugen die Seeleute der Korvette alle Uniformen, sodass man zumindest Freund und Feind voneinander unterscheiden konnte.

Das Feuer der Kanonen war beinahe komplett verstummt, nur manchmal schoss noch ein Rohr. Der Rauch wurde vom Wind aufs Meer geweht und gab den Blick auf das Gefecht frei.

Die Männer und Frauen der Korvette waren in der Überzahl. Die *Windreiter* war bereits mit zu wenigen Händen in die Schlacht gesegelt, und das Feuer der Feinde hatte sie weiter ausgeblutet. Trotz aller Anstrengung gelang es Jaquento nicht, eine Öffnung zu erzwingen. *Sie werden uns mit schierer Masse überwältigen,* erkannte der junge Hiscadi. *Verdammt. Wir müssen auf die* Mantikor *hoffen.* Doch ein Blick in die Bucht zeigte ihm, dass die Fregatte zwar wieder flott war, jedoch nicht Kurs auf sie nahm, sondern die andere Korvette als Ziel gewählt hatte. Ein übler Geschmack stieg in Jaquentos Kehle empor, aber er konnte es den Thayns nicht verübeln. *Wir haben sie verraten, und nun überlassen sie uns den Hunden zum Fraß.*

Wütend sprang er vor, parierte die Schläge, die auf ihn gerichtet waren, duckte sich, stach zu, tanzte beinahe um die Gegner herum. Seit dem Duell mit Quibon hatte er nicht so gefochten, jeglichen Gedanken an Niederlage aus seinem Geist verbannt, nur noch dem reinen Rhythmus seines Leibes gehorcht.

Er trieb zwei, drei Feinde vor sich her, streckte den einen nieder, verschaffte seinen Leuten für einen Augenblick Luft in dem unbarmherzigen Gedränge. Dann sah er den Kapitän der Korvette, in einer eindrucksvollen Uniform mit einem breiten Dreispitz. Ohne zu zögern, drang Jaquento in seine Richtung vor. Inzwischen blutete er aus einem halben Dutzend Wunden, doch noch war keine davon allzu bedrohlich, und er spürte die Schmerzen in der Hitze des Gefechts kaum.

»Mesér«, brüllte er über den Lärm des Gefechts hinweg. »Erweist mir die Ehre!«

Tatsächlich trat ihm der Mann entgegen, den thaynrischen, schweren Degen erhoben, und grüßte ihn mit ernster Miene. Er war bedeutend älter als Jaquento, und das Leben hatte Furchen in sein Gesicht gegraben, doch sein erster Ausfall war so schnell wie der eines jungen Fechters. Dennoch parierte Jaquento den Stich, trat zwei Schritte zurück und taxierte seinen Gegner für einen Moment. Als der Kapitän erneut angriff, lenkte der junge Hiscadi den auf seine Brust gerichteten Degen mit der eigenen Klinge zur Seite und führte dann eine Riposte aus, die dem Kapitän die Länge der Klinge über den Unterarm trieb und eine tiefe, blutende Wunde hervorrief.

Der Degen fiel aus der Hand des Mannes, und er sprang zurück, doch Jaquento ließ ihn nicht entkommen. Er drang auf ihn ein, bis der Kapitän über den Leichnam eines Piraten stolperte und zu Boden fiel. Schnell hatte Jaquento seine Klinge am Hals seines Feindes.

»Streicht Eure Flagge, Mesér!«

»Niemals!«

Grimmig drehte Jaquento das Handgelenk und riss dem Mann mit der Degenspitze die Wange auf. Die Zeit lief ihm davon. Jeden Moment konnte ein Feind das ungleiche Paar bemerken und dem Schauspiel ein Ende bereiten. Das Gefecht wogte inzwischen mittschiffs, wo die Piraten immer weiter zurückgedrängt wurden.

»Eure Flagge, Mesér! Noch einmal bitte ich Euch nicht darum. Euren Leuten wird kein Leid zugefügt, das garantiere ich.«

»Das Wort eines Halunken!«

»Das einzige Wort, das Ihr bekommen könnt. Ansonsten ist nur noch Stahl für Euch übrig«, erwiderte Jaquento kühl. Der Mann blickte ihn trotzig an, und der junge Hiscadi spannte schon die Muskeln an, um ihm den Degen ins Herz zu rammen.

»Ich ergebe mich. Wir ergeben uns«, flüsterte der Kapitän; vielleicht, weil er die Entschlossenheit in Jaquentos Blick gesehen hatte.

»Sagt es ihnen«, befahl Jaquento und zerrte ihn auf die Beine. Der laute Ruf des Kapitäns hallte über das Deck: »Wir streichen die Flagge. Legt die Waffen nieder.«

Innerhalb weniger Herzschläge wurde aus dem Gefecht ein gespannt abwartendes Knäuel von Menschen. Sie hielten im Kampf inne und blickten zu den beiden empor, die auf dem Achterdeck standen.

»Es ist vorbei«, fügte Jaquento laut hinzu und legte alle Überzeugungskraft, die ihm verblieben war, in seine Worte. »Wer seine Waffen niederlegt, wird ordentlich behandelt werden. Wir wollen nicht euch, wir wollen lediglich die Sklaven.«

Es dauerte einige Herzschläge, in denen Jaquento nicht erahnen konnte, was als Nächstes geschehen würde, dann polterte der erste Säbel auf die Planken. Ein weiterer wurde fallen gelassen, dann fielen die Waffen wie Regentropfen zu Boden. Die Piraten brachen in Jubel aus. Erschöpft ließ Jaquento den Degen sinken. Seine Wunden machten sich mit einem Mal bemerkbar, und sein ganzer Leib zitterte, als die Anspannung der letzten Sekunden ihn in einem schier endlosen Atemstoß verließ.

»Bihrâd«, rief er über den Jubel hinweg, als er den Kopf des Mauresken entdeckte. »Sorg dafür, dass die Gefangenen entwaffnet und versorgt werden. Wir müssen Boote zu Wasser lassen und die Sklaven abholen. Und schick jemanden zu Mano. Die Hälfte von uns verdankt ihm ihr Leben.«

Der dunkelhäutige Mann nickte und machte sich gleich daran, die Aufgaben zu delegieren und auszuführen. Als sich Jaquento an den Mast lehnte, kehrte auch Sinosh zu ihm zurück, mit kleinen Trippelschritten, Kopf und Schwanz stolz erhoben, als habe er das Schiff ganz allein gekapert. Im Gefecht war von der Echse nichts zu sehen gewesen.

Weiter vorab näherte sich die *Mantikor* immer noch der Korvette, allerdings sehr langsam, da die Takelage der Fregatte ein einziges Trümmerfeld war. Weiter hinten in der Bucht sah Jaquento die *Todsünde,* die gerade unter vollen Segeln Kurs auf die offene See nahm. Für einen Augenblick dachte der junge Hiscadi, dass Deguay geschlagen worden war und sein Ziel verpasst hatte, doch schon blühten an den Masten des schwarzen Schiffes Segel auf. Fluchend beobachtete Jaquento, wie die beiden Schiffe ungehindert aus der Bucht ausliefen.

Dann wandte er sich an den Kapitän: »Habt Ihr einen Maestre an Bord?«

»Nein. Alle drei Maestre wurden an Bord der *Totwey* versetzt.«

»*Totwey*? Das schwarze Schiff?«, hakte Jaquento nach, und der Kapitän nickte. Nachdenklich blickte der junge Hiscadi zur *Todsünde* hinüber. *Drei Maestre, und Deguay hat sie dennoch genommen. Ob Tareisa so mächtig ist? Oder konnten sie alle nichts gegen den Sog ausrichten, den Mano gespürt hat?*

»Mit wem habe ich die Ehre, Mesér? Und wie ist eigentlich der Name dieses schmucken Schiffes?«

Der Kapitän verzog sein Gesicht zu einer säuerlichen Miene, dann verneigte er sich knapp: »Mein Name ist Wicfred Cann, Kapitän der Korvette *Luchs* von zwanzig Kanonen im Dienste der Königlich-Thaynrischen Handelscompagnie.«

»Es ist mir eine Freude«, erwiderte Jaquento aufgeräumt. »Ich bin Jaquento, momentan Kapitän des freien Schiffes *Windreiter*. Ich muss Euch bitten, Euch nun zu Eurer Mannschaft zu gesellen. Und bitte, unterlasst jegliche Dummheiten; meine Leute sind wachsam.«

»Sie haben Ihr Wort gegeben, dass der Besatzung nichts geschieht!«

»Und zu meinem Wort stehe ich, Mesér. Seid vernünftig, und kein Haar wird Euch oder Eurer Mannschaft gekrümmt.«

Noch einmal verneigte sich der Kapitän, auch wenn in seiner Miene stand, wie ungern er Jaquento Respekt zollte. Dann ging er hinab zu der großen Gruppe seiner Leute, die von einigen Piraten in Schach gehalten wurden. Andere liefen über das Deck, sammelten die Verwundeten ein und brachten sie zu der *Windreiter* hinüber, die inzwischen fest mit dem Schiff vertäut war. *Wir müssen die Verbindung bald kappen, sonst treiben wir gemeinsam zur Küste und laufen auf Grund,* stellte Jaquento fest. Für den Moment allerdings konnten sie noch nebeneinander liegen bleiben.

Die Boote würden jetzt zum Strand gerudert werden und die ersten Sklaven abholen. Sie könnten die *Luchs* übernehmen und mit einer kleinen Mannschaft ausstatten, um die Befreiten besser unterbringen zu können. Auch wenn Deguay entkam, hatte Jaquento sein vordringlichstes Ziel erreicht.

Noch während er darüber nachdachte, verwandelte sich die andere Korvette innerhalb eines Lidschlags in einen Feuerball, der Trümmerstücke Dutzende von Metern hoch in die Luft schleuderte. Die Explosion war ohrenbetäubend, und selbst auf diese Entfernung spürte Jaquento ihren Druck über sich hinwegrauschen. Einige Momente stand er ob der vernichtenden Zerstörungskraft mit offenem Mund da, und auch jedes andere Mannschaftsmitglied schien in der Bewegung erstarrt zu sein. Das Schiff hatte einfach aufgehört zu existieren. Nur noch Fetzen von Stoff, die durch die Luft trieben, und eine gewaltige, pilzförmige Rauchwolke kündeten davon, dass es überhaupt jemals in dieser Bucht gelegen hatte.

SINAO

Im Innenhof war es überraschend still. Von der Bucht wehte noch der Lärm der Schlacht empor, aber nach dem hektischen, wilden Kampf um das Fort schien nun alles Leben aus dem Gemäuer entwichen zu sein. Als wäre es mit dem Blut fortgewaschen worden, das langsam über die Steine lief. Blut von Soldaten, von Aufsehern und von Sklaven; auf dem Boden vermengte es sich und war nicht mehr zu unterscheiden. Die Toten lagen nebeneinander, ungeachtet ihrer Hautfarbe. Die Paranao hatten keine Zeit, um sie zu bestatten, und keine Möglichkeit, sie mitzunehmen. Sie konnten sich nur um die Überlebenden kümmern.

Seit sie vom Turm hinuntergestiegen waren, wandelte Sinao in einem Traum. In der Vernichtung, die sie umgab, trug er die Züge eines Albtraums, doch irgendwo in der Ferne kündigte sich eine Veränderung an. Sie stand vor Tangyes Leib. Selbst tot wirkte der große Mann noch bedrohlich. Doch er konnte ihr nichts mehr tun; seine Zeit war vorüber. Majagua hatte sie beendet.

»Zum Strand«, keuchte der junge Paranao neben ihr. »Die Schiffe sind da.«

Sinao reagierte nicht, sondern starrte weiter auf den Leichnam. Es erschien ihr unmöglich, dass in dieser Hülle so viel Hass und Zorn gesteckt hatten. Dass so viel Leid von diesem Fleisch, diesen Knochen und diesem Blut ausgehen konnte.

»Wir müssen zum Strand«, drängte Majagua immer noch atemlos. Jetzt erst gelang es Sinao, sich von dem Anblick zu lösen. Sie schaute ihrem Liebsten in die Augen. Zum ersten Mal sah sie ihn als Freie an. Sie waren keine Sklaven mehr.

»Führ du sie, *Chenao*. Ich hole noch Brizula und die anderen aus der Küche.«

Er schwieg einen Moment, dann nickte er. Die Anstrengung war in seinem Antlitz deutlich zu erkennen. Sicher schmerzten seine Wunden, doch er biss tapfer die Zähne zusammen. *Er ist ein Krieger,* dachte Sinao stolz. *Und er wird einst ein großer Caquice sein! Aber einst ist einst, und jetzt ist jetzt – und ich muss mich um die Küchensklaven kümmern und ihnen sagen, dass sie keine mehr sind. Sie verstecken sich bestimmt unten und haben Angst.* Sanft hauchte Majagua ihr einen Kuss auf die Lippen, dann wandte er sich ab und humpelte zum Tor, die Hand auf die Seite gepresst. Besorgt sah sie ihm kurz nach, lief dann aber in die Gebäude. *Sechsunddreißig Soldaten sind tot. Zwei waren unten am Lager. Bleiben neun. Hoffentlich haben sie sich irgendwo verkrochen.* Sie hatte Majagua nichts von dieser Rechnung erzählt; er wurde gebraucht, und sie musste ihren Teil tun.

Vorsichtig schlich sie durch die Gänge des Forts. Mit einem Mal wurde ihr bewusst, wie allein und verletzlich sie war, und sie wünschte sich, sie hätte Majagua nicht fortgeschickt. Doch die anderen Paranao brauchten ihn. Nach Baras Tod musste er sie anführen. Also biss sie die Zähne zusammen und lief weiter.

Endlich erreichte sie die Treppe und blieb stehen. Ihr Herz hämmerte, doch darüber konnte sie leises Schluchzen hören. Stufe für Stufe stieg sie hinab und zuckte jedes Mal zusammen, wenn ihre nackten Fußsohlen auf den kühlen Stein klatschten. Die Tür war zu, und als sie dagegendrückte, bewegte sie sich kaum.

»Brizula. Bebe. Ich bin es. Sinao«, flüsterte sie erst leise, dann ein wenig lauter. Ein Schaben ertönte, als würde ein schweres Möbelstück bewegt. Dann schwang die Tür auf.

Die ehemaligen Sklaven, die von ihrer Befreiung noch nichts wussten, standen zusammengedrängt in der Ecke. Nur Brizula hatte genug Mut bewiesen, um den Küchentisch, den sie vor die Tür geschoben hatte, beiseitezurücken. Beruhigend hob Sinao die Hände: »Alles wird gut; ihr könnt aufstehen. Die Blassnasen sind tot. Tangye ist tot. In der Bucht sind die Schiffe der Fremden. Sie nehmen uns mit, fort von hier.«

Sie schwieg drei Herzschläge lang, bevor sie sagte: »Wir sind keine Sklaven mehr.«

Die Bedeutung ihrer Worte drang nur langsam in den Geist der Befreiten ein. Brizula starrte sie mit offenem Mund an, während Bebe ungläubig den Kopf schüttelte.

»Wir müssen aufbrechen«, erklärte Sinao geduldig. »Zum Strand. Packt Essen ein. Und nehmt Wasser mit. Alles, was von Wert sein könnte.«

»Aber wie... aber wo werden wir hingehen?«, fragte Brizula.

Sinao zögerte. Sie hatte nicht bedacht, dass einige der Sklaven so lange auf der Insel gewesen sein mochten, dass sie kein anderes Zuhause mehr kannten. »Das weiß ich noch nicht. Aber wird es nicht überall besser sein als hier?«

Jetzt kam Leben in die kleine Gruppe. Hastig folgten sie Sinaos Aufforderung. Ohne den hustenden Dagüey eines Blickes zu würdigen, durchquerte das Mädchen die Küche, nahm ein Talglicht und stieg hinab in den Keller. Nach der Wärme der Küche war die Kühle hier unten angenehm, und als sie den Zemi aus seinem Versteck gezogen hatte, blieb sie noch einige Zeit stehen. *Danke, Anui. Ich danke meinen Ahnen.*

Draußen donnerte es einmal so laut, dass sie es selbst hier unten in den Kellern hörte, dann kam die Stille zurück. All die Vorräte waren wertvoll, aber sie konnten sie nicht mitnehmen. Ein letztes Mal blickte sich Sinao fast wehmütig um. Der Keller, ihr Reich, ihr geheimer Ort, ihre Zuflucht. Dann wandte sie sich ab. *Ich verlasse die Finsterwelt, um im Licht zu leben. Ich werde mit Majagua leben, so wie wir es wollen.*

Als sie nach oben zurückkehrte, schauten alle sie erwartungsvoll an. Sie hatten Beutel um den Leib geschlungen, gefüllt mit hellem Brot und mit Wurst, die sonst nur für die Blassnasen bestimmt gewesen waren. Bebe trug einen Schlauch mit Wasser über der Schulter.

»Was ist mit ihm?«, fragte Brizula mit einem Nicken in Dagüeys Richtung. Eigentlich wollte Sinao den Alten auslachen, ihn beschimpfen, ihm sagen, wie falsch sein Handeln gewesen war, doch seine eingefallenen Gesichtszüge und sein schmerzhaft gequälter Atem ließen sie schweigen. In ihr kämpften Abscheu und Mitleid, und sie konnte ihr Herz nicht ganz gegen ihn hart machen.

»Wir nehmen ihn mit. In einer Decke. Zwei von uns tragen ihn.«

Sie konnte nicht sagen, ob der Alte sie gehört hatte. Seine Miene blieb jedenfalls eine schmerzverzerrte Fratze.

Vorsichtig hoben sie ihn hoch, was ihn jämmerlich husten ließ. So schnell sie konnten, stiegen sie die Treppe empor, hasteten durch die schattigen Gänge des Forts. Und prallten beinahe gegen den jungen Soldaten, der sich krampfhaft an seine Muskete klammerte und mit einem Schrei zurücksprang und die Waffe auf sie richtete.

»Zurück!«, brüllte er mit einer hohen Stimme, in der Panik mitschwang. Langsam ließ Sinao den Alten herabsinken und legte ihn auf den Boden. Sie zeigte ihre leeren Hände, ging einen Schritt auf den Mann zu.

»Wir sind unbewaffnet. Wir wollen nur fort von hier«, erklärte sie. »Wenn wir nicht kommen, wird man uns suchen. Viele Krieger, mit Gewehren und Messern. Lass uns gehen, und du siehst uns nie wieder.«

Unsicher starrte er sie an, warf einen hastigen Blick über die Schulter. Seine Hände zitterten, die ganze Muskete bebte.

»Z-zurück«, stotterte er. Dass ein Soldat sie fürchtete, war nur ein schwacher Trost für Sinao. Jetzt wollte sie nur weg von hier, wollte ihre Leute fortbringen. Der Soldat scherte sie nicht; ob er lebte oder starb, war ihr egal.

»Lass uns gehen«, wiederholte sie eindringlich und trat noch einen Schritt vor. Er wich vor ihr zurück, seine Miene verzog sich vor Furcht und Unwissenheit. Dann drückte er ab.

Es war, als spüre Sinao seine Bewegung vorher. Sie sah den hellen Schein in der Mündung aufglühen. Um sie herum verstummten alle Geräusche. Ihr ganzes Wesen war auf diesen einen Punkt gerichtet, das schwarze Loch mit dem feurigen Herzen, das ihr den Tod entgegenspie. Sie konnte sich nicht bewegen, nicht sprechen, nicht schreien, nur dorthin starren. Angst durchflutete sie, eine animalische, urtümliche Todesangst. Sie brandete über sie hinweg, fegte alle Dämme zur Seite und fand irgendwo, tief in ihr, ein Reservoir.

Der Schuss dröhnte, und Sinao spürte einen Schlag an der Wange, wie eine Ohrfeige. *Ich bin getroffen,* dachte sie benommen und sah wieder die Bilder der Schusswunden vor sich, die Toten mit den Löchern in Brust und Kopf, den endlosen Strom von Blut auf dieser Insel. Sie taumelte einen Schritt zurück. Der Soldat sah sie entsetzt an, schrie und ließ seine Waffe fallen. Verwirrt sah Sinao, wie er sich abwandte und davonrannte. Ihre Finger fanden die Wange, erwarteten, Blut zu fühlen, zerfetztes Fleisch, Knochen, doch es tat nicht einmal weh.

»Schlecht geladen«, murmelte Bebe, der zu ihr trat und ihr Gesicht abtastete. »Nur ein Striemen.«

»Was?«

»Er muss schlecht geladen haben. Du hast da nur einen roten Striemen, wie von einer Knute.«

»Er ... er hat mich getroffen«, erwiderte Sinao wie betäubt. »Aber nicht richtig.«

»Die Ahnen haben dich beschützt«, warf Brizula ein. »Weil du tapfer bist und uns allen hilfst!«

Sinao brauchte eine Weile, um diese Worte zu verdauen. Sie fühlte ihren Körper nicht mehr, ihr Geist war von ihrem Leib getrennt, so als sei sie tot, doch sie atmete und dachte noch, wenn auch ihre Gedanken wirr und unzusammenhängend waren.

»Weiter«, drängte Bebe. Jemand anderes nahm an ihrer Stelle Dagüey auf, und die junge Paranao lief hinter der kleinen Gruppe her. Immer wieder befingerte sie ihre Wange, die nun ein wenig brannte, aber keine Löcher oder Wunden aufwies, wie sie jedes Mal erstaunt feststellte, auch wenn sie es kaum glauben konnte. Sie hatte den Schuss gesehen, gehört, den Treffer gespürt. Sie wusste, dass sie tot sein sollte. Etwas war geschehen; etwas, wofür sie keine Worte hatte, war mit ihr geschehen.

Die kleine Gruppe lief weiter. Sie erreichten den Innenhof, und die befreiten Küchensklaven erstarrten angesichts des Todes und der Gewalt, die sich in diesem Bild vor ihnen ausbreiteten.

»Ihr Ahnen«, flüsterte Brizula, und ihre Lippen zitterten. Schnell führte Sinao sie weiter, hinaus aus dem Fort, fort von dem Ort der Erniedrigung, der Angst und des Todes.

Sie liefen den Klippenpfad hinab. Vielleicht zum letzten Mal in ihrem Leben, wie Sinao erkannte, wiewohl sie es kaum glauben konnte. Von ihrer luftigen Warte aus sahen sie die

Sklaven, die sich am Strand versammelt hatten. Ein kleines Grüppchen von neunzehn Männern und Frauen stand etwas abseits.

Anscheinend hatten die Kämpfe der Blassnasen in der Bucht geendet, während sie in der Küche gewesen war. Es gab keine Schüsse mehr, weder von Kanonen noch von Gewehren. Zwei der Schiffe segelten davon, alle Segel gesetzt, und eines fehlte, wie Sinao bemerkte.

Und drei kleine Ruderboote hielten auf den Strand zu. *Der große Fremde hat Wort gehalten. Sie haben gewonnen, und jetzt holen sie uns zu den Schiffen.*

Als sie die kleine Gruppe erreichte, die etwas oberhalb des Strandes stand, öffnete sich für sie eine Gasse. Als wollten die anderen sie in die Mitte der Gruppe leiten. Ihre Gesichter waren traurig; nein, sie waren voller Mitleid, und alle schauten Sinao an. Ihr Herz setzte aus, verpasste einen Schlag. Ein unwillkürliches Zittern überkam sie, als sie durch das Spalier lief, das die ehemaligen Sklaven bildeten.

In ihrer Mitte lag Majagua. Jemand hatte ihm die Seite mit grünen Blättern belegt, zwischen denen pulsierend Blut emporquoll. *Nein. Nein. Nein. Nein. Nein. Nein. Nein.*

Fassungslos ließ sie alles fallen, was sie getragen hatte, und stürzte zu ihm. Er lächelte, als er sie erkannte, doch sie sah die Schmerzen in seiner Miene, hörte sie in seinem abgehackten Atem.

»Was … was … warum?« Die Worte flohen vor ihr und ergaben keinen Sinn mehr, denn auch die Welt hatte ihren Sinn verloren. Vorsichtig hob sie den Blätterverband an und keuchte, als sie die Wunde sah.

»Tangye«, erklärte Majagua mühsam. Tränen füllten Sinaos Augen. Die Wunde war furchtbar, eine Schusswunde, aus der unerbittlich Majaguas Leben floss und auf die staubige Erde tropfte.

»Geht!«, schrie sie wie von Sinnen. »Geht alle! Verschwindet!«

Die Tränen nahmen ihr die Sicht, aber sie hörte das Gemurmel und die Schritte. Vorsichtig kniete sie neben dem Sterbenden nieder und nahm sanft seinen Kopf in ihren Schoss.

»Ich liebe dich«, flüsterte sie und strich über sein Haar.

»Hequia, die Herrin ... sie lässt mich nicht fort. Tangye nimmt mich mit sich in die Finsterwelt«, flüsterte der Sterbende.

»Nein«, widersprach Sinao heftig. »Nein, du bist frei. Du gehst zu deinen Ahnen, und sie werden stolz sein, dich in ihrer Mitte zu haben. Du bist ein Krieger, *Chenao*. Der mutigste Krieger von allen.«

Er lächelte wieder, und Sinao schluchzte auf. Seine weißen Zähne waren blutig rot. Ihre Tränen benetzten ihre Wangen, liefen herab und fielen auf sein Gesicht.

»Du bist frei«, wiederholte sie. Er blickte sie an, doch seine Augen schienen sie nicht zu finden.

»Frei«, flüsterte er. »Halt mich.«

Sie nahm ihn in die Arme, flüsterte Koseworte, streichelte ihn, bis sein letzter Atemzug über ihre Haut strich und sein Geist in andere Gestade reiste, fortging in eine andere Welt und sie allein zurückließ. *Es ist nicht gerecht, Anui, es ist nicht gerecht. ES IST NICHT GERECHT!*

Über den tiefen Fluten ihrer Trauer schwebte ein Funke des Zorns. In ihrem Inneren braute sich ein Gewitter zusammen. Blitze zuckten durch ihren Geist, Bilder von Majagua, Bilder von Tangye, Bilder von der Insel und dem Blutzoll, den sie immer wieder gefordert hatte. Donnernd brach das Unwetter sich seine Bahn und riss ihre Beherrschung fort. Sie legte den Kopf in den Nacken und schrie, jagte Zorn und Trauer und Einsamkeit und Hass mit diesem tierischen Schrei aus sich heraus.

Um sie herum brodelte die Luft. Sand wurde emporgewirbelt, tanzte um das Paar. Steine stieben auf, rasten in die Lüfte. Blitze schlugen krachend in den Boden. Sie wusste nicht, was sie tat, doch um sie herum spiegelte sich ihr Innerstes in einem unmöglichen Sturm wider. Von Ferne hörte sie Schreie, doch das Brausen der Luft um sie herum war lauter als jedes andere Geräusch. Dann sackte sie zusammen, öde und leer.

Und alles wurde so still wie Majagua.

ROXANE

Es dauerte einige Augenblicke, bis Roxane begriff, was geschehen war. Die Korvette war in unzählige Stücke gesprengt worden. *Ihr Magazin muss explodiert sein,* schlussfolgerte sie. Selbst so ein kleines Schiff würde Tonnen von Pulver an Bord haben, wenn die Handelscompagnie ihre Begleitschiffe ähnlich ausrüstete, wie die Marine es tat. *Diese Gefahr ist eliminiert,* dachte die junge Offizierin nüchtern, noch bevor sie schuldbewusst an die Besatzung der gesunkenen Korvette dachte. Noch bevor sie an jene denken konnte, die an Bord gewesen waren, die dort für sie gekämpft hatten.

Ein Stück voraus setzten die *Todsünde* und das schwarze Schiff Segel. Ein Blick zurück zeigte ihr, dass die *Windreiter* Seite an Seite mit der zweiten Korvette lag; es war kein Hinweis mehr darauf zu erkennen, dass noch ein Gefecht stattfand. Wer auch immer in diesem Duell Schiff gegen Schiff gesiegt hatte, war unerheblich. Wenn es ihre widerspenstigen Verbündeten waren, gut. Wenn nicht, konnte die *Mantikor* die Korvette ohne Schwierigkeiten aufbringen.

Die beiden Boote, mit denen sie die Anker ausgebracht hatten, waren inzwischen zurückgekehrt. Rasch lief Roxane nach Steuerbord.

»Fähnrich Imrin! Nehmen Sie Überlebende auf!«

»Überlebende aufnehmen. Aye, aye!«

Die Macht der Explosion ließ Roxane allerdings nur wenig Hoffnung. Wer sich an Bord des Schiffes befunden hatte, war vermutlich schwer verwundet oder gleich zerfetzt worden. Und die Verwundeten würden kaum schwimmen können. Aber natürlich gebot die Hoffnung es dennoch, einen Rettungstrupp loszuschicken, auch wenn Roxane sicher war, dass Cearl und die anderen tot waren.

Widerwillig riss sie sich von dem Gedanken los und blickte nach vorn. Der Kapitän hatte ihr die Verantwortung für das Schiff übertragen, und so oblag es nun ihr, das schwarze Schiff aufzubringen und so zumindest ihre Befehle zu erfüllen. *Und Cearls Namen reinzuwaschen.*

»Eine Mannschaft an Deck«, rief sie bestimmt. »Segel setzen. Jagdgeschütze klarmachen!«

Ihr Ziel hatte bereits einen nicht unerheblichen Vorsprung und machte gute Fahrt. Seeleute liefen an Deck, stiegen in die Wanten. Die bereits gesetzten Segel waren löchrig wie Siebe, doch die *Mantikor* hatte noch mehr Segelfläche, die sie aufziehen lassen konnte. Sie hörte die Rufe und Befehle nur mit einem Ohr. Ihr Blick war auf das schwarze Schiff gerichtet. Es durfte, es konnte ihnen nicht entkommen.

Doch der Abstand vergrößerte sich stetig.

»Thay ...« Tola stand vor ihr.

»Was gibt es, Fähnrich?«

»Das Tauwerk ... die Rahen.« Die Stimme der jungen Offiziersanwärterin war leise. Unwillig blickte Roxane hoch, um den Sinn hinter ihren Worten zu suchen. Tola hatte recht: Die Takelage der *Mantikor* war in einem furchtbaren Zustand. Das Feuer der beiden Korvetten hatte dort besonders große Wirkung gezeigt. Die Offizierin konnte es spüren, in den behäbigen Bewegungen des Schiffes, im schweren Kampf gegen die See. Sie hatte es sich nicht eingestehen wollen, aber die Fregatte war für eine Verfolgungsjagd zu schwer beschädigt. Ihre nächsten Worte waren die schwersten, die sie je gesprochen hatte: »Lassen Sie beidrehen, Fähnrich Levman. Machen Sie die Notanker klar. Und sorgen Sie dafür, dass jemand den Rumpf unterhalb der Wasserlinie überprüft.«

Das Mädchen nickte eifrig und rannte davon. Wütend starrte Roxane den beiden Schiffen hinterher, die Kurs auf die offene See nahmen. *Heute mögt ihr uns überlistet haben, aber ihr solltet schnell und weit segeln. Ich werde euch finden, und dann werdet ihr für eure Taten zahlen!*

Mit diesen Gedanken tauchte das Bild Jaquentos ungebeten vor ihrem inneren Auge auf, und sie blickte sich zu der *Windreiter* um.

Sie musste sich darauf konzentrieren, ihr eigenes Schiff in sicherem Abstand von der Küste vor Anker gehen zu lassen und für eine adäquate Versorgung der Verletzten zu sorgen. Während sie Seeleute für die Arbeit an den Pumpen einteilte, kehrte Fähnrich Imrin an Bord zurück. Der Junge wirkte zugleich verstört und erleichtert.

»Etwa zwei Dutzend Überlebende, Thay.«

»Danke, Fähnrich. Gehen Sie unter Deck zu Schiffsärztin Tabard, und sehen Sie zu, dass sie alles bekommt, was sie benötigt. Solange Leutnant Hugham nicht einsatzfähig ist, werden Sie die Bürde ihres Ranges übernehmen, während Fähnrich Levman die Pflichten des Ersten Offiziers übernimmt.«

Der junge Mann strahlte über das ganze Gesicht. Roxane wusste, dass seine Freude nicht von allzu langer Dauer sein würde. Bald schon würden sie die Toten auf dem Deck aufbahren und in Segeltuch einnähen. Er würde seine Freunde sehen, kalt und blass, bevor sie auf immer in den Tiefen der See verschwanden. Noch hatte er den Verlust, den sie alle erlitten hatten, nicht wirklich wahrgenommen, war erfüllt vom Feuer der Schlacht, wie es Roxane selbst nach dem Gefecht von Tarnt gewesen war. Bevor sie die langen Reihen der Toten gesehen hatte. Die Listen, die ausgehängt wurden, mit den durchgestrichenen Namen. In den Zeitungen der Heimat wurden sie abgedruckt, lange Listen, und all die Toten wurden als stolze Söhne und Töchter der Nation bezeichnet.

Roxane wusste es besser. Kein Tod war stolz, weder im Sieg noch in der Niederlage. *Cearl ist tot; in Ausübung seiner Pflicht gestorben, so wird man schreiben. Ein Name mehr auf einer Liste. Ein gesiegelter Brief an die Familie. Kein Innehalten; weiter geht der Krieg.*

Sie selbst fürchtete sich vor dem Anblick der Toten. Als sie an Bord des Schiffes gekommen war, hatte sie die Verantwortung für die Mannschaft übernommen. Jeder Segeltuchsack war einer zu viel. Sie war nun Kapitän, zumindest so lange, bis sie irgendwo auf Teile der Flotte stießen und man sie ablöste. Sie würde den Bericht schreiben müssen. Fein säuberlich jeden Namen aus der Mannschaftsliste kopieren, Verwundungen und Todesfälle angeben, gute Worte auch über jene verlieren, die sie vielleicht nicht einmal gekannt hatte. *Oder über die ich nicht viel Gutes zu berichten weiß. Wie Matrose Hoare.* Jetzt konnte sie nicht trauern, aber sie ahnte, dass die Zeit dafür nicht mehr fern war.

In diesem Moment kletterte Leutnant Cudden über die Deckkante. Er war von Kopf bis Fuß durchnässt, seine Uniformjacke war verschwunden, ebenso seine Stiefel, doch ansonsten schien ihm nichts weiter zu fehlen.

»Thay«, begrüßte er sie und strich sein blondes Haar zurück.

»Berichten Sie mir, Leutnant«, bat sie.

»Es gibt nicht viel zu erzählen. Ich war im zweiten Boot. Eine Kugel hat uns erwischt, und ich bin ins Wasser gesprungen. Zum Glück kann ich schwimmen. Musste nur den Rock loswerden. Jetzt darf ich einen neuen kaufen – das wird verflucht teuer.«

»Und Kapitän Frewelling?« Aus einem Grund, den sie selbst nicht ganz verstand, war es ihr plötzlich wichtig, Cearl nun die Ehre zu geben, mit der er so hart gerungen hatte.

»Der war im ersten Boot. Ich hab noch gesehen, wie er die Korvette gestürmt hat. Aber bevor ich irgendwohin schwimmen konnte … Kawumm!«

Er begleitete seine Worte mit einer ausladenden Geste, als wolle er die Explosion nachspielen.

»Ja«, erwiderte Roxane tonlos.

»Er ist losgerannt wie ein Berserker. Als Erster über die Schanz. Würde mich nicht wundern, wenn er was mit der Explosion des Magazins zu tun gehabt hätte.«

Mich auch nicht, stimmte ihm Roxane stumm zu, die an Cearls letzte Worte denken musste. *Ich hoffe, er hat wenigstens seinen Frieden gefunden. Einheit, steh ihm bei.*

»Ich werde mir was Trockenes anziehen, wenn Sie erlauben, Leutnant.«

»Was? Oh, natürlich, Leutnant Cudden. Ich werde Ihren Einsatz in meinem Bericht natürlich erwähnen.«

»In Ihrem Bericht?«

»Leutnant Hugham wurde verwundet. Sehr schwer«, beantwortete Roxane die unausgesprochene Frage. »Zurzeit habe ich das Kommando.«

»Dann alles Gute, Kapitän«, entgegnete Cudden und salutierte. Roxane nahm ebenfalls Haltung an und erwiderte den Salut. Dann schritt sie zurück zum Achterdeck, um die Reparaturarbeiten zu beaufsichtigen. *Ich bin so müde. Aber ausruhen werde ich mich noch lange nicht können. Weder ich noch ein anderer an Bord.*

Auf ihrem Weg kam ihr Groferton entgegen, dessen unnatürliche Blässe seiner üblichen, ungesunden Gesichtsfarbe gewichen war. Er deutete aufgeregt zum Ufer. »Sehen Sie, Leutnant.«

Ihre Blicke folgten seinem Fingerzeig, und sie sah eine Art Windhose auf der Insel, die Staub und Sand mehrere Dutzend Meter hoch in die Luft wirbelte. Weiter unten am Strand ließ sich eine kleine Menschenmenge erkennen. Dort hatten sich vermutlich die Sklaven der Handelscompagnie versammelt. Drei Boote setzten von der *Windreiter* aus zur Küste über; offenbar war die Korvette dem vorgeblichen Händler unterlegen.

»Was geschieht dort?«

»Eine Entladung von Vigoris. Ungelenk, aber von einiger Macht.«

»Wer weiß, was auf der Insel passiert ist, während wir hier draußen gekämpft haben. Ich werde eine Mannschaft an Land schicken, sobald wir die nötige Ruhe gefunden haben. Derzeit gilt es jedoch erst einmal, die Spuren des Gefechts zu beseitigen und sich um unsere Verwundeten zu kümmern. Apropos, wären Sie so freundlich, der Ärztin unter die Arme zu greifen?«

»Selbstverständlich«, erwiderte der Maestre, doch er verzog dabei das Gesicht. *Ich kann wirklich keine Rücksicht darauf nehmen, wenn er den Anblick von Blut nicht verträgt. Wir tun hier alle unsere Pflicht!*

Wieder guckte sie zur *Windreiter* hinüber, als würden ihre Blicke magnetisch von dem Schiff angezogen. Sowohl das ehemalige Sklavenschiff als auch die Korvette hatten unter dem Feuer gelitten. Taue hingegen kraftlos von den Masten herab, selbst die gerefften Segel zeigten Beschädigungen. Trümmer lagen an Deck, Teile der Reling waren zerstört, und die Seiten der Rümpfe würden gewiss ebenfalls die Spuren des erbitterten Gefechts zeigen, wenn sich die Schiffe voneinander lösten.

Was auch immer dort geschehen ist, der Bastard schuldet mir eine Erklärung. Und sie sollte besser gut sein, sonst lasse ich ihn mitsamt seiner Besatzung in Eisen legen und werfe höchstpersönlich den Schlüssel weg!

FRANIGO

Der Mann grinste breit und enthüllte dabei eine Reihe schneeweißer, ebenmäßiger Zähne, deren Anblick Franigo auf eine unbestimmte Art erboste. Es dauerte einen Augenblick, bis er begriff, was ihn verstimmte: *Ein Rosstäuscher wie dieser sollte faulige Zähne haben. In jedem Theaterstück wäre er missgebildet und bucklig, und die Korruption seiner Seele würde sich in jeder Faser seines Äußeren spiegeln. Doch anscheinend lebt es sich gut davon, harmlose Reisende bis aufs letzte Hemd auszunehmen.*

»Das ist Euer letztes Wort?«, erkundigte sich Franigo, doch es war weniger ein Feilschen als ein Betteln. Er befand sich in einer Zwangslage, und Menschen wie dieser Pferdehändler konnten Not vermutlich riechen wie Ratten einen Kadaver.

»Ja. Wenn es dir nicht passt, dann geh doch woandershin.«

Mit einem gequälten Lächeln reichte Franigo dem Mann den Großteil seines verbliebenen Vermögens. Als Gegenleistung erhielt er an einem groben Strick ein nicht minder grobes Grautier. Die großen, dunklen Augen starrten Franigo vorwurfsvoll an, als er versuchsweise an dem Strick zog, dann setzte die Eselin sich in Bewegung, mürrisch zwar, aber nicht störrisch.

»Du bist also sehr genügsam, hm?«, brummte der Poet, während sie die Straße entlangzogen. »Wie wäre es, wenn ich dich Modestine nenne? Würde dir das gefallen?«

Die Eselin schien ihn gar nicht zu beachten, sondern schritt eigenbrötlerisch neben ihm her. Nur ihre Ohren zuckten, um eine freche Fliege zu vertreiben, die sich dort niedergelassen hatte.

»Das werte ich einmal als ein Ja.«

Bei jedem Schritt schmerzte der Fuß des Poeten. Seit seiner Flucht aus Cabany hatte er weder die Zeit noch die Finanzen gehabt, um einen Arzt zu bezahlen, von einem Maestre ganz zu schweigen. Der Fuß war geschwollen, von blauen Blutergüssen überzogen und pochte selbst, wenn Franigo ihn abends hochlegte. Doch er konnte keine Rücksicht auf seine Verwundung nehmen, denn die Häscher des Marschalls waren ihm immer noch auf den Fersen.

Ein Schiff wäre eine gute Alternative zu dem beschwerlichen Fußmarsch gewesen, doch ein kurzer Besuch am Hafen hatte ihm gezeigt, dass Soldaten jeden der Passagiere kontrollierten. *Vermutlich bin ich nicht der Einzige, der Géronay bei Nacht und Nebel hinter sich lassen möchte. Man sagt, es gäbe viele Aufwiegler, die die Krone lieber heute als morgen hängen lassen möchte.*

Also war Franigo davongehumpelt, hatte die Stadt auf Schleichpfaden verlassen und sich auf den direkten Weg in Richtung seiner hiscadischen Heimat gemacht. Nur durch Glück war er einer Gruppe von Kürassieren entgangen, die laut die Straße entlanggaloppierten, während er sich hinter einem Busch erleichterte. Er musste annehmen, dass sie nach ihm ausgesandt worden waren. Natürlich schmeichelte es ihm, dass der Marschall selbst solche hervorragenden Soldaten für die Hetzjagd auf ihn missbrauchte, doch ihm war auch die Gefahr bewusst, denn viele Hunde waren bekanntlich des Hasen Tod. Seit dieser Entdeckung schlief er in Feldern, bewegte sich abseits der großen Reiserouten und quartierte sich, wenn, dann nur unter falschem Namen ein – Huido, der

Flüchtige. Erst jetzt, nahe der Grenze, hatte er es gewagt, seine letzten Reserven in ein Lasttier zu investieren und wieder auf den Straßen zu reisen. Bald schon musste er Favare erreichen, wo die Bewohner den Soldaten des Königs nicht wohlgesonnen waren und ihnen aus Prinzip keine Auskunft erteilen würden. Das Risiko wurde also geringer. *Und ich habe keine Lust mehr auf dieses Versteckspiel. Ich bin es leid, auf hartem Boden zu schlafen und eine Handvoll Bucheckern ein opulentes Mahl zu nennen. Und die Schmerzen in meinem verdammten Fuß lassen mir selbst eine Fahrt auf dem Henkerskarren erstrebenswert erscheinen.*

Wenigstens hatte es aufgehört zu regnen. Ohne vernünftige Reisekleidung war Franigo mehr schlecht als recht gegen die Elemente geschützt. *Aber mein Zorn feit mich gegen die Kälte; er hält mich warm, er nährt mich! Obwohl ich im Augenblick nichts gegen ein saftiges Stück Rehrücken als zusätzliche Nahrung einzuwenden hätte.*

Es verblüffte ihn, wie wenig er den Lustbarkeiten der letzten Wochen hinterhertrauerte. Viel mehr schmerzte ihn, dass sein Name nun in den Schmutz getreten wurde. Die Naschereien, die schöne Wohnung, die teure Kleidung, die Frauen – all das war nur Ausdruck der Auswirkungen seines Talents auf die Welt gewesen. Und nun wurde all dies zerstört, von einem missgünstigen Militär, der eine Opernarie vermutlich nicht von einem Trinklied unterscheiden konnte. Den Wegfall der Annehmlichkeiten konnte Franigo hinnehmen; der Verlust der Anerkennung war es, den er zutiefst bedauerte.

Noch bevor der Abend dämmerte, erreichte er ein kleines Dorf, wenig mehr als eine Ansammlung von Gehöften. Das Land wurde hier schon deutlich bergiger, und an den Hängen standen die Rebstöcke in Reih und Glied wie disziplinierte Soldaten. Bei dem Anblick überkam den Poeten spontan Lust auf einen Becher Wein. Auf Dauer konnte Wasser allein, so frisch und klar es auch in Bächen sein mochte, seinen Durst nicht stillen. Eine kleine Verwünschung gegen Bouflon murmelnd, beschloss Franigo, heute zumindest in dem Dorf einzukehren. Die Eselin schien seine Gedanken zu lesen, denn sie beschleunigte ihre Schritte, und schon bald stand sie im Stall, während Franigo es sich auf einer Bank gemütlich machte, seinen Fuß hochlegte und an dem Wein der Region nippte. Es war junger Wein und sicherlich nicht der beste der Gegend, doch in diesem Augenblick hätte Franigo sogar das süße Gepansche getrunken, das von einigen Damen der Gesellschaft bevorzugt wurde.

»Seid Ihr ein Bänkelsänger?«

Die Frage der Wirtin überraschte Franigo. Er schüttelte den Kopf. Seine Stimme war nicht ausgebildet, und er hatte es niemals für nötig befunden, die Ergüsse anderer Schreiberlinge auswendig zu lernen. Sein eigenes Repertoire würde den einfachen Menschen hier nicht gefallen, da war er sich sicher. *Obwohl ... ein Barde ist selten ein hungriger Mann.*

»Kein Bänkelsänger, Meséra, aber ich weiß wohlfeile Reime zu schmieden. Vielleicht kann ich Euch mit diesen unterhalten?«

»'n Geschichtenerzähler?«

»In gewissem Sinne, ja. Nur verpacke ich die Geschichten in Lyrik, lehrreiche Aphorismen und dergleichen.«

Ihre Miene zeigte Unverständnis. Mit einem Seufzen erklärte Franigo: »Ein Geschichtenerzähler, ja.«

»Ah, das ist schön. Gibt nich' viele, weil ... wegen der großen Straße östlich. Seit dem Krieg reist kaum wer. Hat ja keener Geld inne Taschen.«

Ihre Misshandlung der Sprache schmerzte Franigos Ohren, aber mit seinem flachen Geldbeutel konnte er sich keine allzu große Empfindsamkeit mehr leisten. In dem Dorf lebten hauptsächlich Weinbauern und deren Knechte und Mägde.

Selbst wenn man mit Wein ein gutes Geschäft machen konnte, würde das Volk hier eher einfach sein und sich vermutlich an ebensolchen Reimen erfreuen. Kurz bedauerte er, dass die anzüglichen Gedichte nur noch in Fragmenten in seiner Erinnerung vorhanden waren, denn sicherlich hätten sie hier ein dankbares Publikum gefunden.

Aber vermutlich konnte er sie rekonstruieren oder zur Not aus dem Stegreif dichten. Vielleicht fand er sogar die eine oder andere Inspiration unter der jungen, weiblichen Dorfbevölkerung? *Bei der Einheit, Franigo! Du warst zu lange nur in Modestines Gesellschaft, wenn dir diese Landpomeranzen plötzlich reizvoll erscheinen!* Da fielen ihm die Reime ein, die sein derzeitiges Missgeschick verursacht hatten, weil es Menschen gab, die der Wahrheit nicht ins Gesicht blicken mochten. Favare war eine notorisch rebellische Provinz, war es immer schon gewesen. Die Bewohner sahen sich zuerst als Favaren, dann erst als Géronaee oder Hiscadi, wenn überhaupt als eines von beidem. Eine Spitze gegen die Mächtigen, denen sie ohnehin weder Vertrauen noch Liebe schenkten, mochte ihnen gefallen. Probeweise brummte der Poet einige Zeilen in einem langsamen Rhythmus, und er verstand, warum sie sich so schnell in Cabany verbreitet hatten. *Sehr eingängig. Schlängelt sich wie ein Wurm ins Ohr und nistet sich dort ein.*

»Tretet Ihr dann auf heut Ab'nd?«

»Sicherlich, Meséra, mit Vergnügen. Denkt Ihr, dass ich mir damit Kost und Logis verdienen kann?«

»Häh?«

»Für ein wenig Eintopf und eine Übernachtung trete ich sehr gerne auf, Meséra.«

»Ah. Das is' gut.«

Obwohl ihre Sprache einfach war, erinnerte ihr Ton ihn an Yuone. Es schwang ein Hauch des Akzents mit, der schon die Schauspielerin ausgezeichnet hatte, obwohl die Gegenden ihrer Herkunft verschiedener nicht hätten sein können. *Wo sie wohl gerade ist? Vermutlich in den Armen eines vom Glück begünstigten Gönners. Ich hoffe doch sehr, dass meine Flucht ihr nicht geschadet hat.*

Wieder seufzte der Poet und begann, sich ein Programm für den Abend zurechtzulegen. Er war kein Schausteller, kein fahrender Sänger, aber er konnte mit Worten umgehen, und wenn es so sein sollte, dass er sich seinen Unterhalt mit diesem Talent verdienen musste, dann würde er es zumindest voll ausschöpfen. *Und wenn ich dabei Bouflons Namen auch in der Provinz lächerlich machen kann, nun, umso besser!*

So verdingte sich Franigo auf seiner Heimreise als Geschichtenerzähler und Wirtshauspoet und ließ seine Zuhörer über die Mächtigen lachen. Eine ganze Reihe von neuen Gedichten und Spottversen kamen bald zu den alten hinzu, mit denen er seiner Verachtung für jene Ausdruck verlieh, zu denen er sich eigentlich hatte gesellen wollen.

Zumindest mussten weder Modestine noch er eine weitere Nacht im Freien verbringen, und sein Fuß begann schließlich zu heilen, wenn ihm auch ein Hinken zurückblieb.

Die Lieder und Verse waren seine kleine und vielleicht missgünstige Rache, doch der Samen fiel auf fruchtbaren Boden, und bald schon sprossen viele kleine Pflanzen daraus.

JAQUENTO

Die Fahrt in dem Dingi erschien Jaquento wie der Gang zum Schafott. Die *Mantikor* ragte über ihm auf wie der Richterstuhl, und er war sich wohl bewusst, dass er gesündigt hatte. *Leider bleibt mir keine andere Wahl, als mich in die Gewalt der Thayns zu begeben.* Eine Flucht war mit den befreiten Sklaven kaum möglich, zumal die *Windreiter* in ihrem jetzigen Zustand kaum segeltüchtig war. Gleiches galt allerdings für die Fregatte, wie Jaquento aus der Nähe nun noch besser erkennen konnte. Das Schiff hatte einige Treffer einstecken müssen, während es auf Grund gelaufen war; die Takelage hing in Fetzen, der Hauptmast war beschädigt, und das Heck war durchlöchert.

Doch als der junge Hiscadi an Bord kletterte, konnte er sich von der Effizienz der Thayns überzeugen, die offenbar nicht beeinträchtigt worden war. Das Deck war gesäubert, alle Trümmer beseitigt, und die Mannschaft war bereits damit beschäftigt, die Schäden auszubessern und das Schiff wieder flottzumachen.

»Sind Sie Mister Jaquento?«, fragte ein junges Mädchen in einer tadellosen Uniform. Jaquento nickte. *Vermutlich hat der Käpt'n nach der Schlacht erst mal die ganze Mannschaft zum Quartiermeister geschickt, um sie neu einzukleiden. Typisch für die Thaynrics.*

»Ich bin Fähnrich Levman, diensthabender Erster Offizier. Folgen Sie mir bitte. Der Kapitän erwartet Sie bereits.«

Wieder nickte der junge Hiscadi. *Und vermutlich sein hübscher Leutnant auch. Sie wird mir den Kopf abreißen und vor aller Augen verspeisen, nehme ich an.* Mit diesen Gedanken folgte er dem Mädchen unter Deck zur Kapitänskajüte, vor der diesmal keine Wache stand. Der Fähnrich öffnete die Tür und bedeutete ihm einzutreten, was Jaquento nach einer kleinen Verbeugung auch tat.

Auch hier hatten die Thayns bereits die gröbsten Auswirkungen des Gefechts beseitigt, doch die Kajüte hatte unter dem Feuer offenbar stark gelitten, und noch immer sah man überall gesplittertes Holz.

An dem breiten Tisch, mit dem Rücken zu den Heckgeschützen, saß Leutnant Hedyn. Sonst war niemand anwesend, was Jaquento überrascht blinzeln ließ. Auf seiner Schulter reckte Sinosh der Offizierin den langen Hals entgegen.

»Setzen Sie sich«, bat Roxane und wies auf einen Stuhl. Mit einem Lächeln kam Jaquento der Aufforderung nach, auch wenn sein Inneres dagegen protestierte. Seine Muskeln waren angespannt, und sein Körper wollte stehen bleiben, fluchtbereit.

»Kann ich Ihnen etwas anbieten? Wir haben noch einen recht guten Brandy, allerdings hat ein unglücklicher Treffer die Gläser des Kapitäns zerstört.«

»Nein, vielen Dank, Meséra. Da Ihr gerade vom Kapitän sprecht ... wo ist er denn?«

»Er sitzt vor Ihnen.«

Möge mir die Einheit gnädig sein. »Oh. Meinen Glückwunsch«, erwiderte Jaquento mit belegter Stimme. Die Offizierin verzog das Gesicht.

»Es besteht kein Grund dazu, mir zu gratulieren. Kapitän Harfell erlag seinen Verletzungen noch vor dem Gefecht.

Leutnant Frewelling ist im Kampf gefallen, Leutnant Hugham liegt schwer verletzt im Lazarett. Deshalb obliegt das Kommando derzeit mir.«

Stille breitete sich aus, hüllte Jaquento unangenehm ein. Die Feindseligkeit der Offizierin war beinahe greifbar, und er konnte ihr diese Reaktion nicht verübeln. Er hatte gehofft, Leutnant Frewelling mit einigen wohlformulierten Sentenzen besänftigen zu können, doch angesichts Roxanes schlecht unterdrückten Zorns fehlten ihm die Worte.

»Nun?«, sagte die Offizierin nach einiger Zeit.

»Nun was?«

»Ich denke, Sie schulden mir eine Erklärung«, erwiderte sie frostig. Ihre Finger trommelten auf der Tischplatte, ein enervierendes Geräusch, das den jungen Hiscadi aus dem Konzept brachte.

»Das stimmt, Meséra, verzeiht mir bitte. Mir scheint, wir beide wurden Opfer eines Verrats.«

Jetzt explodierte sie, wie ein Pulverfass, in das ein Funken fällt.

»Wir beide? Wir beide! Sie …«, ereiferte sich Roxane, hatte sich jedoch erstaunlich schnell wieder im Griff. »Ich denke nicht, dass es so einfach ist, nicht wahr?«

»Nein. Ihr müsst wissen, dass ich die Reise von Brebant zu diesem von der Einheit verlassenen Eiland als Gefangener verbrachte. Capitane Deguay hat Capitane Pertiz getötet und mich eingesperrt, um mich unschädlich zu machen, da wir seine Pläne nicht gutheißen mochten. Vordringlich war es die Rettung der Sklaven, die Pertiz und mich angetrieben hat. Während Deguay anscheinend andere Pläne hatte.«

Immer noch klopfte sie auf den Tisch, in einem schnellen Rhythmus. Auf ihrer Wange leuchteten zwei Schrammen, und ihre linke Hand war von Kratzern übersät. Sie hielt sich so aufrecht, als ob er seinen Bericht vor der gesamten Admiralität ablegen würde, doch Jaquento wusste nicht, ob das nicht nur Schmerzen von Wunden geschuldet oder einfach Ausdruck ihrer thaynrischen Steifheit war.

»Und von diesen Plänen hatten Sie keinerlei Ahnung?«

»Nein, denn sonst hätte ich wohl nicht einige Tage in der Brig verbracht. Ihr glaubt gar nicht, wie unbequem es dort sein kann.«

»Ich muss gestehen, dass die Versuchung groß ist, Ihnen die Annehmlichkeiten unserer Brig zum Ausgleich anzubieten, Jaquento. Sie haben uns verraten und im Stich gelassen. Ich hatte bereits damit gerechnet, dass Sie und Ihresgleichen Gesindel sind, doch das entschuldigt kaum Ihr Verhalten.«

Jaquento schwieg. Das Trommeln hatte aufgehört. *Immerhin hat sie mich noch nicht festsetzen lassen. Das ist ein Hoffnungsschimmer an einem ansonsten ziemlich finsteren Horizont.*

»Deguay hatte eine Frau an Bord. Eine Maestra. Sie ist in diese Angelegenheit involviert, aber ich kann nicht sagen, wie«, erklärte der junge Hiscadi beinahe wahrheitsgemäß, um ihren Zorn auf andere zu lenken.

»Und der Name dieser Person lautet?«

»Tareisa. Sie kam erst kurz vor Brebant an Bord. Ich denke, sie repräsentiert noch weitere fremde Interessen an diesem schwarzen Schiff.«

»Ja, das mysteriöse schwarze Schiff.«

Der Satz blieb im Raum hängen wie Pulverdampf. Eigentlich hätte Jaquento schweigen sollen, dessen war er sich bewusst. Doch das schwarze Schiff hatte sie alle an diesem Ort zusammengeführt, hatte den Weg zu Schlacht und Tod gewiesen und dabei doch keines seiner Geheimnisse preisgegeben. *Vermutlich badet Deguay gerade in Gold, der Bastard, während ich hier meinen Hals aus der Schlinge reden muss!*

»Wisst Ihr, was sich an Bord befand?«, fragte er. »Eigentlich ist Capitane Deguay ein großer Gegner der Sklaverei.

Dass er seine Prinzipien für dieses Schiff opfert, erschien mir ungewöhnlich. Es muss ein großer Schatz sein.«

Sie fixierte ihn mit einem finsteren Blick. »Es gibt unter Ihren Leuten Prinzipien? Das überrascht mich. Doch Ihr Kapitän ist nicht der Einzige, der für dieses Schiff einiges geopfert hat. Aber ich kann Ihnen nicht sagen, was sich an Bord befindet. Unsere Befehle beinhalteten nur, es aufzubringen. Vermutlich Schmuggelware, Gold, Geschmeide oder Schildpatt, das die Handelscompagnie an der Krone vorbei nach Thaynric bringen wollte.«

»Hmm«, brummte Jaquento, von dieser Erklärung nicht überzeugt. Zu seltsam waren die Auswirkungen auf das Arsanum gewesen, die Manoel geschildert hatte und die nun, nach dem Verschwinden des schwarzen Schiffes, nicht mehr auftraten. Die Insel hatte den Effekt nicht ausgelöst, und Manoel hatte Stein auf Bein geschworen, dass es sich nicht einfach um einen mächtigen Caserdote gehandelt hatte.

»Wie dem auch sei, das schwarze Schiff ist entkommen, ebenso wie der verräterische Kapitän Deguay. Wir müssen uns um die Probleme kümmern, die wir lösen können.«

Lächelnd nickte Jaquento, während er sich entspannte. Offensichtlich hatte Roxane seine Geschichte geschluckt, und die Gefahr war fürs Erste gebannt.

»Eine Frage habe ich aber noch«, fuhr sie fort, und der junge Hiscadi nickte zustimmend. »War das alles ein abgekartetes Spiel? Hast du mir auf Lessan aufgelauert? War unser Treffen nur Teil einer groß angelegten Intrige?«

Die Offizierin lehnte sich vor, die Hände auf die Tischplatte gestützt. Ihre Miene war verschlossen, doch die vertrauliche Anrede und das Feuer, das in ihren Augen brannte, ließen Jaquento seine nächsten Worte sehr genau wählen.

»Nein. Jedenfalls steckte von mir aus keine Absicht hinter unserem Treffen. Ich fürchte aber, wir sind alle in das Netz anderer Parteien geraten. Ihr, ich, vielleicht sogar Deguay. Und wir alle haben dabei verloren, unser Vertrauen, unsere Freunde und Kameraden.«

»Ja. Allerdings habe ich nicht vor, diesen Verlust untätig hinzunehmen.«

»Ihr glaubt mir doch, Mesèra? Es läge mir fern, Euch Leid zuzufügen.«

»Ich weiß nicht, ob ich Ihnen glauben kann«, erwiderte sie förmlich. »Aber derzeit sind meine Optionen begrenzt. Wie ich schon sagte, wir müssen uns um die Probleme kümmern, die direkt vor unserem Bug warten. Mein Plan sieht vor, dass wir die Schiffe seetüchtig machen, inklusive der Korvette ...«

»Die *Luchs*«, warf Jaquento ein.

»Inklusive der *Luchs*, ja. Wir nehmen die Gefangenen von der Insel und den Schiffen an Bord, während die befreiten Sklaven auf der *Windreiter* und der *Luchs* nach besten Möglichkeiten untergebracht werden. Wir segeln im Verband nach Lessan, wo wir unsere Gefangenen und Schutzbefohlenen der Marine übergeben.«

»Ein vernünftiger Plan, wenn ich das so sagen darf. Die Befreiung der Sklaven war, wie schon erwähnt, unser Ziel. Und sicherlich auch das Eure. Was gedenkt Ihr, danach zu unternehmen?«

»Wir lassen die *Mantikor* überholen, und dann nehme ich die Verfolgung auf. Das schwarze Schiff ...«

»Die *Totwey*.«

»Die *Totwey* war beschädigt. Nicht allzu schwer, aber sie wird nicht ihre beste Geschwindigkeit erreichen. Haben Sie eine Ahnung, wohin die Schiffe fahren werden?«

Unsicher zuckte Jaquento mit den Schultern. »Nach Corbane, würde ich denken. Aber darauf wetten würde ich nicht.«

»Das werden wir zu gegebener Zeit ausführlicher diskutieren. Jetzt können Sie an Bord Ihres Schiffes zurückkehren und mit den Vorbereitungen beginnen. Wir sehen uns in Lessan wieder.«

»Aye.« Jaquento erhob sich. Bevor er jedoch zur Tür ging, wandte er sich noch einmal an Roxane. »Ich bedaure Euren Verlust aufrichtig, Meséra. Pertiz war mein Freund, und er fehlt mir. Ich kann also nachvollziehen, wie Ihr Euch fühlt, einen Menschen verloren zu haben, der Euch nahestand.«

Sie blickte ihn an, und einen Moment lang fürchtete er, dass sie wütend werden würde. Doch dann nickte sie matt. *Sie ist jung, und sie ist erschöpft,* erkannte er. *Sie steht vor einem Trümmerfeld, und sie hält sich nur so gerade eben über Wasser.*

»Danke.«

Ohne ein weiteres Wort verließ der Hiscadi die Kajüte, kehrte an Deck zurück und ließ sich zur *Windreiter* zurückrudern.

Als er an Deck sprang, kam Manoel auf ihn zu, eine Pfeife in der Hand, umweht von Rauch und munter wie ein Tümmler. Lediglich die Spitzen seiner langen Haarsträhnen sahen angesengt aus.

»Lass dich mal ansehen«, forderte der junge Maestre. »Keine Striemen am Hals. Anscheinend haben sie dich tatsächlich nicht gehängt. Verflucht, ich schulde Bihrâd einen Solar!«

»Ihr habt um meinen Tod gewettet?«, empörte sich Jaquento. »Du solltest weniger von dem Zeug rauchen. Das verdirbt den Charakter!«

»Ah. Im Gegenteil: Es macht mich normal. Du solltest mich sehen, wenn ich nicht rauche! Wie ist die Stimmung auf dem fetten Pott da?«

»Schlecht. Das Gefecht hat sie übel mitgenommen, und eine Menge ihrer Offiziere sind gefallen. Ein Leutnant hat jetzt das Kommando, und ihre Unteroffiziere sind noch halbe Kinder. Aber sie wollen uns nicht ans Leder. Immerhin. Wir werden die Befreiten nach Lessan schippern. Ich werde mich nachher darum kümmern, wie das am besten zu organisieren ist. Und danach wählen wir einen neuen Kapitän, wie es Brauch ist.«

»Es wird sich niemand neben dir zur Wahl stellen, Jaq. Die Mannschaft ist zufrieden mit dir.«

»Ich habe uns in diese Katastrophe geführt. Und wir machen nicht einmal Gewinn bei der Sache. Ich denke nicht, dass die Besatzung allzu begeistert von mir ist.«

»Abwarten«, erwiderte Manoel. »Ich habe dir doch von dem Vigoris-Ausbruch erzählt? Auf der Insel?«

»Ja. Und?«

»Es war ein Mädchen. Eine Sklavin, pardon: Ex-Sklavin. Ihr Name ist Sinao. Sie ist – ich kann es nicht genau beschreiben. Ziemlich mächtig auf jeden Fall. Nur im Moment steht sie reichlich neben sich. Ich kümmere mich um sie.«

»Eine Maestra?«

Manoel lachte. »Die ehrwürdigen Herren und Damen würden einen Hirnschlag bekommen, wenn sie mir zuhören könnten, aber ja. Sie hat Macht. Starkes Mojo. Richtig starkes Mojo. Aber es geht ihr nicht gut.«

»Ist sie eine Gefahr?«

Sie beide wussten, dass es gefährlich war, einen Maestre an Bord zu haben, der sich vielleicht nicht kontrollieren konnte.

»Du musst dir keine Sorgen machen, Käpt'n. Ich kümmere mich um sie«, bekräftigte Manoel. »Ich werde ihr das wenige beibringen, was ich weiß. Bihrâd wird mir helfen, bis sie ihre Kräfte versteht; er kann ihre Magie ja trinken. Vermutlich kann er das Schlimmste verhindern.«

»Das Schlimmste? Mehr nicht?«, hakte Jaquento nach.

Der junge Maestre lächelte. »Sie ist stark … aber ich vertraue Bihrâd. Wir kümmern uns um sie.«

»Gut. Dann untersteht sie eurer Verantwortung. Sag Bihrâd außerdem, dass er sich um die Befreiten kümmern soll.

Lass Boote klarmachen, um die Gefangenen zur *Mantikor* zu bringen. Und überleg mal, wem wir die *Luchs* anvertrauen können.«

Gutmütig nickte Manoel und drehte sich um. Der junge Maestre paffte an seiner Pfeife und schien alle Zeit der Welt zu haben, während sich Jaquento sorgenvoll umblickte. *So viele Dinge, die erledigt werden müssen. Und mit jeder Minute wird Deguays Vorsprung größer.*

Geistesabwesend streichelte er Sinosh. Die Echse blickte ihn aus schwarzen Augen direkt an.

»Was für ein Schlamassel.«

Eine leise Stimme ertönte, doch nicht in seinen Ohren, sondern in seinem Kopf: *Und dabei hat es gerade erst begonnen.*

EPILOG

Der Himmel war sternenklar und so mit Lichtpunkten übersät, wie er es nur in der Sturmwelt sein konnte. Von dem anderen Schiff wehte Gesang herüber, in den sich immer wieder raues Lachen mischte. Die Besatzung feierte ihren Sieg, und der Kapitän ließ sie gewähren. Irgendwo auf diesem Schiff saßen auch die Gefangenen fest. Noch in dieser Nacht mussten sie sterben, darauf hatte die Frau bestanden. Keiner, der die Ladung auch nur gesehen haben konnte, durfte leben. Ihre eigenen Anweisungen waren in diesem Punkt eindeutig. Die drei Maestre an Bord waren noch im Ausklang des Gefechts getötet worden; sie waren hilflos wie Welpen gewesen, und man hatte ihnen die Kehlen durchgeschnitten.

Schon bei ihrem ersten Treffen hatte sie in Deguay eine verständige Seele erkannt und ihn darüber informiert, wie die Befehle lauteten. Wer auch immer auf dem schwarzen Schiff fuhr, würde den Tod finden. So hatte der Kapitän jene als Mannschaft entsandt, die er entbehren konnte. Es war nur eine Frage des richtigen Hebels gewesen, und die Frau war gut darin, die Ansatzpunkte solcher Hebel in Menschen zu erkennen.

Für einen Moment fragte sie sich, ob sie ebenfalls dem Tod geweiht war, doch dann vertrieb sie die lächerlichen, irrationalen Ängste mit einer wegwerfenden Handbewegung. Sie war eingeweiht und ein wertvolles Werkzeug für den alten Mann. Solange sie diesen Wert behielt, war sie sicher.

Die Seeleute an Bord machten einen Bogen um sie. Es kümmerte sie nicht. Sie alle waren bereits tot. Das schwarze Schiff war ein schwimmender Sarg, bemannt von jenen, die niemals wieder Land unter ihren Füßen spüren würden. Die *Totwey*, wie sie belustigt festgestellt hatte. Ein Schiff, benannt nach einem thaynrischen Fluss, der seinen Namen vor Jahrhunderten erhalten hatte, als in ihm die Leichen aus der letzten Schlacht gegen die Eroberer vom Festland bis zum Meer trieben. Ein ganzes Geschlecht von Thayns hatte an seinen Ufern den Tod gefunden, hinweggerafft von der unwiderstehlichen Macht der Nigromantenkaiser. Dass die Handelscompagnie ein Schiff nach diesem Fluss benannte, war eine Ironie des Schicksals. *Gerade dieses Schiff*, dachte die Frau mit einem Lächeln. *Obwohl vermutlich kaum noch jemand um die Bedeutung des Namens weiß.*

Für einige Herzschläge genoss sie noch den kühlen Seewind. Sie war allein auf dem Schiff oder fühlte sich zumindest so. Keine anderen Menschen, nur Tote umgaben sie. *Nun, ich bin nicht ganz allein.*

In ihrem Innersten konnte sie es spüren; einen endlosen Sog an den Pforten, hinter denen sie ihre Macht verbarg. Selbst wenn sie es gewollt hätte, wäre sie nicht imstande gewesen, auch nur den simpelsten Zaubern Gestalt zu verleihen. Nicht ohne eine Anstrengung jedenfalls, die über das Maß der Begabung der meisten Maestre weit hinausging. Und sie hütete sich, leichtfertig von ihren Kräften Gebrauch zu machen. Der alte Mann hatte sie gewarnt.

Mit einem Gefühl von Vorfreude und Grauen stieg sie hinab in den Bauch des Schiffes. Ihre Stiefel klapperten auf den Holzplanken, doch selbst bei Seegang verlor sie ihr Gleichgewicht und ihre Grazie nicht.

Es war dunkel im Frachtraum. Fässer und Kisten waren nur schärfer umrissene Dunkelheit in der Finsternis. Es roch nach Seewasser, nach Pökelfleisch, nach Teer und tausend anderen Dingen.

Inmitten der gewöhnlichen Ladung stand ein Schemen. Eine große Kiste, höher als ein Mann, sorgfältig mit Seilen festgezurrt und gesichert. Wer auch immer sie verstaut hatte, hatte Platz um sie herum gelassen, zwei Meter in jede Richtung. Die Frau wusste, dass es keine Markierungen auf der Kiste geben würde, keine Schriftzeichen, nicht einen Hinweis auf den Inhalt. Und sie wagte es nicht, die zwei Meter zu überqueren, sondern stand wie angewurzelt in der Dunkelheit, während ihr ein Schauer nach dem anderen über die Haut lief und sie dem Drang widerstehen musste, ihr Innerstes zu öffnen und alles preiszugeben, bis nichts mehr von ihr übrig war.

Der alte Mann würde zufrieden sein. Sehr zufrieden.

DANKSAGUNG

An die Admiralität!

Mit großer Freude kann ich Ihnen berichten, dass Schiff und Besatzung von der gefahrvollen Reise unversehrt wiedergekehrt sind. Alle an Bord haben mehr als nur ihre Pflicht getan, und obwohl mir die Setzung des Kurses oblag, wäre ich ohne die tüchtige Hilfe wohl niemals am Ziel angelangt.

Zu nennen wären Ursula Bergenthal, Martina Vogl und Sascha Mamczak von den Docks, die unser Schiff nach bestem Wissen und Gewissen ausstatteten. Die Navigatorin Uta Dahnke, deren Karten stets unerlässliche Hilfsmittel waren. Natalja Schmidt und Julia Abrahams, Agentinnen vor Ort und niemals um einen Rat verlegen.

Innerhalb der Besatzung gibt es viele Namen, die der Erwähnung würdig sind: Andreas, Daniel, Uwe, Magnus, Stephanie, Kristina, Alex, Christiane, Hans Peter und Sebastian. Sie alle haben ihren Teil dazu beigetragen, das Schiff sicher in den Heimathafen zu geleiten.

Mit einer solchen Besatzung kann ein Kapitän in dem sicheren Wissen zur See fahren, dass er die bestmögliche Unterstützung erhält.

Ich verbleibe Ihr untertänigster Diener

Christoph Hardebusch

GLOSSAR

Géronaisch

Betan	Gut
Marchess	Adelstitel
Princiess	Adelstitel
Vichess	Adelstitel

Hiscadisch

Carado	Verrückte Person
Criolo	Mischling
Grabado	Liebhaber (abwertend), Stecher
Mesér, Meséra	Anrede, in etwa: Euer Gnaden
Perka	Prostituierte (abwertend)
Quéri	Kosewort: mein Herz
Tereda	Tanz

Paranao

Ari'	Eroberer
Anki	Böser Mensch
Blassnasen	Bezeichnung für Thaynrics, teilweise auch für alle Corbaner
Cacique	Häuptling
Cajaya	weiblicher Hai
Chenao	Kosewort: Liebste/r
Denge	Alter Mann

Finsterwelt	Paranao-Vorstellung der Hölle
Guaili	Kleiner Junge
Halbherz	Mischling
Jeicacu'	Schwarzauge, Lügner
Jicota	Landschildkröte
Ki'	Erdgeister
Mojo	Magie
Ocama	Hör mir zu
Oubao-moin	Blutinsel
Pelahu	Untoter, Zombie
Siani Wu'a	Unverheiratete (naive) Frau
Zemi	Götter der Paranao, gleichzeitig auch die dreispitzigen steinernen Götzen

Schiffstechnische Begriffe

Einpfünder, Achtzehnpfünder, Vierundzwanzigpfünder etc.	Kanonen; werden nach Gewicht der Kugeln bezeichnet
Achterdeck	Hinteres Schiffsdeck
Aufbau	Schiffbauten, die über dem Hauptdeck liegen
Aufentern	In die Takelage klettern
Back	Aufbau auf dem Vordeck
Backbord	In Fahrtrichtung linke Seite des Schiffs
Besanmast	Hinterer Mast
Bilge	Unterster Raum des Schiffes, direkt oberhalb des Kiels
Bramsegel	Oberstes Rahsegel
Brig	Schiffsgefängnis
Bug	Vorderer Abschluss des Rumpfs
Bugspriet	Über den Bug hinausragende Spiere zum Befestigen von Segeln

Dingi	Kleines Beiboot
Eimerreiter	Larven, die im Schiffszwieback leben und beim Transport im Eimer liegen bleiben
Fähnrich	Offiziersanwärter
Faden	Längenmaß, etwa 1,83 Meter
Fallreep	Strickleiter
Fieren	Ein Tau ablaufen lassen, bzw. eine Last herablassen
Fregatte	Kriegsschiff mit drei Masten und einem durchgehenden Geschützdeck, kleiner als ein Linienschiff
Gangspill	Winde, Ankerwinde
Glasen	Zeiteinheit, halbe Stunde; auch Angeben der Zeit durch Glockenschlag
Gräting	Gitterrost
Hauptdeck	Höchstes Deck
Kalfatern	Fugen zwischen den Planken abdichten
Kiel	Grundbalken des Schiffs der Länge nach
Knoten	Maß der Geschwindigkeit; eine Seemeile pro Stunde
Koje	Schlafstätte
Korvette	Kriegsschiff mit drei Masten, kleiner als eine Fregatte
Krängung	Seitliche Neigung des Schiffs
Lastdeck	Laderaum
Lee	Dem Wind abgekehrte Seite des Schiffs
Leutnant	Offiziersrang
Linienschiff	Kriegsschiff mit drei Masten und zwei oder drei Geschützdecks
Luv	Dem Wind zugekehrte Seite des Schiffs
Maat	Unteroffiziersrang
Messe	Speiseraum, auch Essensgemeinschaft an Bord

Orlopdeck	Deck über dem Lastdeck
Poopdeck	Oberstes Achterdeck
Rah	Bewegliches Querholz am Mast, an dem die Segel befestigt sind
Reling	Geländer um das Deck
Riemen	Ruder
Schanz	Geschlossene Reling
Schott	Wand im Schiffsrumpf
Spiere	Querstange am Mast
Spill	Vorrichtung zum Einholen von Tauen und Ketten; Winde, Ankerwinde
Steuerbord	In Fahrtrichtung rechte Seite des Schiffs
Sturmweltenfahrer	Handelsschiff mit drei oder mehr Masten
Takelage	Tauwerk des Schiffes; bewegliches und stehendes Gut; teilweise auch Gesamtheit der Masten, Segel, Spiere und Taue
Topp	Mastspitze
Toppsgast	Matrose, der an der obersten Takelage arbeitet
Wanten	Taue, die den Mast seitlich halten
Winsch	Eine Winde

VERWENDETE LITERATUR

Sach- und Fachbücher

Alpers, Hans Joachim: *Krieg unter Segeln. Europas Mächte im Kampf um die Meere*. Erftstadt 2004.

Defoe, Daniel: *A General History of the Pyrates*. New York 1999.

Dluhy, Robert: *Schiffstechnisches Wörterbuch Band 1: Deutsch-Englisch*. Hannover 1987.

Dluhy, Robert: *Dictionary for Marine Technology Part 2: English-German*. Hannover 1987.

Friel, Ian: *The Good Ship. Ships, Shipbuilding and Technology in England 1200–1520*. Maryland 1995.

Harland, John: *Seamanship in the Age of Sail*. London 1984.

Henderson, James: *The Frigates*. Hertfordshire 1998.

Lavery, Brian: *Nelson's Navy*. London 1989.

Lavery, Brian: *Schiffe. 5000 Jahre Seefahrt*. Starnberg 2005.

Lavery, Brian: *The 74-gun Ship Bellona. Anatomy of the Ship*. London 2003.

Lambert, Andrew: *War at the Sea in the Age of Sail 1650–1850*. London 2000.

Lewis, Jon E. (Hrsg.): *The Mammoth Book of Life Before the Mast*. London 2001.

Macdonald, Janet: *Feeding Nelson's Navy*. London 2006.

McKay, John: *The 100-gun Ship Victory. Anatomy of the Ship*. London 2000.

Nickel, Helmut: *Ullstein Waffenbuch*. Berlin 1974.

Takakjian, Portia: *The 32-gun Frigate Essex. Anatomy of the Ship*. London 1990.

Publikationen von Osprey Publishing

Fremont-Barnes, Gregory: *Trafalgar 1805. Nelson's Crowning Victory. Campaign 157*. Oxford 2005.

Konstam, Angus: *British Napoleonic Ship-of-the-Line. New Vanguard 42*. Oxford 2001.

Konstam, Angus: *Pirates 1660–1730. Elite 67*. Oxford 1998.

Konstam, Angus: *Privateers & Pirates 1730–1830. Elite 74*. Oxford 2001.

Konstam, Angus: *Spanish Galleon 1530–1690. New Vanguard 96*. Oxford 2004.

Konstam, Angus: *The Armada Campaign. The Geat Enterprise against England. Campaign 86*. Oxford 2001.

Konstam, Angus: *The Pirate Ship 1660–1730. New Vanguard 70*. Oxford 2003.

Lardas, Marl: *American Heavy Frigates 1794–1826. New Vanguard 79*. Oxford 2003.